KB260966

진실 대 거짓

TRUTH VS FALSEHOOD:
How to tell the difference
by David R. Hawkins, M.D., Ph.D.

TRUTH
VS
FALSEHOOD

어떻게 차이를
구별하는가

진실 대 거짓

데이비드 호킨스 지음 | 백영미 옮김

David R. Hawkins

일러두기

· 원서에 대문자로 표기된 용어들이 있는데 번역본에서는 이를 알아볼 수 있도록 영어를 병
기하는 것을 원칙으로 했습니다. 대문자 용어들은 모두 '절대적 진실'의 영역에 있음을 의
미합니다. 호킨스 박사의 '의식 척도'에 따르면 그것은 600 이상의 깨달음의 세계를 나타
내는 표현들입니다. 그러나 관습적으로 대문자로 표기되는 '신', '참나' 등의 용어에는 영
어 표기를 달지 않았습니다.

· 저자의 다른 책들과 마찬가지로 이 책에도 수동형 표현이 많습니다. 그것은 수동형이 '행
위'의 뒤편에 '행위'가 없는 저자의 상태 혹은 조건을 전달하는 데 보다 적절하게 느껴지기
때문입니다.

길은 곧고 좁다.

시간을 낭비하지 마라.

오, 주여 모든 영광이 당신께 있습니다!

Gloria in Excelsis Deo![1]

---

1 일반적으로 '하늘 높은 곳에서는 하느님께 영광!'으로 번역되지만, 저자에 따르면 "All Glory be to Thee, oh Lord!", 즉 "오, 주여 모든 영광이 당신께 있습니다!"를 의미한다고 한다.

차 례

저자의 말 ··· 9

경고: 독자들에게 보내는 편지 ···················· 12

머리말 ··· 15

서문 ··· 20

감사의 말 ·· 27

서론 ··· 29

/ 1부 / 진실이란 무엇인가?

1장 역사적 전망 ··· 39

2장 진실의 과학 ··· 51

3장 수수께끼로서의 진실 : 도전과 투쟁 ······· 59

4장 의식의 진화 ··· 71

5장 진실의 본질적 구조 ·································· 93

6장 나타남 대 인과관계 : 창조 대 진화 ········ 106

7장 진실의 생리학 ··· 118

8장 사실 대 허구 : 실상과 환상 ··················· 135

/ **2부** / 실용적 적용

9장 사회구조와 기능적 진실 ──────── 149

10장 미국 ──────── 237

11장 사회의 그늘 ──────── 293

12장 문제 있는 쟁점들 ──────── 322

/ **3부** / 진실과 세계

13장 진실 : 자유에 이르는 길 ──────── 371

14장 국가와 정치 ──────── 412

15장 진실과 전쟁 ──────── 445

/ **4부** / 높은 의식과 진실

16장 종교와 진실 ──────── 509

17장 영적 진실 ──────── 561

18장 요약과 결론 ──────── 613

/ 5부 / 부록

부록 A 각 장의 진실 수준 측정 ·························· 625

부록 B 의식 지도 ·························· 627

부록 C 의식 수준 측정법 ·························· 629

부록 D 영화 ·························· 642

부록 E 측정표와 도해 색인 ·························· 647

부록 F 참고 문헌 ·························· 654

부록 G 한국의 의식 수준 측정표 ·························· 689

역자 후기 ·························· 693

저자에 대하여 ·························· 695

여기 내놓는 책은, 진실Truth 자체의 핵심과 본질을 찾아내는 일에, 그리고 진실이 어떻게 인지되고, 표현되고, 정의될 수 있는지를 발견하는 일에 바쳐진 한 생의 결과입니다. 그러한 생의 귀결로서 진실과 거짓을 구별하는 수단이 발견되었는데, 그것이 함축하는 바는 충격적이었습니다. 왜냐하면 그것은 진실의 정수가 갖는 본성을 드러냈을 뿐 아니라, 그 기법을 시간이나 공간상으로 어디에 있는 무엇에 대해서든 무제한으로 적용할 수 있다는 것을 드러내 주었기 때문이었습니다.

이제까지, 인류는 진실과 거짓을 구별할 수 있게 해 주는 나침반을 갖지 않고 바다에 나간 선원과 같았습니다. 괴로움이라는 면에서 치른 비용은 엄청났지요. 인간 조건에 대한 연민은, 인간 마음 자체의 내재적 한계가 낳은 엄청난 귀결에 대한 각성에서 우러납니다. 그러므로 여기 내놓는 이 책은, 거짓이 진실로 오인되도록 만든, 인간 마음의 심각한 결함을 극복하는 일에 바쳐집니다.

연구에 따르면, 진실은 사실상 절대 상수에 대한 상대적 변수입니다. 진실의 유효성 정도는, 전 역사에서 갖가지로 표현되는 모든 생명을 포함하는, 어떤 측정 가능한 척도상에서 확인할 수 있습니다. 축적된 데이터는 그것이 드러내고 암시하는 바에 있어서 압도적이었지요. 이 새로운 도구를 사용하는 연구자들은 난생 처음으로 현미경을 가진 아이들처럼 흥분해서 그 모든 인간 경험을 샅샅이 살펴보았습니다. 축적된 데이터 무더기는 상당히 놀라운 정보를 드러내 주는 일이 많았습니다. 외관은 본질과 일치하지는 않는다는 것과, 마음은 기본적으로 순진하며 쉽게 속는다는 것이 명약관화해졌습니다. 따라서 어떤 정보는 독자들의 마음속에 고이 간직된 환상에 대해, 심란하고 대결적인 것이 될 수 있음을 미리 경고해 둡니다.

연구 작업은 책, 비디오, 워크숍, 음성 녹음, 청중이 참여하는 공개강좌의 순서로 점진적으로 제출되었습니다. 그리고 그것은 번역되었고, 14개 국어로 전 세계에서 보고 들을 수 있게 되었지요. 게다가, 책으로 출간되기 전에 세계 각지에서 활동 중인 수많은 스터디 그룹들에게 제출되었고, 전문가 심사를 받았습니다.

막대한 양의 데이터가, 정보의 폭넓은 스펙트럼 전체에 대한 이해를 촉진하기 위해, 순서대로 조직되어 제출되었습니다. 주제 또한, 의도에 대한 앎을 촉진하도록 맥락화되었지요. 표면적 모순은 성찰과 더불어 해소되고, 많은 정보가 그 자체만으로 변형력을 갖습니다.

『의식혁명』과 마찬가지로, 이 책에 담긴 자료를 읽는 것은 독자 의식 수준의 향상으로 귀결됩니다. 그러므로, 처음 접할 때는 대결적으로 느껴질 수도 있지만, 역설적으로 그것은 더욱 큰 앎과 확장된 식별 능력으로 해소되지요.

요즘 우리 사회는 삶의 거의 모든 측면에 대해 과도하게 정치적이라는 점에 주목하십시오. 때문에 저자는 가치와 중요성을, 임상적으로 도출된 측정 가능한 의식 수준들에 걸맞게, 그리고 다른 곳에서 그 출현에 관해 묘사한 적이 있는 주관적으로 경험된 의식 상태(Hawkins, 1995, 2001, 2003)와 일치하도록 부여한다는 것을 아는 것이 중요합니다.

이전의 책들과 마찬가지로, 이 책을 쓰는 데도 앞으로 설명하려는 연구 기법을 적용했습니다. 중요한 진술에 대해서는 그것의 측정 수준을 그때그때 언급했으며, 각 장의 진실 수준을 첨부했습니다. (부록 A를 볼 것)

경고: 독자들에게 보내는 편지

감정 반응은 사람의 내적 위치성과 신념 체계에 의해 사적으로 결정됩니다. 그것은 외부로부터, 혹은 새로운 정보에 노출되어 '유발'되는 것이 아닙니다. 이 책에서 제시하는 자료를 접한 청중들이 알게 된 것처럼, 초기 반응은 성찰을 통해 해소되어 자신과 타인을 향한 더 큰 이해와 연민으로 바뀝니다.

이 책을 펴내는 의도는, 거짓을 진실로 대치함으로써 괴로움을 덜고 스스로 진실에 이르는(진실의 근원에 이르는 길은 내면에 자리 잡고 있으므로) 법에 관한 지식을 나누려는 것입니다. 진실과 정렬한 이들에게 길은 환하게 밝고, 진실을 거부한 이들에게 길은 어둡습니다. 우리 모두에게는 선택할 수 있는 자유가 있습니다.

처음 읽을 때, 1부는 어렵거나 지나치게 학술적으로 느껴질 수 있습니다. 그렇다면 2부로 건너뛰세요. 뒷부분을 먼저 읽으면 1부는 보다 빠르고 쉽게 이해될 것입니다. 사람들은 각자 다른 양식으로 배웁니다. 어떤 이들은 세부로 들어가기 전에 지성을 통해 논리적으로 처리하는 반면, 또 어떤 이들은 익숙해짐으로써 배우고, 그 다음에야 설명할 준비가 되지요. 어느 쪽이든 납득과 이해라는 목표에 도달합니다.

독자들은 또한 일정한 핵심 개념들이 표면적으로 중복되는 것에 주목하게 될 것입니다. 이는 처음 읽을 때는 새롭거나 낯설어도 뒤에 나온 설명을 접하면 자명해지는, 중대한 개념들에 대한 점진적 이해를 촉진하는, 의도적인 교육학적 방식입니다.

전체적으로, 제출되는 정보에 대해 금과옥조로 삼아야 할 것은 다음과 같습니다. 중요한 것은 정보가 마음에 드는지 여부가 아니라, 그 정보가 진실인지 거짓인지, 그리고 어느 정도나 그러한지라는 것입니다. 제시된 측정치들은 연구 결과이지 저자의 의견이 아닙니다. 그러니 대개, "어째서 바다코끼리한테 물개보다 높은 점수를 주셨습니까?" 등의 형식을 취하는 항의 편지를 써 보내는 것은 부질없는 일입니다. 계산기와 마찬가지로, 이 책에서 묘사하는 방법론은 주관적 편견이나 의견이 아닌 숫자로 귀결됩니다.

광범위한 참고 자료는, 여기 제출하는 연구 결과에 대한 이해를 높이는 데 필요한 배경 정보를 제공하기 위한 것입니다. 다양한 전문가들의 피드백은 물론이고 교정 및 교열, 그리고 전문가 심사위원회와 조언자들이 제공한 정보를 통합시키는 일을 포함하여, 원고 자체를 편집하는 데만 3년이 걸렸습니다. 이렇듯 꼼꼼한 노력을 기울인 것은 가능한 정확하게 데이터를 제시하기 위한 것이었지요.

전체적 사명을 안내해 준 것은 소크라테스의 금언이었습니다. 그에 따르면, 인간은 자신에게 행복을 가져다줄 선善으로 그 시점에 믿고 있는 것을 선택할 수 있을 뿐이므로, 인간의 모든 오류나 잘못은 자의에 의한 것이 아니라는 것입니다. 인간의 유일한 오류는 진짜 선과 환상적 선을 식별할 수 없다는 것입니다. 이 책은, 무엇이 '진짜'이고 그것을 어떻게 식별할 수 있는지를 명확히 하는 일에 바쳐집니다.

부적절한 감정상의 동요를 방지하기 위해, 이 책의 출간을, 이

전 연구에서 발견된 정보가 대중 앞에 현실로 드러날 때까지 미루기로 했습니다. 따라서 2004년 미국 대통령 선거, 이라크 전쟁, 유엔 스캔들, 이슬람 테러리스트의 미국 내 훈련, 미 정보부 내의 이중첩자, 성직자 소아성애, MS-13 조직[2]의 미국 내 침투, 이란의 핵 계획 등이 일어난 다음까지 기다리기로 결정했습니다. 이 모든 사건은 그것들이 뉴스가 되기 훨씬 전인, 2003에서 2004년 사이에 확인할 수 있었지요. 이와 비슷하게, 아직 표면화되지 않은 사건들에 관해 말할 수 있는 것이 더 많습니다.

더한 중요성을 갖는 것은, 그런 발견을 조사에 이용할 수 있게 해 주는 방법론과 기본 개념에 관해 설명하는 것입니다. 왜냐하면 상당히 종합적인 이 연구는 더 이상 비밀은 없다는 것과, 온전한 연구자라면 누구든 진실을 즉각 알아낼 수 있다는 것을 입증해 주기 때문입니다.

발견한 것 전부를 드러낼 것인지 여부는 문젯거리고 성찰을 요구합니다. 앞서와 같은 결정을 내린 데에는, 지혜는 용맹함의 더 나은 일부라는 전제가 있었습니다.

---

2 마라 살바트루차, 라틴아메리카에서 출발한 악명 높은 범죄 조직.

머리말

이제 제출하려는 자료는, 비교적 최근에 발견된 새로운 연구 수단을 매개로 인간 경험과 생명 진화 전체를 개관한다는 점에서 독특합니다. 그것은 객관적이라고 추정되는 보통의 세계(자연)에 대한 새로운 관찰 결과와 이해를 포함할 뿐 아니라, 독특하게도, 연구 분야에서는 최초로 관찰을 바로 관찰 자체의 수단과 동시에 상호 관련짓습니다. 이렇게 해서, 그것은 비이원성의 단일성이라는, 그 자체만으로 상당한 변형력을 갖는 과정을 수단으로 하여, 오류의 해묵은 주요 근원(이원성)을 우회하고 초월합니다.

진실의 수준들에 대한 측정은 엑스레이, 현미경, 망원경을 통한 발견처럼 놀랍기 짝이 없는 일이 많았으며, 이전에는 어떤 수단을 통해서도 접근할 수 없었던, 놀랍게 광활한 조사 영역들을 활짝 열었습니다. 적절한 주제의 범위는 걷잡을 수 없는 속도로 팽창했고, 결국 그러한 측정을 모든 것에 적용할 수 있다는 각성이 일어났지요. 앞으로의 발견이 만족스러울 것이라고 추정할 수도 있었던 반면, 이 경우에는 오히려 그것이 압도적으로 느껴져서 방향 재설정과 의사 결정에 수년이 걸렸습니다. 말하자면, '그 이해는 설명될 수 있는가?' '만일 그렇다면, 어떤 방법으로?' 그리고 마지막으로 '그렇게 해야만 하는가?' 로 정리할 수 있습니다.

이 책의 기원은, 자연 발생적으로 일어난, 급격하고 주관적인 의식 변화의 귀결이었습니다. 어린 시절에 시작된 그 변화는, 1965년, 경험함의 핵심을 재맥락화시킨 완전히 새로운 양식의 인식을 드러냈지요. 전환은 기본적으로, 내용으로부터 앎의 중심 초점으로서의 맥락으로 옮겨간 것이었는데, 그런 다음 그 맥락으로부터 모든 의미가 변형되게 되었습니다. (책 말미의 '저자에 대하여'를 볼 것)

목격함과 이해는, '사적인 자기'라는 사적이거나 한정된 자리에서 나오는 대신 이제 전체(장)의 관점으로부터 나온다는 점에서, 연구 기법 또한 자연 발생적으로 드러난 것이었습니다. 경험적 정보 처리라는, 심지어 경험함 자체라는 기본적 도구는 선형적인 특수하고 한정된 것에서, 자율적 앎과 의식이라는 비선형적이고 비개인적인 성질로 이동했습니다.

그 전환과 그것이 암시하는 가능성들로 인해, 대형 정신과 병원을 그만두고 20년간 관상을 하며 지낼 필요가 생겼습니다. 그리고 그로부터, 1995년에 출간된 『의식혁명』의 선구자격인 '인간 의식 수준의 양질 분석 및 측정'에서 보고한 기본적 연구가 일어났습니다. 그것은 뒤에, 관심과 조사와 영감의 완전히 새로운 문화로 묘사하는 것이 적절할 만한 것을 형성했지요. 그러한 문화는 전 세계적으로, 수많은 독립적 학습 모임의 자연 발생적 출현을 낳았습니다.

공적 영역에 관한 광범위한 자료 수집이 이루어졌습니다. 수만 명의 사람들이, 그 모든 것의 의식 수준을 측정하는 새로운 기법을 가지고 공적 영역에서 실험했습니다. 확증과 피드백의 광범위한 네트워크가 발달했는데, 그러한 발달은 공개 방청으로 진행된, 여러 차례의 정식 강연과 워크숍을 통한 정보의 공적 보급으로 가속되었습니다. 강연과 워크숍에는 청중들이 참여하는 정규 토론과 전통적인 질의응답 순서가 들어 있었고, 그것은 녹음되었습니다.

이 책에 담긴 내용에 대한 공개 설명회가, 동양(한국)과 유럽(옥스퍼드 유니언)에서는 물론 미국 전역에서 열렸습니다. 그것은 모두 녹음되고 녹화되었지요. 이렇게 해서, 정보는 현재 활동 중인 수준 높은 토론 모임들은 물론, 수천 명의 참관인에 의한 전문가 심사를 받았습니다.

일부 미가공 데이터는 개인적으로 기대하는 바들과는 어긋날 수도 있는데, 그것은 예견되는 반응입니다. 진짜 의의가 있는 모든 새로운 정보의 발견은 항상 의심과 의혹을 불러일으켰지요. 그것은 예상할 수 있는 것입니다. 개인적 신념과 충돌하는 데이터를 가장 잘 처리하는 방법은, 그런 정보를 자동적으로 에고 항의나 분개까지 불러일으키는 '틀린 것'으로 보기보다는, '가능한 대안'으로 바라보는 것입니다. 묘하게도, 항의는 정곡을 찔렀음을 확증해 주는 일이 많습니다.

인간 마음은, 그 자신을 '물론' 진실에 바쳤다고 믿고 싶어 합니다. 하지만 실제로 마음이 정말 구하는 것은, 자신이 이미 믿고 있는 바에 대한 확증입니다. 에고는 선천적으로 자부심이 강하며, 자신의 신념 대부분이 지각의 환상에 불과하다는 게 드러나는 걸 반기지 않습니다. 연구 분석에 따르면, 진실 자체를 위해 정말 진실에 관심을 갖는 대중은 사실상 35퍼센트에 지나지 않습니다.

이 책을 통해 내놓는 발견들과 책 자체는 사적인 근원에서 솟아난 것이 아니라, 인간 의식의 진보, 즉 전체적 분위기의 귀결입니다.

일반적으로, 측정된 숫자는 5를 기준으로 반올림한 것입니다. 즉, 63은 65로, 242는 240으로 표기하는 식이지요. 진짜 의의가 있는 것은, 어떤 의식 수준을 의식 척도 전체와 상대하여 위치시키는 일입니다. 보다 정확한 수치는, 상세한 연구에 들어갔을 때 한해 의의를 갖습니다.

구체적 수치는 조사자들과 모임들 간에 편차가 있을 것으로 예상되지만, 그러나 수치들에는 고유한 일관성이 있으며, 편차는 조사 기법의 개인차로 인한 것입니다. (부록 C에서 설명) 이는 기압계를 여러 다른 고도에 적용하는 일에 비할 수 있습니다. 전체적 접근법의 주된 취지는, 진실을 거짓과, 즉 진실의 부재와 구별하는 법을 아는 것이지요. 신뢰도는 일차적으로 질문자의 온전성 및 질문하는 의도에 달려 있습니다. 진실 자체에 대한 헌신이 진실의 발견에 이르는 빠른 길입니다.

극복해야 할 첫 번째 의심의 장벽은, 어떤 것에 관해서든 묻기만 하면 몇 초 만에 쉽사리 진실을 알아낼 수 있다는, 놀라운 발견에 관한 것입니다. 이 발견에 대한 정상적 반응은 불신이고, 뒤따라 패러다임 충격이 일어나는데, 하지만 그 다음에는 호기심이 득세합니다. 전 우주는 새로운 이해 수준에서 발견되기를 기다리고 있으며, 그러한 이해에서 연민과 지혜가 일어납니다.

이 책의 목적은 장기적이고, 이 속의 정보는 성찰을 통해 동화하는 것이 가장 낫습니다. 성찰은 이해를 불러내지요. 일어나는 숱한 의심과 질문에 대해서는 이미 폭넓게 고찰, 분류, 토론한 바 있고, 그리고 그것들은 집단적 의도로 말미암아 이미 해결되었습니다. 왜냐하면 인류가 정말로 진실을 알고 싶어 하지 않았다면, 진실을 발견하는 수단이 부상하여, 인간 발견의 레이더망에 걸리지는 않았을 것이기 때문입니다.

서문

　요즘 들어 신뢰성과 온전성의 만연한 위기가 모든 수준의 사회 조직을 갈가리 찢고 있습니다. 사회가 오랜 세월 의지해 온, 온전하고 신뢰할 만한 기관과 유서 깊은 보루들이 정치적으로 공격받고 있으며, 어떤 것들은 거의 매일 같이 불명예와 스캔들에 휘말리고 있습니다. 그 속에는 정부와 세계 지도자들뿐 아니라, 지배적 정치 이데올로기 전체, 덩치 큰 종교 조직, 정부 기관, 연방 관료, 대학, 학교 제도, 거대 기업, 금융기관, 주요 신문, 뉴스 채널, 일반 대중매체도 있습니다.

　사법제도조차 논쟁적인 정치 곡예가 되었는데, 배심원들이 '성명서 발표'를 위해 거액의 배상금을 물리는 동안, 법관들은 법관석에서 입법 활동[3]을 합니다. 시민권을 보호하기 위해 건립된 기관들이 이제는 시민권에 대한 최악의 적으로 보이고, 과거에 자유를 상징했던 기관들이 이제는 자유를 파괴하는 일에 골몰하는 듯이 보입니다.

　형사 법원에서는, 조심스럽게 선정된 배심원들이 고의적인 그릇된 주장으로 오도당하고, 본질과 무관한 허구와 연기에 의해 조작됩니다. 비록 역사적으로 진실의 왜곡이 정치 영역의 일부이긴 했지만, 정치는 합리적 토론과 논쟁에서 개인에 대한 비방, 노골적

3　딱히 헌법에 어긋나지 않는 기존의 법 조항이나 판례를 뒤집는 판결을 내림으로써, 판사가 사실상 새로운 법을 만드는 것을 말한다.

허위, 철저한 기만, 발뺌으로 퇴보했습니다.

근현대사회 이전에, 국가와 문화는 물론이고 모든 문명의 운명을 일차적으로 결정한 것은, 오직 야만적인 낮은 힘force에만 의존하는 적들의 정복이었습니다. 종교 조직조차도 낮은 힘에 대한 똑같은 의존을 채택했는데(현재 세계의 일부 지역에서 그러고 있듯이), 흔히 피정복자들에게는 전향을 할 것인지 아니면 즉결 처분을 당할 것인지에 대한 선택권이 주어졌습니다. 낮은 힘은 그 당시에 사회를 다스리는 우세한 지배 원리였으며, 신정으로서의 종교는 무시무시한 협박으로 뒷받침되는, 강압과 낮은 힘에 대한 의존을 영속시켰지요.

요즘의 테러리즘과 열광적으로 선전되는 세계 평화에 대한 협박으로 인해, 종교 자체는 이 시대의 대중적 관심과 담론의 초점으로 표면화되었습니다. 호전적 세계 종교의 눈에 매우 잘 띄고 불붙기 쉬운 헌신자들은, 나머지 세계에 대해 공개적이고 공식적으로 선전포고를 했습니다. 그들은 자신의 협소한 신념 체계를 따르지 않는 이들을 모두 없애려고 합니다. 그러한 극단적 위치들의 에고 중심성과 과대망상증은 지금 평화로운 세계의 가능성에 대한 주된 위협입니다. 그러한 폭력적 이데올로기의 궤변은, 서구 세계에서 순진한 변증자와 동조자의 출현을 야기하기까지 했습니다. 그들은 자신들 또한 우상숭배자이며, 똑같이 근절돼야 마땅한 불신자('무쉬리쿤'), 바보, '쓸모 있는 멍청이(레닌의 용어)'로 비칠 뿐임을 알지 못합니다. (Forsyth, 2004; Charon, 2003)

요즘 인간 사회의 혼란을 증명하는 것은, 신뢰성과 신빙성의 입증의 확인, 해명을 요하는 근본적 쟁점들에 대한, 명료함 혹은 이해의 결핍입니다. 지금 주된 결함은 항상 그랬던 것처럼, 인간 마음이 원천적으로 진실과 거짓을 구별할 수 없도록 설계되었다는 데 있습니다. 인간이 상속받은 모든 결함 중에서 가장 결정적인 그 하나의 결함이, 인간의 모든 고뇌와 재앙의 뿌리에 자리 잡고 있습니다.

운용상으로, 마음은 이원적입니다. 그리하여 마음은 고유한 실상이 없는, 임의적이고 가설적인 위치성에 기초한, 분리주의적 정신 작용을 형성합니다. 이렇듯 설계상으로, 마음은 데카르트가 지적한 것처럼 *레스 코기탄스(또한 코기탄스)*와 *레스 엑스테르나(*즉, 세계의 표면적 외관에 대한 정신 작용 대 실제로 있는 그대로의 세계)를 구별하지 못하는 기본 결함을 안고 있습니다. 마음은 이렇듯 자신이 투사한 것을 혼동하여, 그것이 외적이고 독립적인 존재를 갖는다고 그릇되게 추정하지만, 실제로 그러한 상태는 존재하지 않습니다.

인간 마음의 설계는 또한 컴퓨터에 비할 만한데, 두뇌는 그 속에 설치된 어떤 소프트웨어 프로그램이라도 구동할 수 있는 하드웨어입니다. 하드웨어는 설계상으로 스스로를 그릇된 정보로부터 보호하지 못합니다. 따라서 마음은 사회가 자신을 프로그래밍하는 데 이용한 그 어떤 소프트웨어 프로그램이라도 믿을 터인데, 이는 무구하게도 마음에는 어떠한 안전장치나 보호책도 없기 때문입니다. 역사상의 모든 위대한 영적 지도자는 이구동성으로, 인류의 기본적 결함은 상대적으로 정복하기 어려운 무지이며, 그러한 무지로부터의 회복은 영적 스승의 도움 없이는 운용상으로 불가능하다고 선언했습니다.

따라서 인간 마음은 그 타고난 구조로 말미암아 순진하고, 자신의 한계를 보지 못하며, 무구하게 잘 속습니다. 사람은 누구나 인간 에고의 무지와 한계의 희생자입니다. 평균적 마음은 그 내용이 대부분 오류일 뿐 아니라(예를 들면 인터넷상의 정보를 테스트해 보면, 절반이 '거짓'으로 나옵니다.), 또한 자기혐오, 우울, 죄책감, 낮은 자존감, 시기, 탐욕, 갈등, 끝없는 비참함으로 스스로를 공격하도록 프로그램되어 있습니다. 이런 결함들은 그 다음에 증오, 전쟁, 폭력, 대량 학살로 세계를 향해 투사되지요. 에고는 오만한 부정으로 자신의 한계를 방어하고, 이렇게 해서 자기 자신의 희생자가 됩니다.

인간 마음은 그 자체의 타고난 구조와 설계로 인해 도움받지 않고서는 진실과 거짓을 구별할 수 없다는 것은, 놀랍기 짝이 없는 발견입니다. 이것은 16세기경에 문화적 충격을 야기한 코페르니쿠스의 발견에 견줄 만합니다. 이 사실 하나만으로도 평균적인 마음에는 대결적이기 때문에, 궤변과 그것의 환상에서 이득을 취하는 이들은 필경, 이러한 발견을 환영하거나 반기지 않을 것입니다.

오늘의 세계에서는 그 어느 때보다, 진실과 거짓을 구별하는 법을 찾아내는 일에 초점을 맞추는 이들이 영적 진실을 찾는 구도자만은 아닙니다. 일반 대중은, 요즘의 공적 담화에서 어떠한 종류든 의지할 만한 신빙성을 희망하는 일의 불확실성과 무익함으로 인해, 반쯤 마비 상태에 빠져 있습니다. 대중의 관심은 조사단 앞에서 나오는 증언에 쏠려 있지요. 마드리드의 폭도들은 입을 모아 "우리는 진실을 원한다."고 외칩니다. 배심원들은 신경을 곤두세운 채 증거를 샅샅이 살피고, 항의 집단들은 사회의 모든 면에 요란스럽게 도전합니다.

이 시대에는, 가장 기본적이고 단순하고 명백한 질문들에 대해서조차 공통된 합의는 없습니다. 무엇을 할까요? 공공연한 적이 수천 명의 무고한 시민을 도살할 때 우리는 무엇을 할까요? 범죄자를 '감금'해야 할까요, 아니면 그들을 그저 사회의 희생자로 보고 강박적 포식자로 거리를 활보하게 놔둬야 할까요? 명백한 테러 단체 용의자를 엄중 조사하는 것을 단순하고 상식적인 경찰 업무로 봐야 할까요, 아니면 그것을 시민권의 이름으로 금지해야 할까요? 누가 가해자이고 누가 피해자인지조차 명확하지 않습니다. 비난받아야 할 대상은 누구, 혹은 무엇일까요?

여러 세기 동안, 역사상의 가장 위대한 정신들은, 진실을 정의하는 문제와 씨름했으며, 진실이라고 소문난 표현들의 신뢰성을 결정적으로 비준할 수 있는 능력의 부재에 맞서 싸웠습니다. 『서양의 위대한 책들*The Great Books of the Western World*』 전집은 다 합쳐서, 지적 범위 내의 의식 수준 460으로 측정됩니다.

과학 자체(측정 수준 400대)는 진실에 대한 공격으로 인해 상처받지 않고 비교적 멀쩡하게 살아남았지만, 과학에는 그 자체의 내부적 의견 대립이 있었습니다. 그중에서 하이젠베르크의 '불확정성 원리'가 갖는 철학적 함의는 지난 수십 년간 관심의 초점이었지요. 이는 차례로, 과학의 큰 발전은 의식 자체의 본성에 대한 더한 이해 없이는 일어날 수 없다는 앎으로 이어졌습니다.

지난 수 세기 동안 인류 의식 수준이 점진적으로 진화하고 발전한 결과, 1970년대 후반, 인류 역사상 최초로 진실과 거짓을 실제로 구별하는 법에 관한 결정적 발견이 이루어졌습니다. 그것은 지금에 이르기까지 발전을 거듭하고 있지요. 비록 그것의 바탕에 있는 근본적인 생리적 도구는 기만적으로 단순화되어 있는 것 같아도, 그것은 망원경의 출현과 마찬가지로 완전히 새로운 발견의 우주를 활짝 열었습니다. 테스트는 보편적 의식 에너지 장의 반응을 이용하기 때문에, 시간이나 공간상으로 어디에 있는 무엇에 대해서든, 그에 관한 진술이 진실인지 거짓인지를 즉각 알아낼 수 있습니다. 게다가, 진실에는 측정 가능한 수준들이 있다는 것과, 각각의 수준은 차례로 인간 의식을 지배한 에너지 수준들을 확인해 준다는 것이 드러났습니다.

확인할 수 있고 측정할 수 있는 의식의 매 수준은, 한계의 범위를 규정하는 것은 물론이고 선택지와 가능성의 범위를 규정합니다. 인간 지식의 신기원은 시작되었으며, 인류에게 큰 중요성을 갖는 결정적이고 의미심장한 정보가 이미 대량으로 발견되고 있습니다. 그러한 발견은, 갖가지로 표현되는 인간 경험의 본성을 재맥락화하는 결과를 낳았지요. 앞으로 살펴보겠지만, 그것이 갖는 함의는 심원합니다.

현대 세계는, 급속히 발전하는 과학 기술과 문화적 그리고 사회적 이데올로기적인 갈등을, 도덕, 윤리, 종교, 영성이라는 애매모호한 것들과 통합시키는 복잡하기 짝이 없는 일에 직면했는데, 이는 생존, 전쟁, 경제적 변화에 대한 요구들과도 통합되어야 합니다. 이에 더해 그 자체가 논쟁의 초점이며, 온갖 곳에 침투하는 대중매체를 매개로 하는 증폭이 있습니다.

현대 세계는 물론이고 전 역사를 통틀어 빠진 요소는, 인류에게는 진실과 거짓을 참되게 그리고 객관적으로 식별하는 수단이 없었다는 것입니다. 그리하여 사회 자체는, 자신의 수많은 표현 속에서 검증 가능한 유효성에 의해 지지되지 못하고 있습니다. 따라서 진실뿐 아니라 진실의 상대적 정도를 식별하는 수단이 개발된 것은, 상당히 흥미로우며 잠재적으로 유익합니다.

이 새로운, 임상적인 '진실의 과학'의 제출은 따라서 인류의 진보와 괴로움의 구제에 봉헌됩니다. 이는 보통의 삶과 삶의 부침浮沈 동안에는 물론이고, 의식의 물들지 않은 순수한 표현에서, 의식의 본성에 대한 이해가 발전한 귀결입니다.

감사의 말

우리는 수천 명의 제자, 동료 연구원, 학습 모임 회원들, 그리고 의식 연구와 영성, 진실Truth에 헌신하는 앞서 나온 책 독자들의 정보 입력에 감사드립니다. 또한 주요 강연회를 후원해 준 많은 단체들과, 그것을 열정적으로 지지해 준 너그럽기 짝이 없는 수많은 청중에게도 감사드립니다.

연구를 도와주었고 편집자로도 기여한 법학 박사 브록 헤리퍼드Brock Hereford에게, 그리고 인내심을 갖고 십여 차례나 원고를 교정해 준 소냐 마틴 석사에게 특별히 감사드립니다. 또한 강연과 여행을 도와준 베티 브루크너, 니코 핸슨, 루돌프 캘런바하 박사 부부, 글로리아 그로스에게 특별히 감사드립니다. 또한 숱한 요청과 연락 사항을 처리해 준 사무실 직원들의 인내와 노고에도 사의를 표합니다.

전문가 심사위원회 위원들의 피드백과 제안, 시기적절한 응답에 진심으로 감사드립니다. 위원들의 명단은 다음과 같습니다. 윌리엄 바틀렛, 토니 보엠 목사, 마즈 브릿 목사, 브렛 폰테놋, 니코 핸슨, 로버트 H. 헨더슨 목사 박사, 사라 험프리, 론 마엘, 폴 뉴턴, 톰 휘트니, 랠프 야거, 자렛 야론, 톰 젠더.

또한 훌륭한 아내이자 동료이며 조력자인 수잔을 곁에 둔 것은, 내게 큰 행운이었습니다. 수잔은 수많은 강연회의 협력자였을 뿐 아니라 연구의 주축이었습니다. 수잔은 이 책에서만 7천 건 이상의 측정을 했는데, 그 밖에도 수천 명의 사람들이 수년간 1주일 내

내, 밤낮없이 집중적 연구 프로젝트에 헌신했습니다. 수잔의 따뜻함과 개인적 관심을 경험한 수백 명의 사람들은 그녀의 일대일 가르침을 따뜻이 반겼습니다.

모든 감사를 마땅히, 신성의 현존Presence of Divinity이 불어넣는 영감에 돌립니다. 신성의 현존은, 존재하는 전부의 어디에나 현존하는 영원한 근원All Present Eternal Source of All that Exists으로서 세계에 광채를 발하고 있습니다. 그 형상 중의 형상 없는 것이, 창조Creation의 계속성인 실현된 무한한 잠재성Infinite Potentiality입니다.

데이비드 R. 호킨스, M.D., Ph.D.

2005년 3월

서론

검증 가능한 진실 및 그와 일치하는 실상에 대한 관심이 요즘 매우 뜨거운데, 그것은 요즘의 국내외적 사건들에 관한 토론에서 핵심을 이루고 있다. 이로 인해 기본적인 윤리적, 영적, 종교적 가치들에 대한, 더불어 그런 가치들이 이 시대 삶의 모든 수준에서의 생존은 물론 도덕에 관해 갖는 함의에 대한 전 세계적 재평가가 일어났다. 모든 토론에는 책임과 책무에 대한 기본적인 저변의 기준이 미묘하게 혹은 공공연히 함축되어 있다. 부수적으로, 윤리적 토론의 증가와 더불어, 영적 정보 자체가 요즘 지수율로 가속 및 확대되고 있다. 이는 의식의 본성에 대한 연구에서 흘러나오는 드러남들은 물론 인간 의식의 전체적 수준에서 최근 이루어진 발전의 촉매 효과에 따른 것이다.

의식은 무제한적이고 편재하며 보편적인 에너지 장이고, 반송파搬送波이며, 우주에서 이용할 수 있는 모든 정보의 창고이고, 그리고 보다 중요한 것으로, 인식하거나 경험할 수 있는 능력의 본질이자 기층이다. 한층 더 결정적으로, 의식은 전 존재의 환원 불가능한 일차적 성질이다. (측정 수준 1,000)

1990년대에, 의식 자체는 단지 형언할 수 없는 불가사의나 가설적 공준公準이 아닌, 정말로 확인할 수 있고 구체적으로 정의할 수 있는 측정 가능한 실상(증대되는 진실, 힘, 영향력을 갖는 다수의 수준들과의 어떤 일치를 반영하는)이라는 것이 밝혀졌다. 인간은 상속받은 성향에다 장기간 의지로써 행한 선택의 귀결이 더해져 결합됨으로 말미암아 특정한 의식 수준에 동조하게 되었음이 밝혀지기도 했다.

의식 연구는 보이지 않는 층층의 에너지 수준들이 '끌개장'을 매개로 하는 동승 현상을 통해, 개인은 물론이고 인구 집단을 지배한다는 것을 드러냈다. (Hawkins, 1995) 각 의식 수준의 효과는 뇌 생리, 세계관, 영적 신념, 철학, 창조적 잠재성은 물론, 우세한 감정적이거나 심리적인 태도 및 능력과 같은 특징을 통해서도 확인할 수 있다. 매 수준은 또한, 선택이나 결정에서 한계의 범위는 물론이고 가능성의 범위를 반영한다.

의식의 수준들은 1에서 1,000에 이르는 어떤 척도(로그 척도) 상에서 입증될 수 있는데, 여기서 숫자 '1'은 최저 수준의 생명 의식(박테리아)을, '1,000'은 인간이 도달할 수 있는 최고 수준(위대한 화신들)을 가리킨다.[4] 측정된 척도는, 지금 비교적 널리 알려져 있는 의식 지도(Hawkins, 1995, 2000, 2003)가 입증하는 것처럼, 전체적 인간 경험에 쉽게 적용할 수 있다. 그것은 무엇에 관해서든 불과 몇 초 만에 진실과 거짓을 구별해 낼 수 있는 쉽고 빠른 방법으로서 세계적으로 이용되고 있으며, 급속히 확산되고 있다. (부록 B를 볼 것)

『의식혁명』(Hawkins, 1995)에서는, 의식 지도상에 표시된 의식

---

4 의식 지도에서 숫자는 상용로그의 지수이며, 의식의 에너지 장의 힘의 세기를 나타낸다. 예를 들어, 의식 수준 150으로 측정되는 것의 힘의 세기는 10을 150번 곱한 것과 같다. 의식 수준 400으로 측정되는 것의 힘의 세기는 10을 400번 곱한 것과 같다. 의식 지도 척도상 숫자의 작은 차이에 불과한 것이 힘의 세기에서는 큰 차이를 나타낸다.

의 다양한 수준에 관해 완전하고 심도 깊은 논의를 제공하고 있는데, 그것은 다음과 같이 간략하게 요약할 수 있다.

전 생명은, 의식 자체인, 전부를 둘러싸는 일반적 장 내에서 보이지 않는 에너지를 발산하는데, 그 의식의 장은 생명에게 원초적이다. 그 장은 영원하고, 무한하며, 모든 차원을 포괄하고, 독립적으로 존재하지만, 시간과 공간 혹은 장소를 포괄한다. 그 장은 생명의 모든 측면을 세밀히 기록한다. (찍어 낸다.) 그 트랙은 간단한, 몇 초 안 걸리는 기법으로 신속하게 그리고 손쉽게 불러낼 수 있는 영구적 기록이다. 그 기법은 간단하게 어떤 진술을 하거나 어떤 물질, 대상, 사람, 혹은 장소를 떠올리는 것과 같은 자극을 가했을 때, 그에 대한 반응으로 근육 강도가 변하는 것을 테스트하는 것이다. '진실'인 것은 의식의 장에 의해 인지되며, 그럼으로써 가해진 압력의 도전에 저항하도록 근육에 에너지를 불어넣는다. '진실 아닌' 것은 의식의 장에 의해 인지되지 않으며, 그럼으로써 가해진 압력의 도전에 저항하도록 근육에 에너지를 불어넣지 않는다. 의식은 순식간에 진실과 '거짓'(즉, 진실의 부재)을 분간해 내고, 심지어 진실의 정도를 불가사의하게 탐지해 내기까지 한다.

의식 지도상에서 200 이상으로 측정되는 에너지는 '진실'을 가리키고, 200 이하인 것은 '거짓'(즉, '진실 아닌' 것)을 가리킨다. 의식 척도는 가장 원시적인 것에서 가장 진화한 것에 이르기까지, 진화의 정도들의 재현을 나타낸다. 가장 낮은 것은 가장 동물적이며 부정적 감정을 포함한다. 긍정적 감정은 측정 수준 200에서 시작되고, 400대의 이성과 지성까지 상승하며, 그 다음에 500에서 사랑에 이르고, 540에서 무조건적 사랑에 이른다. 희귀한 깨달은 상태는 600 이상에서 시작된다. 매 수준마다 분명하고 확인 가능한 특징이 있는데, 그러한 특징은 확실히 눈에 띄며 보편적으로 인간 경험 전체와 일치한다.

시간적 공간적으로 어디에 있는 무엇에 대해서든, 일체에 관한 진실을 즉각 알아낼 수 있다는 발견은, 세계적으로 수많은 연구 학습 모임들의 출현과 지속적 발달을 낳았다. 말할 필요 없이, '전부를 보고 전부를 아는' 즉석 기법의 발견은 검증 가능한 진실의 접근 가능성에 대한 좌절과 조바심이 유력하고도 압도적 주제인 한 세계에서 사실상 끝없는 연구와 흥미진진한 조사 활동으로 들어가는 문을 열어 준다. 모든 조사자는 그 기본 개념과 간단한 기법이 흥미진진할 뿐 아니라, 그것이 질문자 자신의 의식 수준의 주관적 진보라는 만족은 물론 주목할 만한(종종 '깜짝 놀랄 만한') 발견으로 이끄는 새로운 모험이라는 것을 발견한다. (부록 C를 볼 것)

금세 명확해지겠지만, 의식 지도를 슬쩍 훑어보는 것만으로도 전 인간 경험이 신속히 재맥락화되고, 어떤 공통적 기준과 더불어 명료한 설명은 물론 폭넓은 함의를 제공받게 된다.

의식 지도

신에 대한 관점	자기에 대한 관점	수준	로그	감정	과정
참나	있음	깨달음	700 ~1,000	형언할 수 없는	순수 의식
전존재	완벽한	평화	600	지복	빛비춤
하나	완전한	기쁨	540	평온	변모
사랑하는	온건한	사랑	500	경외	드러남
현명한	의미 있는	이성	400	이해	추상
너그러운	조화로운	수용	350	용서	초월
영감을 주는	희망적인	자발성	310	낙관주의	의도
할 수 있게 해 주는	만족스러운	중립	250	신뢰	풀려남
허락하는	실행할 수 있는	용기	200	긍정	힘의 부여
무관심한	요구가 많은	자부심	175	경멸	팽창
복수심을 품은	적대하는	분노	150	미움	공격
부정하는	실망스러운	욕망	125	갈망	노예화
벌하는	겁나는	두려움	100	불안	위축
냉담한	비극적인	슬픔	75	후회	낙담
선고하는	희망 없는	무감정, 증오	50	절망	포기
보복하는	악	죄책감	30	비난	파괴
멸시하는	가증스러운	수치심	20	치욕	제거

- **200 이상**: 진실의 수준들
- **200 이하**: 거짓의 수준들

의식의 장들은 의식 진화의 수준을 표시한다. 그리고 의식의 장들은 물질적 세계 및 점진적 주파수 범위를 갖는 전자기 스펙트럼에 상당하거나 그와 유사한 방식으로, 측정 가능한 힘power이나 낮은 힘force을 나타낸다. 측정된 의식의 높은 수준들은 주파수의 급속한 증가를 보여 주었으며, 때문에 그러한 높은 주파수의 수학적 치역値域과 표시를 용이하게 나타내도록, 산술적 척도가 아닌 로그 척도를 구축하는 것이 필요해졌다.

물질적 영역에서와 마찬가지로, 확인 가능한 의식의 각 수준마다 그 자체의 고유한 성질이 있고, 더불어 그 의식의 장場에 내재된 한계와 제약이 있다. 관찰 결과의 수준들의 이러한 진행 및 그 수준과 조화를 이루는 외관은, 과학적 발견의 다른 장에서 일어나는 발전과 전반적으로 일치한다. 가장 조밀한 수준들은 뉴턴 물리학에서 계측되고 묘사되었다. 과학적 발견은 그 다음에 미분학을 넘어서, 양자역학, 미립자 물리학, 비선형 동역학, 요즘 진화하고 있는 'M-이론', 그리고 다른 기본적 에너지 이론들에 대한 보다 발전된 이해로 진행했다.

하이젠베르크 불확정성 원리의 설명은, 의식 자체는 관찰 가능하고 측량 가능한 우주의 초현미경적 기층에 대해 어떤 심원한 효과를 갖는다는 그 발견에 있어서, 중추적이었다. 의도 자체는 사건들의 출현에 도움이 되는 것으로 인지되게 되었다.

루퍼트 셸드레이크는 형상은 처음에 의식 장 내에서 일어난다는 것과, 그래서 '형태 발생적' 패턴에 더해 의도가 잠재성을 현실로 활성화시키는 데 필수적이라는 원리를 정립했다.(Sheldrake, 1981) 요즘의 끈 이론은, 우주 속에 존재하는 전부의 궁극적 기층이 어떤 우주 에너지를 구성하고, 그래서 존재한다고 말할 수 있는 모든 것은 공통의 기층으로부터 솟아난다고 가정한다. 잠재성으로부터 현실로의 변형 가능성을 제공하는 것은, 전 존재의 원초적 기층이 갖는 무한한 힘이며, 오직 그것만이 나타나지 않은 것을 나타난 것의 영역으로 변형시키는 힘을 갖는다. (측정 수준 1,000)

우주는 지금, 의도 더하기 형상의 도입이라는 영향력을 기다리고 있을 뿐인, 무한하며 잠재적으로 다른 주파수들로 이루어진, 무수한 에너지 장들의 상호 작용하는 총체로 정의된다. 그리하여 우리는 지금, 창조Creation와 진화Evolution는 사실상 하나이며 동일한 과정이라는(측정 수준 1,000), 쉽게 확인 가능한 원리를 묘사하고 이해할 수 있는 수단을 가지고 있는데, 그것에 대해서는 나중에 설명할 것이다.

이 모든 발견은, 얼핏 보기에는 일상생활과 무관한 것으로 비춰질 수도 있다. 하지만 실제에서, 우주의 핵심적 본성과 의식 진화에 관한 이해의 큰 발전은, 영적인 앎은 물론 세속적 앎을 크게 촉진하고, 물질적 영적 진화에 대한 이해를 심원하게 촉진한다. 이제는 더 이상, '주관'으로 명명된 의식의 특성 밑바탕에 있는 궁극적 실상에 대한 사람 자신의 이해와 최종적 각성을 발전시켜주는, 비선형적이고 비가시적인 영향력들의 실상을 파악하기 위해, 이성, 지성, 합리성을 저버릴 필요는 없다.

의식 연구는 과학자만이 아니라, 예술에서 사업, 상업, 정치, 국제 관계, 외교, 전쟁 예방에 이르기까지 수많은 표현을 갖는 사회 전체에 대해서도, 커다란 실용적 가치를 갖는다. 그 밖에도 이 새로운 발견의 장은, 방법론과 이론을 포함하는 모든 연구 분야에 널리 적용된다.

지식인에게 의식 연구의 발견들은 흥미진진하고 매혹적이며, 그 철학적 함의는 심오하다. 인류의 해묵은 난관과 불가사의들이 결정적으로 해결되었음은 이제 명백하다.

수많은 사회적 난문과 표면적 딜레마가 단순히 빠진 조각들을 찾아낸 결과 해결되는데, 그러한 해결은 재맥락화의 자동적 귀결이다. 그 과정이 바로 "아하!" 하는 경험의 바탕이다. 그 뒤에 따라오는 데이터와 정보는 변형을 불러일으키며, 의식과 앎의 진화를 가속화한다.

앞으로 제출될 기본 개념들에 익숙해지는 것은 이로운데, 왜냐하면 익숙해지면 결국 상황을 자동적으로 다르게 보고, 그와 더불어 결과적으로 갈등이 해소되어 마음의 평화가 뒤따르기 때문이다. 앞으로 밝혀지게 되지만, 세계는 보이는 그대로가 아니고, 그 세계의 거주민들은 자신이 추정하는 바와 같은 그런 '누구'가 아니다.

TRUTH
VS
FALSEHOOD

/ 1부 / 진실이란 무엇인가

01

역사적 전망

초기부터 오늘에 이르기까지, 인류는 자신의 기원, 목적, 운명에 관한 수수께끼를 풀기 위해 심사숙고하고 분투해 왔다. 우리는 누구인가? 우리는 어디에서 왔는가? 만약 육체의 죽음 뒤에 어느 곳으로든 간다면, 우리는 어디로 가는가?

지난 수천 년 동안, 무수히 많은 그럴듯한 가설들이 만족스러운 해답을 제시하려고 해 왔다. 과다하게 많은, 상상력이 풍부하고 창조적인 우주론은 물론이고, 신화, 학설, 철학적 토론이 숱하게 일어났지만, 그 하나하나가 가외의 질문과 의혹, 갈등의 시발점이 되었다.

사람들은 인류가 하늘나라에서 내려왔다거나 혹은 땅을 원초적 어머니라고 가정했다. 범신론에서는 동물 영과 자연이 인간의 기원이라고 했는데, 그것은 다신교로 진화했다. 그리고 신 같은, 저마다 성격을 갖고 제한적이나 특정한 영역을 갖는 신성한 형상들의 만신전萬神殿으로 진화했다.

하지만 세계의 다양한 지역에서, 영적 영감과 영적 정보를 매개로 하는 진실이 전설적 현인들을 통해, 그 다음에는 대종교를 창시한 위대한 화신들의 형태로 출현했다. 대종교는 세계 인구의 지역적 부문들에 어떤 답을 가져다주었지만, 역시 평화도 확실성도 일어나지 않았다. 사실, 각 지도자의 추종자들은 흔히 경쟁하는 분파로 분열했고, 그들은 종교적 신념 체계를 박해, 증오, 대량 학살에 대한 정당화이자 근거로 이용했다. 역설적인 것은, 실제로 주요 종교의 어떤 오역은 그 자신의 가르침의 핵심에 노골적으로 반하는 것이 되었다는 점이다.

자신의 가르침의 진실로부터의 그러한 일탈은, 종교 조직만이 아니라 그 종교의 신학 이론의 권위와 온전성에 대한 회의를 불러일으켰다. 그리고 그것은 신뢰성의 상실 외에, 여론에 부정적 충격을 가져다주었다. 신정神政은 독단적일 뿐 아니라 전제적으로 보였는데, 그들의 교리에 대한 집착은 진실의 직관적 인지에 대한 존중에서라기보다는, 두려움에서 비롯되는 일이 많았다. 세계의 많은 지역에서 종교의 평판은 점차로 악화되었다. 예를 들면, 현 시대에, 서구 유럽과 북아메리카의 많은 지역에서 점진적 세속화가 나타났는데, 그것은 이제 요즘의 호전적 이슬람교와 일부 기독교 교회의 스캔들이라는 부정적 충격에 의해 가속되고 있다.

종교적 영적 회의론은 또한, 신임할 만한 충분함으로서의 권위주의가 추락한 부산물이기도 했다. 지난 몇 세기 동안, 과학의 지배가 출현하고 실상에 대한 과학적 패러다임이 부상하면서, 종교 교리에 대한, 특히 성직자의 권위에 대한 신뢰는 더욱 저하되었다. 종교적 갈등은 점차 정치적 이데올로기로 대체되었는데, 역설적으로, 정치적 이데올로기는 그것이 대체했다고 하는 종교 교리만큼이나 전제적이었다.

새로운 종교재판기가 도래했다. 그것은 티베트, 중국, 러시아, 동유럽, 동남아시아, 북아프리카, 아랍 국가들, 쿠바의 국민들이 최근에 겪은 바와 같다. 세계에 대해서는 불행하게도, 그 다음에 정치적 극단주의와 종교적 광신이 결합했는데, 그것을 예시하는 것이 폭력과 광신주의로 세계를 위협하는 이슬람원리주의다. 이슬람원리주의에 대해, 그와 대조적인 세속화는 반가운 구원으로 보인다.

대립물이 없는 힘power과는 달리, 낮은 힘force은 대립하는 세력이 정치적이든, 종교적이든, 혹은 둘 다이든, 항상 저항력을 불러일으킨다. 하지만 진실에는 대립물이 없는데, 왜냐하면 거짓이란 진실의 대립물이 아니라 진실의 부재일 뿐이기 때문이다. 그것은 마치 어둠이 빛의 대립물이 아니라 빛의 결여를 나타낼 뿐인 것과 같다.

1980년대 말경의, 조화로운 수렴Harmonic Convergence의 시기에, 인류 의식 수준은 몇 세기 동안 인류를 지배했던 190이라는 제한된 수준으로부터 진실과 온전성의 임계 수준인 200을 넘어 205로 상승했다. 의식 수준의 그러한 상승 결과, 세계의 보다 발전된 문화들에서, 성공의 기준이 이득에서 온전성으로 바뀌었다. 그 다음에 온전치 못한 기업들과 그 기업의 CEO들이 스캔들 한복판에 서는 시기가 뒤따랐는데, 한편으로, 그와 동시에 전 세계 거대 기업 가운데 온전성의 수준이 가장 높은 기업이 세계 최대이자 가장 성공한 회사가 되었다.

결정적으로 중요한 것은, 2003년 11월, 조화로운 일치Harmonic Concordance의 때에 거의 20년간 안정되어 있던 인류의 의식 수준이 현재 수준 207로 다시 상승했다는 것이다.

같은 시기에, 진실과 거짓을 구별하는 수단을 발견한 귀결로서 의식 연구가 발전했다. 진실은 단순한 '예' 혹은 '아니오'가 아니라, 1에서 1,000까지의 측정된 로그 척도상에서 표현될 수 있다는 것이 밝혀졌다. 의식은 시간이나 공간의 한계를 넘어서 모든 곳에 현존하기 때문에, 의식에 대한 완전히 새로운 과학이 일어났다. 왜냐하면 의식에는 한계가 없고, 또한 의식은 영적 개념과 영적 가르침들에 대한 연구를 가능하게 해 주고 그리고 사회의 모든 측면은 물론 영적 실상에 대한 검증을 가능하게 해 주기 때문이다. 진실에 대한 새로운 정의가 출현했는데, 뉴턴 물리학에서처럼 진실은 그냥 내용의 귀결이 아니라, 어떤 특정한 장 안에서의 내용의 귀결로 정의된다. 그 장에 대해 언급하지 않고서는 진실에 대한 신뢰할 만한 진술은 가능하지 않다는 것이 밝혀졌다.

의식 연구는 주제에 대해 아무런 제한이 없기 때문에, 전에는 고등 과학, 신비가, 혹은 위대한 영적 천재들만 접근할 수 있다고 여겨졌던 분야들을 조사하는 것이 가능하다. 이렇듯, 이 조사법을 이용하여 종교와 교리는 물론이고 영적 개념, 스승과 가르침들의 진실 수준을 확인하고 측정하는 것이 가능했다. 조사를 통해, 역사상 진실의 가장 높은 수준들을 각성한 것은 위대한 신비가들이라는 것과, 인정을 받든 못 받든 간에 그들의 에너지 장은 오늘날까지 전 인류에게 여전히 강한 영향을 미치고 있다는 것이 밝혀졌다.

영적 실상은 부인(무신론자나 회의론자들이 그러는 것처럼)당할 때조차도, 윤리와 도덕이라는 전체적 맥락은 여전히 남는다. 그리하여 그것은 설령 그 기원을 인정받는 것을 거부당한다 해도, 전 시대의 전 인류를 지배한다. 현 시대에 윤리적 영적 노력은 물론 지적 노력을 촉진하는 것은, 의식 자체의 성질에 관한 정보의 급속한 발달은 물론이고 전체적 의식의 이러한 발전이다.

과학 이론에서 가장 최근의 발전들은, 고주파 에너지 장으로 구성되는 모든 물질적 존재에는 공통의 하위 모체가 있다(이 진술은 1,000으로 측정된다.)고 가정한다. 영적 진실과 의식 연구, 그리고 고등 이론 물리학을 통합하는 데서의 어려움은, 마음이 이원적으로 생각한다는 것이다. 그리하여 관찰과 묘사에 대해, 지각된 '실상'은 영역이나 계의 여러 다른 범주들(예를 들어, 물질 대 비물질, 혹은 경험적인 것 대 관찰 가능한 것)로 분리되는 것처럼 보인다. 그것은 다음의 대비되는 것들의 목록이 구별하고 있는 바와 같다.

물질 대 비물질	철학 대 물질성
경험적 대 관찰 가능한	미시 대 거시

주관적 대 객관적   측정 가능 대 비측정 가능

선형 대 비선형   예측 가능 대 비예측 가능

세속적 대 영적   물질 대 영

지적 대 감정적   정의 가능 대 형언할 수 없는

과학적 대 비과학적   진실 대 거짓

영적 대 이기적   추상적 대 구체적

알려져 있는 대 알려져 있지 않은   제한적 대 무제한적

과학 대 종교   현상적 대 현실적

이상으로부터, 존재와 실상, 혹은 경험의 구별되는 범주로 여겨졌던 것은 일차적으로 지각과 정신 작용의 다른 범주들, 즉 데카르트의 *레스 코기탄스*일 뿐임이 명백해지게 된다. 실제에서는 실상Reality에서와 마찬가지로, 분리는 없으며 독립된 존재를 갖는 별개의 영역들(레스 엑스테르나)은 없다. 하지만 운용상으로, 묘사는 표면적으로 분리되어 있는 영역에만 적용되는 듯하고, 그리고 지적으로, 그 지각된 이질적 영역들에는 공통 기반이 없는 듯하다.

주관적 경험과 조사의 전 영역에 대한 사람들이 찾아마지않는 공통성은, 전통적으로 '의식'으로 표시되는 편재하는 에너지 장이라는 것이 판명된다. 의식은 전 존재와 지성 자체의 기층이자 핵심이다. 오로지 의식만이, 그것을 가지고 비교할 수 있고 표면적으로 이질적인 영역들을 다층적 표현을 갖는 종합적 단일성으로 통일시킬 수 있는, 모든 성질을 다 가지고 있다. 의식 자체는 사람들이 찾아마지않는 '모든 것에 대한 통일장 이론'으로 인도하는 열

쇠다. (1,000으로 측정되는 진술) 의식의 장 너머에는 아무것도 존재하지 않는데, 왜냐하면 의식은 보편적이고 시간이나 장소에서 독립해 있기 때문이다. 묘하게도 그와 동시에, 의식은 인식 가능하고, 경험될 수 있으며, 그리고 의식의 수준들은 식별 가능하고 확인 가능하다.

우리는 처음으로 돌아가 시작할 수 있고, 그때 아래와 같은 질문을 던질 수 있다.

1. 존재와 경험이 갖는, 혹은 존재와 경험의 표현들이 갖는 모든 가능성에 대해 공통적이고, 필수적이며, 본질적인 것은 무엇인가?
2. 보이는 것과 보이지 않는 것의, 주관적인 것과 객관적인 것의, 형상과 비형상의, 그리고 시간이나 공간 속 어디에서든 확인 가능한 것의 환원 불가능한 기층, 즉 절대Absolute란 무엇인가?
3. 그러한 보편성의 현존은 어느 정도로, 그리고 어떤 환경에서 식별 가능한가?

오직 의식의 장만이 그 모든 요구 조건을 다 충족시킨다. 의식의 장의 현존은 의식 자체의 타고난 성질을 발휘함으로써만 발견할 수 있다. 다시 말해 의식을 확인하고 연구하고 고찰할 수 있는 유일한 수단은, 의식 자체의 성질을 이용하는 것뿐이다. 이와 비슷하게, 생명을 연구하고 경험할 수 있는 것은 생명 자체뿐이다. 왜냐하면 생명은 앎의 핵심이자 기층이기 때문이다. 그에 비길 만한 이유로, 인식론의 환원 불가능한 기층은 주관이며, 그중에서 그노시스(영지靈知)는, 모든 시대 현인들의 깨달은 상태에서 최고의 표현 수준으로 실현되게 된 경험적 잠재성이다.

앞으로의 고찰과 토론에서 명확해질 테지만 존재하는 전부는 예외 없이 그것이 주관적이든 객관적이든, 물질적이든 비물질적이든, 형상이 있든 없든, 상태나 성질과는 무관하게, 식별하고 묘사할 수 있는 어떤 연속체상에서 자신의 존재를 갖는다는 것이, 의식에 대한 이해를 통해 드러나게 된다. 왜냐하면 실상에는 단절이란 없으며 있는 것은 에너지뿐이기 때문이다. 에너지는 그것의 여러 다른 주파수 범위가 갖는 특성으로 표현된다. 물질 우주는 하나의 진동하는 주파수 스펙트럼이며, 그 너머에서 물질적인 것은, 보이진 않지만 힘이 점점 더 강해지는 에너지의 범위들 속으로 녹아든다. 에너지의 범위들은 극단적으로 높은 범위들과 초고楚高 고조파高調波를 거쳐, 존재 자체의 근원에 이르기까지 계속해서 상승한다. 가장 원초적 수준에서 나타난 것은 나타나지 않은 것의 실현이고, 이것에 의해서 잠재력은 현실이 된다. (즉, 창조Creation)

단 하나의 '모든 것에 관한 이론'은 검증 가능한 실상인가? 그것은 실용적 도구인가, 아니면 추상적 가설인가? 그러한 이론은 지극히 실용적이며, 우주는 물론이고 인간 경험의 모든 측면에도 똑같이 적용할 수 있다는 것이 연구를 통해 분명해질 것이다. 그것은 가능한 것과 불가능한 것, 실현된 것과 잠재된 것, 비실재와 실재를 구별해 준다는 측면에서 헤아릴 수 없는 공리적 가치를 갖는다. (측정 수준 1,000)

우주 속 어디에 있는 무엇에 대해서든, 단순히 묻는 것만으로 일체에 관한 검증 가능한 진실에 접근할 수 있다는 것은 너무도 놀라워서, 모든 기본적 인간 추정에 도전할 정도이다. 조사해 보면, 전 시대에 걸친 전 존재(모든 지속 기간과 모든 장소 너머에 있으며, 전 존재의 모든 가능성 안에서 그러한 가능성에 대한 인간 경험을 포괄하는)는, 무한한 잠재력인 전부를 둘러싸는 단일한 에너지 장의 표현이라는 것, 그리고 그 단일한 에너지 장 자체가 갖는 성질은, 형상 없는 것으로부터 실제의 확인 가능한 형상으로 잠재력을 실현시킬 수 있는 능력이라는 것이 명백해지게 된다.

전지한, 편재하는, 전능한, 보편적인, 전부를 둘러싸는, 어디에나 현존하는, 모든 시간과 공간 너머의 장에, '신성한'이라는 이름표를 붙일 것인지 말 것인지는 개인의 선택이다. 역사적으로 '신'이라는 단어는 세월이 흐르는 동안 그렇게나 욕을 먹고, 남용되고, 와전되었으므로, 붓다는 신이라는 용어를 아예 사용하지 말 것을 권고했다. 왜냐하면 신이라는 단어는 사람들을 오도하고 편견을 갖게 만들기 때문이었다. 진실Truth을 추구하는 진지한 제자들(그들 자신이 온전하며 묻고자 하는 질문이 온전한)이라면 위의 진술을 직접 검증해 볼 수 있다. 계측 가능한 시간, 기간, 혹은 장소 너머에, 사실적이고 검증 가능하게, 전능하고, 편재하며, 막강한, 보편적 장이 있는데, 그 장은 무한한 잠재성을 가지며 경험적으로 혹은 형상으로(예 원자력) 나타나게 될 수 있다.

전 시대를 통틀어, 핵심적 진실 자체를 향한 내적 추구에 헌신했던 영적으로 고양된 개인들은, 보통의 마음 너머에는 전 존재의 근원으로서의 장 자체의 현존을 각성할 수 있게 해 주는, 잠재된 경험적 능력이 있다는 것을 보고해 왔다. 그 장에 내재된 성질들은, 이제껏 실제 혹은 실상Reality으로 묘사되어 온 전부에 빛을 비추고 전부를 드러내 준다. 보고에 따르면, 전통적으로 깨달음으로 불린 현상은 극히 드물었다. 왜냐하면 좋아하는 환상, 동일시, 혹은 성격을 내맡길 수 있는 이들, 그리고 카르마적으로 그렇게 할 수 있는 천품이 있거나 혹은 기꺼이 그렇게 하고자 하는 이들은 극소수기 때문이다. 이러한 희귀함이 존재하는 것은, 진실에 대한 명료하고 정밀한, 그리고 검증 가능한 정의가 결여되었기 때문이다. 의식의 본성에 대한 앞선 연구는, 과학과 영성 간에는 이제 분리가 없다는 것을 결정적으로 입증해 준다. 사실, 과학과 영성은 공통된 기층의 다른 주파수 범위를 나타낼 뿐이다.

거친 물질세계에서, 표면적으로 '다른' 에너지들은 다음과 같은 이름표를 달고 있다. 중력(무게), 약력, 강력, 마력, 화학 결합, 열, 빛, 전기, 방사선, 단파, 장파, 광자, 전자, 중성자, 양자, 소리, 번개, 음악, 지진, 알파파, 베타파, 자기장, 북극광, 수증기, 증기, 홍수, 원자력, 핵분열, 핵융합, 식물과 동물, 감정, 생리학, 뇌전도(EEG) 파, 운동, 심전도(EKG) 파, 텔레비전, 송신기와 수신기, 화산, 우주 복사, 식역하 코끼리 발소리[1], 생각함, 느낌, 바라봄, 직관, 개념, 형상, 색깔, 진동, 불. 물론 은하계라는 이름표도 있고, 빛조차 빠져

---

1 코끼리들은 지극히 예민한 청력을 갖고 있어서 인간의 귀로는 들을 수 없는 저주파 영역을 느낄 수 있고 그래서 멀리 떨어져 있는 다른 코끼리들의 쿵쿵거리는 발소리를 알아들을 수 있다고 한다. 저자는 여기서 농담조로 그러한 현상에 관해 언급하고 있다.

나갈 수 없을 만큼 중력이 센 블랙홀이라는 이름표도 있다.

이상의 모든 것은 '분리된,' 독특한, 다른 '실상들'인가? 우리는 에너지와 물질의 보존 법칙과 E=mc²을 이미 알고 있다. 이상으로부터, 단 하나의 편재하는 에너지 근원이 있을 뿐이라는 것, 그리고 에너지의 성질은 일차적으로 주파수, 장소, 만연, 스타일, 관찰 지점, 그리고 각 관찰 지점의 해석에서의 차이를 반영한다는 것을 직관하는 것은 물론, 그렇게 결론 내리는 것은 어렵지 않다.

물질적 수준 너머에서, 에너지의 진동 주파수는 뉴턴적 패러다임을 훨씬 지나 생각 자체의 모체로서의 그 비물질적 경험에 이르기까지 증가하는데, 생각에 대해 뇌는 그것의 물질적 결과물이다. 원형질 뇌의 한계 너머에는 에너지(에테르) 뇌와 앎/의식 장이 있는데, 이러한 것들은 나타나지 않은 것, 즉 그 속에서 창조가 일어나는 존재의 원초적 근원에서 나온, 나타난 에너지의 빛이다.

인류는 모든 시대에 걸쳐 이상의 모든 것을 직관했다. 왜냐하면 앎은 뉴턴 과학의 패러다임 한계나 논리의 한계에 의해 억제되지 않았기 때문이었다. 데카르트의 *레스 코기탄스(인테르나)*와 *레스 엑스테르나*는 분리된 것이 아니라, 형상을 관찰하는 대안적 지점들이다. 그 둘은, '것'으로부터 '그것에 대한 관념화'에 이르는 스펙트럼상의 다른 수준을 나타낸다.

모든 형상 내부에는 형상 없는 것의 보편적 현존이 있으며, 전부가 형상 없는 것으로 둘러싸여 있고, 전부가 형상 없는 것으로 통일되어 있다. 이러한 실상이 '모든 것에 대한 통일장 이론'을 가능하게 해 준다. 이 이론이 자명하고도 그럴 법한 이유는, 존재하는 전부는 단 하나의 공통된 근원에서 일어나기 때문이다. 물질적임은 물론이고 주관적으로 인간적인 우주는, 이렇듯, 에너지 자체가 갖는 무한한 잠재성의 표현이다. 즉, 나타나지 않은 것은 형상 없는 원초적 에너지로서 나타난 것이 되고, 그 다음에 그것은 비선형적 의식의 장이 되는데 이 자체는 형상, 시간, 혹은 소재 너머에 있다. 비선형적 의식의 장은 그 다음에, 주관적인 그리고 선형적인 형상의 수준들을 갖는 스펙트럼으로 분화되는 모체로서 이바지하는데, 그것은 잠재성의 실현을 나타낸다. 그리하여, 진화는 인과관계가 아닌 창조를 나타내고 표현한다. 존재하는 전부는 '원인'이 아닌 근원을 가지고 있다. 원인이란 지극히 제한된 개념, 즉 레스 코기탄스에 불과하다. (이는 '진실'로 측정된다.)

단순하고도 상당히 자명한 진실은, 진화Evolution는 창조Creation라는 것이다. 따라서 창조는 지속적이고, 진행 중이며, 진화로서 연쇄적으로 목격된다. 진화와 창조는 하나이며 동일한 실상이다.

진실의 과학

고전적으로, 과학의 필수적 요건들은 확증 가능한 (그리고 이해 가능하고, 논리적이며, 반복 가능한) 정보의 조직체로 구성된다. 따라서 실제에서, 과학은 이론 더하기 실험적(경험적) 확증이 가능한, 시험 가능한 가설로 구성된다.

비록 수천 년간, '진실'은 박학하고 지적인 담론과 주의의 초점이 되어 왔지만, 결론이 나지 않는 그 진행 중인 토론(예를 들어 『서양의 위대한 책들』을 볼 것)에 종지부를 찍을, 전적으로 보편적인 합의에 도달한 적은 이제껏 없었다. 하지만 진술된 맥락 안에서 발견적 가치[1]를

---

1 heuristic value, 이것은 학생들이 스스로 뭔가를 찾아내거나 발견할 수 있게 해 주는 교육적 가치를 말한다.

갖는 실용적 정의들은, 일정 기간 어떤 실용적 목적에 이바지했다. 하지만 각각의 정의는, 맥락이나 한도에 대한 묘사 결여로 인해 한계를 가지고 있었다. 따라서 앞으로 설명하겠지만, 그 어떤 것이든 외견상의 진실의 제출에 대한 시험 가능한 진술은 진짜 타당성을 갖지는 않는다. 왜냐하면 타당성이란 맥락과 내용에 의존하고, 또한 맥락과 내용에 대한 묘사의 특이성에 의존하기 때문이다.

이상의 어려움에 더하여, 모든 정의와 용어는 논리의 변증법은 물론 의미론에 대한 추정, 인식론적 전제, 그리고 지각을 포함하는데, 이 모든 것은 결국 풀기 어려운 수수께끼가 놓여 있는 막다른 골목에 가닿는다. 즉, 우리는 어떻게 아는가? 혹은 우리는, 우리가 안다는 걸 어떻게 알기조차 하는가? 그 다음에 수수께끼는 계속해서 신학적 토론과 형이상학으로 이어지고, 결국에는, 주관적인 것을 논증과 경험의 추정상으로 객관적인 범주들에서 구별해 내는 것의 인식론적 딜레마에 가닿는다. 조사에서 핵심적 딜레마는, 데카르트의 *레스 코기탄스*를 *레스 엑스테르나*와 구별하려는 시도이다. (즉, 마음은 세계 자체를 알 수 없으며 마음 자신의 선별적이고 추상적인 정신 작용만을 알 수 있을 뿐인데, 그것은 마치 사진은 피사체가 아닌 것과 같다.) *레스 코기탄스*와 *레스 엑스테르나*를 구별하려는 시도는 모든 지적 논증의 궁극이 되며, 정신 작용 자체의 이원적 본성으로 인해 성취할 수 없다. 그리고 정신 작용의 이원적 본성은 인위적으로 주체와 대상을 나누고, 그리하여 그것이 우회적 동어반복을 통해 해결하고자 하는 본질적 오류의 근원이 된다.

지적 조사가 가닿는 종점은, 마음과 지성은 각기 고유한 결함을 안고 있으며 따라서 절대적 진실에 도달할 수 없다는, 자명한 결론이다. 인과율 자체는 불과 460으로 측정된다. 즉, 인과율은 이원적이며 따라서 그것의 맥락적 패러다임으로 말미암아, 그리고 그 변증법 구조에 내재된 한계로 말미암아 제한적이다.

진실에 관한 어떤 정의定義를 향한 모든 정신적 접근은 결국, 추상적인 것으로부터 경험적인 것으로, 그리고 객관적이라고 가정된 것으로부터 철저하게 주관적인 것으로 패러다임 도약을 해야 할 필요성에 맞닥뜨린다. 그리하여 "객관적인 것만이 실재한다."는 진술은 순수히 주관적인 전제다. 따라서 기계적 환원주의자는 다른 모든 사람과 똑같이, 사실상 심령 내적이고 주관적인 실상에서 살아간다. 절대적 진실에 대한 묘사와 인식에서의 딜레마를 해소하기 위해서는, 의식 자체를 연구하는 분야로 뛰어드는 것이 필요하고, 그렇게 할 때 인식의 유일하게 현실적이고 검증 가능한 실상이 '있음'으로 말미암은 것임이 분명해지는데(즉, 모든 지식화는 뭔가에 '대한' 것이다.), 이렇게 해서 관찰자가 고찰 대상의 목격자로 있으려면 외부에 있을 것이 요구된다. 예를 들면, 인간 관찰은 고양이에 '대해' 인식할 수는 있지만, 오직 고양이만이 고양이로 '있음'이라는 성질로 말미암아 고양이라는 것이 무엇인지를 정말로 알 수 있다.

본질적으로, 이상의 관찰 결과는 영적 실상에 관한 견해의 다양성 및 신성과 관련된 신학적 토론에 대한 설명이다. 그런데 이러한 설명은 자기 각성이라는 순수히 주관적인 인식(즉, 주관성의 본질이 진실과 실상의 핵심 기층으로서 그 속에서 저절로 드러나는 깨달은 상태)에 이르지 않고서는 높은 정도의 진실에 닿을 수 없다.

나중에 설명하겠지만, 의식 연구는, 진실의 수준들을 이해하고 납득할 수 있는 인간 마음의 능력이, 그 자체가 계속적인 진화 발달 상태에 있는 개인의 의식 수준에 의존한다는 것을 드러내 준다. 개인 의식 수준의 계속적 진화 발달은, 지나온 장구한 진화의 시간에 걸쳐 계속되었을 뿐 아니라, 현재에 그리고 성숙되는 동안에도 계속되고 있다. (7장을 볼 것)

태어난 순간, 모든 개인은 이미 측정 가능한 의식 수준을 갖고 있음을 아는 것이 중요하다. 그 수준들은 아주 현저하게, 그리고 사실상 극단적인 정도로 다양하다. 측정 가능한 의식 수준은 라디오나 텔레비전 안테나와 비슷하게, 어떤 확인 가능한 주파수 범위에 동조할 수 있는 능력을 표시한다. 게다가 뇌는 대략 25세, 심지어 35세가 되기 전까지는 완전한 성숙에 도달하지 않고, 뇌에서 의미심장하게 가장 인간적인 부분인 전전두 피질은 마지막까지 완전히 성숙하지는 않는다. 이는 지금 법원에서 청소년들에게 형을 선고할 때 고려하는 사실이다.

전체적 관점에서 볼 때, 진실을 이해하는 것이 원천적으로 힘겨우며 표면적으로 복잡하다는 것은 분명하다. 진실을 정의하고 이해하는 문제는 수많은 다른 결론으로 이어지는데, 그러한 다른 결론들은, 그 속에서는 당대 인류의 전체적 의식 수준조차 의미심장한 한 요인이 되는, 무수히 많은 요인들에 의존한다. 의식의 각 수준은 진실에 관한 어떤 정의를 낳는다. 그리고 그러한 정의는 특정한 수준과 일치하고, 더불어 그 수준의 문화와 시대에 걸맞은 그 자체의 언어 및 조건들과 일치한다. 불화는, 동시대에 속해 있더라도 의식의 다른 수준에 적합한 정의들로부터 일어난다. 사실에 관해 혹은 진실의 정의에 관해 의견이 일치된다 하더라도, 그것이 무엇을 '의미'하는지 혹은 무엇을 가리키는지에 대한(즉, 해석학) 의견 차이는 여전히 남는다.

의식에 관한, 실용적이지만 이론적으로도 우아한[2] 과학의 점진적 발달에 대해서는, 폭넓은 시연과 확증(Hawkins의 비디오 강연 시리즈, 2002, 2003, 2004)을 포함하는 세부를 이미 제출한 바 있다. (Hawkins, 1995~2004)

의식 과학의 본질적 원리에 대한 요약

1. 의식은 무한한 차원과 잠재성을 갖는 형상 없는 비가시적 에너지 장, 즉 전 존재의 기층이다. 의식은 시간, 공간 혹은 장소에서 독립해 있지만, 그러면서도 전부를 포함하고 어디에나 현존한다.

2. 의식의 장은 모든 제한, 차원, 혹은 시간 너머에서 전 존재를 둘러싸고 있기 때문에, 심지어 스쳐 가는 생각처럼 표면적으로 아무리 사소해 보이는 것이라도 모든 사건을 다 등록한다.

3. 모든 사건의 등록은 시간과 장소 밖에서 일어나기 때문에, 모든 사건들은 무시간적으로 접속 가능한데, 이는 의식 자체의 에너지 장에 고유한 독특한 성질로 인한 것이다.

---

2 elegant, 과학적 대화에서 어떤 배아적胚芽的 맥락을 가리키기 위해 사용하는 용어.

4. 의식은 인식하거나 경험할 수 있는, 그리고 지각하거나 목격할 수 있는 인간 능력의 환원 불가능한 기층이며 그리고 아는 능력 자체의 본질이다.

5. 의식의 장은 인류와는 독립적으로 존재하지만 인류 내부에 포함되어 있다. 그것은 환원 불가능한 기층, 즉 절대Absolute이다. 존재하는 전부는 절대와 비교하여 상대적이다.

6. 의식은 무한한 힘과 잠재력을 갖는 어떤 장을 나타내는데, 그 속에서 창조Creation로서의 나타난 우주가, 계속되는 진행 중인 과정으로서 일어난다.

7. 전 우주는 알려진 것과 알려지지 않은 것을 망라하여 인간의 묘사와는 독립적으로 존재하는, 본질적으로 하나인 통일되어 있는 완전한 장이다. 그 내부에는 관찰 가능한 우주로 나타나는 다양한 수준의 진동 주파수가 있다. 물질 영역에서와 마찬가지로, 진동 에너지의 주파수가 높아질수록 힘은 커진다.

8. 보편적인, 전부를 둘러싸는, 진동하는 에너지 장은, 묘사하자면 편재하고 따라서 전지이며, 만능이다. (전능하다.) 의식의 장의 현존은 모든 유정물에 대해, 존재 자체에 대한 주관적 앎으로서 알려진다. 그리하여, 의식이 존재의 기층으로서 현존함에 대한 앎은, 가능한 모든 인간 경험의 저변에 있는, 원초적이고 주관적인 실상이다.

9. 의식의 수준들은, 의식 자체가 갖는 어떤 단순한 성질을 이용해서 확인하는 것이 가능하다. 그리고 의식의 전지함은 존재를 갖는 것을 인지하고 그것에 반응하며, 존재를 갖는 것은 존

재한다는 사실로 말미암아 진실이다. 이렇듯 의식은 거울처럼 비개인적으로 현실을 반영하고, 현실은 그 과정으로 인해 바뀌거나 영향받지 않는다. 따라서 의식은 어떤 것도 '행'하지 않지만 중력과 비슷하게 맥락을 제공하는데, 그 맥락 가운데서 잠재성이, 형상 없는 것으로부터 형상으로, 경험되지 않은 것으로부터 경험된 것으로 실현된다.

10. 에너지 보존이나 물질 보존 법칙에 비길 만한 생명의 보존 법칙이 지배하고 있다. 생명 자체는 파괴되는 것이 가능하지 않으며, 어떤 다른 주파수 범위(인간 경험으로는, '에테르적' 영역과 '영적' 영역, 그리고 전 시대에 걸쳐 묘사되어 온 다른 에너지 영역들)로 이동함으로써 형상을 바꿀 수 있을 뿐이다.

11. 존재하는 전부는 에너지 진동의 어떤 수준을 나타내기 때문에, 내적으로 일관되며 실용적으로 가치 있는 의식 척도가 구성될 수 있다. 1에서 1,000에 이르는, 의식에 대한 로그 척도는, 생명 자체의 존재로서의 숫자 '1'에서 시작하여 1,000(인류가 이제껏 도달한 최고의 의식 수준)까지 계속되며, 인간 의식의 모든 가능성 있는 주파수 범위를 포함하기에 충분하다. 그러한 척도는 풍부한 정보를 제공해 준다는 것, 그리고 인류를 이해하고 신성에 대한 질문과 우주를 이해하는 데서 이론적 가치는 물론 실용적 가치가 대단히 크다는 것이 입증 가능하다.

12. 의식 연구는 인류가 현 시대에 이용할 수 있는 유일한 과학으로서 선형적 비선형적 패러다임들과 그러한 패러다임들의

영역이 갖는 상대적 에너지 수준들에 관해 조사할 수 있게 해 주고 또한 시간, 소재, 혹은 차원 너머에 있으며 주관적인 것은 물론 확인 가능하게 객관적인 것으로 공히 존재하는 실상들의 상대적 에너지 수준에 관해 조사할 수 있게 해 준다.

이상의 진술은 의식 수준 1,000으로 측정되는데, 그것은 현재의 인간 조건에서는 가장 높은 수준의 진실이자 인식 가능성이다.

박사 학위 논문에서처럼, 이상의 진술들은, 그에 관해 명료히 설명하고, 확장시키고, 입증해야 하는 그리고 영가설의 충족을 정당화하기에 충분한 데이터의 제시로 참고 문헌을 마련해야 하는 가설로 취급할 것이다.

03

수수께끼로서의 진실: 도전과 투쟁

물들지 않은, 검증 가능한 진실의 과학이 발달하는 데 있어 필수적 토대이자 본질적 기초는 의식 자체의 본성을 이해하는 것이다. 그러한 기초가 없는 상태에서, 진실의 본질적 성격에 대한 해명은 뇌 화학의 기계적 환원주의(측정 수준 410)와 철학의 추상적 주지화(측정 수준 460) 사이에서 허둥댔다. 그것은 우회적 동어반복을 낳고, 이는 결국 형이상학(측정 수준 450), 신학(측정 수준 450), 그리고 마침내 인식론(측정 수준 460)으로 인도한다. 인식론이란 즉 이런 것이다. 우리는 어떻게 아는가? 우리는 우리가 안다는 것을 어떻게 아는가? 그리고 믿음과 신용을 둘 수 있는 원초적 기반이 있기는 한가?

뉴턴적 패러다임 내에서(측정 수준 460), 과학(측정 수준 460)은 유익한 정보를 제공해 주면서도 믿을 만하게 실용적으로 생산적이었다. 전통 과학의 영역은 타고난 한계 및 구조와 형상의 규율에 칭칭 감겨 있었다. 선형적인 것은 예측 가능하며 타고난 확실성을 갖는데, 이로 인해 사회의 믿음은 결국 전통적 종교와 같은 보이지 않는 것으로부터 과학의 입증 가능한 확실성과 이로움으로 이동하게 되었다.

현대적 마음에 대해 과학은 '실재'하고 '객관적'이다. 반면에 정신적이거나 주관적인 본성을 갖는 비물질적 현상과 경험들은 실체가 없고, 진위가 의심스러우며, 의혹과 논쟁을 불러일으키는 것으로 여겨진다. (Arehart Treichel, 2004) 양자역학(측정 수준 460)과 하이젠베르크 불확정성 원리(측정 수준 460)의 출현은 실상에 대한 뉴턴적 패러다임의 지배가 종언을 고했다는 것, 그리고 예측 가능한 선형적인 것으로부터 예측 불가능한 비선형적인 것(측정 수준 500에서 무한까지)으로 이끌어 주는, 보다 정교하고 앞선 과학의 진화가 일어나기 시작했다는 것을 알려준다.

전 시대를 통틀어, 인간 마음과 지성은 이성과 합리성이라는 엄청난 복잡성에 관한 조사의 주제임은 물론, 그러한 조사의 도구이기도 했다. 인간이 조사한 분량만으로 거대한 도서관이 가득 찼고 그것은 엄청난 속도로 늘어났다. 탐구는 결정적 해결이나 단순화보다는 당황스러운 정보 증식으로 이어졌다. 그 결과 1950년대에 모티머 애들러Mortimer Adler를 의장으로 하는 박학다식한 교육자와 학자 집단이 수 세기에 걸친 위대한 사상가들의 지적 노력에 조직적 승인을 부여하고자 했다. 그것은 『서양의 위대한 책들The Great Books *of the Western World*』(1952)의 탄생으로 귀결되었다. 그 속에는 진실에 도달하고 진실을 정의하려는 시도에 최선의 노력을 경주한 뛰어난 학자와 사상가 중에서도 단연 가장 뛰어난 이들의 저서가 포함되었다. 인간 지성사에 대한 이 연구는 지속적이고 광범위하며, 그것의 가치는 현재 전국 학자 연합National Association of Scholars(Fields, 2000)이 뒷받침해 주고 있는데, 전국 학자 연합에서는 위대한 책들을 10년에 걸쳐 진지하게 연구하는 일정을 권고하고 있다. 전집의 목차에는 전 역사의 위대한 사상가들이 이룬 큰 기여가 포함되어 있다. 그 사상가들의 명단은 다음과 같다.

『서양의 위대한 책들』에 대한 측정치

J. S. 밀	465	라부아지에	425	밀턴	470
갈렌	450	라블레	435	버클리	470
갈릴레오	485	로크	470	베르길리우스	445
괴테	465	루소	465	보즈웰	460
기번	445	루크레티우스	420	세르반테스	430
길버트	450	마르쿠스 아우렐리우스	445	셰익스피어	465
뉴턴	499			소포클레스	465
니코마코스	435	마르크스	130	스위프트	445
다윈	450	마키아벨리	440	스턴	430
단테	505	멜빌	460	스피노자	480
데카르트	490	몽테뉴	440	아담 스미스	455
도스토예프스키	465	몽테스키외	435	아르키메데스	455

아리스토파네스	445	케플러	470	플라톤	485
아리스토텔레스	498	코페르니쿠스	455	플로티누스	503
아우구스티누스	503	타키투스	420	플루타크	460
아이스킬로스	425	토머스 아퀴나스	460	필딩	440
아폴로니우스	420	톨스토이	420	하비	470
에우리피데스	470	투키디데스	420	헤겔	470
에픽테토스	430	파스칼	465	헤로도투스	440
엥겔스	200	패러데이	415	호머	455
윌리엄, 제임스	490	푸리에	405	호이헨스	465
유클리드	440	프란시스 베이컨	485	홉스	435
초서	480	프로이트	499	흄	445
칸트	460	프톨레마이오스	435	히포크라테스	485

'위대한 책들'은 전체적으로 450으로 측정되지만, 칼 마르크스를 제외하면 465로 측정된다. 이렇듯 200(진실과 거짓을 가르는 임계점) 이하로 측정되는 철학은, 역사와 요즘 연구가 잘 입증해 주는 것처럼 심각하게 부정적인 영향을 미친다.(이와 대조적으로, 저자 자신이 아닌 소크라테스는 540으로 측정된다.)[1]

진실의 본질적 성격을 발견하는 일의 중차대함은, 세계에서 가장 위대한 사상가와 학자들이 경주한 노력의 크기와 정도에서 추

---

1 소크라테스는 직접 책을 쓰지 않았다. 그의 생애와 철학은 플라톤과 같은 제자들 및 당대 사람이 남긴 기록을 통해 전해지고 있다.

론해 낼 수 있다. 위의 저자들은 서구 세계를 대표할 뿐이다. 비슷한 노력 및 그에 비길 만한 위대한 사상가 명단을 다른 문화들과 아시아, 중동의 지적 전통에서 찾아낼 수 있다. 불행히도, 인류의 가장 초기 작업에 대한 기록은 기원전 48년, 알렉산드리아 대도서관 화재로 소실되었다.

여러 세기에 걸친 학술적이고 지적인 탐구에 뒤이어 새로운 탐구법이 시작되었는데, 그중에서 물질적 영역에서 대단한 성공을 거둔 과학적 방법은 인간 마음과 그것의 생리학에 대한 연구에 적용되었다. 『서양의 위대한 책들』 마지막 권이 프로이트에게 바쳐진 것은 주목할 만하다. 프로이트의 가장 독창적 발견은, 무의식적 마음의 중요성 및 그것이 정신적 감정적 삶의 모든 측면에서 차지하는 주된 역할에 관한 것이었다. 정신분석의 커다란 기여는, 경험의 선험적a priori 기층으로서 주관의 결정적 역할과 그에 대한 해석 및 그것의 심령내적 역동을 입증한 것이었다.

프로이트 이후 심리학이 융성했는데, 그중에서 칼 융의 발견은 그가 인간 영靈을 개인적 집단적으로 강력하고 의미 깊은 요소로서 인간 의식에 포함시켰다는 점에서 가장 의미심장했다. 무의식에 대해 좀 더 명확히 설명하기 위해, 융은 고유한 패턴들이 큰 원형임을 분명히 했다. 프로이트의 저작은 499로 측정되는 반면 융의 저작은 520으로 측정되는데, 그것은 패러다임의 중요한 그리고 결정적인 발전을 가리킨다.

실험적인 학문적 심리학은 보다 기계적인 쟁점들과 학습 이론에 국한되었다. 대략 같은 기간에, 의미론자들은 언어학과 언어 자체의 기본 구조에 관해 연구했다. 하야카와(1971)와 아이어(1966)는 데카르트가 이미 분명히 밝힌 본질적 요점(*레스 코기탄스 대 레스 엑스테르나*)에 관해 설명했는데, 그것은 "지도는 영토가 아니다."[2]라는 것이고, 여기서 강조되는 것은 인간 정신 작용의 그러한 결함이 갖는 중요성이다. 의식 자체는, 하이젠베르크 불확정성 원리의 중대한 발견과 추론의 귀결로서, 과학적 탐구의 초점이 되었다. 아인슈타인(그의 연구는 499로 측정된다.)은 하이젠베르크 원리가 갖는 철학적 함의를 받아들이길 거부했지만, 데이비드 봄은 그것을 이해했다. 봄은 함축된/나타난, 접혀진/펼쳐진 실상의 패러다임들에 관해 묘사하고 서술했다. (봄의 연구의 의식 수준은 505다.) 보다 발전된, 우주에 관한 그러한 맥락화는, 존재의 나타나지 않은 기층을 그리고 그것이 잠재성으로부터 현실로 펼쳐지는 실상을 공히 인지한 것이었다.

양자역학의 개념적 철학적 함의와 새롭게 부상하는 비선형 동역학 덕분에, '과학과 의식'을 주제로 한 일련의 연례 학술대회가 애리조나 대학(Hameroff와 기타 저자들, 1996)과 그 밖의 곳에서 개최되기에 이르렀다. 그것은 《의식 연구 저널Journal of Consciousness Studies》의 발행(1996)으로 이어졌다. 위의 학회와 학술지들의 의식 수준은 대략 410에서 450으로 측정되는데, 이는 그러한 것이 일차적으로 고등 과학 이론 및 관련된 수학을 이용한 지성의 노력임을 가리킨다.

---

2 폴란드계 미국인 수학자이자 철학자인 알프레드 코지프스키의 유명한 발언이다.

대략 같은 시기에, 연구 분야로서의 정신의학은 정신분석을 버렸고, 사람이 그것에 의해 자신의 존재를 연속체로서, 다시 말해 사건에서 사건으로 이어지는 것뿐 아니라 진화적 단일체로서 경험하고 해석하는 주관적 실상의 영역 전체를 버렸다. 정신의학은 또한 뇌 화학의 기계적 환원주의에 굴복했으며, 독특하게 사적인 인간 경험과의 공감을 점차 상실하면서, 역설적으로 점점 더 비인간화되었다. (Kendler, 2001) 일상적 정신과 진료는 보험 산업을 통해 도입된 사업 모델의 지배를 받는 것은 물론, 효과적인 정신약리학 발달의 지배를 받게 되었다. 하지만 정신약리학 발달의 긍정적인 면은, 정신병, 우울증, 불안과 같은 고통스러운 주관적 증상들에서 생겨나는 괴로움이 폭넓게 경감되는 이로움과 실용적 가치였다. 그러한 이로움은 다수의 환자들에게 쉽사리 이용 가능하고 접근 가능한 것이 되었다. 반면에 제약 산업의 발달 이전에는 정신분석과 같은 집중적 정신 치료에 시간을 쓰거나 실제 투자할 여유가 있는 환자들이 드물었다.

인간 욕구의 진공을 채우는 일을 돕기 위해, 비의료인 심리 치료사들이 공감하는 치료자의 역할을 다했다. 그러한 역할의 주요 양식은 심리적 통찰과 감정 교육을 심어 주는 것이었다. 그것은 주관의 결정적 중요성 및 사적 경험의 가치와 의미를 다시금 재차 강조했다.

정신요법 발달의 대단히 의미심장한 측면은, 인간 심령의 영적 측면이 갖는 중요성 및 그러한 측면이 행복과 신체적 정신적 건강의 실현에 기여하는 바의 중요성을 재차 긍정한 것이었다. 성직자들의 상담에는 수 세기를 내려온 어떤 기초가 있었는데, 거기서 중심을 이룬 것은 전인적 개념으로서의 치유라는 관념이었다. 또한 연구를 통해, 영성이나 종교적 가치를 포용하는 삶을 사는 사람들이 훨씬 건강하고 장수하며 이혼율이 낮은 것은 물론, 질병과 범죄와 가난을 덜 경험한다는 것이 드러났다. 그런 사람들은 더 행복했고, 적응을 잘 했으며, 기능을 더욱 잘하는 자녀를 두었다. (Robb, 2004) 이러한 주제에 관해서는 요즘, 릴리 기금에서 후원하는 연구 프로젝트 '청소년과 종교에 관한 전미 연구National Study of Youth and Religion' 중 청소년의 태도와 자아상에 대한 4개년 연구 프로젝트에서 연구를 진행하고 있다. 초개인 심리 학회와 같은 주요 심리 학회에서는, 영적 실상을 인정하는 것 및 신체적 정신적 건강에 대한 영적 실상의 기여를 인정하는 것의 중요성을 강조했다.《영성 건강 저널Journal of Spiritual Health》에서는 오직 그러한 주제만을 다룬다.

지구 곳곳의 수백만 사람들의 삶과 회복에 영향을 미친 큰 발달은 익명의 알코올중독자회Alcoholics Anonymous(540으로 측정됨.)에서 시작된 12단계 회복 프로그램이었다. 덕분에 '회복'은 다수의 개인적이고 사회적인 문제와 행동들에 대해 효율적이며 변형을 가져오는 해결책으로서, 보다 일반적이고 광범위하게 수용되게 되었다. 수많은 사람들이 심각한 불치병에서 회복되었으며, 그에 더해 수백만에 달하는 친지, 가족, 고용주, 친구, 감사에 넘치는 배우자들이 그러한 회복을 목격했다.

수감자들 속에서 믿음에 기초한 치료 모임은 재범률을 35퍼센트까지 떨어뜨렸다. (의식 연구에 따르면) 12단계 원리는 외견상으로 가망 없는 대단히 다양한 인간 문제에 폭넓게 확산되고 적용되었음에도 불구하고, 그 회복 모델과 훈련의 핵심은 물들거나 더럽혀지지 않았다. 그것은 상업화나 악용을 거부했으며, 세속적 상업화나 타인에 대한 통제의 유혹에 떨어지지 않았다. 12단계 운동은 그것이 기반으로 삼은 영적 진실의 내적 규율에 따라, '외부의 쟁점에 관해 어떠한 의견도 갖지 않았고', 부와 명망, 정치적 영향력을 거절했다. (Wilson, 'Bill W.', 1939, 1953) 그것이 가진 힘의 바탕에 있는 것은 오직 무조건적 사랑과 사심 없는 정직성이라는, 540으로 측정되는 그 자체의 의식 수준이었다.

오늘의 세계를 사는 사람들은, 접근 가능한 사회적 지식의 보급이 항상적 인간 조건이었다고 추정하고 있는 점에서 순진하다. 하지만 사실은 그와 정반대였다. 역사적으로, 가치가 큰 정보는 극소수 특권층이 쥐고 있었고, 대중은 그것을 이용할 수 없었다. 인쇄술은 아직 발명되지 않았고, 교육받은 이들은 그 수가 극히 적었다. 가장 큰 인기를 누린 박식한 학자들조차 진실과 거짓을 구별할 수 있는 도구나 수단을 갖지 못했다. 따라서 오류가 포함되는 것은 불가피했는데, 예를 들면 니케아종교회의 뒤에 벌어진 기독교 의식 수준의 심각한 저하가 그것이었다. 지식에 접근할 수 있는 독점적 영역은, 그 다음에 그것으로 타인을 통제하려는 유혹이 되었고, 독점성에 대한 주장은 편협성과 다툼에 불을 지핀 바로 그 연료가 되었다. 게다가 논쟁적인 마음은 진실의 중심 요점을 강조함으로써 사람들을 통일시키기보다는, 아무래도 상관없는 세부를 과장하는 데 집착해서 사람들을 나눠 놓는다.

그럼에도 불구하고 주요 종교는 교회의 권위를 세웠다. 그것은 합의된 경전을 지정함으로써 분열을 야기하는 불일치를 예방하려는 것이었다. 합의된 경전의 신빙성은 그 다음에 정경화正經化 과정을 통해 인정받았다. 하지만 그것은 더한 남용으로 그리고 정교 신앙의 고수를 강제하려는 무시무시한 협박으로 이어졌다.

이와 대조적으로, 세계에서 가장 높은 가르침들의 진실에 관한 의식 연구를 통해, 높은 수준의 진실은 세월의 시험을 견뎌 낸 위대한 영적 고전과 마찬가지로 항상 접근 가능했다는 것과 앞으로도 계속 그러하리라는 것이 드러난다. 이런 진실에 대한 추가적 검증을 제공해 주는 것은, 다양한 문화 전반에 걸쳐, 전혀 다른 시기에, 똑같은 기본적 진실이 독립적으로 재발견된 일들이다. 그에 대한 전거典據는 풍부하다. 앞선 의식을 지닌, 검증 가능하게 진짜인 모든 신비가나 개인은, 문화적 환경이나 성격에서 독립된, 본질적으로 동일한 역사적 진실을 선언한다. 의식의 측정 가능한 수준들은 장구한 세월에 걸쳐 반복적으로 거듭 단언되어 온 어떤 내재적 실상을 확증해 준다. (18장을 볼 것)

인간계에서 가능한 최고의 측정된 의식 수준은 역사적으로 1,000이었다. 그것은 세계에서 인정받는 위대한 화신들(인류의 구세주들)과 신성으로 각성된 고대의 깨달은 현인들의 의식 수준이다. 그와 대조적으로, 지성, 마음, 이성, 논리의 최고 한도는 499로 측정되는데, 그 수준은 선형적 영역을 통달했음을 나타낸다. 하지만 의식 수준 500은 의식 자체인 주관적이고 경험적인 기층을 포함함으로써 펼쳐지는 실상에 관한 새롭고 보다 앞선 패러다임이 출현했음을 반영하는데, 의식 자체는 오직 그것의 환원 불가능한 경험적 실상으로 말미암아 인식 가능하다. 에고는 설계상으로 자기애적이며 일차적으로 자기 지향적이지만, 반면에 500 수준에서는 타인에 대한 배려와 사랑이 지배적으로 되고 '사랑'이라는 독특한 성질이 삶에 의미와 가치를 부여한다. 통계적으로, 500 수준에 도달하는 비율은 세계 인구의 4퍼센트이고, 540 수준의 무조건적 사랑에는 0.4퍼센트가, 600 수준 이상에는 단 몇 명이 도달할 뿐이다.

의식의 매우 앞선 상태는 지극히 드물다. 현 시기에, 600이나 그 이상으로 측정되는 현인들(익명)은 지구상에 여섯 명 있다. 그중 600에서 700 사이에 셋, 700에서 800 사이에 하나, 800에서 900 사이에 하나, 900에서 1,000 수준에 한 명이 있다. 그들은 200 이상으로 측정되는 인구와 더불어, 200 이하로 측정되는 세계 인구 대다수의 엄청난 부정성을 상쇄하고 보완해 준다. 총 결과, 요즘 인류의 전체적 의식 수준은 207이다.

사랑은 측정된 의식 척도상에서 나타난다. 최초로 출현할 때 그것은 감정적이고 이원적이다. (즉, '나'와 '너' 사이의 사랑이나 '나자신'과 '그것' 사이의 사랑) 더욱 진화하면서, 사랑은 점차 비이원적으로 되고 살아가는 방식이 되며, 감정만은 아닌 것이 된다. 감정 대신, 사랑은 사람이 된 것을 가리킨다. 사랑의 힘은 변형을 일으키고 경험을 재맥락화하며, 그리고 형상으로서의 장의 제한된 선형적 내용 대신에 장의 비선형적 퍼져 있음에 점진적으로 초점을 맞춘다. 그 다음에는 중점이 얻는 것에서 주는 것으로 이동한다. 그리고 행복이란 타인의 행복에 기여함으로써 자신의 자율성은 물론 잠재성을 실현하는 일의 내재적이고 자동적인 귀결임이 밝혀진다.

임상적으로, 모든 치유하는 성직자, 신앙의 체계, 회복 양식들은, 부정적 신념 체계와 감정을 놓거나 내맡기고 자신과 타인을 향해 보다 자비롭고 용서하는 태도를 채택하는 일의 중요성을 믿는다는 것을, 관찰할 수 있다. 사람이 위기 감정, 분개, 시비 분별을 포기할 때, 전에는 타인에게 투사되었던 죄책감과 자기혐오가 줄어든다. 대신 긍정적인(무탈한) 건강한 감정이 부정적 감정을 대치하며(Rado, Tiebout, 1949~53; Rado, 1933), 그 결과 뇌 자체의 우세한 생리적 경로에 변화가 일어난다. 나중에 7장에서 설명하겠지만, 영적 지향이 있는 이는 뇌에서 정보를 사실상 다르게 처리하는데, 그것은 긍정적인 심리적 생리적 이로움을 낳는다.

역설적인 것은, 이익은, 에고가 이타심이 대단히 이롭다는 것을 깨닫기 시작할 때 에고의 사리 추구에 의해 파생된다는 것이다. 에고가 자기중심적 목표를 놓는 것이 이롭다는 걸 배울 때, 겸손함은 약함이 아니라 강함이고 무지가 아닌 지혜라는 점을 각성하면서, 에고 자체는 그 다음에 영적 탐구를 위한 도약대이자 그 자신을 초월하는 수단이 된다. '용서하고 잊으려는' 자발성은 450으로 측정된다. '용서하고 신에게 내맡기려는' 자발성은 550으로 측정된다.

04

의식의 진화

지적 역사 전반에 걸쳐, 마음은 이성을 가질 수 있는 능력 및 상징적으로 사고하는 능력과 더불어, 인간성의 환원 불가능한 근본적 특질이라고 일반적으로 추정되어 왔다. 인간과 동물을 구별해 주는 점이 생각하는 능력이라는 말은 흔히 인용된다. 하지만 잘 살펴보면, 마음은 사실 어떤 근본적인 것이 아니라 유용성과 신뢰성의 범위가 한정되어 있는 의식의 부수 현상임을 알게 될 것이다.

주지화는 410으로 측정되는데 이는 지성이 인간의 궁극적 능력이라는 신념이 그 자체로 한계임을 가리킨다. 정신 기능을 살펴보면서, 마음에 거의 자동적으로 따라붙는 반주伴奏는 그 타고난, 진술되지 않는, 하지만 항상 현존하는 순진한 추정성이라는 것을 각성하는 것이 유익하다. 마음의 순진한 추정성은 부정과 자부심의 기제들에 의한 마음의 한계에 대한 통찰력 결여의 기초가 된다. 마음의 한계란, 다시 말해, 마음의 필연적 귀결인 "나는 존재한다, 고로 나는 생각한다."(측정 수준 480)가 아닌, "나는 생각한다, 고로 나는 존재한다."(측정 수준 400)고 말하는 것이다.

만인이 자신의 세계관은 올바르고 그 밖의 것은 틀리다고 은밀히 믿고 있다. 그럼으로써, 의견은 외견상의 '사실'이자 유사 타당성을 갖는 것으로 승격된다.

마음이 의식의 기층이라기보다는 의식의 산물이라는 것(이는 '진실'로 측정된다.)이 용이하게 관찰되는 한, 그 다음에는 의식의 본성과 기원, 발달, 잠재력을 상세히 이해하는 것이 필수적이다. 의식은 생명 자체가 갖는 본질의 한 표현 혹은 그 성질이다. (이는 '진실'로 측정된다.) 생명에 관한 근본적이고 검증 가능한 진술은, 생명은 죽음을 겪지도 죽음에 취약하지도 않으며 오직 형상을 바꿀 수 있을 뿐이라는 것이다. 물질의 에너지보존법칙과 마찬가지로, 생명의 보존법칙은 거의 동일하다. 생명은 파괴될 수 없으며 오직 형상을 바꿀 수 있을 뿐이다. (측정 수준 1,000) 인류가 그동안 이 결정적 이해에 관해 알지 못했다는 것은 놀랍기 짝이 없다. 그럴듯한 이유 하나는, 전 역사를 통틀어 모든 위대한 현인, 화신, 영적으로 앞선 스승들이 생명은 영원하다고 진술했지만, 보통의 마음은 그 진술이 일반적 진실이라기보다는 영성이나 종교의 가르침에 국한된 것이라고 추정하여 그 위대한 진실을 구획화시켰다는 것이다. 따라서 생명은 영원하다는 것은 사실이라기보다는 믿음의 문제라고 추론되었다.

이러한 무지에 대한 또 다른 자명한 설명은, 보통 사람은 생명을 육체와 동일시하여 죽음은 일차적으로 물질적인, 따라서 최종적인 현상으로 비친다는 것이다. 이 표면적으로 그럴 듯한 신념에도 불구하고, 인류 대다수는 또한, 육체가 죽은 뒤에도 영의 생명은 영의 운명에 대한 상대적으로 잘 이해되고 있는 암시와 더불어 계속된다고 일반적으로 짐작했고, 또 그렇게 믿었다.

인간이 여러 세기에 걸쳐 축적한 막대한 양의 지식에도 불구하고, 불확실성이 여전히 모든 철학적 지적 토론을 지배하고 있고, 영적 가르침은 증명 가능한 사실이 아닌 신념 체계로 간주되고 있다. 따라서 기본적 질문, 즉 "우리는 누구인가? 우리는 어디서 왔는가? 우리는 어디로 가는가?"를 여전히 묻고 있는 인류에게 공통의 관심은 물질matter에 대한 철저한 조사이다. 과거의 위대한 지성과 철학자들의 소문난 박학다식에도 불구하고 위의 질문에 대한 답은 여전히 없는데, 왜냐하면 그것은 마음이 답할 수 있는 질문이 아니기 때문이다. 답은 오직 마음의 근원, 즉 의식 속으로 파고들어 감으로써만 발견할 수 있다. 의식 없이 마음은 존재할 수 없다. 그리고 그것 없이는 인간은 자신에게 마음이 있다는 것을 알지조차 못할 것이다. 의식 자체의 본성(그것은 어떻게 일어났는지, 그것은 무엇인지, 그리고 그것은 어떻게 기능하는지)은 의식 진화에 대한 연구를 통해 분명해지게 된다.

행성 지구는 은하계에서 기원한 응축 에너지의 산물임이 분명한데, 그러한 현상의 역학에 대해서는 천문학은 물론 고등 이론

물리학에서 여전히 연구 중에 있다. 모든 물질성의 환원 불가능한 기층은 의식 자체가 갖는 원초적 에너지의 환원 불가능한 기층이며, 무한한 가능성을 갖고 형상으로서 식별할 수 있는 표현들을 갖는 의식의 타고난 잠재성이다. 에너지 속에서, 탐지할 수 있는 우주의 더욱 큰 부분을 구성하는 비가시적 '암흑' 에너지와 '암흑' 물질은 물론, 가시적 덩어리가 생겨났다.

우주에서 단 4퍼센트가 보이는 물질이고, 23퍼센트는 보이지 않는 '암흑' 물질, 73퍼센트는 보이지 않는 '암흑' 에너지다. (Howe, 2004) 그리하여 보이지 않는 영역은 잠재성에 비유되고, 보이는 것은 확증 가능한 현실의 나타남을 대표한다. 에너지, 질량, 중력, 공간, 물질, 반물질 간의 정확한 관계의 자세한 내용은 지성이 갖는 가능성의 첨단에 대한 연구의 초점을 이룬다. 비록 양자역학은 선형적 영역과 비선형적 영역 간의 이행을 이해하는 수단을 제공하지만, 그 이해를 위해서는 측정된 의식 수준 500(즉, 인과율 개념의 한계를 넘어선)에서 시작되는 패러다임 도약이 요구된다.

현재의 의식 연구를 통해 식별할 수 있는 것처럼, 나타나지 않은 것의 무한한 잠재성은 잠재적 물질 우주의 에너지 모체로서 나타난 것이 되었다. 의식의 에너지는 물질과의 접촉에서 생물학적 생명의 잠재력을 실현시켰다. 생명으로서의 의식은 하나이며, 동일한 기본적 실상이다. (이는 '진실'로 측정된다.) 영적 용어로 의식은 신성Divinity의 광휘(창세기에 나오는 '하느님의 빛')다. '신'이나 '신성'과 같은 용어는 문제를 일으킬 수 있기 때문에, 사람은 그 대신 신격Deity을 '궁극적인 전능한 실상', 전 존재의 절대적이고 환원 불가능한 근원으로 언급할 수 있다.

지구의 용융된 덩어리 표면이 충분히 식었을 때, 의식에 더해진 물질은 처음에는 조류나 지의류 같은 원시적이고 단순한 생명 형태로서 진화했다. 장구한 세월이 흐른 뒤, 동물 지능은 최초로 바이러스 DNA로, 그리고 나중에는 박테리아 DNA로 출현했다. 최초의 의식적 유기체는 박테리아였는데, 그것은 의식 척도상에서 '1'로 측정된다. 바이러스는 자신의 DNA를 복제하며 의식이 갖는 지성의 산물이긴 하지만, 그들 자신이 본래 의식하지는 않는다. 다시 말하면, 바이러스는 주관이 결여되어 있다. 의미심장한 관찰 결과는, 형상과 기능을 포함하는 진화 과정의 정확한 자리는 바로 의식 자체의 장 내부이고, 의식의 장 내에서 형상의 원기anlage[1]는 루퍼트 셸드레이크가 형태 발생장으로 명명한 패턴 잠재성이라는 것이다. (이는 진실로 측정된다.)

잠재성은 의식의 장 안에서 패턴(지성의 정보)으로 거하고, 조건이 유리할 때 현상 세계 내의 출현으로서 현실로 변형되며, 의도에 의해 현실화된다. 이러한 것은 나타나지 않은 것이 그 편재함, 전능함, 그리고 고전적으로 '전지'로 명명된 성질로 말미암아 나타난 것이 될 수 있는 능력에 의해 촉진되는데, 이는 전부를 포함하는 원초적 실상Reality이 모든 알려져 있는 것과 알 수 있는 것을 통합하고 있음을 뜻한다. 왜냐하면 원초적 실상Reality은 존재의 전

---

1 기관이 될 세포.

부임Allness of Existence의 근원, 기층, 맥락이기 때문이다. 지성은 그것에 의해 정보(즉, 형상)가 알려지게 되고 그럼으로써 전달 가능한 것이 되는, 전지의 성질이다.

생명이 생존하고 나중에 진화할 수 있기 위한 제일의 필수 조건은, 생명이 생존을 일차적 목표나 귀결로 하여 설계되는 것이다. 자가 번식, 자기 이익, 자기 봉사는 모든 원시 생명이 생존 혹은 성공하기 위한 선험적 요건이었다. 그 다음에, 형상 속에 든 생명의 생존은 순수한 에너지 자체의 축적, 조직화, 이용, 통합에 의존한다. 에너지는 획득해야만 하는 생명의 필수품이다. 식물 수준에서 광합성은, 그것을 통해 화학 분자를 통합하고 이용할 수 있는 일차적 기제가 되었다. 미생물은 환경 속의 분자 성분을 받아들이는 통합된 시스템을 발전시켰다. 생명의 생존은 어떤 형태의 것이든 접근 가능한 필수적 에너지원의 획득에 의존했다.

생명의 그러한 기본적 필요는, 비상히 복잡하고 독창적인 생존 시스템을 발달시킴으로써 충족되었다. 그 생존 시스템은, 그들이 살아 있는 형상으로서 물질세계에 출현하기 전에 의식 자체의 장이 본래 타고난 지성이라는 성질이 발달한 것이었다. 엄밀히 말해 학습이 일어나는 곳은 의식 에너지 장의 비물질적 영역 내부였다. 그것은 루퍼트 셸드레이크가 '형성적 인과 작용'으로 명시한 바로 그 수준이었다. (Sheldrake, 1981)

기록된 에너지 주파수와 패턴의 형태를 취하는 새겨진 정보는, 라디오, 텔레비전, CD, DVD 등을 포함하는 아날로그 및 디지털 프로그램원으로서 현대 세계에서 일반적이다. 형상 자체는 유전자 정보와 같은 지시문으로 전사_{轉寫}할 수 있는 암호화된 정보다. 유사한 과정이 디지털카메라의 이미지 촬영에서 일어나는데, 화학과 물리학은 전자분광법을 통해 특정한 화학적 성질이 존재하는지를 확인하기 위해서 전자기 스펙트럼의 주파수를 이용한다. 이렇듯 현대의 마음은 보이지 않는 에너지 패턴의 존재를 수용한다. 보이지 않는 에너지 패턴은, 정보만이 아니라 특정 지시문까지 포함하며, 물질성과 형상이라는 관찰 가능한 뉴턴적 차원 내에서 프로그램이나 구조로서의 출현과 펼쳐짐에 선행하고, 그러한 출현과 펼쳐짐의 근원을 이룬다.

의식의 에너지 장의 특징은, 가장 높은 잠재성들이 표현될 수 있도록 더욱 높은 수준으로 진화해 가려는, 그 타고난 성향이다. 의식의 장의 진보 도중에, 어떤 지점에서, 아는 능력이 일어난다. 그것은 주관이라는 선험적 기층을 제공하고, 일반적으로 인간뿐 아니라 주요 동물의 능력으로 여겨져 온 경험하고, 생각하고, 느끼고, 이해할 수 있는 능력을 제공한다.

위와 같은 명제들의 입증은, 우리가 동물계의 의식 수준을 측정할 때, 우리는 일시적 시간으로 이루어진 장구한 세월에 걸친 의식의 매우 분명한 진보에 대해 알게 된다는 것을 드러내 준다.

동물계

박테리아	1	곤충류	6
원생동물	2	거미류	7
갑각류	3	양서류	17

어류	20
문어	20
상어류	24
독사류	35
코모도왕도마뱀	40
파충류	40

육식 포유동물

하이에나, 사자, 호랑이	40
뱀류	45
악어류	45
공룡류	60
고래류	85
돌고래류	95
철새류	105
육식조류	105
설치류	105
코뿔소류	105
비비류	105
명금류	125
비둘기류	145
북극곰	160
회색곰	160

물소	175
검은 곰	180
자칼, 여우류	185
늑대류	190
하마	190
자벨리나	195

초식동물

얼룩말, 가젤, 기린	200
사슴	205
들소	205
집돼지	205
엘크	210
젖소	210
양	210
목장의 소	210
코끼리류	210
원숭이류	210
사육마	240
고양이류	240
아프리카 회색 앵무새	240
집 고양이	245
경주마	245

		예외	
개	245	알렉스	401
애완돼지	250	(훈련된 아프리카 회색 앵무새)	
검은 까마귀	250	코코(훈련된 고릴라)	405
고릴라	275	명금류의 노래	500
침팬지류	305	고양이가 가르랑거리는 것	500
		개가 꼬리를 흔드는 것	500

동물계의 의식 지도에서, 우리는 몇 가지 흥미롭고도 대단히 의미심장한 관찰을 할 수 있다. 200 수준까지 동물은 포식을 통해 생존하고, 따라서 포식자의 생명은 오로지 먹이를 소비하는 데 달려 있다. 인간적 가치의 관점에서 볼 때, 200 수준에 이르기까지, 동물은 게걸스러운 것은 물론 완전히 '자기 본위'이고 '이기적'이며 '자기중심적'이다. 그런 수준에서의 생존은 선택이 아닌 필요에 달려 있다. 포식자는 먹이를 죽이는 대상이 아니라 순전히 음식으로 본다. 만일 우리가 의식 연구를 통해, 포식자가 표면상의 희생자를 죽일 의도를 갖고 있는지 여부를 묻는다면 답은 '아니오'이다. 포식자의 의도는 죽이는 게 아니라 먹으려는 데 있다. (즉, 포식자의 생명 유지에 필요한 에너지 획득은 포식에 의존한다.) 생명 자체는 죽임을 당할 수 없고(이는 '진실'로 측정된다.) 오직 형상을 바꿀 수 있을 뿐이므로, 동물 영은 계속 살아서 또 다른 육체 속에 깃든다. 인간의 경우, 영은 임신 3개월이 되기까지는 태아 속에 들어가지 않는다. (이는 '진실'로 측정된다.) 하등동물의 경우,

영이 태아 속에 들어가는 일은 좀 더 일찍 일어나지만, 생육 가능한 동물 태아가 에너지화되기를 여전히 기다려야 한다.

또한 의식 연구를 통해, '먹이'들은 사실상 육체적 생명에 인간과 같은 식으로 가치를 두지 않는다는 것, 그리고 그들은 육체성으로부터 에테르적 연속으로의 이행과 그 뒤 다른 육체로의 주기적 복귀를 알아채지조차 못한다는 것이 밝혀질 수 있다. 파리나 나방이 파리채에 맞아 죽는다고 해도, 그들은 변화를 알아채지 못한 채 에테르체 속에서 비행을 계속하다가, 곧 또 다른 육체 속으로 복귀한다. (이는 '진실'로 측정된다.) 고대 『리그베다 Rig veda』 (705로 측정)에 따르면, 매 수준의 유기 생명체는 자신의 생명을 고등한 생명체에게 '희생'하며, 그리하여 자신의 삶을 카르마적으로 축성祝聖하고, 고등한 형태로의 진화를 따낸다. (생명체는 고등한 생명체에게 봉사한다.)

임사 체험near-death experience이나 유체 이탈, 혹은 전생 퇴행을 경험한 사람들은 이러한 진술의 참뜻을 이해할 수 있다. 이 모든 경험에서 자기 정체감은 불변이다. 항상 똑같은 '내'가 있다. 이와 비슷하게, 꿈속에서, 꿈꾸는 사람의 자기감自己感은 약화되지 않은 채 남아 있다. 최면으로 전생 회상을 유도했을 때, 피험자가 지난 생의 어떤 경험과 상황을 매우 선명하게 다시 사는 것 또한 사실이다. 어떤 유형의 육체 속에 있든, 자기 정체감은 항상 동일하다. 따라서 곤충은 이행을 눈치조차 못 채고, 동물은 꿈속의 세계가 자신의 일상적 육체성과 같은 정도로, 현실성과 타당성을 갖는다고 여긴다. 고양이나 개에게, 꿈속의 추격전은 생시의 추격전과 같이 진짜다. (이는 '진실'로 측정된다.)

동물계의 측정 수준들은 집단 전체의 평균을 나타내는데, 집단 내부에는 개별적 편차가 있으며, 또한 행동에 대한 측정 수준에서 편차가 있다. 그리하여, '놀이'는 평균적 기능 수준보다 10점 가량 높게 측정되는데, 이것은 의미심장하다. 일단 인간 가족이 동물을 입양하면, 그 동물의 의식 수준은 5점에서 10점 올라간다. 또 하나의 크게 흥미로운 분야는, 사람들과의 장기적 상호 작용을 경험한 조류와 동물이 사실상 400으로 측정되는 것이다. 그 수준은 생각하고 추론할 수 있는 능력을 가리킨다. 그리하여 측정 수준은, 일정한 동물 행동이 사실상 추론 능력을 반영하는지 여부에 대한 실험 과학자들 간의 논쟁을 해결하는 데 도움이 된다.

고양이가 가르랑거리는 것, 명금류의 노래, 개가 꼬리 흔드는 것 모두가 지극히 높게, 사실상 대다수 인구보다 더 높게 측정된다는 것은 유례없는 발견이다. 애완동물이 상호 작용 능력과 사랑을 발산할 수 있는 능력을 갖는 것은, 그 사랑받는 동물들이 왜 사랑할 수 있는 능력을 갖는지, 즉 그들이 '가슴 차크라'의 앞선 계발을 보여 주는 이유와 다양한 병을 앓는 사람들에게 치유 효과를 갖는 (Banda and Lightmark, 2004) 이유가 무엇인지를 밝혀내기 위해, 좀 더 연구해야 할 분야가 있음을 가리키고 있다.

동물 의식의 진화에서, 우리는 200 수준에서 생명의 성질이 크게 변한다는 걸 아는데, 200 수준은 생존하기 위해 다른 것을 잡아먹을 필요가 없는 온건한 초식동물의 출현을 특징으로 한다. 초식동물은 질소가 풍부한 거름이 되어 토양으로 돌아가고, 그럼으로써 생명을 부양한다. 게다가 그들은 배설물을 통해 씨앗을 퍼뜨려 식물의 번식을 돕는다.

사랑과 전체적인 의식 진보로서 나중에 출현하게 될 것에 대한 전주곡은, 알과 새끼의 보호라는 원시적 형태로 동물계에서 최초로 나타난다. 그것은 고등동물 속에서 모성 본능으로 진화한다. 그리하여 의식의 임계 수준 200에서는, 다른 생명체를 희생시켜 자기 이익만 도모하는 것에서부터, 남을 돌보고 가족 간의 유대가 출현하는 보다 온건한 수준으로, 의식의 성질의 주요한 변화가 입증된다.

유대가 출현하면서 집단 충성심과 사회적이고 부족적인 행동이 나타나는데, 이것은 그 자체로 생존에 부차적으로 기여한다. 하지만 집단 충성과 무리 형성은 또한 지배, 짝짓기 의식, 영토 지배를 위한 투쟁 등, 사회적 갈등의 신호탄이 된다. 이 모든 것은 인간 종족에게도 일반적이다.

의식 연구 기법을 이용한 발달적 분석에서 볼 때, 인간 에고 자체는 일차적으로 동물 진화의 생존 핵 현존의 산물이자 그것의 계속으로 보인다. 이는 결국 인간 두뇌의 기본 구조와 생리에서 드러난다.

동물계의 의식 진화와 비슷하게, 인간계에서도 의식 수준 200은 주요한 임계적 성질 변화를 이루는 분수령이다. 200 이하의 수준은 감정에 물든 다양한 정도의 에고 중심성을 가리키는데, 그러한 에고 중심성에서 타인의 권리는 무시된다. 200 이상에서는 온건한 예의 바름 및 타인의 생명과 권리에 대한 배려가 출현한다. 현재의 인간 진화기에 지구상 전체 인구의 78퍼센트는 200 이하로 측정되며, 그래서 대중매체를 통해 보도되고(Public Agenda Poll, 2002) 세계에서 벌어지는 야만 행위들에서 반영되는 것처럼, 타인의 권리에 대한 관심 결핍이 매일같이 입증되고 있다. (현재 미국에서는 총 인구의 49퍼센트가 200 이하로 측정된다.)

의식의 진화와 동물계에서 에고의 기원을 바라볼 때, 우리는 에고란 일차적으로 동물 수준의 의식이 인간 심령 내에서 지속되는 것임을 이해할 수 있다. 진화적 관점에서 볼 때 어떤 이해가 솟아나는데, 그것은 전통적으로 악마로 몰리고 유죄 선고를 받았으며 숱한 갈등, 죄책감, 괴로움의 근원이었던 에고에게 연민을 가질 수 있게 해 준다. 에고를 유죄 선고, 증오, 죄책감을 통해 극복할 수는 없다. 오히려 그것을 진실로 그것인 것으로, 즉 인간의 진화상의 기원에서 남은 흔적으로 객관적으로 바라볼 때, 에고는 에너지를 상실한다. 역설적으로, 에고는 유죄 선고, '죄'라는 꼬리표를 다는 것, 자루 옷과 재, 죄책감의 탐닉으로 강화된다. 이러한 것은 에고를 공격하는 데 에고를 이용함으로써, 에고를 강화시키는 일일 뿐이다. 에고에 대한 비방은 너무도 큰 죄책감을 낳고, 그래서 인간 의식이 갈등을 처리하는 가장 일반적인 방식은 부정denial, 세속주의, 타인에 대한 비난의 투사다. 이것은 요즘의 우리 사회에서 가해자 대 피해자 모델에 대한 강박적 집착으로 나타나고, 그것은 세계 분쟁과 소송 걸고 논쟁하기 좋아하는 사회로 인도한다.

프로이트가 밝혀낸 것처럼, 죄책감으로 인해 사람의 동물 본성은 억압되며, 그런 다음 그것은 타인에게, 혹은 사람과 동일한 성격 결함을 갖고 있다고 소문난 어떤 신위神位에게 투사되게 된다. 역사를 통해 볼 때, 사람은 역설적으로 자신이 투사한 것들을 두려워하고, 자신의 본성 속에 있는 억압된 어두운 면과 신성을 혼동한다. 에고는 규탄이나 자기혐오에 의해 해소되지 않는데, 그러한 것은 에고의 표현들이다. 에고는 자신의 내재적 본성과 기원에 대한 이해에서 솟아나는, 온건하고 비도덕주의적인 수용과 연민으로 해소된다.

죄책감과 회개는 사람의 영적 진화에서, 단기간 일정한 실용적 유용성을 가질 수도 있다. 하지만 의식 지도를 살펴보면 죄책감, 자기혐오, 가책, 후회, 낙담, 그리고 그와 같은 모든 부정적 위치성들은 목록의 밑바닥에 있다는 것이 눈에 띌 것이다. 반면에 용서, 사랑, 수용, 기쁨은 목록의 위쪽에 있으며, 깨달음으로 이끈다. 에고의 영리함과 타고난 생존에 대한 전념은 인류의 많은 부문에서 높이 평가될 수 있다. 하지만 에고는 흔히 종교의 어두운 해석의 조력과 부추김을 받아서, 대중이 의식 지도 상부, 즉 앞선 영적 앎에 대한 각성, 신성Divinity에 관한 지식, 모든 존재와 창조Creation의 저변에 있는 비분별적 실상으로 인도해 주는 곳에서 찾는 대신, 부정성에 이르는 대로인 의식 지도 밑바닥에서 찾도록 이끌었다.

의식 진화는 또한, 사람과(科)의 진화에서의 의식 진보로 입증된다. 네안데르탈인의 의식 수준은 75로 측정된다. 그 다음에 자바인, 호모 에렉투스는 80으로 출현했다. 하이델베르크인은 80에서 85로 측정된다. 그 다음에 60만 년 전, 현대인의 조상으로 추정되는 호모 사피엔스 이델타(측정 수준 80)가 에티오피아에서 출현했다.

가장 최근에 이루어진 발견은 사람과(科) 호모 플로레시엔시스인데, 왜소한 진화상의 조상인 이들은 대략 만 삼천 년 전까지 인도네시아 플로레스 섬에서 살았다. 그들은 뉴런 복잡성을 증가시키는 것으로 크기가 작은 두뇌를 보상했으며, 85로 측정된다.

인류 전체의 의식 진화는 표면상으로 느렸다. 인류는 기원전 563년 경, 붓다의 탄생 시까지 90 수준에 미달했다. 진화의 속도는 그 다음에 가속된 듯한데, 그래서 예수그리스도 탄생 시까지 인류 전체의 의식 수준은 100에 도달했다. 각 시기에 200 이상으로 측정되는 인구의 비율은 극히 낮았다. 그럼에도 불구하고, 고대 인도의 아리아 문화에서 나온 『베다』는 900대 후반으로, 크리슈나는 1,000으로 측정된다. 이는 예수그리스도와 붓다가 입증한 것과 같은 수준이었다. 하지만 인류의 전체적 의식 수준이 100에서 1980년대 후반의 205 수준으로, 그리고 2003년 11월 조화로운 수렴Harmonic Concordance의 때에 다시 2점 더 움직여, 요즘 수준인 207로 상승하는 데 걸린 시간은 약 2천 년이었다.

오랜 세월에 걸친 동물과 인간 양자의 형상 속에 있는 생명의 측정된 의식 수준을 추적하는 것 외에, 유사 이전의 장구한 지질 시대를 관통하는 행성 지구Earth상의 전 생명체의 의식 수준을 측정하는 것으로부터, 의미 깊은 추론이 도출된다.

지질시대의 의식 수준

암석의 연대	대략적 지속 기간 (단위: 100만 년)	생명 형태	생명의 측정된 수준
제4기	1	인간의 출현과 지배	212
신제3기		현생 동물과 식물	212
고제3기	60	현생 포유류, 곤충과 식물의 급격한 발달	112
백악기 후기		원시 포유류, 마지막 공룡	
백악기 전기	60	꽃피는 식물, 시조새, 최초의 포유류 출현	84
쥐라기	35	파충류의 다양화, 침엽수	68
트라이아스기	35	공룡의 출현, 소철류 식물, 뼈 있는 어류	62
페름기	25	파충류의 출현, 현생 곤충류, 많은 식물과 동물군의 절멸	45
펜실베이니아기 (석탄기)	85	최초의 파충류, 양서류, 원시 곤충류, 씨앗 양치류, 원시적 구과식물	35
미시시피아기 (석탄기)		원시 상어의 번성	33
데본기	50	최초의 양서류, 최초의 육상 달팽이, 원시적 육상 식물, 완족류의 번성	27
실루리아기	40	최초의 육상 생물 흔적, 전갈, 최초의 폐어류, 산호초의 확산	17

오르도비스기	90	최초의 어류, 삼엽충 번성, 많은 해양 무척추 동물이 최초로 출현	12
캄브리아기	70	최초의 해양 무척추 동물	8
원생대	1300 이상	원생동물	2
시생대(선캄브리아기)		조류, 지의류, 박테리아	1

가장 오래된 암석의 나이는 약 1,850,000,000년이다.

출전: 브리태니커 세계어 사전(Britannica World Language Dictionary: New York: Funk & Wagnalls Co.)

이상으로부터 우리는, 의식이 점진적으로 꾸준히 진화해 오고 있다는 것과 그러한 의식 발전이 의식 자체가 타고난 한 성질이라는 것을 입증하는, 더 이상의 증거를 이끌어 낸다.

인간 의식의 진화

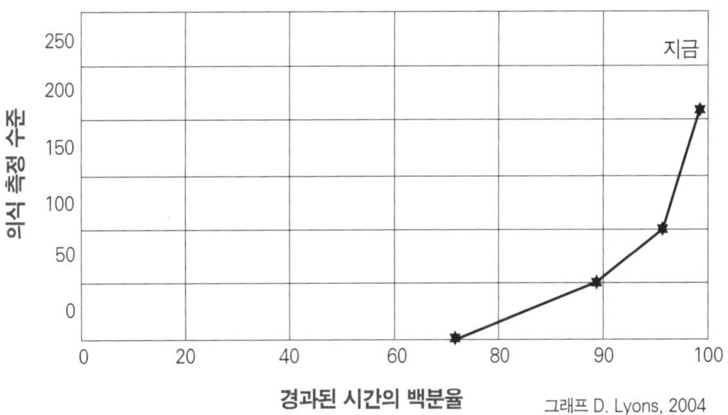

이상 모든 것으로부터, 의식은 진화를 본성으로 하기 때문에 진화를 계속할 것이라는 표면적으로 합리적인 개연성이 도출될 수 있고, 인류의 미래는 현실적으로 낙관적으로 비칠 수 있다. 그러한 진보는 또한, 의식은 그 자체의 근원에 대한 앎으로 복귀하고자 한다는 것을 암시한다. (이는 '진실'로 측정된다.) 영적으로 앞선 인류 구성원들은 의식은 그 자체의 본질과 근원에 대한 앎으로 복귀할 수 있다는 것을, 그리고 복귀하는 데 성공한다는 것을 전 역사에 걸쳐 되풀이해서 보고해 왔다. (8장을 볼 것) 의식 진보의 궁극적 수준들에 대해서는, 인간계의 의식 진화에서 가장 앞선 수준들을 나타내는 전적으로 인정받는 현인, 성인, 위대한 깨달은 존재들을 통해 연구하는 것이 가능하다.

의식 지도는 위로 600까지의 의식 수준들에 대해 주로 기술하는데, 왜냐하면 그렇게 하면서 그것은 인류의 99퍼센트 이상을 포함하기 때문이다. 비록 그 수는 적지만, 역사상의 위대한 현인들이 보고한 지극히 앞선 의식 수준들은, 의식의 진화하는 성질과 인간 수준에서 의식의 궁극적 진보를 재확인해 준다.

나중에 설명하겠지만, 200 수준 이상에서의 의식 진화는, 비물질적이며 오직 에너지 패턴으로만 구성되는 '에테르' 뇌의 발달과 더불어 뇌 생리의 변화를 가져온다. 보다 앞선 의식의 높은 주파수는, 원형질 뇌와 뉴턴적 패러다임의 물질성이 갖는 반응 능력을 초월한다. 대신 그것은, 매우 높은 주파수의 진동하는 에너지 장들에 반응하는 능력이 있는 순수한 에너지체('영체', '에테르체', '영혼')를 요구하는데, 그 순수한 에너지체는 용량과 능력에서 컴퓨터 칩 대 진공관에 비견된다. 따라서 뇌 생리와 뇌 화학만을 파고 드는 연구는 고등이론물리학 및 수학이 해석하는 바와 마찬가지로 한계가 있으며, 그런 주제를 다루는 모든 학술회의는 400대 초반에서 중반으로 측정된다.

영적 정보의 처리는 비물질적 수단을 요구하는데, 두뇌는 그 다음에 존 에클스 경이 묘사한 바와 같이(1986, 1989) 정보의 수신기로 이해된다. 뇌 생리 및 뇌의 처리 양식에서 일어나는 변화에 대해서는 7장에서 묘사할 것이다. 하지만 붓다가 생각을 감각 양식으로, 두뇌를 감각기관으로 분류한 것은 흥미로운데, 그것은 정신화가 감각, 촉각, 청각, 시각, 미각과 유사한 양식임을 가리킨다. 이렇듯, 붓다는 인간이 서구 전통의 오감만이 아닌 육감을 가지고 있다고 설명했다.

의식의 진화 및 사람으로서의 의식 진화에 관한 이상의 개관을 요약하면, 생각하고 추론하고 그리하여 정신화하는 능력은 동물의 정신 과정을 *대체*한 것이 아니라, 그 위에 *덧붙여졌을 뿐*이라는 사실에 주목하는 것이 결정적으로 중요하다. 동물 의식은 오직 자신의 생존(가족과 무리를 포함하는)에만 관심이 있고, 남들의 가치는커녕 남들의 필요와 욕구의 충족에 관심이 없으며, 그러한 것을 인지하지도 못한다. 인지능력이 동물 본능에 더해졌을 때의 귀결이 갖는 그늘은, 어린이에게 혹은 정신지체 장애인에게 총을 준 귀결에 비할 만하다.

에고에게 지성과 이성은 추가된 생존 도구이자 생존 양식에 지나지 않았다. 그래서 에고의 내재적이고 자기애적인 핵심은 남을 공격하는 데 정신화를 이용했다. 마음은 그런 다음 포식 목적을 거들고 일차적으로 자기애적인 목표를 추구할 수 있었는데, 세계 인구의 78퍼센트는 여전히 그렇게 하고 있다. 이렇듯 영적으로 진화되지 않은 에고는 문명이 이룬 발전과 기술적 발견을 자신의 목표를 위해 이용할 뿐이다. 부족 간의 전쟁은 핵전쟁이 되고, 이빨과 손톱은 지뢰밭이 되며, 총은 강도와 살인의 도구가 된다. 막대기와 돌과 화살을 대신하여, 탄도미사일이 패거리 정신과 영토 침략, 알파 수컷들의 경쟁적 지배에 쓰인다. 그리하여 인류는, 역사 속의 그 어떤 요인보다도 더 많은 사람들을 죽음으로 몰아넣은, 과대망상증으로 표현되는 에고 중심성의 고삐 풀린 압제(테스토스테론이 연료를 공급하는)의 희생자가 되었다. ('악성 메시아적 자기애'는 30으로 측정된다.)

고삐 풀린 에고는 만족할 줄 모르고 타인의 권리나 심지어 타인의 생명조차 배려하지 않으며, 그리하여 신성_{Divinity}을 절대적 통치권에 대한 자신의 욕망을 가로막는 궁극적 대립물로 본다. 하지만 영리하게도, 에고는 야만적 행위가 '신의 이름으로', '알라의 이름으로', '신앙을 위해', '그리스도를 위해', '태양신 케찰코아틀(85로 측정되는)을 위해', 혹은 '훈왕 아틸라의 신을 위해' 행해졌다며, 신의 재가를 얻었음을 주장하는 것으로 난국을 타개한다. (히틀러조차 신의 승인을 얻었다고 주장했다.) 에고의 동물 본성에 대해, 종교는 그것으로 타인을 통제할 수 있는 무기고 속의 또 다른 도구에 지나지 않는데, 이로써 에고의 고유한 약점은 생존을 위해 남에게 의존하는 것이라는 자기모순의 진실이 드러난다. 하지만 참된 힘은 독립적이고, 자급자족하며, 결핍이 없다.

사랑의 힘은 주는 행위를 통해 입증되고, 에고의 약점은 그것의 결핍과 부족을 통해 드러난다. 에고의 지속은 그것의 기본적 필요를 충족시키는 데 달려 있으므로 에고는 두려움 속에서 살지만(모든 과대망상광은 피해망상적이다.), 반면에 사랑은 두려움이 없다.

변형을 불러일으키는 사랑의 성질을 입증하는 독특한 사건이 토론토의 신문들에 보도된 적이 있다. (Dube, 2004) 다중 살인자가 될 소지가 있었던 어느 불안정한 남자가 있었는데, 그는 6천 발의 탄약과 다수의 무기를 소지하고 있었다. 그는 될 수 있는 대로 많은 사람을 죽인 다음에 자살하려고 했다. 그는 누가 만류할 수 있는 상태가 아니었다. 하지만 그는, 프리스비를 물고 와서 놀아 달라고 졸라 댄 한 마리 개로 인해 마음을 돌렸다. 살인자가 될 수도 있었던 그 남자는 갑자기 '가슴이 변하는' 걸 느꼈고, 무기들을 떨어뜨리고, 내맡겼으며, 그 다음에 자신의 심리 상태에 대해 도움을 청했다. (엘비스라는 이름을 가진) 그 개의 500으로 측정되는 사랑임[2]은 수월하게 기적적인 일을 성취했는데, 그것은 이성이나 간청으로 할 수 있는 일이 아니었다.

진화적 발달의 관점에서 볼 때, 호모 사피엔스라는 종은, 측정된 의식 수준이 같은 종 안에서 대단히 폭넓은 스펙트럼을 나타낸다는 면에서 독특하다. 인류의 전체적 의식 수준이, 몇 세기 동안

....

2 lovingness, 저자에 따르면 사랑이 양적 감정으로서의 '사랑함(loving)'을 넘어서 본질의 표현이 될 때, 그것은 '사랑임'이 된다.

190에 머물러 있다가 205로, 그리고 지금의 207로 상승한 것은 아주 최근인 1980년대 후반의 일이다. (즉, 인류의 의식 수준은, 자신을 구하는 포식에서 남에 대한 관심으로 집단적으로 이동했다.)

통계적 평균치의 상승에도 불구하고, 세계 인구의 78퍼센트는 여전히 의식 수준 200(진실, 온전함, 남에 대한 관심을 가리키는) 이하다. 세계의 문제들이 일어나는 곳이 바로 이 거대한 부정성의 저수지다. 세계 분쟁은, 진화한 부문들과 낙후되어 있고 그럼으로써 제한되어 있는 대다수 인구 사이에 존재하는 엄청난 격차로 인해, 불가피해 보일 듯하다.

05

진실의 본질적 구조

인간의 마음은 몇 가지 중대한 이유로 해서 진실이라는 수수께끼를 풀 수가 없었는데, 그 이유는 다음과 같다.

1. 의식 진화와 의식의 수준들에 대한 지식 결핍
2. 에고의 본성과 구조 및 그것의 기원에 대한 이해 결핍
3. 에고의 고유한 결함과 한계
4. 맥락과 내용 간의 관계가 갖는 중요성을 깨닫지 못한 것
5. 맥락화의 귀결로서의 패러다임 전환이 갖는 의의를 깨닫지 못한 것

뉴턴적이고 선형적인 패러다임의 지각된, 추정상으로 불연속적

인[1] 영역에서는, 진술('사실')이 장이나 맥락과는 독립적으로 존재한다고 여겨진다. 따라서 생각을 포함하는 '것'들은, '객관적'이고, 독립적이고, 자립적이며, 확인 가능하다고 소문난, 어떤 '실상' 안에 존재한다고 추정된다. 그러므로 객관적 데이터는, 이른바 사실이라는 것에 대해 아는 자와는 독립적으로 존재한다고 추론된다. 왜냐하면 그 고립된 사실들은 사실이란 무엇인가에 대한 그 자체의 정의定義를 만족시키고, 따라서 증명 가능하다고 간주되기 때문인데, 증명의 요건에 관한 가설들은 합리적이며 만족시킬 수 있는 것으로 보인다. 하지만 살펴보면, 증명이란 일차적으로 정의의 우회적 구체화이고, 그에 의해 의도는 수용 가능한 데이터의 선정 과정을 통해 이미 그 결과를 결정한다. 그것은 다시 말하면, 범주 맹목[2]이다.

하지만 정교해지고 성숙해지면서, 진실의 기준은 변화하거나 혹은 전체적 장 안에서 일어난 어떤 변화에 의해 완전히 상쇄되기까지 한다는 것이 점차로 명백해진다. 어떤 진술은 특정한 맥락 안에서 진실일 뿐이며, 같은 진술이 다른 맥락에서는 새빨간 거짓말이 될 수 있다. (상황 윤리, 책임 능력 상실, 경감 사유, 다른 시기나 환경, 다른 문화나 역사적 시기 등) 이런 정황은 지각된 진실과 책임을 바꿔 놓는다. 진실에 대한 믿을 만한 이해는, 내용뿐 아니라 맥락 및 전체적 장과 관찰자의 의도에 대한, 정의와 묘사를 요구

---

1 뉴턴적 관점에서는 모든 것이 분리되어 있으며 연속적이지 않다.
2 category blindness, 특정 범주에서만 바라봄으로써 대상 전체를 보지 못하는 것을 말한다.

한다는 것이 분명해지게 된다.

검증 가능한 진실은 이렇듯 (1)내용, (2)관찰 지점, 더하기 (3)의도의 영향력, (4)맥락의 산물인데, 이러한 것들은 다시 (5)패러다임(의미)을 반영한다. 학문적 과학은, 과학의 진화 그 자체가 의식의 산물이고 따라서 과학은 실상에 대한 선형적이고 뉴턴적/수학적인 모델의 한계로부터 비선형 동역학과 양자역학으로 이동했다는 각성과 싸움을 벌이고 있다. 그중에서 하이젠베르크 원리는, 객관적이라고 소문난 어떤 실상으로부터, 자족적인 뉴턴적 패러다임 자체 내에서는 그 어떤 것에 대한 인식도 가능하지 않다는 보다 앞선 이해로의 이행을 표시한다. 관찰자 의식에 의거하지 않고서는 그 어떤 것도 묘사하거나 이해할 수 없다. 앎의 이러한 발전 너머에는 의식 수준 측정을 통한 보다 최근의 발견이 있다. 낮은 힘force과 힘power의 성질들이 결정적으로 구별되는 것은 물론이고, 가능성의 따라서 현실성의 여러 다른 영역들이 있는 듯하다.

내용은 항상, 어떤 관찰 장 안에서 존재하는 것은 물론 맥락 안에서 존재한다. 하지만 뉴턴적 패러다임의 일차적 결함은, 오직 제한적이고 실용적으로만 적용되는 인과율(450으로 측정)이라는 지적 구조물에 대한 매달림이다. 간단한 도표 하나로 상황이 분명해질 수 있다.

내용, 장, 맥락

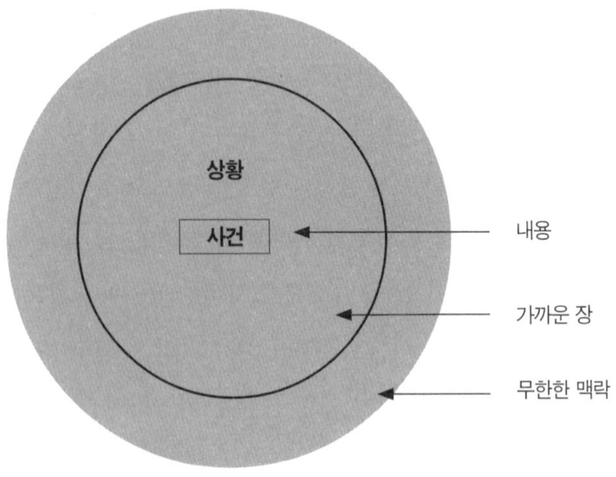

사건: 지각된, 선형적, 내용

상황: 시간, 장소, 환경, 영향력, 기여 요인, 알려진 것과 알려지지 않은 것. 선형적인 것과 비선형적인 것. 가까운 장.

무한한 맥락: 비선형적, 무한한, 편재하는, 무시간無時間. 일체의 사건과 환경을 영구적으로 기록한다.

내용, 장, 맥락

내용	가까운 장	맥락
에고	영적 에고	의식
선형적	반(半)선형적	비선형적
제한적	반(半)제한적	무제한적
정의 가능	묘사 가능	경험적

예측 가능	무작위적	스스로 존재하는
뉴턴적	비선형 동역학	영적
계측 가능	확인 가능	관찰 가능
객관적	우세한 조건들	주관적
계측 가능	묘사 가능	인식 가능
경계선을 갖는	확산되어 있는	전반적
낮은 힘	영향력	힘의 부여(힘)
시간	계산 가능	무시간
특정한 위치	전반적인/서로 뒤엉켜 있는	비국소적
증명 가능	추산되는	인식 가능
선정된	가변적	절대적

위의 도표에서 내용은 묘사 가능한 모든 대상, 진술, 사실, 생각, 혹은 스스로 존재한다고 추측되는 '것'(즉, 형상)이다. '장'은 시간, 장소, 그리고 지배적 환경이다. 장의 구성 요소들은 인식 가능하기 때문에 장은 가까운 것, 혹은 내용에 영향을 미치는 것으로 비춰질 수 있다. 그래서 장은 날씨나 위치와 같고 따라서 변할 수 있으며, 또한 여론, 영향력 있는 이전의 사건들, 혹은 의식적 무의식적 신념 체계와 같은 무형의 요인들을 포함할 수 있다.

하지만 내용인 형상, 가까운 장, 혹은 조건들 너머에는, 절대적이고 전체적이며 형상 없는 맥락이 있다. 그 맥락은 시간이나 차원에 의해서조차 제한되지 않지만, 그러나 그 안에서 인간 의식은 어떤 준거 틀로서 작용 및 기능하며, 사람은 그로부터 관찰점들을 고를 수 있다. 전체적 맥락은 의식 자체인 무한한 장이다. 그것은 무제한적이며, 형상 너머에 있지만, 스쳐 가는 생각처럼 미소한 형상도 등록할 수 있다. 의식이라는 기초가 없다면, 마음은 알 수 있는 능력이 없고, 그 결과 어떠한 종류의 진술도 할 수 없다. 따라서 진실에 대한 모든 정의는, 내용과 인식 가능한 장, 그리고 궁극적 맥락에 대한 어떤 앎을 포함해야만 한다.

사람이 내용에서 장과 맥락으로 이동할 때, 이해가 발전하고 진실을 인식할 수 있는 재능 혹은 능력이 발전한다. 인식 능력은 나아가 관찰자의 뇌 생리, 의도, 성숙함, 측정된 의식 수준에 의존한다. (7장에서 설명)

살펴보면, 진실의 식별은 상대적으로 복잡한 과정임이 판명되는데, 이 과정은 운용상으로, 익숙해지면서 상대적으로 단순하고 자명해진다. 진실의 본성에 대한 이해 역시 직관적으로 일어나며, 심사숙고하지 않아도 용이하게 파악된다.

일상적 실천에서, 맥락은 진술되지 않지만 내용은 물론 항상 진술된다. 가장 자주 나타나는 중요한 결함은 가까운 장의 본성을 진술하지 않거나, 혹은 그릇되게 암시하는 것이다. 예를 들면, 요즘 흔한 오류는, 어떤 특정한 사회적 행동을 끄집어내서 그것을 다른 시간 틀 속에 투사시킨 다음, 그에 관해 시시비비를 따지는 것이다.

우리가 인과관계 개념(450으로 측정됨.)을 살펴본다면, ‘원인’이란 실상 속에 현실적 존재를 갖지 않는 개념이라는 것이 밝혀질 것이다. 원인이란 설명하기 위해 합리화를 덧댄 것이고, 또한 추측이다. 예를 들어, 방 안에 떠 있는 먼지 한 톨의 소재에 대해 설명하려면 기후, 공기의 움직임, 습기, 온도, 기압, 장소, 집, 부지, 동네, 나라, 행성의 효과를 포함시키고 계속해서 은하계와 우주 자체의 진화를 포함시킬 것이 요구된다. 이렇듯, 살펴보면, 기여하는 관찰 가능한 '원인적' 요인의 수는 모든 경우에 있어 무한하다.

이른바 '사건'에 관해 설명하는 것은 훨씬 더 복잡하다. 왜냐하면 그와 같은 현실의 사건들은 없고, 있는 것은 오직 어떤 사건이 추정상으로 '언제' 시작되어 추정상으로 '언제' 끝나는지에 대한, 임의적 선정뿐이기 때문이다. 이렇게 해서, 사람은 '사건'이나 '사태'와 같은 것은 사실상 없다는 것, 그리고 그런 것은 어떤 외적 실상 안에서가 아니라 관찰자의 마음속에 존재하는, 편의를 위한 관찰 결과의 임의적 선정이라는 것을 발견한다. 비슷한 동어반복을 나타내는 것이 '관계'라는 용어다. 관계란 엄밀히 말해 임의적 정신 작용이고, 임의로 선정된 관찰점들에 투사된 개념(레스 인테르나)인데, 그러한 관찰점은 준거장reference field 내에 포함되어 있다고도 없다고도 할 수 있다.

볼 수 있는 바와 같이, 내용이 갖는 의미는 가까운 장과 맥락을 둘 다 포함할 것을 요구한다. 따라서 진실은 세 가지 모두[3]에 대한 관찰 결과의 산물이자, 그에 더해 관찰자의 능력과 성질에 대한 앎이다.

관찰되지 않은 '사건'에는 의미가 결여되어 있는데, 의미란 덧

---

3 내용, 가까운 장, 맥락을 말한다.

붙여진 정신 작용이다. 따라서 관찰자의 의식이 변수가 된다. 왜
냐하면 관찰자의 의식은 의식의 측정 가능한 매 수준이 갖는 한계
에 종속되기 때문이다. 지각은 편집된 관찰 결과지만, 이와 대조적
으로 '통찰', '각성', '앎'이라는 용어들은 의미와 이해를 가리키며,
따라서 장뿐 아니라 맥락을 포함하는 훨씬 폭넓은 관찰을 가리킨
다. 맥락은 배타적이기보다는 포괄적이며, '가까운 장'은 관찰되
고 추정된 사건이나 선형적 지시를 시간 틀 속에 위치시킨다. (일
례로 양자역학의 시간 독립형, 시간 의존형 슈뢰딩거 방정식이 있다.)
결국, '사건'이나 '것'으로 여겨지는 것들은 어떠한 독립적 존재도
갖지 않는, 일시적이고 진화적인 관찰의 부수 현상으로 나타난다.

　함축된 의도성(즉, 목적론적 추론)과 같은, 진술되지 않은 추정
이나 조건들을 포함하는 진술이 이루어지는 일이 종종 있다. 모
든 기여 요인을 다 진술하는 것은 운용상으로 불가능하기 때문에
(덧붙일 수 있는 것이 항상 더 있다.), 마음은 선형적인 것을 초월하
고, 실용적으로 본질을 추출해 낸다. 그리하여 효율적 의사소통은
온전성과 의식 수준에 대한 앎을 포함하며, 청자의 주관성은 물론
관찰자의 주관성(아리스토텔레스의 로고스, 에토스, 파토스)에 대한
앎을 포함한다. 모든 표면적 지식은 따라서 기껏해야 임시적이고,
증명 가능하다기보다는 운용상으로 실용적이거나 그럴 듯하다.
의식 수준이 발전함에 따라 관찰자의 앎은, 가까운 장은 물론 본
질과 의도를 신속히 규명해 내고, 동시에 그러한 것을 전체적 맥
락 속에 위치시킨다.

　우리 사회의 의식 수준은 점차로 향상되고 있다. 그에 대한 증

거는 관찰자의 편향 가능성에 대한 앎을 가리키는 용어, '지각된'이 최근 들어 빈번히 사용되는 현상이다. 그래서 뉴스에서는 '지각된 공격자'가 누구였다거나, 혹은 '지각된 사건'은 목격자에게 이러저러하게 보였다고 보도한다. (법정 소송에서, 목격자가 피의자를 오인하고 사건을 잘못 해석하는 경우는 49퍼센트나 된다. 그런 많은 오류들이 DNA 감식을 통해 드러났다.)

진실은 내용과 맥락의 산물일 뿐 아니라, 어떤 의식 수준에서 진실인 것이 다른 의식 수준에서는 진실 아닌 것으로 보이는 정도로 특정한 의식 수준과 결정적으로 관련된다. 이는 사회적 관행, 국제 외교, 종교 분쟁, 논란이 분분한 정치적 위치성과의 관계에서 대단히 명백하다.

내용 그 자체는 이미 무한한 변수들의 산물이고, 가까운 장 역시 그러하여 수많은 요인의 산물이다. 어떤 '사건'에 대한 보고가 이루어지려면 관찰자는 이미 편집하고 선정했어야 하는데, 듣는 이에게 일정한 영향을 미치려는 진술되지 않은 의도를 포함한다는 점에서, 선정은 의도성 및 진술되지 않은 위치성의 결과다. 관찰자가 명료성이나 의도의 순수성을 가질 수 있는 경우는 극히 드문데, 하물며 진실에 봉헌하는 이는 더욱 드물다. 의도는 흔히 발표하는 어조와 타이밍에서 직관해 낼 수 있다. 발표할 때 메신저의 격정은 메시지를 완전히 압도하거나 심지어 그것을 뒤집기까지 한다. 그래서 가까운 분위기는 물론 관찰자의 감정성을 세심히 고려할 것이 요구된다. 따내고 설득하기 위해 으레 사실과 진실을 왜곡하는 공인들에게, 의도의 순수성이나 진실에 대한 헌신을 기대할 수는 없다. 하지만 진실을 구하는 이에게 위치성에 대한 집착을 내맡기는 것은 필수 조건이고 따라서 일차적 도전 과제이다.

의식의 진보는 에고의 진화적 본성 및 에고 구조에 대한 앎에 의해 촉진된다. 개인과 사회의 발달을 가로막는 가장 흔한 오류는 에고를 악마로 모는 위치성을 창조하는 것이고, 그런 다음 죄책감, 수치심, 부정적 자기 심판으로 에고를 공격하여 그것을 녹이려고 시도함으로써 그 오류를 가중시키는 것이다. 에고는 이미 끈질기며, 도덕주의적으로 에고를 공격하는 것은 에고에 더 많은 에너지를 보탤 뿐이다. 보다 중요한 것으로, 장구한 세월에 걸친 에고의 진화를 이해함으로써, 에고는 비교적 내재적으로 무구하며 동물 생존의 필요성을 바탕으로 하여 그 상태에 있도록 프로그램되었을 뿐이라는 것을 알 수 있다.

또한 인간 심령은, 그 어떤 소프트웨어라도 무구하게 수용하여 그것으로 스스로를 프로그램하는 컴퓨터의 하드웨어와 같다는 것을 기억하는 것이 좋다. 이에 대해 소크라테스는, "인간에게 모든 그릇된 행동은 본의 아닌 것인데, 왜냐하면 인간은 항상 자신에게 좋다고 믿는 것을 선택하기 때문이다."라고 진술했다. 사람은 정말이지 좋음과 행복의 근원인 것을 착각할 뿐이고, 그래서 진실_{Truth} 대신에 외적인 것(환상)을 잘못 선택한다. 에고를 비방하면서 죄책감, 수치심, 자기혐오에 탐닉하는 대신 에고를 그것인 것으로 수용하고, 에고의 역사적 가치를 평가하여 순진한 애완동물을 입양하듯 에고를 입양하는 것이 훨씬 더 생산적이다.

우리는, 에고는 '당연히' 이득, 유리함, 욕심 등을 쫓는다는 것을 받아들일 수 있다. 에고는 있는 그대로일 거라고 단순히 기대함으로써, 에고의 본성은 수용되고 그 다음에 초월될 수 있다. 에고는 장구한 세월 동안 훈련받아 온 대로 할 뿐이며, 자신의 생존은 자신의 프로그램을 고수하고 실행하는 데 달려 있다고 여전히 생각한다. 하지만 진화로 인해, 에고의 프로그램은 이제 오늘날의 윤리적 인간이나 진지한 영적 구도자의 의도에 대해 안티테제Antithese가 되었다.

에고에 접근하는 데 있어, 에고는 자신이 달라붙어 있는(중독되어 있는) 고통, 괴로움, 증오, 죄책감의 부정성이 갖는 에너지를 먹고살고, 그러한 부정성의 에너지에 유혹당한다는 것을 기억하는 것이 좋다. 에고는 순교자 혹은 피해자라는 데서 얻는 '단물'을 은밀히 키우며, 증오, '정당함', 복수를 사랑한다. 에고의 그러한 의식 수준의 밑바탕에는 낮은 힘의 성질(그것이 감정적인 것이든, 지적인 것이든, 혹은 물질적인 것이든 간에)에 대한 이용이 있다. 에고의 해소는 결과적으로, 도덕주의적이거나 감정적인 반발력의 이용을 통해서가 아니라, 진실 자체가 갖는 힘의 사용을 통해 이루어진다.

낮은 힘은 그것의 본성상 저항력을 유발하며, 그래서 모든 에고 위치는 대립물을 갖는다. 그리하여, 기꺼이 용서하는 것과 같은 단 하나의 영적 개념만 가지고도, 오래된 이기적 위치조차 해소할 수 있다. 우리는 2차 대전 교전 당사국의 퇴역 군인들이 자신이 목격한 숱한 죽음과 광범위한 파괴에도 불구하고, 오래전에 과거의 적을 용서한 일에서 그 사례를 본다. 그것은 가장 심한 상황과 경험까지도 치유될 수 있다는 것을 입증한다. 그러한 치유가 일어나도록 해 주는 메커니즘은, 평화를 위해 시비 분별을, 그리고 사랑을 위해 증오를 기꺼이 내맡기는 것이다.

마음은 자신의 생존이 에고 덕분이라고 은밀히 믿고 있지만, 그와 반대로, 사람의 생존은 에고가 중요한 임무를 수행하도록 에너지를 불어넣는 영으로 인한 것이다. 하위 자기自己나 에고가 비타민을 섭취할 것을 기억하는 것조차 영의 의도로 인한 것이다. 진실을 말하자면, 우리가 존재하고 생존하는 것은 에고 때문이 아니라 에고에도 불구하고 이다.

의식 연구는 마음의 평화에 기여할 수 있는 다른 결정적 요인들을 드러내 준다. 사람이 태어날 때 측정 가능한 의식 수준은 이미 존재하고, 바로 그 탄생의 순간에 육체가 죽는 정확한 때가 이미 설정되어 있다. 육체가 죽는 때는 날 때부터 이미 정해져 있긴 하지만, 죽음의 방식이 사전에 결정되는 것은 아니다. (이는 강연 중, 근육 테스트를 통해 반복적으로 진실임이 측정되었다.) 다른 희소식은, 내용과 맥락의 관계로 인해 사람이 자신의 육체적 죽음을 경험하는 것은 불가능하다는 것인데, 그것은 경험하는 그 수단이 곧장 육체를 떠나기 때문이다. 육체는 더 이상 '내'가 아닌 '그것'으로 비춰질 뿐이다. (이는 '진실'로 측정된다.) 이러한 현실은, 영과 '나' 감각 혹은 자신의 정체감이 육체성을 떠나는 유체 이탈이나 임사 체험을 해 본 이들의 경험을 통해 확증된다. 자기동일성의 감각이나 '나' 감각은, 육체성과 일시성을 초월하고 모든 조건을 다 초월한다. 진짜 '나'는 맥락이지 내용이 아니기 때문이다. 최면 퇴행을 통해 과거 생에 관해 조사한 사람들은, 그들이 그 속에서 어떤 사연을 발견하든 간에, 모든 조건을 지배하는 것은 항상 똑같은 '나' 감각이라고 보고한다.

영적 진화에서, 마음이든 육체든 그러한 것을 더 이상 자신의 정체로 동일시하지 않는, 의식 수준 600을 초월한 이들은 과거 생을 명료히 회상한다. 다시 말하지만 당시에 어떤 종류의 육체나 상황이 지배했던 간에, 지금과 마찬가지로 동일한 '나' 감각 혹은 '내'가 현존했다. 과거 생을 회상할 때마다, 어떤 의미심장한 영적 교훈이라는 목적이 있는 듯이 보인다. 다른 조건들은 그 학습 목표에 가장 적합한 역할을 특정할 뿐이다. 이 발견은, 의식은 장구한 세월에 걸쳐 진화하고, 진화는 의식 자체가 타고난 성질이라는 전제와 일치할 것이다.

나타남 대 인과관계: 창조 대 진화

인간의 의식 수준이 측정 수준 500에 도달하는 일은 비교적 드물지만(인구의 4%에 불과), 무조건적 사랑Unconditional Love의 수준인 540에 도달하는 일은 더욱 드물다. (인구의 0.4퍼센트) 역사상 가장 위대한 과학 천재들 중 다수가(뉴턴, 프로이트, 아인슈타인), 상당히 특이하게, 정확히 499로 측정되었다. 그리하여, 400대(미국은 현재 421로 측정된다.)는 과학, 과학 기술, 공학 기술, 의학의 높은 생산성과 혜택을 나타낸다. 영적 구도자에게 400대는 영적 교육의 수준을 나타낸다. 그러나 마음과 이성과 지성은 이후, 측정 수준 500에서 일어나는 중요한 패러다임 전환에 이르기 위해 에고를 초월하는 데 장애물이 된다. 400대 의식 수준의 어려움은, 그러한 수준에서 마음은 이원적이라는 것과, 그리고 마음은 타고난 구조로 인해, 지각과 정신 작용으로부터 그것을 대체하는 500대의 통찰력과 결정적인 재맥락화하는 주관성으로 이동하는 것이 힘들다는 것이다.

이원적 마음과 그것의 지성에서 핵심을 이루는 것은, 인과관계라는 뉴턴적 패러다임의 본질적 개념(측정 수준 450)이다. 인과관계 개념은 뉴턴적 패러다임과 전통적인 뉴턴 과학 내에서 유용한 반면, 오직 비이원적 관점에서만 가능한 실상에 대한 이해를 덮는다. 내용과 맥락의 관계에 대한 이해는, 관찰 결과, 인간 행동, 지각된 일들을 설명할 수 있게 해 주는 보다 앞선 비이원적 이해에 대한 기초를 제공한다. 마음의 이원적 성향은 실상Reality의 하나임Oneness에 대한 각성이나 참나 각성의 발생을 가로막는데, 그것은 언어에서 나타나는 바와 같은 이원적 신념 체계가, '저것'을 일으키는 '이것'을 추정하기 때문이다. 따라서 이원적 마음은 또한 동시적이고 자동적으로, 자기自己를, 분리되어 있는(그리고 도덕주의적으로 심판받는) '행위하는 행위자'로 바라본다. 이러한 정신 작용의 이원적 체계는 에고의 위치성을 강화시키고, 에고의 위치성은 차례로 깨달음에 이르는 문을 막아선 지각의 '대립쌍의 환상'을 낳는다.

『의식혁명』(Hawkins, 1995)에 묘사되어 있는 것처럼, 지각은 연쇄를 보며, 형상의 원리를 바탕으로 지각된 부수 현상을 설명하기 위해 어떤 가설적 원리를 둘러댄다. 인과관계는 엄밀히 정신 작용이고 생각의 산물인 개념이지, 본래적인 것이거나 본성 속에 존재를 갖는 것이 아니라는 것을 각성하기 위해서는 의식의 도약이 필요하다. 연쇄 자체는 선택적 관찰 결과에 대한 지각을 가리키는 정신적 개념이다. 시간과 마찬가지로, 연쇄는 관찰자의 속성이지 관찰된 것이 아니다. 그리하여 연쇄는 '원인'이 아니다. 그것은 "이것 다음에 그러므로 이것 때문에(post hoc ergo propter hoc)"의 고전적 오류[1]를 통해 인지되었다. 이에 대해 다시 말하면, 한 사건이 다른 사건을 뒤따르는 것이 관찰되었다는 이유로 해서, 그 사건이 선행한 사건을 '원인'으로 한다고 보는 오류이다. 이원적 마음은 '사건', 사태, 혹은 어떤 '것'으로 나타나는 것을 보고, '변화'라는 또 다른 개념을 가정한다. 마음은 설명을 구하며, 그 자체의 구조, 동기부여, 한계에 관해서는 순진하다. 언어에서는 '나' 나 '그것'이 '저것'의 원인이 되었다고 말하는데, 이는 주어가 동사를 통해 목적어에 작용하는 문장 구조에 내재되어 있는 것과 대단히 흡사하다.

그 다음에 자기는, 내부에 일차적인 원인적 행위자, 예컨대 행위하는 '행위자', 생각하는 '생각하는 자', 결정하는 '결정자' 등이 있다고 추정한다. 선형적 마음은, 그러한 이원적 설명 없이는 현상의 출현에 대해 설명할 바를 몰라서 쩔쩔맨다.

자기(에고)를 행위에 대해 일차적인 것으로 보는 것의 그늘은, 비록 자기는 성공으로 인해 영예를 얻는 것 같아도 그 다음에는 실패에 대해 비난받게 되고, 그래서 분노, 죄책감, 질투, 미움, 복수심 등을 일으키는 경향이 있다는 것이다. 이원적 에고는 경쟁적

---

1 이는 논리학에서 말하는 오류의 하나다.

이고 또한 두려워한다. 상상력으로 말미암아 두려움은 증식되며, 그리고 두려움은 항상적이고 미묘하며 지속적인 불안이라는 배경('실존적 불안')과 피해망상적 오해 경향을 창조한다.

추정된 '사건'이 인과관계의 귀결이 아니라고 할 때, 그렇다면 사건은 어떻게 일어나며, 그리고 어떤 설명이 가히 인과관계라는 전제의 매력적인 단순성을 능가할 수 있을까? 실상Reality에서, 어떤 비이원적 관점으로부터, 일체는 잠재성이 현실로 나타남의 자동적 귀결인 장 효과field effect로서 사실상 자연 발생적으로 일어나고 있다는 것을 관찰하고 또 경험할 수 있다. 의식Consciousness/실상Reality/신성Divinity이라는 무한한 맥락과 그것이 내용에 미치는 효과의 저변에 있는 힘은, 눈에 보이지 않는다. 힘이라는 비선형적이고 무한한 장은, 내부와 외부에 그리고 그 너머에 동등하게 현존한다. 조건이 허락하거나 혹은 조건이 유리할 때, 잠재성은 현실이 된다. 그 과정은, 의식 자체의 본원적인 비개인적 성질에 의해서는 물론 의도에 의해서도 힘을 부여받는다.

존재하는 전부는 무한한 힘의 무한한 장 안에서 존재하는데, 오직 그 무한한 장만이 잠재력을 '존재'라고 하는 현실의 영역으로 불러낼 수 있는 능력을 갖는다. (이는 1,000으로 측정된다.) 의도성을 포함하는 조건들이 유리할 때, 씨앗 내부의 잠재성은 꽃으로 출현하지만, 그렇게 하도록 강제하거나 그 원인이 되는 것은 없다. 나타남은 의식의 무한한 장이 갖는 힘의 귀결이다. 그것은 장의 내용에 본유적인 것이 아니다. 전통적으로 실상Reality이라고 불리는 무한한 맥락의 성질과 힘으로 말미암아 나타남이 발생하는데,

그것은 관찰을 통해 직접적으로 인식 가능하며, 다름 아닌 주관의 모체이고 기층이자 알고 경험하는 능력으로서 주관적으로 인식 가능하다. 사적 행위자 감각이나 '나'라는 자기감自己感조차도 역시 전체적 장의 산물이다. 그것은 장에서 분리되어 있지 않으며 장의 일부일 뿐이다.

힘의 무한한 맥락적 장은 운용상으로 거대한 전자기장에 비유할 수 있는데, 그 장 전체에서 그 속의 모든 내용은 자기장 속의 쇳가루와 비슷하게 자동적으로 정렬된다. 장 내부의 움직임이나 위치가 쇳가루를 '원인'으로 하거나, 혹은 장의 힘을 '원인'으로 하는 것은 아니다. 전부가 어떤 외적 조건에 의해서가 아니라 그 자체의 본유적이고 내재적인 속성의 귀결로서, 장 내부에서 자연 발생적으로 일어난다. 조건이 허락할 때, 잠재성은 무한한 전체적 장의 힘으로 말미암아 현실이 되지만, 그러나 가까운 장의 조건들을 '원인'(가장 흔한 오류)으로 하는 것은 아니다.

이와 동일한 원리가 마음의 내용에 적용되는데, 마음의 내용을 살펴보면, 생각 자체는 '고의적'으로 되려는 의도까지 포함하여 자연 발생적으로 일어난다는 것이 드러난다. 모든 생각은 사실상 무에서, 혹은 침묵하는 마음의 텅 빈 장에서 일어나지, 사람들이 추정하는 바와 같이 어떤 선행하는 생각에 의해 유발되는 것이 아니다. 사람들은 가설적 원인이라고 할 어떤 목적이나 의도가 있다고 추정한다. 하지만 그러한 의도나 함축된 목적은 모든 욕구, 감정, 혹은 충동이 그렇듯이 자연 발생적으로 일어난다. 이러한 관찰 결과가 진실임은 초점을 맞춘 명상에서 누구든 검증할 수 있다. 또한 관찰 가능한 세계에는 그 자체로서의 영속성 없는데, 왜냐하면 일체는 진행 중이고 지속적인 진화적 창조의 과정 속에 있기 때문이다.

의식 연구는 또한, '마음'의 99퍼센트 가량은 침묵하고, 단 1퍼센트만이 실제로 이미지를 처리한다는 것을 확증해 준다. 관찰자 자신은, 그 1퍼센트의 활동에 의해 사실상 최면에 걸려 있으며, 그것을 '나'로 동일시한다. 관찰자 자신은 장의 침묵하는 99퍼센트를 감지하지 못하는데, 왜냐하면 그것은 보이지 않고 형상이 없기 때문이다. (이는 우주의 96퍼센트 또한, 이른바 '암흑'(보이지 않는) 물질과 암흑 에너지로서 눈에 보이지 않는다는 사실을 상기시킨다.)

'사건'은 내용과 장이 갖는 내적 성질의 귀결로 출현하는데, 요즘 우리 사회를 지배하는 일대일 선형적 인과관계의 설명 원리는, 사건들에 대한 불충분한 설명이다. 예를 들면, 우주왕복선의 절연체와 관련된 사고가 일어났을 때, 단일한 원인이나 책임 있는 개인을 찾기 위한 조사가 진행되었지만, 처음에는 아무것도 나오지 않았다.[2] 그 다음에 의식의 눈부신 도약과 더불어, 조사관들은 그 사건이 당시 NASA '분위기'의 비개인적 귀결이라고 추론했다. (《인터내셔널 헤럴드 트리뷴》 1면 기사, 2003년 8월 27일) 비슷한 통찰이, 성공이란 문화의 산물이자 그 문화가 가지고 있는 가치관의 산물임을 이해하고 있는 실업계에서 출현했다. (Davis, 2003) 9.11 사태 이전 미국 정부의 정보 작전 실패에 대한 조사 결

----

2 이것은 2003년에 공중 폭발한 우주왕복선 콜럼비아호에 관한 얘기다.

과, 비슷한 앎이 출현했다. 그것은 처치 파이크 조사위 청문회의 집단적 효과가 낳은 정책들과 분위기, 그 뒤의 행정부 정책, 토리첼리 원칙[3]의 시행(이 모든 것은 200 이하로 측정된다.), 정보기관에 대한 자금 지원 철회(정보 작전은 대통령이 아닌 의회가 단독으로 결정한다.), 우선순위 결정 등의 귀결이었다.

모든 표면적 '사건'은, 전체의 인위적 부분화를 임의로 에워싸는 선정된 관찰 결과이다. 그러한 선정은 시간과 장소를 기초로 할 수도 있고, 혹 심지어는 뉴스 가치만을 기초로 할 수도 있다. 표면적 발생, 사태, 혹은 사건은, 관찰에 대해 선택적이고 일시적인 출현일 뿐이다. 관찰은 전체적 장(맥락)이 갖는 본성의 귀결이자 전체적 장의 내용에 대한 귀결로서, 자연 발생적으로 일어난다. 알기 쉬운 실례는, 하늘에서 구름이 출현하는 것이다. 구름의 출현은 습기, 온도, 기압, 혹은 풍속과 같은 특정한 환경이 임계점에 도달할 때, 쌓인 것의 응축을 나타낸다. 구름은 무에서 나온 것처럼 보인다. 구름의 출현을 일으키거나 강제하는 것은 없으며, 구름은 장 전체의 응축과 그 장의 내용을 나타낸다. 여기에는 미리 정해져 있는 형상이 없다.

다윈의 진화론(측정 수준 450)을 연구할 때 우리는 동일한 이해에 도달한다. 진화 자체의 실제 과정은, 물질적 영역 내에서 일어나거나, 혹은 물질적 영역의 귀결로서 일어나는 것이 아니다. 그

---

3 클린턴 정부 시절 미국의 토리첼리 상원 의원이 주창한 원칙으로, CIA나 FBI 등의 정보기관이 테러리스트나 폭력 조직원과 같은 불법적 소스를 통해 정보를 얻는 것을 금지했다. 이는 나중에 미국 정보기관의 정보 수집 능력을 크게 약화시켰다는 평가를 받았다.

것은 그저 물질성으로서 거기서 표현될 뿐이다. 진화 과정은 의식 자체의 무한한 장 내에서 비가시적으로 일어난다. 진화의 나무의 모든 가지는, 전부를 완벽히 갖춘 채 싹터 오른다. 모든 가지는 사람과(科)의 수준에서 예시되는 것처럼, 의식 진보의 귀결을 나타낸다. 하지만 물질적 영역 안에서는, 인류학이나 동물학에서 말하는 이른바 '잃어버린 고리'는 발견되지 않는다. 예를 들면, 네안데르탈인은 호모 이렉투스로 진화한 것이 아니라 호모 이렉투스라는 상위 종으로 완전히 대치되었다. 호모 이렉투스라는 가지 또한, 출현 당시에 이미 완성되어 있었다. 그것은 호모 사피엔스로 진화하지 않았으며, 호모 사피엔스는 그 자체의 가지로서 이미 진화된 채 올라왔다. 사람과(科) 안에서나 전 동물계 내에서, 과도적인 '잃어버린 고리'는 발견되지 않을 것이다. 과도적 형상은 의식 자체 내에서 패턴으로만 존재하는데, 셀드레이크가 묘사한 이른바 '형태발생 장'이 바로 그것이다.

의식의 장은 모든 사건, 모든 역사, 모든 진화 패턴을 전부 다 기록한다. 그것의 '지성'은, 아무리 사소하거나 혹은 표면적으로 아무리 예외적이고 개별적인 것이라 해도, 모든 정보를 다 축적한다. 의식의 장의 모든 형상 속에 있는 전 생명의 집단적 경험은 바로 그 수준에 놓이는데, 왜냐하면 물질적 영역 내에서 개체가 물질적으로 죽을 때 개체의 유전 물질은 그와 더불어 죽기 때문이다. 즉, 개체가 '학습'한 것은 물질적으로 전달되지 않는다.

비선형 동역학에서는 표면상으로 임의적인 정보 데이터 속에, '끌개'라는 숨은 조직화 에너지 패턴이 있음을 보여 준다. 동물계의 의식 수준을 포함하여, 의식의 각 수준 내에는 끌개장이 있다. 그 패턴들에 '동물 영'이라는 이름을 붙이는 게 바르다는 것은 사실인데, 이는 원시시대부터 내려온 인류의 오래된 앎이며 의식 연구에서 그것은 진실로 측정된다. 그리하여, 각 동물 집단은 그들 자신만의 집단적 기억, 무언의 이해, 행동 양식을 가지고 있다. 그러한 것이 통합되는 것은 바로 이 정보 수준에서다. 에너지 패턴은 상위 에너지 패턴으로부터 영향받는데, 왜냐하면 각각의 에너지 패턴은 연쇄적으로 어떤 상위 맥락의 내용이 되기 때문이다. 이렇듯, 종의 진화 안에는 타고난 지성, 창조성, 인상적인 미적 성질이 있다.

수백만 년 전, 원시 해양 생물은 전기를 생산하는 법을 '학습'했다. 지성이 없다고 여겨지는 다른 생명체들은, 수역학은 물론이고 공기역학을 이용하는 법과 하늘, 땅, 바다의 고유한 특성을 극대화시키는 법을 배웠다. 생물학과 자연의 수많은 생명체에 대한 연구를 통해 어떤 천부적 독창성이 드러나는데, 그러한 것의 복잡성은 상당한 지성을 가진 인간도 괴롭힐 것이다.

그리하여 진화란, 묘사하자면 연쇄적 관찰 결과의 펼쳐짐이 지각에 출현하는 것이다. 창조 자체는 시작도 끝도 없이 계속되는, 진행 중인 과정이다. 관상과 더불어, 진화와 창조는 하나이자 동일한 과정임이 눈부시게 명백해지게 된다. 진화와 창조의 근원은 나타나지 않은 것이 잠재성으로서 나타난 것이 되는 무한한 힘이고, 그 무한한 힘의 고유한 비가시적 패턴화가 보이는 물질적 영역에서 존재로서 출현한다. 전 시대를 통틀어, 이 궁극적 근원은 신성

Divinity으로서 주관적으로 경험되었을 뿐 아니라 보편적으로 직관되었다. 오직 신성Divinity만이 잠재력을 현실로, 나타나지 않은 것Unmanifest(즉, 신격Godhead)을 나타난 것으로, 그리고 비존재를 존재로(예 봄Bohm의 접혀진 우주와 펼쳐진 우주들) 변형시키는 힘을 가지고 있다.

나타나고 그 다음에 존재한다고 말해지는 것은, 오직 앎으로 말미암아 인식 가능하다. 그것이 바로, 사람이 '존재한다'거나 혹은 사람이 '있다'는 것에 대한 지식, 경험, 앎을 가능하게 해 주는 의식의 성질이다. '있다'는 것과 '내가 있음을 인식한다'는 것은 별개다.

다른 살아 있는 것들의 존재는 물론이고 인간 존재를 인과관계라는 제한된 공식으로 설명할 수 없다고 할 때, 그렇다면 앞서 설명한 것처럼, 인류는 나타나지 않은 것에서 나타난 것으로, 하나의 표현으로서 솟아난 것이다. 인류는 따라서 잠재력 실현의 표현이며, 필연적으로 어떤 근원을 갖는다. 원인에 대한 주장은, 정의定義상으로, 원인을 귀결에서 분리시킨다. 만일 인류가 원인의 결과라면 인류는 자기 자신의 근원을 인식할 수 없을 터인데, 인류의 근원은 정의상으로 외적일 것이며, 타고난 것도 내부에 있는 것도 아니므로 진실로 인식할 수 있는 것이 아닐 것이다. 안다는 것은 존재한다는 것이다. 이와 대조적으로, 어떠어떠한 것에 대해 안다는 건 정보의 획득일 뿐이다. 왜냐하면 인류는 자신의 근원에 의한, 잠재력의 실현이므로, 그 근원은 항상 현존하며 참나의 주관적 본질로서 직접 인식하는 것이 가능하다. 참나로서의 현존의 경험은 변형을 일으킨다. 더불어 그것은, 지극히 다양한 문화에서 나온 현인들이 보고한 것처럼, 전 역사에 걸쳐 또한 동일하다. 신성Divinity의 선물은 인간 자신의 의식 내부에 있는, 그리고 그 의식을 통해 다름 아닌 자기 존재의 근원으로 복귀할 수 있는 잠재성이다. 참나(무한한 맥락)의 각성과 더불어, 장과 내용은 근원Source 자체가 하나임Oneness인 실상으로 융합된다.

이와 대조적으로 보통 정신 작용의 일반적 장에서는, 이원성에 대한 신념 및 그것의 인과율에 대한 신념의 귀결로서 모든 것에는 시작과 끝이 있다고 여겨진다. 그러한 결론은 선택적 관찰의 자동적 부산물이며, 확증 가능한 실상이라기보다는 가설적 실상이다. 유한한 마음은 정의와 개념으로서가 아니라면, 진정으로 무한을 이해할 수는 없다. 존재의 궁극적 근원에는 원인이 없으며 시작이나 끝도 없다. 가장 근접한 묘사를 전달하는 것은 '영원'이나 '항상'이라는 용어다. 이 독특한 성질은, 깨달음Enlightenment이라는 실상Reality의 주요한 주관적 성질로서 영원히 현존하며 접근 가능하다.

존재의 근원의 실상Reality은 시간과 공간 밖에 있다. 시간과 공간은 그 자체로 제한하는 지적 개념이다. 모든 '시작하고' '멈추는' 것이나 '처음'과 '끝'은, 시간이라는 조건을 끌어들인다. 하지만 어떤 이름으로 불리든 간에, 전 존재All Existence의 무한한 근원Infinite Source은 존재를 포함하지 존재에 종속되지 않는다. 그것은 시작이나 끝이라는 개념이 암시하는 것처럼 한계를 갖지 않는다. 인식론에 대한 그리고 그 다음에 존재론에 대한 연구를 통해 그와 똑같은 결론에 도달할 수 있지만, 임사 체험을 겪은 이들은 물론이고 현인들은, 영원의 실상에 대한 실제적이고 주관적인 경험과 인식에 관해 꼭 같이 보고한다.

에고가 해소되며 깨달음의 상태가 펼쳐지는 동안, 존재Existence의 전부Allness로서의 현존Presence의 무시간성Timelessness은 눈부신 드러남이다. 초기에 이것은 용해되는 에고의 마지막 남은 잔재에서 경외심을 불러일으킨다. 전 존재All Existence의 근원Source인 무한한 장Infinite field은, 빛나는 휘황한 광채이며, 그 무한한 장의 창조Creation로서의 귀결은 영원히 하나가 된다. 창조주Creator와 창조Creation는 하나다. 또한 '존재'나 '비존재'와 같은 그런 모든 용어는 그 자체로 지적 구조물에 불과하며, 궁극적 진실Truth을 전달하려는 시도임이 분명해지는데, 궁극적 진실Truth은 오직 자기自己가 참나로 융합되는 정체의 하나임에 의해서만 인식 가능하다. 마음이 가장 잘할 수 있는 것은, '어떠어떠한 것에 대해 아는 것'이다. 마음이 해소될 때, 인식은 존재Existence 자체의 근원Source과 하나로 있는 정체에 의해 대체되는데, 그 정체의 광휘는 "오, 주여 모든 영광이 당신께 있습니다!Gloria in Excelsis Deo"라는 탄성에서 드러난다.

07

진실의 생리학

진실을 인지하고 이해할 수 있는 능력은 의식의 수준들과 부합하는데, 이는 뇌의 해부학적 진화에서 뿐 아니라, 보다 중요한 것으로, 인간 뇌 생리의 변화 및 뇌의 우세한 정보 처리 패턴의 변화를 통해 반영된다. 이러한 진화 및 변화는 차례로, 저변의 보이지 않는 에너지 장들에 의존한다. 인간에게 결정적이고 심원한 변화는 의식 수준 200에서, 뇌 생리와 정보 처리 패턴에서 일어난다. 그러한 변화는 다음과 같이 요약할 수 있다.

의식 수준 200 이하

좌뇌(오른손잡이의 경우)는 정보 처리가 우세하다. (왼손잡이는 우뇌) 입력은 중계 중추(시상)를 거쳐 빠른 경로를 통해 감정/본능

중추(편도체)로 곧장 처리되고, 전전두 피질에서는 느린 경로를 통해 입력이 뒤늦게 처리된다. 이렇듯, 감정 반응은 지성과 인지가 반응을 수정할 기회를 갖기 전에 일어난다.

사건에 대한 기억은 학습으로서, 그리고 회상을 위해 뇌의 해마 영역에 저장된다. 이 좌뇌 과정은 그것이 개체의 생존에 경도되어 있다는 점에서 기능상으로 동물 뇌와 유사한데, 그리하여, 인간한테서 그것은 에고에게 봉사한다. 좌뇌 과정의 이러한 지향으로 인해 가족이나 부족(무리) 구성원을 포함하는 '남'들은, 일차적으로, 개인적 생존을 위한 대상이나 수단으로 비친다. 또한 대단히 중요한 것은, 전전두 피질에서 나온 지성적 정보의 지연 입력을 통해 공급된 정보가 반응 중추에 도달하는 것은 느릴 뿐 아니라, 반응 중추에 도달했을 때는 이미 사전에 유발된 감정 반응에 종속되게 된다는 것이다. (Genova, 2003) 이렇게 해서, 지성은 일차적으로 동물 욕구와 이기적 목표의 도구가 된다. 후속 반응은 따라서 원시적이고 생존 지향적이며, 투쟁 혹은 도주 반응을 거쳐 나오는데, 그러한 반응에는 코르티손이나 아드레날린 분비와 같은 신경호르몬적 귀결이 동반되고, 그것은 차례로 경락과 면역계의 생리에 부담을 준다.

좌뇌의 이러한 자기중심적 반응 체계는, 신체 근육의 일시적 약화 및 부정적이거나 약한 신체 운동학 반응을 동반한다. 하지만 신체의 에너지 시스템은 경락 균형을 신속히 복구하고 회복시켜 주며, 그 결과 전체적 에너지 시스템은 다음번 자극 반응 주기에 앞서 다시 평형을 이룬다. 한스 셀리에Hans Selye는 스트레스 반응

패턴에 관해 다음과 같이 설명했다. (1956, 1974)

1. 경보 반응
2. 저항 단계
3. 피로 및 생리적 손상 단계(이화적)

좌뇌는 동물 생존을 위해 프로그램되어 있는 까닭에, 좌뇌 우위는 영적 앎이 제한적이거나 존재조차 하지 않는 것으로 반영된다. 사건들의 연쇄에 대한 기억은 뇌의 해마 영역에 저장된다. 그래서 나중의 회상은 그러한 연쇄에 대한 기억을 다시 일깨우는데, 그에 관한 기억은 이미 에고의 원시적 생존 목표와 생존 기술에 의해 맥락화되어 있다. 따라서 기억은 부정적 감정에 물들고, 두려움, 불안, 분노, 후회와 함께 혹은 이득의 쾌락과 더불어 저장된다.

의식 수준 200 이상

오른손잡이의 경우, 우뇌(왼손잡이는 좌뇌)는 200 이상의 의식 수준에서 우세해지게 된다. 입력은 중계 중추를 경유하여 전전두 피질로, 여기에서 감정 중추로 빠르게 전달된다. (나중에 살펴보겠지만, 그 과정은 에테르 뇌의 전전두 영역을 통해 보다 빠르게 일어난다.) 지각은 따라서 지적 정보에 의해 수정되고, 사건의 전체적 의미는 우세한 의식 수준에 따라 맥락화된다. 전반적으로, 회상은 순전한 좌뇌 반응에 의해 기록되었을 경우에 비하면, 보다 온건한 사건에 대한 회상이다. 우뇌의 영화靈化된 뇌 정보 처리와 영화된 뇌 생리에서 신경호르몬 반응은 동화적이어서, 엔도르핀을 방출하고 경락 균형을 유지한다. 또한 편도체(감정 중추)로 옥시토신과 바소프레신이 분비되는데, 이는 모성 본능, 부성 행동, 암수 결합, 그리고 포유동물의 '사회적 뇌'를 매개로 하는 사회적 능력(Moran, 2004)과 관련된다.

동시에, 근육 테스트 반응은 강하고 긍정적이다. 보다 건강한 경로를 통해 정보를 처리하는 경향은, 어린 시절의 훈련과 함께 고전음악, 아름다움, 종교 활동에 대한 노출에 의해 영향받는데, 이 모든 것은 뉴런의 패턴화와 뉴런 연결에 영향을 미친다.

비슷한 연구 결과가 듀크 대학교의 로이 매튜스_{Roy Mathews} 교수를 통해 보고되었다. 저서 『참된 경로_{True Path}』의 뇌 연구를 통해, 그는 비우세 뇌 반구[1]가 미술, 자연, 음악, 영성, 아름다움에 의해 자극받는다는 것, 그리고 이는 고양된 이타주의와 내면의 평온 및 의식 수준 상승을 낳는다는 것을 보여 준다. 티베트 불교 승려들에 대한 그 이상의 연구를 통해, 뇌의 '신경 가소성'이, 그리고 명상 결과 일어나는 생리적 변화가 입증되었다. (Begley, 2004)

주요한 의미심장한 차이를 다음 페이지의 도표 형태로 요약할 수 있다.

---

1 우뇌를 가리킨다.

뇌 기능과 생리

낮은 마음(200 이하)

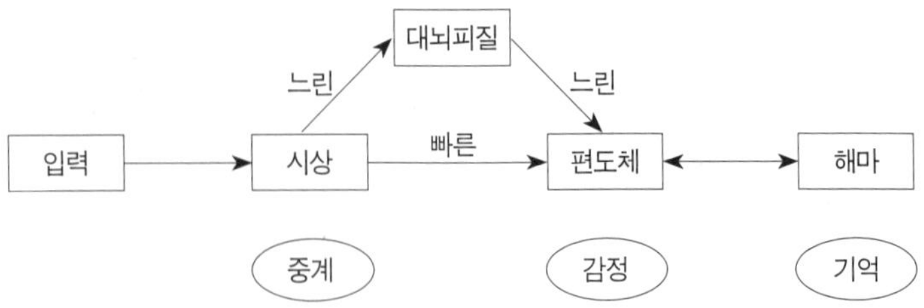

높은 마음(200 이상)

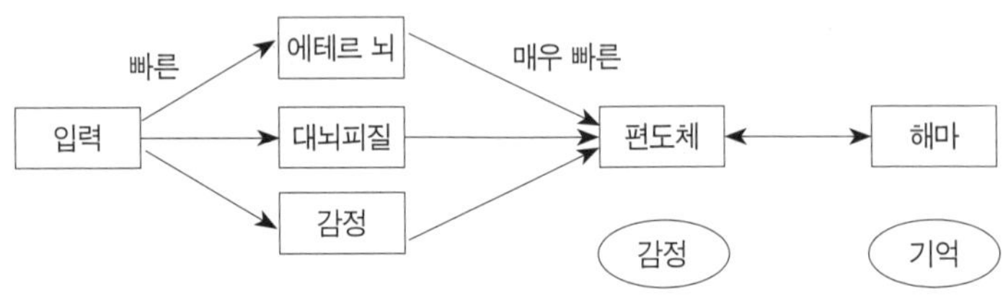

200 이하	200 이상
좌뇌 우위	우뇌 우위
선형적	비선형적
스트레스: 아드레날린	평화: 엔도르핀
투쟁 혹은 도주	긍정적 감정
경보: 저항: 소진	흉선을 지원
(샐리에 캐넌: 투쟁/도주)	
↓ 식세포와 면역	↑ 식세포
흉선에 스트레스	↑ 면역
경락을 불통시킨다	치유

질병	경락의 균형
부정적 신체 운동학적 반응	긍정적 신체 운동학적 반응
↓ 신경전달물질: 세로토닌	
감정으로 가는 경로는 전전두 피질을 통해서 감정으로 가는 것보다 2배 빠르다	감정으로 가는 경로는 전전두 피질과 에테르 피질에서 가는 것보다 느리다

의의

영적 노력과 의도는 뇌 기능과 신체 생리를 변화시키고, 우뇌 전전두 피질 및 그것과 일치하는 에테르(에너지) 뇌 안에서 영적 정보를 담당하는 특정 영역을 구축한다.

200이라는 중요한 의식 수준 이상과 이하에서 일어나는 뇌 생리의 이러한 기본적 차이들이 결정적인 반면에, 200 수준에서는 한층 더 의미심장한 변화가 일어나는데, 왜냐하면 그 수준 이상에서 어떤 독특한 에너지 장이 진화상 처음으로 출현하기 때문이다. 그 독특한 에너지 장은 운용상으로 물질적 우뇌와 일치하지만, 영적 앎과 의식에 특유하다. 좀 더 나은 용어가 없었으므로, 사람들은 그 특별한 에너지 장에, 그것이 순수히 에너지로 되어 있고 본성상 원형질이나 해부학적 구조가 아님을 지시하기 위해 '에테르 뇌'라는 이름을 붙였다. 에테르 뇌 혹은 영적 에너지체는, 원형질이 반응하지 못하는 높은 에너지 주파수를 등록한다. 이것은, 감각 능력을 넘어서는 고주파 에너지 장을 식별하기 위해서 보다 섬세한 도구가 필요한 물질세계와 비슷하다. (예를 들면, 귀는 라디오 전파 자체는 듣지 못하고, 눈 역시 실제의 텔레비전 전파 신호는 보지 못하며, 컴퓨터 칩은 구식 라디오 진공관의 반응 능력을 능가한다.)

물질적 뇌에서 독립하여 존재하는 어떤 에너지체의 실상에 대해서는, 전 역사의 모든 문화에서 인지하고 있었다. 비록 지칭하는 용어는 달랐지만, 그러한 기본적 실상의 직관된 존재에는 일관성이 있었다. 어느 문화에서나, 인간뿐 아니라 동물의 육체성에 에너지를 불어넣는 것은, 탄생 시나 탄생 직전에 육체를 접수했다가 육체적 죽음의 때에 그것을 떠나는 보다 기본적인 일차적 에너지원(예 '영혼', 고대 이집트의 '카' 등)이라는 것을 알고 있었다. 그 에너지체는 의식 진화의 산물이지, 물질적 기원을 갖지는 않는다. 동물계에서, 각각의 종은 어떤 끌개장에 지배되는 집단 에너지 장(집단의식)을 보유하는데, 바로 여기에 집단적 기억이 저장되며, 여기가 바로 진화 과정이 일어나는 자리다. (즉, '동물 영')

이와 대조적으로 인간에게 영체나 에테르체는 개별적이며, 그러한 것은 또한 의식의 진화하는 수준들의 패턴과 진동 장이 있는 소재지이기도 하다. 200 수준 이하에서, 의식의 끌개장들은 일차적으로 어떤 동물 집단 본성에 속한다. 200 수준 이상에서는, 에테르 뇌가 물질적 육체의 생명을 대체하는 분화된 에너지 영역으로 출현한다. 에테르 뇌는 물질적 생명 에너지 자체의 보다 일반적이고 기본적인 형태에 비해 더욱 전문화되어 있다.

에테르 뇌는 이렇듯 개별적인 영적 내용(즉, 카르마)의 비물질적 운반 수단이 된다. 의식 수준 200 이하에서, 개인은 그 의식 수준의 집단적 장에 지배되며, 독특하고 사적인 영화된 에테르 뇌는 그 수준에서 아직 진화해 나와야 한다. 이는 개인의 의식 수준을

200이라는 임계점 이상으로 끌어올릴 수 있는 자유로운 선택을 행사함으로써만 가능하다. 의식의 집단적 장의 지배에서 벗어나기 위해서는 급박한 상황과 사건들이 계기가 될 때처럼, 흔히 표면적으로 단호한 의지의 결정을 수반하는 영웅적 노력이 요구될 수도 있다. 순진한 지각에게 격동하는 사건으로 나타나는 것은, 이전의 장벽을 초월하기 위해 의지가 이용할 수 있는 기회다. 왜냐하면 초월을 위해서는 동물 에고(자기自己)의 목표를 하위에 두고, 보다 높은 원리에 내맡길 필요가 있기 때문이다. 높은 원리란, 예를 들면, 생명의 위험을 무릅쓰고 남을 돕는 것, 자부심보다는 겸손을 선택하는 것, 미워하기보다는 용서하는 것, 사적 의지의 결정에 따라 어떤 신성에의 내맡김을 수용하는 것, 혹은 진실을 위해 거짓을, 사심 없는 봉사를 위해 이득을 내맡기는 것이다.

그러한 큰 변화를 일으키기 위해 필요한 듯한 극단적 상황들을 보면 상당히 놀라운 경우가 많다. 에고는 지독하게 끈질기기 때문에 자진해서 '놓기'까지(고전적 용어로는 '바닥을 친다'고 한다.) 사람을 죽음의 문턱까지 몰아갈 수도 있는데, '바닥을 치는' 것은 중대한 현상으로 널리 인정받고 있다. 이 결정적인 영적 단계의 중요성에 대한 인식은, 그동안 익명의 알코올중독자회(AA)와 같은 회복 모임 구성원들의 집단적 경험이 크게 기여한 것 중의 하나였다. 그러한 현상이 정신의학 문헌에서 최초로 나타난 것은, 정신과 의사 해리 티부(Harry Tiebout)의 고전적 논문 「내맡김Surrender」(Tiebout, 1949, 1951)에서였다.

자신의 의지를 신에게 내맡기는 것은 모든 참된 영적 전통과 가르침에서 잘 알려진 전제이다. 하지만 그것을 종교나 영성 분야 밖에서 적용하는 것은 최근 들어서야, 우리 사회에서 다른 개별적이거나 집단적인 인간 문제의 해결에 있어 중대한 것으로 인정받았다.

영의 '상위자아'인 참나는 전통적으로 에고에게는 재앙으로 보이는 상황을 '활용'해 왔다. 영에게 큰 기회는 전쟁, 극단적 위험, 지진, 홍수, 화재, 가족 해체, 혹은 심각한 건강 상태와 같은 표면적 재앙 속에서 모습을 드러낸다. 그와 같은 중대한 순간에, 영적 원리를 따를 것인지 혹은 에고의 습관적 명령을 따를 것인지의 선택은 순식간에 이루어져야 한다. 이 선택은 일정한 문화적 전통과 의식에 의해 촉진되기조차 했는데, 예를 들면 다음과 같다. 군대에서 벌어지는 일, 할복자살 행위, 영웅적이고 이타적인 행위, 타인의 안전을 위해 자신의 목숨을 희생하는 것, 친절과 용서의 행위, 관용, 부정하는 대신 책임을 받아들이는 것, 그리고 정직함과 사랑을 위한 자기희생으로 돌파하는 것 등이다.

오랜 세월에 걸쳐, 이 진화 단계의 형태는 사망률이 매우 높은 출산 행위를 겪는 여성들을 통해 나타났다. 출산하는 여성은 기꺼이 자신의 목숨을 희생하고자 했으며, 새 생명의 발달을 위해 죽음을 무릅썼다. 시련에서 살아남을 경우, 그녀는 전통적으로 자녀, 가족, 혹은 배우자를 위해 자신을 희생하게 되었다. 어떤 형태의 것이든 권위에 순종하는 길은 사회적 전통이었고, 신에 이르는 확립된 길이 되었다. 교회는 사적인 의지를 어떤 높은 원리에 복종시킬 필요성에서, 동일한 기제를 이용했다.

군대의 전통에서 영웅적이거나 용감한 행위는 궁극적으로 의식의 도약으로 귀착되었다. 이는 의무, 동료에 대한 책임, 조국에 대한 봉사 등과 같은 대의명분을 위해 생명의 위험을 무릅쓰거나 자신의 생명을 내맡기는 영적 선택의 귀결이다. 같은 원리가 표면적으로 위험 부담이 큰 다른 행동들, 예컨대 두렵게 느껴지는 도전과 정면으로 맞서는 등의 행동에 적용되었다. 오늘의 세계에서는 젊은이들이 조국을 위해 혹은 어떤 영적 신념 체계를 위해 목숨을 바치라는 부름에 응답하여 분연히 일어서는, 동일한 현상이 나타난다. 자살 임무를 수행할 자원자들을 찾아 헤맬 필요는 없다. 요즘 세계의 열성적 자원자들은 2차 대전 때의 카미카제 조종사들에 비할 만한데, 그 당시 자원자들의 수는 필요한 숫자를 크게 웃돌았다.

의식 수준 200의 결정적 초월이 항상 그런 극적인 행위를 수반하거나 요구하는 것은 물론 아니다. 그것은 용서하겠다는 결정, 부정하는 대신 도덕적 책임을 수용하는 것, 자신의 의지를 신의 의지와 사랑Love에, 혹은 진실Truth 자체에 보다 전면적으로 내맡기는 것 같은 그런 형태로 조용히 일어나는 것이 더 일반적이다.

그러한 결정적 이행의 또 다른 사례는, 삶의 결정적 전환점이 되는 이른바 전환 경험을 통해 입증된다. 일반적으로, 건강상의 위기나 혹은 다른 개인적 위기들이 촉진 요인인데, 그동안 심장마비를 이겨 낸 많은 이들이 삶에 대한 전체적 관점에서 비슷한 큰 변화를 겪었다고 털어놓았다. (Siegel, 1986) 중독에서 회복될 때, 부정과 저항에서 '상냥하고 분별 있는' 태도로 갑자기 돌아서는 것은 회복이 성공적으로 시작되었음을 가리킨다. (Bill W., AA의 설립자) 반항과 자부심이 종말을 고하면서 숱한 인간적 재난에서의 회복이 뒤따른다. 그러한 '선회'는 갑작스러울 수도 있고 혹은 느리고 점진적일 수도 있는데, 그 결과 일어나는 변화는 대단히 심원할 수 있으며, 의식 연구 기법으로 정확히 측정될 수 있다.

의식의 임계 수준을 넘어설 때 뇌 속의 생명 에너지는 주목할 만한 변화를 나타내는데, 그 이후에 영화靈化된 에너지는 그 독특한 성질과 특성으로 인해 명확히 인지되었다. 비록 서구 세계에서는 분명히 인지되지 못했지만, 오래된 문화들(예 중국, 힌두)에서 그것은 전통적으로 '쿤달리니' 에너지로 불리었다. (Krishna, 1971) 뇌 생리에서 특정한 변화를 유발하고, 에테르(에너지) 뇌 자체의 출현과 발달을 가능하게 하는 것이 바로 이 독특한 에너지다. 에테르 뇌 출현의 한 가지 심원한 귀결은, 에테르 뇌는 육체가 죽어도 살아남아 카르마 패턴을 축적한다는 것이다. 카르마적 진화 패턴은 의식 수준 200 이하에서 발달하긴 하지만, 그것은 200 이하의 수준들을 지배하는 의식의 집단적 장 안에서 그렇게 한다. 그 패턴들은 의식 수준이 200에 도달하기까지는, 사실상 그 자체로 개별화되지는 않는다. (이는 '진실'로 측정된다.)

이렇듯 우리는, 각 개인이 태어날 때 이미 측정 가능한 의식 수준을 가지고 있음을 관찰한다. 육체의 형태와 기능은 유전자, 염색체, DNA에 의해 유전적으로 결정된다고 추정되지만, 그러한 것은 카르마적 상속의 메커니즘일 뿐이다. 영적 수준에서, 에테르 뇌의 카르마적 유산은 물질성의 선형적 법칙에 종속되지 않는데, 왜냐하면 그것은 다른 영역 안에 존재하기 때문이다.

이 영적 에너지의 출현에 발맞춰, 자기감自己感의 변형이 시작된다. 세계와 타인에 대한 해석에서는 물론이고 행동과 의사결정에서 영적 가치가 보다 지배적으로 된다. 인류가 이런 진화적 현상에 대해 보고한 지는 오래되었는데, 패러다임의 변화는 느리고 미묘할 수도 있고 혹은 빠르고 대단히 극적일 수도 있다. "나는 이제 모든 걸 다르게 본다."는 어느 회복 모임에서나 흔히 나오는 얘기다. 감각 경험조차도 미묘한 변화를 겪는데, 아름다움 자체가 보다 명백해지고 높이 평가된다. 태도와 감정상의 변화는 점차로 더욱 온건해지며, 그리고 전 생명에게 연민을 품게 된다.

흔히 쿤달리니라고 하는 이 영적 에너지(Sannella, 1992)는 결국 의식 진보와 함께 더욱 강력하게 지배적으로 되어, 마침내 그것의 현존을 감각으로 포착할 수 있게 된다. 의식 수준이 500대, 특히 500대 후반에 도달할 무렵이면, 이 에너지는 어떤 일반적인 방식으로 흐르는 경향이 있고, 주관뿐 아니라 지각된 경험에도 영향을 미친다. 삶의 경험은 점차로 더욱 온건해지며, 우연한 행운이 많아진다. 마음에 품고 있는 것이 마치 기적이라도 일어난 것처럼, 거의 저절로 나타나는 경향이 있다. 그 에너지 장의 주관적 감각은 절묘하며 또한 감미롭고 상쾌하다. 특징적으로, 그것은 등과 척추를 따라 올라가 뇌 속으로 흘러드는 것으로 경험되는데, 단순한 주의 집중만으로 뇌의 그 어떤 특정 부위로든 그것이 흘러들게 할 수 있다. 이따금씩, 쿤달리니 에너지는 그 자체의 내재적 본성으로 말미암아, 가슴 부위에서 몸 앞쪽으로 저절로 흘러나간다. 그 에너지 흐름은 자신과 타인의 치유 혹은 변형에 힘을 불어넣는다. 그것은 영향력 있는 에너지 장이며, '기적적인 일'에 힘을 불어넣는다. (이는 '진실'로 측정된다.) (Hawkins, 2001)

그 에너지 장의 지배에 동반되는 또 다른 것은, 여러 세기에 걸쳐 다양한 문화에서 묘사해 온, 이른바 싯디siddhis, 혹은 표면적으로 기이해 보이는 '초자연적' 능력의 출현일 수 있다. 예를 들어 사이코메트리psychometry 현상이 출현하는데, 그것은 어떤 물건에 손을 대 보고 그 물건의 이전 소유권이나 혹은 과거 소유자들의 역사를 식별해 낼 수 있는 능력을 말한다. 아스트럴 투사[2], 동시에 두 곳에 존재하기(예 피오 신부), 천리안, 투시, 투청, 텔레파시를 통한 의사소통 능력 또한 나타날 수 있다. 이러한 현상은 저절로, 자동적으로 일어나며, 사적인 의도의 결과가 아닐 뿐더러, 사적인 의도로 통제할 수도 없다. 정보는 정신화의 결과로서라기보다는, 노력할 필요 없이 모든 것을 완전히 갖춘 채, 최종적 상태로 드러난다. 점진적 드러남의 타이밍 또한 그 물 샐 틈 없는 정밀함에서, 기적적인 것으로 묘사될 수도 있다.

생명의 진행성의 전체적 외관이 변하는데, 그것은 연쇄적인 것으로나 혹은 외부의 어떤 것에 기인하는 것으로는 보이지 않는다. 대신 세계와 모든 사건은 상호 맞물려 있는 것으로 보이고, 사건의 펼쳐짐은 연쇄적 '원인'의 귀결로서가 아니라 전체적 장으로

2 유체 이탈의 한 형태. 아우라를 가진 아스트럴체가 우주로 투사되어 우주여행을 하는 것을 가리킨다.

말미암아 잠재성이 현실이 되는 것과 관련된다. 장으로 말미암아 잠재성이 현실로 됨을 목격하는 것은, 물질적인 것에만 한정되지 않으며, 생각의 출현과 정신 작용의 과정을 포함한다. (Hawkins, 2003)

그 영적 에너지는 만성적이었을, 그리고 고치기 힘들었을 신체 질환의 자연적 치유를 불러일으킨다. 이 현상은 그 장의 영역으로 들어온 다양한 사람들에게도, 예측할 수 없는 방식으로 일어난다. 또한 그 어떤 의지 작용과도 무관하게 저절로 일어나는 이러한 치유 현상과 관련되는, 카르마적 무르익음이 있는 듯하다. 삶의 펼쳐짐은 논리나 이성만으로는 더 이상 설명 가능하거나 이해 가능하지 않다. 논리나 이성은 명백히 현상들의 펼쳐짐에 적용할 수 없고, 그와 무관하다. 지속적인 내맡김과 함께, 예를 들면, 어렸을 적부터 나빴던 시력조차 저절로 교정된다. 이전에는 불분명하고 흐릿했던 세계가 갑작스럽게, 예기치 못하게, 순식간에 또렷하고 명료해진다. 동시에 두 곳에 존재하는 걸 빼고, 위의 모든 현상이 이번 생(저자의 생을 말함.)에 다 경험되었다. 그런 능력은 다년간 지속되며, 그 내용은 매우 정확하다. 예를 들면, 사람은 낯선 곳에서 방향을 '알고', '보면서', 차를 몰고 정확히 목적지에 도착하는데, 심지어 특정한 주차 공간까지 정확히 찾아 들어간다. (Hawkins, 2002 비디오 시리즈)

위와 같은 보고된 현상들이 자연 발생적으로 일어나는 것과 동시에, 영적 이해가 저절로 펼쳐진다. 이전에 애매했던 것, 그리고 지성의 이해 너머에 있었던 것이, 이제는 그 자체의, 스스로를 드러내는 발광發光의 귀결로서 자명해진다. 이런 일이 일어나는 동안, 육체적 존재 자체를 지속하려는 욕망까지도 포함하여 원하는 것과 욕망하는 것이 동시에 사라지고, 모자라거나 필요한 것은 없는 듯 보인다. 육체는 정식으로 '나'라는 동일시를 부여받은, 중심적 행위자나 혹은 의도 집중의 결과로서라기보다는, 전체적 장의 귀결로서 저절로 움직인다.

이런 현상들이 일어나는 기간은 가변적이지만 여러 해 동안 지속될 수 있고, 그런 다음 서서히 사라지거나 혹은 잠잠해지게 된다. 펼쳐짐의 모든 점진적 기간은 내맡겨져야 하는 어떤 새로운 차원을 드러내는 듯하다. 세상에서 기능을 재개하는 것을 허락받으려면 기능하는 능력을 다시 습득해야 한다. 하지만 기능의 재개는 일어나지 않을 수도 있고, 아주 잠시 동안만 일어날 수도 있고, 혹은 오직 명상이나 관상 가능성만을 허용하는 기간(그동안에 그런 행위를 하는 주관적 행위자, '사람', '하는 자' 혹은 '결정자'는 없다.)이 지난 뒤에야 일어날 수도 있다. 그러한 상태는 스스로 존재하며 비의지적이다.

의식의 점진적 수준들에 대한 경험은 심원하게 주관적이고 변형을 일으키는데, 한편으로 그러한 경험은 검증 가능하고, 추적 가능하며, 의식 측정 연구 기법으로 확인 가능하다. (이에 대해서는 다른 곳에서 이미 설명했다.) 예를 들면 흥미롭게도, 과거 깨달은 존재들의 유해('사리'나 뼈 조각)는 여전히 지극히 높게 측정된다. 이것이 검증된 것은, 어느 영성 연구 단체에서 전 세계를 순회 전시 중이던 붓다의 사리 전시회를 찾았을 때였다. 그 전시회는 그동안 사리 보존을 책임져 왔고 지금도 책임지고 있는 어느 불교 단체에서 후원하는 것이었다. 전시된 유골은 붓다만이 아니라 그 이후의 위대한 영적 스승과 개조開祖들의 것이었다. 그 모든 세월이 흐른 뒤, 유골은 놀랍게도 여전히 900대의 범위에 있는 것으로 측정된다. 이 현상은 바티칸 성 베드로 대성당의 제단 아래 묻힌 성 베드로의 뼈에서도 나타난다. 성 베드로의 유골은 2000년이 지났어도 900대로 측정된다. 이렇듯, 높은 영적 에너지는 영구적 성질을 띠며, 오랜 세월이 지나는 동안에도 물질 분해에 영향받지 않는 것이 분명하다.

전 역사를 통틀어, 모든 문화에서, 영적 현상이 일관되게 보고되어 왔다. 그 현상은 당시의 문화들이 상호 의사소통이 전혀 없었거나 심지어 서로의 존재조차 몰랐던 사실에도 불구하고 거의 동일했다. 암시나 기대가 이런 결과를 이끌어 내는 요인이 될 수 있는 가능성[3] 또한, 맹검 실험에서 같은 결과가 나온다는 것을 보여 주는 간단한 시범에 의해 하나의 주장으로 격하된다. 이는 시험자가 피험자 모르게 어떤 이미지나 생각을 마음속에 품고 있는 것을 통해, 쉽사리 입증된다. 피험자가 측정하려는 진술 내용을 전혀 모르는 경우에도, 동일한 반응이 나타난다. (Hawkins, 비디오, 1995) 그 조사 진단법과 기법은 내적으로 일관되고 검증 가능하며, 그리고 의식의 수준들의 식별 가능한 스펙트럼 전체(동물계 전체에 걸친 진화에서 인간 의식의 진화에 이르는, 그리고 가장 원시적인 수준

---

3 저자는, 근육 테스트에서 시험자는 자신이 기대하는 것이나 피험자에게 어떤 식으로든 암시한 것을 측정 결과로서 얻게 된다는, 일부의 의심에 대해 언급하고 있다.

에서 시작하여 앞선 영적 앎의 수준들을 거쳐 계속 상승하는)에 걸쳐
진실이다.

범위와 실용적 확증의 이 표현은 방대한 연구 데이터와 결합되
어, 적어도 실용적 수준에서 진실의 과학은 접근 가능하다는 것
을, 그것이 인간 삶과 사회에 베푸는 이익은 물론 잠재적으로 심
오한 함의와 더불어 확증해 준다. 표면적으로 무관한 데이터가 전
체적이고 전부를 포괄하는 비선형적 장(관찰 가능하거나 객관적인
것뿐 아니라, 패러다임의 한계를 뛰어넘기 위해 주관적인 것 또한 포
함하는) 내에서 재맥락화될 때 숨은 의의와 의미가 드러나기 시작
한다. 그러한 맥락화에 의해 의미와 의의가 나타나는데, 이는 보
다 제한된 맥락에서 데이터를 바라볼 때는 가능하지 않은 것이다.
'실재'는 의식의 편재하는 장 내에서 재맥락화될 때 빛 비춰지게
된다. 진실은 의식의 장의 전지함으로 말미암아 그 자체를 드러낸
다. 의식의 그 편재하는 장 안에서, 전지는 진실Truth인 실상은 인
지하되 거짓은 인지하지 못한다. 거짓에 대한 올바른 정의는, 진실
의 대립물이 아닌 진실의 부재다.

근육 테스트의 이용이 의식 수준 200 이상의 사람들로 제한되
는 이유가 이제 자명해지게 된다. 그런 이들에게, 검증해야 할 진
술은 사적인 이익이나 기득권에 영합하기보다는 온전하다. 온전
성에 대한 요구는 그 자체로, 사적인 목표를 검증 가능한 영적 진
실이라는 '지고선'에 내맡긴다는 상위의 목표를 위해 에고를 내맡
길 것을 요한다.

사실 대 허구:
실상과 환상

과학의 세계 및 실상에 대한 그 세계의 뉴턴적 패러다임의, 편안하게 의지할 수 있는 형상과 기능은 현대인의 안전한 피난처이다. 그러한 것은 믿을 만하고, 상대적으로 갈등을 빚지 않으며, 그것의 미해결 쟁점은 일차적으로 중심적이라기보다는 주변적(환경 문제 등)이다. 과학 기술은 사회의 초점이고 흥미로우며, 유형의 이로움이 있을 뿐 아니라, 마음을 사로잡는 화제이다. 하지만 과학 기술은 물物과 행行의 구체적 내용일 뿐이어서, 그 자체로는 본질적 의미가 없다. 인간 심령은 재간과 솜씨 좋은 공학의 산물일 뿐인 것에 전적으로 만족하기에는 지나치게 복잡하고 까다롭다. 따라서 사적인 것은 물론 사회적인 논쟁, 갈등, 토론이 대중을 사로잡는다.

과학이 해묵은 숱한 위험과 질병을 성공리에 해결한 것은 대단히 인상적인 성취이지만, 그러한 것이 현 사회에 만연한 불안과 동요를 잠재울 수 있을 만큼 충분하거나 의미 있지는 않다. 사회적, 사적인 인간 갈등의 해결은 일시적일 뿐, 이내 또 다른 갈등으로 대치되는 듯하다. 어떤 미해결의 중심 쟁점이 모든 담화에 침투해 있고, 사회에서 진행 중인 대화에 흔적을 남기고 있다. 겉으로는 아무리 성공적으로 보여도, 만연한 불확실성이 인간 삶에 스며 있다. 역사적으로 크게 각광받은 '성공'이라는 목표 자체가, 이제는 재난, 갈등, 혹은 논란을 부를 소지가 있는 자리로 보일 정도다. 오늘의 사회에서 성공은 선망, 악의, 비방, 공격, 심지어는 무고한 이에 대한 폭탄 공격까지 불러온다. (Flynn, 2002. Sowell, 2003) 그렇다면 사람들이 그토록 열망하는 안전함과, 사람이 무사하다고 느낄 수 있는, 진실로 안전 무사한 피난처는 어디에 있는가?

근본적으로, 모든 논란과 불안 밑에는, 기본적으로 하나의 원초적 쟁점, 신뢰의 수수께끼에 관한 쟁점이 깔려 있다는 걸 알 수 있다. 누가 그리고 무엇이 검증 가능하게, 믿을 만하게, 그리고 유보 없이 신뢰받을 수 있는가? 역사적으로 신뢰의 초석을 대표했던 큰 기관들은 그들부터가 오명을 뒤집어썼다. 본질적으로, 문제는 오직 진실Truth 자체의 발견 및 그에 대한 설명에 있다는 것과, 진실이 없다면 신뢰는 잠재적으로 고통스럽게 환멸을 불러일으킬 뿐 아니라 사실상 위험하며 행복과 생존을 위협한다는 걸 만인이 다 느끼고 있다. 검증 가능한 진실이나 신뢰 없이는 평화는 공상에 불과하고 일차적으로 성취 가능한 실상이라기보다는 정치적 구호가 된다. 평화는 내면에서 온다. 안전이란 사회적 쟁점이고 기본적으로 외적인 것이다. 실제로 사람은 확실한 죽음과 침착하게 대면할 수 있지만, 사실 육체적으로 안전한 때라도 극심한 불안에 시달릴 수 있다.

확실성은 주관성의 귀결이자 주관의 요구들의 충족이다. '실재임'이라는 성질은 그 자체가 순수히 주관적인 조건이다. 하지만 그 속에 환상이라는 덫이 놓여 있다. 환상이라는 중심 문제는, 2천 5백 년 전에 소크라테스가 주목한 바와 같이, 그것이 비실재라거나 틀렸다는 데 있는 것이 아니라 실재처럼 보인다는 데 있다. 그리하여, 확실성조차도 흔히 두려움, 의심, 혹은 불확실성으로 하여 매달리는 일차적 환상이다. (Arehart Treichal, 2004) 한편으로 성숙해지면서, 의심을 진보에 필요한 것으로, 따라서 조사와 성장의 유용한 도구로서 수용하고 재개념화할 수 있다.

닫힌 마음은 표면적으로는 편안한데, 왜냐하면 그것은 흔히 성숙의 정지 상태를 나타낼 뿐이기 때문이다. 한편으로, 부정denial이 일시적 고착일 뿐인 것은 그것의 바탕에는 취약한 전제가 있기 때문이다. 닫힌 마음의 어려움은 그것이 선천적으로 자부심이 강하다는 데 있다. 성숙함은 아직 답이 없는 것 및 불확실성과 더불어 살 수 있는 능력을 수반하며, 그러한 것이 배움과 더 이상의 성장에 대한 자극제이고 점진적 발견으로 이끈다는 사실에서 즐거움을 얻는다.

성숙한 마음은 자신이 진화하고 있다는 것과, 성장과 발달이 그 자체로 만족스럽고 즐겁다는 것을 안다. 성숙함이란 사람이 불확실성 앞에서 편안해지는 법을 배웠다는 것, 그리고 불확실성을 하나의 적법한 성분으로 끌어안았다는 것을 암시한다. 불확실성은 발견으로 이끌지만, 반면에 회의주의는 무력하게 만든다.

운용상으로, 순간순간의 인간 삶은 미해결 쟁점(그 해결은 흔히 패러다임이나 내용의 초월에 달려 있고, 그러한 초월을 수반한다.)에도 불구하고 실용적으로 영위된다. 따라서 성과와 만족은 흔히 비개인적이거나 객관적인 검증보다는 내적 정의定義인 추정에 더욱 크게 의존한다.

불편함은 내적이거나 심령 내적인 것일 수도 있고, 혹은 대결적이거나 소란스러운 경향을 갖는 사회의 보다 일반적 갈등에 대한 반응으로 나타나는 것일 수도 있다. 동일시로 인해, 사적 자기감自己感은 자기와 타인에 대한 정의定義에 사회적 불화의 일부 측면을 포함시키고 그리하여 외래적인 사회적 요소를 잘못 포함시키는 경향이 지극히 높다. 심한 경우, 사람들은 사회적 쟁점을 내면화하여, 외부의 사건들에 대해 감정적 균형을 잃어버리고 극단적 행동이나 자기 파괴를 하는 지경까지 가게 된다. '원인'과 피해자 지위의 유혹은 불균형한 성격이 빠지기 쉬운 함정이다. '원칙에 대한 열정'은 많은 이들이 중독되고 추구해 마지않는, 자랑스러운 꼬리표이다. 역사 속에서 관찰할 수 있는 것처럼, 오늘의 대의명분은 그런 노력에 갖다 붙이는 숭고한 꼬리표에도 불구하고 내일의 재앙이 될 수 있다. 외적인 것이 매력적인 이유는, 그것이 내적인 것의 투사를 나타내기 때문이다. 이러한 것은, 불균형한 위치성은 저항하는 반발력을 유발하여 예기치 못한 귀결을 낳는 경향이 있다는 발견으로 인도한다. 혁명과 진화의 구별은, 표면적으로 상반되는 이원성의 문제라기보다는 지혜의 문제다.

사회 진화와 마찬가지로, 내적 성장과 발달은 불안정과 소요를 일으킬 수 있다. 사실과 허위를 구별하는 것은 까다로운 일이며, 온전성과 용기를 함께 요구한다. 참된 성장과 진화에 필요한 가장 중요한 성질은, 겸손함이라는 원리와 그것의 실천이다. 자발적으로 겸손함이라는 기본 태도를 채택하는 것이, 어리석은 행위의 고통스러운 귀결로 어쩔 수 없이 겸손한 태도를 취하는 것보다 훨씬 덜 괴롭다. 겸손함은, 사회 일각에서의 그 부정적인 공적 사회적 이미지에도 불구하고, 전문성, 지혜, 성숙함의 지표다. 그것은 바로 진실이 겸손함의 저변에 있는 기반이자 궁극적 실상이기 때문인데, 진실은 그 자체로 취약하지 않다. 겸손함은 마음이 오직 '무엇에 대해' 알 수 있을 뿐, 본질과 현상을 구별하지 못한다는 것을 드러낸다.

의심에 대한 단 하나의 최종적이고 완전히 만족스러운 해결책은 의심 자체의 근원에 대한 조명이라는 것이 밝혀질 것이다. 모든 두려움, 의심, 불확실성 밑에는 존재 자체의 표면적 불확실성이 깔려 있다. 존재조차 그 속에서 솟아나는 실상_{Reality}으로서의 참나_{Self}를 각성하는 것만이, 모든 의심을 영원히 꺼 버릴 수 있는 힘을 갖는다.

믿음은 목적지가 아니라 여로이다. 왜냐하면 믿음이라는 용어는, 오직 미래 속에 존재할 뿐 아직 해결되지 않은 어떤 전제를 암시하기 때문이다. 이와 달리, 오직 현재만이 참으로 인식 가능하다. 그래서 미래에 대한 믿음을 통해 구하는 것은 오직 이 순간에, 시시각각으로 존재한다. 믿음과 신념이 없다면 인생은 살 만하지도 혹은 견딜 만하지도 않을 것이다. 하지만, 절대적 수준에서, 믿음과 신념은 결국 각성 자체로서의 최종적 해결이라는 확실성으로 대치되어야 한다. 궁극적 해결은 시간이 아니라 무시간 속에 있다. 진실Truth과 실상Reality은 동일하고, 항구적으로 현존하며, 발견되기를 기다리고 있을 뿐이다.

영적 노력은 그것을 통해 불확실성의 근원이 점차로 포기되는 과정이다. 영적 진화 과정에서 일정 기간 안전을 담보하는 것은 검증 가능하게 신뢰할 만한 길들이 제시하는 지침이다. 이러한 지침을 제공하는 것은 검증 가능한 진실을 가르치는 스승의 책임이다. 성공한 등산가가 기본 장비에 더해 지도, 가이드, 타인의 경험에 의존하는 것처럼, 진실Truth을 찾는 이는 축적된 지혜와 검증 가능한 실상에 의존한다. 진실Truth은 각성Realization 자체라는 실제 과정을 통해 인식 가능하다. 참된 스승인 것, 그리고 현인의 가르침의 근원Source인 것은 각성Realization이라는 이 특정 조건이다.

모든 인간 문제, 갈등, 불안의 저변에는 단 하나의 동일한 의문이 있다. 그것은 무엇이 진실이고, 어떤 수단에 의해 그것을 인식할 수 있는가이다. 하지만 모든 여로는 결국 같은 길에 이르며, 그 길에서는 신뢰, 진실, 믿음, 겸손함이 중심 테마로서 되풀이된다. 이 성질들 중에서 '열려라 참깨'에 해당하는 것이 겸손함인데, 그것은 두려움 없음과 더불어 표면적으로 불가능한 것을 성취한다.

겸손함이 결정적 성질인 것은, 그 바탕에 있는 것이, 사람의 마음은 도움받지 않고서는 진실을 발견하는 게 원천적으로 불가능하다는 기본적 진실의 인지와 체화이기 때문이다. 살펴보면, 마음은 일차적으로 그 자체의 구조와 작동으로 인해 진실을 발견하는 능력을 결하고 있다는 것을 쉽게 알 수 있다. 이러한 발견은 처음에는 실망스러울 수도 있지만, 그것을 인정하는 것은 겸손함, 용기와 더불어 성공적 진보의 필수 조건이다. 역설적인 것은, 겸손함은 의심과 부정에 수반되는 죄책감에서 풀려난 상태라는 측면에서 힘을 불어넣어 준다는 것이다. 자신이 실상Reality을 인식할 수 있다는 에고/마음의 허식은 무의식적 죄책감은 물론 타고난 자부심과 자기방어를 낳는다. 사람은 에고가 길길이 날뛰며 '정당함'을 주장하는 경향이 있고, 따라서 자신에게 동조하지 않는 견해를 비방한다는 것을 목격할 수 있다. 무지의 성벽을 지키는 것은 에고 중심성이다. 그 성벽 안에서 에고는 1억 명을 말 그대로 학살하고 죽이고 혹은 처형하는 것 같은, 소란스러워지기 쉬운 극단으로 (근세에만도) 통치권에 대한 자신의 주장을 보강한다. 에고는 진실Truth을 궁극의 적으로 본다. 에고는 협박의 화신이다. 따라서 에고는 암암리에 진실을 미워하고 경멸하며, 그리고 진실의 토대를 무너뜨리고 진실의 참된 표현의 신용을 실추시키기 위해 할 수 있는 모든 일을 다 한다. 이를 예시하는 것은 요즘 사회에서 의식 수준 180에서 190 사이의 표현들을 나타내는 논쟁적인 사회 정치적 위치들이다.

에고의 천부적 오만함과는 대조적으로, 참된 지성은 의식/앎의 성질이며 그것의 본질이 비선형적이기 때문에 공격당하지 않는다. 하지만 지성은 마음으로서의 그 표현으로 에고에게 이용당하고, 그 다음에는 에고의 생존 욕구가 되어 그러한 욕구를 거든다. 이렇듯, 에고는 마음을 엄폐물로 이용하고, 마음의 교묘한 구조물 속에 감춰지게 된다. 이러한 인식은 에고의 종교로의 위장과 영적 진실의 훼손이 거대한 문화들에 대한 에고의 오랜 지배에서 중심이 되어 온 이유를 명료히 해 준다. (17장을 볼 것)

만일 겸손함이 한계를 인정하는 것이라면, 그것이 어떻게 진실로 데려가 주는 수단이 될 수 있는 것일까? 또한 무엇이 가설적으로 자신을 '안다'는 환상에 뒤따르는 허위일 수도 있는 에고의 자신감을 대체할 것인가? 겸손함은 외적인 것에 의존하지 않지만, 그 자체가 타고난 진실로 말미암아 그 자체 내에서 안전하다. 겸손함은 내용을 갖지 않지만, 대신 그것은 탐구하는 태도이며 위치이다. 겸손한 이는 결국 진실을 탐구하는 학자이자, 단상에 올라가 있지 않으므로 추락할 일이 없는 진실의 제자가 된다. 역설적 예외로 자신의 겸손함에 대한 자부심이 있는데, 그것은 그 자체만으로 에고를 강화하는 포즈(경건한 척하는 것이나 거짓 겸손함)가 될 수 있다.

경험적으로 볼 때, 베일이 벗겨지며 진실은 점차로 모습을 드러낸다. 때로 그 과정은 일시적으로 길을 잃은 느낌이나 길을 잃었다는 두려움을 낳을 수도 있지만, 그 다음에 사람은 길을 잃은 것이 길을 찾을 가능성을 배제하지는 않는다는 것을 기억한다. (예 산상설교의 약속)

불확실성은 믿음과 겸손함이 동반될 때 견딜 만하다. 도중의 매

단계가, 내맡겨야 할 주제나 상태가 된다. 진실Truth의 추구는 소심한 이를 위한 것이 아니다. 길을 가는 도중에 되풀이해서 도전 과제가 올라온다.

하이젠베르크의 불확정성 원리는 진실에 이르는 왕도로서의 주관의 발견에 이르는 문을 열어 준다. 하지만 학계에서는 학문적이고 뉴턴적인 패러다임에 한정되는 '증명 가능성'이라는, 겉으로 그럴싸해 보이는 것에 집착하기 때문에, 이 원리에 저항한다. 오직 사실만이 증명 가능할 뿐이다. 진실은 그것과는 다른 패러다임 안에 존재하므로 증거를 갖지 않는다.

여러 해가 지났는데도, 하이젠베르크의 불확정성 원리는 과학계에서 여전히 무시당하고 있거나, 아니면 동어반복의 영역을 맴돌면서 정신적 메커니즘의 타고난 구조와 그러한 메커니즘의 선천적인 패러다임 한계를 경시하는 경향이 있는, 표면적으로 끝없는 토론의 한복판에 있다. 이는 과학이 물리학의 '난제'로 간주하는 것으로 귀결되는데, 그 '난제'는 오직 의식 자체의 본성을 이해함으로써만 해결할 수 있다.

1990년대에, 이러한 앎은 뉴멕시코 주 앨버커키(410으로 측정)와 애리조나 대학교(440으로 측정)에서 개최된 '과학과 의식에 관한 회의'와 같은 국제회의로 인도했다. 뿐만 아니라 《자이곤Zygon》(415로 측정), 《과학과 신학Science and Theology》(420으로 측정) 같은, 과학과 신학을 다루는 간행물은 물론, 《의식 연구 저널Journal of Consciousness Studies》(440으로 측정)도 있다.

이러한 지적 접근은 400대 중반으로 측정되어, 문제 해결을 위해서는 초월할 필요가 있는 바로 그 패러다임의 한계를 나타낸다는 점에서, 유용성의 범위가 제한됨을 가리킨다. 그런 노력은 지성을 한계까지 밀어붙인다. 사람은 지성이 압력에 눌려 신음하는 소리를 들을 수 있을 지경이다. 그러한 노력의 초점은, 불빛이 더 밝다고 해서 잃어버린 열쇠를 가로등 밑에서 찾으려 드는 것과 같다. 그에 대한 해법은, 문제를 해결하려면 측정 수준 500에서 시작되는 더욱 크고 포괄적인 패러다임을 향해 그 문제 자체를 벗어나야만 한다는, 표면적인 역설 속에 놓여 있다.

살펴보면, 삶의 비밀은 내용이라는 선형적 영역이 아니라, 주관적이고 비선형적이고 경험적인 영역에서만 드러난다는 것이 자명해지게 된다. 초콜릿의 화학적 성분에 대한 글을 쓰는 것과 초콜릿을 먹는 것은 거의 완전히 다르다. 그 둘은 패러다임이 다르다. 신학은 400대로 측정되며, 인식론과 그노시스靈知에 대한 연구로 이끌어 주지만, 그것들 또한 똑같은 닫힌 문 앞으로 인도한다. 지성을 그리고 확실성이라는 지성의 환상적 안전함을 버리는 데는 용기가 필요하다. 경험적인 것은 묘사 가능하지만, 증명하거나 설명하는 것은 가능하지 않다. 아인슈타인의 연구는 499로 측정되어 지성이 갖는 능력의 최고봉을 나타낸다. 아인슈타인은 하이젠베르크 원리를 배척했는데, 전하는 바에 따르면 그는, (인간) 관찰에서 독립된 객관적이고 자립적인 우주(실상)가 '저 밖에' 있다고 믿는 쪽이 더 좋다고 말했다고 한다. 하지만 그는 과학사의 위대한 천재 대다수가 그랬던 것처럼 진지하게 종교적이었다.

학문적 과학과 연구의 박학다식과 대비되는 무구한 어린이의 팔에는, 인류 최대의 수수께끼들의 배후에 있는 진실을 드러낼 수 있는 능력이 있다. (측정 수준 600+) 아이의 팔은 진실이 현존할 때 강해지고, 진실이 부재할 때, 즉 거짓일 때는 약해진다. (Hawkins 외, 시범 비디오, 1995) 순진한 아이의 팔이 역사상 가장 위대한 사상가들을 좌절시켰던 진실들을 드러낼 수 있다는 것은, 마음속에 뿌리박고 있는 에고에 대한 도전이며 겸손함에 대한 시험이다. 피상적인 관찰로도 그것은 합리성에 대한 도전으로 보이는데, 합리성 자체는 과학과 현대인의 종교적 신앙이 되었다. 더 나은 수단이 발견될 때까지, 의식 연구 기법은, 인간 의식의 진화를 나타내고 인간 의식 진화의 산물인, 최초의 일치하는 그리고 검증 가능한 진실의 과학을 드러냈다.

TRUTH
VS
FALSEHOOD

/ 2부 / 실용적 적용

사회구조와 기능적 진실

이 장의 종합적 다양성으로 인해, 주제에 대한 색인을 제공한다.

의식 수준 분포   157~158

: 세계적 분포(도표)

의식 수준 분포: 지역적 표본   159

흥미로운 장소에 대한 측정   160

일상생활   164

음악의 에너지   169

: 현대음악

고전음악   170

영성 음악 171

고전음악: 연주자 171

고전음악의 시기 172

화가, 작품 179

스포츠와 취미 182

영화 184

텔레비전 188

유명 인사의 사회적 파급효과 189

연예인/코미디언 192

뉴스 방송 매체 194

진단적 척도: 정치와 2004년 선거 198

인쇄 매체 206

기타 208

《타임》 선정 '세계에서 가장 영향력 있는 인물 100인' 208

저자들의 문필 작품 210

산업(미국) 214

텔레비전 광고 216

유명 기업인의 에너지 장 219

자선사업 재단 220

기업 221

노동조합 224

법 집행 226

과학: 이론 226

임상 과학 230

과학: 과학자 233

주요 대학교와 학파 235

서론

인간 의식의 진화에서, 한계로 인해, 도전과 빛을 향한 욕구가 드러난다. 의식의 내재적 창조성은 끝없이 이어지는 항상 놀라운 발견 속에서 표현되는데, 인류는 그러한 발견으로써 인체의 설계, 마음, 환경에 고유한 제약을 보상한다.

인간 사회는 그것의 무수한 표현 속에서 마음과 감정에 의해 해석된 대로의 세계의 물질성과 인간 육체의 상호 작용을 나타내는데, 이것은 차례로 의식 진화의 집단적 표현을 반영한다.

진실을 식별하는 능력은 생명이 갖는 성질의 기초이자 핵심을 구성한다. 실상으로서의 진실을 알고 인지할 수 있는 능력은 그 모든 사회의 바탕에 있는 환원 불가능한 토대이지만, 그러나 경험적 개념적으로 볼 때, 사회는 곤혹스러운 거울의 집이다.

다양한 문화들이 이룬 진보를 평가하는 데서, 우리는 몇 가지 다른 잣대를 사용할 수 있다.

1. 과거와 현재의 다양한 문화의 전체적 의식 수준을 측정한다.

2. 다양한 문화의 가시적 성질과 산물에 대해 평가한다. (즉, '그 열매를 보면 나무를 알 수 있느니라.')

3. 각 문화의 의식 수준을 그 문화나 사회의 확인 가능한 핵심 원

칙과 상관짓고, 그럼으로써 어떠한 원칙이 건설적이고 어떠한 것이 그렇지 않은지를 분간한다.

4. 이로운 정보의 근원 대 허위와 실패의 근원을 감별한다.

5. 사회적 표현에서 현상과 본질을 구별한다.

한 사회의 상태는 일차적으로 집단적 정보의 운용상의 성공(성공이란 경험에 대한 그 사회의 집단적 해석의 산물이다.)을 통해 식별할 수 있다. 우리의 현재 문화에서는 데이터의 분량만도 압도적이다. 아주 정교하게 처리하지 않는다면, 데이터의 의의, 본질적 의미, 중요성은 아주 단순한 증거 한 조각이라도 없거나 혹은 그것을 알아보지 못할 경우 쉽게 덮인다. 표면적으로 사소한 오류의 귀결로 인해(즉, 비선형 동역학의 '초기 조건에 대한 민감한 의존'), 검증 가능한 진실을 탐구하는 일은 대중매체의 초점에서 반영되듯 대단히 격렬해지기 십상이다.

사회의 진보는 다음 발견을, 혹은 중대한 데이터에 관한 이전에 모호했던 사실의 속 시원한 해명을 끊임없이 예상하는 상태에서 정체돼 있는 듯하다. 그리하여 그러한 뉴스의 유혹으로 인해, 세계는 기대라는 좌석에 엉거주춤 걸터앉은 채 창조가 진화로 펼쳐지는 것을 목격하고 있다.

이미 제출된 의식의 진화와 뇌 기능의 생리에 관한 전망에서 볼 때, 진실의 인지와 해명에서의 장애를 조성하는 고유한 어려움에 관한 어떤 인식은 이미 자명하다. 이러한 기본적인 일반적 조건들 위에, '의미'를 도출 혹은 인지하는 능력을 가능하게 해 주거나 불가능하게 만드는 기여 요인들이 덧씌워져 있다. 어휘 자체는 정보에 실용적 구조와 형태를 주려는, 그리고 선형적인 미가공 데이터가 특수성은 물론 의미 깊은 중요성과 가치를 갖도록 그것을 조직화하려는, 집단적 노력을 방증한다.

현재 진행 중인 월드와이드웹의 점진적 진화 및 웹상에서 방대한 정보와 데이터의 축적은, 그것이 이미 축적된 정보를 통합할 뿐만 아니라, 끊임없이 복잡한 상호 관련을 발달시키고, 새로운 정의를 그리고 의미에 관한 함축을 출현시킨다는 점에서 인간 마음 발달의 장려한 재현이다. 월드와이드웹은 그 과정에서, 의미론적이고 예술적인 발달의 유파들은 물론, 침묵하는 그리고 말해지지 않은 철학적 가정과 위치성들 또한 반영한다.

《타임》은 월드와이드웹 발달에 관한 어느 논설(Grossman, 2003)에서, 마음과 사회가 정보에 접근하고 정보를 분류하는 방식이 어떤 의의를 갖는지에 대한 눈부신 통찰을 보여 주었다.《타임》은 그 논설에서, 검색 엔진을 '우리가 그것을 통해 정보를 보거나 보지 못하는 렌즈'로 묘사하고, '우리가 어떻게 찾는지는, 우리가 무엇을 발견하는지에 영향을 미친다'는 것과 그리고 그것은 '우리가 무엇을 어떻게 아는지에 영향을 미친다'는 사실의 중요성을 지적했다. 결과가 의도의 귀결이라는 것은 하이젠베르크 원리의 실행에 관한 대단히 흥미로운 인정이며 묘사이다. 그것은 차례로, 우리가 누구인가에만 영향을 미치는 것이 아니라 우리가 스스로를 무엇이라고 생각하는지에 따라서 우리가 무엇이 될 것인지에 영향을 미친다. 의도의 결정적 중요성은 웨인 다이어Wayne Dyer의 저서 『의도의 힘 *The Power of Intention*』(2004)에서 탐구된 바 있다. 의미, 언어, 사회는 상호 작용을 통해 경험적으로 통일되고, 나아가 개별적 의식과 집단적 의식 둘 다에 의해 사적으로 처리된다. 개별적 의식과 집단적 의식은 순환을 통해, 진행 중인 발달 과정으로서의 언어, 묘사, 의미에 영향을 미친다.

그러한 집단적 의도와 일치하는, 의식 연구와 의식의 특정 수준들을 식별하기 위한 실용적 측정 체계는 유용하며, 뿐만 아니라 자유로운 적용이라는 독특한 이로움을 낳는다. 지식을 가로막은 이전의 장벽은 이제 초월될 수 있고, 과거에 어둠에 가려졌던 영역은 조명될 수 있다.

이러한 목적을 위해, 의식 측정 기법은 인간 경험의 광대한 영역에 대한 하나의 연구로서 적용되었고 이중의 이로움을 제공했다. 첫째, 그것은 이론적인 것은 물론 실용적인 이유로 해서 의식 연구 자체의 효율성과 능력에 관해 연구했다. 둘째, 그것은 한계가 있는 분야들을 드러내 주었는데, 바르게 재맥락화될 때 이는 진보의 길로 전환될 수 있다. 표면적으로 해결 불가능한 사회문제는 완강하다. 왜냐하면 그것은 진단되지 않은 저변의 요인이 겉으로 표현된 것에 지나지 않기 때문이다. 따라서 의식 측정법을 연구 도구로 이용하는 것은, 발견과 해결에 이르는 그리고 더욱 폭넓은 이해와 연민에 이르는 문을 열어준다.

측정치들은 1970년대 중반 이래 경험이 풍부한 전문가들이 연구 프로젝트로서 25만 번 이상 시행한 측정의 결과물일 뿐이다. 그것은 개인적인 것이 아니며 사적인 의견을 반영하지 않는다. 각

도표에 대한 논평은 미가공 데이터와 분리되어 있다.

연구의 전개가 백과사전적이기 때문에, 지면 제약으로 인해, 예를 드는 것은 실용적 이유가 있을 때로 한정했다. 사례들은 일차적으로 예증이 되며, 그동안 알려지지 않았던 정보를 드러낸다.

일부 데이터는 틀림없이 개인적 혹은 사회적 의견과 어긋날 것이다. 이는 현상과 본질이 동일하지 않을 뿐더러 때로는 심란할 만큼 극단적으로 달라서, 일반적 인간 신념이 저변의 진실과는 정반대인 경우가 흔하다는 걸 확증해 준다. 표면적 불일치 가운데 다수가 성찰을 통해 해결되는데, 성찰은 선禪의 공안과 마찬가지로 지극히 이롭고 교육적이라는 것이 판명된다. 최선의 태도는 거짓을 놓고 논쟁하기보다는 진실에 헌신하는 태도이다. 마음을 활짝 연 호기심은, 전에는 이용하는 것이 가능하지 않았던 정보의 점진적 발견으로 이끄는데, 따라서 그러한 정보는 처음 접했을 때 대결적인 것으로 느껴질 수도 있다.

거짓은 진실의 반대가 아닌 진실의 부재이며, 초콜릿을 선호한다고 해서 바닐라를 미워하거나 비방할 필요는 없다는 것을 거듭 말하는 것이 좋다. 특정한 측정치는 조건의 변동 및 사람들의 의도에 따라 변화한다. 도표를 통해 제출되는 측정치는, 2003년 후반에서 2004년까지 시행된 9천 건에 달하는 측정치의 데이터베이스에서 뽑아낸 것이다. 거듭 말하거니와, 측정치는 사견이 아닌 연구 데이터를 나타낸다.

측정치의 도출

지금 존재하는 혹은 과거에 존재했던 전부는 다수의 에너지 복사를 방출한다. 막스 플랑크는 그 사실을 이용하여 유명한 흑체 복사 실험을 했고, 거기서 양자 물리학의 유명한 '플랑크 상수'(h= $6.62606826 \times 10^{-34}$ J · s)를 유도해 냈다. 심해의 가오리와 상어는 근육에서 생산된 전기장을 통해 먹이를 탐지한다.

이 에너지 방출은 전기적 복사 현상 및 다른 복사 현상들은 물론, 이온과 광자에서 적외선, 자외선, 열, 소리, 다양한 에너지의 흡수 및 반사 능력에 이르기까지, 전자기 스펙트럼 전체에 걸쳐 추적하고 측정할 수 있다. 빛의 진동과 흡수(예 보통 사진)나 적외선 사진 외에도, 수많은 변이가 어떤 임의적 연속체상에서 일정한 거리를 두고 탐지되거나 측정되거나 계량될 수 있다. 생명 자체의 생물학적 에너지 역시 지속적으로 방사되며, 불변의 맥락(절대 Absolute)인 의식의 비선형적 장에 영구적으로 등록된다.

지금 존재하는 혹은 존재한 적이 있는 전부는 판독 가능한 무시간적 차원에 자동적으로 각인된다. 그리하여 우주에 '비밀'은 없으며, 그 모든 표현을 갖는 모든 생명은 우주에 대해 책임이 있다. '머리카락 한 올이라도 세지 않고 넘어가는 일이 없다.'는 것은, 비개인적인 그리고 과학적으로 검증 가능한 사실이다. 의식 측정을 이용하는 것은 부록 C에서 명시한 바와 같은 자격 조건에 의해 제한된다. 이 책에서 보고하는 측정 수준들은 온도나 기압 측정치처럼 비개인적이며, 사견이 배제된 연구 데이터를 나타낼 뿐이다.

2004년 세계 총인구

이미 말한 것처럼, 전 인류의 평균적 의식 수준은 오랜 세월에 걸쳐 아주 느리게 진화하여, 붓다의 탄생 당시는 90, 예수그리스도의 탄생 당시는 100이었고, 그 다음에 190까지 서서히 진화해서 지난 천 년 간 그 상태로 머물다가, 1980년대 후반에야 205로 뛰어올랐다. 2003년 11월, 그것은 현재 수준 207로 상승했다. 세계적 분포는 세계 인구의 78 퍼센트 가량이 200 이하로 측정된다는 것을 보여 준다. (하지만 미국에서는 49퍼센트) 고유한 분포는 다음과 같이 진행 곡선으로 표시된다.

세계의 의식 수준 분포

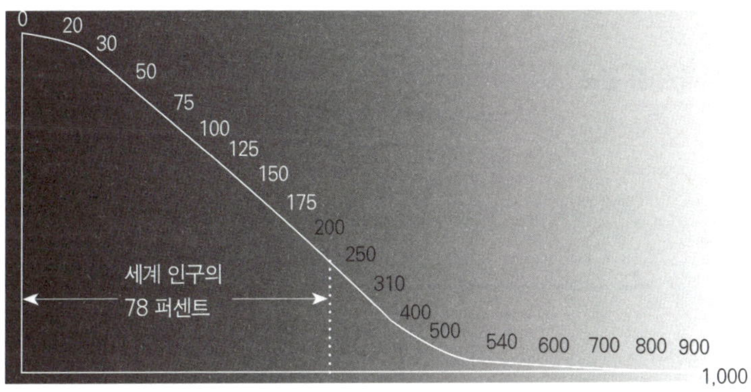

이 정보는 피라미드 형태로 표시할 수 있는데, 그것은 인류 전반에 대해 보다 정확한 감을 갖게 해 준다.

의식 수준 분포

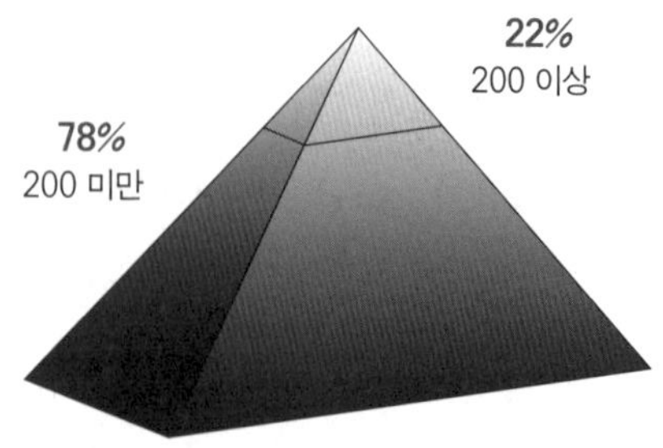

의식의 측정 가능한 수준들은 또한 힘을 가리키는데, 이는 200 이하로 측정되는 인류 집단이 왜 그 만연한 부정성으로 인해 자멸해 버리지 않는지를 설명해 준다. 사실상 의식 수준 200 이상으로 측정되는 22퍼센트의 힘이, 다음 도형에서 볼 수 있듯 나머지 78 퍼센트의 부정성을 상쇄한다.

의식 수준 분포

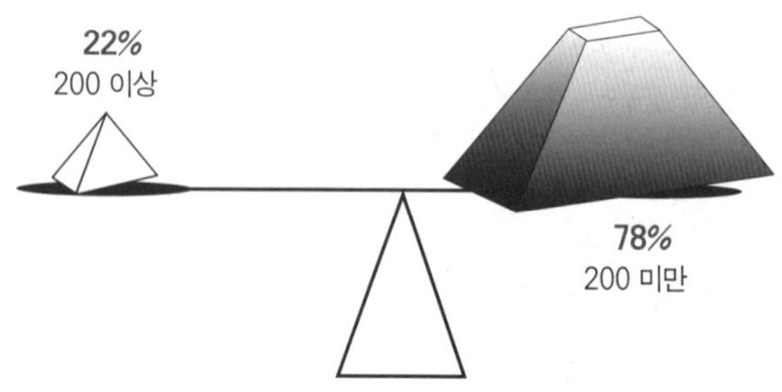

의식 수준은 마치 바닷 속 코르크처럼 사회에서 층을 이루는 경향이 있는 하위 집단들에 대해 묘사해 준다. 바닷 속 코르크의 위치는 타고난 부력의 귀결이다. 그것은 즉, 원인과 결과로 인한 것이라기보다는 장 현상이다. 장 내부에서의 이동은 선택과 같은 내재적 요인의 결과이고, 선택의 범위 또한 그 장에 주어져 있다. 사회 또한 기대치들의 어떤 층화된 범위를 나타낸다.

의식 수준 분포: 지역적 표본

미국			쿼벡	380	멕시코	
국민	420		토론토	425	멕시코시티	305
대통령직	460					
정부	440		**주(州)**		**도시**	
			캘리포니아	280	뉴욕 시	385
지역			노스 다코타	380	레이크 쇼어 드라이브	450
동부해안	360		매사추세츠	305	사우스 사이드	200
서부해안	290		아이오와	405	시카고	445
중서부	440		앨라배마	350	어퍼 이스트사이드	430
			오하이오	410	워싱턴 DC	450
캐나다			와이오밍	440	웨스트사이드	245
몬트리올	380		위스콘신	415	이너 시티	135
밴프	410		텍사스	385	피닉스	425
오타와	400		플로리다	425	할리우드	190

흥미로운 장소에 대한 측정

9.11 이전의 쌍둥이 빌딩(뉴욕 시)	205
가족 농장	380
경찰서	265
골프 코스	315
공공 도서관	400
공원	350
공장	195
공장 조립 라인	200
공항	205
광산	105
대학 기숙사	250
도심지 슬럼가	65~80
동물원(뉴욕, 브롱크스)	350
라이크스 미술관 (암스테르담 국립미술관)	535
로데오 드라이브 (비버리 힐스)	220
로마 콜로세움	305
록히드 마틴의 '스컹크 웍스'[1]	395
루브르의 모더니즘적 증축부	180
루브르(파리)	500
리무진	400
링컨 센터(뉴욕 시)	355
만리장성	305
메탐페타민[2] 제조소	40
메트로폴리탄 미술관(뉴욕)	505
모텔	220
바티칸 도서관	500
백화점	250
버마 셰이브 광고 입간판	240
버스, 택시	205
병원	180
상업 농장	210
샌시메온(캘리포니아)	425
서커스	305
수술실	395
슈퍼마켓	220
스미소니언 아메리카 원주민 박물관	460
스태튼 아일랜드 페리	385
아우토반(독일)	315
앰뷸런스	300
양로원	201
에딘버러 성(스코틀랜드)	445
에르미타주 미술관(러시아 미술관)	505
에펠탑	485

엠파이어스테이트 빌딩	425	지하철(런던)	225
연방 건물들	200	지하철(멕시코시티)	195
영국해협	380	지하철(모스크바)	375
오리엔트 특급(기차)	315	지하철(파리)	215
올림픽	340	커피 전문점	250
요세미티 국립공원	435	클린턴 도서관	450
운동장	345	타이타닉 호(배)	310
유람선	320	타임스 스퀘어(뉴욕 시)	270
유럽연합 의회	345	트레일러 촌trailer park	205
자동차	205	트리니티 칼리지(더블린)	455
장례식장	215	파르테논	305
정신과 의사 진료실	420~506	파리의 노천카페	400
정신병원	355	패스트푸드점	200
주간州間 고속도로	215	포트 녹스[3]	275
주유소	202	플라자 호텔(뉴욕 시)	420
자유의 여신상	500	항공기	300
지역 교회	402	히스토릭 루트 66[4]	225
지하철(낙서가 있는)	195		

1 미국의 항공 군수업체 록히드 마틴사 특수 개발부의 별칭.

2 흔히 '엑스터시'로 불리는 신종 마약.

3 연방 금괴 보관소가 있는 켄터키 주의 요새 도시.

4 20세기 초에 개통된 미국의 대륙 횡단 도로. 나중에 주간州間 고속도로들이 속속 생겨나면서 대륙 횡단 도로로서의 기능을 상실했지만, 과거의 풍물을 간직한 옛길로 변신하여 여행자들을 맞고 있다.

관찰한 바에 따르면, 200대 초반은 의지할 만한 온전한 실행을 가리킨다. 예를 들면 버스 터미널, 자동차, 택시, 우체국, 공항과 같은 믿을 만한 곳들이다. 이러한 현장은 '가치가 없지는 않은' 회색빛 금속 가구와 함께 회색빛이 주조를 이루는 일체의 장식을 배제한 기능주의의 외양을 띠는 일이 많다. 인간 의도와 인간 성격이 더해질 때, 유서 깊은 '올드 루트 66'[5]의 민속적 개혁과 그곳 도로변의 버마 셰이브 광고판[6]에서 측정치는 상승한다. 인간 참여, 창조성, 의도가 상승할 때, 경찰서와 타임스 스퀘어가 나타내 주는 것처럼, 측정치는 200대 후반으로 상승한다.

인간의 전문성과 의도를 더할 때 측정치는 300대로 올라가는데, 이를 예시하는 것이 항공기, 앰뷸런스, 수술실, 유람선, 공원, 운동장, 서커스, 가족 농장, 정신병원, 심지어 올림픽이다. 독일의 자동차 전용 고속도로 아우토반은, 보다 발전된 것은 물론 보다 정밀한 공학과 건설을 포함하는데, 속도 제한이 없는데도 불구하고(통상적으로 차량 속도가 시속 170km를 넘는다.) 아우토반의 교통사고율은 미국 연방 고속도로보다 더 낮다. 그 차이는 독일 운전자들이 더욱 숙련되어 있는 경향이 있고, 운전면허 취득 가능 연령이 더 높으며, 훈련이 더욱 잘 되어 있다는 사실로도 설명할 수 있다. 아우토반에는 교차로가 없고, 경사는 완만하며, 노반은

....

5 시카고에서 LA까지 난 국도. 앞의 '히스토릭 루트 66'을 가리킨다.

6 20세기 초에서 중반까지, 미국의 버마 셰이브라는 면도 크림 판매 회사에서는 도로변에 재치 있는 광고문을 담은 광고판을 일정한 간격을 두고 세워 놓았다. 이는 요즘 미국 사회에서 당시의 사회상을 나타내는 역사적 풍물로 기념되고 있다.

더욱 두텁다. 또한 경찰의 감시가 더욱 엄중하여 형편없는 운전자들은 도로에서 신속히 끌려 나온다.

400대는 창조성, 미美, 활발한 지적 추구의 도입을 나타내는데, 예를 들면 도서관, 파리의 카페, 요세미티 국립공원, 지역 교회, 샌 시메온(캘리포니아)이 그것이다. 심지어 엠파이어스테이트 빌딩도 그중 하나인데, 시공에서 완공까지 그것의 건축에 소요된 기간은 1년에 불과했다. 빌딩 건축을 용이하게 해 준 것은 아메리카 원주민 노동자들(주로 모호크족)의 용기와 기술이었다. 그들은 높은 곳에 대한 두려움이 없어서, 뉴욕 시의 거리 위로 치솟은 75층 높이에서, 높이와 폭이 각각 15센티인 강철 빔 위를 아무렇지도 않게 걸어 다닐 수 있었다.

500대는 아름다움에 대한 헌신과 인류의 위대한 예술적 창조물에 대한 경의를 반영한다. (렘브란트는 경이로운 700으로 측정된다.) 수 세기 동안, 수백만에 달하는 숭배자들이 그토록 전설적인 걸작을 잠깐이라도 보기 위해 경외심 속에서 줄지어 기다렸다. 500대의 측정 수준들은, 뉴턴적 패러다임의 측정 수준 및 그 수준에 있는 회색빛 철제 책상과 예측 가능성을 넘어서, 사랑의 주관성, 헌신, 경의, 완벽함의 근원에 대한 직관을 향해 솟아오른다.

파리 루브르 박물관 방문은 거의 모든 이들에게 소중한 추억으로 간직된다. 방문자들은 세계에서 가장 위대한 예술의 보고를 마음대로 찍어도 좋다는 걸 알고 깜짝 놀란다. 이와 대조적으로, 예전의 안뜰 한복판에 서 있는 모더니즘적 구조물(180으로 측정)은 예기치 못한 미적 충격을 안겨 준다. 변칙적이지만 매우 기능적인 그 출입구 구조물의 설계는 모더니즘 건축양식(E. M. 페이에 의한)을 나타낸다. 그 구조물은 전 세계적 미학 논쟁의 주제가 되었는데, 이는 500 이상으로 측정되며 세계에서 가장 유서 깊은 건축물에 속하는 건물 안뜰에 180으로 측정되는 삭막한 구조물이 자리 잡고 있는 불균형에서 충분히 예상할 수 있는 것이다.

일상생활

가정에서 조리한, 축복한 음식	215	로데오	255
가정에서 조리한 음식	209+	머피의 법칙	280
가족을 위해 구운 쿠키	520	미국에서 아이들의 위치	405
거리의 거지	160	미국에서 남성들의 위치	425
거리의 연주 단체	480	미국에서 여성들의 위치	405
공장에서 만든, 축복한 음식	207	미키마우스	205
광우병	50	빅스(제품)[7]	345
구글 닷컴	209	버드나무	245
낙태약(RU 486)	200	바디 피어싱	180
노점상	205	바비 인형	205
녹차	300	복제(동물)	200
다국 간 상호자유무역주의	200	복제(인간)	180
도널드 덕(만화)	205	『빨간 꼬마 암탉』(동화)	295
도로변의 농작물 가판대	355	산타클로스	390
돈	205	생체자기제어(생물 피드백)	202
동물 육체	200	섹스	250

시판 고양이 사료	192~202	인체 냉동 보존술	200
시판되는 식품	207	인체	205
시판되는, 공장에서 만든 식품	188~200	인터넷 시스템(내용이 아닌)	205
안락사	200	일부다처제	145
알타 비스타	208	정원 일	250
암 앤 해머 베이킹 소다(제품)	320	정치 풍자만화	190
앤트 제미마 밀가루(제품)	350	지구(행성)	200
야후 닷컴	206	창문닦이(고층건물)	290
엄마가 만든 크리스마스 퍼지와 쿠키	520	채식주의	205
엉클벤 라이스(제품)	315	최신 고급 패션	295
영도 날씨[8]	205	추수감사절	515
요기 베어[9]	205	캠벨 수프(제품)	325
월드와이드웹의 내용	50~445	코카콜라(음료)	305
응급 의료사	290	퀘이커 오츠[10]	305
음식	200	퀼트	345
의료용 마리화나	235	파파라치	180
		페미니즘	320
		펩시(음료)	305

7 감기 걸렸을 때 바르는 연고.

8 화씨 영도는 섭씨로 약 -18℃ 정도이다.

9 만화영화.

10 미국의 시리얼 브랜드.

피임	205	행운의 쿠키 메시지	345
피터의 원리[11]	260	호프 다이아몬드	205
하타 요가	260	환경론	260

주목할 만한 것은, 인터넷 시스템이 주요 검색엔진과 더불어 믿을 만한 205에서 208 사이로 측정된다는 것이다. 이와 대조적으로, 인터넷에 뜨는 자료의 내용은 50에서 445까지 측정되어 인간 의식의 전 범위를 반영한다. 그러므로 인터넷은 현재 역정보의 최대 근원이다. 그리하여, '인터넷에 나와 있으니 웬만큼 진실일 게 분명하다.'는 순진한 신념은 명백히 오류이며, 흔히 그 귀결이 해롭다. 측정에 따르면, 인터넷상에서 제공되는 정보의 50퍼센트 가량은 200 이하이다. 이는 흥미롭게도, 현재 미국 인구에 대한 의식 측정을 통해 얻어지는 수치(49퍼센트는 200 이하이고, 51 퍼센트는 200 이상)와 거의 똑같다.

인터넷의 은밀함과 익명성은, 불균형과 특수한 개인적 문제(예 불합리성과 정교한 피해망상적 사고는 물론, 정치적 극단주의와 사회에서 거부당한 성적 기호)로 인해 사회에서 거부당한 사람들에게 표현 수단을 제공한다. 인터넷은 '빌의 차례'나 '나만의 공간' 등과 같은 웹사이트 이름에서 반영되는 것처럼, '나' 세대를 위한 훌륭한 놀이터다. 그런 웹사이트는 의견이란 심오하고 중요해 보이

---

11 미국 콜롬비아 대학교 교수 로렌스 피터가 제안한 것으로, 조직체에서 구성원은 자신의 무능력이 드러날 때까지 승진하려는 경향을 보인다고 한다.

도록 에고에 의해 부풀려진 틀에 박힌 관념이라는 금언을 반영하는 경우가 많다. '블로거' 웹사이트의 67퍼센트는 200 이하로 측정되며, 일차적으로 부정적 감정, 분개, 욕구 불만성 성격 문제들이 표현되는 배출구를 나타낸다.

정치 만평가들의 이른바 풍자는, 190이라는 측정 수준이 가리키는 것처럼 사실상 교활한 형태의 비방이다. 어떤 것은 증오하는 대상에게 상처를 주거나 해를 끼치려는 명백한 의도로 하여, 고의로 악의적으로 보이기조차 한다.

돈은 중립으로 측정되고, 섹스는 250으로 측정된다. 그 둘은 분명히 본래 중립적이지만, 거기 더해지는 의도가 차이를 만들어 낸다. 인간 복제가 180인 반면, 동물 복제가 200인 점도 흥미롭다.

상당히 의미 있는 발견은, 축복한 음식과 축복하지 않은 음식 간의 측정치 차이다. 슈퍼에서 파는 공장 생산 빵은 188로 측정되지만, 축복할 때 그것의 측정치는 200 이상으로 올라간다. 같은 슈퍼에서 파는 빵이라도 제과 부서에서 만든 것은 203으로 측정되는데, 축복하면 수치는 마찬가지로 상승한다. 가정에서 조리한 음식일 경우, 그것은 음식의 원래 측정치인 200에서 209로 올라가는데 축복하면 215까지 상승한다. 이는 인간의 영적 의식과 의도의 도입이 장을 변화시킨다는 점에서 하이젠베르크 원리와 유사한 독특한 사례다. 이는 또한 기도 자체는 단순히 소망하는 생각 이상의 것임을 나타내는 증거다.

일부 브랜드는 애정을 반영하며(예) 젤로, 루트 66, 캠벨 수프), 문화적인 미국적 신비스러움으로 물들게 되었다. 그것은 어떤 기업 전체의 의도에 대한 신뢰를 나타내고, 브랜드 충성심으로 표현된다.

흥미롭게도, 행운의 쿠키[12]에 동봉되어 있는 점괘는 345로 측정되는데, 이는 솔직히, 대다수 인구의 삶의 바탕을 이루는 원리들보다 더 높다. 예를 들면, "친절한 말 한마디가 당신의 삶을 완전히 바꿀 수 있습니다."는 말에는 정말로 심오한 지혜가 담겨 있다. (행운의 쿠키의 삶은 '좋은 삶'이다.)

여성과 어린이의 미국 내 위치는 405로 측정되어 억압적 국가들(이슬람 국가 등과 같은)과 현저히 대비되는데, 주민과 정부 지도자들 역시 아주 낮게 측정되는 억압적 국가들에서는 여성과 어린이가 140으로 측정되어 심한 문화적 지체를 드러낸다. 비록 1930년대에 비해 격차는 좁혀지고 있지만, 미국에서 남성의 수준과 여성 및 어린이의 수준은 여전히 20점 차이가 난다. 사회 변화에는 시간이 걸린다. 2003년에 여성 CEO가 이끄는 기업이 남성 CEO가 이끄는 기업의 수익을 초과했던 사실에서도 드러나듯, '유리 천정'[13]은 지금 급속히 사라지고 있는 것이 분명하다. (《포춘》, 2004년 1월)

역사적으로, 원시 문화나 농경문화에서는 남성의 육체적 힘이 테스토스테론이 주도하는 공격성과 마찬가지로 필요하여, 남자들이 지배하는 경향이 있다. 하지만 문명이 진보하면서, 가치 있는

---

12 미국의 중국식당에서 제공하는 쿠키인데, 쿠키 하나하나가 행운의 메시지나 숫자와 함께 포장되어 있다.

13 소수민족과 여성과 같은 사회 내 비주류 세력이 조직에서 고위직으로 승진하지 못하는 현상.

기술은 덜 육체적이고 보다 정신적이거나 창조적으로 되고, 양성의 사회적 지위는 점차 평등에 가까워진다. '원시적'이라는 말은 '생물학이 운명'인 곳에서, 행동상 지속적 동물 패턴이 우세함을 암시한다. 현대 세계에서는 의식 진화에 더해 교육과 지성이 결정적 요인이다.

음악의 에너지

현대음악
(성격[14]이 아닌 음악에 대한 측정)

냇 킹 콜	470	비지스	510
듀크 엘링턴	450	비치 보이스	400
레이 찰스	485	빙 크로스비	485
로렌스 웰크	475	산타나	515
로버트 가스('키리에')	705	스파이크 존스	350
롤링 스톤스	340	안드레아 보첼리	550
루이 암스트롱	590	어빙 벌린	415
리버라체	365	엔리코 카루소	560
마리안 앤더슨	510	엘라 피츠제럴드	465
마마스 앤 파파스	495	엘비스 프레슬리	420
밥 딜런	500	자니 캐시	504
배리 매닐로우	505	재니스 조플린	495
비틀스	460	조지 해리슨	540

---

14 저자는 사람들을 '성격'이라는 말로 지칭하는 경향이 있다.

주디 갈란드	405	디스코	235
캐스 엘리엇	505	리버댄스	500
컨트리 웨스턴	255	팝록	205
크리스티 레인	500	헤비메탈, 갱스터 랩, 펑크 락, 고딕, 폭력적 반사회적 그룹	35~95
토미 도시	450		
훌리오 이글레시아스	400	힙합	270

고전음악

A. 드보르작	490	F. 쇼팽	500
A. 모차르트	540	F. 슈베르트	460
A. 코플란드	465	F. 하이든	490
B. 바르톡	475	G. 로시니	490
B. 스메타나	470	G. 비제	425
C. 구노	420	G. 푸치니	550
C. 글룩	475	G. 헨델	510
C. 드뷔시	485	H. 베를리오즈	480
C. M. 폰 베버	485	I. 스트라빈스키	465
D. 쇼스타코비치	480	J. 브람스	495
D. 카발레프스키	480	J. 시벨리우스	485
E. 그리그	490	J. 오펜바흐	480
E. 훔퍼딩크	490	J. 파헬벨('캐논')	690
F. 리스트	490	J. S. 바하	530
F. 멘델스존	480	L. 베토벤	510

M. 글링카 480
M. 라벨 475
M. 무소르그스키 485
M. 체루비니 485
N. 파가니니 515
P. 차이코프스키 550
R. 레온카발로 475
R. 바그너 500

R. 슈트라우스 475
S. 라흐마니노프 490
S. 바버 480
반젤리스 485
고전 발레 525
그랜드 오페라 525
백파이프(블랙 워치) 505
크리스마스 캐럴 550

영성 음악

고요한 밤 575
기쁘다 구주 오셨네 575
미국 해군가 U.S. Navy Hymn 575

아베마리아 575
어메이징 그레이스 575

고전음악: 연주자

A. 토스카니니 490
E. 핀차 480
F. 샬리아핀 485
F. 탈리아비니 485
J. 하이페츠 490
L. 티베트 490
N. 파가니니 495
R. 테발디 485

V. 클라이번 480
Y. 메뉴힌 485
마리아 칼라스 485
엔리코 카루소 500
라 스칼라 오페라 하우스(밀라노) 465
메트로폴리탄 오페라 하우스 465
샌프란시스코 오페라 하우스 465

고전음악의 시기
(가까운 시기부터 순서대로(LaFave, 2004))

절충주의	460	낭만주의	465
미니멀리즘	450	고전주의	460
음렬주의	450	로코코	460
12음 음악(12음)	400	바로크	470
신고전주의	440	르네상스	470
인상주의(드뷔시)	440	중세	470

우리는 연민, 사랑, 가슴 에너지의 효과가 지극히 높은 측정치를 낳는다는 것과, 그러한 것은 미적이면서 정서적인, 아름다움에 대한 헌신을 뜻한다는 것을 안다. 그것은 또한 종종 기쁨의 눈물을 흘리며 흐느끼는, 감식력 있는 청중의 '소름 돋는' 느낌으로 입증되는 어떤 생리적 현상이기도 하다. 청중들은 예전에 엔리코 카루소의 연주회에서 그랬던 것처럼, 눈 먼 안드레아 보첼리의 노래를 들으며 부끄러운 줄 모르고 흐느낀다. 조지 해리슨의 음악은 드러내 놓고 헌신적이었다. 505로 측정되는 백파이프는 단순한 용기가 아닌 용맹함을 뜻하며, 따라서 그 소리는 다가오는 적의 간담을 서늘하게 만든다.

흥미로운 것은 '리버댄스' 비디오에 나오는 것 같은 켈트 발라드의 '곡성keening'이다. 그 하이 소프라노 솔로는 640에서 650으로 측정되며, 잊기 힘들 만큼 아름다운 에너지를 지니고 있다. 아일랜드 백파이프는 그와 똑같은 '딴 세상의 느낌'을 전달한다. 그 효과는 황홀한데, 굳이 묘사하자면 그것은 천상의 소리라 할 만하다. 전체적 효과는 의식 수준 600 너머에서 지배적인 의식 상태와 비슷하다. 소리가 있지만, 그것은 무한한 멎어 있음과 무시간성으로 둘러싸여 있다. 그 소리는 또한 태고 적의 친숙한 느낌을 일깨우고, 그리고 순수, 맑음, 평화, 아름다움인 물들지 않은 존재로 복귀하려는 열망을 일깨운다.

군악은 그 자체로 대단히 빼어나다. 그리고 중요한 것으로 그것은 외관과 본질의 불일치를 드러낸다. '에딘버러성 군악제'(505로 측정)는 전 세계에서 수만 명의 관객을 끌어모으는 연례행사다. 세계 주요 국가에서 온 천 명 이상의 연주자들은, 각 문화에서 가장 기량이 뛰어나고 훈련이 잘된 군악대와 정예 시범 부대를 대표한다. 그들의 연주는 숨이 막힐 정도여서, 수많은 관객은 빼어난 기량(예 스위스 드럼 부대)에 경의를 표하며 침묵에 빠져든다. 그러다 놀랍게도, 관객들은 깊은 곳에서 벅찬 감정(520으로 측정)이 솟구쳐 오르는 것을 느끼며 울기 시작하는데, 그러한 벅찬 감정은 명예와 용맹함 그리고 자신이 물려받은 인간적 유산에 대한 사랑의 에너지이며, 가족, 문화, 동료 인간으로서의 그러한 것의 표현에 대한 사랑의 에너지다. 전쟁터에서 남자들 간의 유대는 510으로 측정된다. (2차 대전) 군악제 마지막 순서로 백 개의 백파이프가 525로 측정되는 '내 가슴속의 여왕Queen of My Heart'을 연주하면, 관객들은 놀랍고도 예기치 못한 깊고 심원한 감정이 솟구쳐 오르는 가운데 경외에 찬 침묵 상태에 든다. 이것이 바로 그 다음에 지배자들에게 이용당하게 되는, 숨어 있는 인간 성향이다. 지배자들은 본원적으로 온전한, 휴면 상태의 에너지를 담고 있는 그

저변의 깊은 저수지를 정치적 목적을 위해 조작하는 법을 배웠다.

조국과 자신의 문화에 대한 대중의 충성심은 순박한데, 그것은 부모에 대한 믿음과 신뢰가 완전하고 지성이나 외부의 영향력에 아직 물들지 않은 유년기에서 비롯된다. 허위인 교활한 정치적 조작에 사로잡히는 것은 내면의 어린아이의 신뢰하는 가슴이다. 그 신뢰하는 무비판적 순진성은, 종교적 권력이나 권위를 가진 설득력 있는 정치 지도자들의 유혹 앞에서 한층 더 취약하다. 새끼 양들은 그들의 무구함으로 말미암아 결국 도살당한다. 무구함은 그들에게 약점인 동시에 강점이다.

이것이 바로 전우들(과거의 적을 포함하는)과 재회하는 자리에서 드러내 놓고 흐느끼는 옛 전우들 사이에 존재하는, 내적 앎이다. 주목할 만한 것은, 종전이 되었을 때 맨 먼저 과거의 적을 재빠르게 용서하는 것은 항상 군대 자신이라는 것이다. (Brooke, 2004) 그러한 현상은 놀랍게도, 최후의 총성이 울린 뒤에 거의 곧바로 일어난다. 많은 군인들이 기쁨에 겨운 축하 의식에 참여하는 것으로 깊은 감정을 억누르지만, 내면 깊숙한 곳에는 사랑과 온전성이 솟아오르는 깊은 곳에 대한 내적 인식이 있다. 발할라[15]가 정말로 뜻하는 바의 핵심적 의미가 바로 그것이다. 그것은 전쟁과는 전혀 상관없지만, 그것을 표면으로 끌어올리는 데는 전쟁이 필요했다. 명예로운 용맹함에 대한 상호 존중을 입증하는 것이 1차 대전의 유명한 '붉은 남작', 만프레드 폰 리히트호펜(385로 측정됨)의 사

---

15 북구 신화에 나오는 죽은 전사들의 궁전.

례다. 그는 독일 공군에서 손꼽히는 '에이스 중의 에이스' 조종사로서 80차례의 공중전에서 승리했고, 52대의 영국 비행기를 격추시켰으나 끝내 교전 중 사망했다. 연합군(오스트레일리아 비행대)은 정식 군인 장을 치러 주는 것으로 그에게 경의를 표했다. 2차 대전 당시, '위대한 세대'의 위대함은 승리라는 결과만이 아닌 가슴의 위대함이었다. 왜냐하면 승리란 내면의 가슴 자체가 지닌 힘의 귀결일 뿐이기 때문이다.

가슴의 순진함은 '조국' 혹은 '모국'에 봉사하라고 호소하는 선전에 이용당한다. 굳은 믿음에서 추종자들은 '위대한 지도자'에게 충성하며 어린아이 같은 순종에 빠져든다. 그들은 마치 쥐떼와 같이 과대망상광 피리 부는 사나이가 이끄는 대로 절벽 너머로 뛰어내린다. 이렇듯, 순진한 이들은 유린당할 수 있고, 또한 유린당하게 된다. 가능한 유일한 보호책은, 지도자나 스승들의 의식/진실 수준의 측정을 통해 실제의 진실을 인식하는 것이다. 거짓 영적 지도자와 '구루'들은 부주의한 이를 유혹하는 똑같은 함정을 드러낸다.

고전음악의 에너지는 나중의 행동과 학습 능력에 대단히 긍정적인 효과를 발휘하며, 의식 수준을 향상시킨다. 그리고 뉴런의 연결과 패턴 형성에서 보다 진전된 발달을 낳는다. 또한 흥미롭게도 그것은 높은 수학적數學的 능력 및 낮은 마음에서 높은 마음으로의 이행으로 귀결된다. (14장을 볼 것) 어린 시절과 생애 초기에 고전음악에 노출되면 평화, 진실, 아름다움에 이끌리고, 폭력, 거짓, 천박한 속됨을 혐오하게 된다. 미에 대한 감수성은 자연적 크로스오

버 네트워크를 제공하는데, 그것은 또한 영적 앎과 비(非)에고적 앎의 출현을 촉진한다.

임상적으로, 생애 초기에 고전음악에 노출되는 것의 이득은 범죄율이 75퍼센트 더 낮아지는 데서 확증된다. 또한 종교적 양육과 결합될 경우 나중의 삶에서 범죄율은 90퍼센트까지 떨어진다. ('체스 두기'가 추가되면, 범죄율은 1퍼센트 더 떨어진다.)

컨트리 웨스턴 음악은 물론, 로큰롤, 힙합, 디스코는 폭넓은 호소력을 갖는데, 이런 음악들은 리듬 자체가 보이지 않는 에너지를 전달하여 사람들은 그에 대한 반응으로 살아 있음을 즐겁게 느낀다. 그리고 그 춤은 집단적 축전이다. 비틀스 음악과 '유사 이래 최고의 로큰롤 밴드'라는 롤링 스톤스 음악의 의식 수준 차이를 보는 것은 흥미롭다. 비틀스 공연에서, 우리는 창조적 예술로서의 음악에 대한 헌신을 본다. 그룹은 결국 각자의 뮤즈를 따랐던 멤버들의 개성으로 인해 해체되었다. 이와 대조적으로, 롤링 스톤스는 30년 이상 연주를 계속했고, 팀의 그것과 비슷한 집단정신으로 뭉쳤다. 비틀스의 창조성을 안내한 것은 일차적으로 내적인 음악적 영감의 표현이었다. 반면에 롤링 스톤스는 대단히 참여적이고 관객의 감정성과 본능적으로 상호 작용하는데, 관객들은 그저 구경꾼으로 남기보다는 그들의 연주에 빠져든다.

낮은 의식 수준에서 음악은 압도적으로 선정적이며 그리고 강간, 범죄, 폭력, 홀로우포인트 탄환[16]에 의한 죽음, 기타 극단적인

---

16 인체 살상력을 높이기 위해 탄두에 움푹 들어간 홈을 파 놓은 총알.

것들 및 과도한 야만성을 미화함으로써 인간성의 가장 낮은 요소들을 찬양한다. 『의식혁명』에서 설명한 것처럼, 심지어 가사 없이도 인체 경혈에 부정적인 영향을 미치고 경혈을 약화시키는 것은 음악 자체의 에너지이다. 이를 발견한 것은 원래 존 다이아몬드 박사였는데, 그는 1970년대 후반에 그러한 정보를 책으로 펴냈다. (Diamond, 1979)

낮은 측정 수준은 폭력과 섹스가 심하게 악용되고 있다는 것(성매매)과 무제한적 쾌락주의가 매력적으로 채색되고 있다는 것을 나타낸다. 무제한적 쾌락주의의 메시지는 대중매체를 통해 퍼져나가, '매력' 자체의 에너지에 쉽게 사로잡히는 감수성이 풍부한 청소년들에게 영향을 미친다. 앨리스 베일리는 저서 『매력*Glamour*』 (1950)에서 그 독특한 에너지에 대해 처음으로 묘사했다. 매력은 외부로 투사되는 에너지이고, 대상을 과장된 바람직성으로 물들이지만 급속히 사라진다. 왜냐하면 매력이란 찬양받는 대상의 성질이 아닌, 관찰자 에고의 투사이기 때문이다. 대중은 과대망상광 독재자의 이미지에 바로 그 매력을 투사한다. 그래서 독재자들은 장식을 박탈당하면 측은하고 비참해 보이며, 환상이 폭로되는 것을 막기 위해 끝내는 자살을 택한다.

그렇게 낮은 에너지 프로그래밍이 청소년에게 갖는 행동상의 귀결은, 둔감하고 감수성이 무뎌져 결국은 그 부모가 비난받게 되는 행동을 하는 것이다. 하지만 부정적 영향의 근원은 사실상 대중매체와 또래 집단의 문화이다. 대중이 그런 해로운 효과의 심각성에 주목하게 된 것은 CORE(Congress of Racial Equality, 인종 평

등 회의) 덕분이었는데, CORE는 부정적인 '갱스터 랩' 연예인 중
에서 '최악의 5인' 명단을 작성한 바 있다. (CNN 뉴스, 2004년 8월
3일) 명단에 오른 래퍼들은 자신은 빈곤에서 헤어 나오는 중이며
자유기업의 유익함을 입증하고 있다고 변명한다. 다시 말해, 그들
은 누추함, 절망, 빈곤에서 빠져나오는 디딤돌이고, 그 다음에 기
업가가 되어 바라건대 보다 온전한 기업으로 변신하기를 희망한
다는 것이다.

청소년들은 주로, 또래 집단의 압력과 대중매체에 반응하며 부
모에게는 입에 발린 말을 할 뿐이다. 부모에 대한 그러한 경시를
조장하고 부추기는 것은 바로 모든 권위의 진정성을 부인하는 데
서 권력감을 이끌어 내는 요즘의 사회적, 교육적, 정치적 세력이
다. 오류의 바탕에는, 온전하고 진실한 권위를 진정성이 없는 권
위주의로 잘못 지각하는 것, 다시 말해 논리, 지성, 합리성, 윤리에
대한 '포스트모던'적 거부가 있다.

이렇듯 오늘의 청소년은 대중매체와 또래들의 온전치 못한 프
로그래밍과 유혹의 집중포화를 맞고 있다. (Guthrie, 2004) 동시에,
윤리와 도덕의 전통적 기준에 대한 옹호는 요란스레 공격당하고
있다. 어려운 점은, 언론 자유는 돈과 마찬가지로 그 자체로는 사
실상 중립적이라는 것이다. 언론 자유가 이로운지 해로운지 여부
는 그것을 어떻게 이용하느냐에 달려 있다. 언론 자유가 드리우는
그늘은, 도덕이나 윤리는커녕 안전 교육조차 받지 않은 아이들에
게 총을 쥐어 주는 일에 비할 만하다.

도덕을 거부하는 사회는 선정주의, 매력, 편의주의에 지배당하

게 된다. 그러한 사회에는 판단의 위기 시대에 윤리적 확실성에 대한 확신의 힘이 결핍되어 있기 때문에, 청년들의 그러한 그늘을 걷어 내기는 힘들다는 것이 밝혀진다. 이 하위문화의 의식 장은, 조속기調速機나 플라이휠[17]이 없는 엔진과도 같다. 흥미롭게도, 쇼핑센터들은 주차장에 고전음악을 틀어 놓는 게 청소년들을 쫓아 버리는 일과 같다는 걸 알게 되었는데, 그렇게 할 경우 청소년들은 거기서 '빈둥거리는' 걸 관둔다.

화가, 작품

드가	540	앤디 워홀	200
레오나르도 다 빈치	565	윌렘 드 쿠닝	465
렘브란트	700	툴루즈 로트렉	450
로크웰	500	패리쉬	495
루버그	510	폴록	425
마티스	525	피카소	365
뭉크	495	홀바인	465
미로	490	낙서	140
미켈란젤로	590	정치적 저항 미술	180
반 고흐	480	초현실주의	385
베르메르	515	포르노	105
살바도르 달리	455	「모나리자」	499
세잔느	510	「피에타」	590

17 회전속도를 고르게 하기 위해 장치된 바퀴.

지면 부족으로 인해 명단은 한정되지만, 데이터베이스에는 더 많은 것이 있다. 예술은 그 어떤 소통 형태와도 마찬가지로 창작자의 통찰력이나 천재성은 물론 의도를 반영하는데, 각광받게 되는 것은 작가들 중 일부다.

미술품에 대해 큰 가치를 갖는 발견은, 의식 연구 기법을 이용하여 즉석에서 위작을 가려내는 것이 가능하다는 것이다. 그것은 1995년 비디오에서 입증되었는데(Hawkins, 비디오테이프 #1), 그 비디오에는 피카소 위작이 피험자의 팔을 약하게 만드는 장면이 들어 있다. 그것은 위조범들이 표적으로 삼는 미술품 수집가는 물론, 화랑 주인들에게도 중요한 발견이다.

감정 과정(측정 수준 600)

진위를 검증하는 테스트 기법은, 미술품, 골동품, 유적, 역사적 기록, 고고학적 표본이나 그 밖의 어떤 대상에 대해서든, 그저 일련의 진술을 하고 단순한 팔의 강도 반응을 이용하는 것이다. 대상물이 실제로 있어야 할 필요는 없으며, 시험자가 말없이 그것을 마음속에 품고 있거나 혹은 영상을 떠올리고 있으면 된다. 예를 들어, "내가 지금 마음속에 떠올리고 있는 그림은 진짜입니다." 그 다음에 두 손가락으로 피험자의 손목을 재빨리 내리누른다. 확실히 하기 위해 추가 질문을 할 수 있다. 예를 들어, "그 그림은 베르메르의 진품입니다."(예, 혹은 아니오 반응) "그것은 100년 이상 됐습니다." (예, 혹은 아니오.) "그것은 400 이상으로 측정됩니다." (예.) "450 이상."(예.) "500 이상." (예.) "505 이상." (예.) "510 이상.” (예.) “515.” (예.) “515 이상.” (아니오.)

그 다음에 그림의 족보, 캔버스의 연대, 물감의 연대, 화가의 온전성, 그리고 기타 사실을 추적하기 위해 세부, 역사, 장소 등에 대해 질문할 수 있다. 진술은 말로, 무언으로, 혹은 이미지를 통해 할 수 있다. 위대한 미술 작품이 수백만 달러에 팔리는 만큼, 그리고 전문가들조차 작품의 진위에 관해 헷갈려하거나 의견이 분분한 만큼 검증 과정은 명백히 큰 가치를 갖는데, 그것은 1분 이내에 쉽사리 위작을 가려낸다.

검증 기법에 관한 설명은 지엽적으로 보이거나 심지어 힘들고 시간 낭비처럼 보이지만, 실제에서 그것은 매우 간단하며 실행하는 데 사실 몇 초밖에 안 걸린다. 또한 같은 기법을 가지고 목격자나 공인이 진실을 말하고 있는지, 혹은 텔레비전에서 광고하는 상품이 선전 그대로인지 여부를 즉석에서 포착해 낼 수 있음이 분명하다. 어느 공인의 진술이 사실은 새빨간 거짓말임이 밝혀지는 일도 왕왕 있을 것이다.

이상의 과정을 매일의 뉴스에 적용할 때 그 결과는 정말 놀라운데, 처음에는 유명한 범죄 사건, 재판, 기만 투성이인 세상사와 관련하여 다소 실망스러울 수도 있다. 그렇지만, 비난은 거짓인 경우가 많고 정의가 흔히 승리한다는 발견은 만족스러울 수 있다.

결과가 정확하려면 시험자와 피험자 모두가 온전하고, 질문의 의도는 진실 그 자체를 위한 진실의 식별에 바쳐질 필요가 있다. 어떤 점을 증명하려거나 혹은 개인적 관점을 뒷받침하는 증거를 얻어 내려는 편향이 있어서는 안 된다. 실제에서, 삶의 다양한 측면들과 진실에 관한 '진실을 점검'하는 것은 점진적 지혜와 연민으로 이끌어 준다. 유머 감각 또한 도움이 된다.

스포츠와 취미

NBA 결승전	455	비둘기/다람쥐 사냥	65
간통	160	스키트 사격, 트랩 사격	400
골프	400	스테로이드	160
권투	180	스포츠 스타들	340~400
놀이	375	승부 조작	90
농구	345	수영	310
달리기(유산소)	350	슈퍼볼	480
도박	180	안마	250
동굴 탐험	205	야구	330
등산	205	올림픽	390
레크리에이션	395	월드컵	490
로즈볼[18]	405	익스트림 스포츠	110
미용 체조	290	자동차 경주	200
미식축구	330	자전거 타기	350
반칙	120	체스 게임	415
보디빌딩 고착[19]	185	체육관	320
볼링	295	축구	450
브리지	410	취미로 하는 대형동물 사냥	190
볼룸 댄스	475	코끼리 상아 밀렵	130

태극권	305	파사데나 로즈볼 퍼레이드	410
테니스	350	펠덴크라이스 운동	410
테니스(윔블던)	440	폭동	105
투견 혹은 투계	35	프레리 도그 사냥	30
투우	35	합기도	260

스포츠는 대략 경쟁적 스포츠와 레크리에이션 스포츠로 나눌 수 있는데, 둘 다 상당히 높게 측정된다. 그래서 스포츠는 열광, 경기의 즐거움, 청춘과 청춘의 육체적 활력을 상기시키는 자연스러움과 재미를 나타낸다. 노년층에게 체스, 브리지, 골프는 레크리에이션의 유익함을 제공해 주고 매우 긍정적인 수준으로 측정된다.

생리적 심리적으로, 휴식의 효과는 동화작용에 있다. 히포크라테스 시절부터, 의사들은 흔히 중병에는 휴식을 처방했다. 히포크라테스는 오늘날의 건강 휴양 시설에서 제공하는 것과 같은 마사지, 운동, 휴식, 아름다움의 치료적 이로움을 장려했다.

200 이하로 측정되는 스포츠와 취미 활동은 군중들의 환호와 찬탄이 동반되는 대항전이라는, 보다 타고난 원시적 동물 수준에서 에너지를 끌어온다. 이른바 스포츠라 하는 것 밑바닥에는 전리품이 목적이 아닌 살해 그 자체를 목적으로 하는 살해가 있다. (로마 검투사 원형경기장은 80으로 측정된다.)

---

18 미국 최고 전통의 대학 미식축구 대회.
19 육체미 운동을 하다가 육체를 키우는 일 자체에 지나치게 집착하게 되는 현상을 말한다.

도박이라는 덫은 열렬히 미화된다. 그것의 미끼는 돈뿐 아니라 '이기는 것'의 스릴인데, 사회가 알게 되었다시피 그러한 스릴은 (뇌에서 분비되는 도파민으로 인해(Volkow, 2004)) 중독을 일으킬 수 있다. 도박은 항시 도덕성을 의심받아 왔다. 20세기 중엽의 전통 사회에서, 딴 것을 갖기로 하고 구슬치기를 해도 되는지 여부를 판단한 것은 부모의 윤리였다. 같은 시대에 슬롯머신은 비영리 구호단체와 우애조합, 세금을 면제받는 자선단체에만 허가되었다. 빙고는 교회에서 유래된 세입원이었지만 도박 자체는 불법이었고, 사람들은 경찰의 급습을 찬성하는 마음으로 구경했다.

의식 수준 180으로 측정되는 도박은, 계속해서 도덕적 난제이다. 그리고 도박을 둘러싼 정치는 또 다른 형태의 승부다. 사회는 도박 이윤의 배분을 법으로 규제하는 타협책을 찾아냈지만, 언론에서 보도한 것처럼 외국 국민들은 법망을 피해 가는 일이 많고, 그로 인해 큰 손실을 입는 것은 아메리카 원주민들이다.

영화

(200 이상으로 측정되는 영화 목록은 부록을 볼 것)

2001 스페이스 오디세이	440	더 캣	130
간디	455	레이 (찰스)	475
국가의 탄생	140	로저와 나	180
귀여운 여인	375	마이 페어 레이디	405
그랑 블루	700	매트릭스	165
닥터 지바고	415	멋진 인생	450

메리에겐 뭔가 특별한 것이 있다	105	왕의 귀환	350
반지의 제왕	350	우리가 아는 것은 대체 무엇인가? (What the bleep Do We Know?)	455
보글보글 스폰지밥	385	우리에게 내일은 없다	105
볼링 포 콜럼바인	185	이지 라이더	195
뷰티풀 마인드	375	인 콜드 블러드	80
빅 원	180	죠스	140
뻐꾸기 둥지 위로 날아간 새	160	철새의 이동	495
사운드 오브 뮤직	425	카사블랑카	385
사이코	80	칼라 퍼플	475
산타클로스 2	190	캐나다 베이컨	180
섭씨 41.11	320	타이타닉	405
슈퍼사이즈 미	180	태양의 제국	490
스타워즈	250	텔레비전 네이션	180
시계태엽 오렌지	70	트윈 타워	350
아마데우스	455	파렌하이프 9/11 (FahrenHYPE 9/11)	290
아메리칸 뷰티	380	패션 오브 크라이스트(편집본)	395
아프리카의 여왕	395	패션 오브 크라이스트(비편집본)	190
야전병원 매쉬	360	해리 포터	215
양들의 침묵	45	화씨 9/11(Fahrenheit 9/11)	180
어바웃 슈미트	435		
에이리언	145		
오즈의 마법사	450		

단연코 미국적인 이 상품은 세계적 산업으로 확대되었으며, 할리우드가 그 상징이다. 예술의 한 형태로서의 영화는 연기, 춤, 음악, 영화 촬영술, 드라마에 더해, 최고의 재능들을 이용하는 창조적 공학과 과학 기술을 포함한다는 측면에서 타의 추종을 불허한다. (위의 측정치는 영화 자체의 질이 아닌, 영화의 의식 수준을 나타낸다. 예를 들면, 공포영화는 원래 그러한 수준을 의도한 것이므로 100 이하의 측정치는 그것이 예술적으로는 성공했음을 가리킨다.)

주목할 만한 것은, 상당히 독특한 「그랑 블루」라는 영화다. 『의식혁명』에서 서술한 것처럼 그것은 경이롭게도 700으로 측정되었다. 영화 줄거리의 바탕에는, 모든 생명은 하나임Oneness이고, 영원한 생명이냐 육체적 생명이냐를 선택하는 것은 인간에게 열려 있는 선택지라는 맥락화가 깔려 있다. 「패션 오브 크라이스트」는 그 의도는 대단히 온전하지만(490으로 측정), 길어진 고문과 폭력 장면이 전체적 측정치를 끌어내린다. 지나친 세부 묘사 10분을 잘라낼 경우, 영화는 395로 측정된다.

「우리가 아는 것은 대체 무엇인가?」는 현상의 배후에 있는 더욱 큰 실상, 즉, 과학과 영성, 비선형 동역학, 양자 실상, 생각이 현실을 변화시키는 데 미치는 효과, 그리고 인간 의식에 지워진 책임과 그것이 자유에 관해 함축하는 바를 유머러스하게 보여 주는 비할리우드 영화다. 이 영화는 그 독특함으로 인해 갈채받았으며 계속해서 확대 상영되고 있다.

미국이 부도덕한 사회라는 비난은 사실과 다른데, 미국 사회에서는 대중매체의 도덕성이 갖는 중요성이 열띤 논쟁의 초점이 되는 정도다. 표현의 자유를 남용하는 이들은, 도덕적 분개로 하여 한계를 설정하는 것으로 반격할 때까지 도를 넘는 허무주의적 쾌락주의를 쫓는다. 연예 오락 매체는 "우리는 여론을 창조하는 것이 아니라 그것을 반영할 뿐이다."라며 무죄를 주장하지만, 그들이 참고하는 여론은 상당한 정도까지, 우선 대중매체 출력의 귀결이라는 점에서 핵심을 비켜난다.

예술가는 예술적 노력을 통해 삶의 어느 측면을 강조할 것인지를 선택해야 하고 그래서 대중매체는 사회적 관습과 신념 체계에 커다란 영향을 미친다. 대중매체의 이런 영향력은 할리우드 영화 산업의 전체적 측정치(180으로 측정)에서 반영된다. 또한 최근 크리스마스 정신에 반하는 영화가 쏟아져 나오는 것도 주목할 만한 현상인데(Waxman, 2004), 그런 영화는 단체로 170으로 측정된다. 하지만 영화의 경제학은 대중의 실제적 관심 분야를 반영한다.《포춘》에 따르면(2005년 1월), 할리우드 영화에서 단 3퍼센트가 'G'등급을 받지만, 이 영화들이 'R'등급을 받는 69퍼센트의 영화보다 더 많은 수입을 올린다. 또한 흥미로운 것은 인도 영화(여기에는 일반적으로 갈채받는 '세상에서 가장 아름다운 여인들'이 출연한다.)는 성에 대한 묘사가 보다 절제되어 있고 미묘하지만, 매출이 전 세계적으로 할리우드 영화의 세 배라는 것이다. 또한 전체적으로 작품이 210으로 측정되어, 200으로 측정되는 할리우드보다 10점 더 높다.

「화씨 9/11」의 제작과 함께 최근 들어 새로운 영화 장르가 부상했는데, 「화씨 9/11」은 2004년 11월 대통령 선거 직전에 사회적으로 크게 주목받았다. 180이라는 측정 수준은 그 영화가 대표하는 정치적 위치를 반영한다. 선거가 끝난 뒤, 교정하는 반대 정보가 영화「섭씨 41.11」(320으로 측정됨)은 물론「파렌하이프 9/11」(290으로 측정됨)을 통해 제출되었는데,「섭씨 41.11」은 뇌사가 일어나는 온도를 익살스럽게 나타낸다. 유권자를 겨냥한 정치적 선전 영화의 출현으로 인해, 온전한 지도자들은 관직을 구하는 일을 더욱 단념하게 될 수도 있다.

텔레비전

방송 프로그램 편성(전체)	275	시트콤(시츄에이션 코미디)	180
유선방송 프로그램 편성(전체)	300	스포츠	375
MTV	130	날씨	405
PBS	405	웹 M. D.	200
액션 영화	180	700 클럽[20]	400
바이오그래피 채널	405	내셔널 지오그래픽	450
히스토리, 디스커버리, 사이언스 채널	405	리얼리티 쇼 컨테스트	125
		리얼리티 쇼	130
어린이 만화영화	180	머펫 쇼(인형극)	310
어린이 프로그램	355	미국의 일급 수배자[21]	345
범죄 프로그램	180	번디 가족[22]	190
가사, 집 꾸미기, 목공	345	빌 코스비 쇼	385
동물/자연	405	아메리칸 아이돌	180
정보 광고	180	에드 설리반[23]	435

오프라 윈프리 쇼	510	쿠클라, 프랜, 그리고 올리[26]	405
올 인 더 패밀리[24]	255	치어스[27]	250
왈가닥 루시[25]	395	테리 존스의 중세사	410

이상의 측정치들은 비교적 설명이 필요 없다.

유명 인사의 사회적 파급효과

우주 비행사	460	노먼 로크웰[29]	500
C. 대로(미국 변호사)	455	노먼 빈센트 필[30]	435
J. 에드거 후버	255	니진스키	530
S. 쉬라이버[28]	460	대릴 자누크[31]	425
그레이엄 벨	450	데일 카네기[32]	425
넬슨 만델라	505	드와이트 D. 아이젠하워	480

20 토크쇼, 1966

21 America's Most Wanted, 리얼리티 쇼, 1988

22 Married with Children, 코미디, 1987

23 기자 출신이며 1950년대와 60년대에 '에드 설리반 쇼'라는 버라이어티 쇼를 진행했다.

24 All in the Family, 코미디, 1971

25 코미디/가족, 1951

26 가족/코미디, 1947

27 코미디/드라마, 1982

28 미국 정치가.

29 미국의 일러스트레이터.

30 미국 목사이며 작가.

31 미국 영화 제작자.

32 미국의 저술가이며 자기 계발, 세일즈 기술, 화술 및 인간관계 기술을 가르치는 교육 과정을 개발했다.

라이트 형제	455	윈스턴 처칠	510
레이첼 카슨[33]	485	윌리엄 J. 브라이언[43]	450
로널드 레이건(대통령)	502	이사도라 던컨	460
루스벨트 대통령의 라디오 연설 '노변정담'	500	잭 루비[44]	180
		제로니모	445
루이스와 클락[34]	440	조 디마지오[45]	480
리 하비 오스월드[35]	180	조세핀 베이커[46]	445
마사 그레이엄	420	조셉 메릭, 엘리펀트 맨	590
미하일 고르바초프	500	조지 발란신	430
바비 존스[36]	485	조지 워싱턴	455
베이브 루스	440	조지 워싱턴 카버[47]	435
벤자민 프랭클린	480	존 W. 부스[48]	135
부커 T. 워싱턴[37]	460	찰스 린드버그	395
브루스 리	480	캐리 네이션[49]	235
셜리 치솜[38]	400	크누트 로크니 (미국의 미식축구 코치)	455
시팅 불	420		
아그네스 드 밀레[39]	425	크리스토퍼 콜럼버스	375
아멜리아 에어하트[40]	395	패트릭 헨리[50]	445
알리샤 마르코바[41]	475	프레드 로저스[51] (미스터 로저스)	500
앤드류 카네기	490		
앤소니 콤스톡[42]	250	플로렌스 나이팅게일	465
엘레노어 루스벨트	495	피오렐로 라과디아[52]	460
엘리자베스 퀴블러 로스	485	해리엇 터브먼[53]	350

유명 인사들의 명단은 대단히 길어질 수 있어서, 예증이 되는 몇몇 사례들만 고를 수 있다. 주목할 만한 것은 이른바 '엘리펀트 맨'의 지극히 높은 측정치인데, 그는 골격계 질환으로 인해 심한 불구가 된 인물이다. 그는 비웃음, 조롱, 사회의 거부에도 불구하

....

33 환경오염 문제를 다룬 『침묵의 봄』의 저자.

34 최초로 아메리카 대륙을 횡단한 탐험가.

35 존 F. 케네디 대통령 암살범.

36 최초로 그랜드슬램을 달성한 미국 아마추어 골프 선수.

37 미국 흑인 교육가이며 개혁가.

38 미국 최초의 흑인 여성 대통령 후보.

39 미국 무용수이자 안무가.

40 미국 여성 비행사.

41 영국 출신의 발레리나.

42 문학 등의 표현 양식에 나타난 외설 추방 운동으로 유명해졌다.

43 미국 정치가, 미국 역사상 가장 뛰어난 연설가의 한 사람으로 꼽힌다.

44 케네디 암살범 오스월드를 저격, 살해했다.

45 미국 야구선수.

46 1906~1975, 프랑스 무용수이자 가수.

47 미국 흑인 농화학자. 땅콩, 고구마 등의 가공법을 수백 가지나 개발했다.

48 링컨 대통령을 암살한 미국 배우.

49 미국에 금주령이 내렸을 때 앞장서서 도끼를 들고 술집들을 부쉈던 여성으로 유명하다.

50 미국 독립전쟁의 지도자로 유명한 웅변가.

51 미국의 어린이 프로그램의 진행자.

52 1934~1945년까지 뉴욕의 시장으로 재직했다.

53 남북전쟁이 일어나기 전까지 수백 명의 흑인 노예를 자유로운 북부로 탈출시킨 노예 출신의 흑인 여성.

고 처신과 태도가 진실로 성자다웠던 것으로 묘사되었다. 그는 부드러웠고, 용서했고, 반응하지 않았으며, 인간의 가장 비열한 무지에 대해서조차 연민을 품었다. 그의 독특함은 유례가 없으며 그의 삶이 극단적 조건하에서의 영적 가능성을 상징한다는 걸 암시한다. 특히 그는 사회적 거부와 조롱에 대해 모른 척한 것은 물론 자기 연민, 피해자 역, 분개, 자신의 고문자들에 대한 증오의 유혹들을 무시했다. 590으로 측정되는 그는 깨달음Enlightenment의 문 앞에 서 있었으며, 자신과 세계에 대해 평화로웠다.

연예인/코미디언

(개인이 아닌 프로그램)

레드 스켈톤	480	잭 베니	485
루실 볼	440	조지 번즈	485
릴리 톰린	460	조니 카슨	480
맘스 모블리	465	캐럴 버넷	460
밥 호프	465	필리스 딜러	440
소피 터커	440		

유머는 대안적 맥락들을 병치시키는 데서 비롯된다. 말이나 의미를 가지고 놀면 맥락이 확장되고, 그리하여 기대는 새로운 빛과 의미를 내뿜는 어떤 대비로 대치된다. 패러디를 통해 우리는 인간 본성에 대해 따라서 우리 자신에 대해 웃음을 터뜨릴 수 있게 된다. 또한 그것을 통해 우리는 부조리 및 모순과 맞닥뜨리게 된다. 유머는 생명을 지지하며, 수명 연장, 전반적 건강, 삶에 대한 만족

과 관련된다. 유머는 불안을 감소시키고 흥미롭게도 전체적 의식 수준을 향상시키는데, 왜냐하면 그것은 보다 온건한 인생관을 낳기 때문이다. 유머 감각은 사교성과 대인 관계 기술 및 외교적 기술을 북돋워 주기 때문에, 크게 성공한 사람들의 특징이다. 작곡가 및 오케스트라 지휘자와 마찬가지로(Diamond, 1979), 코미디언 역시 장수한다. (예를 들어, 조지 번즈는 100살까지 살았다.)

유머는 갈등을 감소시킨다. 왜냐하면 그것은 의미를 간단히 비트는 것으로 맥락을 '이것 아니면 저것'에서 '둘 다'로 확장시킴으로써 부정적 감정을 줄이고 갈등을 해소하기 때문이다. 때로 그것은 현상을 본질과 통합하고 그럼으로써 허위를 더 높은 정도의 진실로 대체함으로써 그렇게 한다.

유머는 성숙 과정에서 중요하다. 성숙 과정에서 우리는 자신을 그다지 심각하게 받아들이지 않고 스스로를 향해 웃음을 터뜨려서 자기애적인 자기방어를 감소시키는 법을 배운다. '감정을 다치는' 경향이 있는 것은 에고 중심적인데, 그것은 일종의 사회적 피해망상이다. 자신의 그늘진 면을 인정하고 그것을 향해 웃음을 터뜨리는 법을 배울 때, 우리는 더 이상 무시와 모욕에 취약하지 않다. 자신에 대해 평화로워지기 위해서는 자신의 인간적 결점과 한계를 전부 나열하고 그것들과 화해하는 것이 도움이 된다. 코미디언들은 정기적으로 자신의 그늘진 면을 조롱하고 그 겸손함으로 하여 사랑받는다. 자기 수용에 대한 걸림돌은 자부심인데, 이는 부정적인 사회적 반응을 사실상 끌어당기는 취약점이다. 어떤 주제에 대해 웃음을 터뜨리는 것은 그로 인해 조롱받는 것을 면하게 해 준다. 이것이 악의 없는 농담의 유익함이며, 거부라기보다는 일종의 수용이다. (예 "나 폴란드 사람이니까 키스해줘요.Kiss me, I'm Polish"라고 쓴 범퍼 스티커 등[54]) 인종차별적 농담은 비열하고 편견을 강화시키는 반면, 민족에 대한 진실한 유머는 편견을 줄여 준다.

뉴스 방송 매체
프로그램(개인이 아님)

ABC 뉴스 방송	205	헌틀리/브링클리 쇼	460
에어 아메리카	200	래리 킹 라이브	295
알 자지라	195	짐 레러	460
BBC 뉴스 방송	210	에드워드 머로	465
탐 브로커	455	NPR[56] 뉴스	200
CBS 뉴스 방송[55]		NBC 뉴스 방송	255
2004년 9월 15일 이전	255	오라일리 팩터	460
2004년 9월 15일 이후	200	댄 래더(CBS 뉴스)	205
CNN 뉴스 방송	260	로이터 통신사	305
월터 크롱카이트	460	제럴도 리베라	455
팍스 뉴스	380	바바라 월터스	455
해니티 앤 컴스	460		

54 미국에는 폴란드 사람은 별로 영리하지 못하다는 인종차별적 편견이 있다고 한다. 이 스티커는 그러한 편견을 유머러스하게 꼬집어서 일종의 민족적 자부심을 표현하는 방식이다.

55 이 시기는 2004년 미국 대통령 선거 기간이다. CBS 방송은 그 시기에 비교적 '편향되지 않은' 보도에서 조지 부시 대통령에 대한 정면 반대로 태도를 바꿨다.

56 미국 공영 라디오.

전통 미국에서 뉴스 매체는 재량권을 발휘했고 존중받았다. 그들은 고유한 도덕적 책임을 반영했으며 전반적으로 온전하다고 여겨졌다. 사견을 섞는 것은 주요 신문의 논설면에 한했다. 하지만 현 시대에 뉴스 보도의 암시적 객관성은 의심받게 되었는데, 이러한 현상은 이라크 전쟁을 통해 가속되었다. 논쟁은 일차적으로 이른바 자유주의자와 보수파 사이에서 벌어졌고, 여기에 왜곡된 편파적 비난이 가세했다. 그 논쟁에는 상대적으로 양편이 있기 때문에, 양편은 물론 상대방에 대해 편견을 본다. 따라서 측정 수준들은 사실관계를 확인하려고 할 때 유익하다.

고찰을 통해 그리고 여태껏 보고된 연구 데이터를 통해서 볼 때, 우리 사회의 어느 누구도 자신의 관찰 결과 및 도출된 의견에서 편향으로부터 자유로운 사람은 없을 듯하다. 편향은 에고 구조 및 그와 관련된 뇌 생리의 귀결일 뿐이다. 그래서 보도하는 측이 자신이 공감하거나 지지하는 바를 진술한다면 온전성은 유지될 수 있다. 선정이라는 단순한 행위가 이미 편집 기능이며, 선택한 장면을 1초 더 비춰 주는 것만으로 논쟁의 이쪽이나 저쪽 당사자를 강조해 줄 수 있다. 예컨대, '가해자'와 '피해자'는 사람의 관찰 지점이 어디냐에 달려 있다.

보다 심각한 오도하는 왜곡은, '공정해' 보이려는 순진한 시도의 귀결이다. 왜냐하면 그것은 뒤틀린 극단적 관점이 과도하게 조명되어 걸맞지 않은 중요성이나 의의를 부여받고, 그래서 그런 관점이 내재적 미덕보다는 주로 그 논쟁적 본성의 귀결로서 대중에게 알려지기 때문이다. "하지만 비판자들에 따르면"이라는 반복되는 구절은 대개 가짜이고, '비판자'라는 이들은 '익명'이다. (혹은 십중팔구 가상의 인물이거나.) 이로 인해 대중은 '비판자'들이 사회의 의미 있는 부분을 대표한다고 잘못 생각하는데, 실제로 그들은 인구의 아주 낮은 비율을 대표할 뿐이다. 다시 말해 그것은 불균형하다기보다는 왜곡된 제출을 나타낸다. 그러한 현상은 세계 여론을 오도하며 심각한 계산 착오를 낳는다.

방송 뉴스는 전반적으로 청취자의 규모가 축소되었는데, 그것은 또한 편향 스캔들의 결과이기도 하다. 대중은 다른 뉴스원(인터넷 등)으로 돌아섰지만 케이블 뉴스는 크게 약진했다. 주목할 만한 것은 폭스 뉴스인데, 특히 빌 오라일리의 '오라일리 팩터' 프로그램은 엄청나게 많은 팬을 확보하고 있다. (매주 14,000통의 이메일이 쇄도한다.) 오라일리는 온전성의 지표와도 같다. 그는 온전치 못한 것을 간파해 내는 불가사의한 능력을 지니고 있는데, 대략 경험적으로 보았을 때 오라일리가 어떤 공인이나 '대의'를 싫어하면 그것은 200 이하로 측정된다. (의식 측정을 하지 못하는 이들에게는 참으로 편리하게도.) 대신에, 그가 의견을 달리한다 해도 호의적으로 바라보는 이들은 거의 항상 200 이상으로 측정된다. (이와 대조적으로, 극좌 해설가들이 선호하는 인물은 200 이하로 측정되고, 그들이 싫어하거나 반대하는 인물은 200 이상으로 측정된다.)

정치와 2004년 선거

의식 측정 분석은 모호한 것을 명료하게 해 주고 복잡한 사회적 상호 작용에 대한 이해를 더욱 넓혀 준다는 점에서 이롭다. 미국 국민의 전체적 의식 수준은 420이다. (정부와 대통령직을 포함시킬 경우 미국 전체는 421로 측정된다.) E. J. 디온(2004 워싱턴 포스트 필자 그룹)에 따르면, 유권자들의 위치는 보수파가 34퍼센트, 중도파가 45퍼센트, 자유주의자가 21퍼센트를 차지한다.

측정에 따르면, 모든 실제 투표자들의 전체적 의식 수준 평균은 410(유권자의 60퍼센트)이었다. 투표하지 않은 40퍼센트는 집단적으로 190으로 측정되었다.

실제 투표자들은 다음과 같이 측정되었다.

보수파	415	자유주의자	255
민주당원	325	중도파	375
극좌	185	공화당원	405

참고로, 골드워터 연구소는 355 수준으로 측정되고, 진보주의는 330에서 360(린든 존슨)으로, '자유사상가'들은 335로, '황금률'은 405로 측정된다. 언론 자유는 235로 측정되고, 애국자법[57]은 375로, '할리우드 극좌 엘리트'는 180으로, 감정적이고 정치적인 비난은 125에서 165로, 정치가[58]는 430으로, 정치인[59]은 180으로, 모럴 머조리티[60]는 245로, 신랄함은 160으로 측정된다.

부시 대통령의 2005년 취임 연설은 480으로 측정되고, 집단으

----

57 정식 명칭은 '테러대책법'이며, 2001년에 제정되었다.
58 statesmen, 정치 분야에서 탁월한 정치적 식견과 수완을 가지고 활동하는 이를 말한다.
59 politician, 앞의 정치가와는 달리, 이 말에는 정치꾼, 정상배 등의 부정적 뉘앙스가 있다.
60 미국의 보수적 기독교 단체.

로서의 취임식 항의자들은 180으로 측정된다.

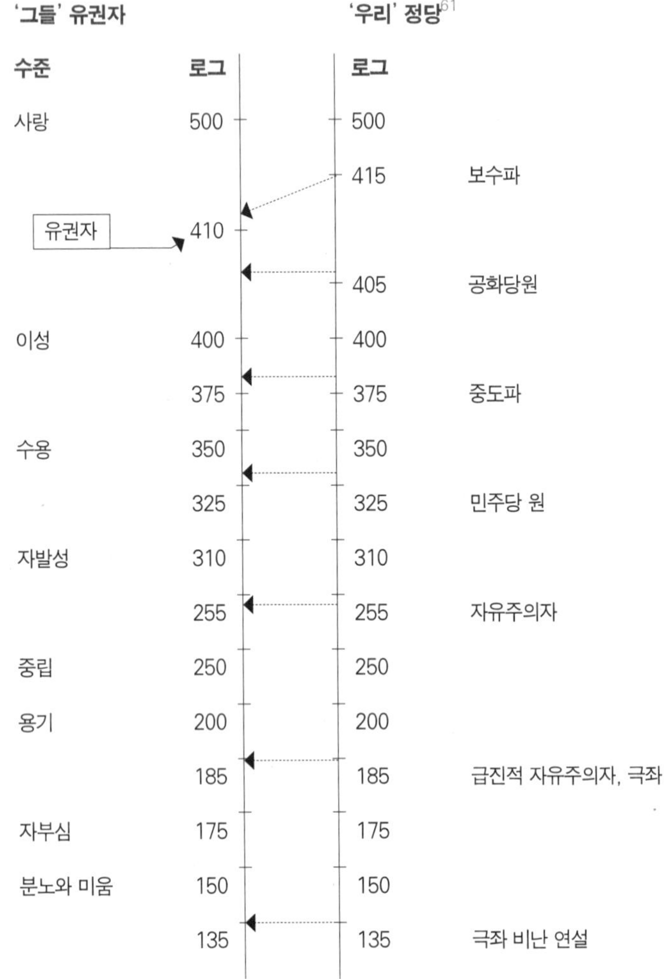

61 미국은 일반적으로 자신들을 '우리'로, 유권자를 '그들'로 지칭한다.

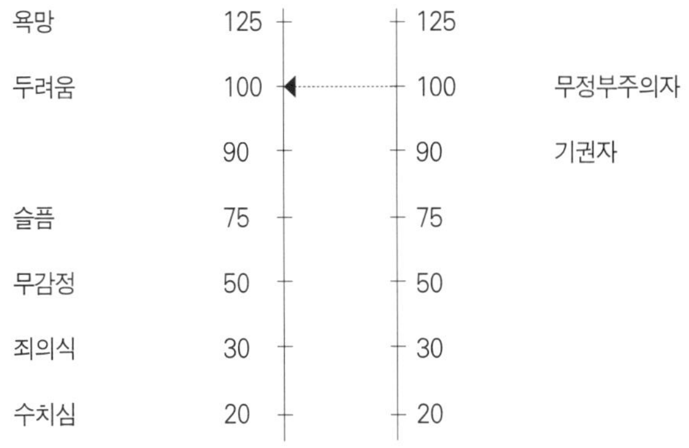

200 이하의 수준은 결함 있는 추론, 자기애(나르시시즘), *레스 인테르나*와 *레스 엑스테르나*를 점점 더 구별하지 못하는 것을 나타낸다. 이와 대조적으로, 200 이상에서 감정과 편파성은 이성에 대한 의존 및 사실로 대치되고, 맥락을 포함시킨 결과인 균형으로 대치된다. 위의 도표에서 예측할 수 있듯, 극좌의 모든 예측(부시가 아닌 OPEC이 중동의 석유를 통제한다, 경기는 좋아지고 있다, 등)은 이후의 세계사에서 거짓임이 증명되었다.

『서양의 위대한 책들』은 대략 450에서 460으로 측정된다. 400대로 측정되는 이들은 보수파라 하고, 200 이하는 극좌라 한다. 중도파는 310에서 390사이의 범위에 드는데, 이들은 합리적이고, 책임감이 강하며, 균형 잡혀 있지만, 반드시 지적이진 않다.

측정된 전체적 관점에서 볼 때, 유권자는 성실성과 온전성에 그리고 도덕적이면서 합리적인 인도주의에 이끌린다는 것과, 극단주의와 부정적 선전은 해로운 효과를 낳는다는 것을 알 수 있다. 잘 설계된 정치 강령은 그래서 미래의 지지자들을 목표로 삼아 그 일정을 맞출 것이다. 13장에서는 승자와 패자의 태도에 대해 자세히 서술하고, 선거 과정과 선거 이후에 아주 공공연하게 드러난 사례들을 분석한다.

존 레오John Leo(2004)와 같은 정치 분석가들은, 민주당이 지나치게 좌파에 경도되어 의문스러운 '자격'(180으로 측정)과 '권리'들에 쏠렸다는 것과, 종교적 도덕적 가치 경시와 같은 다수의 관점에 반하는 소수파의 쟁점 쪽으로 치우쳤다는 것에 상당히 동의했다. 극단주의는 그 다음에 반동을 유발했으며, 영적/윤리적 관습과 공적 기준에 대한 재확인을 촉발시켰다. 산타클로스(385로 측정), 메이시 백화점의 추수감사절 기념 퍼레이드를 없애자거나 혹은 록펠러 광장과 워싱턴 D.C. 국회의사당의 크리스마스트리 점등식을 없애자는 주장을 지지하는 여론은 거의 없다. 또한 크리스마스 시즌 쇼핑이 연간 소매액의 40퍼센트에 달한다는 것에 주목하라. 신에 대한 언급의 삭제는, 항의자 뉴다우가 대법원까지 가서 알게 된 것처럼 법적으로 방어 가능한 위치조차 되지 못한다. 대법원은 국기에 대한 맹세에서 "신의 가호 아래(under God)"라는 구절을 유지하라는 판결을 내렸다. (《USA 투데이》, 2004년 6월)

뉴스 해설자들은 이렇게 질문했다.

"만약에 극좌 그린치[62]들이 성공한다면, 우리는 추수감사절에 누구에게 감사드려야 합니까? '주일holiday'과 같은 보다 일반적인 용어를 다른 용어로 바꾸자는 아이디어는, 그날 역시 주일의 특

62　영화로도 제작된 T. 가이젤의 소설 『그린치는 어떻게 크리스마스를 훔쳤을까』의 주인공이다.

별함을 가리키기 때문에 마찬가지로 성공하지 못할 것입니다. 또한 달력에서는 날짜를, 특히 '기원후'와 '기원전'을 없애야 할 것이고 모든 역사책과 세계의 문헌에서도 날짜를 없애야겠지만, 그래도 '2005'와 같은 숫자로 표기된 연도는 남을 것입니다."

'2005'는 무엇을 가리키는가? 서구 세계 전체에서 연도는 하나이자 동일한 것, 즉 그것이 속임수든 아니든 간에, 예수그리스도가 탄생한 지 2005년이 되었음을 의미한다. 그 밖에 그것은 어떤 의미를 가질 수 있을까? 세속주의자들은 새로운 셈법을 발명하려고 하는가? (속도계와 도로 표지판 표시를 킬로미터로 바꾸는 것에 대한 1980년대의 짧은 열광을 기억하라.) 하다못해 새해 첫날(New Year's Day)조차도 개명해야 할 것이다. '새해'는 '주 탄생의 새해, 아노 도미니'를 뜻한다. 성스러운 날holy day들을 모두 없앤다면, 새로운 노사 협약이 필요할까?

세속적인 그린치는 크리스 크링글[63], 크리스마스 양말, 부활절 달걀, 혹은 추수감사절의 칠면조를 좋아하지 않는다. 또한, 극좌파는 미국을 미워하므로 7월 4일 미국 독립기념일은 더 이상 경축일이 아닐 것이고 미국 국가는 없애야 할 것이다. '아메리칸 파이' 깃발은, 혹은 재향군인과 그 가족들을 위한 퍼레이드는 이제 안녕이다. '어메이징 그레이스'는 장례식에서 빼야 할 것이다. 미국은 바티칸과 바티칸 대사에 대한 외교적 인정을 또한 철회해야 할 것이다.

---

63 독일어로 '산타클로스'를 의미한다.

미래의 대통령들은 성경에 손을 얹은 채 맹세할 수 없고, 법원에서는 "오직 진실만을 말하려고 하니, 신이여 저를 도와주십시오."로 시작할 수도 없을 것이다. 기독교, 바르 미츠바[64], 속죄의 날, 유월절과도 작별이다. 야물카[65]는 금지될 것이고, 공공장소에서 이슬람식 두건을 착용하는 것도 안 된다.

탈종교화되고 탈영성화된 사회는 또 다른 형태의 억압 및 소수에 의한 다수 지배라는 상대주의적 허위의 부상을 나타낸다. (미국인의 90퍼센트는 유신론자다.)

의식 연구에 따르면, 성공적 선거운동은 대상 인구의 평균 의식 수준을 확인하는 것, 그리고 그러한 부문과 조화를 이루고 따라서 그들에게 호소력을 갖는 강령과 후보자를 제시하는 것으로부터 발전한다. 2004년 선거에서 공화당의 강령은 395로 측정되었지만, 민주당의 강령은 295 수준으로 측정되었다.

미국 중부는 집단적으로 355로 측정되며 중도파로 묘사할 수 있다. 왜냐하면 미 중부는 인도주의적인 동시에 실용적이기도 한, 정말로 비정치적인 평균적 '상식인'은 물론이고 보수적 자유주의자와 자유주의적 보수파를 포용하며, 극단주의와 열띤 부르짖음 혹은 연극적 태도에는 넘어가지 않기 때문이다.

특히, 대다수 유권자들은 지나친 증오, 악의, 어린애 같은 감정 표출(135로 측정)을 혐오한다. 유권자 대부분은 국가 지도자가 침

---

64 소년의 13세 생일에 종교적 성년을 기념하는 유대교 성년식.
65 유대인들이 쓰는 모자.

착하고, 합리적이고, 사려 깊고, 감정적으로 안정되어 있으며, 존경할 만한 권위 인물로 지각되기를 기대한다. 그래서 빌 클린턴은 예나 지금이나 여전히 폭넓은 인기를 누리며 공화당의 극단주의자들이 지혜롭지 못하게 쏟아 놓은 그 모든 증오를 이겨 낸 것이다. 클린턴의 정치적 위치는 390 수준으로(즉, 인기 있는) 측정되었다. 240으로 측정되는 불찬성은 80으로 측정되는 증오와는 한참 거리가 멀다. (초콜릿을 선택하기 위해 바닐라를 미워해야 하는 것은 아니다.)

위의 분석에서 흥미롭고도 확실한 것은 사회의 동향이 유의미한 서적 판매고를 통해 반영된다는 의미심장한 관찰 결과인데, 이는 정치인들이 미처 인식하지 못한 중요한 사실이다. 예를 들면, 이 시대의 주요 서적은 릭 워렌의 『목적이 이끄는 삶*The Purpose Driven Life*』(2004)인데 이 책은 1,700만 부 이상 팔렸다. (존 그리샴, 스티븐 킹, 심지어 J. K. 롤링의 책들보다 더 높은 판매고이다.)《퍼블리셔스 위클리》에 따르면(2004년 11월), 그러한 서적 판매고는 사람들이 의미, 방향, 인간관계를 개선하는 법을 찾고 있음을 나타낸다. 요점은 온전성, 목적의식적 자기실현, 영적 의의에 대한 지향이다. 워렌의 책은 345로 측정되며, 따라서 급속히 성장하고 있는 '문화 창조자'[66] 운동과 조화를 이룬다. 성공적 선거운동을 하려면 중도적 안정성에 대해 더욱 잘 알아야 하는데, 중도적 안정성은 개

---

66 2000년에 처음 등장한 용어로서, 서구 사회에서 물질주의와 쾌락주의에 환멸을 느끼고 환경, 여성의 권리, 영적 정신적 성장, 인류의 더 나은 미래에 크게 신경 쓰는 큰 흐름을 가리킨다.

별적 소수에 관심을 가지면서도 다수를 희생시키지 않는다. 이런 견지에서 볼 때, 리버만 상원 의원이 제안하는 중도 연합은 365로 측정된다. 이와 대조적으로, 대통령 선거 때문에 나라를 떠나겠다고 협박하는 이들이나 혹은 정말 그렇게 하는 사람들은 집단적으로 175로 측정된다.

비판자들이 우기는 대로 '극좌'가 나라를 무너뜨리러 나섰는지를 물으면, 우리는 '아니오'라는 답을 얻는다. 그들의 의도는 단순히 방종이다. '자격'이라는 에고 팽창(180으로 측정)은 방종에 합법적 체면을 세우려는 것이다.

뉴스 해설자들과 정치적 스펙트럼

대중매체는 사회와 하위문화들이 갖는 다양한 층위의 의식 수준을 반영한다. 따라서 의식 측정 연구에 의하면, 대중매체는 다음과 같이 분포된 대중의 정치적/사회적 스펙트럼과 다양한 위치성 및 관점들을 나타낸다.

급진 좌파	135	중도파	260~350
극좌	135~145	보수파	350~455
좌파	170~190	높은 온전성/보수파	460
자유주의자	180~200	초보수파	300
중립	200~260	급진 보수파	175

위의 측정치는, 논리, 타당성, 증거, 합리성이라는 이성의 제약을 동반하는 이성의 보수적 중용과(감정성, 감상, 대중성과 대비되

는) 그리고 합리성과 지적 훈련의 제약에 대한 반감 사이의 균형을 가리킨다.

421로 측정되는 미국의 의식 수준이 가리키는 것은 인구 대다수가 극단주의를 싫어한다는 것, 그리고 감정성에 어떤 매력이 있긴 하지만 대다수 국민은 그것에 자신의 생존을 맡기기를 꺼려한다는 것이다. 따라서 극좌나 극우는 삐딱하거나 재미있어 보이지만, 이성적인 사람들은 200 이하로 측정되는 자동차, 주택, 의사, 투자를 원하지는 않을 것이다. (흥청거리던 하이테크 주식시장이 붕괴한 것을 보라.) 한편으로, 국민은 드라마를 구해 정치 쪽을 바라보는데, 정치 쪽의 연극 공연은 평범한 일상생활의 따분한 책임들을 벌충하는 흥분을 제공해 준다.

어떤 정치적 입장이 자유주의적으로 지각되는지 혹은 보수적으로 지각되는지는 관찰자 자신의 관점을 반영하는 일이 많은데, 그것은 인간의 성향이 진실 자체보다는 어떤 위치성에 대한 동의와 보강을 구하기 때문이다.

정치 분야의 필자들과 10장에 실린 정당의 측정치 간에는 다소의 불일치가 있음이 눈에 띌 것이다. 그것은 필자들이 사견을 섞고 독자의 소리에 '영합'하기 때문이다. 그리하여, 요점을 보다 명확히 하기 위해 차이가 다소 강조될 수도 있다.

인쇄 매체

《USA 투데이》	350		《로스앤젤레스 타임스》	300
《U.S. 뉴스 & 월드 리포트》	390		《로스앤젤레스 타임스》 논설면	200
《뉴올리언스 타임스 피카윤》	345		《롤링 스톤》	205
《뉴스 위크》	385		《타임》	375
《뉴욕 타임스》(2000)	250		《시카고 트리뷴》	350
《뉴욕 타임스》(2004)	195		《월 스트리트 저널》	440
《뉴욕 타임스》(2005)	200		《워싱턴 포스트》	340
《뉴욕 타임스》 논설면(2004)	190~195		《위클리 스탠더드》	440
부시 대통령에 대한 《뉴욕 타임스》 사설(2004년 6월)	175		《이코노미스트》	445
			《크리스천 사이언스 모니터》	425
《보스턴 글로브》 논설면	200		《파이낸셜 타임스》	410

스탠퍼드 대학에서 주최한 어느 학술회의에서 시카고 대학과 UCLA가 발표한 '대중매체 편향에 관한 측정'이라는 과학 연구에 관한 기사가, 《비즈니스 위크》(2004년 6월 14일자)에 실린 적이 있다. 그 연구에서는 객관적으로 점수를 매긴 평가를 통해, 대중매체(텔레비전 뉴스와 주요 신문)가 의회 구성원의 좌파 쪽으로 상당히 기울었음을 보여 주었다. 의식 측정 기법에 따르면, 미국 주요 신문의 논설면은 비슷한 편향을 반영하여 순수한 뉴스면보다 훨씬 낮게 측정된다. 다른 독립적 연구들에서도 같은 결론에 도달한다. (예) 밥 콘의 『언론의 기만』(2004))

대중매체 논설의 관점은 사회 부문의 우세한 수준의 스펙트럼을 반영하는데, 그들에게 대중매체 논설의 관점은 의미 있고 흥미롭다. 논설가마다 추종 집단이 있는데 그것은 사람들이 자신의 관점이 표현되는 것을 보고 싶어 하기 때문이다. 이 현상은 건축에서 음악, 영화, 뉴스 보도에 이르기까지, 모든 사회적 표현에 있어 공통적이다.

따라서 참된 자유주의자는 보수주의자가 자신의 견해를 표현할 권리를 지지하는데, 설령 그의 견해가 자신과 다르다 해도 그렇다. 마찬가지로, 참된 보수주의자는 자유주의적 언론매체의 자유를 옹호한다. 양쪽의 온전한 해설자들은 헐뜯기, 명예훼손, 오리발 내밀기 같은 극단적인 것들에 항의한다. 비록 뉴트 깅그리치의 발언처럼 "더 이상 규칙은 없다."(Gingrich, 2004)고 하더라도 말이다.

집단적으로 사회는, 우세한 가치를 반영하는, 관점과 생활양식의 연속체를 나타낸다. 사회의 한 부문은 흥분, 신기함, 반항의 명분, '뜨거운' 쟁점, 매력, 감정성을 강조하고, 또한 윤리와 도덕에 대한 혹은 이성으로서의 전통에 대한 거부를 강조한다. 이와 대조적으로, 교양, 논리, 청지기역, 친숙함, 안전, 보존을 강조하는 인구가 있다. 그런 가치들은, 차분함에서 열광에 이르는 범주를 가지며 진화와 혁명 사이의 균형을 반영하는 논설들의 정치적 스펙트럼에서 나타나는 것처럼, 온건에서 극단에 이르기까지 다양한 정도로 표현될 수 있다.

400대 중반에서 후반으로 측정되는 간행물들은 명백히, 보도 자체를 훼손하지 않고 온전한 균형을 이루었다. 어떤 간행물은 진술되지 않은 위치성이 그것의 측정치를 떨어뜨리는데, 비록 그러한 진술되지 않은 위치성이 여전히 200 이상이라고 해도 그렇다. 대중은 정직하게 제출되는 것이라면 그에 대해 비판적이지 않다. 대중은 어떤 관점에 동의하지 않을 순 있지만, 자신이 슬며시 오도당하고 있다고 느껴질 때 그러하듯이 그것을 공격하고 싶어 하진 않는다.

기타

《배론즈》	340	웹스터 사전	465
브리태니커 백과사전	465	미국 인명사전	460
《포춘》	405	세계 인명사전	460
《플레이보이》	310		

《타임》 선정 '세계에서 가장 영향력 있는 인물 100인'

(2004년, 2005년도 대략 같다)

분류	측정치
'지도자와 혁명가들'	190
'지도자와 혁명가들' (부시, 라이스, 게이츠, 클린턴 부부를 빼면)	170
'기업인들'	245
'예술가와 연예인들'	180
'과학자와 사상가들'	240
'영웅과 우상들'	200
'영웅과 우상들' (M. 깁슨, A. 슈왈제네거, O. 윈프리, T. 우즈를 빼면)	175

이 명단은, 그 자체가 현재 온전한 375로 측정되고 일반 독자들에게 흥미롭도록 쓰여지는 어느 주요 인쇄매체 사원들의 판단을 반영한다는 측면에서 중요하다. 만일 그들의 판단이 바르다면, 명단의 전체적 측정치가 198이라는 것은 일종의 경고 신호이며, '지도자와 혁명가' 집단이 190으로 측정되는 것은 더욱 그러한데, 왜냐하면 단 네 명의 온전한 지도자를 임의로 선정해서 제외시킬 때 '지도자'들의 측정 수준은 매우 온전치 못한 170까지 떨어지기 때문이다. 요즘 유엔이 195로 측정된다는 사실과 짝을 이룰 때 그것은 상당히 불길하다.

단 네 명의 온전한 사람들(그중에 더 있을 수 있다)을 임의로 제외할 때, '영웅과 우상' 명단은 측정 수준 175로 떨어진다. 이 유해 신호는 선정된 예술가와 연예인 명단이 고작 180의 낮은 측정 수준인 것에 더한 중요성을 부여한다. 그들은 집단적으로 대중매체의 초점을 반영하는데, 그것을 통해 그들의 영향력은 지나치게 확대된다. 예를 들면, 다양한 명사들이 개인적으로 대통령을 스탈린(90으로 측정), 히틀러(45로 측정), 후세인(65로 측정) 등과 같은 존재로 헐뜯음으로써 대서특필되었다. 그들의 언급은 130으로 측정되는데, 그러한 언급이 철저히 허위임을 입증해 주는 것은 대통령의 위치가 460으로 측정된다는 사실이다.

온전성에 대한 그렇게 극단적인 비방은, 대중매체 명사들에게 호소력을 갖는 악성 '밈'(핵심 용어, 개념, 혹은 단어를 통해 개념들이 유포되거나 지속되는 것) 바이러스의 감염으로 인한 심각한 병리를 반영한다. 대중매체 명사들은 자신들부터가, 대중매체에 의해 유발되고 팽창되는 자기애와 그로 인한 현실 검증력[67] 상실의 피해자다. 이와 대조적으로 정직한 이견 제시는 210에서 330으로 측정된다.

비교해 보면, '과학자'와 '사상가'라는 긍정적 요소들은 대중매체의 주목을 거의 받지 못하고, '기업인'들은 집단적으로 245로 측정됨에도 불구하고 비판의 초점이 되는 일이 많다.

중요 인물에 대한 대중매체의 관점을 미국과 세계 인명사전의 방대한 전기 모음과 비교하는 일은 흥미롭다. 미국과 세계 인명사전은 둘 다 460으로 측정되는데, 이는 거기 실린 인물을 증명해 준다. (460은 실생활의 탁월함을 가리킨다.) 다른 분야들에서의 측정 역시 마찬가지다. (과학, 음악, 영성 등)

저자들의 문필 작품
(개인에 대한 측정치가 아님)

공포 소설	150	도스토예프스키	465
'어둠의 세계'를 다룬 통속소설	170	랠프 월도 에머슨	475
C. S. 루이스	455	로버트 브라우닝	450
L. 프랭크 바움 (오즈의 마법사 시리즈)	220	로버트 펜 워런	435
		로버트 프로스트	440
노먼 메일러	400	론 오웬스	405

---

67 프로이트에 의하면 이것은 경험이 외부 세계에서 온 것인지 자기 내면에서 비롯된 것인지를 구분하는 능력이다. 즉, 이것은 어떤 것이 현실인지 아닌지를 파악하는 능력이다. 현실 검증력이 손상된 극단은 '정신증'이고, 현실 검증력이 유지되는 쪽은 '신경증'이라고 한다.

리처드 도킨스	450
마가렛 미첼	400
마크 트웨인	465
매리 셸리	360
버지니아 울프	415
볼테르	340
빅토르 위고	455
빌 브라이슨	420
서머셋 몸	395
셰익스피어	500
수잔 손태그	200
싱클레어 루이스	400
아서 밀러	350
아서 코난 도일	385
안톤 체호프	460
앨리스 워커	440
에드거 앨런 포	450
에디스 훠턴	405
에밀리 디킨슨	435
엘리자베스 브라우닝	460
오스카 와일드	440
올더스 헉슬리	425
윌리엄 워즈워드	430
월트 휘트먼	460
잭 런던	420
잭 케루악	420
제인 오스틴	440
제임스 미처너	420
제임스 조이스	440
조지 버나드 쇼	400
조지 오웰	410
존 그리샴	405
존 스타인벡	400
존 R.R. 톨킨	390
존 헤밍웨이	400
찰스 디킨스	540
찰스 볼드윈	420
칼 세이건	420
토머스 만	445
톨스토이	455
톰 클랜시	405
트루먼 카포티	200
펄 벅	445
해리 필딩	430
헨리 워즈워드 롱펠로우	465

앞의 도표는 상대적으로 소수의 작가들만을 나타내며 일차적으로 예시를 목적으로 한다. 예상되는 바와 같이, 책들의 주제 및 그 온전성은 현재 인터넷상에서 관찰되는 바와 비슷하다. 그 범위는 실수 없이 살인하는 법과 건물을 폭파하는 법에 관한 지침에서, 영성과 깨달음의 추구에까지 걸쳐 있다.

일본과 같은 일부 국가에서는 매년 만 종 이상의 신간 서적이 출판되는데, 저자는 책이 천 부만 팔려도 다행으로 여기며 감사한다. 아마존닷컴 도서 목록에는 300만 종의 책이 등재되어 있다. 웹사이트를 통해, 구매자 요청에 따라 인쇄하는 방식으로 누구든 새 책을 펴낼 수 있다. 하지만 참된 언론 자유는 세계적 현실이 아니다. 세속적 사회주의, 공산주의, 이슬람 국가와 같은 억압적 정권 하에서는 검열이 여전히 매우 활발하다. 미국에서 언론 자유는, 수정 헌법 제1조의 법적 권리에 의해 보호된다.

최근, 불안해하는 부모들은 지난 세대의 오즈 시리즈와 같은 해리 포터 시리즈가 200 이상으로 측정된다는 것을 알고 안심했는데, 진실과 온전성의 추구라는 주제에 초점을 맞추는 톨킨과 다른 작가들의 책 역시 200 이상으로 측정된다. 위의 작가들이 반영해 주는 것처럼, 삶은 사람의 관찰 지점과 의도에 따라 교훈극, 희극, 비극, 혹은 환상으로 보일 수 있다.

역사의 진화 전반에 걸친 인간의 창조적 산출 전체는, 홀로그램의 다른 지점들을 바라보는 것에서 비롯되는 관찰 결과에 비유될 수 있다. 과거에는, 위대한 저술의 영향력이 극소수 엘리트에 한정되었다. 파피루스 위에 새겨진 상형문자, 도화圖畵, 그림문자는 매우 노동 집약적이었다. 따라서 고대 세계의 집단적 지혜를 보유한 알렉산드리아 대도서관이 화재로 소실되었을 때, 지혜뿐 아니라 그 구성물 속에 투입된 막대한 집단적 인간 노력으로 하여 상실감과 슬픔이 일어났다. 알렉산드리아 대도서관의 측정 수준은 200에서 500이다. 그리하여, 우리는 지혜와 발견들이 사라진 것 외에도, 그 자체를 진화적이고 문화적인 현상으로 이해하는 역사의 앎이 파괴된 것이라는(왜냐하면 200대는 사회를 직조하는 날실과 씨실을 반영하므로) 결론을 내릴 수 있다.

인간 오류의 드라마가 가치 있는 것은 그것이 학습의 사례로 기여하기 때문이다. 성숙은 흔히 쓰라린 오류와 실수를 거쳐 진행되며, 따라서 그것은 희극은 물론 애달픈 아이러니와 풍자를 수반한다.

문학은 독자들의 추정된 주관과 참여를 포함한다. 요즘의 해리 포터 시리즈를 포함하는 모든 작품에는 암시적으로 혹은 공공연하게 진술된 윤리와 도덕이라는 주제가 내장되어 있는데, 사실은 이것이야말로 드라마의 긴장을 유지시키는 핵심이자 열쇠이다. 그것은 뉘앙스, 난해한 미묘함, 단어 선정의 도움을 받는데, 여기서 표현상의 유의미한 사소한 차이가 스타일의 독특함을 증거하고 충성스러운 독자 반응을 이끌어 낸다. 문학적 산출물의 측정치는 작품이 겨냥하는 독자들을 반영하며, 작가의 독자층이 갖는 관심의 수준을 가리킨다.

극좌와 극우를 통틀어, 작품이 정말로 문학적이지는 않고 정치적 논쟁의 극단일 뿐인 작가들은 명단에 넣지 않았다. 그런 작가들은 모두 200을 훨씬 밑도는데, 비록 그중 일부는 유머러스하거나 풍자적이라고 여겨지지만 측정 수준 100에도 미치지 못한다. 그들의 내용은 거짓일 뿐 아니라, 공공연한 증오를 동기로 하며, 자기애의 과잉을 나타낸다.

산업(미국)

HMO[68]	170	인터넷상의 음악 저작권 침해	195
공익 설비	205	일반적 출판	204
공중파 텔레비전	200	자동차	215
광고	195	전화	200
도박 카지노	160	제약	205
보건	210	제조업	202
보험	205	주택 건설	205
상업용 담배	160	철도	202
술	165	총기	202
석유	190	텔레마케팅	185
석탄	205	통신	210
신문 출판	200	트럭 수송	206
암트랙(전미 철도 여객 수송 공사)	205	포도주 양조업	300
양조업	200	할리우드 영화	180
어업	190	항공 산업	215
유선 텔레비전	205	항공사	204
은행업	208	해운업	202

----

68 미국 민간 의료보험 조직.

기업의 세계에서, 이윤은 자명한 일차적 목표이고 타협은 생존을 거들기 위해 필요하다고 여겨진다. 정유와 같은 거대 산업들은 국제적이어서, 다른 규칙에 따라 운영되는 외국 문화들을 상대해야 하고 그 속에서 살아남아야 한다. 대부분의 기업과 CEO들은 이윤을 내라는 심한 압력을 받는다. 그래서 편법을 쓰는 것은 살아남기 위한 '인간 본성일 뿐'으로 합리화된다.

총기 산업의 측정치는 204인데, 이는 측정치가 그보다 더 낮기를 기대하는 대중적 시각으로 인해 반복적으로 확인되었다. 하지만 총기는 중립인 200으로 측정된다. 따라서 그와 다른 측정치를 낳는 것은 그것이 쓰이는 용도다. 예컨대 칼(200으로 측정)과 같은 도구도 그와 비슷하다.

우려스러운 것은, HMO가 의료인도 환자도 만족시키지 못한다는 것이다. 의료 행위 자체는 440으로 측정되지만, 의료가 이윤을 목적으로 하는 상업화에 지배당하면서 인도주의적 윤리의 전통은 뒤로 밀려난다. 의사의 역할은 '판매자'나 '서비스 제공자'의 비즈니스 모델로 축소되었고, 그것은 무수한 규칙, 규정, 요건, 무시무시한 법률적 협박, 의료 과실 보험료율로 둘러싸여 있다. 위험도가 높은 까닭에 의사, 특히 산부인과 의사들은 진료를 그만두었거나, 23개 주에는 아예 산부인과 의사가 없다. 그리고 진료를 그만두는 의사들의 숫자는 매년 늘어나고 있다. (《애리조나 메디컬 뉴스》, 2004) 의사는 고위험 직종이 되었으며, 진료는 방어적으로 이루어지고 있다.

의대를 지원하는 본토 태생 미국인들의 수는 급격히 줄어든 반면, 외국 출생자들의 지원은 점차 늘고 있다. 한때 동기부여가 높고 보상이 컸던 직종이 이제는 논란이 분분한 것이 되었다. 의사들은 이제 환자를 잠재적 고소인으로 보고, 그리고 HMO는 일차적으로 이윤을 동기로 한다. 신문들은 HMO 직원들이 수백만 달러의 봉급을 받으면서도 필요한 서비스에 대한 보험료 지급을 거부하고 있다고 보도한다. 정신보건 서비스에 대한 대비는 거의 제로 상태로 붕괴했다. 자살 위험이 아주 높은 환자가 병원에 하룻밤이라도 입원하는 것은 행운이며, 필수적인 문서와 행정 절차가 엄청난 까닭에 위험도가 높은 환자는 의사들이 상담하는 것조차 꺼리고 있다. 정신병 환자를 치료하는 직업적 위험이 높은 까닭에 환자들은 거리를 떠돌도록 그냥 방치되고 있다. 이제는 감옥이 정신병원을 대신하고 있는데, 정신병원은 상대주의적 정치화에 의해서 과거 수십 년간 그릇되게 악마로 몰렸다.

텔레비전 광고

(제품 아님)

가이코[69]	345	살 빼는 약	120
렌딩 트리[70]	385	세인트 조셉 아스피린	250
리스테린[71]	355	알카 셀처	245
맥도널드	200	애플 컴퓨터	410
바이엘 아스피린	350	엔자이트[72]	455
발모제	200	오르킨[73]	305
비아그라	215	오프로드 차량	190

운동기구	150	퍼프스[75]	400
웨벡스	365	페디그리 개 사료	435
유람선	245	플랜터스 미스터 피넛	380
이모디움 AD[74]	370	휘스커스 고양이 사료	325
이베이	410	'멍청한', '지루한', '헷갈리는'[76]	
키블스 앤 비츠 가정식 개 사료	385		135~140

광고 산업의 측정치는 상품 소개와 상품의 실제 사이의 격차를 반영할 수 있다. (Preston, 1996) 막대한 액수의 돈이 사람들을 언짢게 하고 약하게 만들어서 그 제품에 대한 무의식적 반감을 야기하는 광고와 선전에 쓰인다. 부정적 효과를 낳는 광고들도 있는 반면, 그 외 나머지는 중립적일 수 있다. 이와 비슷하게, 부정적인 심리적 반응과 생리적 반응을 일으키는 배경음악 사운드트랙들이 있다. 65퍼센트의 부모들은 또한, "4시간이 지나면 의사에게 전화하세요."라고 경고하는 어떤 광고들에 대해, 그 부작용에 관해 성적인 세부 사항을 자세히 설명해야 하기보다는 사려 깊게 그런 광

69 미국 자동차 보험회사.

70 미국의 대출 정보 사이트.

71 구강 청결제.

72 천연 남성 성 기능 강화제.

73 해충 방제 업체.

74 지사제.

75 미국의 화장지 브랜드.

76 이것은 일부 광고의 성질을 묘사하는 수식어이다.

고를 가족 시청 시간이 지난 심야 시간대에 방송하면 고마워할 것이다.

이걸 집필하고 있는 시기의 텔레비전 광고 측정 수준은, 위로는 455(예 엔자이트의 '밥'과 기타 회사)에서 아래로 100까지 분포되어 있다. 미국에서 가장 크고 가장 신망이 높은 축에 드는 어느 기업의 시리즈 광고는 145로 측정되는데, 그것은 짜증스러울 정도로 자주 계속해서 반복 방영되었다. 그 광고에는 수백만 달러의 비용이 들었음에 틀림없다. 세 문자로 된 기업 로고 외에는 그 기업에서 무엇을 팔려고 하는 건지도 불분명하다. 그와 대조적으로 '가슴'이 있는 광고, 특히 동물이 나오거나 우스꽝스러운 동물 행동을 찍은 광고는 익살스러운 광고(예 이베이)와 함께 높게 측정된다. 흥미로운 것은, 공중파 광고는 케이블 텔레비전 광고에 비해 전체적으로 30점 높게 측정된다는 것이다.

또 하나의 대단히 큰 발견은, 누가 자신에게 거짓말을 하면 만인이 무의식적으로 그것을 안다는 것이다. 그래서 상품 추천을 배우들에게 맡기는 것은 값비싼 광고가 가져다주는 이익의 50퍼센트를 깎아먹는다. 실제 제품을 사용해서 진짜 이익을 얻은 실생활의 소비자는 시청자에 대한 설득 효과가 배우들에 비해 두 배 더 높다. 광고에 의식 연구 기법을 적용하면 투자 수익률을 250퍼센트까지 높일 수 있다.

유명 기업인의 에너지 장

(개인에 관한 측정이 아님)

J. P. 모건	420		토머스 에디슨	430
알렉산더 그레이엄 벨	495		헨리 포드	380
알프레드 노벨	410		《포브스》 '10대 기업인' 명단 (2004)	460
앤드류 카네기	490			
조지 웨스팅하우스	455		《포브스》 '400대 기업인' 명단	440

미국 사회는 성공을 격려하고 찬양하는 동시에 급격히 태도를 바꿔, 양면적으로, 성공을 공격하고 악마화 할 수 있다. 그 결과, '정말 부자'들은 고립된 안전지대에서 사는 일이 많고, 자신들이 미움과 질시의 표적이라는 것을 아주 잘 알고 있다. 따라서 그들은 대개 명성과 스포트라이트를 피하고 하위문화 내부의 미묘한 표현들로 의사소통하는데, 그들은 그러한 표현을 통해 서로를 알아보고 인정한다.

하지만 실업계의 거물들은 창의적 기획, 확고부동한 목적, 노력을 바탕으로 한 목표 추구와 같은 다른 창조적 능력을 반영한다. 주요 기업인은 거의 모두가 300대 후반과 400대로 측정되는 경향이 있으며, 따라서 내재적인 전체적인 온전성은 물론 잘 발달된 지성을 가지고 있다. 이 때문에, 하워드 휴즈사(초기 측정치는 490, 후기 180)의 붕괴는 대중에게 충격이었고 비극으로 비쳤다.

자선사업 재단

게이츠, 포드, 멜론, 카네기	400	템플턴	500
켈로그, 퓨, 듀크, 월마트	400	휠체어 재단 (K. 베링)	520
릴리, 록펠러, F.W. 존슨	400	기타	400

영감에 넘치는 천재 기업인과 발명가들은 세계적으로 산업 전체와 수백만 개의 일자리를 창조해 낼 뿐 아니라, 미국의 경제적 재정적 우위를 가속화시킨 제품들 또한 창조했다. 사회를 향한 이러한 선물에 더해 그들은 수십 수백억 달러를 쏟아 부은 비영리 재단을 세웠는데, 그것으로부터 계속해서 수십억 달러가 더 쏟아져 나와, 흔히 도서관, 인간애, 교육, 건강, 과학 연구의 형태로 사회에 예상치 못한 이로움을 안겨 준다. 그런 비영리 재단의 사회에 대한 전체적 산출은 결실이 풍부하며 설립자가 사망한 뒤에도 수십 년간 지속된다.

이로부터 우리는 부가 그 자체로 도덕적으로 의심스러운 것이거나 피상적인 방종함이 아니며, 오히려 부의 생산자 및 뒤이은 청지기들에게 무거운 부담이자 도덕적 책무임을 알게 된다. 막대한 부(가령, 게이츠 재단 하나만도 260억 달러의 자산을 보유하고 있다.)의 보유자들은, 사회적 책임과 윤리에 대해 그리고 최고선을 위한 화폐자본의 가장 분별 있는 사용에 대해 똑똑히 인식하고 있다. 그 목표를 위해 그들은 전문적 안내자 역할을 하도록 세계 최고의 인재와 학자들을 고용한다. 흥미로운 것은 주요 자선사업 재단과 신탁 기금 모두가 400으로 측정되지만, 사랑과 영성 및 그것

의 긍정적 치료 효과에 기반한 프로그램과 연구에 기금을 제공하
는 템플턴 재단은 예외라는 것이다.

기업

기업	수치	기업	수치
H. J. 하인즈사	280	시어스, 로벅(카탈로그 시기)	350
IBM	250	싱가포르 에어라인	275
IKEA	210	스머커스	340
K 마트	225	사우스웨스트 에어라인	345
UPS	216	스타벅스	245
걸프, 엑손	205	아메리칸 스피릿 담배 회사	285
낸시 백화점	270	아메리칸 스피릿 담배(제품)	205
노드스트롬 백화점	260	월마트	365
다우 케미컬	325	웬디스	245
딜러드 백화점	350	유니언 카바이드사	235
로우스	300	제너럴 일렉트릭	205
마이크로소프트사	345	제너럴 모터스	205
맥도널드	205	캠벨스(수프)	280
바이엘(제약 회사)	350	켈로그사	355
벤 앤 제리스	340	코스트코	310
블루밍데일 백화점	255	코카콜라	211
보잉사	320	페드 엑스	340
비아콤	240	펩시	209
빈(L.L. Bean)	330	포드 자동차	205

| 할리 데이비슨 | 300 | 홈 데포 | 305 |
| 홈코 | 305 | 화이자 | 205 |

월드컴, 엔론 및 기타 기업들이 불명예스럽게 도산하기 전에, 여러 대기업이 200 이하로 측정되었다. 하지만 그중 많은 기업이 현재의 명단에는 들어 있지 않은데, 왜냐하면 그런 기업들은 모두 이행과 재건의 시기에 있기 때문이다. 대단히 흥미로운 것은,《포춘》의 '500대 기업' 가운데 90퍼센트 이상이 200이나 혹은 그 이상으로 측정되며, 대다수가 202에서 210 사이라는 것이다. 그 수준은 기능의 신뢰성, 믿음직함, 온전성을 암시한다. 페드 엑스, 스머커스, 할리 데이비슨, 사우스웨스트 에어라인 같은 기업들은 평균 이상의 탁월함을 나타낸다. 기업의 부와 힘을 시샘하는 비판자들은, 많은 대기업이 1세기 이상 사업을 해 왔다는 사실을 제대로 평가하지 못하는 일이 많다.

단연 빼어난 월마트는, 1995년에 출간한 『의식혁명』에서 언급한 것처럼 샘 월튼의 온전성의 선도적 산물이다. 비판자들에도 불구하고, 월마트는 세계에서 가장 크고 가장 성공한 기업이며, 보다 중요한 것으로, 온전성이 손익계산서 위에 나타난다는 것을 보여 주는 아주 좋은 사례다. 샘 월튼의 기업 설립 원칙은 385로 측정되는데, 지금도 그 회사는 365라는 높은 수준으로 측정된다. 월마트는 비판에 반응하며, 스스로 교정한다. 월마트는 성인聖人의 지위가 아닌 상업을 나타낸다. 월마트는 박애주의적 사회봉사로 확장해 나갔고 자선기금을 설립했다. 그 밖에 월마트는 100만 개 이상의 일자리와 초보적 수준에서의 폭넓은 기회를 제공한다. 비판자들은 넘쳐 나지만 그들부터가 월마트에서 쇼핑한다. 월마트를 그렇게 크게 키워 준 것은 구매하는 대중이다. 그러한 양면성은 어느 신문 논설에서 잘 표현된 바 있다. "우리는 월마트를 쓰레기 취급하지만, 그곳을 부지런히 들락거린다."(《애리조나 리퍼블릭》, 2004년 9월 18일)

월마트는 미국 최대의 유통 업체고 중국은 최대 수출국인데, 그 효과는 미국에서 인플레이션과 소비자 비용 감소로, 중국에서는 생활수준 상승으로 나타났다. 이로 인해 중국은 미국의 동맹국이 되었으며(Talton, 2004), 중국은 더 이상 과거 십여 년간 두려움을 불러일으켰던 핵 위협국이 아니다. 주목할 만한 것은, 월마트 운영이 대단히 효율적이어서 단 3퍼센트의 수익률만으로 유지된다는 것이다. (독일 월마트는 매주 금요일 밤 91개 점포에서 '독신들'을 위한 행사를 주최하는데, 여기서 만난 많은 쌍이 결혼에 골인한다. (Zimmerman/Schoenfeld, 2004))

기업과 산업은 인터넷 자체와 같은 세계적인 경제적 기술적 변화에 영향을 받으며, 그 때문에 시와 지방 정부, 심지어 방사선과 의사들조차 살아남기 위해서는 아웃소싱을 하지 않을 수 없게 된다. (Tanner, 2004) 대부분의 대기업은 다국적이고, 외국의 경제, 금융, 수출법, 환율 등의 변화에 영향받는다. 그러므로 개별 기업이나 개별 산업을 '비난'하는 것은 성실한 불평이라기보다는 개인적 편견을 반영한다. 개별 기업들이 통제하지 못하는 경제적 요인들의 변동에 대해 '비난'받아야 할 맥락은 바로 전 세계다. '구멍가게'의 시대는 끝났으며, 고위 경영직에 남성을 선호하는 시대역시 끝났다. 과거 문화에서는 남성들이 직업 지향적이었던 반면에, 여성들은 가족 지향적이었고 업무에 대한 몰두가 덜했다. 월마트는 다른 유통 업체와 마찬가지로 경쟁이 대단히 치열한 분야에있다. 가격 책정과 판촉 전략 수립에는 지금 가격 최적화 소프트웨어를 이용할 수 있다. (Larson, 2004)

노동조합

항공사 노조	205	철강 노조	202
기타(일반적) 노조	200~208	트럭 운전사 노조(현재)	205

많은 노조들이 목적과 기능의 온전성을 가리키는 200대로 측정되는 반면, 78퍼센트의 노조는 200 이하로 떨어지는데(例 깃털 침구 노조 190), 그 이유는 사리私利를 위한 타협 말고는 불분명하다.한편으로, 노조들은 사회와 사회 구성원들이 노조가 하게 되어 있는 일이라고 추정하는 것을 활발히 추구하며, 그래서 사리와 이득을 위한 영향력 행사는 당연지사로 간주된다. 일반적으로, 대중은노조 활동의 오류에 대해 그것이 조합원을 등치는 결과를 낳지 않는 이상 에누리해서 받아들이는 경향이 있다.

관행적으로, 노조 정치는 자신의 텃밭에서 벌이는 난투극이었다. 하지만 그 난투적 본성이 의회 청문회와 개선된 규정을 낳았다. 역설적인 것은 노조 자체가 지금 대기업들과 거의 같아졌다는것인데, 노조들은 이사회를 두고 막대한 자본 축적을 하여 미국의 기업들과 비슷한 기업 구조를 필요로 한다. 많은 조합들이 작업자 안전에서 선구적 역할을 했는데, 예컨대 IBEW(국제 전기공 노조)가 고압전기를 취급하는 등의 고위험 작업을 수행하는 전기 보선공들을 위해 한 일이 그것이다. 교원 노조와 같은 일부 노조는 유독 비판과 논란의 초점이다. 전체적으로, 노조 조합원은 그 수가 꾸준히 감소하고 있어서 지금은 노동력의 13퍼센트만을 대표한다. 일부 노조가 낮게 측정되는 이유를 묻는다면, 진실로 측정되는 답은 노조 지도자들이 영리, 권력, 개인적 이득을 위해 노동자들을 이용하고 있다는 것이다. 사실, 노조의 요구는 역사적으로 일부 산업을 폐업 직전까지 몰아갔다. 하지만, GAO(연방 회계 감사원)에서는 아웃소싱이 미국 전체 인력시장에 아무런 영향을 미치지 않았다고 보고한다. (Geewax, 2004)

피고용인 복리 후생과 작업 조건 향상을 위한 노조의 압력은, 역설적으로, 일자리 전체를 잃어버리는 결과를 낳았다. 그것은 해당 사용자가 그 다음에 세계 시장에서 경쟁력이 약화되기 때문이다. 점점 높아지는 피고용인 복리 후생 비용은 많은 사업 분야에서 아웃소싱을 필수로 만드는 주요 요인이다. '노조의 시대'는 급속히 쇠퇴하고 있으며, 노동법과 피고용인 복리 후생 계획이 그것을 대신하고 있다.

법 집행

미국		국제	
연방	205	인터폴	205
주	250	스코틀랜드 야드(런던 경찰청)	210
지방	305		

이상의 불일치가 생기는 이유는 미래의 연구에서 흥미로운 주제가 된다. 미국에서 일차적 손상은 법 집행의 실패다. (이는 '진실'로 측정된다.)

과학: 이론

미국		국제	
DNA 이중나선의 발견	460	드레이크 방정식	350
$E=mc^2$	455	디랙 방정식	455
M 이론(과거의 끈 이론)	460	마음 장mind field들은 신성과 얽혀 있다	진실
S 매트릭스 이론	455	마음 장들은 다른 마음들과 얽혀 있다	거짓
2004 개정 블랙홀 이론(호킹)	455		
공룡 멸종 이론	200		
구두끈 이론	455	미국 우주 계획	400
기도는 치유를 증진시킨다	진실	비선형 동역학	460
끌개장(비선형 동역학)	460	생체 장Biofield	460
뉴턴식 인과율	460	소립자 물리학	455
다수의 우주	진실	슈뢰딩거 방정식	455
다윈의 진화론	450	'신' 유전자	거짓

양자 결맞음quantum coherence   460

양자 상태의 공간 이동   400
(이온들 속에 있는 전자)

양자 얽힘(양자 이론)   거짓

양자 역학   460

양자 중력   460

염동력telekinesis   진실

영적 체험은 뉴런 활동의   125
귀결이다

'온실'가스가 지구 온난화를   거짓
일으킨다는 이론

우주의 근원이 '빅뱅'이라는 이론   거짓

우주는 계속 팽창하는 채로   405
'안정된 상태'를 이루고 있다는 이론

'원격 치유'   거짓
(우주의 근원은 신성이다   무한)

의식이 뉴런 활동의 귀결이라는   140
이론

의식 측정   605

지구 자기장은 약화되고 있다   진실

지구의 자기 축은 서서히   460
역전되고 있다

지구 온난화의 원인은 오염이다   거짓

지구 온난화의 원인은   455
태양자기의 표면 사이클이다

지성적 설계   480

집단 무의식(융)   455

줄기세포 연구   245

카오스 이론   455

특이점   455

틀 끌림Frame Dragging   460

팽창 이론(빅뱅 이후)   450

'평행 우주'론   거짓

폰 노이먼 과정   450

하이젠베르크 불확정성 원리   460

하트매스   460

핵분열 반응(현실)   200

핵분열 이론   455

형태 공명   460

형태 발생의 장(셸드레이크)   460

호르메시스   180

'홀로그램 우주'   395

화성 표면에 물이 있다   진실

화성 표면의 미생물   진실

화성 표면에 유기체가 있다   진실

흥미롭게도, 현저히 수학적인 본성을 갖는 모든 주요 과학 이론이 450에서 460의 범위로 측정되는 것을 볼 수 있다. 수준 측정이 실용적으로 유용한 것은 200 이하의 수치는 더 이상의 추구가 시간, 에너지, 돈의 낭비임을 가리키기 때문이다. (예 평행 우주론) 그러한 이론에는 어떤 한계가 있는데, 이를 잘 보여 주는 것이 당시에 일어난 진화상의 변화와 생명 자체의 본성을 살펴보기보다는 일차적으로 지구 대변동의 가정에 기초하고 있는 요즘의 공룡 멸종 이론이다. '호르메시스'란 소량의 독은 이로운 효과를 낼 수 있다는 이론이다. (Celebrese, 2004)

드레이크 방정식은 우주에서 다른 지적 문명의 가능성을 예측하기 위해 비선형 동역학을 포함하는 여러 수준의 과학과 수학을 결합하고 있다는 점에서 복잡하다. 현재, 드레이크 방정식은 은하에만도 그런 지적 문명이 약 만 개 정도 있을 거라고 예측한다.

핵분열이 200으로 측정되는(총기와 같다.) 것은 흥미로운데, 그래서 문제가 되는 것은 그것의 사용 목적이다. 예를 들면 다이너마이트와 화약은 불꽃놀이나 폭탄, 총알처럼 여러 가지 용도를 갖는다. 의도가 결정적 요인이다. (2차 대전에 종지부를 찍은 원폭 투하의 의도는 455로 측정된다.)

양자론의 '얽힘' 이론에 관해 부정적 답이 나온 것은 놀라웠다. 양자 얽힘은 부정확한 개념화이고, 그 이론이 적용되었던 현상은 다르게 설명될 수 있다. 'A'와 'B'의 결맞음coherence은 'A'가 'B'에 영향을 미치고 있기 때문이 아니라, 둘 다 'C'의 영향을 받기 때문이다. 이 현상은 기하학적 패턴으로 선회하는 새들의 비행 패턴 및 물고기의 유영 패턴에서 관찰할 수 있다. 물고기나 새는 다른 개체들의 패턴에 영향받지 않는다. 대신에 각 개체가 전체적 끌개 에너지 패턴에 개별적으로 동조되어 있다. 그것은 무도장에서 춤추는 커플이 상대방이 아니라 같은 음악에 동시에 파장을 맞추고 있는 것과 같다.

하트매스HeartMath는 가슴은 말 그대로 그 자체의 마음을 가지고 있고(직관적), 그래서 심장의 전자기장은 뇌의 리듬을 지배한다는 발견이다. 가슴 장은 이렇게 해서 7장에서 설명한 것처럼 뇌 생리에 영향을 미친다.

이와 비슷하게, '원격 치유'(즉, 'A'로부터 'B'를 향한)는 부정적이지만 기도는 치유에 영향을 미치는데, 그것은 모든 마음들이 신성Divinity의 무한한 에너지 장과 얽혀 있다는(이는 '진실'로 측정된다.) 점에서 'C'의 공통성으로 인한 것이다.

일련의 측정치가 비슷한 범위 내로 나올 때 그것은 패러다임 한계를 가리키며, 더 이상의 조사는 동일한 구경을 더 드러내 줄 뿐임을 암시한다. 명백한 결론은 과학이 진보하기 위해서는 더 높은 수준으로 측정되는 패러다임으로 이동해야 한다는 것이다. 그렇지 않으면 과학은 발견보다는 우회적 정련精鍊을 취급하는 것이다.

의식 측정의 주목할 만한 가치는 그것을 산업과 마케팅, 제품 개발을 포함한 그 어떤 종류의 연구에도 적용할 수 있다는 데 있다. 명백히 유익한 것은 과학 연구 자체에 관한 적용인데, 의식 측정은 어떤 프로젝트의 가치를 그것이 귀중한 시간, 돈, 자원을 소비하기 전에 밝혀낼 수 있다. 예를 들면 DNA의 이중나선 구조를 발견한 수십 년 전의 연구는 460으로 측정된다. 의식의, 엄밀히 신경생물학적인 기초를 발견하려는 캘리포니아 공대의 요즘 연구 프로젝트는 140으로 측정된다. 연구는 따라서 초기의 편향을 반영할 수도 있는데, 그 수석 연구원은 최근 인터뷰에서 이렇게 말했다. "머지않아 교육받은 사람들은, 육체에서 독립된 영혼은 없고 따라서 사후의 삶은 없다는 것을 믿게 될 것입니다."(Crick, 《뉴욕 타임스》 M. 웨스트하이머와의 인터뷰에서, 2004년 4월 1일) 이 진술은 거짓으로 측정되고, 연구 설계는 140으로 측정된다.

전기의 발견은 445로 측정된다. '터커' 자동차 생산은 175로, 포드 자동차는 445로 측정된다. 연구 기법은 다양하게, 고고학이나 고생물학 같은 어떤 분야의 과학에도 유용하게 적용할 수 있다. (예 필트다운인은 가짜였나? '진실') 이렇듯, 이제 하나의 도구를 제약학 및 수많은 생물학 연구 분야를 포함하는 다양한 적용 분야에서 막대한 시간과 돈, 에너지를 절약하는 데 이용할 수 있다. 연방정부가 기금을 제공하는 과학 프로젝트가 다른 자금원에 의존하는 프로젝트에 비해 집단적으로 150점 낮게 측정되는 것은 흥미로운 일이다.

임상 과학

DBT(변증법적 행동 치료) 심리학	385	동종요법	200
내과학	440	미국 최고의 병원들[77]	450
동양의학	395	수술	440

약학	450	전인 의학	440
에너지 의학	460	정신분석(프로이트)	460
일반 내과	440	정신분석(융)	460
임상 운동 역학	600	정신의학	440
임상 심리학	380	침술	405
의식 수준 측정	605		

요즘 이용되는 주요 치료법 전부가 높게 측정된다. 그리고 우리는 정신분석이 시간적 재정적으로 여유 있고, 동기부여가 되어 있는 이들에게 대단히 탁월하다는 것을 안다. 정신분석에서 강조하는 것은 주관 그리고 개인적 성장과 앎의 진화이다.

진단 도구로서 600으로 측정되는 신체 운동학은 패러다임의 대전환을 가리키는데, 왜냐하면 그것은 선형적 영역과 비선형적 영역 간의 경계면에 있기 때문이다. 신체 운동학의 큰 가치는 그러한 수준에서 이용할 수 있는 다른 도구나 기법이 없다는 데 있다. 600이라는 수준은 관찰되는('객관적인') 것만의 수준으로부터의 어떤 전환을 가리킬 뿐 아니라, 의식 자체인 비개인적인 장은 물론이고 관찰자 또한 포함한다. 그래서 신체 운동학은 과학과 지식 발전을 위한 탁월한 도구가 될 수 있다.

다양한 보건 기구(CDC: 질병 통제 센터, 미국 공중 보건국, 공익

77　미국의 시사 주간지 《US뉴스 앤 월드 리포트》에서 해마다 분야별로 미국 최고의 병원들을 선정하여 발표한다.

과학 센터[78] 등)에서 공중 보건의 쟁점을 다룰 때는 데이터 조작이 상당히 잦은 편이다. 이것은 정치화된 쟁점을 반영하고 그리고 입안된 정책의 부정적 영향력을 반영한다. 보조금 지급은 흔히 제출된 프로젝트가 정치적으로 올바른 관념을 지지하는지 여부에 달려 있다. 이렇게 해서, 반흡연 반비만 프로젝트가 양산되었으며, 공개 보고서는 빈번히 두려움을 유발하는 과장이었다. 가장 심한 사례는 '간접흡연'과 관련된 것인데, 그것은 간접흡연을 악마화하고, 그리하여 반흡연 로비에 대한 공공의 지지를 얻어 내려는 속셈이 뻔히 들여다보일 정도였다. 통계 날조는 합리화된다. 왜냐하면 그것은 '당신들한테 좋기' 때문이다. (보고받는 기관에 좋다는 뜻이다.) (Charen, 2004)

임상적 오류는 그럴 수도 있는 것으로 합리화되는데 왜냐하면 그것은 '당신들한테 좋다'고 지각되는 것을 뒷받침하기 때문이다. 간접흡연은 영아 돌연사에서 건선 등에 이르는 무수히 다양한 해로운 효과를 유발한다고 했다. 대부분의 연구는 또한, 통계적 상관성을 '원인'으로 가정하는 오류(이것이 오류인 것은, 'A'와 'B'의 상호 관련은 'A'가 'B'의 원인임을 증명하지 않으며, 사실은 둘 다 'C'의 귀결이고, 'C'에 대해 'A'와 'B'는 둘 다 독립적으로 관련되기 때문이다.)를 저질렀다. 예를 들면, 결핵에 걸린 사람들 중 75퍼센트는 갈색 신발을 신고 있다는 식이다. 간접흡연에 관한 연구의 65퍼센트가 그릇된 것이었다. EPA(미국 환경청)의 연구 결과는 법원 조사

---

78 CSPI, 미국의 소비자 단체.

(미 연방 지방법원 윌리엄 오스틴 판사, 1998)를 통해 무효화되었는데, 법원에서는 환경청에서 데이터를 '선별'했다는 것과, 간접흡연에는 통계적으로 유의미한 건강상의 위험이 없음을 보여 주는 초기 결론과 데이터를 깡그리 무시했다는 것을 증명했다. 환경청은 의회의 힐난 앞에, 자신들의 행위가 '가치 있는 대의를 위한 것'이었다는 말로 변명했다.

요즘의 비만 연구에서 동일한 경향이 계속되고 있는데, 질병 통제 센터에서는 비만 연구에서 '수학적 오류'로 인한 실수가 있었다고 시인했다. (Yee, 2004) 흡연과 비만으로 인한 사망이 공공 비용을 증가시키는 원인이라는 보고서 역시 오류였다. 실제로, 삶이 끝날 때의 의료비용은 어떤 질환이건 치명적이기 때문에 거의 동일하다. (모든 인간 생명은 궁극적으로 필멸이다.) 90세 대신 70세에 사망하는 것은, 사실상 20년간의 노령연금(최소 25만 달러)과 20년간의 노인 의료보험 비용을 절약해 준다. 요즘 사람들은 장수하기 때문에, 연방 사회보장제도의 비용을 상승시키는 것은 질병이 아닌 좋아진 건강과 늘어난 수명이다. (Pear, 2005) 퇴직 연령을 65세에서 67세로 높이면 사회보장 손실은 빠르게 메워질 것이다.

과학: 과학자

갈릴레오	455	니콜라 테슬라	460
그레고르 멘델	460	닐스 보어	450
니콜라스 코페르니쿠스	455	데이비드 봄	505

라이너스 폴링	450	요하네스 케플러	460
루이스 파스퇴르	485	윌리엄 하비	475
루터 버뱅크	450	제임스 맥스웰	445
마리 퀴리	505	조너스 소크	455
마이클 패러데이	440	조지 불	460
막스 플랑크	475	지그문트 프로이트	499
벅민스터 풀러	445	찰스 다윈	450
베르너 하이젠베르크	485	찰스 스타인메츠	455
아이작 뉴턴	499	칼 융	520
알버트 아인슈타인	499	쿠르트 괴델	455
어니스트 러더포드	450	클로디우스 갈렌	475
에드먼드 핼리	460	토머스 에디슨	470
엔리코 페르미	455	히포크라테스	485

이상의 측정을 통해 발견한 것들의 의미에 대해선 다른 곳에서 언급한 적이 있다. 아인슈타인, 뉴턴, 프로이트는 지성의 한계를 끝까지, 500이라는 의미심장한 수준 코앞까지 밀어붙였는데, 그 수준에서 주관성을 그리고 영성의 실상을 포함하는 패러다임 전환이 일어난다. 봄과 융, 그리고 퀴리 부인의 영감은 500 수준을 초월했다. 이들의 측정치는 또한, 이들의 집단적 작업이 사회와 문명 발전에 미친 엄청나고 이로운 충격을 잘 나타낸다.

주요 대학교와 학파

UC 버클리 대학교	385		아이비리그 단과대학	455
UCLA	385		애리조나 대학교(투손)	405
듀크 대학교	430		에딘버러 대학교, 스코틀랜드	425
듀크 의대	435		엑시터 아카데미	465
마켓 대학교	440		옥스퍼드 유니언	495
메해리 의대	420		옥스퍼드 대학교	435
모어하우스 의대	410		웨스트포인트 육군사관학교	425
모토롤라 대학교	400		웰슬리 대학교	440
미국 10대 대학교	460		위스콘신 의대	440
밥 존스 대학교	400		캠브리지 대학교	455
베일러 대학교	430		터스키기 대학교	400
브린모어 대학교	455		포드햄 대학교	440
사우스 플로리다 대학교	305		프랑스 학술원	415
샌드허스트 육군사관학교(영국)	465		하버드 신학대	455
소르본느 대학교(파리)	415		하버드 의대	445
스탠포드 대학교	400		하이델베르크 대학교	445
시카고 대학교	425			

위의 학원들의 수준은 적어도 최소 400(이성과 지성)은 될 거라고 예상되는 교수진의 역량을 반영한다. 400 이하의 대학들은 철학적 상대주의와 사회 정치적 위치성으로 대체되었음을 반영한다. 순진한 부모들은 자녀를 교육시키려고 대학에 보냈다가

자녀들이 문제가 많은 철학을 주입받게 된 것을 알고 당황한다. (Shapiro, 2004) 학생들의 급진화는 180으로 측정된다. 나중에 논하겠지만, 6개 주요 대학의 총장들은 200 이하로 측정되고 수많은 교수와 학과들 역시 마찬가지인데, 그들 중 일부는 그 학교 학생 조직보다 사실상 더 낮게 측정된다.

10

미국

서론

인간 역사 전체에 걸친 의식 진화를 개관할 때, 인간 활동의 모든 영역에서 진실을 발견해 내려는 어떤 불굴의 추동력이 드러난다. 거기에는 잠재성을 현실로 전화시키려는 지속적 의도가 있다. 인류는 직관적으로, 자신의 핵심 내부에 완벽성의 더 높은 수준들로 진화해 나갈 수 있는 선천적 능력이 있음을 감지했다. 호기심은 발견으로 인도하고, 또한 외계 탐사, 과학적 지식의 발전, 질병 치료법의 발견, 그리고 정치 이데올로기와 정부 이데올로기를 완성하려는 끊임없는 시도와 같은, 실상에 대해 더 많이 알고자 하는 욕망으로 인도한다. 진실의 추구는 『서양의 위대한 책들』이 입증해 주는 것처럼, 그리고 그 내용이 세계 최대의 도서관들을 앞지르고 있는 요즘 인터넷상의 믿기 힘들 만큼 빠른 정보 팽창이 입증해 주는 것처럼, 역사상 가장 위대한 지성들의 중심 테마이다. 인류는 삶이 더 나아지리라는 것을 굳게 믿고, 그리고 그런 성공에 이르는 왕도는 지식의 축적, 교육, 배움, 연구를 통한다는 것을 굳게 믿는다.

요즘의 세계적 사건들에서 초점은 사건들 이면의 진실을 알아낼 필요성에 끊임없이 맞춰지는데, 그중 많은 사건이 국제적 귀결을 가지며 중대한 관심사이다. 윤리는 국가적 국제적 대화에서 매우 큰 비중을 차지한다. 사람은 좌절에 빠진 사회가 살아남기 위해서, 검증 가능한 실상과 맞바꾸는 대가로 궤변과 정치적 수사, 구실을 내던지려는 태세임을 느낀다. 성가신 불확실성과 의혹이 여전히 남아 있는 최근 역사의 많은 주요 사건들을 매듭짓는 데 대한, 어떤 절박한 요구가 있다. 사실을 규명할 수 없을 때 수십 년간 음모론(165로 측정)이 번창한다.

진실에 대한 사회의 요구가, 도덕에 대한 관심으로, 더불어 정의가 대접받고 있음을 때로는 강박적인 정도로 확신할 필요성으로 표현되고 있는 것은 의미심장하다. 국제사법재판소에서 사소한 증거를 찾는 일에 종종 몇 년씩 시간을 보내는 것(예 밀로셰비치)은 그 자체로 인류가 진실, 윤리, 영적 책임에 정말 깊이 사로잡혀 있음을 가리킨다. 진실을 찾는 일에서 좌절할 때, 사회는 때로 협박, 처형, 전쟁에, 그리고 전쟁 포로의 경우에는 고문과 같은 무모한 방식에 의존하기도 한다.

예상되는 바와 같이, 과학은 문제 해결 시도에 나서 달라는 부름을 받았다. 거짓말탐지기는 그런 방향에서의 초보적 시도였지만 신뢰할 수 없는 것은 물론 틀리기 쉽고, 어떤 상황에서는 망상을 품은 이들이나 양심이 결여된 범죄자들에겐 무용지물이다. 과학의 노력은 지금 뇌 생리 쪽에 초점이 맞춰져 있는데, 사람이 거짓말을 하거나 속이려는 의도를 가지고 있을 때 뇌 생리의 미묘한 변화 부위를 찾아내는 MRI와 기타 스캔의 이용이 거기에 포함된다.

의식 연구를 통해 이미 살펴본 것처럼, 어떤 반응의 진위에 대해서는 수학과 기계적 원리에 기반한 전통 과학보다는 생물학에서 유래하는 신체 운동학을 능숙하게 이용하는 제삼자 조사 팀을 통해, 즉각 탐지해 낼 수 있다. 보다 앞선 기법들은 더 높은 보다 포괄적인 패러다임에 기초한 설명을 요구하는데, 그러한 설명을 위해서는 의식 자체의 본성에 대한 이해가 필요하다. 진실은 다름 아닌 의식의 산물이기 때문에, 의식을 무시하고 진실에 도달하는 것은 불가능하다. 이와 같은 앎에서 기본이 되는 것은 이미 묘사한 사실, 즉 진실은 내용과 장 양자의 귀결이고, 표현된 의식의 측정 가능한 수준은 그것의 검증 가능성의 수준을 가리킨다는 것이다.

진실의 수준들과 사회적 제도

물질적 영역(예 건물, 공원, 동물), 정신적 영역(예 신념, 생각, 동기), 감정적 영역(예 증오, 두려움, 욕망), 혹은 영적 영역(예 사랑, 신뢰, 혹은 연민)에서 존재하는 것은 모두가 다 측정 가능하다. 측정 가능한 각각의 수준은, 실용적 가치가 큰 어떤 스펙트럼상에 표현되어 있는 진실의 정도의 본질을 반영한다. 의식은 진실과 거짓을 즉각 식별해 낼 뿐 아니라, 진실 정도의 수준 따라서 진실의 검증 가능성을 즉각 식별해 낸다.

새로운 도구의 실용성과 유용함의 범위를 시행착오를 거쳐 실험을 통해 이끌어 내는 것이 가능하다. 그 과정에서 새로운 정보가 솟아나는데, 그것은 특성만이 아니라 함축과 뉘앙스, 새로운 차원의 전망을 드러낸다. 이것이 현미경, 망원경, 엑스레이, 실리콘칩의 발명에 뒤따른 행로였다. 역사적으로, 그것은 새로운 연구 기법을 매우 다양한 주제들에 적용(그 다음에 그 결과들을 연구하고 상호 관련짓는 작업이 이어졌다.)한 데서 유래한, 결실이 풍부한 접근법이었다. 데이터가 확증 가능한 내적 일관성을 보여 줄 때 실용적 이로움이 뒤따르고, 결국 진행되는 과정으로서 그 이상의 발견이 줄을 잇는다.

다음 측정치는, 어느 전문가 팀이 2003과 2004년의 어느 연구 조사에서 시행한 8,500건의 측정 가운데 일부다. 때로 다른 조사팀들이 조금씩 다른 결과를 내놓기도 하는데, 그러나 그런 결과 역시 내적 일관성이 있으며 차이는 기법의 세부적 편차로 인한 것이다. 진술을 말로 하든 혹은 말없이 마음속에 품고 있든(이른바 '맹검' 기법), 결과는 똑같다. 그래서 어린이와 같은 순진한 피험자와 함께 맹검 기법을 사용해도 같은 결과가 나온다. 정확성을 기하려면 초점을 의도의 온전성에 두어야 하고, 조사자가 둘 다 200 이상으로 측정되어야 한다. 기법의 세부에 관해서는 『의식혁명』에서 간략히 묘사했고(Hawkins, 1995; 또한 부록 C를 볼 것), 존 다이아몬드 박사가 그에 관해 보다 폭넓게 설명한 바 있다. (Diamond, 1979)

진실의 수준을 측정하는 과학은 비교적 단순한 현상에 기초하고 있다. 즉, 모든 생명은 보이지 않는 에너지 장을 방사하는데, 그 에너지 장의 강도는 의식 혹은 진실의 수준과 함께 증가한다는 것이다. 그것의 효과는 전압에 따라 밝기가 달라지는 전구와 비슷하다. 그 방사에너지는 무한한 비선형적 차원의 비국소성으로 인해 멀리서도 판독할 수 있다. 측정 수준 200에서 방사에 큰 변화가 있고, 그래서 200 수준 이상부터 빛이 점점 강해지는 것과 마찬가지로 200 수준 이하에서 빛은 급격히 약해진다. 그래서 단순한 근육 테스트는 빛의 '켜짐'(진실)이나 '꺼짐'(거짓)을 가리킬 뿐인데, 왜냐하면 의식의 기본적 에너지 장은 비국소적(즉, 어디에나 현존하는)이기 때문이다.

모든 살아 있는 존재의 방사에너지는 공적 영역 안에 있다. 뿐만 아니라 그것은 일시적 시간이나 기간이 지나도 감소되지 않는 영구적이고 감별 가능한 궤적을 남기는데, 의식의 무한한 장은 일시적 시간 혹은 기간을 겪거나 그런 것에 한정되지 않는다. 물체, 건물, 장소조차 집단적 인간 의도의 투입을 반영하며, 따라서 개념, 생각, 느낌은 물론 사랑, 헌신, 아름다움, 온전성의 효과가 거기에 새겨진다.

미국: U.S. 정부

미국 헌법	710	국가國歌	510
독립선언서	705	성조기	510
권리장전[1]	640	미국 대법원	480
미국 헌법의 서명자들	515	대통령직	460
게티스버그 연설	550	의회/하원	455
애국심	520	미국 국새: '에 플러리버스 우넘 (E Pluribus Unum)'[2]	605
국기에 대한 맹세	510		

미국 헌법과 미국 정부는 지구상의 혹은 역사상의 그 어느 나라보다 더 높게 측정되는데, 이는 미국이 왜 그토록 성공적이고 강한 국가인지를 설명하는 데 도움이 된다. 이는 또한 그토록 풍요한 이로움을 낳은 그 걸출하고 온전한 기초를 훼손하고 싶어 하는 분파들이 존중하고 고려해야 할 사실이기도 하다.

위의 문서에 대해서는 문장을 하나하나 분석할 수 있는데, 그 문서들이 갖는 힘의 핵심은 그것의 바탕에 있는 영적 진실이라는 것이 드러나게 된다. 그것은 즉, 모든 인간의 평등함은 창조주 Creator의 신성으로 말미암아 솟아난다는 것, 그리하여 미국인의 권리는 정치 이데올로기나 임의적 정부 명령에서 유래하지 않으며, 세속적 권위에 의존하지도 않고, 그 기원과 바탕으로 말미암아 양

---

1 미국의 수정 헌법 제1조에서 10조까지를 말한다.
2 '여럿으로 이루어진 하나'라는 뜻의 라틴어 문장이다.

도 불가능하다는 것이다.

정부의 근원이 종교적이기보다는 영적이라는 진술은, 종교‘로부터의’ 자유는 물론 종교‘의’ 자유로 귀결된다. 그것은 중대한 차이다. ‘신’이라는 단어는 사실상 신성Divinity을 가리키는 일반용어이지 본래 그렇게 종교적인 것은 아니다. ‘신’이라는 단어는 여느 명사와 다름없는 명사이고, 신 개념은 신학, 비교종교학, 역사, 철학에서 학술 연구의 주제다. 역설적인 것은, 신은 또한 무신론의 핵심 주제이며 세속주의의 표적이라는 것이다.

미국 헌법의 귀결로서, ‘신’이라는 단어는 대법원을 포함하는 법원 건물과 화폐에 등장하고, 그럼으로써 개인적 자유의 자리, 바탕, 근본적 기원을 일깨워 준다. 결과적으로, 개인의 자유는 반박할 수 없는 것이며 불변이다. 이는 다른 나라들의 세속적 정부가 고작 300대로 측정되는 것을 가리키는 연구 데이터에서 반영된다. (14장을 볼 것)

애국심과 민족주의 간에는 중대한 차이가 있다. 애국심은 조국에 대한 사랑을 포함하고 반영하며, 따라서 자신의 동포를 향한 존중, 감사, 평가, 의미 부여, 선의를 포괄한다. 애국심은 또한 미 헌법과 권리장전에서 명시하는 모든 것(창조주Creator의 신성Divinity으로 말미암은 모든 인간의 평등함)에 대한 경의라는 동질성이 바탕에 깔린 자존감을 포함한다.

이는 애국심(가슴에 손을 얹는)이 500대로 측정되는 반면 세속적 민족주의(경례)가 305로 측정되는 이유를 설명해 준다. 애국심은 가슴에 속하는 반면, 민족주의는 대조적으로 마음에서 비롯되며 따라서 하나의 정치적 위치일 뿐이다. 앞의 측정치로부터, 사람은 애국심과 민족주의를 혼동한 탓에 애국심을 거부한 이들이 저지른 오류를 알 수 있다. 그 둘은 전혀 같은 것이 아니다. 월터 스콧 경은 학생들은 누구나 알고 있는 유명한 시, 「마지막 음유시인의 노래」에서 그러한 이해를 결정화結晶化 했다.

> 저기 그토록 죽은 영혼을 가진 이가 숨 쉬고 있으니,
>
> 한 번도 혼잣말을 해 본 적이 없네,
>
> 여기가 바로 나의 고향 땅이라고!

공적 영역에서 신에 대한 모든 언급을 없애려 하는 정치적 위치가 고작 190으로 측정되는 것은 흥미롭다. 그것은 실상과 진실의 힘을 약하고 자기애적인 주지주의로 대체하려 드는 자부심과 오만의 이기적 수준이다.

앞서 설명한 것처럼, '밈'[3]은 발생기에 있는 개념 혹은 관용구이고, 사람의 마음을 끌어당기며, 순전한 반복을 통해 그것이 일반적으로 사실인 것처럼 받아들여지게 될 때까지 반복되는 경향이 있다. 일례로 '정교 분리'라는 밈이 있는데, 그것은 지상의 법칙을 대표하는 것으로 액면 그대로 무비판적으로 수용되고 있다. '정교 분리'는 세속적 안건에 영향을 미치는 데 이용된다. 살펴보면, 미국 헌법, 독립선언서, 혹은 권리장전에는 그런 진술이 없다는 것

---

3 meme, 생물체의 유전자처럼 재현과 모방을 되풀이하며 이어 가는 문화 구성 요소.

을 알게 될 것이다. 사실은 그 세 단어, '정(국가)', '교(교회)', '분리'가 아예 나오지도 않는다. 대신 이런 말이 있다. "의회는 어떠한 종교도 국교로 정하지 않지만 자유로운 종교 활동을 막지도 않는다." "연방의회는 국교를 정할 수 없고 자유로운 신앙 행위를 금지하는 법률을 제정할 수도 없다."(640으로 측정) 사회에서 '신'이라는 단어라도 폐지하는 것은 수정 헌법 제1조, 언론 자유의 권리는 물론 법에 보장된 실제적인 '종교 활동'의 자유를 침해하는 것이 분명하다. 헌법의 의도는 자명하다. 신정神政은 피하되, 종교의 자유는 보장하라는 것이다.

역설적인 것은, 세속주의 운동이 정부나 공적 삶에서 신에 대한 일체의 언급을 불법으로 만들려고 하는 것이라면, 그것은 독립선언서와 링컨의 게티스버그 연설, 미국 역대 대통령의 역사상의 공식 선언들을 무효로 만든다는 것이다. 인간의 평등함이 그의 창조주에서 비롯된다면 '창조주'를 폐지하는 것은 평등함의 기초 또한 폐지할 것이다. 왜냐하면 보통의 관점에서 볼 때, 사람들은 태어난 바로 그 순간부터, 수백 가지 방식으로, 단연코 대단히 불평등하기 때문이다.

묘하게도, 위의 글을 쓴 바로 그날, 공시적共時的으로, 캘리포니아의 어느 학교 교장이 독립선언서에서 신을 언급했다는 이유로 그것을 가르치는 것을 금지했다는(180으로 측정) 소식이 심야 뉴스에 보도되었다. 그렇다면 마찬가지로 극단적인 관점에서, 미국 정부는 불법이고 따라서 사법부, 의회, 권리장전 등도 불법일 것이다. 미국인은 지혜의 편에 설 것인지, 아니면 미숙한 어리석음을

편들어 민주주의는 주민들 가운데 온전치 못한 무지한 부분에게
도 동등한 발언권과 투표권을 주기 때문에 결국은 몰락하고 만다
는 소크라테스의 음울한 예언(465로 측정)을 실현시킬 것인지를
결정해야만 할 것이다. 역사가들은 민주제의 평균 지속 기간이 대
개 2, 3백년에 불과한 것은 자기중심적 유권자들이 그 기간 안에
국가의 자원과 정치적 학식을 고갈시키기 때문이라고 지적한다.
민주주의의 이러한 약점 때문에 소크라테스는 과두제 정부 형태
를 권고했다. (소크라테스 예언의 가장 눈에 띄는 사례는 아마도 유
엔일 것이다.)

대통령직과 대법원 법관직의 측정치는 높은 수준의 온전성과
이성, 그리고 객관성에 기반한 높은 지성을 가리키고 감정성은 배
제한다. 대법원은 복잡한 논리와 이성 및 법률 언어를 분석하는
책임을 맡고 있다.

역대 미국 대통령 대부분이 400대 중반으로 측정되는데, 많은
수가 400대 후반이거나 정확히 500으로 측정된다. 대통령의 기능
은 침략자와 적으로부터 국가를 보호하는 임무에 전념하고 헌법
을 수호하는 것이다. 이러한 목적을 위해, 대통령은 연방 대법원장
이 지켜보는 앞에서 성경에 손을 얹고 선서한다. 대통령은 정치적
인 당쟁을 승화시키고 국가 이익을 위해 정치인에서 정치가로 변
신할 것이 기대된다. 그리하여, 대통령의 태도는 반대파에게 '반
대'하기보다는 '가능한 최선의 행동 방식을 취할 것'으로 기대된
다. 그 밖에, 대통령은 파벌주의를 초월함으로써, 그리고 비열한
공격, 중상, 요란스러운 도발이나 모든 사회문제에 대해 비난받는

것에 같은 방식으로 대응하지 않음으로써, 국가를 단합시키기 위해 영감에 넘치고 성실해야 한다.

지구상에서 가장 강한 나라의 대통령에 대한 요구는 대단히 엄중하다. 그리고 대통령은 대중매체를 통해 끊임없이 대중에게 노출되며, 조명받는 것의 귀결로 비판적 공격을 당한다. 때로, 무자비하게 저돌적인 대중매체는, 계단에서 비틀거리거나 몸의 균형을 잃는 것과 같이 사소하기 짝이 없는 실수를 확대하기도 한다. 사람은 오늘날의 대중매체에 뿌리내린 존중심의 결핍이 사회의 그와 동일한 성질을 반영한다는 걸 알 수 있다. 그런 사회에서 무례함은 아이들에게까지 퍼져 있고, 그로 인해 보통 교실의 측정 수준은 전통 미국의 400에서 오늘날의 190으로 추락했다.

오늘날까지도, 트루먼 대통령이 원폭 투하라는, 중증도 분류[4] 이익의 필요성과 관련하여 내릴 수밖에 없었던 고뇌에 찬 결정에 대해 연민 어린 존중이 있다. 트루먼 대통령은 재래전을 계속할 경우 예상되는 6, 700만 명의 죽음을 막기 위해, 18만 명의 시민을 죽이는 일의 도덕성을 저울질해야만 했다. 따라서 그것은 중증도 분류라는 상황 윤리의 문제였다. 그의 결정은 475로 측정된다. 국가 전체가 도덕적 딜레마 속에서 내려질 수밖에 없었던 그 불가피한 결정 앞에서 슬픔과 애도를 금치 못했다. 하지만 2차 대전을 끝내기 위해 투하할 수밖에 없었던 폭탄들이 이제껏 투하된 마지막

---

4 triage, 전쟁터에서 다수의 부상자가 생겼으나 의료 인력이 부족할 경우, 최소한의 의료 공급으로 최대한의 인명 구조 효과를 얻기 위해 의료진이 중증도를 분류하여 치료의 우선순위를 정하는 것을 말한다.

원폭이라는 것은 주목할 만하다. 이는 세계가 그 바탕에 있는 교훈을 이해했다는 것과 희생은 분명 헛되지 않았다는 것을 가리킨다.

루스벨트 대통령의 잦은 라디오 연설, '노변정담'(500으로 측정)을 통해 국민들은 보살핌을 받고 있다는 느낌을 받았고 따라서 보다 동질적인 태도를 취하게 되었으며, 종종 이러지도 저러지도 못할 지경에 처해 두 개의 악 중에서 작은 쪽을 고를 수밖에 없는 대통령직 자체를 지지하게 되었다.

원폭 투하라는 사건의 영적 측면을 평가할 때, 고대『리그베다』(705로 측정)의 가르침을 돌이켜보는 것은 흥미롭다.『리그베다』에 따르면 매 수준의 생명은 더 높은 수준의 생명을 부양하기 위해 자신을 희생시키고, 그렇게 하는 가운데 과거의 부정적 카르마를 해소하는 것은 물론 카르마적 공덕을 쌓는다. 그러한 현상이 집단 카르마라는 개념의 저변에 있는데, 그것은 다음과 같은 질문, "수 세기 동안 무고한 시민 집단 전체를 학살한 엄청난 무리의 집단 카르마는 무엇인가? 그리고 수백만의 무고한 주민들이 집단 학살에 의해 주기적으로 쓸려 나간 이유는 무엇인가?"에 대한 어떤 답을 암시해 준다.

미국 정치

'527조' 단체들	200	극좌 자유주의자	185
가정 협력법 (Domestic Partnership Law)	335	극우 보수주의자	135~145
		낙태	
공화당	315	반대론	250

찬성론 235

녹색당 180

동성 결혼법(매사추세츠) 265

매카시 청문회 185

무정부주의 105

문화 창조자들 335

민주당 310

보수당 310

복음주의 우파(모럴 머조리티) 245~255

사회당 265

세속주의 180

자유당 295

자유주의자 180~200

중도파 200~390

처치/파이크 위원회 청문회 185

토리첼리 원칙 160

정당은 국민과 정부 사이의 경계면에서 활동한다. 하지만 정당은 필요에 따라, 살아남기 위해서, 자체의 의제와 동기를 갖는데, 이는 여론, 개인적 관점들, 철학적 의제, 그리고 정당 기부자와 같은 기득권에 봉사할 필요에 의해 영향을 받는다. 이렇게 해서 타협할 필요성이 생겨나고, 그리고 정당의 측정치는 편파성의 정도, 위치성, 이길 필요에의 봉사를 반영한다. 다양한 전략이 채용되는데 그것은 흔히 스포츠 게임즈맨십[5]의 전략과 비슷하고, 여론 조사원들이 영향력 있는 역할을 담당한다. 측정 수준은 다양한 위치와 성격들이 요동치며 여론의 추이를 반영하는 동안 변하는 경향이 있다.

이기기 위해서는 감정적 호소력과 개인적 카리스마가 필요하다고 여겨지기 때문에, 그런 것이 합리성과 진실 혹은 영적 원리보

---

5 경기에서 이기기 위해 의심스러운 방법을 사용하는 것을 말한다.

다 우선되는 경향이 있다. 그런 요인들이 정당의 전체적 측정 수준을 사랑의 숭고한 500대나 이성의 400대로부터, 자발성, 봉사, 생산성이 특징인 200대 후반과 300대의 실용적인 '되게 하라'는 태도로 끌어내린다. 정치는 도덕적이거나 심지어 종교적인 쟁점들조차 언급할 수 있지만, 일차적으로 세속적인 이유 때문에, 예를 들면 선거에서 이기기 위해 이따금씩 그렇게 한다.

짐작되는 바와 같이, 극단주의는 진실과 온전성의 수준인 200에 미치지 못한다. 극우는 파시스트가 되는 경향이 있고(파시스트 이데올로기는 125로 측정된다.), 극좌는 빈약하게 위장된 마르크시즘의 궤변(마르크스는 130으로, 공산주의는 160으로 측정된다.)으로 그리고 실상에 대한 그것의 왜곡(즉, 가해자/피해자 모델)으로 빠져든다.

미국 정부 부처와 정부 기관(2004년 12월 17일)

국가 안전 보장회의	250	본토 방위국	310
국방성	210	사회보장	206
국세청	202	연방수사국(FBI)	210
농무부, 내무부, 이민 귀화국, 인디언 담당국	200	연방 의약국	200
		연방 항공청	205
		외교 안보 서비스	210
마약과의 전쟁(그룹)	180~185	의료 보장 서비스 (메디케어/메디케이드)	206
마약 수사국	202		
보건 후생부	212	중앙정보국(CIA)	210

질병 통제소	210	핵 정책	460

미국 정책과 기관들 (2004년 12월 17일)

국경 방어	200	이민정책(안보/기능)	180
보안 정보기관들	195	전체적 테러 방어	199
연방 테러 방지 법안	405		

흥미로운 것은, 대부분의 정부 부처는 거대 다국적기업과 거의 같은 수준으로 측정되고 따라서 어떤 기업 비슷한 지향을 반영한다는 것이다. 정부 정책과 규정을 시행하기 위해서는 합법화 외에도, 정책의 복잡하고 실용적인 요구 사항들을 이행하기 위한 엄청난 수의 정부 관료와 기관들이 요구된다. 업무를 수행하는 데는 획일성과 성실한 직무 수행, 세부에 대한 엄격한 충실함이 요구된다. 또한 막대한 분량의 문서 작업, 규정, 데이터 축적, 거대한 전자 정보 네트워크가 요구된다. 그리고 특수한 이해 집단들의 사법적이고 적대적인 공격은 물론, 요구가 많거나 비판적이기까지 한 대중을 상대하는 예산의 접점에서는 효율성이 필요하다. 공무원은 이렇듯 엄청난 책임을 떠안고 있고, 그와 더불어 믿기 힘들 정도로 복잡한 세부와 내역들에 대한 정치적 해결은 물론 기능상의 실용적 해결까지 담당하고 있다. 예를 들면, 메디케어 규정은 만 페이지가 넘고, 미국 조세법을 쌓으면 천정까지 닿으며, 과학/연구에 대한 파일은 4,700만 개에 달한다.

복잡한 직무상의 요구 사항에 더해 적용의 공정성 또한 법적 요건이다. 따라서 이미 과중한 부담을 지고 있는 공무원들은 인구의 모든 부분에 대해 공평한 적용을 보여 주어야 하는데, 이것은 그 자체로 상당한 논란과 다툼의 소지를 안고 있다.

위에서 언급한 모든 스트레스 외에도, 직원의 근무 성적은 끊임없이 관찰되고, 등급이 매겨지고, 기록된다. 그에 대한 반응으로, 관료 세계의 총체적 스트레스로 인해 관료들은 결국 두려움에 질리게 되고, 방어적이고 조심스러우며 고도로 조직화되는 경향이 있다. 따라서 규정 준수를 입증하는 문서가 대단히 중요한 것으로 비춰진다. 보건 분야의 확고한 규칙은 다음과 같다. "문서화되지 않았다면, 그것은 일어나지 않은 일이다." (따라서 그 일에 대해 배상하지 않을 것이다.)

여러 가지 복잡성과 압력의 귀결로서, 일부 정부 부처의 기능이 측정 수준 200 이하로 떨어진 것은 이해할 만하다. 널리 알려져 있다시피 일부 부처는 수십억 달러의 '결손'을 기록했는데, 그것은 시스템의 복잡성으로 인해 추적조차 할 수 없다. 정부의 손상된 면들은 연구와 비판의 초점이다. (Stossel, 2004) 일부 부처가 손상된 것은 최고 책임자가 그 분야의 전문가라기보다는 정치적으로 임명된 인물이기 때문이거나(예를 들면, 마약과의 전쟁을 군 장성이 지휘하게 한 것), 혹은 정치인들이 1970년대 처치/파이크 위원회(측정 수준 180)나 토리첼리 원칙(측정 수준 160)과 같은 제한을 가해 CIA와 FBI를 불구로 만드는 데 기여했기 때문이었다. 9.11 사태 이전에 나왔고 그 뒤에 이라크 전쟁을 촉발시켰던 르노/고렐릭의 장벽 정책[6](190으로 측정) 역시 같은 역할을 했다. 역설적인 것은, 정부 기능을 훼손시켰던 바로 그 요소들이, 자신에게 일차적 책임이 있는 궤멸에 대해 차기 행정부를 공격했다는 것이다.

측정치들은 미국 정보부(국방부는 아니다)가 극좌 사상가들과 이슬람 개종자들, 그리고 구획화된 이중성격자들의 혼합으로 구성된 발각되지 않은 이중간첩들로 오염되어 있음을 가리킨다. (이에 대해서는 11장에서 논하기로 한다. 또한 Sperry, 2005를 볼 것)

정부 운영은 쟁점에 대한 고의적 허위 진술 및 반대되는 방향에 기초한 정치적 의사방해에 의해 손상받게 되었다. 일례로, 아무 상관없는 것들로 인해 애매해진 멕시코 이민자 문제가 있다. 실제 문제는 합법성이 요구되어야 하는지 여부일 뿐이며 그것은 사실 쟁점조차 될 수 없다. 왜냐하면 그것에 관한 법은 명백하여 운전면허에 대한 요구에 비길 만하기 때문이다. 이민자들이 멕시코인인지 여부, 혹은 경제가 이민자들을 노동력으로 필요로 하는지 여부는 법적 등록 요구와는 아무런 상관이 없다.

미국은 이 나라를 파괴하는 일에 골몰하는 테러리스트에 의해 내부에서 위협받고 있는데, 그들은 가능한 모든 수단을 다 동원해서 입국하려고 한다. 주요 공항과 국경 초소를 통해 미국으로 들어오는 정문은 지금 상당히 탄탄한 것이 분명하지만(9.11 전에 명

---

6 클린턴 정부의 법무장관이었던 르노와 법무차관 고렐릭은 정보기관들 간의 정보 공유를 막았고, 이는 9.11 테러를 막지 못하는 결과를 낳았다.

명한 테러리스트 열다섯 명이 입국한 뒤에), 뒷문은 지금 활짝 열려 있다. 느슨한 이민정책을 편 유럽 국가들은 후회하게 되었으며, 지금 일부 국가는 호전적 집단의 위협에 사실상 볼모로 잡혀 있다. (즉, 스웨덴과 프랑스)

쟁점을 명료히 하기 위해, 합법 이민이 210으로 측정되는 반면 불법 이민은 180으로 측정된다(따라서, 엄밀히 말해서 범죄)는 것에 주목하는 것은 흥미롭다. 중요한 것은 쿠바의 카스트로가 전 세계 테러리스트의 주요 조정자이고 따라서 반미 공작원에게 인심이 후하다는 것인데, 공작원들은 간단히 남미와 중미(이 지역들에선 이미 범죄 조직 마라 살바트루차 'MS 13'과 알 카에다 사이에 연계가 있다.)를 거쳐 멕시코로, 그 다음에 미국으로 들어온다. 활짝 열린 미국 멕시코 국경을 해마다 100만 명의 외국 국적자들이 월경한다. 이것은 테러리스트들에게 백지 위임장을 주는 것과 같은 일이고, 마약 밀수업자와 외국에서 피신해 온 범죄자들이 그 기회를 꼭 같이 향유한다.

국경 통제 임무 집행에 대한 또 다른 의사 진행 방해 쟁점은 운영 경비 및 예산 압박의 요인인데, 이것은 국가 안보에 기여하지 않는 끝없는 선심성 사업 계획에 대한 막대한 연간 지출과 극명한 대조를 이룬다. 그런데 지금과 같이 호전적 극단주의자들이 취약한 표적에 대한 추가 테러 공격 전략을 계획하고 추구하고 있는 한(이는 '진실'로 측정된다), 우선순위를 갖는 것은 국가 안보로 추정될 것이다. 그러한 테러 계획의 세부 사항은 물론이고 그 본성과 범위는 의식 측정의 과학 기술로 쉽게 진단되는데, 의식 측정 기법은 또한 빈 라덴과 같은 핵심 인물의 소재를 수월하게 추적한다. 앞 장에서 강조했다시피 더 이상 비밀은 없다. 모든 것이 간단하게 들여다보인다. 지명 수배자의 소재를 파악하는 데 500만 달러의 보상금은 필요 없다. 정보는 1분 이내에 자유롭게 이용할 수 있다. (예산 배정은 필요 없다.)

납세자들은 환경 운동가들(195로 측정)의 줄기찬 공격과 같은 비판 공세 및 조작적이고 정치적인 소송 공세를 정부 기관들에게 끝없이 퍼붓는 대신, 그 정부 기관에 지지를 보내고 그들에 대해 우호적이고 협조적일 때 더욱 큰 만족을 얻게 될 것이다. 삼림 및 공원 부문 예산은 공익을 대가로 자신의 이익을 수호하고자 하는 파괴적 게릴라 활동으로 인해 거의 소진되었다. (가령, 삼림부를 상대로 진행 중인 소송이 현재 5천 건 이상이고, 그래서 돈은 숲의 보존에 쓰이는 대신 소송비용으로 새 나가고 있다.) 그것은 어느 관찰자가 언급한 그대로다.

"우리는 소송비용 때문에 숲을 구할 수가 없습니다."

사법제도

연방 대법원	480	지방법원	305
연방 법원	460	'사법 적극 주의자' 판사들 (집단적으로)	195
주州 지방법원	405		
항소법원	350	연방 제9 순회 항소법원	195

사법적극주의[7]는 올리버 웬델 홈스에서 시작하여 수십 년에 걸쳐 발달했다. 홈스가 주창한 개념은, 관습법은 그것이 '옳던 그르던 간에' 공동체의 정서와 요구에 합치해야 한다는 것인데, 그것은 예전에는 '법의 지배'(논리)였던 것에 정치가 영향을 미치는 결과를 낳았다.

정치가 법관들에게 영향을 미치는 정도('판사석에서의 법 제정[8]')에 대한 불쾌감은 미 하원이 샌프란시스코의 제9 순회 항소법원을 세 개의 법원으로 분할하려 했던 조처(그것은 제9 순회 법원이 인구가 급속히 성장하는 아홉 개 주를 대표하고 있고 소송 건수가 늘어나고 있기 때문이었다.)를 통해 표현되었다. 그 조처는 58개의 신규 판사직을 창출했을 터였다. (Sherman, 2004) 제9 순회 항소법원에 대한 비판이 나오는 것은, 그 법원의 판결이 종종 위헌적이며 연방 대법원의 판결을 끊임없이 뒤엎은 데서 비롯된다. 기록이 그렇다면, 그런 기록을 가진 법원을 분할하는 일에 왜 반대가 나오는지 의아하다. (폭스 뉴스, 2004년 12월 2일)

공공 봉사 단체 및 공공 봉사 프로그램

YMCA/YWCA	380	걸스카우트/보이스카우트	450
4 H 클럽	370	구세군	375

---

7 법 해석과 판결에서, 정치적 목표나 사회정의 실현 등을 염두에 두고, 적극적 법 형성이나 법 창조를 강조하는 태도를 가리킨다.

8 이것의 대표적인 예가 미국 대법원 판사의 위헌 결정인데, 판례가 법적 구속력을 갖는 미국에서 위헌 결정은 법을 제정하는 것과 같은 효과를 발휘한다.

단체		단체	
국경 없는 의사회	500	부상 전사 프로젝트[9]	485
남부 빈곤 법률 센터	310	엘크스회	375
동물 애호회	285	우애 공제회(Knights of Pythias)	360
로마가톨릭의 우애 공제회 (Knights of Columbus)	360	유나이티드 웨이	360
		이노센스 프로젝트[10]	475
로터리	375	인종 평등회의(CORE)	345
미국 재향 군인회	300	토머스 모어 법률 센터	455
미국 적십자	380	해외 참전 향군회	270
미국 은퇴자 협회(AARP)	210	형제자매 결연회 (Big Brother Big Sister)	320
미국 의학 협회	300		
미군 위문 협회(USO)	385		

200대의 측정치는 온전한 봉사, 기능, 목적을 가리킨다. 300대에서는 도움, 진심, 선의가 두드러지게 될 것이다. 위의 단체들은 집단적으로 공공의 존중과 지원을 받는다. 비록 각 단체는 그 자체의 요구 조건을 가지고 있지만, 그러한 요구 조건은 각 단체의 진술된 의도, 원칙에 대한 고수, 집회의 권리 및 자결권에서 비롯된다. 전체적으로, 이 단체들은 의도상으로 인도적이고 박애적이며, 회원 가입이나 참여는 각 단체 형성의 바탕에 있는 교의에 따라 제한된다. 또한 회원 가입은 자유의사에 따르고, 기금 조달은

....

9 심각한 부상을 입은 채 귀환한 군인들의 사회 복귀를 돕는 비영리단체.

10 억울하게 유죄 판결을 받은 피고인을 과학적 증거로 구제하는 미국과 캐나다의 비영리 기구.
DNA 감정 결과 유죄가 무죄로 번복되는 사례가 종종 있다.

세금보다는 공공의 지원에 의거하는 덕분에 정부 기관보다 더욱 자율적일 수 있다. 그래서 위의 단체들은 사적이면서 공적이며, 정치적 문화적 변화라는 압력에 노출되어 있다. 신앙에 기초한 기구들이 종교적 색채를 띠지 않으며 공공 기금을 지원받는 별도의 공공서비스 프로그램을 두고 있는 일이 흔한데, 예를 들면 가톨릭 자선기금, 유대교 가정 복지 기구, 몇몇 개신교 사회사업 기구 같은 것들이 그것이다. 납세자들의 돈은 단체 자체가 아닌 그 단체의 공공서비스 기능에만 쓰인다. (비판자들이 흔히 간과하는 특징)

십 년 전에 온전한 것으로 측정되었던 몇몇 이름난 단체들이 이후에 크게 추락했다. 그 단체들은 정책과 활동에서 진실로 공공에 봉사하는 대신, 이제는 정치적 행동주의에 전념하게 되었다. (Flynn, 2004)

미국에 대한 개관: 국가

비판자들이 미국에 대한 진실을 올바르게 묘사하지 못하는 이유는, 극히 최근까지, 어떤 것이 정말로 진실인지를 정확히 확인하는 것이 가능하지 않았기 때문이다. 현상은 본질이 아님을 짐작하지 못하는 이상 사회적 평가는 위치성을 반영하는데, 이것은 이원성의 결과다. 에고의 편향이 에고가 지각하는 바를 자동적으로 결정한다. 비유해서 말하자면, 엑스레이, MRI, 혹은 혈구 검사가 발견되기 전에, 의사들은 도구와 현대 과학 기술의 부재로 인해 부정확한 진단을 내리는 일이 많았다.

미국은 매우 인상적인 연구 대상이다. 그리고 의식 연구는 고찰과 분석을 위한 완전히 새로운 도구이며, 엑스레이처럼 약점과 강점의 숨은 기초를 함께 드러낸다. 의식 연구는 어떤 반박할 수 없는 것과 통계적으로 검증 가능한 사실들에서 출발하여 조사를 추진해 나갈 수 있다.

미국은 민주적 능력 사회고 입헌 공화국이며, 현재 세계에서 가장 강한 나라다. 미국은 높은 일인당 국민소득과 양호한 전체적 건강 수준, 긴 수명, 낮은 유아사망률, 높은 시간당 노동생산성, 높은 경제 생산을 나타내는데, 이 모든 것은 최저 경제 수준 이하에 대한 안전망을 갖춘 것은 물론 개인의 자유가 있는 자유경제 안에서 일어난다. 미국의 선행은 국가적(연간 590억 달러의 해외 원조를 제공한다.), 개인적으로 (미국은 세계 자선사업의 40 퍼센트를 제공한다.) 전 세계 국가들 중에서 으뜸이며 역사적으로도 선례가 없다. 화이자, 코카콜라, 엑손, 씨티 그룹, 게이츠 재단, 애보트 제약, 존슨 앤 존슨, 나이키, 제너럴일렉트릭, 퍼스트 데이터, 펩시코, 메리어트, 스타벅스와 그 밖의 수많은 기업을 비롯한 거의 모든 대기업은 물론이고 사적인 부문에서 나온 막대한 기부가 미국 정부의 원조를 보충한다. (Regan, 2004년 12월 31일) 미국은 과거의 적을 용서하고 그 다음에 자발적으로 옛 적국을 재건해 주는 나라이며, 미국 시민은 세금을 통해 그것에 자신의 노동을 바친다. 미국은 종교에 대해 자유를 허용하며, 동시에 종교로부터의 자유를 허용한다. 만인이 동등한 한 표를 가지며, 문학계와 대중매체는 정부 검열에서 자유롭다.

게다가 언론 자유가 유례없는 정도로 존재한다. 다른 문화들에서는 평균적 미국인이 가진 부를 상상조차 하지 못한다. (68퍼센트의 가정이 주택을 보유하고 있다.) 하루 1달러도 안 되는 돈을 받고 온종일 노동하는 국가들이 여전히 있다. 세계 인구의 67퍼센트가 미국 달러로 하루 2달러, 혹은 그 미만에 해당하는 돈으로 살아간다. 교육은 어디에서나 이루어지고 만인에게 문호가 열려 있으며, 납세자 시민들은 자기 자녀가 아닌 어린이들의 교육까지 지원한다.

미국은 또한 식자율이 매우 높다. 공교육은 온전하고 자유로우며 아무런 요구 조건 없이 널리 개방되어 있다. 큰 도서관, 박물관, 화랑이 많을 뿐 아니라, 휴양지, 공원, 운동장, 수영장, 수족관, 천문관 역시 헤아릴 수 없이 많다. 가장 가난한 시민도 과거의 가장 힘센 군주조차 누리지 못했던 부의 결과물에 접근할 수 있다.

의료 기술은 외국 시민들과 그들의 통치자까지 발전된 전문 의료 기술 때문에 이 나라로 모여들 만큼 크게 앞서 있다. 하지만 64세 이하 미국인 중 약 3분의 1은 건강보험이 없고(2004년 6월 현재 8,200만 명), 같은 비율의 인구가 생명보험이 없을 뿐 아니라 적법한 유언장도 갖고 있지 않다. 치솟는 비용으로 인해 고용주들은 의료 혜택을 중단하고 있는데, 지금 그들은 저임금 덕택에 더불어 비용을 팽창시키는 종업원 복지의 부재 덕택에, 노동비용이 훨씬 낮은 나라들과 국제적으로 경쟁하고 있다. (요즘 노동조합 조직의 '캐치 22'[11]) 의료보험은 대개 보건상의 결정이 아닌 재정적 결정

----

11 조셉 헬러의 소설 제목이며 진퇴양난에 빠져 이러지도 저러지도 못하는 상태를 가리킨다.

이다. 그런데 빈곤층이 공공 기금을 지원받는 다양한 제도를 통해 의료 혜택을 받듯, 불법 이민자들까지도 의료 서비스에 접근할 수 있다는 것은 주목할 만하다. 미국에서 발달한 제약업은, 신약 개발에 드는 수백만 달러의 비용(현재는 700만 달러)에 대한 분담 요구를 받지 않는 어떤 세계로 확산된다. 국경선 너머의 그 나라들은 이러한 연구의 결과물을 복제하여 헐값으로 미국 시장에 팔아넘긴다.

미국의 의료비용은 세계 최고인데, 그것은 행정적, 관료적, 법적 규제의 급속한 팽창으로 인해 상승해 왔다. 보건 규정은 연간 2,560억 달러를 소비하고 편익/비용 비율(B/C)은 2 대 1[12]인데, 보건 시스템 밖에 있는 최소 700만 명의 미국인에게 의료비는 지나치게 비싸다. 미국 식약청 규정은 연간 490억 달러를 소비하지만 고작 70억 달러의 편익을 제공한다.

의료 배상 책임 제도는 1,140억 달러를 소비하지만 고작 330억 달러의 편익을 제공한다. 강제적 의료보장 규정은 150억 달러의 비용을 쓰고 130억 달러의 편익을 제공한다. (《애리조나 메디컬 저널》, 2004) 의료 과실 보험 또한 의료 수가를 상승시켰는데, 반면에 실제 진료비는 일차적으로 인플레이션을 보전하는 데 그쳤고 실제 비용의 십 퍼센트를 차지할 뿐이다. 의료비를 가파르게 상승시킨 것은 의료 과실 보험의 실제 비용 자체가 아니라 소송하기 좋아하는 전체적 사회 분위기인데, 그러한 분위기에서 결국 불

---

12 이 비율이 1을 넘어야 경제적 타당성이 있는 것으로 평가한다.

법 행위법[13]은 점점 더 '자격'이 있어지고 그리고 점점 더 피해자/가해자 모델에 맞게 돌아가는 사회에서 소송을 부추기는 '소송 복권The Lawsuit Lottery'(Lodmell and Lodmell, 2004)[14]이 되었다. 이러한 것은 오직 최적의 결과만을 바라는 비현실적 기대를 빚어낸다. 말하자면, 누구든 죽을병에 걸려 사망하면 그것은 누군가의 잘못임에 틀림없다는 등이다. 이것은 끝없이 이어지는 고가의 검사와 중복 처치에 대한 처방을 포함하는, 방어적 진료 행위로 귀결된다. (예 100달러짜리 엑스레이 대신 3000달러짜리 MRI 등)

의식 연구는 사회 밑바닥에 있는 사람들 중에서는 약 4퍼센트만이 200 이상으로 측정되고, 대부분은 극단적으로 낮게, 사실상 100에 훨씬 못 미치게(즉, 무감정으로) 측정된다는 것을 보여 준다. 정말로 '전락한' 이들은 마약, 구치소, 교도소, 범죄, 빈곤, 잔인성, 타인에 대한 관심 결핍에 시달린다. 그들은 비난, 평계, 기타 자기를 약화시키는 에고 메커니즘들에 아주 심하게 의존한다.

전체 인구의 3~4퍼센트 가량은 구치소, 교도소에 있거나 보호 관찰 중인데, 그 하위문화 하위 집단의 평균 의식 수준은 40에서

---

13 피해자의 구제와 손해의 공평 타당한 부담, 분배를 목적으로 하는 법. 미국에서는 불법 행위법과 관련된 소송이 활발하게 진행되고 있는데, 이 법에 근거하여, 다른 개인이나 기업의 과실로 인해 손해를 입었다고 여기는 사람은 그에 대해 배상을 청구할 수 있다. 그 예가 담배 회사나 맥도널드를 상대로 한 손해배상 소송이다. 배심원단은 '피해자'가 손해를 입은 정도를 판단하며, 때로 거액의 배상금을 결정할 수도 있다.
14 이 책에서 다루는 주제는, 불법 행위법 전문 변호사들이 의사와 병원의 부주의를 이유로 숱한 소송을 거는데, 그중에서 단 몇 개의 소송에서만 이겨도 복권에 당첨된 것과 마찬가지로 거액을 거머쥘 수 있다는 것이다.

50 사이다. 이 상습범 인구는 만연한 중독과 범죄, 성격장애를 특징으로 하는데, 성격장애에는 유전적 요인으로서의 전전두 피질의 명백한 발달 장애를 동반하는 사이코패스적 성격이 상당 비율 포함되어 있다. 문제 인구의 중요한 특징은 욕망을 통제하거나 욕구 충족을 지연시키는 능력이 결핍된 것, 경험에서 배우지 못하는 것, 권위와 타인의 권리를 경시하는 것, 귀결을 예상하지 못하는 것이다. 동기부여의 결핍 그리고 치료나 동기 재부여에 대한 저항은, 과도하게 팽창된 자기중심적 자기애라는 난치성 핵심으로 인한 것이다.

이전의 토론과 제시된 데이터로부터, 개인이나 집단의 사회적 실패는 인종, 미국 정치, 혹은 사회와 같은 그 어떤 외부적 '원인'(즉, 제한된 뉴턴적 패러다임)에 의한 것이 아니라, 오히려 장 효과의 귀결임이 명백해지게 된다. 장의 내용은 장 자체가 갖는 성질의 귀결이다. (예 '깨진 창문' 원리) 요리사의 냄비가 소금과 후추, 당근, 감자, 토마토, 소고기 덩어리, 닭고기 부스러기를 끌어당기는 것처럼, 낮은 에너지 장은 마찬가지로 마약, 폭력, 병, 영양실조, 가난, 감옥, 술, 불결함을 끌어당긴다. 부정적 에너지 장이라는 '냄비'가 요리 재료를 끌어당기는 것이다. 당근은 감자를 일으키는 '원인'이 아니고, 소금과 후추 역시 닭고기 부스러기를 일으키는 '원인'이 아니며 끓는 물로 귀결되지도 않는다. 현상의 근원은 내생적이고, 내재적이며, 본유적인 것이지, 외적인 것들의 귀결로서의 외생적인 것은 아니다. 남이 거리에 쓰레기를 내던지도록 '만드는' 사람은 없는데, 거리에 쓰레기를 버리는 것은 그 자체로 매우 의미심장하고, 진단적으로 뚜렷한 징후이다.

의식 수준과 사회문제의 상관관계

의식 수준	실업률	빈곤율	행복율("인생이 괜찮다.")	범죄율
600+	0%	0.0%	100%	0.0%
500~600	0%	0.0%	98%	0.5%
400~500	2%	0.5%	79%	2.0%
300~400	7%	1.0%	70%	5.0%
200~300	8%	1.5%	60%	9.0%
100~200	50%	22.0%	15%	50.0%
50~100	75%	40.0%	2%	91.0%
⟨ 50	97%	65.0%	0%	98.0%

우리는 그늘진 면이 전체적 미국 문화와 미국 경제 혹은 국가를 '원인'으로 하지 않는다는 것과, 그러한 그늘은 모든 나라에서 인간 의식 진화의 전 스펙트럼을 대표하는 인구 자체의 자동적 귀결이라는 것을 알 수 있다. '공정해' 보이든 그렇지 않든 간에(이 장의 마지막 부분을 볼 것), 각 요소는 주어진 맥락과 시간 내에서 그 자체가 갖는 잠재력의 표현으로서 "있는 그것으로 있을" 뿐이다.

미국 인구 조사국에 따르면(2004년 8월), 빈곤은 미국인(총 인구 3억 중에서)의 약 12.5퍼센트, 혹은 3,590만 명의 상태다. 이 보고된 빈곤 수준은 빈곤에 대한 관료적 정의의 귀결이다. 빈곤 수준의 기준 소득을 높여 잡으면 빈곤층의 비율은 상승하고, 그것을 더 적은 액수로 낮춰 잡으면 그 비율은 하락한다. 미국에서 '빈곤 수준'으로 지정된 것이 가난한 나라들에서는 인구 90퍼센트의 수입을 초과할 것이다.

미국의 중간 가계 수입은 43,318달러다. 미국 빈곤층은 자동차나 대중교통, 냉장 시설, 라디오, 배관 시설, 깨끗한 물, 전기, 의료 보호, 복지, 응급 서비스와 경찰 서비스 등을 이용할 수 있는데, 이 모든 것은 다른 문화의 빈민들에게는 접근 가능하지 않다. 사회 저변의 문제는 부정적 에너지 입력을 반영하는데, 이것은 집단적으로 전체적 장의 효과에 영향을 미친다. 사회학적으로 중요성이 큰 것은, 의식 수준 200 이하에서 일어나는, 대단히 극적인 주된 변화다. 실업률은 단 8퍼센트에서 50퍼센트로 껑충 뛰어오르고, 빈곤율은 1.5퍼센트에서 22퍼센트로 급격히 상승한다. 행복률은 60퍼센트에서 단 15퍼센트로 저하하며, 범죄율은 9퍼센트에서 50퍼센트로 치솟는다.

비슷한 상관 도표들이 만들어질 수 있는데, 거기서 신체 질환 발병, 정신장애, 범죄 피해, 자동차 사고, 의료보험 가입, 에이즈 및 성병 유병률, 체포율, 가정 폭력, 아동 학대, 투옥, 출생률, 범죄 단체 가입, 폭력적 대중매체에의 노출, 마약, 어린이들의 텔레비전 시청 시간은, 각 의식 수준의 백분율이 거의 동일한 패턴을 보여 준다. 전형적인 어린이는 매주 28시간이나 그 이상을 낮은 수준의 텔레비전 프로그램을 시청하면서, 초등학교 때만 8천 건 이상의 살인을 본다. (Winik, 2004) 살인 이야기의 75퍼센트에서 살인자는 유유히 도주하고, 후회하지 않으며, 흔히 부풀려진 영웅 이미지에 잔인성과 신성모독, 외설적 언동, 강한 관능적 이미지를 다 갖추고 있다.

대중의 관심은 도심 빈민가의 사회경제적 문제에 주로 집중되어 있지만, 동일한 손상이 반농촌 지역에서도 보인다. 소읍의 신문 기사에는, 대도시에 만연한 것과 동일한 유형의 문제가 반영되어 있다. 법정 리포트(Court Report, 2004년 7월)에 따르면 수천 명이 거주하는 전형적인 읍에서 (일주일에) 27건의 체포가 이루어지는데, 체포 사유는 치안 문란 행위, 불법 침입, 만취, 무면허나 면허 정지 상태에서의 운전, 가정 폭력, 음주 운전이나 무보험 운전 등이다. 집단적으로 범법자들은 185로 측정되며 상습적 범행과 개인적 책임감의 결핍을 나타낸다.

진짜 빈곤율은 자유기업 체제가 아닌 곳에서 훨씬 높다. 자유는 일정 정도의 위험을 대가로 하는데, 이는 차례로 더욱 큰 노력과 모험심을 자극한다. 이와 대조적으로, 복지사회는 보다 자족적이고 덜 혁신적인데 그것은 정부가 국민의 생존에 대한 책임을 떠맡고 있기 때문이다.

미국의 강점

비관론자와 낙관론자 모두, 지상의 인간 삶이 보편적으로 복된 것은 아니라는 것과 이곳이 정확히 천상계는 아니라는 것을 서글프게 관찰한다. 그리고 생각이 있는 사람은 지상의 인간 삶이 개인적 영적 성장을 위해 거의 무한한 잠재력을 제공하는 시험장,

중간 기착지, 혹은 기회가 있는 학교인 듯하다고 결론짓는다. 인간 삶의 표면적 불평등성에 대한 이해를 돕기 위해서는, 태어나는 순간 모든 개인은 이미 측정 가능한 의식 수준을 지니고 있고, 배의 전체적 항로는 나침반 위에 이미 나타나 있음을 기억하는 것이 중요하다.

미국 사회는 그것이 가진 한계에도 불구하고 421로 측정되어, 세계 어느 나라보다 의식 수준이 높다. 다름 아닌 미국 정부의 기초와 구조가 가장 고귀한 이상에서 솟아난다. 민주주의(사실상 입헌공화국)는 다른 어떤 우세한 정부 형태보다 더 높게 측정된다. (410으로 측정) 하지만 그것은 완벽함을 보장하지 않으며, 오직 상대적으로 높은 수준의 온전성, 의도, 책임성을 보장해 줄 뿐이다. 미국 정부의 권력은 피지배자의 자유로운 동의에 따른 것인데, 이는 그 자체로, 오직 낮은 힘을 바탕으로 하며 내부에 자유로운 동의가 없는 정부들과는 극적으로 다르다. 미국에 대한 긍정적 시각은 낙관적인 것이 아니고 단순히 사실에 기반한 것이다.

미국의 독특한 위대함은 드 토크빌이 쓴 『미국의 민주주의』(1835, 455로 측정)의 요지를 이루었고, 그 뒤로 수많은 사상가와 정치가들이 그것을 계속 보충해 왔다. 힐러리 클린턴은 "미국은 세계가 이제껏 알아 온 것 중에서 가장 위대한 나라입니다."라고 말했다. (텔레비전 뉴스, 뉴욕, 2004년 6월 21일) 이러한 논지는 《U. S. 뉴스 앤 월드 리포트》 특별호(2004년 6월)의 주제, '미국의 규명 Defining America'에서 계속되었다.

진실과 의식의 수준들에 대한 측정은 매우 실용적이다. 그것은 수사修辭와 외관을 뚫고 쟁점의 핵심에 신속히 도달함으로써, 현상을 이해하는 데 드는 시간과 고된 노력을 절약해 준다. 측정치는 쟁점의 본질을 포착한 빠른 스냅사진과도 같다. 측정된 수준은 그것이 정말로 무엇에 관한 것인지를 간결한 형태로 드러내 준다.

미국 경제

그것은 야마모토 제독이 진주만 공격 때에 깨웠다고 탄식한 바로 그 '거인'이다. 그것은 또한 무시무시한 강적임이 드러났는데, 왜냐하면 미국의 산업은 무적이라는 것이 증명되었는지도 모르기 때문이다. 자유로운 기업 활동과 금융자본의 산물인 미국 경제는, 자유세계가 지금껏 즐기고 있는 자유의 큰 보루이자 요새임이 판명되었다. 거대한 경제는 자본 없이는 부상할 수 없으므로, 자본 자체의 본성은 살펴볼 만한 가치가 있다.

통상적 개념에 따르면, 자본은 부를 의미하거나 은행에 있는 돈을 의미한다. 그것이 인지하지 못하는 점은 자본의 진정한 원천은 마음의 창조성이고, 그리고 마음의 창조성에서 비롯된 돈의 축적은 규율과 풍부한 아이디어의 산물임은 물론 창조성, 천재, 영감, 봉헌, 근면의, 그리고 온전할 뿐 아니라 혹독해지기 일쑤인 자기희생과 노력의 불가피한 귀결이자 자동적 결과라는 것이다. 단 하나의 눈부신 아이디어(예 에디슨의 전기)가 모든 국가의 경제 총생산보다 더 많은 부를 산란할 수 있고, 그렇게 하고 있고, 또 그렇게 해 왔다. 미국의 엄청난 성취에 대해서는, 『그들은 미국을 만들었다*They made America*』(Evans, 2004)라는 책에 잘 기록되어 있다.

미국은 왜 성공적인가

미국의 본래적 의식 장은 창조성, 발명, 교육, 혁신을 지원하고 자기 주도적 노력에 대해 갈채와 흥분으로 보상한다. 전기, 직류와 교류의 발견 및 전구의 발명은, 거대한 기계장치에서 주방용 토스터에 이르는 모든 수준의 산업과 생산성에, 어디나 있는 준비된 전원을 제공한 것은 물론, 전 세계를 환하게 밝혀 주는 결과를 낳았다.

마치 전기로는 충분하지 않은 것처럼, 미국의 창의력에서 전화, 전신, 라디오, 텔레비전, 비행기, 컴퓨터 칩, 구술용 녹음기, 컴퓨터, 전자 산업 전체, 인터넷, 컴퓨터 하드웨어 및 소프트웨어가 생겨났는데, 그 목록은 계속된다. 전 세계 항공 산업은 키티호크[15]의 비행에서 시작되었다. 세계 연예 산업은 영화의 발명에서 일어났다. 여기에 의학, 약학, 재료 연구에서의 중요한 발견들과, 밖으로 흘러넘쳐 세계를 이롭게 한 풍요한 과학적 발명을 더하라.

그 엄청난 생산성에 조심스럽게 세공된 판촉 및 물류 소매 시스템이 추가되어 월마트는 100만 명 이상의 고용인을 거느린 세계 최대 기업이다. 미국 기업들은 양성 평등에 거의 다다랐는데, 그것은 미국적 현상만이 아니며, 덴마크, 캐나다 등과 같은 외국에서도 일어나고 있는 세계적 사회 변동이다. (ATF, 2004)

세계 대기업 대부분의 측정 수준(포드, 제너럴 모터스 등)은 미국 정부 기관들과 대략 같은데, 그 수준은 책임 있는 실행과 실용

---

15 미국 노스캐롤라이나 동북부의 마을. 라이트 형제는 이곳에서 비행기를 시승했다.

적 온전성을 반영한다. (한번은《포춘》에서 GE의 전임 회장 잭 웰치를 미국 최고의 CEO로 극찬한 적이 있는데, 그것은 경쟁이 치열하고 능력이 탁월한 CEO들의 세계에서는 얻기 힘든 평판이다.)

미국이 발견한 것에 다음을 더하라. 냉장고, 에어컨, 전자 레인지외 수백 가지 기구, 로버트 풀턴의 기선, 와트/에반스의 증기기관, 하우의 재봉틀, 윈체스터 소총, 스미스 & 웨슨 리볼버, 다단식 증발 및 증류(설탕 정제), 방사선학, 쾌속선, 오티스 엘리베이터, 에스컬레이터, 로봇공학, 인공두뇌학, 면도기, 조면기, 고층 건물, FM 라디오, 고감도 수신 장치 회로, 폴라로이드 영상, 복사기, 디지털 컴퓨터, 트랜지스터, 소프트웨어, 하드웨어, 의료 장비(MRI와 CAT 스캔), 플라스틱, 그리고 마지막으로 그러나 어느 것 못지않은 원자력 에너지. 헨리 포드는 조립 라인을 완성했고 시간 동작 연구를 도입했는데, 결국에는 그러한 것으로부터 안전장치와 인간공학이 발전해 나왔다.

벤자민 프랭클린은 미국 전통의 정수를 예시한다. 그는 발명에 재능이 있었고(프랭클린 난로, 이중 초점 안경, 전기, 피뢰침), 독학으로 공부했고, 자기 계발에 전념했으며(『가난한 리처드의 연감』), 고결한 아량의 소유자였다. (펜실베이니아 대학을 건립했다.) 그는 기업가 정신(인쇄 업체를 운영했다.)과 개인적 자유를 입증해 보였고, 사회 계급의 벽을 뛰어넘었다. (빈곤에서 부로, 일용직 노동자에서 국제 외교관이자 사회적 우상으로.) 그는 모든 종교를 지지했으며, 신에 대한 최고의 예배는 자신과 타인에 대한 선행이라고 가르쳤다. 그는 또한 생활양식으로서의 지속적 자기 계발을 입증해 보였다. 그는 작가이자 출판업자였고, 미국 헌법 제정에 조력한 뛰어난 정치인이자 정치가였다. 무엇보다, 그는 잠재력을 몸소 실현했는데, 그가 실현한 것은 기회를 향한 아메리칸드림이 되었다.

비슷한 창조성과 발명의 재능이 단돈 25센트를 주머니에 넣고 스코틀랜드에서 건너온 앤드류 카네기(490으로 측정)의 전설적 삶을 통해 예시된다. 그는 강철 산업을 일으켰고 그 다음에 박애의 전통을 세웠다. 심지어 그는 카이저에게 거액의 돈을 제공하여 독일의 참전을 막음으로써 1차 대전을 중단시키려고까지 했는데, 애석하게도 그 시도는 실패로 돌아갔다. 프랭클린과 카네기 모두, 미국의 본질이 갖는 잠재성을 입증했다.

그 엄청난 창조성이 바로 '자본'이며, 그 속에서 금전적 부가 수백만 개의 일자리 및 그 속에서의 번영과 더불어 자동적으로 발전해 나오고, 그리고 마치 해수면이 상승한 것처럼 만인이 다 들어올려진다. 왜냐하면 그러한 창조성은 사적 소유만이 아닌 공적 영역으로 귀결되기 때문이다. 그것은 공공의 소유물과 운수 산업, 그리고 모든 정부 기능을 뒷받침하는 엄청난 규모의 상업을 포함하는 방대한 하부구조로 나타난다. 이렇듯 자본은, 개인 소유 및 사적 소유의 가치를 인지하고 지원하는 사회의 전 분야에서 엄청난 향상 에너지가 된다. 마오쩌둥 치하의 중국에 결여되었던 것이 바로 이것이다. 당시의 중국은 150으로 측정되고 세계가 여태까지 본 것 중에서 최대 규모의 아사(3,000만 명)를 겪었다. 그것은 마르크스주의와 집단주의, 그리고 그 바탕에 있는 철학(즉, 칼 마르크스, 130 수준)의 총체적 실패를 가리킨다. 모든 정부는 운용상으로 자본주의적이다. 왜냐하면 자본의 획득이 정복과 몰수에 의한 것이든 혹은 징세에 의한 것이든 간에, 정부의 생존과 운영은 자본에 의존하기 때문이다.

자유기업 사회는 개인의 발명과 창조성에 대해 보상한다. (미국에서는 1,200만 명이 자영업에 종사한다.) 누구나 새로운 아이디어를 내고, 특허를 취득하고, 그 다음에 벤처 자본과 투자자를 모집할 자유가 있다. (예 마이크로소프트) 자본주의로부터 일어나는 인지되지 않은 엄청난 이로움은, 또 하나의 전형적으로 미국적인 시설의 출현이다. 그것은 대형 박물관, 공원, 화랑, 전문대, 종합대학, 천문관, 연구소, 음악당들의 헤아릴 수 없는 이로움을 대중에게 돌려준 위대한 박애주의자들의 것이다. 카네기의 유산은 전국 곳곳에 건립된 대규모 도서관인데, 그곳에서는 시민 누구나 지금 월드와이드웹으로 이전되고 있는 세계의 정보에 자유롭게 접근할 수 있다. 대규모 박애주의 재단들은 전설적이며(록펠러, 게이츠, 카네기, 포드, 멜론 등), 수십억 달러를 도로 사회에 쏟아붓는다.

자본주의 문화는 수천만 개의 일자리와 자영업의 기회를 창출하여 대공황이 끝난 뒤에는 일자리가 실제로 심각하게 모자랐던 적이 없었다. 공식 실업률은 그것이 실업 급여 신청자들에 관해 보고한다는 점에서 오도하는 통계다. 이번 생[16]에서, 자영업의 기회가 차단되었거나 '일자리'를 구할 수 없었던 적은 없었으며, 그저 사람들이 원하는 '일자리'를 구하는 것이 힘든 적이 있었을 뿐

....
16 저자의 이 생을 말한다.

이다. 신문 1면에서는 현재의 실업률에 관해 보도하는데, 뒷면에는 구인 광고가 여러 면에 걸쳐 실려 있고, 대부분의 상점 유리창에는 "도와줄 분을 찾습니다."라는 광고가 붙어 있다. 그런 일자리들은 야망을 충족시키지는 못하더라도, 가장 중요한 결핍이 돈이라면 그것은 제공해 줄 것이다. 역설적인 것은, 사람들은 실업 보험이 다 떨어지면 일터로 돌아간다는 것이다. 정말로 일자리를 얻기 힘든 이들은 수많은 지원 프로그램과 교육 프로그램을 제공해 주는 사회 안전망에 의지한다. 미국의 실업률은 사회주의 국가에 비해 평균 40퍼센트에서 50퍼센트 더 낮다. 자유로운 자본주의 기업 제도의 거대한 경제 엔진은 어마어마한 크기의 경제 기반(연간 1.5조 달러)을 산출하는데, 덕분에 미국은 지상 최대의 박애 국가가 된다.

연방 정부의 총 자본 가치를 훑어보면, 가설적인 '국가 채무'는 잘못된 명칭이며 오도하는 통계라는 것이 드러난다. 연방 정부의 부는 현재 (측정에 의하면) 9천조 달러인데, 그것은 연방 정부가 석유 매장 가능성, 목재, 광산 등을 포함하는 수억 에이커에 달하는 지극히 값진 토지를 소유하고 있기 때문이다. 게다가 모든 소유권, 즉 군대 재산, 모든 정부 건물, 고속도로, 창고, 도로와 선로 부지를 고려한다면 연방 정부의 자산은 어마어마하다. 국가 부채라는 개념은, 억만장자가 자신이 가진 부의 낮은 비율을 사용하여, 구입 가격의 50퍼센트를 계약금으로 주고 잔액은 정해진 날짜에 분할 상환하기로 하고 새 회사를 사들이는 것에 비할 만하다. 그는 이제 자신이 '빚졌다'고 보고하는데, 왜냐하면 그에게는 상환

해야 할 대금이 있기 때문이다. 하지만 그런 갑부가 정말로 '빚졌다'고 할 수는 없고 그저 임의로 지불을 미루었을 뿐인데, 그는 자산을 매각해서 손쉽게 잔금을 청산할 수 있다.

돈이 들어오는 것보다 더 빠른 속도로 돈을 쓰는 것, 예컨대 '예산 부족'은 빚진 것과는 다르다. 진짜 빚을 졌다는 건 갚아야 할 돈이 자산 가치보다 많아서 순자산이 마이너스라는 것인데, 이는 연방 정부에는 거의 해당되지 않는 얘기다. 연방 정부가 토지의 85퍼센트를 사실상 소유하고 있는 주들이 있고, 특히 미 서부의 주들이 그러한데, 토지소유권에는 물, 목재, 채굴에 대한 권리가 따른다. 연방 정부의 진짜 문제가 수많은 제도에 대한 예산 지원이고, 그중 많은 지원이 그 가치가 의심스러울 뿐 아니라 현실적인 공적 필요보다는 정치적 이데올로기를 나타내는 상황에서, '빚졌다'고 하기는 힘들다.

사회가 산업화되고 농경문화에서 상업 문화로 이동할 때 시간 지체가 일어난다. 그러한 과도기는 미국뿐 아니라 모든 개발 국가에 다 있었다. 그 기간 동안, 어린이와 여성들은 저임금 공장 노동에 종사한다. 신흥 산업은 초기에는 낮은 급여, 장시간 노동, 전무한 종업원 복지, 스트레스가 심한 작업 조건에 의존한다. 하지만 20년 뒤, 기본적으로 온전한 사회에서는 그림 전체가 변하여 축적된 자본은 이제 더 나은 작업 조건과 높은 급여를 통해 배분되는데, 이것이 경제 발전의 부산물이다.

1914년, 헨리 포드는 일당 5달러를 지불하여 노동계를 아연실색하게 만들었다. 그것은 결국 시간당 5달러가 되었고, 일꾼들이 전국에서 몰려들었다. 그 당시, 미숙련 노동자의 평균 급여는 시간 당 35센트였다. 한편, 포드는 작업 현장에서 농담을 하거나 웃는 걸 금지했고, 화장실에 갈 때는 반드시 십장什長의 허락을 받도록 했으며, 화장실에 다녀오는 시간을 재게 했다.

문화적 변화

2차 대전 이전, 미국 경제는 농업이 반을 차지했다. 미국인 절반 이 농장에서 살았고, 일은 남녀가 동등하게 분담했으며, 가정에서 는 여자들이 크게 존중받았다. 여자들이 방에 들어올 때면 남자들 은 존중심에서 속된 언동을 중단하고 자리에서 일어섰고, 여자들 을 위해 문을 열어 주었다. 전체적으로 여성, 특히 어머니는 영예 와 존경을 얻었고, 가정사에 대한 재량권을 가졌으며, 남자들은 농 작물, 가축, 설비를 돌보았다. 주부는 교사나 간호사가 아닌 이상 인력시장에 구직자로 나오는 일이 없었다. 아내를 부양하는 것은 남편의 사회적 책임이었다. 아내가 '일하러 나가야 하는' 것은 불 명예였는데, 그런 경우에 남편은 부양자로서의 자신의 무능력에 대한 공공연한 증거 앞에서 '부끄러워 죽으려고' 할 것이다.

관심 분야는 전체적으로 비교적 성별에 따라 나뉘었다. 여자들 은 사업이나 정치에 대해서는 거의 관심을 보이지 않았다. 남자들 은 저녁 식사를 마친 뒤 그런 주제에 대해 토론하기 위해 다른 방 으로 건너갔다. 여자들은 '리벳공 로지'가 난국을 타개했다고 찬 양받은 2차 대전 시기까지는, 눈에 띌 정도로 고용의 세계로 들어 가지는 않았다.

문화적 변화와 함께 여자들이 대거 인력시장에 들어갔는데, 그들이 극복해야 했던 편견은 주로 관습적인 정형定型에 기초한 것이었지, 경제적 경쟁이나 혹은 그러한 편견에 기초한 것은 아니었다. 솔직히 말해, 어느 누구도 숙녀 배관공을 만나본 적은 없었고, 여자들이 대기업 CEO인 경우는 없었는데, 그것은 여자들이 그런 일을 금지당했다기보다는 그런 문화 속에 있지 않았기 때문이었다. (즉, 장 효과)

여성들의 참여가 점진적으로 늘어나면서, 그것이 경제 전체와 경제의 자본주의적 기초에 주는 이익은 급상승했다. 여성들은 이제 다름 아닌 미국 주요 대기업의 CEO가 되고, 정부에서도 고위직에 오를 만큼 발전했다. 다른 여러 분야에서, 여성들은 자신의 잠재적 창업 능력만으로 전설적 억만장자가 되었다. 여성들은 또한 대중매체에 돌봄과 사랑이라는 주요한 새 에너지를 불어넣었다. 요즘 텔레비전에서 사람들이 가장 감탄하는 성격은 가장 크게 성공한 토크쇼를 진행하는 한 여성인데, 그 프로는 대중매체의 그러한 모든 프로그램 중에서 가장 높게 측정되어 현재 500 이상이다. 지금 그 여성 진행자와 다른 뛰어난 여성 CEO들은, 예전에는 남성만의 전유물이었던 《포춘》의 표지에 정기적으로 등장하고 있다. 2003년, 여성 CEO들이 이끄는 기업은 남성들이 이끄는 기업보다 우수한 성적을 올렸다.

이상 모든 것은 미국이 기회의 땅일 뿐 아니라, 한층 더 중요한 것으로, 균형 감각과 공정함을 바탕으로 하는 유연하고 자가 교정하는 사회이기도 하다는 것을 입증하려 인용한 것이다. 그런 사회에서 불공정이라는 불의는 그것을 교정하는, 동정적 반응을 불러일으킨다. 실제로 어떠한 대의에도 지원자들이 부족하지는 않다. 이렇듯, 미국 사회의 실상은 본질적으로 온전하며 그것은 전체적인 가까운 장의 귀결인데, 그 가까운 장의 의식 수준은 700 이상으로 측정되는 헌법에 의해 이미 결정되었다. 이렇듯, 높은 온전성의 장은 마치 깨끗한 셔츠가 얼룩을 드러내는 것처럼 불의와 비온전성 속에서 그 자체를 드러낸다는 점에서, 보이지 않는 영향력을 갖는다.

미국이 왜 물질적, 심리적으로, 그리고 영감상으로, 그토록 수많은 주목할 만한 성질들의 그렇듯 엄청난 합류를 나타내는지에 대한 호기심이 일어난다. 창조적 천재가 오늘날의 경제를 떠받치는 대부분의 거대 산업과 발명을 탄생시켰다. 역사상 가장 생산적인 사회가 출현했으며, 가능한 최고 수준으로 측정되는 정부 기반 위에 자유로운 자가 교정하는 사회가 태어났다. 그 모든 것이 어느 국토 안에서 출현했는데, 그 땅 자체가 엄청나게 큰 공간과 숨 막히는 무한한 아름다움을 갖고 있고, 독립된 무한한 부(금, 은, 동, 백금, 희귀 금속, 목재, 야생동물, 그리고 가장 중요한 것으로 강철의 기본 재료인 철괴)를 보유하고 있다.

또다시, 표면적으로는 우연히, 또 다른 준비된 자산, 즉 높이에 대한 두려움이 없었던 아메리카 원주민 노동자 덕분에 강철 공학 기술과 강철의 구조적 이용이 용이해졌다. 그리하여 거대한 구조물과 교량이 출현했고, 창조적 영감으로부터 상징적인 엠파이어스테이트 빌딩이 솟아올랐다. 그것은 창조적 천재와 기술, 그리고 미국 노동 계층의 수입과 저축으로 이루어진 운영 자본을 이용할 수 있는 경제의 힘이 융합되어 맺어진 결실이었다. 그러한 것이 없었다면 철도, 항공, 포장 도로, 상점, 자동차, 생명을 구하는 의약품, 연방 예산, 메디케어[17], 복지, 혹은 전화 통신망은 없었을 것이고, 사실 공중화장실조차 가능하지 않았을 것이다.

미국에 속한 요소들의 온전성의 수준에 대한 측정치는 물론 앞의 전체적 분석과 역사적 고찰로부터, 인간 삶의 모든 결정적이고 중요한 영역에서 미국이 어마어마한 성취를 나타내고 또한 존중받을 만한 가치가 있는 전체적 온전성을 나타낸다는 것을 쉽게 관찰할 수 있다. 자유국가의 시민들은 진행 중인 정치 과정의 일부이자 사회 진화의 일부로서 자유롭게 나라를 비판하거나 혹은 그렇게 하도록 격려받기까지 하는 반면(정직한 불찬성은 210~330으로 측정된다.), 이와 대조적으로, 정치적 극단주의자들은 160으로 측정된다. (미국이 전형적으로 홀로, 머나먼 아프리카에서 에이즈를 정복하는 일에 수억 달러의 돈과 의약품을 쏟아붓고 있는 것에 주목하라.) 부정적 왜곡의 한 예가 되는 것은 아웃소싱이 '탐욕'이나 '대통령' 때문이라는 고발인데(이는 '거짓'으로 측정된다.), 하지만 아웃소싱은 사실상 인터넷과 국제 경제학의 귀결이다. (이는 '진실'로 측정된다.) 요즘 대부분의 나라, 도시, 주, 산지, 기업에서는 경제적 생존을 위해 아웃소싱을 한다. 멕시코조차 중국에 아웃소싱을 주고 있다. (Brezosky, 2005; Kniazkov, 2005)

----

17 65세 이상의 노인들을 대상으로 하는 미국의 노인 의료보험 제도.

자신의 조국을 비난하는 토박이들과는 대조적으로, 미국은 진정한 기회의 땅을 알아보는 안목이 있는 이민자들을 포용한다. 언어가 유창하고 재능이 뛰어난 어느 이민자의 미국에 대한 다음과 같은 묘사는, 그 눈을 크게 뜬 정직성과 온전성으로 하여 매우 인상적이다. 그 글은 어느 신문 논설에 간단히 소개된 바 있지만(Devji, 2004), '미국인의 열 가지 고귀한 기질'(470으로 측정)을 쓴 저자의 허락을 얻어 그것을 여기 요약해 놓는다.

나는 미국인이다. 나는 미국인이라는 게 정말 좋다! 내 속의 아름답고, 정의롭고, 기쁨 넘치는 모든 것은, 내가 미국인임으로 하여 고양되고 긍정된다. 열 가지 기질이 우리 국민의 특징이다.

1. **신을 믿는다**: 우리들 거의 모두가 우리 너머에 있는 어떤 힘이 인간의 소용돌이치는 운명을 이끈다는 것을 인정한다. 아메리카 원주민은 '큰 영'에게 기도하며, 공경하는 가슴으로 그것을 미국의 신성한 대지와 하늘에 매어 놓는다.

2. **아량이 넓다**: 유럽의 기독교도들이 이 땅에 정착하여 헌법을 제정했다. 그 다음에 그들은 두 팔을 활짝 벌리고, 나머지 세계에서 오는 사람들을 반갑게 맞아들였다. 이제는 이슬람 사원, 유대교 회당, 사찰이 교회와 함께 풍경을 수놓고 있다. 이슬람교도는 대부분의 이슬람 국가보다는 이곳에서 더욱 자유롭게 예배할 수 있다. 시크교도는 터번을 두르고 유대인은 야물카를 쓴다.

3. 꿈을 좇는다: 우리는 물질적 성공을 즐기는 현세적 국민이지만, 또한 비상히 꿈을 좇는 국민이다. 우리는 감히 불가능한 꿈을 꾼다. 우리는 별들을 찾아 하늘 높이 날아오른다. 우리는 수십억 년의 침묵에 휩싸여 있는 행성들에 착륙했다. 지상에서 치료술에 대한 우리의 꿈은 말 그대로 절름발이를 걷게 하고 장님을 눈뜨게 만들 것이다.

4. 번영한다: 즐겁게 열심히 일할 줄 아는 미국인의 능력이 이 나라의 부를 이루는 재료다. 우리의 노동 윤리는 타의 추종을 불허한다. 우리나라는 세계에서 가장 부유하지만, 우리 아이들은 학교 다닐 때부터 아기 보는 일을 하고, 식료품을 봉지에 담고, 잔디를 깎는다.

5. 관대하다: 지구상에서 미국인의 관대함에 접해 보지 않은 나라는 아마도 없을 것이다. 우리는 연민 어린 가슴으로 지진, 홍수, 기근에 반응한다. 우리는 피부색이나 신조와는 상관없이 모든 피해자, 심지어 우리의 '적들'에게도 돈과 의약품, 옷, 기도를 보낸다. 우리는 우리가 부의 소유자가 아닌 관리자라는 것을 안다.

6. 회복이 빠르다: 미국인은 사고, 파산, 이혼 등의 재난을 딛고 일어서는 불가사의한 능력을 지니고 있다. 그들은 자신의 육체, 사업, 삶을 재건한다. 우리는 어두운 구석에 주저앉아 있지 않으며, 맞서 싸운다.

7. 용감하다: 이웃집 네 살배기 아이가 헬멧을 쓴 채 외발 스케이트를 타고 모퉁이를 돌아온다. 그런데 인도의 우리 숙모는 열

네 살짜리를 행여 다칠세라 여전히 품에 끼고 있다. 미국인은 유난히 용기 있게 태어나는 것 같다. 용기는 우리의 영혼 속에 새겨져 있는 듯하다. 우리는 담대한 영혼과 위업으로 세계에 용기라는 말의 의미를 가르친다.

8. 익살스럽다: 우리는 웃음과 인생을 사랑한다. 외국에서 미국인은 눈에 띄는데, 왜냐하면 그는 일반적으로 가장 활짝 웃는 사람이고, 때로는 목소리와 웃음소리가 가장 크며, 가장 사귀기 쉬운 사람이기 때문이다. 미국인은 전염성 강한 선의로 실내를 가득 채울 것이고 누구든 이방인 취급하지 않을 것이다.

9. 자기 성찰: 지금의 우리처럼 세계에서 독특한 위치를 점하고 있으면 우린 정말 오만해질 수 있고 사람들의 의견에 무관심해질 수 있다. 하지만 우리는 찬성을 필요로 한다는 점에서 어린애와 같다. 우리는 자신을 성찰하는 국민이다. 우리는 우리의 행동과 사고를 자세히 분석하고, 위원회를 구성하며, 신문, 텔레비전, 지역사회 모임에서 그러한 것에 대해 토론한다.

10. 상냥함: 시민들의 영혼에 상냥함이라는 성질이 없다면, 나라는 국민과 마찬가지로 메마르게 된다. 미국인은 영혼의 상냥함이라는 드문 성질로 축복받았다.

미국은 그 긍정적 성질들로 인해, 몇 세기 동안 그래 왔던 것처럼 세계 도처에서 수백만의 이민자를 끌어들인다. 비록 미국에 대한 데브지의 묘사는 미합중국에 한한 것이지만, 긍정적인 것을 볼 줄 아는 그녀의 능력은, 마찬가지로 자유와 기회를 나타내는 다른 나라들을 방문하거나 그곳으로 이민 가는 이들에게도 분명해 보일 수 있는 것을 반영해 준다. 데브지의 진술(470으로 측정)을 포함시킨 것은, 모두 200 이하로 측정되는 요즘의 '반미'적 시각과 대비하기 위한 것이다. 반면에 캐나다와 같은 높게 측정되는 다른 나라들은, 안팎으로부터의 조직적 비방에 시달리고 있지 않다. 비판자들은 자신의 조국이 아닌 정책을 공격하는데, 조국에 대한 공격은 정치가 아니라 성격 문제에서의 악의를 나타낸다. ('먹여 주는 손을 물어뜯는 것'은 160으로 측정되어, 현실 검증력의 상실을 가리킨다.)

캐나다 얘기가 나온 김에, 2004년 10월 18일, 토론토의《글로브 앤 메일》경제면에 실린 다음과 같은 갤럽 조사 결과를 보기로 하자.

갤럽 조사: 캐나다

	미국	캐나다	영국
1. 승진 기회에 완전히 만족	40%	29%	25%
2. 상사에게 완전히 만족	60%	47%	42%
3. 업무 성취에 대한 인정에 완전히 만족	48%	37%	37%
4. 신의 존재를 믿는다	90%	71%	52%
5. 악마의 존재를 믿는다	70%	37%	29%
6. 천사의 존재를 믿는다	78%	56%	36%
7. 주당 평균 노동시간	42%	41%	39%
8. 주당 45시간 이상 노동	45%	30%	28%

의식 진화, 인류의 발달, 영적 진화는 의식 지도에서 약술한 것처럼 대체로 나란히 진행된다. (부록 B를 볼 것) 맨 밑바닥은 자기 이익을 나타낸다. 자기 이익을 쫓는 의도는 생존인데, 에너지가 부족할 때 그것은 무감정과 죽음으로 끝난다. 일단 에너지가 충분해지면 생명은 살아남는다. 생명은 숙달, 자기주장, 행, 실행 능력, 경쟁, 획득 혹은 축적, 자부심으로 상승 이동한다. 그 다음에야 사람은 타인의 권리와 복지에 좀 더 관심을 갖게 된다. 지성의 출현은 그 다음에 생존과 사회적 확장을 돕는다. 우세한 생명 에너지는 결국 가슴으로 이동하는데, 진화의 관점에서 볼 때, 사랑할 수 있는 능력은, 생명이 여전히 낭떠러지에 아슬아슬하게 매달려 있을 때는 이용할 수 없는 사치로 보일 수 있다.

진화의 관점에서 볼 때, 사랑은 모성 본능으로 처음 출현하는데, 남성은 진화상에서 비교적 아주 최근에 이르기까지 사랑의 에너지 장에 참여하지 않는다. 사실, 낭만적 사랑은 인간 문명에서 극히 최근의 현상이다. 가슴에서 나온 영적 에너지는 진화를 통해 창조성과 영적 분별을 낳고, 마침내 앞선 영적 앎을 낳는다.

미국의 발달과 역사 전체에 걸쳐, 사람은 어떤 내재적 종교성의 윤리에 의해 방비되고 보강되어 온 사회를 본다. 시민들 대다수 (약 92퍼센트)가 신을 믿으며, 그래서 보다 높은 권위에 궁극적으로 응답할 수 있기 위해 준비 태세를 갖추고 있다. 노예제를 그리고 그 다음에는 결국 인종차별주의 자체를 초월할 필요성을 부른 것이 바로 이 온전성의 내재적 핵심이었다. 남부에서 쿠 클럭스 클랜[18]의 위협은 종료되었다. 역사상의 남북전쟁은 충돌한 양측에서 수십만 자원병의 생명을 희생시키고 노예제도를 끝장냈다. 인간은 자신의 신념을 위해 죽는다. 이것이 바로 신념 체계의 수준 측정이 그토록 중요한 이유다. 남북전쟁에서 인권은, 주州의 권리 및 농장 소유주들의 기득권과 대치했다. 결국에는, 미국 같은 나라에서는 그럴 법하게, 정의와 평등이 자기 이익의 원리들을 제치고 당당하게 솟아올라 우세해졌다. 비록 선형적으로 정의된 영역 내에서는 한동안 낮은 힘의 갈등이 있지만, 결국에는 맥락 장이 갖는 힘이 불균형을 교정하고 최종적 결과를 보증한다.

영적 혹은 인도주의적/도덕적 관점에서, 1800년대는 미국에서 가장 어두운 시기였다. 노동 착취 공장과 노동자 학대가 만연했는데, 아메리카 평원 인디언을 조직적으로 대량 학살한 일은, 물소 5,000만 마리를 고의로 도살한 것과 마찬가지로 끔찍하고 야만적인 짓이었다. 대평원 인디언 지도자들, 예컨대 검은 솥Black Kettle, 하얀 영양White Antelope, 앉아 있는 황소Sitting Bull, 미친 말Crazy Horse들의 고결함은 인정받지 못했고, 하얀 영양이 링컨 대통령으로부터 평화 훈장을 수여받은 사실에도 불구하고 그들은 '이교도'로 지각되었다. 인종적 편견이 만연했고, 남북전쟁의 종전은 쿠 클럭스 클랜의 발흥을 부추겼다.

시민권이 확립되기까지 꼬박 한 세기가 더 걸렸는데 그것이 사

---

18 백인 우월주의, 인종차별, 반카톨릭, 동성애 반대 등을 표방하는 미국의 극우 비밀 결사 단체이다.

회에서 실제로 효력을 발휘하는 데는 한층 더 오랜 시간이 걸렸다. 그 시기 전체의 그늘은, 진화하는 에고의 오래된 동물 뇌에서 비롯되는 증오와 두려움이라는 생존 감정이 지배한 결과였다.

미국에서 흑인의 사회적 해방에는 거의 한 세기가 걸렸는데, 그것은 1960년대 린든 존슨 대통령 집권기, 마틴 루터 킹의 평화 시위에서 에너지를 얻어 마침내 당당하게 출현했다. 그로부터 일터에서의 평등이 발전했고, 지금 흑인들은 정부, 학계, 군부에서 정상에 올랐고 대통령의 자문역을 맡고 있다. 「오프라 윈프리 쇼」는 「빌 코스비 쇼」가 그랬던 것처럼 미국에서 최고의 인기를 누리고 있다. 역차별[19]과 인종 할당제는, 온전성과 수행 능력에 대한 인종과는 무관한 공적 인정으로 대체된 것처럼 보일 것이다. ('인종 카드' 활용[20]은 185로 측정된다.)

미국 원주민에 대한 응분의 도덕적 배상은 워싱턴 D.C. 의 스미소니언 아메리카 인디언 박물관으로 마침내 출현했는데, 460으로 측정되는 그 박물관은 그들의 위대한 문화에 대한 하나의 온전한 인정이다. 그 5층짜리 건물이 만 년의 역사를 포용하고 있다. 서구 팽창의 한 시기에 대략 600만에서 900만 명의 원주민들이 있었는데, 1900년까지 그 숫자는 25만으로 감소했다. 이후에 미국 원주

---

19 미국에서는 흑인 학생의 비율이 인구 비례에 비해 현저히 떨어지는 현상을 시정하기 위해 입학 시에 흑인 학생들에 대해 상당히 낮은 성적 기준을 적용하는 대학들이 많은데, 이것이 역으로 백인을 비롯한 다른 인종을 차별하는 결과로 나타나는 현상을 말한다.

20 직장을 비롯한 각종 단체나 정치권에서 불공정한 특혜나 후원을 받으려는 목적으로 소수 인종이 자신의 인종을 이용하는 일을 가리킨다.

민 인구는 250만까지 증가했다. (《애리조나 리퍼블릭》, 2004년 9월 19일)

관찰에 대해, 진화 과정의 펼쳐짐은 연쇄적으로 나타나며 국소적 원인들에 기인하는 것처럼 보인다. 사실상, 그것은 자연 발생적이고 비개인적인 장 효과인데, 장 속에서 만인은 어떤 역할을 할 수 있는 힘을 얻는다. 진화는 변화로 나타나고, 창조와 진화는 하나이자 동일한 것인 까닭에, 변화는 진화의 출현일 뿐이다.

외관은 본질이 아니고, 지각은 실상이 아니며, 표지는 책이 아니다. 오류는 왕왕 설득력이 있는데 그것은 고려하고 받아들여야 할 불쾌한 사실이다. 만인은 자신의 사사로운 세계관이 '실제'이고, 사실적이며, 진실하다고 은밀히 믿고 있다.

반미: 미국에 대한 '증오'(90~190으로 측정)

이 현상은 200 이하로 측정되는 밈들(135~185)의 부정적 효과를 입증해 준다. 이 경우, 전염성이 강한 허위 정보의 밈/바이러스 확산은 몇몇 기원에서 동시에 비롯되었다.

1. 권력과 성공에 대한 선망: 2차 대전에서 형편없는 성적을 거둔 뒤 프랑스에서 나타난 풍토병. 샤를 드골 장군의 호언장담이 그것에 기름을 부었다.
2. 이슬람 급진주의: 와하비주의, 알카에다 등.

3. 유엔의 위선적 회원국들('석유 식량 계획'[21] 등)

4. 유럽연합 국가들의 경쟁의식.

5. 미국 극좌파의 반미 선전.

6. 프랑스에서 출간된 티에리 메이상의 저서, 『9/11: 무시무시한 사기극*9/11: The Big Lie*』(2002)의 보급.

7. 반이스라엘적인 정치적 위치들과 개신교 단체들의 반유대주의.

8. 친팔레스타인 단체, 혁명 단체, 테러 단체.

9. 이슬람 원리주의자 보충병, 테러리스트, 동조자들. (이란, 사우디아라비아 등지에서 자금을 지원받는 미국과 유럽의 회교 사원들)

10. 학계의 좌파: 촘스키 등.

11. 미국의 좌파 칼럼니스트들과 좌파 대중매체.

12. 아랍국에서 방영되는 알자지라 TV.

13. 캐나다와 세속 국가들의 반미 밈(예 "미국은 악이다.")(캐나다 초등학생의 40퍼센트)

14. 할리우드와 명사 '문화 엘리트' 및 영화 제작자들.

---

21 90년 걸프전 이후 이라크는 유엔 안보리 결의안에 따라 석유 수출을 전면 금지당했으나, 1996년 유엔의 석유 식량 계획과 함께 최소한의 석유 수출을 허용받았다. 2003년에 종료된 이 석유 식량 계획은 이라크 국민을 위해 식량과 의약품 구입을 허용한다는 인도주의적 명분으로 출발했으나, 그 자체가 거대한 이권이 되었고, 코피 아난 유엔 사무총장을 비롯한 여러 회원국들은 그 계획의 시행 과정에서 숱한 비리와 부패에 연루되었다. 사담 후세인 또한 그 과정에서 거액을 착복했음이 드러났다.

15. 극좌 단체와 극좌 선전을 후원하는 거부巨富들.

16. 세속적이고, '반신反神적'이며, '반기독교적'인 순회법원 사법 적극주의자들의 판사석에서의 입법 활동에 의한 판결.

17. 자기애적 성격장애. ('먹여 주는 손 물어뜯기', 160으로 측정)

18. '지도자 비방' 증후군. (다른 곳에서 논한 바 있다.) 반미 증후 군에 관해서는 콜터, 티머만, 프럼, 가츠, 골드버그, 라벨, 깁 슨 외 많은 저술가들이 문헌에서 충분히 설명했고, 폭스 뉴스 채널에서는 같은 주제를 가지고 4부작 시리즈(미움받는 미 국)를 방영했다. (2004, 11월 23~26일) 또한 이 주제를 놓고 수많은 텔레비전 출연자들이 토론을 벌였다.

19. '언덕 위에 사는 부자 삼촌을 미워하는' 경향이 있는 세계 인구 78퍼센트(미국에서는 49퍼센트)의 순진성과 의식 발달 결여.

20. 국제적 경쟁과 힘의 정치로부터 일어나는 세계 최강국에 대 한 두려움.

21. 정치 지도자 간의 그리고 정치제도 간의 경쟁. 예, 민주주의 대 사회주의, 제국주의, 신정, 독재, 봉건적/부족적인 저개발 국가와 사회들.

22. 권력과 성공에 대한 욕심과 선망.

23. 모든 권위 인물에 대한 억압된 적의, 선망, 증오심을 간직하 고 있는, 불충분하게 양육된 사람들 속의 해결되지 않은 심리 적 문제들. 그들에게 권위 인물은 온전하고, 보호적이고, 지 지적이기보다는 권위주의적, 억압적, 전제적으로 비친다.

24. 미국의 보다 앞선 문화와 앞선 전체적 의식 수준에 맞닥뜨린 저개발 문화들의 수치심과 죄책감.

25. 의식 수준 200 이하 인구에서, 군림하는 ‘상륙지휘관’인 알파 수컷의 지위를 향한 늑대 무리의 경쟁과 같은, 본능적 동물 행동이 지속되는 것. (1부에서 묘사한 것처럼.)

26. 덜 진화한 세계 인구에서, 이타주의, 충실성, 온전성, 진실, 연민 어린 인도주의 등과 같은 긍정적 동기들이 우세하지 못한 것.

27. 순진한 지성들이, 특히 대중매체를 통해 전파되는 선전이나 밈에 의해 프로그램되기 쉬운 것. 즉, 지적인 비판 기능이 결여된 것.

28. 계급 경쟁.

29. 구경꾼과 참여자의 내적 흥분.(관전 스포츠로서의 정치)

30. 사적인 자기애적 욕구 불만과 투사된 비난에 대한 배출구.

31. 괴팍한 반대와 흠잡기에서 우러나는 만족.

32. 이상화된 아버지 인물 속의 그 어떤 결함도 참지 못하는 것.

33. 마르크스주의 이데올로기가 위장된 형태로 지속되는 것. (가해자/피해자)

34. 공공연한 종교적 증오심과 종교적 편협성.

35. 인구 집단 속에서 무지와 순진함이 전체적으로 우세한 것.

36. 악명 높은 『시온의 정서*protocol of the Elders of zion*』(90으로 측정)의 반유대주의적 영향력을 통해 드러난 패턴. 『시온의 정서』는 나치 독일과 2차 대전, 강제수용소, 600만 명의 학살에 기름을

부은 반유대주의적 증오심의 확산에 영향을 미쳤는데, 전염성이 강한 그 거짓은 헨리 포드에게 그럼으로써 무수한 미국인에게까지 영향을 미쳤다. 휴면 상태에 있던 그 씨앗들이 지금 다시 수정되고 있다.

37. 자기 파괴와 자살을 촉발하는, 그리고 특히 대중의 참여와 암묵적 찬성이 있을 때 위험과 신체 상해라는 스릴의 유혹을 촉발하는 프로이트의 '타나토스Thanatos', 즉 깊이 억제되어 있는 죽음 본능.

38. 자명한 것(거실에 들어와 있는 코끼리)을 그것이 두려움을 유발할 터이므로 부정하는 것.

39. 음모론. (165로 측정)

40. 인류의 집단적 무지가 우세한 것. 인류는 극히 최근에야 190의 의식 수준에서 현재의 207로 집단적으로 이동했다.

41. 칭찬받는 이에 대한 시샘은, 비판적인 것은 지성을 나타낸다는 환상으로부터 그리고 타인의 탁월함을 인정하면 자신은 작아질 거라는 두려움으로부터 시작된다.

상충하는 관찰 결과들은, 오마르 카얌의 「루바이야트The Rubaiyat」(700으로 측정)에 나오는 한 구절에 대한 이해를 통해 해소된다.

나는 내 영혼을 내세로 보내어
알아야 할 진실을 엿보았느니,

영혼은 내게로 돌아와 말했도다,

'나 자신이 천국이며 지옥이다.'

온전한 사람들이 세계의 어두운 세력에 대해 그리고 그 세력의 명백한 표면적 파괴성에 대해 연민을 느끼거나 용서하기는 어렵다. 그것은 부정적인 것이 재맥락화되고 그럼으로써 그것이 유용한 것으로 다르게 보일 때 가능해진다. 수백만 사람들의 세계적 경험이 책 『익명의 알코올중독자회*Alcoholics Anonymous*』(540으로 측정)의 유명한 5장에 나오는 다음과 같은 구절을 증명한다.

우리는 체질적으로 자신에 대해 정직해질 능력이 없는 이들을 제외하고는 실패하는 사람들을 거의 보지 못했다. 하지만 그렇게 불운한 이들이 있고, 그리고 그들에게 잘못이 있는 것은 아닌데, 왜냐하면 그들은 그런 식으로 태어난 것처럼 보이기 때문이다. 그들은 철저하게 정직할 수 있는 능력이 본래 없다. 중증의 정서장애와 정신장애를 겪고 있는 일부 사람들 역시 그러한데, 하지만 그런 이들조차 정직할 수 있는 능력을 여전히 간직하고 있다면 반드시 회복한다.

의식 측정 기법의 이용은, 표면적으로 영문 모를 이 지상의 삶의 본성과 목적을 명확히 하는 데 도움이 된다. 연구를 통해, 우리의 출생 환경과 삶의 환경은 카르마적으로 완전무결하다는 놀라운 사실(이는 의식 수준 998로 측정된다.)이 드러난다. 우리가 맞닥뜨리고 견뎌 내는 모든 것, 즉 장애와 도전은, 과거의 부정적 귀결을 해소하고 동시에 영적으로 긍정적인 선택을 하기 위한 발전을 이끌어 낸다는 점에서, 의식 진화에 기여한다.

우리 모두가 진화의 기차에 올라탄 승객이라는 이 발견은 삶을 재맥락화하는데, 그것은 우리가 겪고, 견디고, 궁극적으로 초월하는 것 모두가 개별적 집단적인 궁극의 목표에 기여하기 때문이다. 이러한 이해는 우리의 삶에 감사와 평화를 가져다준다. 이러한 각성을 통해 우리는 자기 연민과 분개를 초월하고 삶을 사랑과 신에게 봉헌할 수 있게 되고, 그럼으로써 삶을 축성祝聖한다. 그렇게 하는 동안 우리는 모든 종교의 궁극적 목표들을 융합한다. 이러한 몰두를 만들어 내는 영적 사랑이 삶의 그런 몰두를 융합한다. 우리는 그 다음에 헌신적 비이원성의 길을 갈 준비가 되는데, 그 길에서 세계의 가장 위대한 화신들(예수그리스도Jesus, the Christ, 깨달은 붓다Enlightened Buddha, 지고의 크리슈나Supreme Krishna, 가장 자비로우신 알라All Merciful Allah, 브라흐마Brahma, 그리고 신성Divinity을 가리키는 다른 모든 명목적 지시들)의 가르침이 합류한다. 그리하여, 지금 살아 있는 우리들에 더해 여태껏 살아온 모든 것이 동등하게 창조Creation의 일부이며, 그리고 이것을 인식하며 우리는 연민에서 솟아나는 공존의 평화를 이끌어 낸다.

사회의 그늘

서문

미국의 의식 수준은 현재 421이지만, 인구의 49퍼센트 가량은 200 이하로 측정된다. 200 이상인 51퍼센트는 해결을 나타내고, 200 이하인 49퍼센트는 문제를 나타낸다. 미국 사회의 그늘에 대한 토론이 용이하도록, 측정치들을 대략 반사회적/행동적 측면, 범죄적 행동, 간첩 행위로 분류했지만, 이 셋 전부가 상당히 겹친다는 것은 분명하다.

반사회적 행동

거리의 노숙자	95	기업 사기	160
공공 기물 파괴	175	노예제도	20

도심 빈민가의 거리의 깡패	125		인종차별주의 증오 단체	150
레이저 광선을 쏘아 조종사가 앞을 못 보게 하는 행위	80		인터넷 웜과 인터넷 바이러스 범법자들	85
마약상(거리)	55		인터넷 포르노(성인)	75
매춘	140		인터넷 포르노(아동)	60
무법의 오토바이 폭주족	140		인터넷 해커	145
반유대주의	155		좀도둑질	145
소매치기	175			

위의 집단에 속해 있는 많은 사람들이 일탈 행동을 통해 중요감을 얻는다. 하지만 그들로 인해 사회가 치르는 비용은 막대한데, 예컨대 인터넷 해커와 파괴적인 인터넷 바이러스를 유포하는 이들의 경우가 그렇다. 그들의 방종함의 귀결로 경제가 치르는 비용은 막대하다.

거리의 하위문화와 폭주 오토바이 깡패들은 사회학적으로 많이 연구되었는데, 그들은 '못됐다'고 지각되는 것이 내부에서의 지위를 높여 주는 어떤 하위문화를 대표한다. 대중매체가 그들을 미화된 민중의 상징으로, 예를 들면 거칠고 자유로우며, 물불을 가리지 않는 고정된 유형으로 묘사하는 것에서 그들은 추가적 지위를 얻는다. 그 고정된 유형은 마초 이미지를 모방하는데, 마초에게 용기란 경솔히 위험한 짓을 하고, 그리하여 용기를 입증할 수 있는 능력을 뜻한다.

반유대주의, 반흑인, 백인 우월주의 단체를 포함하는 인종차별주의 증오 단체는 미국 내에서 유구한 역사를 가지고 있는데, 그 중에서 가장 악명 높은 사례가 쿠 클럭스 클랜이다. 그들은 심령 psyche 속의 어떤 이원적 분열을 그리고 하위 집단에 대한 자기혐오의 투사를 입증한다. 그 바탕에는 또한 내적 열등함이 있다. 자존감이 충분한 사람들은 남을 미워할 필요를 갖지 않는다.

노예제는 오직 그것의 역사적 맥락 안에서만 이해될 수 있다. 수천 년 동안, 노예제는 전 세계적으로 받아들여진 생활양식이었으며, 고대 로마 시대에는 노예들이 자유인 한 명에 열 명꼴로 그 수가 압도적으로 많았다. 그러한 문화에서 노예들은 사회의 모든 수준에 진입했다. 카스트제도는 인도에서 수천 년간 위세를 떨쳤는데, 북아프리카는 물론 인도에서 그것은 정착된 생활방식이었다. (아랍 수단에서는 지금까지도 계속되고 있다.(Deng, 2004))

역사적으로, 아프리카 서부 해안에는 거래할 만한 상품이나 경제 건설의 기반으로 삼을 만한 것이 없었다. 부족장들은 다른 부족을 습격했고, 포로로 잡힌 사람들은 항구에서 매매되었는데, 당시에는 이미 노예무역이 성행하고 있었다. 역설적으로, 노예무역은 진화상의 발전이었다. 왜냐하면 그 전에 포로들은 그냥 도륙되었기 때문이다. 바이킹처럼 몇 세기에 걸쳐 유럽을 침략했던 모든 야만 집단이 동일한 발견을 했다. 그들 또한 포로 일부를 학살하는 대신 팔아넘겼다. 결과적으로, 노예제는 전 세계로 퍼져 나갔으며 오늘날 살아 있는 모든 민족 집단의 문화적 배경의 일부를 구성한다. 노예제는 서서히 기세를 잃어버렸고 식민화의 종말과 함께 소멸되었는데, 미국에서는 남북전쟁에서 극적인 최후를 맞았다. 노예제를 유지한 맨 마지막 나라가 (존 F. 케네디 대통령의 촉구에 따라) 그것을 불법화한 것은 극히 최근인 1962년의 일이었다.

비록 오늘날의 세계에서 노예제는 불의로 보이지만, 문화적 사회적 진화 경로에서 그것은 일시적 국면일 뿐이다. 그리하여, 노예제는 항상 민족적 표현들을 지니고 있었지만 그것이 본질적으로 민족적 쟁점인 것은 아니다. 미국 역사에서 노예제의 보이지 않는 이로움은, 미국 노예들의 수명이 고향에 남아서 부족 간의 싸움에 휩쓸렸던 아프리카 토착민에 비해 두 배 더 길었던 데 있다.

거리의 노숙자들은 다양한 계층 출신의 손상된 이들의 복합체이며, 그들에 대해서는 사회학적으로 많은 연구가 이루어져 있다. 노숙자들의 수는 정신적 장애를 가진 수많은 이들에게 안전한 안식처를 제공했던 주립 병원 제도가 폐지된 결과 크게 증가했는데, 그곳의 보호적 환경에서 그들은 받아들여졌고, 이해받았으며, 적절한 정신과 진료 및 임상 심리사, 집단 치료사, 사회 복지사, 상담원은 물론 보금자리, 생계, 내과와 치과 진료를 제공받았다. 옛 주립 병원은 온전한 215 수준으로 측정되는 정착된 하위문화였다. 주립 병원의 소멸은 상당 부분, 영화 「뻐꾸기 둥지 위로 날아간 새 One Flew Over the Cuckoo's Nest」(180으로 측정)와 「뱀 구덩이 The Snake Pit」(150으로 측정)의 귀결이었는데, 이 영화들은 큰 그늘을 드리운 왜곡을 나타낸다. 그 그늘은 정신 질환이 '신화'라는, 그럴싸한 관념(110으로 측정, (Szasz, 1974))으로 인해 한층 짙어졌다.

행동적 측면

가학성애자	35		스토커	60
가학적 아동 포르노 제작자	5		아내를 때리는 남자	95
소아성애	65		아동 학대	140

이들 장애는 다양한 정신과적, 유전적, 신경적, 심리적 병리에서 비롯된다. 이 사람들은 강박적 경향이 있으며, 통찰에 대한 혹은 치료의 필요성에 대한 만성적 저항을 특징으로 한다. 따라서 그들은 사이코패스적 성질을 갖는다. 치료 과정에서, 이런 장애를 가진 이들은 완강하게 저항하고, 동기화되어 있지 않으며, 속임수와 '가장'(정상인 척하는)에 능해 보인다. 이들 장애는 형사 법원 제도와 투옥으로 다뤄지지만, 대개는 감옥에서 석방되자마자 재발한다. 예를 들어 유명하고 기괴한 싱글턴 사건.[1] 회복하려는 동기부여는 거의 없는 것처럼 보이는데, 예외적인 경우는 믿음을 바탕으로 하는 12단계 프로그램을 선택하고 석방된 뒤에도 거기 계속 관여하는 이들이다. 믿음을 바탕으로 하는 치료 프로그램들이 소아성애자의 '권리'를 지지하는 바로 그 단체에 의해 정치적으로 공격받는 것에 주목하라. 흥미로운 것은, 유혹당하고 강간당한 것이 소년이 아니라 소녀들이라면, 성 맹수는 미성년자 강간죄로 걸릴 것이라는 것이다. (피해 소년들의 수술비와 에이즈 치료비는 누가 대는가?)

---

1 1970년대 미국 캘리포니아에서 15세 소녀를 강간하고 두 팔을 잘라 버린 범죄자 로렌스 싱글턴의 사건. 15년 형을 언도받았지만 8년 만에 가석방되었다.

소아성애는 일종의 강박 장애이고, 사이코패스적 경향이 동반된다. 단 한 번으로 추정되는 사건으로 체포된 사람들이, 전형적으로 이전에 수백 명의 아이들을 추행했으며, 그리고 감옥에서 풀려난 뒤에도 계속 그런 행동을 한다. 그러한 상태에 대한 충분한 치료는 시민권에 관한 토론 영역에 속하는데, 그것을 요약하면, 무고한 피해자의 시민권과 가해자의 지각된 시민권 사이에서 균형을 잡는 일의 어려움이라 할 수 있다. 전염성이 강한 활동성 결핵을 앓고 있으면서 타인의 권리를 존중하기를 거부하는 사람들에 관해 지난 수십 년간 비슷한 토론이 있었다. 그러한 논쟁에는 중증도 분류triage에 관한 기본 개념이 포함되는데, 같은 논쟁이 군대에서 병사 한 명의 생존과 연대원 전체의 생명을 놓고 저울질할 때, 혹은 갑판 너머로 떨어진 수병 하나를 구하기 위해서는 배와 그 배에 승선한 승무원들을 희생시켜야 하는 상황에서도 일어난다.

공공연한 폭력

'그냥 꼭지가 돌아서'[2]	140	십대 동급생 살해범	35
낙태 반대 폭력	90	연쇄 아동 살인범	5
방화	10	영아 살해	60
신발 폭탄범[3]	120	이슬람 테러리스트들	35~70

---

2 갑자기 '꼭지가 돌아서', 즉 강렬한 분노가 치솟아 일시적으로 자신에 대한 통제력을 상실한 탓에 살인했다고 주장하는 살인자들이 있다.

3 신발 밑에 폭탄을 감추고 비행기에 탑승하는 테러리스트를 가리킨다.

정치적 항의를 위한 폭탄 테러와 공공건물 폭파범	35~60	포로들의 공개적 참수	20
		폭동	80
테러리즘	10~35	환경 테러[4]	160

살해 본능은 에고에서 가장 심하게 억압된 감춰진 벽감(프로이트의 '이드$_{Id}$')이다. 그것은 폭력 그 자체를 위한 폭력에 대한 사랑으로 하여 죽이는 수준, 즉 아무런 심리적 전제 없이 살해 행위 자체가 그 자체의 근원이자 충족인 수준이다. 역사적으로, 살해 본능은 사람들을 불필요하게 도륙했던 바이킹 정복자들의 '광포한' 행위에서, 1930년대의 일본인에게서, 그리고 2차 대전의 강제수용소에서 나타난다. 그것은 동시에 세뇌, 자극적인 정치적 수사修辭 혹은 종교적 열광(80으로 측정)에 의해 족쇄가 풀린, 극단적 과대망상증/에고 중심성(악성 자기애)이기도 하다.

방화 역시 강박적이며 반복되기 때문에 행동 장애로 분류되었다. 10대 동급생 살해범들에게 학대나 괴롭힘은 도화선이 될 수는 있지만, 기본적 정신 병리는 사실상 심령 내적이지(Brooks, 2004) 외적 요인들을 '원인'으로 하지는 않는다. 내재적 요인은 자기애적 과대함과 '열등한' 이들에 대한 경멸이다. 동일한 정신 병리가 갱스터 래퍼들에게 나타나는데, 그들에게 정상적인 사람은 '더러운 자식'이거나 '매춘부'다. 그 밖에 폭력적 비디오게임이 기여하는 또 다른 개인적 요소가 있다. 그것은 파블로프식 조건 형성(즉,

---

4 환경보호주의자들에 의한 테러.

살인—보상)을 통해 결국 둔감화와 트랜스 상태에 빠진 것 같은 자동성에 이르는데, 거기서는 행동적 조건 형성을 '그게 어떤 기분인지 알기 위한' 행동의 행동화acting out로 옮긴다.

인구의 65퍼센트가 텔레비전과 영화 폭력의 귀결로서 다양한 정도의 PTSD(외상 후 스트레스 장애)를 겪고 있다는 것은 의미심장하다. 주목할 만한 사례는 사이코 영화 후 증후군이었다. (사이코 영화는 80으로 측정된다.) 영화를 보고 나서 여러 해 동안, 많은 사람들이 집에서 혼자 샤워하는 걸 두려워했고, 모두가 욕실 문을 걸어 잠갔다. (외상 후 스트레스 장애는 공포스러운 플래시백[5]이 특징이다.)

마약과 술

마약 중독	95	음주 운전	55
메탐페타민[6]	6	코카인	7
알코올중독	90	헤로인	6

과거에 이러한 것들에 대한 중독은 희망이 전혀 없는 치료 불가능한 상태였는데, 왜냐하면 중독이란 심리적이고 행동적일 뿐 아니라 또한 생리적이기 때문이다. 의학적 관점에서 진짜 중독임을 표시하는 것은 금단증상이다. 마리화나에 대한 의존과 같은 심리적 중독에는 신체적 금단증상이 없다. 아편은 실험실 배양기에서

----

5 과거의 어떤 충격적 경험이 환각으로 재현되는 것을 말한다.
6 히로뽕의 화학명.

배양되는 뇌세포 뉴런에 대해서조차 중독성을 갖는다. 중독을 일으키는 물질을 배양기에서 제거하면, 뉴런은 위축되고 죽는다.

심리적으로, 중독은 두 가지 다소 다른 부류로 나뉘는데, 하나는 알코올, 헤로인, 바르비투르산염[7], 신경안정제와 같은 진정제에 대한 중독이고, 다른 하나는 암페타민, 코카인 같은 흥분제에 대한 중독이다. 진정제 관련 장애는 익명의 알코올중독자회가 출현한 뒤에야 회복이 가능해졌는데, 이 단체는 설립자 빌 윌슨의 변형력을 갖는 영적 경험의 파생물이다. 익명의 알코올중독자회 운동은 지금 전 세계로 확산되었다. (AA는 540으로 측정된다.) 그런 중독은 아주 심해서 400대로 측정되는 이성의 힘으로는 부족하고, 오직 540으로 측정되는 에너지 장에 의해 상쇄될 뿐이다. 분석해 보면, 중독은 '황홀감'을 특징으로 하는 인위적 의식 수준에 대한 중독인데, 황홀감은 의식적 경험의 낮은 수준들을 차단하는 마약 효과로 인해 경험된다. 12단계 프로그램을 따름으로써 사람들은 점차로 에고를 포기하는데, 에고는 가치가 증명된 어떤 영적 프로그램을 따름으로써 유지되는 영적 에너지에 의해 대체된다.

심한 행동/정신장애

경계성 성격	65~150	사이코패스	45~60
'뭐에 씐'/정신병적 살인자	5~11		

---

7 진통제, 최면제로 쓰인다.

이들은 정신적 손상이 있는 정신병적 수준들과 더불어, 일시적인 유사 정상적 행동 시기를 포함한다. 경계성 성격장애에서 현실감은 빈약하며 심리적 갈등으로 인해 아주 사소한 도발 하에서도 더욱 극단적이고 심각한 감정 상태로의 퇴행이 일어난다.

'뭐에 씐' 살인자들은 그 자체로 하나의 부류를 이룬다. 그중 많은 수가 어떤 목소리나 신이 자신에게 자살하라고 하거나 혹은 남을 죽이라고 말하는 소리를 들으며, 편집성 정신병을 포함한다. 사이코패스 장애는 양심 결핍으로서 비교적 널리 알려져 있는데, 그 전형이 바로 고전적 '사기꾼'과 범죄적 하위문화의 사회병질자 sociopath 이다. 정신과에서는 그런 것이 일차적으로 문화적 조건에 대한 반응일 경우(⑩ 거리의 깡패들), 전문적으로 그들을 인격 장애, 혹은 '반사회성'으로 분류한다.

성격장애

가장 최근에 시행된 미국 국립 보건원의 실태 조사에 따르면, 미국 성인의 약 15퍼센트 (3,100명)가 다음과 같은 진단 가능한 성격장애를 지니고 있다.

강박 장애	7.9%	분열성 성격장애	3.1%
편집성 성격장애	4.4%	히스테리성 성격장애	1.8%
반사회성 성격장애	3.6%	의존성 성격장애	0.5%
회피성 성격장애	4.9%		

이 모든 심리학적 진단은, 일탈적인 태도와 신념 체계는 물론이고 상당한 정도의 감정적, 사회적, 직업적 손상 및 대인 관계 갈등

과 관련된다. (2002 전국 역학 연구, NESARC 보고서, 2004)

범죄 성향

현재 수감자 평균적 집단 측정치

연방 수감자	60	군 수감자	65
주 수감자	65	사형수	20

범죄자

공갈협박	35	알 카포네	35
네이선 레오폴드/리처드 롭	25	연쇄살인자	6~15
리 하비 오스왈드	170	은행털이	55
마 바커	40	잭 더 리퍼	6
마약상(조직범죄)	60	잭 루비	170
마피아	65	조직범죄	40
'머신 건' 켈리	55	존 딜린저	160
'베이비 페이스' 넬슨	60	주요 연쇄살인자들	5
보니와 클라이드	22	카를로스 자칼	35
브루노 하우프트만	50	포주	14
'스타크웨더' 유형 살인자	6		

극단적으로 낮은 측정 수준들은 원시성과 동물 본능의 우세를 가리키며, 그리하여 의식 진화에서 성숙의 중단을 나타낸다. 일부는 일그러진 유사 민중 영웅 부류로 지각된다. 현실에서 그들은

측정 수준이 가리키는 바와 같이 무시무시한 살인자들인데도, 머신 건 켈리, 스카페이스, 대부, 베이비페이스 넬슨, '해방자들' 등으로 양식화된다. 보다 윤리적이고 보수적인 문화에서라면, 대중매체는 그러한 범죄자들을 미화하지 않으려 할 것이고, 연예인들 또한 그들과 결탁하여 사회적 지위를 얻으려 하지 않을 것이다. 언론의 과대 선전은 감수성이 예민한 '닮고 싶어 하는' 청소년들이 범죄적 생활양식에 이끌리는 데 한몫하며, 심각한 일탈에 찬성 도장을 찍어 준다.

존 F. 케네디 대통령의 암살에 관한 연구에서는, 세 발의 총알이 발사되어 두 발이 명중했다는 것과, 그중 한 발은 리 하비 오스왈드가 쏘았고 다른 한 발은 '풀이 우거진 언덕'에서 공범이 쏘았다는 걸 드러내 준다.

사이코패스는 양심이 결핍되어 있으며, 그래서 정상인이 상대를 속일 때의 그런 불안을 유발하는 이른바 거짓말탐지기조차 속여 넘길 수 있다. 양심이 없으면 도덕적 윤리적 영적 가치가 부재하므로 죄책감 또한 없다. 한 세기 전, 사이코패스에 대한 정신과의 공식 진단명은 '도덕적 백치'(90으로 측정)였다.

범죄 성향의 본성

그 어떤 인간 질환이든 정확한 진단과 저변의 병리에 대한 해명 없이는 치유책을 찾을 수 없을 것이다. 이를 가장 극명하게 드러내는 것은, 범죄 성향의 본질적 성격과 국제적 수준에서 그것이 전쟁으로 표현되는 것을 이해하는 데서의 세계의 실패이다. 의식 연구의 적용을 통해, 사회가 습관적으로 모르는 척하는 본질적 특징들을 포함하여, 다른 방법으로는 관찰할 수 없는 기본적 요소들이 밝혀진다.

해명을 위해서는 먼저 법률 위반을 범죄 및 범죄 성향과 구별할 필요가 있다. 법률 위반은 법적이고 도덕적인 쟁점이며, 모든 나라의 비교적 '정상적인' 시민들이 상당 부분 그것에 연루된다. 법률 위반은 일시적이며, 흔히 미성숙, 틈, 부주의, 태만, 무지, 주의 결핍, 타 문화에 대한 적응 결핍, 일시적 질병, 신체적 정신적 손상, 시기로 인한 것이고, 그리고 다른 사건들에 의한, 혹은 전쟁, 실업, 단순한 교육 결핍 같은 일시적 조건들에 의한 주의 분산으로 인한 것이다.

보다 심각한 수준에 진짜 범죄라는 문제가 있다. 진짜 범죄는 일시적이거나 일회적일 수 있으며, 그리고 감정적 압박, 만취, 도발, 성격 결함, 자제력 결핍, 불안정함, 재정적 압박, 양심의 타락으로 인한 것이거나, 혹은 짜릿함의 추구와 '나쁜 친구들과 어울리는' 것처럼 단순한 어떤 것으로 인한 것일 수 있다. '법률 위반'과 '일회적 범죄'의 경우, 범인은 정상적인 정신 능력과 감정능력을 지니고 있고 벌금형이나 구치소 수감은 그런 위반이나 범죄를 중단시킬 거라고 추정된다.

하지만 범죄 성향은 완전히 다른 본성을 갖는데 그것은 질병과 비슷하다. 본질적으로 범죄 성향은 감정적, 행동적, 심리적 특성을 갖는 만성적이고 심각한 정신장애다. 게다가 뇌 전두엽 피질의 충분한 발달이 유전적으로 손상되어 있는 경우가 많다. (Arahart

Treichel, 2002) 범죄 성향은 아동기에 발병하는데 그것의 특징을 이루는 것은 욕구 충족을 지연시키는 능력의 부재, 귀결을 예견하거나 두려워하는 능력 결여, 타인에 대한 관심 결여, 에고 중심성인 자기애적 핵심이다. 심리학 연구는 범죄 성향이 흔히 만 세 살부터 진단 가능하다는 것을 드러내 준다.

범죄자들이 자존감이 낮다는 것은 그릇된 가설이다. 오히려 그들은 과장되어 있고, 부풀어 있고, 과대하고, 이기적인 자기 중요감을 가지고 있다. 그들은 개인적 책임을 부정함과 더불어 충동적이며, 양심, 죄책감 혹은 후회가 결핍되어 있다. 그것은 타인의 권리에 대한, 혹은 도덕이나 윤리와 같은 사회적 가치의 통합에 대한 자기애적 관심 결핍을 특징으로 하는 고치기 힘든 생활양식이다. 프로이드의 용어를 빌리면, 범죄자들은 슈퍼에고 발달이 결핍되어 있고, 적당한 권위 인물의 내사[8] 및 동일시에서 실패했다.

이상에 더하여, 충동성은 물론이고, 달변으로 여겨지는 말솜씨, 경험을 통해 배우지 못하는 것, 감정적 불안정함, 그리고 범죄, 마약, 선정주의에 기우는 성향과 그런 것에 대한 끌림이 흔히 있다. 사회적 가치의 통합과 권위에 대한 존중의 결핍은 반항, 충동성, 자기애적 에고 중심성으로 표현된다. 정신과적으로, 그러한 성향은 아동기에 사이코패스나 사회병질적 경향을 동반한 적대적 반항 장애나 품행 장애로 진단되는 일이 많다.

이 만성적 정신장애의 일부 형태의 유년기 증상은 흔히 방화,

----

8 introjection, 타인의 특징을 자신의 정신 기제 속으로 통합시키는 무의식적인 정신 과정이다.

동물에 대한 잔인한 행동, 야뇨증(대소변을 가릴 나이를 지나서도 계속 요에 오줌을 싸는 증상)의 세 가지를 특징으로 한다. 발뺌하는 기질 및 '병적인 거짓말쟁이' 기질이 있고, 더불어 현실감각과 이해 능력이 손상되어 있다. 일부는 설득력 있는 날조자가 되어 그럴듯한 이야기를 꾸며 내고, 그것을 가지고 무고한 이들을 고발하여 사람들의 삶을 망가뜨리는 일이 많다. 이것은 진실의 측정치가 결정적일 수 있는 한 가지 상황인데, 거짓 고발자들은 당국에 설득력을 갖는 일이 아주 많다. 거짓 고발이 대단히 흔하기 때문에, 청소년 감호소의 남자 직원들은 여자 피감호인과 잠시라도 단 둘이 있는 것을 두려워한다. 피감호인들은 고발이 재앙에 가까운 영향을 미친다는 걸 너무도 잘 아는데, 그러한 고발은 흔히 지각된 무시에서부터 부풀어 오른 자기애에 이르기까지의 것들에서 비롯되는, 악의적 심술로 인한 것이다.

상습적 범행은 내적 과대함과 관련되고, 스릴, 위험, 흥분에의 끌림 및 현실에 대한 부정과 관련되는데, 이 경우에 현실은 내면의 유아적 전능함을 가로막는 장애로 비친다. 위와 같은 특징은 혼란스러운 부부 관계와 가족 상황, 만성적 학교 문제 및 행동상의 문제로 인도한다. 그런 개인들은 자주 탈락자가 되며 깡패들과 어울리고 반사회적 저항 문화에 가담한다. 대부분의 진짜 범죄자들은 아동기까지 거슬러 올라가는 긴 '전과 기록'을 가지고 있다. 석방된 중죄범들의 75퍼센트는 3년 안에 다시 교도소로 돌아간다.

미국 국립 보건원에서 현재 진행 중인 연구(Kaplan, 2004) 보고에 따르면, 청소년 폭력의 특징을 이루는 것은 유년기의 낮은 아이큐, 언어 발달 지체, 낮은 안정 시 심박 수, 유전적 요인, 부정적 감정, 남에 대한 동정심 결여, 규칙 무시, 신뢰할 수 없는 태도, 부주의, 공격성, 반사회적이고 폭력적인 행동에 대한 이끌림 외에 아동 학대에 의해 유발되는 뇌 신경전달물질(세로토닌의 대사산물) 이상이다.

사이코패스들은 생애 초기에 정신과 치료에 넘겨지는 일이 많은데, 그것은 무익하고 효과가 없는 것으로 판명된다. 이따금씩 개선이 일어나는데, 그것은 때로 장애가 조울증, ADHD(주의력결핍 과잉행동장애), 중독, 혹은 경계성이나 폭발성 성격장애와 관련되어 있기 때문이다. 심리요법 중심의 치료에 대한 반응 결핍은, 사랑이나 연민을 품을 수 있는 능력의 부재와 관련되는 것은 물론 자아 형성의 내적 결함과 관련된다. 정신분석 용어를 빌리면, 이들은 치료자에게 긍정적 전이[9]를 형성할 수 있는 능력이 결여되어 있다.

사회에서 범죄자들의 이력은 그들의 사회경제적 지위를 반영한다. 가장 낮은 수준에서, 그들은 범죄적 패거리의 일원이 된다. 학식이 많을수록 사기꾼이 되고, 일부는 하위문화의 구성원이 되는데, 예를 들면 아이리시 트래블러[10], 금주법 시대의 시카고 폭력 조직, 혹은 오늘날의 마약상이 그들이다. 높은 사회경제적 계층 출신

9　정신분석 치료에서 환자가 치료자에게 긍정적인 감정을 갖는 것을 말하는데, 이는 환자가 유아기에 자신의 부모에게 가졌던 감정을 치료자에게 돌리는 것이라고 한다.
10　'백인 집시'라고도 불리는 유목 민족 집단.

의 사이코패스는 흔히 사회적으로 능수능란하여 사무직 횡령범이나 비윤리적인 대기업 총수가 되어 주식 사기에 연루된다. 일부는 유령 회사 차리는 법, 피라미드식 사기 수법, 가짜 자선사업을 벌이는 법을 배우고, 혹은 주식시장이나 상품 시장을 조작한다. 일부는 정치에 능해서 정부에 들어가 부패한 관료가 된다. 사이코패스적 병리가 일차적으로 성에 국한되는 경우, 소아성애자들은 종교단체나 청소년 단체에 침투하는데, 그들이 그런 단체에 끌리는 것은 희생자들에게 접근하기가 쉽기 때문이다. 그들은 성직자, 스카우트 지도자, 야영장 상담원 등으로 양의 탈을 쓴다. 진단상으로, 위에서 열거한 모든 사례는 200 이하로 측정되며, 심각한 경고 신호이다. 사이코패스는 현장에서 잡히거나 비디오에 찍혔어도 유죄를 인정하지 않는 것이 특징이다.

이중성격을 가진 범죄자는, 표면상으로는 정상적이고 존경할 만한 페르소나로 위장된, 사이코패스적 하위 성격이 연루되어 있는 곤혹스러운 사건들에 대한 하나의 가능한 설명으로 마음속에 떠올려 보지 않는 이상, 의심받지 않는 일이 많다. 두 성격은 완전히 분열되어 서로에 대해 전혀 모를 수조차 있다. (뒷부분을 볼 것) 정상적인 성격은 자신은 죄가 없다고 항의하는데, 왜냐하면 그것은 분열된 채 억눌려 있는 범죄적 성격의 존재를 정말 모르고 있기 때문이다.

이상의 분류로부터, 모든 위반자를 한데 뭉뚱그리는(이것은 명백히 실패가 예정되어 있다.) 대신 법률 위반자를 정확히 진단해 내는 것이 중요하다는 것을 알 수 있다. 그것은 의료에서 효과적 치료가 전적으로 정확한 초기 진단에 달려 있는 것과 마찬가지다. 법률 위반자와 정상인은 벌금이나 보호관찰에 혹은 좀 더 심한 경우에는 투옥과 같은 귀결들에 반응을 보인다. 정상적 법률 위반자는 또한, 강제적인 운전 재교육 과정이나 운전면허 제한과 같은 교육에 반응을 보인다. 정상인은 또한 수치심, 죄책감, 후회, 공개적 망신으로 인해, 그리고 귀결에 대한 두려움 및 사회적 존중과 자기 존중감 상실에 대한 두려움으로 인해 더 이상 위반하지 않으려고 한다.

진짜 범죄는 보다 심각한 위반을 뜻하는데, 여기서 다시 한 번, 진단이 결정적이다. 답이 필요한 질문은, 기본 성격이 사이코패스적인지 혹은 상대적으로 건전한지 여부에 관한 것이다. 법은 역사적으로 치정 범죄, 재정 위기의 압박에서 저질러진 범죄, 지나가는 삶의 상황들을 구분한다. 법률 위반자와 범죄를 저지른 정상인은 집단 요법이나 개인 정신요법, 정신과 치료, 철학적 재교육, 상담, 믿음을 바탕으로 한 프로그램, 혹은 타문화에 대한 재적응 훈련에 반응을 보인다. 그것은 분노 조절 교실, 12단계 프로그램에의 위탁, 보호관찰, 감시 감독이 결국 개선을 가져오는 영역이다. 다시 한 번, 정확한 진단을 내리는 것이 결정적으로 중요한데, 그것은 가해자의 밑바탕 성격이 사회병질적이라면 귀결을 적용하거나 치료적 시도를 하는 것이 대개는 효과가 없기 때문이다.

범죄 성향은 상습적 범죄가 하나의 생활양식으로 정착된 것인데, 그것에 대해서는 효과적인 치료적 노력이 어떤 것인지 이제껏 밝혀진 바가 없다. 기본적 성격은 변치 않으며, 가해자는 경험이 쌓임에 따라 행동은 바꾸지 않지만 발각되지 않는 법을 학습하는 데 보다 영리해지게 된다.

정상 심리의 소유자는 실형 선고 앞에서 겁을 집어먹는다. 교도소 문화는 생소하고, 죄책감과 두려움, 과거 행동에 대한 혐오를 불러일으킨다. 사이코패스적 성격에는 그런 반응이 전적으로 결여되어 있는데, 그들에게 교도소 생활은 매우 익숙한 문화다. 즉, 개인은 거리에서 또 다른 장소로 옮겨져 중단 없이 계속될 뿐이다. 범죄 성향의 기본 원리와 생활양식이 모든 감옥의 수감자 집단 내에서 사실상 내부적 행동 규칙이 되는데 교도소 당국의 위협에 의해서만 그것의 표현이 약화된다.

수감자 집단 내에서, 깡패들은 거리에서 했던 것과 마찬가지로 통제를 유지하고, 수감자는 살아남기 위해 그 속에서 처신하는 법을 재빨리 배운다. 사이코패스에게 감옥에서 보내는 시간은 영리함이 세련되는 것 외에 후속 행동에 미치는 영향이 없다.

전형적 상습범의 사이코패스적 성격의 측정 수준은, 의식 척도상에서 일반적으로 35에서 80 사이다. 범죄 성향은 이제껏 그 어떤 치료법이나 기법에도 반응하지 않았으며, 그래서 사회는 자신을 최대한 보호하기 위한 조처, 즉 감옥에 격리시키는 방식으로만 대응할 수 있다. 사이코패스는 규칙과 규정, 심지어 '상식'이라고 할 만한 것조차 경멸하는데, 그 때문에 경찰은 사소한 법규 위반처럼 보이는 것으로 시민을 구류한다. 경찰은 사이코패스가 하나의 생활양식이며 무책임하다는 것을 알고 있는 것이다. 그래서 미등이 나간 차량을 단속하는 것은, 더욱 무거운 범죄로 수배중인 범죄자들의 체포율을 높여 준다. 이것이 '삼진아웃'법 제정의 지혜다. 그 법은 범죄자들을 거리에서 몰아내는 데 대단히 효과적이라는 것이 입증되었고, 거리의 범죄를 50퍼센트 이상 감소시켰다.

그러한 법들을, "담배 한 갑 훔쳤다고 사람을 교도소에 집어넣는 것은 불공평하다."는 감상주의를 가지고 바라보는 것은 순진하다. 사실인즉, 상습범은 그가 저지른 범죄 가운데 어쩌면 100분의 1에 불과한 것으로 잡힌 것이다. 전형적 소아성애자는 대개 수십 명을 추행한 적이 있고, 체포되고 발각되기 전까지 피해자가 수백 명에 달하는 경우도 있다. 차량 절도범은 마침내 잡히기 전까지 수백 대의 차량을 훔친 적이 있다. 가정 폭력의 가해자는 수십 차례의 폭력을 행사한 적이 있고, 상습 절도범은 수천 가지 물건을 훔친 적이 있다.

법적 의무로 인해, 판사는 피고 측 변호사와 함께 배심이 피고인의 지나간 과거를 알지 못하도록 차단하는데, 따라서 배심의 균형 잡힌 판단 능력은 결정적으로 중요한 정보의 고의적 차단으로 하여 손상된다. 상습범에 대한 진단은, 압박이나 성격의 일시적 약화로 인한 우발적 가해자에 대한 진단과는 완전히 다르다. '모두에게 같은 잣대를 들이대는' 엄격하게 징벌적인 방식은, 기본적으로 심리상으로 건전하며 일탈 행동에 빠졌어도 실수를 통해 배울 수 있는 사람들에 한해 효과적이다. 그런 일부 운 좋은 개인들에 대해, 투옥은 결정적인 '바닥을 치는' 경험이다. 수많은 그런 사람들이 대대적 방향 전환을 거쳐 모범 시민이 되고, 영적 지향을 갖게 된다.

사이코패스는 스스로를 돕지 못한다는 것과 접근 가능한 효과적 치료법은 없다는 것을 각성할 때, 어떤 연민 어린 관점이, 사이코패스는 가해자지만 그와 동시에 자신의 상태의 피해자라는 각성을 끌어안는다. 그들의 의식 진화는 원시적이고, 포식 동물의 수준에서 정지된 듯하다. 격리 외에 사회는 아직 다른 해결책을 갖고 있지 않다.

간첩 활동과 정치적 범죄 성향

FBI와 CIA 내의 간첩들	110~175	알드리치 아메스	105
로버트 핸슨(간첩)	80	알저 히스	205 ↓ 160
로스 알라모스의 망명자들 (맨해튼 프로젝트)	80	워커 가족(해군 간첩)	120
		이중간첩	130
로젠버그 부부 (에델 로젠버그와 줄리어스 로젠버그)	175	캠브리지 대학교 5인	75
		해럴드 필비	120

이 집단은 독특한데, 이들은 탐욕, 유사 정치적 합리화, 인격 결함, 불량한 양심, 심리적 구획화 능력(이는 또한 일부 연쇄살인자, 특히 배우자들을 연쇄살인하고 그 사이에 표면적으로 정상적인 생활양식을 이끌어 가는 사람들에게도 나타난다.)의 조합을 포함한다.

그런 결함과 더불어 주지주의[11]가 동반된다. 원폭의 기밀을 노출시킨 망명자들은 그들에게 있는 합리화 능력의 귀결로서, 자신

---

11 intellectualism, 지적인 과정이나 지적 추구를 지나치게 강조하는 것.

들은 지적으로 우월한 엘리트이고 따라서 자신들의 행동은 변명 가능하다고 여겼다. 비록 '윤리'가 원폭 개발의 도덕성에 관한 토론에서 본질적 요소를 이루었지만, 주지화[12]된 과대성에 젖어 있는 개인들은 자신의 행동을 합리화했다. 그것은 그들의 의식 측정 수준이 입증하는 바와 같이 사실상 기만의 사례였다. 만일 그들의 학식이 진정으로 나머지 인류보다 우월했다면, 그들의 의식 측정치는 400대 후반이나 500대였을 것이다.

미국 대 로버트 필립 핸슨 구형 논고

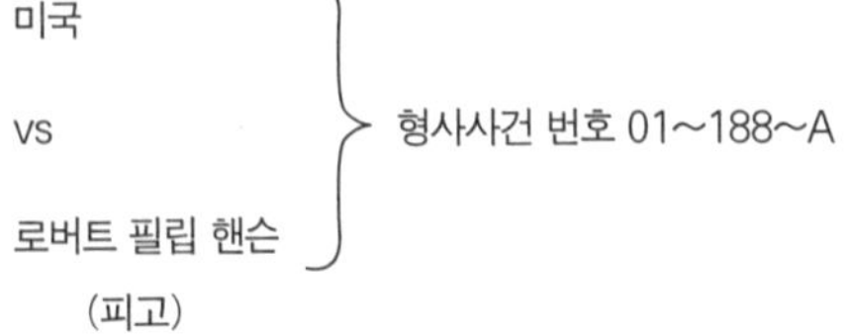

구형 논고

"로버트 필립 핸슨은 반역자다. 그에 관해 쓰여진 모든 말과, 모든 심리 분석과, 그가 가졌던 동기에 대한 추측과, 그의 인격에 대한 평가에도 불구하고, 핸슨에 관한 모든 얘기에서 정말로 단언할 수 있는 것은 결국 이것뿐이다. 그는 반역자이며, 이 단 하나의 진실이 그가 남긴 유산이다.

----

12 intellectualization, 무의식적 갈등 및 그와 관련된 감정적 스트레스와 직면하는 것을 막기 위해 논리를 이용하는 방어기제. 감정적으로 스트레스를 주는 상황을 사실과 논리에 초점을 맞춰 흥미로운 문제로 취급하는 한편 감정적 측면은 무시해 버린다.

그는 조국을 배신했다. 게다가 그는 우리가 소련과 쓰라리고도 위험한 냉전에 갇혀 있던 시기에 그렇게 했다. 핸슨의 뻔뻔스럽고도 무모한 불법행위, 그 도를 넘는 사악함은 이해할 수 있는 범위를 넘어선다. 그는 FBI 방첩 전문가 자격으로 손에 넣은 바로 그 도구를 이용하여, 아무도 모르게, 헤아릴 수 없이 중요하고, 비상히 광범위하며, 예외적으로 중대한 민감성을 지닌 정보를 소련에 그리고 그 다음에는 러시아인들에게 은밀히 제공했다. 그는 자신이 제공한 정보로 인해 사람들이 죽고 투옥될 수 있다는 것을 알면서 그렇게 했고(결국 그런 일이 일어났다.), 그로 인해 국가 전체의 안위가 위태로워진다는 것을 알면서 그렇게 했다.* 우리가 냉전에서 패하지 않았다고 해서 로버트 필립 핸슨이 자신만의 이기적이고 타락한 이유 때문에 미국 시민 모두에게 위해를 끼쳤다는 사실에 눈감아서는 안 될 것이다."

---

* "그가 소련에 넘긴 문서 일부에 대한 설명을 보는 것만으로 충분하다. 예) 제 8번('일급기밀 미국의 일정한 핵 능력에 대한 소련 정보기관의 정보 수집 노력의 효율성에 관한 미국 정보기관의 분석…')과 제 12번('접근이 엄격히 제한된 1987년 5월의 일급기밀/SCI 분석, 소련의 핵공격이 발발할 때 정부의 지속성을 보장하기 위한 미국 정부의 특수한 그리고 이른바 고도로 구획된 프로그램에 대한 소련 정보기관의 위협에 관한 분석…')" (법원 기록)
(출처 FindLaw.com)

'극좌파'가 하나의 연막으로 선호하는 '도덕적 우월성'의 포즈에 대해서는 더 이상 말하지 않기로 한다.

앨저 히스[13]를 둘러싼 의문은, 그가 구획된 이중성격을 갖고 있었다는 발견을 통해 해소된다. 한 성격(공적 이미지)은 205로 측정되고, 다른 성격(음모자)은 160으로 측정된다. 이러한 상태는 간첩들 및 다른 이중성의 사례에서 예상 외로 흔하다.

그런 개인들은 폭탄 테러범으로 둘러싸여 있는 오늘날의 핵 세계에서는 지극히 위험하기 때문에, 안보상의 고위험군에 대한 정기적 의식 측정 심사를 통해 그런 이들을 조기에 탐지해 내는 것이 안보에 결정적이다. 유명한 망명자를 비롯한 여러 인물이 1970년대 초반 의식 연구를 통해 이미 탐지되었는데 그것은 비디오 기록으로 남아 있다. (Hawkins, 1995, 비디오 #1) 그 당시, CIA와 FBI 내부에 잠복해 있던 간첩들을 그들의 의식 수준에 대한 측정을 통해 확인할 수 있었다. 그때는 그들의 신원을 정확히 추적하는 것이 별 의미가 없었으나, 그것은 조사해 보면 단 몇 분 만에 쉽게 드러날 일이었다. 그들은 나중에 정체가 폭로되었고 언론에 대서특필되었다. (로버트 핸슨과 알드리치 아메스)

구획된 이중성격은 정신과에서 인지되고는 있지만 그 상대적 희귀함(해리 상태, 다중 성격장애)으로 인해 공적 영역에서는 탐지해 내기가 어렵다. 누구를 막론하고 이중간첩들은 (맨해튼 프로젝트, FBI, CIA) 이중적 반역 행위에 대한 합리화로 자신의 우월성을

---

13 1904~1996. 1934년부터 10여 년간 미 국무부의 요직에 근무하면서 소련을 위해 간첩 활동을 했다. 1948년 정체가 폭로된 뒤에는 여생을 자신이 간첩이 아님을 주장하는 투쟁에 바쳤는데, 그 때문에 그의 간첩 활동을 입증하는 각종 증언과 물증을 둘러싼 공방이 일종의 진실게임의 성격을 띠며 미국 사회에 큰 혼란을 야기했다.

주장하지만, 그럼에도 불구하고 그들은 수많은 사람들의 죽음에 대한 책임이 있었다. (현재의 핵무기 경쟁은 물론 냉전 전체가 구소련에 핵 비밀을 유출시킨 데서 비롯되었다.)

그러한 장애를 탐지해 내기는 어려운데, 왜냐하면 대중에게 제시되는 것은 표면을 싸고 있는 정상적 성격이기 때문이다. 전형적으로 기만은 의심을 불러일으키는 일 없이 수십 년간, 전문가적으로, 성공리에 이루어진다. 그러한 장애는 비밀스러운 성생활을 하는 정상적이고 가정적인 남자, 소아성애자, 연쇄살인범, 은밀한 방화광인 소방대원에게서 볼 수 있다. 그들이 바로 실생활의 '지킬과 하이드 성격'이다.

구획된 이중성격은 대중, 법원, 배심을 곤혹스럽게 만드는 유명한 사건들로 대중매체에서 종종 다뤄진다. 구획된 이중성격자들은 '그저 좋기만 한 사람'이 아니면 '정상적인' 사람들로 묘사되기 때문에, 그가 저지른 범죄는 '그 사람답지 않은' 것이다. (인격 증인은 그들이 '좋은' 사람들이라는 걸 확인해 준다.) 피고 측 입장은 어떻게 그런 사람이 그런 범죄를 저지를 수 있겠는가이다. 재판이 진행되는 동안, 존경할 만하고 표면적으로 정상적인 피의자는 특징적으로 가면을 쓴 것 같은 표정 관리를 보여 주는데, 일차적으로 그들은 얼굴에 감정이 없고 조심스럽게 방어적이다. 감출 게 없는 정상인이라면 그 모든 감정과 얼굴 표정, 신체 언어 등을 자동적으로 드러낼 것이다. 무죄 주장이 진짜처럼 보이는 이유는 사실 겉으로 나타난 성격은 범죄를 저지르지 않았기 때문이다. 야만적 범죄자인 것은 제2의 성격이다. 덜 심한 사례들을 횡령, 도벽,

성적 강박 행동, 비정상적 행동, 그리고 다른 신분으로 다른 아내들을 거느리고 이중생활을 하는 남자들에게서 볼 수 있다.

중요한 것은 해리[14]된 이중성격에서, 두 개의 성격은 서로의 존재에 관해 사실상 알지 못한다는 것이다. 그러한 장애는 전체 인구 중에서는 통계적으로 드물지만 범죄 사건에서는 상대적으로 흔한데, 그것은 제2의 성격이 종종 매우 활동적으로 되어 억눌린 범죄 성향의 활동을 매개로 표면화되기 때문이다.

이러한 성격 분열은 만 3세 이전에, 유아가 부모의 교정에 대해 성격을 바꾸는 것으로가 아니라 성격을 '좋은 나'와 '나쁜 나'로 해리시키는 것으로 반응하면서 일어난다. 그 다음에 '나쁜 나'는 억압되고, 나와 상관없는 것이 되어 개선되지 않으며, 거리낌 없이 비밀스러운 생활을 이끌어 가기 시작한다. '나쁜 나'는 때로 다른 이름을 달며, 주기적으로 잔혹 행위나 기괴한 행동, 연쇄살인을 저지르기 위해 부상할 뿐이다. 그런 사람들은 유명한 범죄자가 되는 일이 많다. 예를 들어, '잭 더 리퍼', 연쇄 강간범과 소아성애적 어린이 살인자와 식인 살인자로 대서특필되는 잡히지 않는 연쇄살인자들, 그리고 자신이 저지른 범죄에 사인을 남겨 경찰과 대중을 조롱하는 부적 범죄자들이 있다.

판이하게 다른 두 개의 성격이 동일인 안에 존재할 수 있다는 발견은 우연히 이루어졌다. 수년 전, 찾아오기로 되어 있었던 사람

---

14 dissociation, 에고의 방어기제의 하나로서 불안을 유발시키는 특정한 생각, 감정, 감각, 혹은 기억들이 의식의 본체에서 분리되는 현상을 가리킨다.

을 의식 측정으로 사전 심사한 적이 있었다. 방문 날짜가 임박하여 재심사를 했을 때, 크게 다른 측정치가 나왔다. (처음에는 350, 두 번째는 135) 그것이 바로 그런 현상과의 첫 번째 조우였다. 연이은 질문을 통해, 하나의 육체 속에 들어 있는 두 사람의 의도에 큰 차이가 있음이 드러났다. 하나는 온건했지만 다른 하나는 악의적이었고, 따라서 그 만남은 취소되었다. 몇 년 뒤, 행동이 다소 이상했던 어느 직원 또한 신뢰할 수 없는 제2의 성격을 갖고 있음이 밝혀졌는데, 그래서 매우 돋보이는 이력에도 불구하고 그 직원을 내보낼 수밖에 없었다.

의식 측정은 위험인물을 찾아내는 유일하게 결정적인 방법이다. 비디오에서 시연했듯 그 과정은 대단히 간단하다. 사람은 그저 다음과 같이 진술하면 된다.

"이 사람은 온전합니다."(예/아니오)

"부사령관은 온전합니다."(예/아니오)

"그 밑의 세 번째 수준은 온전합니다."(예/아니오)

의식 수준을 판정할 때 명단, 특히 증명사진이 붙어 있는 명단은, 거기 들어 있는 사람들이 정말 어떠할지 알지 못하는 조사 팀 앞에, 팔을 약하게 만드는 개인들을 순식간에 드러내 준다. 훈련이 잘 되어 있는 온전한 팀은 오직 진실에만 관심이 있다. 그들은 개인의 이름을 알 필요가 없거나 혹은 알고 싶어 하지도 않는다. 앞서 말한 비디오에서 보여 주었던 것처럼, 피험자는 문제에 관해 아무것도 모르는 어린아이일 수도 있다.

동일한 방법으로 테러 용의자를 밝혀낼 수 있다. 예를 들어 아래와 같이 질문한다.

"히드로 공항에는 위험한 테러리스트가 있다."(예/아니오)

그 다음에 소재를 알아내는 것은 쉽다. 사람은 지도를 이용하여 다음과 같이 진술한다.

"A 구역에 있다."(예/아니오)

"B 구역에 있다.", "C 구역에 있다."(예/아니오)

그런 다음 항공편 번호를 확인한다.

"테러리스트가 오후 4시 15분에 출발 예정인 222편에 탑승하려고 한다."

이 방법은 축구 경기장이나 퍼레이드 같은 곳에서, 군중들에 대한 비디오 촬영과 함께 쓸 수 있다. 유일한 요구 조건은 의도와 목적이 온전할 것, 질문을 던지는 사람들에게 권한이 있을 것, 그리고 근육 반응 기법을 이용하기 전에 당면한 사안에 대해 질문할 허락을 받았을 것 등이다.

심각한 인격 장애가 있는 개인들은 다르게 보이도록 자신을 위장하는 데 능하긴 하지만 자신의 성격이 드러나는 걸 통제할 수 있을 뿐, 의견도 지적 한계도 없는 의식의 보편적이고 비개인적 장인 '공적 영역' 내에 있는, 측정 가능한 낮은 의식 수준을 은폐할 수는 없다. 그러한 의식의 장은 전자의 존재나 부재에 대해 탁탁 튀며 정전기적 반응을 보일 뿐인 비개인적인 정전기장과 마찬가지로 기만당할 수 없으며, 동기가 없다. 근육 테스트는 진실 대 거짓이 아니라 진실이냐 혹은 진실의 부재냐를 가리킬 뿐이다. 정전기장은 자극이 가해지지 않으면 단순히 반응하지 않을 뿐이지만, 그러나 그것은 자극의 강도에 상응하여 가시적으로 '밝아지고' 그럼으로써 인상적으로 우아한 진단 기능을 한다.

진실과 생존

　분석에 따르면, 우리 사회에서 최상의 열매는 진실의 자동적 귀결이고, 사회문제는 거짓의 부산물임이 드러난다. 자유와 평화는 그리고 우리가 알게 된 바와 같이 심지어 생존 자체도, 내부에서 진실이 지배하는 사회구조의 장으로 지지된다. 그런데, 인간의 정신 기제가 설계상으로 진실을 배제하게 되어 있고 세계 인구의 78퍼센트(미국에서는 49퍼센트)는 온전치 못한 원리에 따라 살아가는데, 어떻게 그런 진실을 확인할 것인가? 자유로운 사회에서 온전치 못한 것은 요란하고 설득력이 있으며, 대중매체는 그런 것의 영향력을 확대한다.

문제 있는 쟁점들

의식이 하는 기능과 인간계에서 그것의 다양한 수준을 분석해 볼 때, 의식의 수준들은 측정뿐 아니라 특정한 장 자체의 특징을 통해 확인할 수 있는 것이 분명하다. 사회에서 기득권자들은 진실에 대한 주장을 주거니 받거니 하는데, 그들의 협잡을 간파할 수 있는 것은 오직 스스로 온전하고 노련하며 지혜와 경험으로 균형 잡혀 있는 이들뿐이다.

법에 대한 무지가 법정에서 핑계가 될 수 없는 것처럼, 진실에 대한 무지가 폭력에 의한 죽음을 막아 주지는 않는다. 현대사회는 저변의 이러한 실상을 직관했는데, 이 사회에서 진실의 추구는 모든 공적 토론과 뉴스 보도의 정수라 할 만하다. 생존은 정치적 설득, 사회학 이론, 지극히 감정적인 대중 선동, 정치적 엘리트주의,

혹은 종교 교리라는 수단에 의해서는 보장되지 않는다. 진실을 인지할 수 있는 능력은 인간 의식 내부의 잠재력이며, 진실이라는 방향을 갖는 모든 이들의 의식의 결합된 의도가 장 전체를 강화한다. 만인이, 어떤 직관적 수준에서, 진실은 생명을 부양하고 거짓은 죽음을 가져온다는 걸 알고 있다. 핵 능력을 갖추고 있는 세계에서, 진실과 거짓의 구별은 이제 말 그대로 구체적이고 실용적인 필요성이다. 진실에 대한 부정이나 진실에 대한 무지의 대가는, 죽음과 파괴에 기습당하는 것이다. (즉, 진주만 폭격과 9.11)

문제 있는 위치성과 쟁점들

감사할 줄 모르는	190	네오파시즘	160
감상적 성향	190	논쟁적인	170
걸핏하면 화내는	185	대의명분	175
게토 문학[1]	90	매사에 부정적인 사람	190
경박한 법리학	190	『멍청한 백인들』[2]	130
고집스러운	185	모욕적인	160
국가에 대한 불충	160	무고(거짓 고발)	160
권위자에 대한 증오	120	무정부 상태	100
남자/소년 사랑	80	무신론	165

1 도시 지역에 거주하며 마약 밀매, 깡패들의 폭력, 매춘 등에 연루되는 흑인 삶의 병리적 부분을 주로 묘사하는 문학 장르이다.

2 2001년에 간행되어 8주간 《뉴욕 타임스》 베스트셀러 1위에 오른 마이클 무어의 책. 저자는 이 책에서 미국 정부의 정책 전반, 특히 부시 행정부의 정책을 맹렬히 비판했다.

반미, 미국 증오 160

반역 80

반종교, 반신 135~180

백인 우월주의자 160

변증자[3] 190

비난 180

비판적인 것 120

사회의 오만 155

사회적 신화 180

사형(성인) 160

사형(청소년) 130

선동 105

세속주의[4] 165

소송하겠다는 협박 150

소송하기 좋아하는 성향 140

신랄한 160

신이교[5] 180

'악은 악으로 갚아도 된다' 100

악의 없는 거짓말 190

악의적 모략 135

여성 혐오 160

'예민하다' 180

'예술'을 가장한 선동 135

'열린사회'[6] 180

'우월한' 견해 155

원한 70

위증 60

은혜를 모르는 사람 190

음모론 180

인색한 190

'자격 있음' 180

자기애 140

정치적 '엘리트' 160

'정치적으로 올바른' 190

제9 순회법원의 판결(집단적): 185
대법원에서 기각된 항소

존 버치주의[7] 160

좌파 행동주의 165

주역主役 190

'죽은 백인 남자들'이란 개념[8] 130

초보수주의 150

타락 80

『터너 다이어리』[9] 130

피해망상적 120

피해자 130

피해자학被害者學 160

피해자/가해자 (모델)	130~150	헐뜯기	185
합법적 권위에 대한 비방	120	회의론자	120
'항의' 자살	70	'~ 때문에 기분 나쁘다'	180
해방운동가	185	'~로 인해 불편하다'	175

이상 모든 것은 지적 세계 및 그 세계 사회 평론가들의 온전성을 갉아먹는, 확산되고 있는 어떤 부정적 경향을 가리킨다. 그러한 경향의 저변에 있는 신화는, 비판적인(부정적인) 것은 '멋지고' 우월하며 그것은 '지성'을 따라서 우월성을 가리킨다는 것이다. (이는 '거짓'으로 측정된다.)

비판적인 것은 사실상 낮게 측정된다. 왜냐하면 그것은 대개 선망, 인색한 옹졸함, 질투에서 나온 심술의 표현이기 때문이다. '대

---

3 어떤 교리나 정책, 제도를 옹호하거나 정당화하는 주장을 펴는 사람을 말한다.

4 모든 형태의 종교적 신앙과 예배를 거부하는 정치적 사회적 철학 체계.

5 新異敎, 20세기 들어 시작된, 유럽과 중동의 고대 다신교를 되살리려는 다양한 종교운동. 주술 의식이나 현대 마술과 관련이 깊다.

6 칼 포퍼는 『열린사회와 그 적들*Open Society and Its Enemies*』이라는 저서에서, 열린사회는 피를 흘리지 않고도 정치 지도자를 끌어내리는 것이 가능하도록 보장되어 있는 사회라고 정의했다.

7 극우 반공주의.

8 dead white men, 1980년대 후반 '정치적으로 올바른' 관점의 유행과 함께 부상한 용어로, 학교교육에서 서구 문명 속의 고급문화를 강조해 온 것에 대한 비판을 담은 속어다. '죽은 백인 남자들'이란 이전에 서구 문명에서 의미가 크다고 간주되었던 소크라테스, 플라톤, 단테, 셰익스피어, 뉴턴 등의 인물을 말한다.

9 1978년, 윌리엄 퍼스가 가명으로 발표한 소설. 미국에서 일어난 폭력적인 인종주의 혁명 투쟁이 전 세계적 인종 학살로 이어져 결국에는 모든 유대인과 비백인들이 말살된다는 내용. 퍼스에게 이것은 디스토피아가 아니라 '백인 세계'의 꿈이 실현된 것이었다.

인'은 탁월함을 인정하고 존중하지만, '속 좁은' 이들은 내면의 영적 인색함에서 그러한 인정을 꺼린다. 속 좁은 이는 사람들이 칭찬하는 것들을 싫어하는데, 그것은 샘이 많은 학생이 가장 우수한 학생들이 받는 인정을 싫어하는 것과 같다.

태도로서 비판적인 것은 미덕이 아닌 결함이다. 성숙한 평가는 쟁점의 모든 측면을 다 헤아리지 부정적 감정성을 끼워 넣지는 않는다. 성숙한 평가는 헐뜯기보다는 검토한다. 역설적인 것은, 헐뜯기(185로 측정)는, 악의가 향하는 표적의 위상보다는 비판자의 위상을 낮춘다는 것이다. 차이는 동기부여와 의도에서 비롯된다. 참된 비평가는 가치와 장점에 대한 안목을 반영하며 따라서 '균형 잡혀' 있다. 사이비 '비평가'는 '치사한' 공격을 통해 중요 인물로 보이려고 한다.

위의 낮은 측정치들은 온전한 진실에서의 심각한 이탈과 자기애적인 사리 추구(지각의 왜곡과 사회로 투사된 오해를 낳는)를 가리킨다. 공통된 기초는 자제력과 합리성을 위해 자기중심적인 가상의 지배권을 포기해야만 하는 데 대한 에고의 항의다. 유아적 에고는 그러한 것을 욕구 충족을 방해하는 제한으로 보고 분개한다. 모든 권위는 분개와 증오의 대상이고, 그리하여 이원적인 피해자/가해자의 피해망상적 왜곡이 솟아나는데, 이것은 그 다음에 '저 바깥'이라는 지각 왜곡으로 사회에 투사되어 중대한 사회적 귀결을 낳는다. 두드러진 예가 칼 마르크스(130으로 측정)의 사례인데, 그의 피해망상적 왜곡으로 하여 수백만 명이 레닌(70으로 측정)과 스탈린(90으로 측정)의 손에 사망했고, 그 밖에도 냉전,

KGB(소련의 비밀경찰 및 첩보 조직), 미국인 이중간첩들, 핵전쟁의 위기가 있었다. 마르크스는 그 다음에 허버트 마르쿠제의 철학 속에서 그리고 철학적 상대주의인 프랑크푸르트학파(이 장의 뒷부분을 볼 것) 안에서 살아남았다. 다른 쪽 극단에서, 파시즘의 그릇된 이론은 2차 대전의 무수한 죽음과 대량 파괴로 귀결되었는데, 그 바탕에는 철학적으로 오류인 허위 선전이 있었다. 진실은 평화를 가져오고 거짓은 전쟁을 부른다. 이는 현 사회를 양극화하고 있는 문화 전쟁을 통해서도 예시된다.

합리성과 온전한 논리에 대한 거부('이론 혐오'로 불리는)는 윤리와 도덕에 대한 거부의 기초를 형성한다. 이것은 균형 잡힌 성숙한 행동 규범(사회적 무정부 상태와 쾌락주의적 과도함을 상쇄하는)을 지탱하는 기반을 갉아먹는다. 구조와 질서가 없다면 사회적 행동은 조속기나 플라이휠이 없는 엔진과 같이 되어 혼돈 속으로 붕괴한다.

역사적으로, 정치적 극단주의는 상대편 극단적 진영에 의한 혁명과 접수를 불러들이는 활짝 열린 문이었는데, 그러한 현상을 강화한 것은 과도함에 대한 항의자들이었다. 붓다는 2500년 전에, 극단을 피하고 '중도'를 통해 균형을 잡으라고 경고했다.

에고의 지각은 이원적이므로 에고는 편집증에 걸리도록 사전 설정되어 있는데, 이것이 바로 좌파와 우파를 망라하는 모든 정치적 극단의 하부구조다. 위에서 살펴본 것처럼, 핵심적 오류는 이원적이고 왜곡된 에고 지각이 일체를 가해자/피해자 모델(130으로 측정)의 관점에서 본다는 것이다. 이로 인해 증오가 풀려나오고 '허수아비 표적'이 양산되며, 그 다음에 허수아비 표적은 비방당하고 그 비방은 악의, 미움, 공격(예 '대 사탄'으로서의 미국, 혹은 현재의 '반미' 운동이라는 '정치적 지하드')을 풀어놓는다. 한 나라의 대통령이나 지도자가 되는 일에 따르는 불운한 대가는, 그 사람은 그 다음에 자동적으로, 가상의 팽창된 '잘못'에 대해 복수의 칼을 갈며 비난, 험담, 선전 운동을 주도하는 반대당의 표적이 되는 것은 물론, 개인적 불만의 피해망상적 투사에 표적이 된다는 것이다.

이런 문제 있는 위치성들의 매력은, 그것이 윤리, 이성, 논리에 대한 조롱으로 정당화되는 저열한 감정들에 갖는 호소력으로 한층 커진다. 이는 '정치적으로 올바른' 것에 대한 유행하는 지각이나 '광적 주변부'로 귀결된다. '광적 주변부'는 남보다 우월하다는 인위적 에고 팽창을 매개로 하는, 자기애적인 유사 힘의 부여라는 실속 없는 으스댐으로 보인다. 그것은 대중매체의 폼 잡기와 관심 끌기가 나타내 주는 것처럼 반 평등주의적이다. 집단적으로, 이런 손상된 지각을 가진 사람들은 '변성 현실'(Pitts, 2004) 속에서 사는데, 그것은 최신 유행의 봉인封印을 잃어버리면서 급격히 애초의 멋을 상실하고 구태의연해진다.

험담이 매우 낮게 측정되는 것은 그 의도, 즉, 해치려는 것 때문이다. (언론 자유는 양날의 칼이어서, 험담을 하는 이 또한 베어 넘긴다.) 정상적인 삶에서, 지성은 바로잡는 균형을 제공한다. '유행'하는 태도와 구호들이 갖는 매력은, '정통해' 보이는 것과 '엘리트' 명사 계급 안에 그 암시적 독점성과 더불어 있다고 지각되는 것이다. 즉각적 에고 팽창으로 인해 '대의명분'은 널리 유행하고, 대중은 끝없는 권유 선전과 전향 공작, 감정성(선택적 여론조사[10], 사이비 과학, 조작된 통계로 보강된)의 포격을 받는다. 그런 선택적 여론조사, 사이비 과학, 조작된 통계가 감상적 시위자와 '건강 경찰', '언어 경찰' 등은 물론이고 온갖 부류의 오웰적[11] '권리' 집단에서 흘러나온다.

역설적인 것은, 진정한 엘리트는 사회에 알려져 있지 않으며 이목과 명성을 피한다는 점이다. 그들은 지극히 사적인 고립된 섬에서 살아가고, 대중매체가 들어 보지 못한 클럽에 속해 있다. 상호 인정은 미묘한 것을 통해 이루어지는데, 가장은 한 차례 흘끗 쳐다보거나 목소리의 억양을 듣는 것만으로 신속히 간파된다. 이 사회 부류의 눈에 띄는 특징은 단순성과 완전함이다. 누구도 그 무엇을 '원하거나' 이득, 찬성, 혹은 인정을 구하지 않으며, 명사의 지위를 피한다. 충족은 만족감으로 귀결되는데, 그것은 내면에서 솟아오른다.

누구라도 어떤 순간에든 혹은 삶의 어떠한 수준에서든, 자신을 있는 그대로 수용하는 것만으로 진짜 진정한 '격조'를 가질 수 있다. 진정한 격조란 '진짜'를 의미한다. 세상은 격조 높은 웨이터, 고객, 배우, 스포츠 스타, 택시 운전사와 격조 높은 진정한 명사들

10　여론조사는 모집단 전체가 아닌 모집단에서 뽑아 낸 일정 규모의 표본을 대상으로 하는데, 선택적 여론조사란 그 과정에서 표본 추출이 편파적이거나 선택적으로 이루어지는 것을 말한다. 표본 선정이 '선택적'으로 이루어질 때 여론조사 결과는 모집단 전체의 '여론'을 반영하지 못하고 왜곡된다.

11　전체주의적이라는 의미다.

(예를 들어 새치모(루이 암스트롱), 클라크 게이블, 스펜서 트레이시, 누트 로크네, 로널드 레이건 등)을 정말 사랑한다. 충족되었다고 느끼는 사람들이 '일류'다. 그들이 인정받는 것은 지위나 인기가 아니라 '있는 그대로의 나'이고자 하는, 그리하여 온전히 인간적이고자 하는 온전성과 용기다.

궤변

그릇된 궤변이 어떻게 수 세기에 걸쳐 증식되는지에 대한 이해를, 두 가지 개념을 통해 제시한다.

1. 130에서 195 사이의 취약한 의식 수준이 모든 세대의 세계 인구 대다수를 특징짓는다. 즉, 의식 진화의 귀결로서의 학습 곡선 분포.

2. 핵심적 용어와 개념, 혹은 핵심 단어를 통해 어떤 관념이 확산되거나 지속되는 것을 전문용어로 '밈'이라 한다. 밈의 본질적 성질은, 마치 컴퓨터바이러스와 같이 자가 증식되고 모방하며 구호의 흡인력을 갖는 데 있다. 그 관념은 순전한 반복과 공유를 통해, 마치 그것이 성공적 삶의 공리인 것처럼 중요성이나 지위를 따라서 추정적 수용을 수여받는다. 리처드 도킨스는 저서 『이기적 유전자』에서 '밈'이라는 용어를 창안했다. (Dawkins, 1989, 1992)

하나의 밈을 이루는 중심 개념은 반복과 상상력이 넘치는 정교화를 끌어당기는 경향이 있고, 그래서 어떤 이야기가 세월과 함께 자라나 연상 작용을 갖는 함의를 축적한다. 이는 긍정적인 문화적 변화의 한 가지 요인이지만, 물론 뒷공론과 대중매체와 인터넷을 통해 전파되는 것 같은 미신, 악질적 선전, 허위가 지속되는 요인이기도 하다. 인터넷은 허위와 그릇된 정보가 집결해 있는 사상 최대의 도서관이 되었다. 밈은 또한 문화적 가치를 약술하는, 싹 트기 시작한 건설적 개념일 수도 있다. 그러한 것에 대한 연구를 '밈학'이라고 부르는데 이는 사회학적으로 중요성을 갖는다. (Csikszentmihelyi, 1993; Beck and Cowan, 1996)

조셉 괴블스가 죽은 것이 인류로서는 다행스러운 일이다. 괴블스라면 극우 선전으로 인터넷을 도배했을 테고 인터넷에서 허위 정보의 비율은 현재 수준 65퍼센트조차 넘어설 것이다. (현재 5천 개 이상의 '증오' 웹사이트가 있다.) 괴블스는 밈과 그 속에 은폐된 증오를 퍼뜨리는 데 선수였다. 조직적이고 극단주의적인 정치적 공격을 감행하는 극좌파 재력가들이 요즘 같은 수법을 쓰고 있는데(O'Reilly, 2005), 그들은 '블로거' 네트워크를 통해 지어낸 얘기를 심는다. 부정적 밈은 조심스럽게 세공된 이성의 왜곡이며, 저변의 동기부여적 낮은 힘, 악의를 숨기고 있다. 그것은 사회 분열을 부추기고, 또한 자연 발생적이며 진짜라고 소문나 있지만 그중 75퍼센트에는 사실상 전문가의 손길이 닿아 있는 연출된 항의 시위에 기름을 끼얹는다. 부정적 밈은 대중매체는 물론이고 순진하고 잘 속는 대중에게 영향을 미치기 위해 설계된다. 공산당은 한 세기에 걸쳐 그 기법을 배웠다. 오늘날, 동일한 대중조작 원리가 다종다양한 이른바 '대의명분'을 위해 이용되고 있다. 수많은 사람들이 항의 자체를 위한 항의의 스릴에 중독되어 있다. 거기서 실상이나 진실은 사실상 무관하다.

'정당한' 그리고 '부당한' 항의나 혁명의 문제는 대단히 복잡하여, 충분한 설명을 위해서는 그러한 주제를 충분히 연구하기 위한 어떤 테스트 전체에 대한 저술이 요구될 것이다.[12] 테스트할 것에는 적법성, 정치적 추론, 관련된 모든 파벌의 상황과 의도 및 그들의 문화뿐 아니라, 역사적 사례, 도덕적/윤리적 원칙, 그리고 철학적, 영적, 종교적 측면이 포함된다. 지각은 또한 착각과 왜곡, 혹은 망상조차 일으키기 쉽다. (Bittner, 2004) 자유 투사(200으로 측정)와 테러리스트(30으로 측정)의 구별이라는 주제는 16장에서 다루기로 한다.

소크라테스는 만인이 오직 '좋은 것'을 구하지만 실제로 좋은 것이 무엇인지는(예 즉각적이고 물질적인 에고 이득(내가 '옳다'는)인지, 혹은 장기적인 영적 성장인지) 알지 못한다고 가르쳤다. 그리하여 각 결정의 의식의 해상도와 측정 수준은, 카르마, 의도, 복잡한 영향력을 갖는 가까운 장, 그리고 알려진 것과 알려지지 않은 것을 망라하는 요인들과의 어떤 일치를 나타낸다. 나중의 비판은, 현실적인 것을 가설적인 것과 비교하는 것 및 '월요일 아침에 쿼터백 노릇하기'[13]로 말미암아, 꼭 같이 오류를 저지르는 경향이 있

----

12   이는 근육 테스트를 연구 도구로 삼는 경우에 관한 얘기다.

13   일요일에 미식축구 시합을 관전한 사람들이 월요일 아침에 모여 전날 시합에서 쿼터백의 결정과 행동에 대해 이러쿵저러쿵 하는 것을 말한다.

다. 표면적으로 온전한 의도조차 때로는 사회적 재앙을 낳을 수 있다. ("그 당시에는 좋은 생각인 것 같았다.")

사회적 항의의 공개적 시위에서 약 90퍼센트(측정에 의해)는 일차적으로 낭만적으로 미화된 자만심을 동기로 하는 반면, 나머지 10퍼센트만이 의도의 온전성, 모든 요인에 대한 올바른 지각과 해석, 그리고 감정에 물든 의견만이 아닌 확증 가능한 사실에 기초한 정당화를 포함한다. 만일 정당화가 선전된 허위를 근거로 하고 있다면, 그 다음에 오류가 끼어든다. 도덕적 확신 역시 행위의 믿을 만한 근거는 아니다.

모든 혁명이 사회 일각에 대해서만 호소력이 있는 합리화와 수사修辭를 갖는다. 야만족, 침략의 무리, 종교적 호전주의자, 신발 폭탄 테러범, 자살 테러리스트, 학생들을 다이너마이트로 폭사시킨 범인 등을 포함하여, 만인의 에고는 자신이 '고귀한 대의'에 승선했다고 생각하기를 좋아한다.

미국인은 근대의 보스턴 차茶사건의 사례와 같은 상황들을 합리화하기 위해 예수그리스도의 예는 물론이고 독립전쟁과 독립선언서를 즐겨 인용한다. 하지만 그러한 비유가 들어맞는 일은 거의 없다. 비폭력적 항의는 똑같이 성공적인 결과를 가져다주었다. (예 마하트마 간디, 넬슨 만델라 등)

'임계점 분석'(Hawkins, 1995)을 이용하여 매우 복잡한 상황들을 빠르고 간단하게 진단하는 방법이 있다. 그것은 다원적 상황 전체의 핵심 '끌개장'을 확인해 주고, 중심에 있는 근본 요점을 뽑아내며, 논쟁, 허위, 감정성, 가장을 불필요하게 만든다. 기본적 의도를 진단해 내는 것을 통해 다수의 상호 작용하는 복잡성들의 진실의 핵심이 드러난다. 예를 들면, 미국 핵 프로그램 전체의 의도는 460이다. 현재 이란 핵 프로그램의 의도는 170에서 190 수준이다. (2004년 12월) 의식 지도에 비춰 보면 기본적 동기가 드러난다. 측정 수준 190은 자부심, 위신 등을 가리킨다. ("핵 클럽에 가입하라.") 임계점 분석은 이렇듯 정치적 수사와 게임즈맨십이라는 위장과 속임수를 꿰뚫는 레이저 광선과 같다.

국제 관계와 전쟁 예방에 이 필수적 진단 기법을 적용하는 것에 관해, 더불어 그것이 생존에 대해 갖는 함의에 관해서는 15장과 16장에서 설명하기로 한다. 보통의 삶에서 어떤 문제의 본질과 핵심을 신속히 드러내는 것은 복잡한 사회적 의문들에 대해 수많은 분명한 쓰임새가 있다.

자유의 위력은 온전성과 진실이라는 그 근원에서 비롯되기 때문에, 자유의 안전장치는 바로 경계다. 따라서 아무리 인기가 높다고 해도 온전치 못한 위치성을 무해하게 미숙한 것으로 봐주고 덮어 둘 수만은 없는데, 하지만 이런 격언도 있다. "젊어서 자유주의자가 아니라면 가슴이 없는 것이다. 그러나 나이가 들어서도 여전히 자유주의자라면 머리가 없는 것이다." 이 격언이 놓치고 있는 것은, 그 사이에 엄청난 손실이 일어나고 수백만이 죽는다는 것이다. (마르크스 공산주의, 전체주의, 파시즘, 혹은 종교 광신주의의 허위가 붕괴하는 데는 몇 세대가 필요하다.) 그러므로 사회 정치적 '주의'들을 응당 주의 깊게 살펴볼 필요가 있다.

앞의 도표로부터, 감정적 수사란 미끄러운 비탈길과 같은 것임을 알 수 있는데, 그 비탈길에서 사회적 항의는 시위와 군중 폭력으로, 그 다음에는 항의 방화와 폭탄 투척으로 곤두박질친다. 마더 테레사조차 '반전' 행진을 거절했다. 그녀는 '반전'이 친평화와 같은 것은 아니라는(예를 들어 반바닐라가 친초콜릿은 아니다.) 금언을 이해했고 그것을 나타냈다.

'승리'하기보다는 성공하는 것이 낫다. 지난 세기, 파리에 모여든 망명자들은 문학적이고 예술적인 사회 진보, 진실로 더욱 큰 표현의 자유, 창조성을 가져다주었다. 사회는 창조적 혁신에 그리고 새로운 발견이 나타내는 영감에 민감하게 반응한다. 주방의 구식 아이스박스를 현대적 냉장고로 교체하기 위해 그것을 공격하고 헐뜯을 필요는 없었다.

문제 있는 위치성들

권위주의	180	여성주의 정치학(성차별주의)	185
'목적은 수단을 정당화한다'	120	우생학	105
무정부주의	100	인간 혐오	180
무신론	165	인식론적 상대주의	190
무책임	195	자유 지상주의	180
변증법적 유물론	135	증오	70
비판 이론(마르쿠제)	145	쾌락주의	180
성상파괴	175	파시즘(세속적)	80
아프리카 중심주의(인종차별주의)	180	파시즘(신정)	50
악마화하기	80	파시즘(이슬람/호전적)	50

평화주의 185

평화주의자(정치화) 180

학문적 좌파 180

해체주의 190

허무주의 120

'~주의'(접미사) 180

철학 이론

고어 비달 180

길레스 다 로즈 190

노암 촘스키 135~185

루시 이리게리 155

리고베르타 만추 180

미셸 푸코 190

에드문드 후설 195

자크 데리다 170

자크 라캉 180

장 보드리야르 175

장 폴 사르트르 200

장 프랑소아 료타르 185

존 카푸토 185

줄리아 크리스테바 150

칼 마르크스 135

칼 포퍼 185

프리츠 쿤 195

피터 싱거 195

하워드 진 200

허버트 마르쿠제 150

정치

극우 135~195

극우 급진파 80

극좌 135~195

극좌 급진파 80

궤변 180

대중 사회학 165~210

대중 영합주의(포퓰리즘) 200

독설 75

명예훼손 75

몰인정함 180

반동 155

사회적 상대주의 185

상대주의 185

수사修辭 180

신정神政 전체주의 50

외국인 혐오증 185

인종차별주의	110	혼합주의[14]	195
피타고라스 (고대 그리스)	190	혁명가	100

비난: 편집증과 증오와 전쟁의 철학, 심리학, 정치학

역사가 되풀이해서 보여 준 것처럼 펜은 칼보다 강하기 때문에, 멋지고 정통한 것으로 여겨져 흔히 순진하게 모방되고 유행을 타게 되는 지배적 철학, 교의, 신념 체계들의 진실 수준을 판단하는 것이 결정적이다. 이러한 것들은 자기애, 즉 우월하고 '특별'하다는 에고 팽창에 대해 호소력을 갖는다. 사회에 미치는 이들의 효과는, 그 숨은 오류가 마치 파국을 부르는 숨은 악성종양과도 같다. (마르크스주의 하나가 1,000만 명의 생명을 앗아 갔다.) 궤변과 개념적 상대주의가 학계, 예술, 대중매체를 통해 검증 가능한 진실을 대체함으로써 허위가 퍼져 나간다.

상대주의 철학의 요지는, 현대 세계를 크게 이롭게 한 것들(즉, 과학, 항생제, 전기, 수송, 위생, 식량 생산, 윤리, 도덕, 법률, 시민권, 헌법, 경제)을 탄생시킨 지적/철학적 기초 자체의 신용을 떨어뜨리는 것이다. 최근의 프랑스 지식인들은 철학적 퇴보의 일차적 근원이었는데, 그들은 집단적으로 180에서 190으로 측정된다. 그것은 탁월함(460으로 측정)은커녕 지적 타당성에도 훨씬 못 미치는 수준이다.

---

14 syncretism, 이질적인 철학이나 종교적 교의, 의례 등을 절충하거나 통합하려는 운동을 말한다.

　미국에서 거짓된 궤변의 주요 근원은 허버트 마르쿠제(145로 측정)의 영향력과 저작이었다. 그것은 마르크스주의 변증법과 이원적 오류를 기반으로 했고, 학계와 할리우드에 '새말'[15], 정치적 올바름, 엘리트주의를 퍼뜨리는 결과를 낳았다. 마르쿠제 이론은 '문화적 마르크스주의'로 통칭된다. (Flynn, 2004)

　마르쿠제가 장려한 기본 개념 중에는 다음과 같은 것이 있다.

1. 언론 자유는 통제되어야 한다. (그리고 보수적 이성과 논리 혹은 윤리를 제거한다.)

2. 자유는 전체주의다.

3. 민주주의, 윤리, 진실, 도덕은 독재적이다.

4. 허구와 공상은 진실이다. 하지만 실상은 거짓이다.

5. 폭력은 비폭력이다. 정부와 규제에 대항하는 폭력은 괜찮다.

6. 이데올로기에 힘이 된다면 거짓말도 괜찮다.

7. 비판 이론(145로 측정)은 이성과 이성의 전체주의적 속박을 해체한다.

8. 갖가지 섹스가 노동보다 우월하다. (반자본주의)

9. 관능적 만족이 제일의 윤리이어야 한다.

10. 과학은 억압적 정치 과정이다.

11. 교육의 목적은 주입이다.

15　newspeak, 조지 오웰의 소설 『1984년』에 처음 나온 말인데, 말을 바꿔서 하는 것이다. 예를 들면 전쟁을 평화로, 거짓을 진실로, 자유를 속박으로 부르는 것이 그것이다.

12. 모든 소수집단은 피해자다.

13. 문화적 마르크스주의는 이성, 윤리, 도덕보다 우월한데, 그런 것들은 억압적이다.

이상으로부터, 마르쿠제 철학의 중심 초점이, 프로이트의 원시적 '이드' 속에 거하고 있어 유아적이고 자기애적인 에고라는 것은 분명하다.

'상대주의적' 주지화의 복잡성은, 결국에는, "어느 다리 다음에 어느 다리가 나가느냐?"고 질문 받자 도랑에서 뒤집혀 버리고 만 지네 꼴이 된다.[16] 포스트모던적 해체주의와 재건주의를 비롯하여 그와 엇비슷한 이론의 상대주의적 수사는, 잘해봤자, 루이스 캐롤의 『이상한 나라의 앨리스』에 나오는 어느 등장인물의 성찰, "말이란 그게 무슨 뜻이라고 내가 말한 것만을 뜻할 뿐, 그 이상도 이하도 아니다."를 벗어나지 못한다. 캐롤의 위대한 고전 제 7장에서는, 해결되어야 하는 문제를 결과적으로 증가시키는 경향이 있는 요즘의 사회 정치적 철학하기의 혼란 밑바탕에 있는 것을 보여 준다. 예를 들어, 그릇된 사회 정치 이론들이 가져온, 지금은 익숙한 '예상치 못한 결과.'(Charon, 2004)

16　서양의 어느 동요에 나오는 얘기인데, 개구리가 장난삼아 지네에게 어느 다리 다음에 어느 다리가 나가느냐고 묻자, 지네는 그걸 생각하다가 다리가 엉켜서 오도가도 못 하게 되었다.

미친 모자장수의 티 파티

비도덕성의 도덕으로서의 무도덕성

온전성을 왜곡하고 냉소와 비방으로 그것을 공격하는 일이 요즘 유행하고 있다. (그리고 그것은 돈벌이가 된다.) 그러한 경향은 극단주의자 논설위원, 작가, 영화 제작자, 논쟁을 매개로 지위를 구하는 명성 추구자들을 통해 강력히 표현된다. 정치 쪽의 '하워드 스턴'[17]들은, 주목받고자 하고 대중의 관심을 끌고자 하는 왕성한 식욕을 가지고 있다. 그들은 자기애적 에고 팽창이 가져다주는 보상인 거짓 중요감을 위해, 그리고 힘을 얻은 듯한 에고의 환상을 위해, 진실과 온전성을 기꺼이 희생시키고자 한다. (Howard and Clark, 2004) 대서특필되는 것은 도취감을 일으키고 어떤 대가를 치르더라도 추구해야 할 것이 되는데 주류에게 그것은 애처로울 따름이다. 그들이 선호하는 표적은 도덕과 윤리와 개인 책임에 관한 미국의 전통적 기준이다. 수사의 과잉을 통해 그리고 논리와 증거 혹은 이성의 포기를 통해, 온전성의 그 어떤 표현이라도 왜곡될 수 있고 교묘한 공격에 대한 허수아비 표적으로 설정될 수 있다. 신성Divinity이 진실과 온전성의 궁극적 상징인 한, 신과 영적, 종교적 진실 혹은 과학적이고 역사적인 진실조차 적이다.

온전성에 대한 정치적 공격은 요란하게 유사 도덕주의적이며, 모든 것 가운데 가장 뻔한 거짓(즉, 도덕이 부도덕하다는)을 바탕으

---

17 미국의 유명한 라디오 프로그램 진행자. 지저분하고 외설적이며 인종적인 유머를 구사하여 논란을 불러일으키는 인물이다.

로 한다. 정치적 논쟁(흔히 130에서 180으로 측정되는)의 '정당한 분개'를 자극하는 것은 책임지는 온전성의 공적 사례들인데, 따라서 그러한 사례들은 그것을 폄하하려는 시도에 의해 공격당한다. 그런 시도는 행위를 맥락에서 분리해 내고 그럼으로써 행위를 역사적 왜곡에 종속시킴으로써 편향되는 일이 많다.

200에 훨씬 못 미치게 측정되는 정치적 극단주의자들에게는 온전성을 정확하게 알아보는 눈이 있다. 따라서 그들이 선정한 표적은 매우 높게 측정되는 것이 특징이다. 증오와 비방이 표적으로 삼는 이들의 명단은 합리성을 나타내는 인명사전과도 같다.

정치적 철학적 비판과 편향된 시비 분별은 오직 도덕주의적 추정을 기반으로 하는데, 따라서 도덕적 진실의 실상을 부인하는 것은 전통적 가치에 반대하는 근거 자체를 완전히 박탈한다. 비도덕성의 도덕으로부터 도덕성을 공격할 수는 없는 것이다. 따라서 그런 모든 위치성은 진실 수준 200에 훨씬 못 미치게 측정된다. 이는 정치적 증오에는 명분이 없다는 것과, 그런 증오 행동은 본질적으로 현실 검증력의 상실과 관련된 성격장애의 표현임을 노출시킨다. 정신과적으로 그런 이들은 적대적, 반항적 혹은 자기애적 성격장애로 분류된다. (미국 정신의학회의 DSM IV)

논쟁적인 정치적 공격이 표적으로 삼는 주요 대상은 200을 훨씬 넘어서는 것으로 측정된다. (그것은 355에서 무한Infinity에까지 이른다. 평균은 455) 그리하여 갈등은 사실 정치적인 것이 아니라, 200 이하의 집단적 수준과 200 이상 수준들 간의 사회적 충돌, 즉 낮은 마음의 감정성과 높은 마음을 나타내는 논리 및 이성 간의 충돌을 나타낸다. (14장을 볼 것) 그것은 또한 진화가 덜된 마음의 학식 그 자체에 대한 적의를 반영한다. 저변에 깔려 있는 환상은, 공격을 통해 경기장 바닥을 평평하게 만들 수 있다는 것[18]이지만 그것은 명백히 거짓이다. 왜냐하면 진실과 온전성의 효과는, 어떠한 공격에도 다치지 않는 그 비선형적 근원에서 비롯되기 때문이다.

거짓은 합리화될 수 있지만 오직 낮은 힘(설득, 감정성)만을 나타낼 뿐이고, 진실은 중력과 마찬가지로 본래부터 낮은 힘에 면역이 되어 있다. 감정주의가 주의를 분산시킬 순 있지만, 진실 자체는 묵묵히 살아남는데, 왜냐하면 낮은 힘은 동의를 필요로 하는 반면에 진실은 중력처럼 홀로 서 있으며 진실의 법칙은 침해받지 않기 때문이다.

합리성을 그리고 논리와 진실에 고유한 질서를 철학적/학문적으로 폄하하는 것의 허위성이, 두 가지 의미심장한 사례를 통해 노출되었다. 첫 번째 사례는 가짜 평론을 양산하는 유명한 '포스트모던 평론 발생기'[19]이고, 두 번째는 악명 높은 '소칼 사건'이다. 소칼 사건은 어느 물리학자가 순전히 엉터리로 그러나 화려한 용어를 동원하여 쓴 유사 과학 논문이 듀크 대학교에서 『사회적 텍

---

18 축구나 농구 등의 경기에서는 경기장 바닥이 평평하지 않으면 어느 한 팀이 유리해진다. 공격자들은, 진실과 온전성에 대한 공격을 통해 공격하는 쪽이 공격당하는 쪽과 동등한 입지를 가질 수 있게 된다는, 환상을 품고 있음을 말한다.

19 앤드류 불학이 만든 소프트웨어. 순환 문법으로 임의적 텍스트를 만들어 내는 시스템을 이용한 이 프로그램은 '완벽히 설득력 있는 포스트모던적 횡설수설'로 쓰인 평론을 자동 생산해 낸다고 한다.

스트*Social Text*』라는 제목으로 출판된 사건이다. (자세한 내용은 인터넷에 있다.)

'권위에 의문을 제기하라'는 범퍼 스티커의 최종 결과는 미성숙으로의 퇴행이다.[20] 과학을 모독하는 것은 기껏해야 지적 포즈일 뿐이다. 상대주의자 자동차 정비공이나 180에서 190 사이의 의식 수준에서 수술하는 뇌 신경외과 의사를 원하는 사람은 아무도 없다.

철학적 오류의 근원은, '포스트모더니즘'과 기타의 지적 표현을 예술(스트라빈스키, 피카소, 달리)이나 의미론에 관한 연구에 적용할 때 그것은 의미롭게 유효하지만, 그러한 것을 지적 능력, 사회현실, 자연, 혹은 영적 실상의 세계에 잘못 적용할 때(**예** 올슨의 『선과 포스트모던 철학의 기술*Zen and the Art of Postmodern Philosophy*』을 볼 것[21]) 는 철저히 부적합하다는 것을 알아보지 못한 데 있었다.

칸트적 범주나 추상의 수준들을 구별하지 못하는 것은, 높은 마음의 지적 작용과 논리의 엄격한 변증법적 요구를 감정에 물든 희망적 사고로 대치하는 결과를 낳는다. 추상의 수준들 대 구체의 분리가 무너질 때, *레스 인테르나*(정신화)와 *레스 엑스테르나*(있는 그대로의 세계) 사이에 붕괴가 일어나고, 이는 혼란, 무질서, 무력화(정신분열증에서와 같은)로 귀결된다. 높은 마음과 성숙함의 특징은, 감정을 동기로 하여 유발된 공상을 실상과 구별하는 식별

---

20 미국 아마존에서는 '스스로 생각하라'와 '권위에 의문을 제기하라'를 나란히 적은 범퍼 스티커를 팔고 있다.

21 올슨은 이 책에서 다양한 포스트모던 사상가들과 선불교 철학자들의 철학적 위치들을 비교하여 살펴본 다음, 포스트모던 철학과 선 철학이 같은 방향으로 이동하고 있다고 주장한다.

능력이다. 의사 전달에 대한 모든 이해는 해석학(즉, 해석)을 동반하는데, 해석 자체는 논리적 전제를 기초로 하고 그리고 감정주의와 대비되는 삼단논법적 논리 법칙을 기초로 한다.

이성, 과학, 논리가 영적, 개인적, 인도주의적, 환경적 쟁점들과 성공적으로 통합되었음은, '문화 창조자'(Ray and Anderson, 2000)로 지칭되는 미국 내의 급속히 성장하는 인구 집단(대략 25퍼센트로 추산됨.)이 이룬 성공을 통해 입증되었다. '가슴을 가진 운동'으로 묘사되는 문화 창조자 운동의 전체적 철학은, 싸움에 가담하기보다는 전통적인 정치적 위치들을 초월한다. 그들은 초콜릿 대 바닐라, 혹은 심지어 초콜릿 또는 바닐라조차 피하고, 그 대신 초콜릿 그리고 바닐라를 택한다. 전체적으로 335로 측정되는 문화 창조자 운동은 온전성과 낙관주의를 통합하며, 그와 더불어 성장을 강조하고 사회적 환경적 문제들은 물론 영적 개인적 문제들에 대한 책임을 강조한다.

살펴보면, 가장 높이 평가받는 무정부 상태의 지적 주창자들이 내놓는 주장들조차 '그릇된 결론'[22], '이것 다음에 그러므로 이것 때문에'[23], '선결문제 요구'[24], '중개념 부주연'[25]으로 알려져 있는,

---

22 non sequitur, 논리학에서 전제와 연결되지 않는 불합리한 결론에 의한 오류를 가리키는데, 전형적으로 'P이다. 그러므로 Q이다'라고 추론하는 것을 말한다.

23 한 사건 뒤에 다른 사건이 일어날 때, 첫 번째 사건이 두 번째 사건의 원인이라고 추론하는 논리적 오류를 말한다.

24 논증하는 주장을 그 주장에 대한 증거로 재진술하는 것이다. 전제와 결론이 순환적으로 서로의 논거가 되는데, 이것의 극단적 예가 순환논법이다.

25 undistributed middle, 삼단논법상의 오류를 가리킨다.

논리의 초보적 공리와 규칙들을 무시하는 기본 결함을 안고 있다. 그리하여, 편향된 관점들이 소문난 지지하는 증거로 인용되는데, 그 결과는 카드끼리 서로가 서로를 지탱해 주고 있을 뿐인 카드로 만든 집과 같다. 예를 들면, 미국이 악인 것은 미국 정부가 악이기 때문이고, 미국 정부가 악인 것은 정치인들이 악이기 때문이고, 정치인들이 악인 것은 자본주의가 악이기 때문이고, 자본주의가 악인 것은 이윤이 악이기 때문이고, 이윤이 악인 것은… 등이다. 결과적으로 빚어지는 모순은, 그 과정에서 무정부 상태 자체가 사람들이 노예적으로 받들어 모시는 전체주의적 지배 권력이 되었다는 것이다. 반권위주의가 새로운 전체주의적 '권위'이며, 그리고 탐구는 성상 파괴(175로 측정)로 타락한다. 성공은 조롱당하고 피해자학은 장려되는데, 왜냐하면 피해자 역할은 힘을 얻은 듯한 거짓 감각과 더불어, 중요한 것으로 '자격'을 가져다주기 때문이다.

우회적 주지주의의 자멸적 딜레마는 동물과 인간 사회를 포함하는 모든 자연이 형상으로 표현된다는 것인데, 그 형상은 압축된 정보를 나타낸다. 형상의 '의미'는 지각된 '관계'에 대한 해석의 한 파생물이고, 이것은 차례로 관찰자가 관찰된 것에 투사한 정신화이다. 의도는 찾아지는 것의 내용을 사전에 결정한다. (예) 검색 엔진) 그리고 찾아진 것은, 심지어 순환을 통해서도, 원래의 위치성을 확증해 준다. 이것은 순진한 과정이다.

분석해 보면, '관계'라는 일반용어는, 그 자체가 오직 관찰자의 마음속에서만 유래하는 환상임이 밝혀질 것이다. 그것은 무엇과 비교해 볼 무엇의 선정에 의해 설정된 임의적 관점이다. (즉, 정신화) 정신적 초점과 주의를 위해 두 지점을 선정하는 것이, 이제는 어떤 '관계'를 갖게 된 '저 바깥'에 있는 것을 마술처럼 바꿔 놓지는 않는데, 그것은 마치 바라볼 별들을 고르는 것이 '별자리'를 하늘의 실상으로 만들어 주진 않는 것과 같다. 점과 점의 연결은 상상적인 것이고, 모든 '별자리'는 관찰자의 상상 속에 있을 뿐이다. 별자리는 천문학적으로도 사실이 아니고, *레스 엑스테르나*, 즉 자연으로서의 실재를 갖지도 않는다. (Hawkins, 1995, 『의식혁명』 19장을 볼 것)

모든 구조와 지각된 관계는 따라서, 사람이 골라낸 어떤 지점에서든 임의로 볼 수 있는 것이다. 지각은 이렇듯 투사와 연결되어 있고, 삶은 로르샤흐 잉크 얼룩처럼 보인다. 기본적으로 청소년기의 반항일 뿐인 정치는 존중받을 만함을 주장하기 위해 주지화된 합리화로서 발언한다. 미성숙한 관점에서 볼 때, 모든 온전한 진실과 지혜는 부모 같은 것으로 보인다. 만일 그러한 담론에 뒤따르는 정치적/사회적/지적 위치들이 검증 가능하게 우월하다면 그 위치들은 그렇게 측정되겠지만, 사실은 그렇지 않다. 그러한 위치들은 우월한 대신 130에서 190으로 측정되거나 혹은 그보다 훨씬 낮게 측정되어, '목적론적' 추론이라는 이성의 또 다른 결함에 상당히 의존하고 있는 사회 부문을 집단적으로 반영해 준다. 목적론적 추론이란, 일들은 이른바 어떤 소문난 목적을 달성하기 '위해서' 일어나고 또 존재한다는 추정이다. 이는 일부 생물학의 결함이기도 하다. 실상에서, 전부는 오직 그 자체에 내재된 설계도를 실현하기 위해 잠재성이 현실로 됨으로 말미암아 일어난다. 예를 들면 부자는 빈자를 억압하기 '위해서' 부유해지는 것이 아니다. 진화에서는, 어떤 종의 개별 구성원은 물론이고 종 자체가 더욱 능수능란해질 뿐이다.

측정에 의해서는 물론이고 역사적으로, 영성이 인간이 이용할 수 있는 최상의 진실을 나타내는 한, 온전한 경전은 증명된 지침을 담는다. 그래서 잠언에서는 '귓전에 궤변을 속삭이는 아리따운 여인'으로 인해 지혜가 유혹당하지 않도록 엄격한 경고를 되풀이하고 있다. 양의 탈을 쓴 포식자의 진짜 본성은 증오, 독설, 비방으로서의 그 표현을 통해 노골적으로 드러난다. 의미심장하게도, 극좌 철학(포퍼, 촘스키 등)은 무신론임을 자인한다.

성공, 대기업, 그리고 미국을 악마로 모는 모든 이론은, 어떤 한탄스러운 선정된 상태에는 외적 '원인'(악마가 된)이 있다는 가해자/피해자 허위를 바탕으로 하는 이원적 정신 작용의 사례들이다. 따라서 가난의 '원인'은 부나 자본이고 미국은 가난에 찌든 세계의 흉악한 원인이라는 등의 그런 모든 가정은, 전쟁, 가난, 잔인성, 기근이 미국이라는 나라나 심지어 자본주의 개념이 출현하기 전부터 이미 존재했다는 역사적 현실을 무시한다.

자연이 지상의 생명의 기초라고 할 때, 그렇다면 이 모든 '불의'는 자연의 어떤 측면으로 인해 생겨나는가? 생명 자체는 궁극적 맥락이자 힘이고 맥락과 힘에 의해 진화는 '불공평'하게 펼쳐지는데, 그것은 바닷속 코르크처럼, 탁월한 것은 자동적으로 맨 위로 떠오르기 때문이다. 가장 강한 사자가 지배하고, 가장 영리한 성게가 살아남는다. 가장 똘똘한 문어가 가장 큰 놈이 되고, 가장 빠른 주자가 경주에서 이긴다. 실재하는 생명의 법칙에 정치적 폭언을 퍼붓는 것은 감정적이고 유아적이며, 실상을 뒤집으려는 시도들에 대한 정당화가 되지 못한다. (어쨌든 실상은 그런 것에 영향받지 않는다.) 창조는 이질적이고 전 생명은 무한한 변이로 표현되는데, 그 속에서 모든 성질은 어떤 연속선상에서 유기적 관련을 갖는다.

에고는 이원적이다. 에고는 사건들을 설명하기 위해, 전부가 전체적 장의 귀결로서의 잠재력 실현에 의해, 또한 의도(선택을 매개로 하는)에 의해 나타남 속으로 들어온다는 것을 각성하는 대신에 외적 '원인'이라는 환상으로 빠져드는 경향이 있다. 책임을 회피하기 위해, 에고는 이원적 분열을 세상에 투사하고 그럼으로써 자신이 가해자/피해자를 '저 밖'에 있는 것으로 보고 있다고 믿는다. 그것은 증오와 피해망상을 정당화하는데, 이러한 것은 그 다음에 비방, 헐뜯기, 악마화를 게워 낸다. 미움은 표적을 필요로 한다. 따라서 미움은 허수아비 표적을 '적'으로 설정한다.

비록 증오의 문화는 유혹적인 극도로 단순화된 이상화라는 양의 탈을 쓰고 있지만, 그것이 추진력을 얻어 새로운 압제자가 되면서 진짜 본성이 노출된다. 도덕, 윤리, 영적 실상을 폄하하려는 조직적 시도는, 그 다음에 그 자체가 '윤리', '도덕적 요구', 억압의 새로운 체제가 되는 것(Bruce, 2003)을 쉽게 볼 수 있다. 새로운 체제는 정치 이데올로기를 바탕으로 교과서와 도서관을 사실상 검열하지만, 그와 동시에, 괴기하게도, 여섯 살짜리들에게 크라프트 에빙이 쓴 『성적 정신병질 *Psychopathia Sexualis*』(1886, 1999)류의 성적 도착의 세부를 가르친다.

검증 가능한 온전한 진실의 왜곡은 결국 사회적 부조리를 낳는데, 그러한 부조리는 강압과 소송 위협으로 강제하는 도덕적 저능의 문화적 표시처럼 두드러진다. '자유의 이름'으로 '신'이라는 단어는 불법이다. (수정 헌법 제1항 '언론의 자유'에 대한 얘기는 그만하기로 하자.) 학교 교장들은 독립선언서에서 창조주('신'이라는 단어도 아닌)를 언급하고 있다는 이유로 그것을 가르치는 것을 금지했다. 일부 학교에서는 필그림 파더스가 왜 그리고 누구에게 추수감사를 했는지 가르치는 것(역사적 사실로서조차)을 허락하지 않는다. 어떤 학교에는 '이성의 옷으로 갈아입는 날'이 있고, 해마다 국회의사당에 설치되는 크리스마스트리는 '크리스마스' 트리라고 부르면 안 된다. (언론 자유?)

모든 종교적 상징의 공개적 전시는 기독교가 아닌 다른 분야에서는 허용된다. 다른 사회 분야를 보면, 어른 남자가 소아성애를 목적으로 소년들을 꾀는 데 골몰하는 단체들은 합법적이지만, 보이스카우트는 합법적이지 않다. 이제는 근친상간조차 영화를 통해 찬성을 얻으려하고 있고, 범죄 성향과 마약 중독에 빠져 있는 성격들이 대중매체의 우상이다. 선동 역시 '자유로운 표현'일 뿐인 것이 되었으며, 헐뜯기와 위증 역시 마찬가지다.

이상 모든 것은 희비극적인데, 보다 심각한 것은 경찰과 법질서 집행에 대한 비방이다. 예를 들어, 수상한 트럭을 정차시켰다가 마리화나 3톤이 실려 있는 것을 발견했다고 하자. 체포는 나중에 불법으로 간주되는데 그것은 운전수가 흑인이기 때문이다. (따라서 그것은 멋대로 '인종 차별'이 된다. 하지만 경찰관이 흑인이고 범죄자가 백인이라면, 그런 일은 일어나지 않는다.) 텔레비전에서 흘러나오는 이 '자유 사회'에 관한 뉴스는, 죽은 척하는 적군 전투원에게 교전 중에 총을 쏜 어느 병사가 비판받고 있으며, 그가 군법회의에 회부될지도 모른다는 것이다. 같은 시간에, 군에서는 젊은이들에게 입대하여 국가에 봉사하라고 권하고 있다.

신학, 종교, 영성, 윤리, 이성, 도덕, 철학, 전통, 역사의 관점에서 그리고 성숙한 상식에서 볼 때, 위에서 묘사한 사회적 태도들은 고전적으로 '루시퍼적 전도'로 불리게 된 선과 악의 뒤바뀜을 예시한다. 역사적으로, 루시퍼적 전도는 '사탄'적인 것의 출현과 지배를 위한 양의 탈이었는데, 사탄적인 것이란 폭력, 신성_{Divinity}의 전복, 테러 그리고/혹은 전쟁을 통한 대량 학살에 대한 최종적 허락을 뜻한다. 그러한 진행은 세계가 여태까지 본 중에서 가장 위대한 제국인 신성로마제국의 몰락을 통해 드러났다. 그와 꼭 같은 과정이 오토만제국과 아틸라의 훈 제국 같은 비잔틴과 아랍제국들을 망라하는, 이전과 이후의 제국들에서 일어났다.

자유주의의 밝은 면은 종교적 신정神政의 억압을 없애는 것인 반면, 어두운 면은 그것이 도를 지나쳐 세속적 억압으로 그것을 대체하고 마는 것인데, 이는 13장에서 논한 것처럼 진짜 자유에 대해 파괴적이다.

자유로운 사회에서는 시민들은 신이나 추수감사절이라는 주제는 물론 『채털리 부인의 사랑』에 대해 그리고 그리스도, 모세, 혹은 모하메드가 역사와 문명에 미친 충격에 대해 자유롭게 논할 수 있어야 한다. 진실의 전도顚倒와 쇠퇴를 가리키는 것은, 아동 포르

노는 합법화하면서도 학문 연구로서 신이나 종교에 대한 언급은 금지하는 어떤 문화이다. 개종시키려는 시도로서 진실된 역사와 그것이 갖는 중요성을 왜곡하는 것은 정직하지 못하다. 다음에 나올 조처는 "우리는 신을 믿는다In God We Trust"고 쓰인 모든 지폐를, 그 말이 일부 신경증 환자를 '불편하게' 만든다고 해서 없애는 것일 수도 있다. 중요한 것은 성격장애와 같은 병리적 정신 상태가 표준으로 입법되어야 하는지 여부를 질문하는 것이다. 정신 병리가 입법에 있어 충분한 모델인가?

언어적 의미론적 조작으로 인간의 결함이나 불운에 덧씌워진 오명을 벗기려는 시도들에 대해 공감할 수는 있지만, 거짓인 그 그늘은 바로 왜곡이다. 1960년대에, '해체주의'의 궤변은 정신과 의사 토머스 사츠의 저작과 같은 그러한 노력들을 통해 예시되었는데, 사츠는 자신이 쓴 책에서 '정신 질환'으로 지칭되는 의학적 상태를 '신화'로 부름으로써 그것을 믿지 못할 것으로 만들려고 했다. 의미론적으로 하나의 용어는 그것의 의미로 정의된 것(즉, 레스 인테르나)만을 의미할 뿐이지만, 해체주의가 재정의를 하는 가운데 간과한 것은 어떤 용어는 검증 가능한 사실들(레스 엑스테르나)을 가리키기도 한다는 점이다. 정신 질환이 단지 의미론적 '신화'일 뿐인 척하는 것은 재앙이었다.

임상에서 정신분열증, 우울증, ADD(주의력 결핍장애), ADHD, 조증, 간질, 혹은 순환형 양극성 장애라는 이른바 '신화'들은 정신 약물 치료를 통해 급속히 사라진다. 투약을 중단하면 증상은 재발된다. 역사상 모든 문화에서 존재해 온 임상적 상태가 단지 '신화'

일 뿐이라면, 그런 증상들은 투약으로 인해 나타나고 사라지지는 않을 것이다. (ADHD는 아이가 만 3세 이전에 텔레비전을 시청하는 시간과 관계있다. 텔레비전 시청은 회로의 뉴런 연결 과정을 저해하는 것 외에도 유전적 손상을 일으킨다.)

해체주의는 확증 가능한 *레스 엑스테르나*는 물론 경험적 실상(즉, 역사, 유대인 대학살 등)을 부정하고, 그럼으로써 우회적으로 그 자체의 전제를 부정(변증법적, 즉 수준들을 뒤섞는 오류)한다는 점에서 본래 허무주의적이다. 의미는 구조와 정의에서 도출되며, 그러한 것 없이는 사회는 퇴화하고 무정형적으로 되고, 삶은 무의미한 관능의 추구가 된다. 지적, 도덕적, 혹은 윤리적 구조와 규율이 없는 사회는 해체주의적 상대주의의 약속이 암시하는 대로 자유로워지는 것이 아니라, 오히려 혼돈, 내정 혼란, 행동적 유치증으로의 타락을 통해 붕괴한다. 해체론 전체가 '~ 척하는' 아이들의 놀이다. 해체론의 부조리함은《이코노미스트》같은 안정된 간행물에 그것을 적용하려는 미숙한 시도들을 통해 예시되는데,《이코노미스트》에선 그러한 시도를 '자본주의적 성차별주의자 돼지들Capitalistic Sexist Pigs'이라는 제목의 논설에서 풍자한 바 있다. (2004년, 12월 18일자)

일정한 인간 조건들이 무지한 이들로 인해 오명을 덮어쓰고 있다. 치료법은 그러한 조건이 존재하지 않거나 혹은 언어적 구조물에 불과한 척하기보다는 무지한 이들을 교육하는 것이다. '~ 척한다'는 것은, 어떤 조건이 더 이상 구별되거나 명명되지 않으면 그냥 사라질 거라고 믿을 만큼 순진하다는 것을 뜻한다. 정신적으로 병든 이들이 병원에서 쫓겨나 거리를 헤매다가 결국 감옥에 들어가거나, 약을 먹고 자살하고, 범죄를 저지른다. '대안적 생활양식'이라는 꼬리표로 바꿔 단다고 해서 그러한 인간 조건이 '사라지는' 것은 아니다. 이렇듯, 요즘의 정치적 완곡어법은, 투사된 자기애인 왜곡된 지각(즉, '민감한')에서 일어나기 때문에 실상을 부정한다. 한계나 장애는 교육과 향상의 초점이 될 필요가 있는데, 교육과 향상은 단순한 신경성 장애는 아이가 '미래에서 나온 앞선 존재'임을 가리킨다는 등의 동화에 의해 성취되지 않는다.

상대주의(185로 측정)에 관한 요약과 설명

많은 이들에게 생소할 것 같은 이 '상대주의'라는 주제를 이해하는 것이 결정적이기 때문에, 이것은 특별한 주목을 받을 만하다. 상대주의는 상당히 보편적인 철학 용어이며, 지적(인식론적), 도덕적, 사회적, 윤리적, 정치적 영역에 적용되거나 혹은 의미론과 언어학에 적용될 수 있다. 상대주의의 오용은 물론 그것의 적용은, 법률, 사법부, 정부 의제, 대중매체, 여론에 광범위한 영향을 미쳤다.

상대주의적 철학 유파의 지적 요지는 일차적으로 일단의 프랑스 지식인에게서 비롯되는데, 그중에서 200 이상으로 측정되는 사람은 없다. 우리는 비선형적 동력학을 통해 '초기 조건에의 민감한 의존'이 있음을 알고 있다. 그래서 사소한 오류라고 해도 여러 차례 반복될 때('반복')는 엄청난 부정적 충격을 가할 수 있는 것이다. 사회 전 분야(정치, 정부, 대중매체, 문학, 사회학)에서 이데올로기적으로 반복된 상대주의의 오류는, 그 파괴력이 사회 전체에까지 확대되게 될 수 있다. 상대주의적 '밈'은 학계를 오염시켜 심각한 귀결을 낳는다. 억제되지 않는다면, '반복되는 상대주의'의 오류는 미국 사회를 끌어내릴 수 있는 잠재력을 갖는다. 이 진술은 490, 즉 매우 진실한 것으로 측정된다.

상대주의가 갖는 재앙에 가까운 그늘의 잠재력은 먼저 진실의 임계 수준(200) 이하인 185라는 그 측정 수준에 의해, 그 다음에는 상대주의 자체의 기본 원리에 의해 자명해진다. 상대주의의 기본 원리는 다음과 같다.

1. 그 자체로 독립적이고, 보편적이며, 검증 가능한 진실은 없다. 따라서 진실이라고 여겨지는 모든 것은 정의定義의 임의적 귀결에 불과하며, 필수적인 객관적이고 고유한 실상을 동반하지 않은 언어적 구조물일 뿐이다.

2. 언어는 구조화된 사회적 신화이며, 논리, 정치, 법률, 과학, 의학, 정신의학, 종교 등과 같은 억압적 세력의 산물이다.

3. 따라서 정의란 사회적 명명, 즉 의미론적 신화일 뿐인데, 왜냐하면 정의는 자연의 산물이 아닌 정치 사회적 편향의 산물일 뿐이기 때문이다.

4. 의미는 개념적 틀의 귀결이자 언어적/의미론적/문화적 구조의 귀결이며, 따라서 억압적 요소들에 의한 해로운 힘의 부여

를 반영한다.[26]

5. 구조는 지각된 억압의 기초로 보이기 때문에 '해체' 과정을 통해 제거할 수 있다.

6. 진보는 새로운 패러다임의 창조보다는 파괴를 요구하고 예전의 표준에 대한 공격을 요구한다. 이를 위해 혁명, 무정부 상태 그리고 온전성에 대한 비방이 필요하다.

7. 도덕과 윤리는 현실에 기초를 갖지 않으며 따라서 유효하지 않다.

8. 보편적이거나 검증 가능한 진실은 없기 때문에, 사회적 한계와 제한 그리고 억압적인 사회적 관행(예 '인간')과 같은 지침은 없어져야 한다.

9. 이상의 모든 것에 부응하기 위해, 언어와 역사의 의미 그리고 정의는 적절히 바뀌어야 한다.

10. 절대적 진실은 없다. 그렇기 때문에 신/신성은 존재하지 않으며 따라서 사회는 세속적/무신론적/대중 영합주의적/자유주의적이어야 하고, 기본적으로 무정부주의적이어야 한다.

11. 사회문제는 가해자들이 피해를 끼쳤기 때문이다. 따라서 개

---

26 상대주의자들은 우리가 말하는 언어의 구조와 내용이 우리 경험의 본성을 결정한다고 본다. 다시 말하면, 경험의 어떤 측면을 묘사하는 말들이 없다면 우린 그런 경험을 한다는 걸 알지 못하고, 어떤 경험에 대해 묘사하는 말들이 있다면 우리는 그런 경험을 하고 있다고 믿는 쪽으로 유도된다는 것이다. 이러한 주장은 절대적 진실의 존재를 부정하는 상대주의 이론의 맥락 속에 있다. 그리하여, 언어는 억압적 요소를 가지고 있고 그러한 요소는 사람들에게 해로운, 힘의 부여를 가져다준다고 할 수 있는 것이다.

인 책임은 없다.

12. 사회를 재구성하기 위해서는 온전성, 도덕, 진실, 논리, 성공, 탁월함을 악마로 몰고, 그것들을 자기애적 수사와 선전의 궤변으로 대치할 필요가 있다. 그러므로 역사 자체가 언어, 의미, 가치와 마찬가지로 개정되어야 한다. 이를 성취하는 길은 '재구성'인데, 그래야 재구성된 해석들이 상대주의 교의와 조화를 이루고 또 그것을 지지할 것이다.

그러므로 상대주의는 진실과 지혜 혹은 조심성보다는 불균형과 과도함에 호소력을 갖는다. 젊은이들은 대중매체와 문화적 우상들에게 잘 속고 쉽게 선전당하는 것은 물론, 낭만적으로 이상주의적이기도 하고 인상을 받기 쉽다. 젊은이들은 대중매체의 인기인을 우상숭배하는 무리를 따라가는 양떼와도 같다. 미성숙함은 또한 지위를 구하며, 따라서 '정치적으로 올바른', '엘리트' 등과 같은 밈들에 취약하다.

자부심이 강하고 자기애적인('예민한') 에고에게 책임은 '불편'한 것이다. 그리고 사회적 이미지를 훼손하는 현실의 일정한 사실들 역시 '불편'하다. 그래서 자신을 보호하기 위해, 에고는 원치 않는 현실에서 벗어나게 해 주는 '이름표 붙이기'(150으로 측정)의 개념을 반긴다. 에고의 환상은 어떤 현실이 '신화'이고 '이름표'에 불과하다고 선언하면 그것은 사라지리라는 것이다. 그 결과 펼쳐지는 문제는 실제 쟁점들이 모호해진다는 것인데, 예컨대 군은 당면 문제를 처리하기보다는 텔레비전상에서의 자신의 이미지에 더욱 사로잡히게 된다. 상대주의는 에고(마음)에 호소력을 갖는다. (14장을 볼 것) 에고(마음)은 '생각'하지만 높은 마음이 요구하는 이성의 규준에는 미치지 못한다.

미국 전체의 집단적 의식 수준이 매우 높고 온전한 421이긴 하지만, 미국 인구의 49퍼센트 가량은 아직도 온전성과 진실의 수준 200에 미치지 못한다. 이는 역사적으로 인류가 겪은 큰 재난들의 근원이었던 어떤 취약성을 나타낸다. 지적, 철학적, 학문적, 영적 오류는 학식이나 지성의 부족으로 봐줄 수 있지만 그 위험성을 무시할 수는 없는데, 왜냐하면 거짓과 수사의 귀결은 계속해서 엄중하기 때문이다. 421의 사회는, 집단적으로 180에서 190으로 측정되거나 심지어 그보다 훨씬 낮은 요란스러운 요소들이 자신을 상처 내는 것을 두고 보지 못한다. 엘리트주의는 진보적인 게 아니라 퇴행적이며, 의식 진화의 전체적 진행을 거스른다.

순진한 혹은 세련되지 않은 마음이, 유행하는 사회 정치적 경향들의 수사 저변에 있는, 문제 있는 상대주의적 인식론의 왜곡된 해석학에 내재된 허위를 직관적으로 간파하기는 힘들 것이다. 찬성자들은, '너무도 용감하고 당당한' 식의 포즈를 취하는, 이목을 끄는 공적 발언들의 과대 선전에 매료된다.

상대주의라는 유사 주지주의의 심각한 그늘은, 그것이 주지주의를 학식이나 지성으로 혼동하는 학계에 덫이 된다는 점이다. 정말 이해하지는 못하는 것을 흉내 낸다고 해서, 궤변이 사람의 아이큐를 높여 주지는 않는다. 그릇된 지껄임은 허식일 뿐이다.

옹호되고 있는 극단적 위치성들은 미국 인구 중 단 5퍼센트에만 호소력을 갖는다는 것이 연구를 통해 밝혀졌다. 75퍼센트의 미국인은 그런 극단적 위치성을 '멍청한' 것이자 시선 끌기로 본다. 비슷한 수의 미국 시민들은 그러한 것을 선동적이며 반역적인 것으로 본다. 20퍼센트는 아직 판단이 서지 않았거나 무관심하고, 70퍼센트는 극단주의자들을 '광적인 주변부'로 간주한다.

미국의 자유와 성공의 기초에 대한 요란스러운 적들 자신부터가, 수억 혹은 심지어 수십억 달러를 가진 부자들이라는 점은 피치 못하게 대중의 주목을 끄는데, '미국을 증오하는' 그들의 태도는 아무리 잘 봐줘도 온전치 못하게 보인다. 그들에 대한 가장 일반적인 촌평은, 미국을 그렇게 경멸한다면 나라를 그냥 뜨지 그러냐는 것이다. 자본주의에 대한 요란스러운 비판자들은 자본 자체인 부에 개인적으로 크게 집착하고 있는 것처럼 보인다. 드와이트 D. 아이젠하워 대통령은 1953년 취임 연설에서 이렇게 말했다. "자신이 가진 특권을 원칙보다 중시하는 국민은, 곧 둘 다를 잃고 맙니다."

고전적으로, 내적인 영적 수행에서 유혹은 '시험'으로 불린다. 시험에 들었음을 인정하고 그것과 마주 서는 일이 때로 고통스럽긴 하지만, 마지막 결과는 그만한 가치가 있다. 통계상으로 볼 때, 철학적/정치적 극단주의자들은 고작 인구의 5퍼센트를 대표하지만, 마치 극장에서 울어 대는 아기처럼 관객 전체에게 폐를 끼친다. 자기애의 '칭얼거림과 불평'(예 유명한《타임》표지, 1991년 8월

12일자)[27]은 자신들부터가 같은 요소에 심하게 영향받고 그것에 지배되기까지 하는 대중매체의 주목을 통해, 가짜 중요한 이미지를 부여받는다. 어떤 선호하는 위치에서 '젖을 짜내는' 이 성향은 충분히 입증되었으며, 피치 못하게 시선을 잡아끈다.

미국 사회는 큰 진보와 전체적 박식함에도 불구하고 여전히 순진한데, 일례로, 미국 헌법 자체의 핵을 이루는 종교와 영성 간의 차이를 완전히 이해하지 못하고 있다. (참고로, '종교'는 미국 국세청의 조세 규정에 명료하게 정의되어 있다.) 신정의 위험은 배제되었고, 그럼으로써 종교로부터의 자유는 물론 종교의 자유가 확립되었다. '신'이라는 이름을 단순히 언급하는 것이 어떤 '종교'를 국교로 만들지는 않는데, 만약에 그렇다면 미국민의 90퍼센트가 면세 자격을 갖게 될 것이다.[28]

헌법은 의회가 국교를 설립하지 말고 자유로운 종교 활동을 제한하지도 말 것을 명시하고 있다. 헌법에 '정교 분리'에 대한 얘기는 없다. 정교 분리란 고의적인 잘못된 인용이며, '자유로운 종교 활동'을 금지하려 함으로써 헌법을 위반하는 정치적 공격들에 대해서까지 그 의미를 확장하고 정당성을 부여하기 위한 것이다. 요즘 그런 식의 공격은 선택적으로 기독교의 공식 의례에 대해서만 이루어지고 있다. 역설적인 것은, 종교의 적들은 헌법의 기초를 이루는 기독교 원리에 뿌리를 내리고 있다는 것이다. ('정교 분리'라

----

27 구글에서 'Time Magazine Cover, Aug. 12, 1991'을 검색하면 '참견쟁이와 우는 아기: 미국인의 성품에 무슨 일이 생기고 있나?'라는 제목을 단 이 표지를 볼 수 있다.
28 우리나라와 마찬가지로 미국에서도 종교 단체는 세금을 면제받는다.

는 잘못된 인용은, '가장 효과적인 거짓말은 약간의 진실을 담고 있는 거짓말'이라는 진부한 문구를 연상시킨다.) 그들 역시 과거에 신정이 그랬던 것처럼 같은 덫, 즉 낮은 힘에 의한 강요라는 덫에 걸렸다. 법령에 의한 세속적 강제나 역사상의 교황의 칙령이나, 그 형태와 작용은 동일하다. 전통적 종교 의례를 금지하는 것은 그것을 강요하는 것과 기본적으로 똑같다.

측정 수준 710의 미 헌법은 단순히 '공정하고 균형 잡힌' 것 이상이다. 그것은 때 묻지 않았으며 그 자체로 비할 바 없이 빼어나서, 185로 측정되는 궤변 논증에서 나온 해석을 필요로 하지 않는다.

세속주의가 165로 측정된다는 것, 그리고 유럽의 세속주의는 역사 속의 신정 왕조의 압제와 여러 세기에 걸친 성직자의 폐해에 비추어 이해할 만하다는 것에 주목하는 것 또한 중요하다. 미연방 공화국의 건국자들이 배제하고자 했던 것이 바로 그 세속주의였다. (이는 '진실'로 측정된다.)

이와 대조적으로, '자유사상가들'은 유구한 명예로운 역사를 가지고 있는데, 그들의 권리는 옹호해 줄 만하다. (Jacoby, 2004를 볼 것) 세속주의와 무신론은 둘 다 165로 측정되는 반면, 불가지론은 205, '자유사상가들'은 335로 측정된다는 것에 주목하는 것은 교육적이다. 그 차이는 매우 의미심장하다. 독립선언서의 몇몇 서명자들은, 자신은 유신론자가 아니었는데도 유신론자를 지원한 자유사상가였다. 그들은 미국인이 초콜릿 그리고 바닐라를 가질 수 있도록 했으며, 지혜롭게도 논쟁과 빈정거림을 배제했고 그럼으로써 '만인의 자유와 해방'을 이루었다. 온전한 이들은 양 정치적 극단의 전체주의로부터 참된 해방을 이루는 이들이다.

언론 자유

진실과 거짓을 감별하는 문제에서 중심이 되는 것은 '언론 자유'라는 기세가 많이 꺾인 원리인데, 그 원리는 불운하게도 어떤 이상으로서의 진실을 대체한 우상이 되었다. 언론 자유는 그 자체로 양날의 칼이며, 그것의 유용함은 다이너마이트와 마찬가지로 의도에 의해 결정된다. 그리하여 그것은 구원과 진보로 인도할 수 있고, 혹은 그 대신에 악의와 파괴로 인도할 수도 있다.

의미 깊은 측정치들

9.11 청문회에서 미국 정부 관료들의 증언	255		《월스트리트 저널》	440
			이해하다	400
건설적 비판	210		'전통 미국'에서의 언론 자유	265
권리장전에서 정의한 언론 자유	265		청지기역	415
명료함	390		토론	380
식별	375		평가하다	390
외교술로서의 말	375		해석하다	400
웅변술	200			

대비되는 측정치

요즘 미국 내 언론 자유	190	주역主役	190
미국 내 표현의 자유	190	이름표 붙이기	150
포댐 대학교 저널리즘 과목 '비판적 사고방식'(2004)	190	원리주의	120
《시카고 트리뷴 사설난》, 2004년 4월 11일자	185	저명한 원로 정치인들의 요란스러운 정치적 증오 연설	145
미국 10대 주요 신문 사설난	190	미국 정부 관료들의 9.11 증언에 대한 비판	170
비판적임	120	틸먼[30]의 충의와 죽음을 조롱하는 정치 만평	100
논쟁적인	185	현학적으로 구는 것	190
개종시키다	180	공상적 사회개량주의	190
과장	160	사회의 '징징거리는 아기들'	180
가설적 사례	120	모욕적 발언	165
물타기[29]	120		

보통의 미국인은 순진하게도 '언론 자유'가 시민의 자유에 대한 보루라고 추측하지만, 그 반대도 그와 같은 정도로 진실이다. 즉, '언론 자유'는 자유에 대한 가장 심각한 위협이기도 하다. (예) 아돌프 히틀러는 제삼제국의 목적이 '더 나은 세계를 만드는' 것이라고 선언했다. 칼 마르크스는 대중에게 '잃을 것은 쇠사슬뿐'이라고 훈계했

29　모호하고 이해하기 어렵게 만드는 것.

30　팻 틸먼, 미국의 미식축구 스타 선수로서 고액의 연봉을 포기하고 아프간 전쟁에 자원했다가 2004년 전투 중에 사망했다.

다.) 그리하여, 자유의 자랑스러운 구세주인 것은 '언론 자유' 자체가 아니라 그것이 쓰이는 목적이다. 말하자면 언론 자유란 양날의 칼과 같다. 그것은 해방의 요새일 수 있지만, 또한 비온전성의 미끄러운 비탈길이자 거짓에 뒤이어 일어나는 재난들의 장일 수도 있다. 지혜가 언론 자유보다 훨씬 높게 측정된다는 것에 주목하라.

온전한 이들의 순진한 믿음은, 공인, 명사, 고위 관료들이 정말 의도적으로 진실을 왜곡하지는 않으리라는 것이다. 사람들은 이렇게 말한다. "그렇고말고. 그 사람들이 유리한 쪽으로 '진실에 약간 물을 타긴' 하겠지만 고의로 대중을 기만하지는 않을 거야." 오도된 믿음의 그늘은 부정denial을 극복하는 것이 고통스럽다는 것이다. 오도된 믿음은 환멸을 부르고, 따라서 분노를 일으키는데, 이 또한 온전한 이들에게는 불쾌한 것이다. 자부심 역시 자신이 속았다는 앎을 불가능하게 만든다. 인구 전체가 자신이 틀렸음을 인정하기보다는, 병적으로 자기중심적인 미치광이를 쫓아 죽음에 이르는 쪽을 선택한다. 이것이 맹신의 그늘이다.

민주주의가 사회의 온전치 못한 요소들에 의한 사회 능멸에 취약하다는 것에 주목한 사람은, 기원전 350년의 소크라테스였다. 바로 이 때문에, 그는 가장 현명하고 지혜로운 이들만이 통치자로 임명되는 과두제를 선호했다. 과두제 이외의 체제에서는 결국 이기적 수사修辭가 득세하여 공화국을 약화시키고, 점진적으로 국가를 몰락으로 이끌 것이다. 기원전 4세기에, 부유하고 자유로운 아테네 시민들은 자족과 자기기만으로 인해 마케도니아의 필립 2세에게 무너지고 말았다. 언론 자유는 자유에 이르는 길이었지만 노예화와 죽음에 이르는 길이기도 했다.

성실함은 설득력을 가질 수 있는 반면 오류를 범할 수도 있다. 신념에 대한 열정이 진실성의 지표는 아닌데, 왜냐하면 그것은 일차적으로, 어떤 위치성의, 감정에 물든 불균형인 일이 많기 때문이다. 균형을 가리키는 것은 주로 신념에 대한 겸손함이다. 진실과 거짓을 구별하는 법과 의식 과학이 발견되기까지, 보통 사람들은 우세한 신념 체계, 밈의 영향력, 선전, 그리고 '비상히 대중적인 망상과 군중의 광기'(Mackey, 1841, 1980)의 설득력에 좌우되었다. 과거에 많은 사람들이 "진실을 경계하라."는 금언에 충실했던 것은, 그 진실이 어느 정도로 혹은 어떤 맥락에서 진실인지 확정하는 방법은커녕 무엇이 진실인지를 규명하는 수단이 없었기 때문이었다. 오늘날의 세계에서 분명한 것처럼, 진실은 전혀 환영받지 못하는 일이 잦았다.

오늘의 사회에서 비온전성의 만연은 상당 부분 대중매체의 영향력의 산물인데, 대중매체는 사회의 논쟁적 요소들의 뉴스 가치와 이목을 끄는 매력으로 인해 그러한 요소들에 영합하는 경향이 있다. 예를 들면 '전통 미국'에서《뉴욕 타임스》는, 덜 온전하고 편향된 '황색 저널리즘' 및 '허섭스레기 같은 뒷공론'과 차별성을 갖기 위해 오직 '인쇄하기에 적절한 뉴스'만을 찍어 냈다. 기자들과 방송 매체는 자극적이거나 음란한 소재가 방송에 범람하지 않도록 신중함을 발휘했다. 어린이 프로그램에는 성적 색채가 없었는데, 그것은 성교육이 부모의 본분이자 학교에서 가르치는 생물학의 몫으로 간주되었기 때문이었다.

완전한 자유라는 명목으로 무난한 예의범절의 기준이 점차 낮아지면서, 방송은 이제 모든 것에 '문호를 개방'했으며 신빙성과 관용의 한도를 끊임없이 밀어붙이고 있다. 반대쪽 극단은 검열이다. 그리하여 문제는 자유를 표현하면서 책임 있는, 그리고 민감하게 반응하는 태도를 어떻게 유지할 것인가이다.

이상은 분명하고 뻔하지만, 편집자 영향력의 보다 심각한 편향은 비평가들이 부정적 논평을 정통하고 엘리트적인 것으로 선호하고, 긍정적 논평은 순진하고도 '멋'이 없는 것으로 여기는 요즘의 경향이다. 그래서 국가나 국가 지도자들에 대한 긍정적 논평은 사실상 환영받지 못한다. 대중매체는 과도하게 부정적이고, 논란과 갈등을 퍼뜨리며, 인위적으로 부풀려진 논쟁을 양식으로 삼는다. (예)《뉴욕 타임스》가 아부 그라이브 사건을 45차례나 1면에 반복 보도한 것, 사람들이 얼마나 기독교를 싫어하는지에 대한 어느 칼럼니스트의 얼빠진 논설, 레이건 대통령이 사망했을 때의 논평들 '그는 아프리카의 에이즈에 대해 별로 한 일이 없었다', 틸먼의 죽음과 부시 대통령이 전투 중인 부대를 방문한 것에 대한 신랄한 공격 등) 이상 모든 것은 170에서 180의 범위에 있는 것으로 측정되는데, 그것은 심각한 정도의 편향, 뒤틀림, 정치적 극단에의 영합을 가리킨다.

순진하게도, 사람들은 수정 헌법 제1항이 무제한과 무귀결 혹은 무책임을 의미한다고 믿는다. 하지만 그것은 단지 '정부'는 간섭할 수 없음을 말한 것이지, 다른 사람들, 예컨대 고용주 등이 그렇게 해선 안 된다는 것은 아니다. 고용인들은 사려가 없는 발언이나 무절제한 발언으로 인해 합법적으로 해고당할 수 있으며, 최근에 '블로거'들 역시 언제 일자리를 잃게 되는지를 알게 되었다.[31] (Jesdanun, 2005)

사회적 자기애(180으로 측정)

새롭고 '진보적'이라고 소문난, 수용 가능한 행동의 기준으로서의 사회적 자기애는 사회적 왜곡으로 귀착되며 더불어 자신과 사회에 큰 부정적 귀결을 낳는다. 부풀어 오른 자만심은 '민감성'으로 귀착되고, 그러한 민감성에 의해 개인적 책임은 피해망상적 양식으로 문화적 담론에 투사된다. 지각된 '신경을 건드린 사람'이 가해자로 묘사되는데, 그 다음에 그는 분개한 독선적 요구와 피해자임의 선언을 통해 사과를 강요당한다. 그러한 사회적 왜곡에 더해, 가설적 가해자는 원인이 된 데 대해 죄책감을 느끼며 자기를 재비난하도록 세뇌당하고 이렇게 해서 불명예스럽게 죄책감 속의 복종으로 빠져든다. 그리하여, 추정된 가해자는 이제 강요는 물론이고 도덕적 협박을 당하는 사실상의 피해자다.

'자기애적 성격장애'는 미국 정신의학회의 분류인데, 그것은 지속적 유치증에 대해, 더불어 관련된 대인 관계 왜곡과 갈등에 대해 치료가 필요한 상태로 간주된다.

조지 윌이 지적한 바와 같이(2005년 1월), 자기애적 위기는 히

---

31 미국에는 자신의 블로그에 고용주에 대한 글을(아마도 악평을) 올렸다가 해고당한 사람들이 있다.

스테리로 표현될 수 있으며 판단력 손상은 물론 생리적 붕괴와 감정 불균형 및 감정의 과도함을 수반한다. 윌이 말한 것처럼, 캠퍼스를 터전으로 하는 분개는 지금, 상상적 편견을 전도하는 사회적 산업이자 '상상된 무시에 대한 오페라적 반응들'이다. 인간 능력의 일부 측면에서 생물학이 운명에 영향을 미친다는, 하버드대 총장의 발언이, 널리 보도된 어떤 사건을 촉발시킨 적이 있다. 어떤 청취자에게 그런 식의 생각은 너무도 불쾌한 것이어서, 그녀는 개탄하며 주요 언론 매체에 즉각 제보하지 않을 수 없었다.

표면상으로 그런 이야기는 희비극적이지만, 법관이 피해자학의 왜곡을 실상으로 인정할 때 그것의 사회적 귀결은 대단히 해롭다. 누구든 즉흥적으로 죄지은 가해자로 경박하게 선언될 수 있는 사회에서 안전한 사람은 아무도 없으며, 그런 사회에서는 모든 사람이 논리와 이성과 전통적 법 지배의 균형으로 보호받지 못한 채 위험에 처해 있다. 이렇게 해서, 피해자학은 운용상으로, 억지로 뜯어낸 이득 더하기 '유사―중요성'이라는 인위적으로 재가받은 팽창된 자만심을 수반하는 사회적 공감이 된다.

딸려갈 방향에 대해 결정권을 갖지 못한 자기장 속의 쇳가루와는 달리, 인간 영은 선택할 수 있는 선택지를 수여받았으며, 자신의 손(영적 의지)으로 자신의 운명을 결정한다. 의식 자체의 진화의 본성을 이해함으로써, 무지와 순진함의 귀결인 인간고와 고뇌를 목격할 때 용서와 연민이 솟구친다.

TRUTH
VS
FALSEHOOD

/ 3부 / 진실과 세계

13

진실: 자유에 이르는 길

서론

개인으로든 사회로서든, 실상에서 우리는 스스로가 깨달은 정도만큼 자유롭지만, 그러나 진정한 자유란 무엇이고 우리는 그게 정말 무엇인지 어떻게 알 수 있는가? 만인이 저마다 그 답을 안다고 상상하지만, 하지만 정말 그런가? 자유란 삶을 경험하는 심리적/감정적 방식인가, 아니면 그저 지적/정치적 이상주의이자 마음을 사로잡는 구호일 뿐인가?

'자유'를 정의하려고 시도하는 것조차 상당히 복잡하고 힘겹다는 것이 판명된다. 자유라는 용어를 정의하기 위해서는 진실을 정의할 때와 마찬가지로 내용만이 아니라 맥락도 필요한데, 그 맥락은, 누구를 위한 그리고 어떤 조건에서의 자유인가이다.

조사를 통해 상대적 정도를 갖는 자유의 전 범위가 있다는 것, 그리고 자유란 용어는 다시 의식의 측정된 수준들을 가리키고 그와 더불어 공히 실재하며 지각되는 내면의 주관적 경험 대 외적 조건들 간의 차이를 가리킨다는 것이 발견되면서 문제는 해결된다. 진실로 자유를 이해한다는 것은 그것을 경험한다는 것이지, 단지 그에 대해 생각하거나 가설을 세우는 것만은 아니다. 운용상으로, 만인은 자신이 자유롭다고 믿고 그러한 믿음을 받아들일 수 있는 만큼 자유롭다고 할 수 있다. 그것이 상상력 넘치는 공상인지 혹은 확증 가능한 실상인지에 대해서는 질문할 수 있다.

정의

사전에서는 자유에 대해 이렇게 말한다. "해방과 독립의 상태; 편안함, 방식, 특권적, 자결적, 속박에서 자유로운." 미국 헌법은 국민에게 '삶, 자유, 행복 추구'의 자유를 보장했는데, 루스벨트 대통령은 여기에 네 가지 자유, 즉 '언론 자유, 신앙의 자유, 궁핍으로부터의 자유, 세계에 대한 두려움으로부터의 자유'를 추가했다. (의회 연설, 1941년 1월 6일) 우리는 자유가 바람직스러운 가치의 측면에서 정의되고, 또한 바람직스럽지 않은 것으로부터의 자유라는 걸 본다. 이렇듯, 자유는 인간이 원하는 것과 필요로 하는 것 대 '원치 않는 것'과 박탈을 반영하는 말로 정의된다.

정의된 바와 같이, 자유란 순수히 주관적인 현상이고 욕구와 욕구의 충족 정도 간의 경계면을 반영하며 따라서 경험함의 상대적 상태라는 것이 신속히 분명해지게 된다. 원하는 것이나 혐오하는 것이 거의 없는 사람이라면 대부분의 시간 동안 내적 자유를 느낄 것이고, 혐오하는 것, 좋은 것과 싫은 것, 욕구가 많은 이들은 풍요로운 환경에 있더라도 좀처럼 자유를 느끼지 못하리라는 것 또한 분명하다.

이렇듯, 성숙함과 사람의 의식 수준이 자유에 대한 경험의 질을 결정하며 그것은 사적인데, 그렇다면 사회는 그런 기대를 충족시켜 줄 의무를 어느 정도로 지는가? 사회적 자유는 성취라는 측면에서 정의되는가, 아니면 기회라는 측면에서 정의되는가? '불편한' 느낌이란 내적 상태이지 사실상 사회적 요소는 아닌데, 그렇다면 그렇게 느끼는 사람이 없도록 사회가 자신의 한도를 늘려 주기를 기대하는 것은 현실적인가? 지상의 법이 신경증적 문제 및 성격장애의 병리에 맞춰져야 하는가? (만인은 자신이 원할 경우 불편하게 느끼지 않을 자유가 있다.)

개인과 사회의 관계를 이해하기 위해서는 그 속에서 꿈, 욕망, 혐오, 싫음이 솟아나는 마음 자체를 다시 살펴볼 필요가 있다. 어떤 사람들은 대부분의 시간 동안 불편해하는데, 그것은 그저 그들이 원래 그런 사람들이고, 남들이 자신의 비위를 맞춰 주는 것에 대한 유아적 기대가 있기 때문이다. 임상적으로, 그리고 연구를 통해 볼 때, 사람의 의식 수준이 200 밑으로 더 많이 내려갈수록 내적 자유의 경험은 더욱 적어진다. 그리고 의식의 가장 낮은 수준들에서 자유의 경험은 가능하지 않다. 필연적 귀결은, 사람의 진화 발달 수준이 높을수록 기회, 가능성, 경험되는 자유의 정도는 더욱 커진다는 것이다. 측정 수준 540 이상에서, 자유는 항상적인 내면의 경험적 실상이며 세계에서 전적으로 독립해 있다. 진화와 더불어 성공, 행복, 자유는 완전히 독립적인 내적 상태이고 자신의 존재의 근원Source에 대한 각성이 가져다주는 선물이다.

마음의 산물로서의 자유

경험적 자유는 개인적, 사회적인 것이든 정치적인 것이든 감정에 물든 정신화이기 때문에, 기대를 포함하는 정신 기능에 대한 실용적이고 비전문적인 이해를 통해 많은 것을 배울 수 있다.

진화의 결과로서의 '마음'은 만인이 똑같이 '갖고 있는' 어떤 '것'만은 아닌데, 관찰해 보면 정말 정신화의 두 지배적 에너지 장이 있다는 것과, 각각의 에너지 장은 어떤 '끌개장'(비선형 동역학에서 정의한 바와 같은)을 반영하는 측정 가능한 지배적 의식 수준과 상관있다는 것이 밝혀진다. 특정한, 측정 가능한 의식 수준 에너지 장과의 정렬은, 경험과 의도에 의해 수정되는 유전적/카르마적 유산의 귀결이다. 그리하여 마음은 두 개의 주요 수준에서 묘사 가능한데, 그 두 수준은 차례로 뇌 생리의 차이 및 높은 마음의 에테르(에너지) 뇌 출현을 반영한다. 그래서 낮은 마음은 물질적 뇌가 갖는 능력 및 그 뇌의 신경화학으로 한정된다. 마음의 이 두 수준에 대한 묘사는 전통적 지식 및 인간 경험과도 일치한다. 그것은 다음과 같이 기술할 수 있다.

에고 마음(155로 측정) 내용(세부)	높은 마음(275로 측정) 내용 더하기 장(조건들)
구체적, 사실적	추상적, 상상력이 넘치는
제한적, 시간, 공간	무제한적
개인적	비개인적
형상	의의
세부에 초점을 맞춘다	일반성
독점적 사례들	유형을 분류한다: 포괄적
반발하는	초연한
수동적/공격적	보호적
사건을 회상한다	의의를 맥락화한다
계획한다	창조한다
정의定義	본질, 의미
특수화한다	일반화한다
지루한	뛰어난
동기부여	영감을 주는, 의도
도덕률	윤리
사례	원리
육체적 감정적 생존	지적 발달
쾌락과 만족	잠재력의 실현
축적	성장
획득한다	음미한다

기억한다	반성한다
유지한다	진화한다
생각한다	처리한다
명시적 의미denotation	추론
시간 = 제한	시간 = 기회
현재/과거에 초점을 맞춘다	현재/미래에 초점을 맞춘다
감정/원하는 것들에 지배된다	이성/영감에 지배된다
비난한다	책임진다
부주의한	규율 있는

모든 점진적 변화는, 강도를 반영하는 대조적 쌍들 간에 존재한다. 예를 들면, 갈망함, 원함, 욕구, '꼭 가져야 함', 요구함과 그와 대비되는 선택지들인 선호, 희망함, 소망함, 선택함, 애호함 혹은 수용함 간에는 차이가 있다. 이 단 하나의 성질에서의 차이만으로도 살인, 격노, 우울, 비참함과, 그와 대비되는 만족, 이완, 느긋한 기대 간의 차이를 불러일으킬 수 있다.

철학은 물론이고 심리학, 정신의학, 뇌 화학에서는 태도에 관한 연구에 거의 주목하지 않는데, 그것은 태도가 인간의 행복, 만족, 성공에 있어 얼마나 중요한가를 감안할 때 놀랍기 짝이 없는 일이다. '태도'는 지각된 자기를 지각된 세계 및 지각된 타인들과 결부시키는 습관적인 심적 경향으로 정의할 수 있다. 우리 사회에서 태도는 이른바 자기 계발 분야에서 연구되고 있는데, 그것에 관해서는 워크숍들이 있고 상당한 분량의 문헌이 존재한다. 일반적인 집단적 경험에 의하면, 자신과 타인에 대한 기대는 성장과 점진적 성숙 및 영적 진화와 더불어 바뀌게 된다. 그래서 문화적 성장의 장은 최근 '문화 창조자'(Ray and Anderson, 2000)로 명명된 사회의 진보적 부문을 끌어당긴다. 간단한 연습 삼아 다음을 포함하는 대조적 목록을 살펴보는 것만으로도 자유로워지는 효과가 나타나는데, 왜냐하면 그것은 그동안 간과되었던 다양한 선택지를 알게 해 주기 때문이다.

표2. 마음의 기능: 태도

에고 마음(155로 측정)	높은 마음(275로 측정)
성급한	참을성이 있는
요구한다	선호한다
욕망한다	가치를 부여한다
당황, 긴장	평온한, 신중한
통제한다	확산시킨다
실리적 이용	잠재력을 본다
사실적	직관적
에고 자기 지향적	에고 더하기 타인 지향적
개인과 가족의 생존	타인의 생존
옥죄는	확장하는
착취한다, 고갈시킨다	보존한다, 증진시킨다
설계	예술
경쟁	협력

예쁜, 매력적인	미美
순진한, 인상받기 쉬운	세련된, 학식이 풍부한
죄책감	후회
잘 속는	사려 깊은
비관주의자	낙관주의자
과도함	균형
낮은 힘force	힘power
영리한, 교활한	지적인
생명을 착취한다	생명에 봉사한다
무정한	자비로운
둔감한	민감한
특수화하다	맥락화하다
진술	가설
종결	중도 변경이 가능
말기적	배아기胚芽期적
동정한다	공감한다
등급을 매긴다	평가한다
원한다	선택한다
회피한다	직면하고 수용한다
유치한	성숙한
공격한다	피한다
비판적	수용적
선고를 내리는	용서하는

표2는 자기 앎에 이로운 더 이상의 선택지와 가능성들을 드러내 준다. 한계가 있는 태도는 '성격 결함'으로 불렸는데, 영적 성장을 지지하는 단체들은 그러한 결함을 인지하고 자신의 것으로 인정하자마자 그것이 감소하기 시작한다는 걸 알아챘다.

자신의 결함을 부정하는 대신 수용하는 것의 이로움은 자기 정직성, 안전함, 높은 자존감과 같은 내적 감각이 고양되는 것이고, 더불어 방어적 태도가 대폭 감소하는 것이다. 자신에게 정직한 사람은 타인으로 인해 감정을 다치지 않는 경향이 있는데, 그러므로 정직한 통찰에는 잠재적인 것은 물론 실제적인, 감정적 고통을 줄여 주는 즉각적 이로움이 있다. 사람이 겪는 감정적 고통은 자기 앎의 정도 및 자기 수용의 정도와 정확히 관련된다. 우리가 자신의 그늘을 인정할 때 타인은 그 부분을 공격하지 못한다. 결과적으로 우리는 감정적으로 덜 취약하며, 보다 안전하고 무사하다고 느낀다. 가정에서 벌어지는 대부분의 언쟁은 단순한 성격 결함에 대해서조차 그것을 인정하거나 책임지기를 거부하는 데서 비롯된다. 예를 들어, 그것은 어떤 심부름이나 사소한 일을 깜빡하는 것 같은 일인데, 기묘하게도 그런 것이 대인 관계 갈등의 대부분을 차지한다. 대부분의 말다툼은 감정적 성숙함과 정직성이 있었다면 미연에 방지되었을, 사소한 일들로 인한 끝없는 상호 비난을 나타낸다. 가정 폭력과 배우자 살해는 아무것도 아닌 일에서 시작되어 그 다음에 그것이 자기애적 에고를 풀어놓음에 따라 점점 고조되는데, 자기애적 에고에 대해 '정당성'은 놀랍게도 심지어 생명 자체보다 더 중요하다.

　고통 없는 성장의 비결은 겸손함이다. 겸손함이란 자부심과 가식을 버리고 오류 가능성을 자신과 타인의 정상적 인간 특성으로 수용하는 것과 다르지 않다. 낮은 마음은 관계를 경쟁적인 것으로 보지만, 높은 마음은 관계를 협력하는 것으로 본다. 낮은 마음은 타인에게 관여하게 되고, 높은 마음은 타인과 정렬되게 된다. "미안합니다."라는 단순한 말이 대부분의 불을 고통 없이 끈다. 삶에서 승리한다는 것은 '누구 잘못이냐'에 대한 강박을 포기함을 뜻한다. 상냥함이 호전성보다 훨씬 강력하다. '승리'보다는 성공이 낫다. (정직한 겸손함이 조금이라도 있었다면 어느 유명 인사는 감옥행을 피할 수 있었을 것이다.[1])

표3. 마음의 기능: 태도

에고 마음(155로 측정)	높은 마음(275로 측정)
방어적	우호적, 너그러운
냉소적, 회의적인	낙관적, 희망찬
의심하는	신뢰하는
이기적인	배려하는
인색한	관대한
계산적	계획적
솔직하지 않은	솔직한

1　이는 2004년 미국의 어느 유명한 여성 기업인의 사례를 가리킨다. 그녀는 내부자 정보를 바탕으로 한 주식거래 혐의로 조사받았으나, 자신의 잘못을 인정하고 사과하는 대신 관계자들과 입을 맞춰 허위 진술을 하여 수사를 방해한 혐의로 결국 실형을 선고받았다.

돈키호테식	안정된
신경질적인, 까다로운	쉽게 기뻐하는
쪼들리는	넉넉한
강요한다	부탁한다
과도함	균형
무례한	정중한, 상냥한
극단적	타협적
돌진한다, 서두른다	'계속 간다'
물욕	돈이 전부는 아니다
욕정	욕구
감사할 줄 모르는	감사하는
헐뜯는다	칭찬한다
선고를 내린다	찬성하지 않는다
성차별주의자	인도주의자
무기력한	진보적인
자신에게 초점을 맞춘	타인과 세계에 대한 관심
기회주의적	삶의 계획에 맞춘다
자족적	자기 계발
상스러운, 천박한	절제된, 미묘한
발뺌한다	정직한
시기한다	감상, 존중
가혹한, 무거운	유머 감각, 마음이 가벼운

자기 존중은 자기 정직성에서 비롯되며, 심술궂고 다투기 좋아하는 방어적 태도와 에고 팽창인 '시비조'의 태도 그리고 비현실적 기대에 초점을 맞추는 태도를 함께 버릴 수 있게 해 준다. 정상적 아동기에 괴롭힘과 장난을 주고받는 것은 성숙 과정을 돕는데, 그것은 과민함을 줄여 주고 남들이 비위를 맞춰 주지 않을 때 에고가 무시당하는 느낌을 줄여 준다. 아이들은 서로를 '멍청이'라고 부르지만, 신경질적이고 반사적으로 방어하는 대신 그것을 넘어서는 법을 배운다.

성공의 비결은 자신을 바꾸는 것만으로 아주 간단하게 타인을 바꿀 수 있다는 데 있다. 뉴욕 시는 차갑고 무례하고 냉혹한 곳일까, 아니면 우호적이고 정중한 곳일까? 이 모든 것은 뉴요커들이 어떠한가가 아니라 우리 자신이 누구인가에 달려 있다. 크게 진화한 사람은 뉴욕 시를 친근하고 거의 고향 같은 곳으로 여긴다. 미성숙한 사람은 그곳을 차갑고 거부하는 곳으로 보는데, 왜냐하면 세상은 본인 스스로가 투사시킨 지각을 되비쳐 주기 때문이다.

성공은 건설적 태도의 자동적 부산물이고 또한 잭 캔필드가 『성공의 원리 *The Success Principles*』(2004)에서 묘사한 것과 같은 단순하고 상식적인 기초의 자동적 부산물이기도 하다. 그 과정은 힘겹지 않고 매우 즐거우며 그 자체로 보상이 된다. 성공은 상당히 단순한 원리들의 귀결이다.

높은 마음의 발달은 종교적 훈육(나중의 삶에서 그것을 거부하게 되더라도)은 물론이고 어린 시절에 아름다움, 특히 고전음악, 미술, 발레, 자연과 접하는 것으로 강력하게 지지되는데, 그러한 것 모두가 상호 연결되어 있는 에너지 패턴들의 발달 및 물질적 뇌 자체의 뉴런 배열 발달에 긍정적 영향을 미친다.

자유와 에고

대량 학살을 포함하여, 전쟁과 범죄 및 모든 사회적 갈등의 근거는 에고 자체의 핵심에서, 특히 성급한 욕구와 목청 높은 항의 및 비현실적 기대를 동반하는 유아적 에고에서 기원하는 것으로 진단된다. 성숙해지면서, 과대한 에고(선불교의 십우도에 나오는 '길들지 않은 황소')는 더욱 조용해지고, 유순해지며, 타기 쉬워진다. 심리적 의식의 진화는 아래와 같은 몇 가지 다른 메커니즘을 통해 일어난다.

1. 억압: 원시적 충동은 억압되고 뒤이어 부정되며, 그 다음에는 타인에게 투사된다. (사회적 피해망상)

2. 내맡김과 승화: 적절한 양육과 더불어, 자기애적인 원시적 충동은 사랑과 수용 같은 그리고 지지적 부모 및 권위 인물과의 동일시 같은 더 나은 이득을 얻는 대가로 포기된다.

3. 순응: 이것은 성숙을 회피하는 방식이며 원시성의 지속을 나타내는데, 왜냐하면 에고 중심성은 억제될 뿐이고 내면의 자기애적 '왕 아기' 태도의 전능함/과대성은 지속되고 있기 때문이다. 이는 내적으로 원하는 것에 대한 모든 방해를 임의적이고 가증스러운 권위주의로 보는 결과를 낳으며, 분개, 반항, 저항, 지속적 미성숙함으로 귀착된다. 이 이원성은 또한 사건을

가해자/피해자 모델로 분열시키는 것과 같은 실상에 대한 심각한 왜곡으로 인도하는데, 가해자/피해자 모델은 그 다음에 사회에 투사되어 지극히 무시무시한 귀결을 낳는다. 자기애적 에고 속의 이러한 분열이 지난 세기에 1억 명 이상의 생명을 앗아 갔다.

그리하여, 성숙의 실패는 병리적 성격장애로 인도하는데, 그런 성격장애에는 범죄 성향, 만성적인 정치적 반체제주의, 그리고 자국민뿐 아니라 자신의 가족까지 살해하는 과대한 폭군과 독재자들의 병적 자기중심성이 포함된다.

자유 대 유치증

유아적 에고는 자유를 방종이자 쾌락주의의 즉각적 충족으로, 더불어 타인에 대한 무관심으로 잘못 해석한다. 약화된 형태로, 이런 사람은 끊임없이 한계에 도전하며 모든 제한을 뒤엎으려고 한다. 유아적 에고는 또한 경계선을 넘는 것에 어떤 귀결도 없어야 한다는 비현실적 기대에 이른다. 그것은 요즘 십대들 사이에서 눈에 띄는 인위적으로 유발된 기대인데, 십대들은 자신은 피해자이므로 사회적 위반에 대해 책임이 없다는 관념을 주입받았고, 그것은 해로운 태도로 귀착된다. (이는 빌 코스비가 이미 주목한 현상으로, 그는 청소년들이 정치적 '피해자학' 세뇌의 피해자임을 알고 있었다.)

대중매체의 '쇼크 자키'[2]들이 최근 알아챈 것처럼, 극단주의는 결국 역반응을 촉진한다. 어떤 '좋은 것'의 남용과 온전치 못한 악용은 자멸적인데, 왜냐하면 그러한 행위는 사회구조와 생존의 기본적 요구에 위배되기 때문이다. 자유의 악용은 자유의 상실을 초래한다.

자기애적 에고의 욕구 불만은 가장 빈번하게 증오를 일으키는 방아쇠인데, 현 사회에서 증오는 모든 권위 있는 인물과 기관들을 향해 자유롭고도 공개적으로 표출되고 있다. 정치적으로 유아적 에고는 무신론자에 무정부주의자이며, 모든 상황을 가해자/피해자 측면으로 보는 피해망상과 광범위한 지각의 왜곡을 일으키는 경향이 있다. 지난 수십 년간, 모든 사회적 관습을 무시하는 것을 '쿨하게' 여겼던 1960년대의 '나' 세대에 대해 책임이 있는 것으로 지목되어 온 것은, 사회적 발달의 결핍이었다. 그 그늘은 귀결을 무시하는 그러한 위치의 순진성이었는데, 이미 밝혀진 바와 같이, 사회 관습을 무시한 데 대한 귀결은 죽음이나 종신형까지 포함하여 정말 대단히 엄중할 수 있다.

이 행성에서의 생명의 진화에서 설명한 것처럼, 최초의 생명 형태는 선천적으로 '욕심'이 많았고, 인간에게서 그것은 채워지지 않는 끊임없는 굶주림/결핍/욕망으로 지속된다. 누그러지지 않은 자기애적 에고가 성인기에도 지속되는 것은 냉혹하고 기본적으로 '박탈감'을 느끼는 성격으로 인도한다. 내적 허영심은 만족할

---

2 라디오 프로그램에서 불쾌하고 논쟁적인 얘기를 주로 하는 디스크자키나 진행자를 가리킨다.

줄 모르며, 이는 실재하거나 가상적인 무시에 대한 '예민함'으로 인도한다. 그리하여 지위 추구, 질투, 그리고 악의와 뒷공론이라는 형태의 선망은, 친구에게 등을 돌리거나 혹은 온전성보다는 악의에서 '내부 고발자'가 되는 '등에 칼을 꽂는 자'들의 특징을 이루는 사회적 속성이다. (상황에 따라 차이가 있다.) 이렇듯, 그런 사람들은 충실할 수 있는 능력이 없으며, 타인을 팔아넘기고 타인의 신뢰를 저버리는 일에 재빠르다. 동일한 정신 역동이 자신의 조국, 동료, 혹은 전우에게 등을 돌리는 이들에게 적용된다.

현재의 정치적 경향에 내재된 (부모의) 권위에 대한 적대감은, 합법적 부모 권위와 기능에 대한 점진적 공민권 박탈을 통해 예시되는데, 이제 부모의 권위와 기능은 정부에서 후원하는 학교교육(예 성, 윤리 등)으로 대체되었다. 이것은 모든 전체주의의 특징인데, 전체주의에서는 아이들에 대한 프로그래밍이 전통적 부모 기능을 대체한다. (예 히틀러의 유겐트, 마오쩌둥의 중국, 이슬람 전사들) 아이들은 '새 생각', 밈, 사회적 정치적 태도들로 의도적으로 프로그램된다. 그 상태가 부모 역할을 대체하고 그 다음에는 규칙을 만든다. 젊은이들은 취약하고 말랑하기 때문에, 으레 이슬람 물라mullah에서 이른바 '해방 운동가'에 이르는 권력 추구자들의 먹이가 되는데, 이들은 모두 통제를 추구하며 젊은이들의 순진성을 양식으로 삼는다.

성숙해지면서, 사회적 삶은, 동물 충동을 승화시키는 대가로 사랑, 안전함, 성공, 존중, 자존감, 신체의 자유와 같은 상위의 이득을 얻는 거래들이 이루는 평형 상태이자 그 귀결로 보인다. 어떤 경계선이나 사회적/법적 규정이 속박하는지 혹은 보호적인지 여부는, 외적 실상보다는 하나의 관점을 반영한다. 그리하여 사회는 집단적 무지뿐 아니라 집단적 지혜를 반영하는데, 집단적 지혜는 흔히 큰 수난과 고통을 치른 대가로 온다. 사회에 의해 제어되지 않는다면, 자기애적 에고는 플라이휠이 없는 엔진과도 같다. 성숙해지면서, 사람은 경찰, 법률, 윤리, 합리성, 도덕이 무책임성이라는 자유의 환상적 대체물을 부정함으로써 자신의 진정한 자유를 보장한다는 것을 이해하기 시작한다.

지적 영역에서, 유치증은 이성, 논리, 도덕, 윤리를 임의적이고 권위주의적인 강압이자 제한으로 보며, 따라서 사회의 그러한 부준위sublevel는 범죄자, 범죄 문화, 비속함을 미화한다. 유치증은 무정부주의자를 영웅으로 보고, 그에 걸맞게 미와 아름다움을 헐뜯는다. 에고는 영리하여 증오와 폭력이라는 자신의 유아적 동기를 합리화할 수 있는데, 그 방식은 신을 제거하는 것이거나 혹은 역설적으로 '신의 이름'(알라)으로 남을 학살하는 일(즉, 지하드)을 정당화하는 것이다.

이드id가 꿈꾸는 자유

팽창된 유아적 에고는 '요구'하고, '자격'이 있다고 과대하게 느끼며, 자신이 가진 '권리' 때문에 분개하고, 아무런 귀결이나 책임이 없는 방종을 허락받을 것을 기대한다. 따라서 사회구조가 전체적으로 충동성을 좌절시키는 큰 요인으로 보인다. 에고의 핵은 반항적 무정부주의자에다 무신론자이며, 삶이 끝없이 흥청거리는 로마의 주연酒宴이기를 기대하는 노출증 환자인데, 그러한 기대에는 술 취한 방종이, 그리고 순진하고 취약한 이들에 대한 학대를 허용하는 각종 도착적 성행위가 포함되어 있다. 아이들에게조차 제한은 없으며, 아이들의 피해자화는 사회적으로 승인되어야 하고 심지어 합법화조차 되어야 하는데, 그에 대한 구실로 그들은 그런 약탈적 행동이 '언론 자유'로서 용인된다고 선언하는 궤변을 늘어놓는다. (예 아동 포르노) 동일한 정신 과정이, '언론' 자유라는 용어가 말 대신에 전적으로 자유롭고 무제한적인 '표현'이나 '행동'을 가리키도록 그 말의 의미를 바꿔 놓으려 한다. 그럼으로써, 늑대는 정치적 구호라는 양의 탈을 쓴다.

자기애적 에고의 핵을 확인시켜 주는 것은 개인 책임을 수용하지 못하는 것과 그에 대한 거부인데, 책임지라는 어떤 요청도 억압적인 것이라며 요란스럽게 거부된다. 자기애적 에고는 '피해자'인 것의, 힘을 얻은 거짓된 느낌을 양식으로 삼으며, 피해자로 보이기 위해 실상을 왜곡한다. 이 지점에서, 사회적 식별력은 진보와 퇴보 간의 차이를 흐려 놓는 선전의 집중포화를 맞고 비틀거린다. 그러한 선전은 모든 위대한 제국이 외부로부터의 공격보다는 내부의 도덕적 부패로 말미암아 몰락한 역사적 사례들에도 불구하고, 진보적인 것과 퇴행적인 것 간의 차이를 구별하지 못한다. 그런 일이 생기는 이유는 대단히 명백한데, 그것은 측정 수준이 저하되면 힘의 수준 역시 저하되고, 따라서 개인이든 집단이든 내적 생존력은 상실되기 때문이다.

성숙해지면서, 권위는 '악당'으로만 보이지는 않는데, 권위가 악당으로 보이는 곳에서 범죄자는 피해자로 그려진다. 성숙해지면 오히려, 사회의 대표들로서의 권위는 보호적인 것으로 비친다. 범죄자에게 경찰은 적이지만, 법을 준수하는 이들에게 경찰은 친구다. 온전한 이들은 행사장과 거리가 비디오 감시하에 있음을 알면 좀 더 마음을 놓지만, 떳떳치 못하고 온전치 않은 이는 그러한 태도에 동반되는 타고난 피해망상으로 인해 공공장소 감시에 대해 분개하고 혐오한다. 그들은 그것이 자신의 '권리'를 침해한다고 느낀다. 감시 카메라는 현 사회의 떼어 낼 수 없는 일부이며 사회에 넘쳐 나는 자기애적 성격으로 인해 존재한다. 카지노와 백화점은 정부 수사기관만큼이나 감시체계가 정교한데, 그보다 훨씬 나은 경우도 많다.

자기애는 본래 피해망상적이며 따라서 끊임없이 숨으려고 한다. 그것은 모든 사람에 대해, 작성 중인 상세한 서류를 보유하고 있고 그것을 세계적으로 이용할 수 있는 오늘날의 컴퓨터 세상에서는 어리석은 일이다. 사생활의 모든 세부 사항이 누적된 자취로서 자동적으로 드러나는데, 그 자취를 따라가면 일체의 구매 행위, 웹사이트 조회, 재정적 조처가 드러나고, 또한 관심사, 정치, 교육, 그리고 더 많은 것에 대한 단서가 드러난다. 만인이 공적 영역에서 살아가며, 항의자는 항의자로 확인되어 인터넷 데이터베이스에 등재될 뿐이다.

왜곡된 지각의 투사는 정치적 압력단체들이 그것을 정부 기관에 잘못 적용할 때 재앙에 가까운 악영향을 낳는다. 미국 대사관과 군사작전에 영향을 미치는, 미국과 세계 도처에서 일어나는 요즘의 재난들은, 선의에서 나왔으나 순진하고 비현실적이어서 시민의 생명과 안녕을 보호하는 관계 기관의 능력을 훼손시키는, 중요 기관들에 대한 제한 조처에 뒤이어 일어난 뜻밖의 귀결들이다. 역사적으로, 동일한 순진성으로 인해 전쟁성 장관 스팀슨(180으로 측정)은 2차 대전 이전 일본의 동향에 대한 사전 경고를 무시했는데, 그것은 네빌 챔벌린(185로 측정)이 보여 준 현실 검증력[3] 결핍으로 야기된 것과 비슷한 사건이었다. 챔벌린은 히틀러를 만난 뒤 '우리 시대의 평화'라는 구호를 들고 영국에 돌아왔다. (히틀러는 그의 '우둔함'을 조소했다.) 테러리즘과의 타협은 155로 측정된다. 그것은 나약함이자 비겁함으로 얕잡아 보이며 공격성(즉, 늑대 무리의 동물 정신 상태)을 불러들인다. 측정 수준 200 이하에서, 강자는 약자를 공격한다. 200 이상에서, 강자는 약자를 보호한다.

합리화된 책임감 결핍은, 보다 분명히 드러난 피해자 대신에 세상에서 가장 퇴폐적이고 위험한 이들에게 공감하는 변증자의 위치성을 통해서도 드러난다. 이렇듯, 낮은 마음은 자기애적 에고의 도구가 되는데, 작용하는 그것의 병리는 너무 심해서 60으로 측정되는 메시아적 과대망상광과 460으로 측정되는 온전한 정치인을 구별하지 못한다. (즉, 친구 같은 개와 코모도왕도마뱀을 구별하지 못한다.) 그리하여 유아적 에고는 사회 전반을 미워하지만, 특히 정부와 같은 사회의 대표 기관들, 학교, 산업, 자본주의, 성공한 상

---

3 프로이트에 의하면 이것은 경험이 외부 세계에서 온 것인지, 자기 내면에서 비롯된 것인지를 구분하는 능력이다. 즉, 이것은 어떤 것이 현실인지 아닌지를 파악하는 능력이다. 현실 검증력이 손상된 극단은 '정신증'이고, 현실 검증력이 유지되는 쪽은 '신경증'이라고 한다.

업, 대기업, 혹은 진짜 승리자와 성공한 이들을 미워한다. (Gibson, 2004)

정신분석 경험으로부터, 권위에 대한 사람의 태도는 유아기의 공상과 경험에서 비롯된다는 것이 주관적으로 금세 자명해지게 되는데, 유아기 경험에서 아버지는 위협적으로(미워하고 두려워하는 대상으로) 지각되거나 혹은 보호적이고 공정한 존재로(신뢰하는 대상으로) 지각된다. 결과적으로 모든 권위는 투사된 태도로 물들게 되는데, 사람은 무의식적 갈등/콤플렉스의 해소에 성공하느냐 실패하느냐에 따라 체제에 가담하고 체제를 지지하거나, 아니면 불평불만자와 혁명가가 된다. 이런 무의식적인 감정적 태도들은 임상에서 50년 이상 정신과 진료를 하는 동안, 환자들 속에서 관찰한바 있다. 마음은 그 자체의 이미지와 왜곡된 신념 체계를 자동적으로 남에게 투사한다. 이 현상은 주관적 감정적으로 정말 실재하며, 정신분석의에 의한 그 어떤 자극이나 해석 없이도 자연 발생적으로 일어난다. (전이) 오이디푸스콤플렉스 자체는 물론 악마로 몰렸다. 그리고 프로이트는 자신의 오이디푸스콤플렉스를 해결하지 못했으므로 그것을 의식하게 되기보다는 사회에 투사한 이들에 의해 '탈신화화'되었다. 정신 역동을 이해하는 것의 주된 가치는 오이디푸스콤플렉스 이론에 있는 것이 아니라, 갈등을 처리하는 에고 기제를 이해하는 데 있다.

여담으로, '해결되지 않은 오이디푸스콤플렉스'의 사회적 귀결이 얼마나 중대할 수 있는지를 보는 것은 흥미로운 일이다. 1800년대 초의 의미 있는 독일 철학 학파에서 헤겔은, 가장 중요한 존경받는 스승이자 권위자였다. 마르크스는 초기에는 그를 따랐지만 아버지 인물 헤겔을, 특히 절대자에 관한 헤겔의 제일원리(이는 570으로 측정)를 거부했다. 그는 헤겔의 중요한 이해를 경쟁이라도 하듯 내던졌고, 130으로 측정되는, 그래서 다른 혁명가 내면의 반항적 청소년에게 매력적이었던 어떤 이원론을 세웠다. 진보주의자와 혁명가를 혼동하는 일은 오늘날까지 계속되고 있는데, 현재 그 자체로 참으로 온전한 '진보적' 정당이 없는 것은 불행한 일인지도 모른다. (1930년대와 1940년대 미국 중서부에서, 진보적 정당은 360으로 측정되었다.)

명사라는 지위 자체에 따르는 자만심이 정치인, 독재자, 한때의 구루, 정치적 반체제분자(이들에게는 130으로 측정되는 칼 마르크스가 문화적 영웅을 나타낸다.)들을 몰락으로 인도하는 미끄러운 비탈길이 되기 쉽다는 것은 주목할 만하다. "열매를 보고 그 나무를 안다."고 한다면, 측정 수준 180의 악영향은 아마도 모든 사회에, 심지어 세계 자체에 최대의 위험 요소가 될 것이다. 그것은 그 수준의 그럴듯함과 능란한 선전 때문인데, 그 수준은 인간 마음의 무구함을 그리고 다수 인구(세계적으로 78퍼센트, 미국에서는 약 50퍼센트)의 발달과 성숙 결핍을 먹이로 삼는다.

자유와 뇌

발달 과정에서, 학습된 행동은 뇌와 대뇌피질 속의 뉴런 연결 발달에 영향을 미친다. 이것 또한 생애 후반까지 계속된다. 마술을 배우는 것과 같은 특수한 기술조차, 실험 조건하에서는 뇌 특정

부위의 부피 증가는 물론이고 뉴런 증가 및 뉴런의 상호 연결의 복잡성 증가를 낳는다. 기술을 사용하지 않으면 결국 뉴런의 수와 부피는 점차 줄어드는데, 그것은 "쓰지 않으면 잃어버린다."(용불용설)는 흔한 경구를 확인해 준다. 이는 노년의 쇠퇴를 상쇄해 줄 의의가 점점 커 가는 원리이지만, 중퇴생들 및 부모에게 방치당한 아이들의 지적 발달 손상에 대해서도 큰 의의를 갖는다.

사회화와 성숙의 실패는 결국 뉴런 패턴화의 손상으로 귀착되며, 그로 인해 원시적 배열이 존속되어 현실 검증력은 손상되고, 높은 마음 발달의 토대를 이루는 보다 정교하고 기본적인 뉴런 패턴화와 뉴런 연결의 발달이 저해된다. 영적 앎과 본능적 욕구의 사회화가 망쳐지는 것은, 앞 장에서 약술한 것과 같은 원시적 반응의 우세로 귀결된다. 덜 발달된 뇌와 결과적인 마음의 수준은 동물 욕구가 계속 지배하고 있음을 뜻한다. 낮은 마음의 합리화된 궤변은 따라서 자기 자신 대신 사회를 변화시키고자 한다. 보다 원시적이고 미발달된 이 마음은 그 다음에 모든 참된 합리성에 저항하고, 개종 작업이나 소송 협박을 통해 자신의 약한 위치를 보강하고자 한다.

자유 대 궤변

궤변은 고대 그리스에서 시작되었다. 고대 그리스에서는 정치 지망생들에게, 설득력 있는 웅변술로서, 숨은 의제를 교묘히 위장하는 법과 함께 궤변을 가르쳤다. 훈련은 정말 선전인 것으로, 덜 교육받은 자들에게 간파당하는 걸 교묘히 피해 갈, 왜곡에 기초한 그럴듯하고 설득력 있는 주장의 제시라는 형태로 제공되었다.

조셉 괴블스는 세계에서 가장 유명한 근세의 전문가였다. 그는 제삼제국의 침략을 정당화하는 궤변을 위해 주민 전체가 자신의 생명을 포기하도록 설득할 수 있었다. 나치의 오스트리아 합병과 뒤이은 유럽 침략을 뒷받침한 이론적 근거의 밑바탕에는, 가해자/피해자라는 실상에 대한 이원적 왜곡이 그러나 두 역할이 전도된 채 깔려 있었다. 히틀러의 궤변은 베르사유 조약이라는 '부당함을 시정할 것'에 대한 그의 제안이었다. 베르사유 조약은 독일이 1차 대전에서 자행한 야만 행위와 파괴에 대해 배상할 것을 요구한 것인데, 그것을 무고한 행위로 간주하기는 힘들었다. 유아적 에고는 자신의 파괴 행위에 대해 아무런 귀결이 없기를 기대하고, 어떤 형태로든 책임질 것을 요구받을 때 분개한다. 따라서 피해망상증 환자들이 그러는 것처럼 유아적 에고는 가상적 불의에 대한 보복을 추구한다. 유아적인 이들은, 그 어떤 형태로든, 귀결에 대해 책임지거나 배상하는 것을 있을 수 없는 일로 여긴다.

이렇듯, 극단적인 정치적 위치성은 극좌든 극우든 지극히 낮게 측정되며 낮은 마음의 에고 중심성을 나타내는데, 그 에고 중심성은 우리가 앞에 나온 측정 수준들에서 주목했던 것처럼 잠재적으로 폭넓은 지지자들을 갖고 있다. 따라서 문화적 갈등은 일차적으로, 사회적 실상과 기대의 패러다임들이 전혀 다른, 낮은 마음의 표현 대 높은 마음의 표현 간에 일어나는 것으로 맥락화할 수 있다. 그 결과, 극좌는 전통, 윤리, 도덕, 지적 온전성을 파시스트로 보고, 극우는 극좌를 반역적이라고 본다. 따라서 지각知覺은 뇌 생리, '에테르' 뇌의 존재나 부재, 성숙함, 측정된 의식 수준, 영적 진화의 산물인데, 이 모든 것은 인류 의식 자체의 전체적 진화와 집단적으로 보조를 맞춘다.

자유와 행복의 실상

파괴적인 모든 것이 공통의 근원을 갖는 것과 마찬가지로, 자유, 성공, 건강, 평화 역시 영적 진실과 온전성이라는 공통 근원을 갖는다.

만인은 잠재적으로 자유로울 자유가 있다. 그것은 그저 진실에 이르는 길을 따르기로 하는 선택의 문제일 뿐인데, 사람은 그 길을 확인 가능하고, 인식 가능하고, 확증 가능한 것으로 발견할 수 있는 정도까지 따를 수 있다. 진정으로 성공한 이는 성공을 시샘하거나 미워하는 대신 그것을 모방하고, 복제하고, 동일시하고, 그리고 그 모범을 세운다. 자신의 행위와 행위의 결과에 대해 책임지는 것은 그 자체로 지극히 강력하며, 사람의 측정된 의식 수준을 거의 순식간에 200 이상으로 끌어올린다.

모든 영적으로 진화된 사람들이 자신의 발달 과정에서 학습하는 지극히 귀중한 통찰은, 자신의 개인적 의식을 삶에서 일어나는 모든 일을 결정짓는 결정적 영향력으로 바라보는 것이다.

또 하나의 작동하는 원리는, 마음은 속에 품고 있는 것을 의식적으로나 무의식적으로 나타내는 경향이 있다는 것이다. 이를 알아채면 결국 위치성을 더욱 존중하게 된다. 실상에서 초콜릿은 바닐라의 적이나 대립물이 아니라, 대조적 선택지를 나타낼 뿐임을 아는 것은 매우 큰 도움이 된다. 또한 내부에 은밀히 감춰져 있는 유아적 에고는 지극히 결핍되어 있고 칭찬과 입력을 끊임없이 바란다는 것과, 또한 '부당성', '불만', 불의, 원한을 키우는 것은 물론 '정당성'에 집착한다는 것을 인정하는 것이 좋다. 에고가 부정적 위치성에서 많은 에너지와 이익을 얻는다는 것, 그리고 진짜 이득을 대가로 하여 얻는 그러한 수상쩍은 보상을 포기하려는 자발성에 의해 영적 진화는 크게 가속된다는 것을 아는 데는 별다른 성찰이 필요하지 않다.

자유와 행복으로 향한 길

실패, 불행, 욕구 불만, 결핍, 부족, 분노, 우울에서 벗어나는 방법은 믿기 어려울 만큼 간단하다. 삶은 바다를 항해하는 것에 비견할 만한 여행이며, 해상에서 배의 나침반상으로 1도 이동하는 것이 여정의 끝에 항로를 수백 마일 이탈했는지 여부를 좌우할 것이다. 내면에 이미 존재하는 최강의 도구는 영적 의지 자체이고, 이것이 확고할 때 그 어떤 장애와도 맞서 그것을 감당해 낼 것이다. 영적 의지가 모험에서의 성공을 좌우한다. 다년간의 임상 진료, 영적 교육, 연구는 물론 주관적 경험을 통해서 볼 때, 영적 의지는 이번 생만이 아니라 장구한 세월에 걸친 사람의 의식의 경로(이는 고전적으로 카르마로 지칭된다.)를 결정하는 원초적 방향타方向舵임이 확증된다. (1,000으로 측정)

한 가지 단순한 결정에 의해 불가능이 가능이 되는데, 왜냐하면 코르크에 붙어 있던 납추들이 떨어져 나갔기 때문이다. 이제 코르크는 장의 밀도와 힘으로 인해 수월하게 떠오른다. 이렇게 해서, 사람은 영적 진보는 어려우며 그리고 자신은 혼자서 그걸 해내야 한다는 이기적 환상을 놓을 수 있다. 도리어 결핍의 환상은 사라지고 이제 강력한 에너지들이 사람이 진보를 지속하도록 돕는데, 사람의 진보에는 이제 증대된 자존감에서 우러나는 쾌락이 동반되고, 세계는 마술에 걸린 것처럼 우호적이고 도움이 되는 곳으로 보이기 시작한다. 뇌의 신경화학은 긍정적인 방향으로 변하고, 나비가 고치에서 빠져나오듯 에테르 뇌가 영적 에너지의 흐름(즉, 쿤달리니)이 시작된 귀결로서 솟아나며, 삶의 경험과 세상 속 자기自己에 대한 경험이 변형되기 시작한다.

에고는 서로 맞물린 벽돌로 이루어진다는 것, 그리고 벽돌 한 장이라도 움직이면 구조물 전체가 흔들리고 그 다음에 구조물은 자체의 중력으로 인해 무너지기 시작한다는 것이 밝혀질 것이다. 표면상으로 작은 노력조차 아주 큰 효과를 낼 수 있는데, 사람은 단순히 미소 짓는 것만으로 자신의 삶이 완전히 바뀔 수 있음을 발견한다. 자기 계발을 추구하고 영적인 길을 따르는 수많은 사람들이 이같은 발견의 실제를 확증한다.

다음은 '승자'의 태도에 관한 목록이다. 그 모두가 아주 간단히 선택할 수 있는 것들이고 지극히 장기적인 이익을 준다. 측정 수준 200 이상의 에너지 장에서 영위하는 삶은, 180의 의식 측정 수준에서 사는 삶과는 전혀 다르다.

영적 토대: 기초(1부)

건강한	360		윤리적인	305
겸손	270		의지할 만한	250
공정한	365		이상주의적	295
공평한	305		이용할 수 있는	265
균형 잡힌	305		인도적인	260
느긋한	210		점잖은	295
도움이 되는	220		정직한	200
마음에서 우러난	255		즐거운	335
만족한	255		진정한	255
명예로운	255		충실한	365
배려하는	295		친절한	220
부지런한	210		평온한	250
온건한	225		행복한	395
외교적인	240		확고한	245
우호적인	280		힘들여 일하는 것	200
유연한	245			

위의 표는 200 이상으로 측정되는 역사상의 모든 성공한 사회들이 가치를 두고 지지해 온 성질을 드러낸다. 영적 앎에 이르는 길을 지지하는 사실은, 높은 동기는 힘을 반영하는 에너지로 보강되는 반면, 이기적 위치는 약하고 제한적이며 소모적이라는 것이다. 부정적 성질들이 서로 얽혀 있는 것처럼 긍정적 성질들 역시

그러하고, 그래서 한 영역에서의 진보는 의식적으로 다뤄진 적조차 없는 다른 영역들에서의 놀라운 발전을 가져온다. 부정적 성질들은 극성을 띠고 있고 따라서 대립물을 불러일으키는 반면, 200 수준 이상에서 사람은 대립물이 없는 실상을 대하게 된다. 그리하여, '비우호적'은 '우호적'의 대립물이 아니며 단지 우호성의 부재일 뿐이다.

긍정적 수준들을 통한 진보는 습관적이고 쉬워지며, 그 자체가 하나의 생활양식이 된다. 의식의 매 수준이 어떤 강력한 장을 대표하고 있음이 밝혀진다. 따라서 사람이 정렬하기로 선택한 것은 그 사람의 삶의 성질에 보이지 않는 영향을 미친다. 경험을 통해, 사람은 왜 '부익부 빈익빈'이고, '성공을 새끼 치는 데 성공만 한 것은 없으며', 그리고 왜 '끼리끼리 어울리고', '유유상종'하며, 혹은 왜 '개와 같이 자면 벼룩이 옮는지'를 알게 된다. 마침내 사람은 "승자들 곁에 붙어 있어라."는 말이, 전체적 장에서 유익함을 받아들이는 것과 삼투작용을 통해 그러한 이익을 뽑아내는 것을 의미한다는 걸 깨닫는다. 그 다음에 사람은 "아름다움은 아름다움이 하는 만큼이다."[4]라는 것을 깨닫는다.

의식 연구를 통해, 사람은 어떤 태도를 채택하면 그 의식의 장 전체를 곧장 불러들이게 되고, 그 다음에는 그 장이 부지불식간에 성격과 생각을 지배하기 시작한다는 것을 신속히 확증할 수 있다.

4　이 말은 영화 「포레스트 검프」에 나오는 매우 유명한 대사와 비슷한 구성을 취하고 있다. 포레스트는 사람들에게서 바보라는 말을 들을 때마다, "바보는 바보가 하는 만큼이다."는 말로 대꾸한다. 그것은 즉, 사람을 나타내는 것은 그에게 붙은 이름표가 아닌 그의 행동이라는 것이다.

'내 생각'으로 여겨지는 것은 특정한 에너지 장의 공통된 생각일 뿐, 정말로 사적인 것은 아니다. 부정성에 대항하는 것보다는 그것을 피하는 것이 나은데, 사람은 불을 갖고 놀면서도 불이 옮겨붙지 않을 수 있다는 유혹과 환상에 저항하는 것이 좋다. 의식의 온전치 못한 장들은 지극히 교묘한 유혹적 프로그램들을 포함하고 있다. 그런 프로그램은 여러 세기에 걸쳐 정교하게 다듬어졌으며, 그럼으로써 유혹적인 외양으로 은폐되고 위장되었다. 예수그리스도는 부정적인 것에 대항하지 말고 그냥 피하라고 했다. 폭넓은 임상 경험은 물론 연구를 통해, 사람은 비온전성이라는 불을 갖고 정말 그저 '놀기'만 할 수는 없다는 것이 입증되었다. 따라서 영적 앎이 있는 사람은 덫을 식별하는 법을 배운다. 이를 악용하고 큰 이윤과 이득을 취하는 이들은 순진한 사람들의 속기 쉬운 성질을 이용하는 법과 덫의 매력을 가다듬어 그것을 지극히 유혹적으로 만드는 법을 배웠는데, 이는 요즘 오락 매체가 드리운 그늘을 통해 나타나는 그대로이다.

영적 토대: 기초(2부)

건전한	300	마음에 드는	255
공손한	245	믿을 만한	290
교훈적	200	보호적인	265
긍정적인	225	사려 깊은	225
기분 좋은	220	성숙함	280
따뜻한	205	'세상의 소금'	240

안정된	255		지각 있는	240
열린	240		지지하는	245
유머 감각	345		지혜	385
유쾌한	275		질긴	210
인내심 있는	255		질서정연한	300
적당한	245		참을성이 있는	245
정상적인	300		책임 있는	290
존경할 만한	250		충실한	345
존중하는	305		합리적	405

극도로 흥분한 사람이 물속에서 발버둥 치다 익사하는 동안, 보다 진화된 사람은 물에 뜨는 법을 배운다. 궁극적으로 부력을 갖는, 영적 진보를 지지하는 바다는, 전체적이고 강력한 의식의 장이다. 이 장이 갖는 힘은 죽음 자체의 가능성조차 배제한다. 인간은 문명이 시작되었을 때부터 그것을 직관하고 인식했으며, 생명은 오직 형태를 바꿀 수 있을 뿐 소멸될 수 없음을 인식하고 있었다. (이 진술은 1,000으로 측정된다.)

선택이 귀결을 결정한다. 그것은 정말 비개인적 메커니즘이며 자동적으로 작동하는데, 왜냐하면 에너지 장은 선택의 귀결로서 초대되기 때문이다. 선택이 낳은 귀결로서의 개인은 쇳가루와도 같은데, 쇳가루가 장에서 갖는 위치는 쇳가루 자신이 내린 결정의 직접적 귀결이다. 이러한 실상을 수용할 때 향상됨과 동시에 자유로워진다. 그와 동시에, 그것은 무섭기도 하고 어느 정도는 경악스럽게도 느껴진다. 그러므로 우주에서 유일하게 참된 자유는 선택의 자유이며 그것은 인류가 받은 선물이다. 사람은 그 다음에 키를 잡고 있는 손은 다름 아닌 자신의 손이라는 것과, "나 자신이 천국이요 지옥이라."(측정 수준 700+)는 걸 각성한다. 이 전체적 진실을 수용할 때, 부질없는 바람 대신 강한 결의를 갖게 된다.

영적 실상에서 사람들이 정말 두려움을 느끼는 순간은, 자신의 운명은 오직 자신의 손에 달려 있다는 실상과 맞닥뜨릴 때이다. 천국은, 지옥과 마찬가지로, 자신이 한 선택의 결과이자 귀결이다. 그러므로 자유의 문을 여는 열쇠는, 신성한Divine 명령에 의해 전 인류에게 주어진 카르마적 유산이라는 은총에 따르는 것이다.

철학자들과 철학

A. J. 에어즈	475	낙관주의	295
NRA(전미 총기 협회)의 정치적 위치	205	논리실증주의	380
객관주의	400	'뉴딜' (루스벨트 대통령)	340
경험주의	475	던스 스코터스	490
공리주의자	240	도덕	405
관념론	200	로저 베이컨	460
권위	400	루돌프 카르납	485
그린스펀 경제학	400	랠프 월도 에머슨	485
기독교 근본주의자	205	모리츠 슐리크	480
기사도	465	미국의 보이스카우트 /걸스카우트 (규약)	455
나로파 불교 대학	405		

미국의 보이스카우트/걸스카우트(선서)   450

밀턴 프리드먼 경제학   400

버트런드 러셀   465

보수주의   405

사회 다윈주의   215

성인들   550

소크라테스   540

쇠렌 키에르케고르   410

스콜라 철학   460

신보수주의   395

신앙에 기초한 주도권   480
Faith based Initiative

신학   460

실용주의   200

실존주의   375

아리스토텔레스   498

아인 랜드   400

에드먼드 버크   410

에드먼드 후설   499

에른스트 마흐   490

에릭 호퍼   505

에피쿠로스주의   305

영적 현인들   700

영지주의(그노시스)   503

오귀스트 콩테   485

오캄의 윌리엄   535

'위대한 사회'(린든 존슨 대통령)   280

유아론唯我論   350

윤리학   415

이타주의   435

이글 스카우트   460

자유방임주의   305

자본주의(철학)   340

장 폴 사르트르   200

적자생존론   220

'전통적' 미국 철학   440

전통적 자유주의자   355

제국주의   200

조지 오웰(1984)   410

존 듀이   455

주지주의   395

집산주의collectivism   200

찰스 피어스   465

초절주의Transcendentalism   445

토머스 맬서스   204

토머스 홉스	475		헤리티지 재단	265
플라톤	485		현상론	420
플로티누스	503		화신Avatar, 위대한 스승Great Teacher들	1,000
합리주의	470			
행동주의	400		휴머니즘	365
허버트 스펜서	410			

지적 부문

과학	450~460		수학	450
기하학	400		신학	460
대수학	405		인식론	475
산술	395		입체 기하학	405
삼각법	410		존재론	465
『서양의 위대한 책들』(마르크스 제외)	465		형이상학	460

마음이 본래부터 진실과 거짓을 구별할 수 없는 이상, 마음의 유일한 방어책은 이성과 지성에 대한 의존이다. 그래서 교육은 많은 수준에 대해 이롭다. 하지만 진화하지 못한 에고에게, 생각하는 능력은, 이성으로부터 감정에 물든 위치들을 정당화하려고 하는 합리화로 전락한다. 진실에 대한 왜곡은, 그때 사회의 부수적 의식 수준들과 일치하는 층화된 수준을 이루는 경향이 있다.

200 이상의 의식 수준에서 진실은 그 자체로 가치를 부여받으

며, 따라서 교육과 학식이 존경받는다. 하지만 자기중심적 에고에게 진실의 요건은 개인적 신념 체계를 위협할 것이기 때문에 분개를 불러일으킨다. 그리하여, 에고는 도덕, 윤리, 책임을 억압적인 것으로 보고 거부한다. 그렇게 하는 가운데 낮은 마음에 의한 합리화가 변증법과 정직성의 요건을 대신하며, 뻔히 보이는 새빨간 거짓조차 실상에 아무런 기초가 없음에도 불구하고 진실 혹은 '사실'로 개진된다. (역사적으로, '거짓 증언'(140으로 측정)은 원시사회에서조차 배척당했다.)

요즘의 '문화 전쟁'에서 정치화된 사회학, 궤변, 수사는 지금 상당한 정도로 이성과 검증 가능한 진실을 대체했다. 책임이나 책무의 윤리는 물론 역사, 언어, 수학, 과학조차 공격받고 부정당한다. 이 상대주의적 위치성들을 미숙하고, 순진하며, 퇴행적인 것으로 봐주고 눈감아 줄 수 있지만, 이러한 퇴보의 또 다른 요소가 부상하여 퇴행의 배후에 숨은 동기, 즉 '정당화된 증오'를 드러낸다.

130에서 195 의식 수준의 특징을 이루는 진실의 왜곡은 교육받지 못한 이들에게는 매력적으로 보일 수도 있지만, 그것은 분노, 시샘, 악의를 감추는 양의 탈이자 피해망상적 왜곡에 대한 정당화이다. 미움은 허술하게 합리화되고 공공연하게 폭발한다. 시뻘게진 얼굴로 목에 핏대를 세우고 분노의 삿대질을 하는 성난 연설자는 감정에 떨며 격한 몸짓을 한다. 동일한 팽창이 동물의 과시 행동에서 나타난다.

기원전 350년 경, 플라톤, 아리스토텔레스, 소크라테스는 궤변과 수사를 주의 깊게 분석하고 그에 대해 반박했는데, 그때 합의와 토론은 종결되었다. 따라서 2천 년이 넘는 동안, 보다 진화된 온전한 사상가들은 궤변과 수사를 끝난 문제로 간주했다. 하지만 매 세대마다 높은 비율의 인구가 200 이하로 측정되며, 그래서 사리 추구적 도그마는 새 옷으로 갈아입고 다시 튀어나와 어떤 비용을 치르고서라도 진실을 대체한다. 그리하여, 이득을 위해 진실을 뒤엎는 일이 거세게 지속되어 온 것이, 사실상 전쟁과 대량 학살의 일차적 토대이다. 밈학 연구(웹상에서 '밈학'을 검색하라.)에서 설명하는 것처럼, 마음을 사로잡는 표어 '바이러스'는 여러 세대를 감염시킨다.

앞서 언급했다시피, 근세에 마르크스의 왜곡은 다시 수천만 명의 생명을 앗아 갔고 혼돈에 찬 시민사회의 재앙을 낳았는데, 그러한 재앙은 대기 중이던 우익 파시스트들이 그 결과 빚어진 사회적 잔해와 혼돈에 독수리처럼 달려들 수 있도록 모든 기회를 제공했다. 전염성이 강한 밈(중심 개념)은 비난의 밈이다. 약한 사람에게서는 이것이 온전성을 대신한다. 비난은 180으로 측정된다. 그것은 암과 마찬가지로 비난하는 이를 약화시키고, 운용상 실제로 비난하는 이를 훼손하여 그의 의식 수준을 낮춘다. 그래서 유사 피해자[5]는 그 다음에 말 그대로 실제의 진짜 피해자가 된다.

하지만 아리스토텔레스는 진실이 수용될 수 있도록 그것을 올바르게 제시해야 한다는 측면에서, 수사에 어떤 가치가 있다고 보았다. 사실 그는 의식 연구의 기본 교의 중 하나를 정치적/사회적/

---

5 비난하는 이는 자신을 피해자로 주장한다는 걸 가리킨다.

철학적 용어로 묘사했는데, 그것은 바로 진실은 내용만이 아닌 맥락의 귀결이기도 하다는 것이다. 이렇듯, 그는 수사의 윤리적 이용을 효과적인 진실의 제시 수단으로 묘사했는데, 다시 말하면, 진실은 변증법적으로 바른 논리(로고스Logos)만이 아니라 화자의 온전성(에토스Ethos)과 청자의 성질(파토스Pathos)을 포함한다는 것이다. 문제 있는 철학과 위치성이 감정에 물들어 있고 (낮은 마음을 통해) '특정 입장을 옹호하는' 비논리적 유행어를 이용하는 반면, 과학과 이성의 변증법의 규율과 법칙은 엄격하고, 까다로우며, 불가변이다. 검증 가능한 진실은 그것에 대해 사람이 가질 수 있는 '느낌'과는 무관한데, 사람이 어떻게 느끼느냐는 진실과는 무관하고, 개인적이며, 기본적으로 자기애적이고 편향되어 있다.

측정 수준 460은 박식함을 가리키고, 470은 참된 합리성을 가리키며, 499 수준은 탁월함이나 천재의 가능성을 가리킨다. 수사修辭의 측정 수준은 단순한 산술 수준(395)에도 미치지 못한다는 것을 알 수 있다. 그것이 어떻게 해서 법원 결정의 근거로 이용될 만큼 진지하게 받아들여지는지, 혹은 공공 정책으로 채택될 수 있는지 의아하다. 다시 말하면, '언론'이란 단어는 '말하기'와 '글쓰기'를 의미하는가, 혹은 그 모든 상황에서의 '일체의 행동'을 의미하는가? 쿠 클럭스 클랜이 십자가를 불태우는 것이 '언론'인가? 공개적 간음이 '언론 자유'인가? 그러므로, 허용 가능한 변수에는 내용만이 아니라 동기, 의도, 사회적 충격에 대한 책임(예 폭동을 선동하는 것)이 포함된다.

고대 그리스에서 직업적 정치인들은 돈을 받고 '수사'를 가르치는 전문가들에게서 웅변술을 배우거나, 혹은 선거에서 이기기 위해 진실을 감추고 자신의 입장을 제시하는 법을 배웠다. 그것은 학습되는 기술이었는데, 지나칠 경우에는 허풍, '덧칠하기' 혹은 '공허한 말'로 불린다. 그것은 잘 속는 이, 덜 교육받은 이, 혹은 개인적 의제가 따로 있는 교육받은 이들에게 인상을 남기려는 것이다. 그러한 진실의 침해 앞에서 플라톤, 소크라테스, 아리스토텔레스는 격분했고, 그 주역들의 신뢰성을 완전히 무너뜨렸다. 하지만, 세 사람은 다음과 같은 두 가지 중요한 결론을 내리고 대화를 중단했다. 첫째, 철학으로서의 지성은 논증의 변증법(구조)의 까다로운 요구를 충족시키는 데 달려 있다는 것. 둘째, 온전한 진실에 대한 이해 및 수용을 촉진하기 위해서는 그것을 청중에게 올바르게 제시하는 것이 중요하다는 것. 이는 검증 가능한 진실이 내용과 맥락, 양자의 산물이라는 점에서 의식 연구와 일치한다.

지도자들은 그것의 제출의 충격을 완전히 재맥락화할 정보의 빠진 조각을 제공하는 데 실패하는 일이 많다. 지적으로 온전한 사람들의 그늘은 진실 자체가 타인에게 설득력이 있을 거라고 생각하는 점인데, 이는 정반대의 일이 벌어지는 것, 즉 온전치 못한 이는 진실을 자신의 동기에 대한 거부로 보기 때문에 그것을 미워하고 부정하거나 혹은 그것에 거짓이라는 꼬리표를 단다는 사실을 무시하는 것이다. 진실은 올바르게 맥락화될 때 신뢰성으로 인해 힘을 얻으며, 그 다음에 거짓은 저절로 무너지기 때문에 그것에 대항할 필요조차 없다.

진실 자체는 그 자체의 장점 덕분에 서 있지만, 이상스럽게도 그것은 보기 좋게 혹은 입맛에 맞게 만들어져 '팔려야' 하는 일이 많다. 의식 수준이 낮은 인구는 오직 이득에만 관심 있다. "진실이 너희를 자유롭게 하리라."는 온전한 이들이 충심으로 수용하는 개념이지만, 온전치 못한 이들에게 진실은 그들의 위치 전체를 위협하는 위험물이자 적이다.

만일 거짓이 법적으로 진실과 '동등한 권리'를 갖는다면, 더불어 학계의 찬성을 얻고 그에 더해 대중매체를 통해 선전된다면, 그렇다면 괴블스, 히틀러, 아이히만, 파시즘, 유대인 대학살은 스탈린, 폴 포트, 부헨발트 수용소가 그랬던 것처럼 합법적이다. 문제는 거짓 자체가 아니라 (루시퍼적으로) 거짓을 진실로 지정하는 데 있다.

요즘 우리 사회에서는 진실과 온전성의 왜곡이 이미 너무도 만연하여, 사회는 그것이 기괴할 정도로 극단적으로 되어서야, 예컨대 9.11 희생자는 정말이지 죽어 마땅했던 나치의 '아이히만들'이라는 진술(90으로 측정) 정도가 되어야 진실에 대한 신성모독을 겨우 인지한다. 그 진술[6]은 나중에 동조자들로부터 옹호받았는데, 동조자들 자신의 합리적일 수 있는 능력은, "9.11 희생자들은 이라크 전쟁으로 인해 죽어 마땅했습니다."라는 진술(폭스 뉴스, 2005년 2월 4일)에 의한 그릇된 추론으로, 심각하게 훼손되었다. 사실을 보면 이라크 전쟁은 물론 9.11 폭탄 테러 뒤에 일어났고,

---

6 콜로라도 대학교 인종학과 교수였던 워드 처칠은 2001년 9월에 쓴 어느 논문에서, 9.11 테러의 희생자들을 나치의 아이히만에 비유했다.

그것은 선행한 것이 아니라 귀결이었다. 이렇듯, 상대주의는 지지자들이 '만세'를 합창하는 가운데 허위로 진실을 대체했는데, 그 지지자들 자신부터가 학문적 세뇌의 가련한 피해자였다.

이상과 동일한 원리를 적용할 때, 거짓은 합법적이고도 정당하며, 그 다음에 선동, 반역, 간첩들의 배신행위(언론 자유의 '권리'를 행사했을 뿐인) 역시 마찬가지다. 동일한 신조가 그 다음에는 미워할 '권리'와 파괴 세력을 지지하는데, 왜냐하면 '언론'은 이제 법적으로 행위를 포함한다고 정의되기 때문이다. 그것의 모순은, 만일 무정부 상태가 '합법적'이라면, 합법적으로 그런 무정부 상태를 집행할 법적인 권리는 없다는 데 있다. 법은 진실을 바탕으로 한다. 따라서 진실에 대한 요구 없이 그것으로 무법이라는 '권리'에 항의할 수 있는 법은 없다.

결론

자유freedom는 독립된 내적 상태인 반면, 해방liberty은 집단적이고 사회적인 판단의 귀결이며 공동선을 위해 제한된다. 모든 행위와 선택에는 귀결이 따르므로, 자유와 해방을 혼동하는 것은 심각한 오류다.

우리는 결국 자신이 한 선택과 결정 그리고 그 귀결에 대한 책임을 수용해야 한다. 모든 행위, 생각, 선택이 영원한 모자이크에 더해진다. 우리가 내린 결정이 파문을 일으켜 의식의 우주 전체에 번져 나가며 전부의 삶에 영향을 미친다. 생명을 지지하는 일체의 행위 혹은 결정은 자신의 생명을 포함하는 전 생명을 지지한다.

우리가 만든 물결은 우리에게 돌아온다. 이전에는 형이상학적 진술로 보였을 수도 있는 것이, 이제는 과학적 사실로 확립된다.

우주 속 모든 것은 특정한 주파수를 갖는 확인 가능한 에너지 패턴을 지속적으로 방출하며, 그것은 영원히 남는데, 방법을 아는 이들은 그 에너지 패턴을 읽어 낼 수 있다. 일체의 말, 행위, 의도는 영구적 기록을 창조하고, 그러므로 모든 생각이 영원히 알려지고 기록된다. 비밀은 없고, 아무것도 감춰지지 않으며, 감출 수도 없다. 만인이 공적 영역에서 살아간다. 우리의 영은 모두가 볼 수 있도록 시간 속에 벌거벗고 있다. 만인의 삶은, 최종적으로, 우주에 책임이 있다. (이는 1,000 수준의 '진실'로 측정된다.)

14

국가와 정치

　의식의 진화는, 지적 발달에서 표현된 것처럼, 수천 년간 다수의 문명을 거치며 지속되었는데, 그것은 시시때때로 격렬한 분쟁의 시기와 재앙에 가까운 군주제, 내전, 유혈극으로 인해 중단되었다. 그 길고 고통스러운 경험 속에서 하나의 귀결로서 농축된 최고의 지적 통찰들은, 400대 중반으로 측정된다. 미국의 건국에서, 그 통찰들은 종교적 영감보다는 영성의 천재와 결합되었고, 세계에서 가장 월등하고 성공적인 국가와 문화를 낳았다.

　신정과 군주제는 시도되었으나 무너진, 피해야 할 안 좋은 사례로 기여했다. 종교개혁 이후, 유럽 국가들은 스스로를 어떤 세속적이고 합리주의적인 모델로 그러나 온전한 의도를 가지고 재창조했다. 따라서, 그중 많은 나라들이 300대 중반에서 후반으로 측정되었고, 공정함과 합리성에 기초한 민주국가가 되었다.

대체로, 문명화된 서구 세계는 과학의 발견을 맞아들인 비옥한 토양이었으며, 그것을 인간 문제에 적용한 것은 놀랍도록 성공적이었다. 과학에 더해 그 뒤를 이은 과학 기술은 주요 질병을 정복했고, 수명을 두 배로 늘렸으며, 교육을 진보의 초석으로 드높였다. 하지만 이런 눈부신 성공 중에서 가장 인상적인 것은, 주로 지난 백 년 동안에 출현했는데, 진화의 시간으로 그것은 눈 깜짝할 사이에 불과하다. 그토록 짧은 시간에 그렇게 엄청난 이득이 있었음을 볼 때, 인류는 자신의 아킬레스건인 국제 관계를 제외한 분야에서 미래에는 더욱 굉장한 것이 약속되어 있음에 틀림없다고 온당하게 기대할 수 있다.

백과사전적 세계관에서 볼 때, 이 중대한 실패 분야는, 믿을 만한 세계 평화의 조건이 보장은 고사하고 성취라도 될 수 있으려면 그 전에 해결되어야 하는, 가장 심각하고 두드러진 문제임이 역력하다. 구조 단층선이나 휴화산 같은 이 엄청난 결함은, 마치 숨겨 놓은 시한폭탄처럼 시지평선視地平線 아래 잠복해 있다. 평화의 적들은 칼을 절그렁거리며 문명 발전의 최선두를, 특히 그 기수旗手인 미국을 파괴하겠노라고 엄숙히 맹세한다. 그들의 무기는 유사 종교적 선전, 비난으로 가득한 세뇌 기법, 그리고 자신의 공격적 행위와 공격적 수사를 정당화하기 위해 고의로 왜곡된, 서구 세계에 대한 피해망상적 지각이 결합된 것이다. 지하드는 서구 사회의 일상적 생활양식 전체를 바꿔 놓기에 이른 종교적 선전포고다. 서구 사회의 약점은 부정denial, 전통적 서투름, 외교 관계와 외교적 기능에 관한 믿을 만한 학문의 결여다.

믿을 만한 데이터의 결핍으로 인해, 국제 외교는 놀라우리만큼 서투를 뿐 아니라 외교에서 내세우는 목표들에 사실상 방해가 되는 일이 많다. (요즘 유엔은 185~195로 측정된다.) 이는 불가피한데, 왜냐하면 검증 가능한 데이터가 없거나 과학적 기반의 지식체가 없는 외교는 지도와 나침반 혹은 GPS(위성 항법 장치)가 없는 원시적 탐험과도 같기 때문이다.

믿을 만한 정보가 없는 상태에서 온갖 미봉책이 이어지는데, 여기에 수반되는 것이 감정주의, 군중 항의의 압력, 정치적 편의주의다. 비밀스러운 거래와 끝없는 수사, 무익한 주지화, '모든 사이즈에 다 맞는' 만능의 정치적 위치들이 그러한 것을 보강한다. 이것들은 모든 나라와 사회의 안전과 안보에 초석이 될, 믿을 만한 기법은 아닌 듯하다.

간략한 개관만으로도, 오늘의 세계가 가장 긴급히 필요로 하는 것은 국제 외교의 초석이 될, 믿을 만한 학문이라는 것이 분명하다. 이 목표에 대해 역사적 고찰은 방향성과 정보를 제공해 주는데 그것을 기초로 국제 관계와 외교에 관한, 현실에 입각한 학문을 구성할 수 있다.

정치제도

과두제	415	연합	345
민주제/공화제	410	사회주의	305
이로쿼이족	399	군주제	200

봉건제	145 ~ 200	공산주의	160
부족제	200	독재	135
신정	175	파시즘	125

위의 수치를 살펴보는 것은 상당히 흥미로운데, 우리는 이로쿼이족의 정치 구조가 요즘의 민주주의와 얼마나 가까운지에 주목한다. 사실, 이로쿼이족의 많은 요소들이 실제로 미국 헌법으로 편입되었다. 우리는 또한 200으로 측정되는 군주제는 집권한 특정 군주가 그의 측정된 수준 상에서 그것을 적용하는 데 따라 달라지지만, 본원적으로 온전성을 벗어나 있진 않다는 것을 본다. 부족 정부 또한 누가 집권하느냐에 따라 대단히 온전할 수 있다. 이는 또한 극좌나 극우 정치 이데올로기가 왜 온전성의 낮은 수준으로 추락하는 경향이 있는지를 드러낸다. 신정의 측정치는 미국의 헌법 제정자들이 역사적 경험에서 그것을 조심스럽게 거부하고 배제한 이유를 가리켜 보인다.

아이티에서 카스트로, 히틀러, 무솔리니, 사담 후세인, 그리고 현재 집권하고 있는 세계의 다른 독재 정부들에 이르기까지, 독재는 그럴 만한 충분한 이유로 하여 도처에서 악명을 떨치고 있다. 따라서 독재자의 지배는, 조만간 과대한 악성 메시아적 자기애의 특징과 더불어 자국민에 대한 억압과 야만성을 입증해 보인다. 민주주의의 철학적 기초는 지적 세계에서 그리고 지적 세계의 발달에서 오랫동안 진화했으며, 전 세기에 걸쳐 접근 가능한 최고의 정신들의 사색을 활용했다.

역사 속의 사회들

60만 년 전 현대인의 조상, 호모 사피엔스 이달투	70~80	식인종	95
고대 그리스	255	아나사지족	85
고대 로마	202	아즈텍족	65
고대 이집트	205	아틀란티스	290
네안데르탈인	75	잉카족	65
부시맨	110	직립원인(자바원인)	70
사람 사냥꾼족	95	크로마뇽인	80
		평원 인디언(미국)	210

정치사政治史 주요 인물

그레고리 교황	475	몽골족	70
네로	70	바바리안족	35~85
네페르티티	205	바이킹족, 훈족, 고트족	55~85
대헌장(마그나 카르타)	460	벤자민 디즈레일리	405
라스푸틴	120	보나파르트 나폴레옹	450↓175
람세스 1세	205	빅토리아 여왕	230
람세스 2세	210	샤를마뉴	230
러시아의 차르들	55~385	스코틀랜드의 메리 여왕	340
레오 교황	475	아케나톤 왕	220
마키아벨리	225	알렉산더 대왕	290
막시밀리앙 로베스피에르	405	올리버 크롬웰	208
몬테주마[1]	45	웰링턴 공작	420

윌리엄 월러스	490	투탕카멘	200
유스티니아누스 황제	435	폭군 이반	55
줄리어스 시저	140	프레데릭 대제	325
칭기즈칸	140	피터 대제	385↓190
칼리굴라	30	헤르난도 코르테즈[3]	85
콘스탄틴 황제	410↓385	헨리 8세	170
콩키스타도르[2]	40	훈족 아틸라 왕	90
크리스토퍼 콜럼버스	320		

최근

IRA[4]	100	무스타파 케말 아타튀르크	250
KGB	55	미하일 고르바초프	500
게슈타포	35	블라디미르 레닌	405↓80
나치주의	50	아돌프 히틀러	430↓40
런던 공습	40	아야툴라 호메이니	75
레온 트로츠키	205	야세르 아라파트	440↓65
버나드 몽고메리 장군	450	요세프 괴벨스	70
마누엘 노리에가	60	요세프 멩겔라(의사)	25
마오쩌둥 의장	185	요세프 스탈린	70

1 아즈텍의 황제.

2 16세기 스페인의 아메리카 대륙 정복 사업을 주도했던 스페인 사람들.

3 아즈텍 제국을 정복한 스페인의 장군.

4 영국령 북아일랜드와 아일랜드공화국의 통일을 요구하는 반군사조직.

윈스턴 처칠	510	폴 포트	35
칼 마르크스	130	프란시스코 프랑코	190
파이살 왕(사우디아라비아)	480	헤르만 괴링	350↓150
파파 독 뒤발리에	25	하인리히 히믈러	35

현대

개혁 이전의 중국	150	오마르 카다피	160↑190
개혁 이후의 중국	195	오사마 빈 라덴	40
그랜드 아야툴라 알리 시스타니[5]	125	유네스코	355
김정일(북한)	160	유럽연합	205
마흐무드 압바스	230	유엔(국제연합)	195
모하메드 하타미	200	유엔안전보장이사회	180
블라디미르 푸틴	190	'케미컬 알리'[6]	160
사담 후세인	65	탈레반	65
슬로보단 밀로셰비치	130	팔레스타인 해방 기구	55
아리엘 샤론	205	페르베즈 무샤라프 장군	425
아미드 카르자이(아프가니스탄)	415	피델 카스트로	445↓180
아부 무사브 알 자르카위	60	하마스	105
아우구스토 피노체트 장군	155	헤즈볼라	85
알카에다	65		

---

5   그랜드 아야툴라, 시아파 최고 성직자를 지칭하는 호칭.

6   하산 알 마지드, 사담 후세인 대통령의 사촌이며 1988년 안팔에서 화학가스를 살포하여 쿠르드족 수천 명을 살해한 혐의로 '케미컬 알리'라는 별명을 얻었다.

이상의 수치는 스스로 발언한다. 한 가지 흥미로운 점은, 나폴레옹과 히틀러는 둘 다 초기에는 400대 중반으로 측정되지만 나중의 측정치가 심한 하락을 나타내고 삶이 재앙으로 끝난 것으로 보아 과대망상증에 굴복한 것이 분명하다는 것이다. 그들은 명백히 건설적인 생각을 가지고 출발했고 사회에 이로운 유산을 남겼으나, 그 다음에 세속적 권력의 그늘에 굴복했다. 신체 운동학적 연구는 시간과 공간을 넘어서기 때문에, 우리는 그런 변화가 일어난 때를 거의 정확하게 확인할 수 있다. 나폴레옹에게 그것은 황제의 관을 자기 손으로 직접 쓰기로 결정한 때였다. 그렇게 해서 그는 교회의 과거 권위를 찬탈했는데, 그 전에는 오직 교황만이 황제에게 왕관을 씌워 줄 수 있는 권력을 가졌다.

아돌프 히틀러에게, 그것은 그가 군대는 물론 그와 동시에 정부 모든 분야의 유일한 지도자가 되었던 바로 그때였다. 역사 속의 군주들은 그 시대 최고의 종교 권위자(예) 교황, 동방정교회 수장, 혹은 그에 준하는 것)에게 대답할 의무를 여전히 졌던 반면에, 이들 독재자는 누구에게도 답할 필요가 없었다. 네로는 자신을 신으로 선포하기까지 했다. 각 사례에서, 에고는 스스로를 신으로 선포하고 있었고 그리하여 은밀한 야심을 드러냈는데, 야심은 에고의 내적 핵 일부로서 억압되고 은폐되어 있다.

세계의 나라와 지역들(요즘)

400대

네덜란드	405
대한민국	400
독일	400
미국	421
스위스	400
싱가포르	405
오스트레일리아	410
캐나다	415
하와이	405
홍콩	400

300대

그리스	300
멕시코	300
볼리비아	300
브라질	300
스칸디나비아	350
유럽	355
이집트	350

이탈리아	380
인도	355
일본	355
중국:	
중화인민공화국	300
대통령	320
정부	150 ↑ 190
중앙아메리카	355
프랑스	305

200대

네팔	205
뉴기니	202
대만	295
러시아	200
만주	200
아르헨티나	285
아이슬란드	255
인도네시아	215
터키	245
티베트	200

푸에르토리코	250

100대 후반

남아프리카	190
발칸반도	185
버마	155
보스니아	180
북한	175
사우디아라비아	175
시리아	155
시실리	175
이란	190
예멘	160
요르단	185
이스라엘	190
중동	170
쿠바	180
쿠웨이트	190
투르크메니스탄	150
팔레스타인	185

100대 초반		**100 이하**			
레바논	130	나이지리아	55	앙골라	50
베트남	140	르완다	70	오만	90
우크라이나	140	리비아	90	우간다	40
이라크	120	수단	70	콩고	70
파키스탄	140	아이티	55		
		알제리	90		

미국의 연구 단체 프리덤 하우스는 2005년 판 보고서에서, 세계 192개국 가운데 46퍼센트를 '자유국'으로, 26퍼센트를 '비자유국'으로, 나머지를 '부분적 자유국'으로 분류했다. 푸틴 치하에서, 러시아는 '비자유국' 범주로 하향 이동했다. 2004년에는 26개국이 상승을 나타냈고 11개국이 퇴보를 나타냈다. 가장 억압이 심한 8개국 명단에는 버마, 쿠바, 리비아, 북한, 사우디아라비아, 수단, 시리아, 투르크메니스탄이 올랐다. 중동에서는 오직 이스라엘만이 '자유국'으로 판정받았고, 12개국은 '비자유국'으로 판정받았다. (Ingram, 2004)

미가공 데이터의 제출만으로도 상당히 심오한 함의가 이미 명백해지는데, 실용적으로 이용할 때는 그것을 정부의 다양한 부서와 대표자들에 대해서는 물론 주민과 정부, 관료들 간의 격차와 같은 상황의 세부에 좀 더 정제해서 적용하는 것이 필요하다. 400대로 측정되는 나라나 사회는 이미 합리성의 원리에 따라, 더불어 그 원리에 함축되어 있는 윤리, 도덕, 책무 및 국민 복지에 대한 정권의 책임감을 바탕으로 지배되고 또 운영되고 있다. 그런 나라는 또한 법의 지배를 받고, 제헌 원리 및 정부 구성 원리의 지배를 받는다. 그리하여, 그런 나라에는 논리를 통해, 더불어 그것에 함축된 윤리와 도덕을 통해 성공적으로 접근할 수 있다.

하지만 이 전체적 접근법을 200 이하로 측정되는 나라에 적용할 때는 부적절할 수 있고 또 실패할 운명을 맞이할 수 있다. 그런 나라는 전혀 다른 원리(예 사리사욕, 사적인 권력, 국민에 대한 책임감 결여)에 따라, 윤리와 도덕, 심지어 합법성조차 결여된 상태에서 운영되고 있다. 이들 또한 일차적으로 자부심, 오만함, 경쟁, 보복, 대중매체 이미지에서, 가장 심각하게는 피해망상과 비밀주의와 기만으로 표현되는 국가 지도자의 과대망상증에서 운영된다. 지도자들은 양심의 가책이라곤 없이 어리석음의 지점에까지 이르는 터무니없는 거짓 진술을 한다. 독재자들은 거들먹거리고 과대한 경향이 있는데, 일부는 사실상 정신병적(자기애적이고 메시아적인 자만심은 35에서 60 사이로 측정된다.)이며 과대망상을 품고 있다. 그들은 사실상 숭배받고자 하고 구세주로 보이고자 하며, 그래서 그들의 사진과 지위가 곳곳마다 전시된다. 모두가 '위대한 지도자'에게 경례해야만 하는데 그것은 비밀을 누설하는 증상이다. 온전한 지도자는 단순한 존경으로 만족한다.

과대망상증megalomania의 요소와 그 정신 역동을 이해하는 것은 중요하다. 그것은 본질에서 상습적 범죄 성향(만성적 사회병질자의 사이코패스적 성격)과 다르지 않으며, 후회하고 뉘우칠 수 있는 능력이나 타인에게 책임을 느끼는 능력, 혹은 경험에서 배울 수 있는 능력이 결여되어 있다. 과대망상증의 또 다른 귀결은, 경고에 주의를 기울이지 못하고 귀결을 예측하지 못하는 것이다. (그래서 결국에는 그를 '땅굴'에서 끄집어내야만 한다.)

역사적으로, 많은 메시아적 과대망상광은 개인 책임을 받아들이기보다는 자살로 생을 마감한다. 그 정도의 병리는 보통 사람의 현실과는 너무 동떨어져 있으므로, 그것을 계산에 넣지 않는다면 사회는 중대한 귀결을 맞게 될 수 있다. 그런 범죄적 성격을 다루는 사람들은, 그런 이들이 비디오에 실제로 찍힌 범죄 행각에 대해 오리발을 내민다고 해도 전혀 놀라지 않는다.

200 이하로 측정되는 나라에서는 자기 이익의 원리가 우위를 점한다. 따라서 '평화 추구'와 같은 정치적 겉치레는 선전과 조작적 구호로 이용된다. 평화는 결국 집권당 패배, 군수산업에서 나오는 이윤 상실, 국민 지지와 권력 기반 상실로 이어질 것이다. 200 이하로 측정되는 사회는 전쟁과 분쟁이라는 기초 위에서 번영하고 그 위에 건설된다. 그런 사회는 게임에 능하고, 대중매체 조작, 기만, 그럴싸한 외교적 조처와 선언에 능하다. 또한 군중 히스테리를 조작해 내는 일과 격앙된 상태를 유지하기 위해 비밀리에 자극적인 사건을 조작해 내는 일에 능한데, 예컨대 무고한 아이들을 태운 버스 폭파로 예시되는 극단적 술책으로 적의 분노에 불을 지른다. 그 다음에 양편은 '무고한 피해자' 대 '악한 가해자'라는 기만적 게임을 하는데, 그것은 기본적으로 유혈 스포츠이며, 이성과 인간 생명의 가치가 지배하는 문화에는 완전히 이질적이다. 그 다음에는 극단적인 것들이 우파 종교 원리주의에 의해 '정당화'되는

데, 우파 종교 원리주의는 전쟁의 매혹이 갖는 '황홀감'에 그리고 전 세계 텔레비전 화면에서 무력한 민간인들의 목을 톱으로 천천히 자르는 것 같은 무시무시하고 괴기한 드라마에 중독되어 있다.

미국의 위험천만한 순진성

미국은 민주주의라는 '성배'와 자유의 깃발 흔들기에 심취한 탓에 반복적으로 허를 찔린다. 미국은 자신의 심각한 맹목의 토대를 파악하는 데 자꾸만 실패하고, 그 대신 취약하고 유혹적인 표적을 마침내 공격한 호전적 침략자들에게 비난을 투사한다.

외국 문화는 퀸스베리 규칙[7], '공정함', '정직'을 바탕으로 승부하지 않으며, 거기서 그런 식의 모든 가치는 유아적이고 우스꽝스러운 것으로 간주된다. 200 이하로 측정되는 나라에게 '평화' 개념은 아무런 가치가 없고, 정직과 친절도 그리고 미덕으로 지각되는 성질조차도 역시 그러하다. 미국은 선망과 증오의 대상이며 솔직히 '멍청해' 보인다. 노골적으로 반미적인 유엔에 공손한 태도로 '도움'이나 '찬성'을 구걸하는 나라는, 아무리 잘 봐줘도 명예를 모르는 것처럼 보인다. 미국에서 약함은 연민을 불러일으키는 반면, 공공연하고도 강력하게 대단히 마초적인 세계의 주요 국가들에서, 약함은 자비심이 아닌 경멸을 불러일으킨다. 미국이 생존에 필요한 정보 작전을 으레 병적으로 무시하는 것에 대해서도 같

---

7 1867년, 영국 퀸스베리 후작의 이름으로 발표된 권투의 규칙. 공정한 승부를 강조했고 현대 권투의 기초가 되었다.

은 얘기를 할 수 있다. (기습당하는 것과 허를 찔리는 것은 180으로 측정된다.)

이러한 양상이 진주만 공격, 피그스만 침공, 한국전쟁(50만 중공군 때문에 '깜짝' 놀랐던!), 존 F. 케네디 암살(무개차), 9.11 폭탄 테러, 호전적 이슬람 테러리즘, 방치된 국경과 이민(유럽에서 그 귀결을 보라.), 유엔에 대한 신뢰 등에 선행했다. 이 '성촉절Groundhog Day' 패턴[8]이 반복된 것은 혜안은 물론 책임감 결여, 상대주의적 정치 이데올로기의 내습, 정부가 시민 생존에 책임을 다하지 못한 것을 나타낸다. 동일한 이상주의적 순진함이 1930년대와 1940년대에 미국 나치당은 물론 공산주의의 동조자들을 떠받쳤다. (200 이하로 측정되는 위치를 신뢰하는 것은 치명적이다.)

미합중국은 성자와 같은 대중매체 이미지를 유지하려고 무진 애를 쓴다. 실제로 전투에서 승리하는 것보다 이미지가 더 중요해지게 되었다. 순진하게도 미국은 자신이 성자 이미지를 갖고 있으면 세계가 미합중국을 사랑할 거라고 생각한다. 하지만 이보다 더 진실과 거리가 먼 얘기는 있을 수 없다. 그 결과는 사실상 국제적 망신이었다. 세계는 지금 발포를 자청하고 있는 대단히 거친 도전자들의 위협을 받고 있다. '꿈을 깨고 정신 차리라'는 요구는 갈수록 커져 가고, 부정의 대가는 점점 혹독해지고 있다.

저자의 어린 시절에서 불러낸 한 장면이 예증이 될 수도 있다.

---

8 이것은 빌 머레이 주연의 영화, 「사랑의 블랙홀Groundhog Day」과 관계있는 얘기다. 이 영화에서 기상 캐스터인 주인공은 성촉절 취재를 위해 지방 출장을 가는데, 아침에 눈을 뜨면 매번 같은 곳에서 같은 날이 시작된다.

열두 살 가량의 어느 안경 낀 외배엽형[9] 소년이 열심히 플라톤을 읽는 동안, 중배엽형[10] 또래들은 씨름, 축구, 다양한 스포츠와 남성성에 몰두하고 있었다. 엄격한 기독교식 훈육에 따라 소년이 주입받은 의무적 가치는, 싸우지 않는 것과 '다른 쪽 뺨을 돌리라'는 것이었다. 괴롭힘을 당하면 참았지만, 싸우지 않는 것은 문제를 해결하는 것이 아니라 악화시키는 것처럼 보였다. 소년은 예방책과 회피책이 되어 주길 바라면서 이런저런 방법을 써 보았지만, 결과는 코피가 터지고 얻어맞고 하굣길에 기습당하는 것이었다.

할아버지는 드디어 "그만하면 됐다."고 선언하고 손자를 어느 체육관의 권투 교실에 넣어 주었고, 그래서 아이는 '모기 체급반'에서 시작해야 했다. 남성적인 '자기 방어술'을 배우자, 같은 성가대 소년들의 '집적거림'은 줄었고 그것은 결국 커진 자신감과 안전한 느낌으로 귀결되었다. 그런데 어느 날, 거친 동네에 혼자 갔다가 '시빗거리를 찾는' 험악한 태도의 불량배를 만났다. 그는 권투 교실 문하생이 아니라 '무조건 이기고 본다'는 전혀 다른 규칙을 갖고 노는 '더러운 거리의 싸움꾼'이었다. 그에게 '허리띠 아래'인 사타구니를 걷어차인 다음, 소년은 다음과 같은 교훈을 안고 집에 돌아왔다. 거리의 닳아빠진 거친 싸움꾼에게 걸려들었을 때는 절대로 '퀸스베리' 규칙에 의존하지 마라. 만약에 그랬다가는 길바닥에 누운 채 영악한 군중에게 야유를 받는 신세가 될 것이다. 그런 군중에게 점잖

<hr>

9 H. 셸던의 체형 분류에 의하면 마르고 호리호리한 체격이다.
10 근육질에 건장한 체형이다.

음은 약함의 표시이자, 나약하게 지각된 대상에 대한 경멸을 불러
일으키는 만만한 표적이다.

거리 문화의 구성원들은 모두가 위의 교훈에 대해 알고 있다.
‘패거리’ 안에서 ‘창피당하는’ 걸 허용하는 것은 바로 그 때문에
치명적일 수 있고 그리고 흔히 치명적이다. 유화책은 겁먹은 것으
로 보이고, 취약성은 초대하는 것으로 보인다.

이와 대조적으로, 200 이상의 측정치는 성실성, 온전함, 정직할
수 있는 능력, 그리고 주민 복지에 대한 관심의 출현을 가리킨다.
이들은 200 이하에 있는 이들에 비해 훨씬 더 온전하다.

300대로 측정되는 나라는 성공적 생존의 진짜 기초에 도달했
고, 실행 기법을 통달했으며, 열정, 야심, 단결, 공평한 보상의 가
치를 발견했다. 그래서 300대의 사회에는 합리성에 호소하며 그
사회의 교육, 상업, 과학 기술, 과학, 보건상의 필요에 대한 지원
같은 더 이상의 발달 기회를 제시하며 접근할 수 있다. 300대에는
지원 자체의 가치를 알아보는 안목이 있다.

200 이하의 정부에게 참된 민주주의는 명백한 위협인데, 그런
정부는 정치권력의 이윤이나 이득과 같은 목표에 도움이 된다면
민주주의에 대해 듣기 좋은 말을 할 수도 있다. 그리하여 유사 민
주주의가 나타날 수 있지만, 민주주의의 실행은 말뿐이고, 그런 정
부는 본질적으로 전과 동일한 온전치 못한 원리에 따라 계속 운영
된다. 그러나 이제 온전치 못한 운영은 그러한 정치 구조 자체의
운영 안에서 은폐된다. 예를 들면, 정부는 공식적으로는 민주제이

지만 운영상으로는 부패해 있다. 살펴보면, 나라들의 부실한 하부 구조에 대한 소문난 '만능'의 마술적 해결책으로 미국이 민주주의를 과도하게 이상화하는 것은 현실적이지 않게 보일 것이다. 그리고 미국의 공격적 전도는 흔히 감사보다는 분개를 낳는 것으로 보인다. 어느 논평에서 말하고 있는 것처럼, "미국은 자신의 집단적 태도와 문화 그리고 세계에 대한 일반적 무지가 다른 국가들에 어떤 영향을 미치는지에 관한 기본 개념이 결여된 듯하다."(《필라델피아 트럼펫》, 2004년 2월)

100대 초반이나 그 이하의 나라들은 기본적 생존이 위협받는 현실에 처해 있고, 따라서 그런 나라들이 생존 위기의 어디쯤에 있는지에 대한 각성이 있어야만 현실적으로 접근하는 것이 가능하다. 불모지에서는 총, 소, 물 푸는 펌프, 혹은 운반 수단을 소유하는 게 훨씬 중요하다. 국민들은 문맹이고, 정부를 움직이는 것은 정실情實, 뇌물, 부족 간의 전쟁, 그리고 여전히 부족적이고 전봉건적인 말 많은 봉토封土다. 그런 사회에서는 약자에 대한 강자의 유린과 학대가 받아들여진다. 지배는 총칼과 배신에 의거하며 그것은 표준으로 수용된다.

일례로, 아프가니스탄은 양귀비의 본고장이고 그리하여 세계 헤로인의 주산지인데, 돈, 총, 정치권력이 양귀비에서 나온다. 아프가니스탄 분쟁이 끝났을 때도 양귀비 밭은 건재했다. 미국이 앞세운 '마약과의 전쟁'을 고려할 때 흥미롭게도 그러한 타협은 공개적 토론을 거의 불러일으키지 않았는데, 하지만 중증도 분류 과정에 포함된 요소를 본다면 그것은 설명 가능하다. 지역적 돈줄

(양귀비 밭에서 나오는)이 없었다면, 미국은 굶주린 주민 전부를 먹여 살리는 비용과 함께 적대적 선전 공세에 직면했을 것이다. 하지만 미국은 그것을 헤로인 중독에 빠진 사회들에 들어가는, 역시 수십억 달러에 달하는 비용과 견주어 보았어야 했다. 또한 양귀비 밭을 놔두는 것을 허용함으로써(알카에다에게 양귀비 밭을 없애라고 4,000만 달러를 지급한 뒤에), 미국은 부족장들의 협조를 얻어 낼 수 있었다.[11]

의식 연구 데이터와 기법은 예전의 어느 중대한 세계 분쟁에 대한 적용으로 사실상 실증되었는데, 그곳에서의 실패는 중대한 귀결을 초래했을 것이다. 그때의 적용에서 모든 요인이 다 측정되었는데, 측정된 요인들 중에는 다른 조건하에서 우세해질 의도가 들어 있었다. 정확성을 기하여 그렇게 했을 때, 탄도미사일 전쟁을 예방하는 데 필요한 적확하고 성공적인 조처가 무엇인지가 드러났다. 이미 묘사한 원리를 적용한 이 사례에서, 문제 해결은 신속하고 성공적이었다.

핵전쟁의 가능성을 포함하고 있는 지금의 세계에서 오류가 허용될 수 있는 여지는 좁아졌으며, 그래서 점점 큰 정밀함, 지식, 지혜가 요구된다. 다른 문화들이 우리의 가치를 통합할 거라고 기대하는 것은 비현실적이다. 그 보다는, 다른 문화의 가치는 무엇인가에 대한 이해를 가지고 그들에게 접근할 필요가 있다.

11　2000년, 미국은 아프가니스탄의 탈레반 정부에게 양귀비 밭을 불태우는 비용으로 4,300만 달러를 건넸다.

외교학과 국제 관계학의 육성

모든 국가의 운명은 외교적 정치적 전문성에 달려 있다. 그것에 결함이 있거나 오판이 일어날 때, 그 비용은 엄청나기 마련이어서 수백만 명이 죽음으로 그 값을 치른다. 단 한 번의 큰 오판조차 전 세계를 전쟁으로 몰아넣을 수 있고 그래 왔다. (예 2차 대전 이전 네빌 챔벌린이 아돌프 히틀러를 오판한 것, 혹은 진주만 공격이 있기 전 미국의 전쟁성 장관 스팀슨이 일본의 전쟁 계획에 대한 정보부 보고를 무시한 것) 그와 같은 중대한 오류가 문명의 역사 전체에 걸쳐 반복되었는데, 문명의 역사에서는 모든 제국이 과대망상광의 변덕스러운 통치를 받았다. 국제 외교의 최우선적 중요성에 비춰 볼 때 인류에게 사실에 기초한 과학을 발전시키는 것보다 더 시급한 일은 없는데, 핵 시대인 지금 인간 자체의 생존조차 그것에 달려 있다.

1차 대전의 참화 뒤에, 국제연맹[12]은 국제 분쟁을 해결할 수단이 되리라는 기대를 모았지만, 그것을 대체한 유엔과 마찬가지로 그런 조직은 무용지물이라는 것이 증명되었다. 국제연맹과 유엔은 이론상으로는 이상주의적이었으나 실제에서는 무력했다. (국제연맹은 185로 측정되고, 유엔은 전체적으로 190으로 측정된다. 국제형사재판소는 195로 측정된다.)

유엔은 성공적인 인도주의적 구호 조직임이 증명되었으나, 해결책보다는 주로 수사(185로 측정)를 생산해 왔다. (유엔 정무 위

....

12 유엔의 전신.

원회는 180으로 측정된다.) 유엔의 전체적 위치는 반미적이다. (미국은 유엔 비용의 25퍼센트 가량을 지불하는 것 외에도, 맨해튼에서 가장 입지가 뛰어난 이스트 강변에 유엔 본부 건물을 제공해 주고 있다.) 인류는 185에서 190의 무능한 수준으로 측정되는 조직의 손에 자신의 운명을 맡길 수 없다. (누가 그런 무능력자 수준에 있는 신경외과 의사나 조종사를 원하겠는가?) 생존하려면, 인류는 감상주의(190으로 측정), 수사, 궤변(195로 측정)이라는 버팀목을 치워야 한다. 모든 실제적인 사업가들은, 비현실적 제안을 가장 외교적으로 처리하는 방법은 그것을 위원회에 배정하여 고사시키는 것임을 알고 있다. 유엔은 궁극의 위원회다.

지도 1. 우세한 의식 수준의 분포: 서반구

전체적 측정치 355

이 초보적인 개괄적 조사에서조차, 서반구가 주로 전체적으로 온전한 분위기에서 돌아간다는 것은 명백하다. 오직 아이티만이 훨씬 아래인 55 수준으로 측정된다. 아이티는 최근 역사에서 뒤발리에 부자의 재앙에 가까운 지배를 겪었고, 괴기스러운 잔학 행위로 이름난 악명 높은 억압적 경찰력을 겪었다. 주민들 또한 피의 희생 의례로 대표되는 부두교(측정 수준 50) 습속에 휩쓸리고 있다. 과거의 경제원조 시도는 역설적으로 빈곤을 악화시켰는데, 그것은 출산율 증가 효과 때문이었다.

또한 주목할 만한 것은, 피델 카스트로 정권(측정 수준 185)의 지배에도 불구하고 쿠바 주민은 약 255로 측정된다는 점이다. 이는 통치자, 주민, 정부 자체 간의 대단히 흔한 격차를 반영한다. 실제에서, 외교적 협상을 할 때는 세 가지 구성 요소, 즉 국민, 정부, 그리고 통치자나 지도자의 각각의 측정 수준을 아는 것이 중요하다. 최근 역사에서, 카스트로는 테러리스트와 테러 조직들의 첫 번째 실세계 회합을 주선했는데, 전 세계 테러리즘이 거기서부터 분출했다. 전제 군주, 폭군 이반, 레닌, 히틀러, 스탈린, 그리고 그 밖의 인물은 대단히 낮게 측정되어 심지어 40 수준의 코모도왕도마뱀이나 연쇄살인자(30~35 수준)와도 경쟁할 지경이다. (즉, 의식 수준 30인 폴 포트)

동반구의 전체적 상황은 서반구와 적나라한 대조를 이룬다.

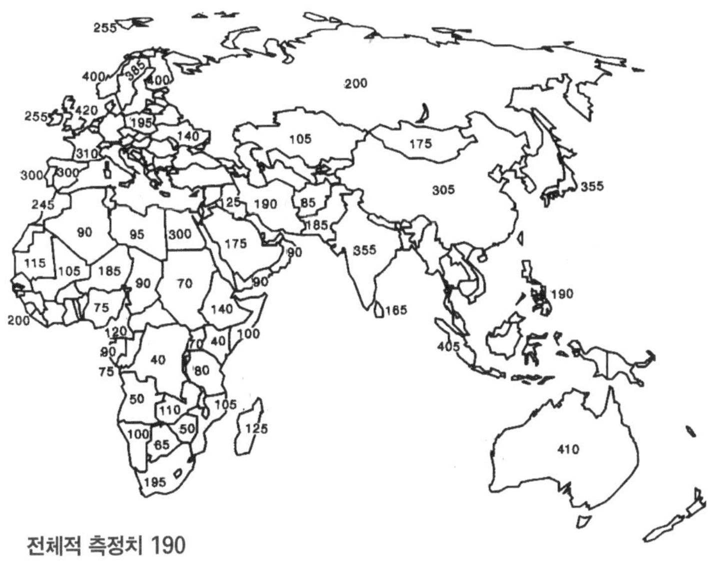

전체적 측정치 190

이곳에서는 거의 확실한 대화재 밑에 깔린 불씨가 보인다. 오스트레일리아는 서구 문화의 합리성을 반영하고, 북유럽, 인도, 러시아는 지금 조용한 듯한데(전체적으로), 심지어 중국조차 그러하다. 가장 불길해 보이는 곳은 현재 아프리카, 특히 북아프리카와 중동이다.

지도 3. 의식 수준의 분포: 아프리카와 중동

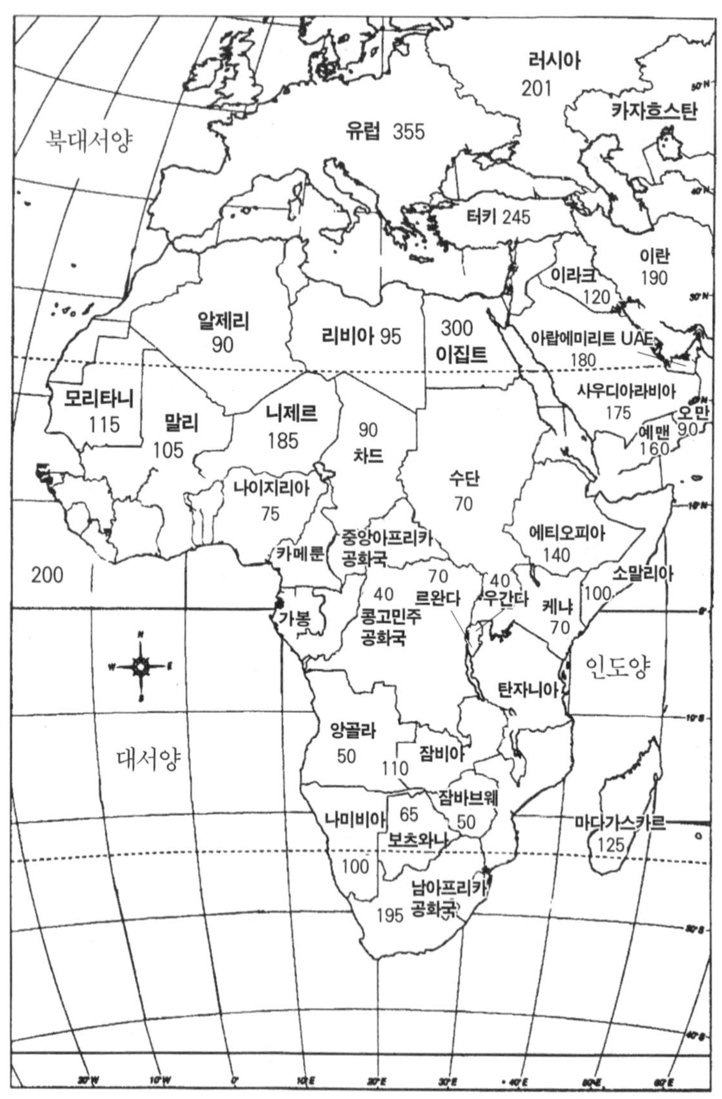

이집트	300	오만	90
이란	190	팔레스타인	185
이라크	120	사우디아라비아	175
이스라엘	190	시리아	160
요르단	185	터키	245
쿠웨이트	190	아랍에미리트	180
레바논	130	예멘	160

지도 3을 훑어보는 것만으로도, 근세는 물론이고 현대의 세계 분쟁과 전쟁의 기초가 드러난다. 100 수준 이하로 측정되는 지역은 만연한 질병, 영양실조, 높은 출생률, 높은 영아사망률, 짧은 수명, 문맹은 물론 내부 문제와 기아로 피폐해져 있고 지역민에게 유린당하고 있는 것이 특징이다. 이런 지역은 모든 파벌로 인해 매우 약해져서, 그 자체로는 세계 평화를 위협할 만한 힘이나 자원이 부족하다.

그러나 북아프리카와 중동의 상황은 전혀 다른데, 왜냐하면 180에서 195의 의식 수준에 있는 나라들에는 지금 충분한 돈과 자원이 있고, 그에 더해 진짜 위협이 될 부정적이고 적대적인 태도가 있기 때문이다. 그런 수준으로 측정되는 경쟁국들은 불길한 짝을 구성한다. 개입하는 무리들은, 선의의 노력이 증오의 불길을 부채질하는 데 그칠 수도 있다는 것과, 그들은 십중팔구 적으로 지각될 터이고 그 노력(부탁받지도 않았는데 길거리의 부부 싸움에 끼어든 것 같은)에 대해 비방과 공격을 당할 가능성이 높다는 것을 사전에 경고받을 필요가 있다.

실용적 해결

아주 간단한 도표를 통해, 외교적 난국과 악전고투의 본질을 빠르고도 분명하게 읽어 낼 수 있다.

관계에 대한 기본적 진단표

	'그들'				'우리'
신에 대한 관점	자기에 대한 관점	수준	로그		로그
사랑하는	온건한	사랑	500		500
현명한	의미 있는	이성	400		400
너그러운	조화로운	수용	350		350
영감을 주는	희망적인	자발성	310		310
할 수 있게 해 주는	만족스러운	중립	250		250
허락하는	실행할 수 있는	용기	200		200
무관심한	요구가 많은	자부심	175		175
복수심을 품은	적대하는	분노	150		150
부정하는	실망스러운	욕망	125		125
벌하는	겁나는	두려움	100		100
냉담한	비극적인	슬픔	75		75
선고하는	희망 없는	무감정, 증오	50		50
보복하는	악	죄책감	30		30
멸시하는	가증스러운	수치심	20		20

국제 관계에 대한 진단표

다른 나라				미국
신에 대한 관점	**자기에 대한 관점**	**수준**	**로그**	
사랑하는	온건한	사랑	500	421
				421
현명한	의미 있는	이성	400	400
너그러운	조화로운	수용	350	350
영감을 주는	희망적인	자발성	310	310
할 수 있게 해 주는	만족스러운	중립	250	250
허락하는	실행할 수 있는	용기	200	200
무관심한	요구가 많은	자부심	175	175
복수심을 품은	적대하는	분노	150	150
부정하는	실망스러운	욕망	125	125
벌하는	겁나는	두려움	100	100
냉담한	비극적인	슬픔	75	75
선고하는	희망 없는	무감정, 증오	50	50
보복하는	악	죄책감	30	30
멸시하는	가증스러운	수치심	20	20

차트 주석: 캐나다 415 / 남미 300~360 / 중국 300 / 유엔 185~190 / 중동 180 / 중앙아프리카 40~80

기본적 관계 진단표는 기대치와 효율적 의사소통 양식, 예컨대 광고, 지역사회 복지 프로그램, 사업, 관료적 사안과 같은 것들을 명료히 하기 위해, 그 어떤 관계 상황에든 적용할 수 있다.

이 진단표를 국제 관계에 적용하는 데는 한 나라의 주민, 국가

지도자, 현실의 정부 운영, 외교 대표자들 간에 흔히 폭넓은 격차가 있음을 깨닫는 것이 중요하다. 국제 상황에 대한 적절한 진단을 통해, 수천만 명의 생명을 앗아 간 과거의 대참사가 되풀이되는 것을 방지할 수 있다. 이는 다음 장에서 명약관화해질 터인데, 대참사로 가는 장치는 적나라하게 분명하고 그것에 함축된 의미는 압도적이다.

순진성이란, 모든 사람이 아주 똑같고 비슷한 가치와 동기, 기준, 일반적 도덕성을 지니고 있다고 추정하는 것이다. 이는 외교적 사안에서는 위험한 오판인데, 지난 세기에 1억 명 이상이 그로 인해 사망했다.

위험한 정치 지도자의 특징

무자비한, 언변이 뛰어난, 교활한

인간 생명을 배려하지 않는다

진실에 가치를 두지 않는다

으레 거짓말을 하며 그것이 정상이다

사실은 아무래도 상관없다

어떤 대가를 치르고서라도 따낸다, 포식적

도덕이나 윤리의 부재

영적 가치의 부재

인도주의적 이상의 부재

타인에 대한 관심의 부재

거래에서 이득을 본 데 대한 자부심

평화는 아무래도 상관없다

허영심 강한, 잘난 척하는, 전제적인

개인적 명예심이 없다

무신론적, 탐욕스러운

종교는 도구에 불과하다

복수심 강한, 질투심 많은

선망, 악의, 미움

악의적, 심술궂은

사랑할 줄 모르는

수사를 쏟아 낸다, 허풍스럽다

정직한 척한다, 기만적

교묘한 기만에 흐뭇해한다

정복하고, 따내고, 물리치는 데만 가치를 둔다

가족과 사회를 기꺼이 희생시킨다

조작적, 교묘한, 무자비한

권력 지향적, 한도의 부재

욕심은 가치 있는 것이고 괜찮다

남들이 거짓말하고 있다고 추정한다

정직함에 가치를 두지 않는다

약점을 조롱한다

가학적, 잔인한

타인의 괴로움을 즐긴다
분쟁 위에서 번창한다

인류와 동일시하지 않는다

애국심과 온전성을 조작한다

인명 손실에 대한 관심의 부재

기꺼이 '우물에 독'을 풀려고 한다

정직성, 온전성을 약점으로 얕잡아본다

과대한 칭호(위대한 지도자 등)를 사칭하고
웅변과 수사에 능하다

죄책감을 느낄 줄 모르는, 양심의 부재

여자와 아이들을 경멸한다

이기적, 자기애적
허영심 강한, 자기중심적

허위 비난을 한다

남들이 자기와 같다고 가정한다

순진한 변증자들을 끌어당긴다

논리나 이성으로 제어되지 않는

엄청난 오판을 할 수 있는

피해망상적, 경계하는, 방어적인

결국은 과잉 반응하고 실패한다

귀결, 역효과에 대해 알지 못한다

군대를 총알받이로 본다
약자는 그런 운명을 겪어 '마땅하다'

양심의 가책, 윤리, 혹은 도덕 부재
허위 비난도 괜찮다

정직성과 온전성을 싫어한다

샘나는 인물을 싫어한다

연민의 부재, 폭력적
테러, 협박을 찬양한다

죄, 카르마, 책무, 온전성에 대한
개념의 부재

연극적으로 과시한다

양심의 가책 없이 타인을 이용한다

기꺼이 자신의 영혼을 팔아서 이득을 얻으려 한다

부하들을 끌어당기고 그들에게 가치를 둔다

아첨을 양식으로 한다

통제하는, 횡포한
믿음이 없는, 후회의 부재

자신의 실패에 대해 남을 비난한다

부와 겉치레를 추구한다

'마초'적 태도, 장화, 채찍을 과시한다

거짓 독실함
착취한다, 종교 뒤에 숨는다

정상인을 얼간이로 본다
인종적 종교적 편견

유혹적, 추종자를 모집한다
동포에 대한 충성의 부재

인간 생명에 가치를 두지 않는다

공정함, 균형, 혹은 남에 대한 배려에
가치를 두지 않는다

용서할 줄 모르며 복수심이 강한

폭력을 정당화하려고 피해자 행세를 한다

과대망상광, 과대한

생명을 기꺼이 파괴하려고 한다

불합리한 그러나 현혹시키는

지성적이라기보다는 영리한

타산적, 획책하는

부패를 부추기고 지지한다

독실한 척하는, 신성모독의

기꺼이 거짓 증언을 한다

무구하고 순진한 이들을 착취한다
약자와 취약한 이들을 유린한다

주민을 바보천치, 개로 여긴다

충성을 제거와 죽음으로 갚는다

본래 정직하지 않으며, 진실에 저항한다

죄책감이나 심지어 '적당한 뉘우침' 조차
거부한다

자신이 법 위에 있다고 여긴다

통찰력 결여, 가차 없는

몰인정한, 극단주의자

괴로움에 둔감하다	야만적이다(톱으로 목을 천천히 잘라 낸다)
잔인성, 죽음, 고통과 괴로움을 묵과한다	분쟁을 조성한다, 식언한다
	심한 고문을 선호한다
기꺼이 타인을 피폐하게 만드는	구획되어 있다
억제하는 것이 없다, 극단주의자	공적으로는 '선한 얼굴'을 갖는다
범죄자를 심복으로 부린다	'무고함'을 내세운다
'퀸스베리 규칙'이나 공정함을 얕본다	두려움과 협박을 이용한다
	협약을 어긴다

해설

이상(집단적으로 의식 수준 80으로 측정되는)으로부터, 온전한 외교관들은 물론이고 보통 사람이 개인적으로든 집단적으로든 지상의 삶에서 다뤄야 하는 낮은 힘을 으레 엄청나게 오판하는 이유가 분명해지게 된다. 역사가 증언하는 또 다른 중요한 귀결은, 순진한 사람은 포식자와 맞닥뜨릴 때 온전성을 약점으로 잡힌다는 것이다. 포식자는 '바보들'이 셈을 치르고 인명 손실을 걱정하고 타인의 안녕을 염려하는 것에 의존한다. 이렇듯 정직한 사람들은 손쉬운 목표물이며, 조작에 쉽게 넘어가, 흔히 고결한 해방자이자 이른바 '민중' 영웅인 양 포즈를 취하는 영리한 폭군을 앞다퉈 포용하고 총애를 얻으려 하는 동조자이자 변증자가 된다. (히틀러, 폴 포트, 후세인, 스탈린, 카스트로, 일본 천황, 빈 라덴을 포함하는 인물들은 '적'보다는 자국민을 더 많이 죽였다.)

피해자역과 순진성은 패자의 유희이며, 그것이 정치와 외교에 함축하는 의미는 명약관화하다. 미국과 미국 언론은 '공정함' 등의 독실한 기분에서, ~척하고 노는 것을 좋아한다. 그것은 '앉아 있는 오리'[13] 사냥감이다.

온전한 사람들은 위에 나열한 비온전성의 특성이 갖는 모든 부정적 성질에 대해 한탄할 수도 있지만, 그것을 타인을 지배하는 현실(정복할 수 없는 무지의 원리)로서 고려하고 존중해야 한다. 미국인은 전 세계에서 순진하기로 유명하고 손쉬운 목표물로 간주된다. ("그 사람들은 여유가 있으니까." 혹은 "그들은 당해도 싸.")

수십억 명의 문화 전체에서, '정직성'은 이질적 개념이자 사실상 우스꽝스러운 것으로 여겨지고, 성공한 수지맞는 사기는 칭찬받는다. 모조품을 진품 가격으로 미국인에게 파는 것은 칭찬받을 만한 일로 간주된다.

200 이하로 측정되는 나라와 지도자 혹은 정권은, 진실에도 자유에도 정렬되어 있지 않으므로, 본원적으로 신뢰할 수 없다. 실제로 많은 나라들이, 미국과 미국민은 물론이고 그 서구 문화와 가치를 죽이고 파괴하는 일을 사실상 권장하는, 증오 정책을 공공연하게 펴고 있다. (Freedom House Report, 2005)

야만적 살인 제국과 정권, 통치자들이 왔다가 갔는데, 역사는 그들을 알아보고 적절히 대처하는 데서 실패한 재앙에 가까운 귀결로 가득하다. 그러한 정권은 오늘날에도 매우 활동적이고 활발하며, 과거에 그랬던 것처럼, 어떤 대가를 치르더라도 세계 지배를

---

13 잘 뛰지도 못하는 오리가 앉아 있으면 사냥꾼에게는 그야말로 손쉬운 목표물이 된다.

위해 밀어붙이고 있다.

허구적인 피해자/가해자 모델을 버린다면, 피해자 역시 독실한 무구함으로 분장한 유혹적 취약성을 이용하여 가해자의 범죄 성향을 부추기고 자극하는 유해한 게임을 하고 있음을 알 수 있다. 그것은 마찬가지로 온전치 못하고 교활하다. 선동가는 무구함이라고 소문난 가면을 뒤집어쓴 채, 이른바 선량함의 그리고 이기적인 도덕적 우월성의 외양을 내세워 책임이 없는 척한다. 아이들은 누구나 이 게임을 알고 있으며, 부모와 교사를 상대로 그런 게임을 한다. 이렇듯, 유혹자의 초대하는 태도는 공공연한 공격자의 태도와 마찬가지로 위험하다.

이것은 지금 미국 문화에서 '극좌'와 학계의 이데올로기로 대표되는 역할인데, 그런 이데올로기는 거실 속의 코끼리처럼 명약관화한 고위험 요소에 대한 정직한 평가를 악마로 본다. 2차 대전, 진주만 공격, 9.11 월드 트레이드 센터 폭탄 테러에 책임이 있는 것은 바로 이 같은 변증자였다. 역설적이게도 변증자의 궤변은 사실상 더 정직하고 노골적으로 솔직한 공격자의 호언장담보다 실제로 더욱 위험하다. 생존은 이상의 사실을 식별할 수 있는 능력에 달려 있고, 그리고 죽음은 그렇게 하는 데 실패한 귀결이다. 변증자는 다시 말해 범죄자다. 우둔함으로는 생존의 세계에서 방어하지 못한다. 포식자에게, 앉아 있는 오리는 차 안에 열쇠를 꽂아 놓은 채 문을 잠그지 않은 차 주인처럼, '당해도 싸다.'

온전성과 참된 정직성은 눈물 짜는 감상도, 성인군자인 척하는 텔레비전 이미지의 '고고한' 이미지 게임도, 독실한 척하는 영성도 아니다. 진실은 삽을 삽이라고 부른다.[14] 진실의 검이 평화와 자유를 향한 길이다. 거짓은 죽음, 파괴, 고뇌를 가져온다. 진실의 검 Sword of Truth과 정렬하지 않는다면, 사람은 결국 강철 검에 맞닥뜨리게 된다.

---

14 이 말은 있는 그대로 솔직히 토로한다는 의미의 관용적 표현이다.

진실과 전쟁

서론

인간 역사에서는 다른 어떤 원인보다 전쟁의 결과로 죽은 사람들이 많았는데, 심지어 역병과 기아 혹은 자연재해조차도 그것이 아무리 엄청났다 해도 전쟁만큼은 아니었다. 이 사실과 전쟁의 무시무시한 참화에도 불구하고, 사회는 여태껏 그 밑바탕에 있는 결정적인 병리적 요소를 진단하거나 확인해 내지 못했다. 그리하여, 소문난 예방책들이 그동안 형편없이 실패한 것은, 전염병이 바르게 진단되고 그것이 독기, 점성술적 영향력, 혹은 '나쁜 공기' 등이 아닌 병원균과 감염에 기인한다는 것이 밝혀지기까지는 병을 치료할 수 없었던 것과 같은 이유 때문이었다.

거머리와 사혈이 폐기되고 페니실린과 다른 약물이 도입되었을 때, 항생제와 현대 제약의 완전히 새로운 시대가 열렸다. 이번 생에서만도, 가장 기억에 남는 것들만 거명해도 소아마비, 장티푸스, 말라리아, 페스트, 황열, 디프테리아, 패혈증, 중이염, 뇌농양, 뇌막염, 결핵, 매독과 같은 감염성 질환의 무수한 희생자들이 전염병을 고쳐달라고 병원을 압박했다. 이런 질병을 회상하는 것은, 올바른 진단이 내려지기까지는 치료가 가능하지 않다는 걸 강조하기 위해서다. 치료법의 발견이 지체된 것은 필요한 과학 기술이 부족했기 때문이었는데, 그러나 현미경이 발명되고 세균학이 발달하면서 박테리아라는 숨은 배양균이 확인되었다. 그 다음에, 우연하게, 알렉산더 플레밍 경이 페니실린을 발견했다. 항생제가 개발되지 않았다면, 그리고 혹독하게 비판받는 제약 산업이 없었다면, 현재 인구의 많은 부분은 살아 있지조차 못할 것이다.

이와 비슷하게, 사회적 질병의 원인균은 현미경에 상당하는 것을 통해 현재 식별 가능한데, 그것은 우리가 시간과 공간을 넘어서 의식이나 생각조차 실제로 측정할 수 있도록 해 주는 기법 덕분이다. 그리하여, 우리는 지금 연구할 수 있으며, 인류가 겪는 괴로움의 뿌리를 찾아낼 수 있다.

전쟁은 낮은 힘에 의한 행위의 사회적으로 극단적인 시위인데, 전쟁 발발은 상황을 구성하는 요소들에 대한 단순한 측정을 통해 사전에 예측할 수 있다. 그러한 요소에는 상호 작용하는 나라들, 그 나라 정부, 지도력, 활성화된 요소들이 포함된다.

기본 전제

평화는 진실이 지배할 때의 자연스러운 상태이고, 전쟁은 거짓의 귀결이다. 인간 문명의 역사에서, 평화는 단 7퍼센트의 시대를 지배했고, 전쟁은 93퍼센트의 시대를 지배했다! (이는 '진실'로 측정된다.) 전쟁의 기초는 무지이다. 이는 인간의 마음이 진화상의 조건으로 인해 진실과 거짓을 식별하지 못한다는 사실의 자동적 귀결이다. 그리하여, 사람들은 참된 지도자와 과대망상광을 구별하지 못한다.

인간의 타고난 무구함(진실과 거짓을 구별하지 못하는 인간 마음의 구조적 무능력)으로 인해, 사람의 마음은 설득력 있는 수사, 궤변, 선전에 반응하여 허위로 쉽게 프로그램된다. 이러한 기본적 한계를 인지하고 바르게 이해하는 데 실패한 대가는 고뇌, 죽음, 대량 파괴의 참사이고, 그에 더해 뒤따르는 부채, 슬픔, 죄책감, 수감자, 그리고 증오다. 또한 장기간의 스트레스, 고통스러운 기억, 격렬한 고통은 물론 정신적 외상이 거기 포함된다.

진단적 측정치

임계 요소는 맹검법을 통해 그 자체를 적나라하게 드러낸다. 전 세계 인구 가운데 약 78퍼센트의 의식 수준이 임계 수준 200 이하인 반면, 미국에서는 인구의 51퍼센트가 200 이상으로 측정된다. 미국의 전체적 의식 수준은 421인데, 이는 세계 최고이며 상당한 의의를 갖는 사실이다.

2차 세계대전

측정치

200 이상의 위치		200 이하의 위치	
윈스턴 처칠	510	아돌프 히틀러	45
루스벨트 대통령	499	요세프 스탈린	90
트루먼 대통령	495	무솔리니	50
아이젠하워 장군	455	하인리히 히믈러	40
맥아더 장군	425	제삼제국	70
미 정부	395	네빌 챔벌린	185
주일 미국대사관	300	주미 일본대사관	55
노르망디 침공	365	일본 정부	130
로버트 오펜하이머(초기)	435	로버트 오펜하이머(후기)	70
미국의 전쟁 포로 처우	255	로스 알라모스 이중간첩	70
미국의 일본인 억류	235	국제연맹	185
하이젠베르크	465	반전론자	145
베르너 폰 브라운	400	전쟁성 장관 스팀슨(위치)	180
미군	315	진주만 공격	45
독일군	205	요세프 괴벨스	60
중증도 분류triage	390	나치의 포로 처우	70
로스 알라모스	400	일본의 포로 처우	40
롬멜 장군	203	나치의 유럽 침공	40
레니 리펜슈탈	450	강제수용소	30
진주만의 미군	250	런던 공습	30
영국 정보부, M I -6	210	요세프 멩겔라(의사)	15
KGB 정보부	210	'캠브리지 5인'	95

카미카제 조종사	390	로젠버그 부부	40
독일 공군	345	클라우스 푹스	115
히로히토 천황	200	해럴드 필비	110
도조 히데키	205	윌리엄 조이스	100
야마모토 장군	205	반역자들	30
양심적 참전 반대자	210	호호경[1]	50
82 공수 사단	465	진주만 공격 이전의 미국 정보부	190
터스키기 비행대	465	'도쿄 로즈'[2]	85
101 공수 사단	465		
나바호 암호 해독자들	375		
클라우스 폰 슈타우펜베르크 대령[3]	440		
미국 정보부(후기)	295		

데이터는 비교적 자명하고, 놀라운 것은 거의 없다. 주목할 만한 것은, 흔히 카미카제 조종사를 포함하는 군대와 전사들이 그 지도자들에 비해 훨씬 온전하다는 것이다. 그들은 정말이지 말 그대로 '총알받이'인데, 온전치 못한 지도자들은 자신의 팽창된 에고를 만족시키기 위해 군대 전체가 죽음이 예정된 길로 가도록 사실상

---

1 2차 대전 당시, 아일랜드 출신의 윌리엄 조이스는 나치의 대영對英 라디오 선전 방송을 담당했는데 귀족적인 말투 덕분에 '호호경Lord Haw Haw'이라는 별명을 얻었다.

2 일본의 대미 선전 방송의 여성 진행자들을 가리키는 별명이다.

3 1944년 히틀러 암살을 시도했으나 미수에 그쳐 처형당했다.

방치해 두는 일이 많다. 그런 지도자는 자신의 군대가 불필요하게 학살당하도록 놔두고(예 스탈린과 히틀러의 군대), 심지어는 승리를 거둔 장군과 귀환한 승전 부대를 죽여 없애거나 혹은 강제노동 수용소에 집어넣음으로써, 자신의 군대에 대한 충실성 결여를 드러낸다.

보통 사람들에게, 그렇게 지위가 높은 이들의 내면에 그와 같은 도덕적 결핍이 있을 수 있다는 것은 상상조차 하기 어렵다. 고찰해 보면, 과대망상광은 '악성 메시아적 자기애'라는, 네로가 앓았던 것과 비슷한, 상당히 특수하며 믿을 수 있게 진단 가능한 정신병을 앓고 있다고 진단할 수 있다. 이러한 이해가 있을 때 연민을 가질 수 있게 되는데, 많은 폭군이 온전한 동기를 갖고 출발했다는 깨달음이 그런 연민을 갖는 데 도움이 된다.

과대망상광은 연쇄살인자와 동일한 수준으로 측정되며 범죄 성향의 한 형태를 나타낸다. 인간 삶의 파노라마에는 최대의 범위를 갖는 영적 선택이 포함되어 있다. 극단적으로 낮은 선택은 격세유전적 퇴행을 반영하는 듯한데, 그러한 퇴행에서는 인간 뇌의 뒤쪽에 여전히 존재하는 파충류의 후각 뇌가 우위를 점한다. 그것은 45로 측정되는 일본의 진주만 공격과, 그보다 더 낮은 35로 측정되는 9.11 월드 트레이드 센터에 대한 지하드 공격에 반영되어 있는 것을 볼 수 있다. 수년 전의 오클라호마 연방 건물 공격 역시 동일한 범위로 측정된다.

'임계 요인 분석'(Hawkins, 1995)을 통해, 어떤 복잡계 내에서 최소한의 노력으로 최대의 결과를 산출할 수 있는 정확한 지점을 알아내는 것이 가능하다. 예를 들면, 거대한 시계 장치는 특정 지점에 압력을 가해 정지시킬 수 있고, 마찬가지로 거대한 기관차나 전함 역시 맞는 스위치를 찾아내기만 한다면 완전히 멈춰 세우는 것이 가능하다.

전쟁이 발발하기 전의 조건은, 평형을 이루고 있는 상호 관련된 복잡한 위치들, 팽팽한 긴장, 그리고 타이밍 및 파벌 같은 지적 이해 너머에 있는 복잡한 요인들을 드러낸다. 그래서, 조기 진단을 통해 전쟁이라는 기관차가 멈출 수 없는 추진력을 얻기 전에 그것을 정지시키는 것이 가능하다. 하지만 연속되는 매 순간에, 중재 가능한 새로운 임계점이 또 다시 있고, 그래서 사건들의 시계열時系列에서 일련의 진단 가능하며 상호 관련되어 있는 기회의 임계 요인 점들이 연쇄적으로 모습을 드러낸다. 그래서 이를 2차 대전에 적용하면, 히틀러가 라인란트, 수데테란트, 체코슬로바키아를 최초로 침공했던(이때 히틀러의 의도는 100 수준으로 측정된다.) 시점에 최소한의 비용이나 위험으로 전쟁 전체를 쉽사리 중단시킬 수 있었다.

주목할 만한 것은, 러시아, 독일, 일본, 심지어 벨기에 같은 국가도 모두가 측정 수준 210에서 215의 효율적이고 잘 발달된 정보부서를 보유했던 반면, 미국 정보부(측정 수준 190)는 일본 JM 암호를 해독하기까지는 결함이 있었다는 것이다.

또한 실용적이면서 확인 가능한, 그리고 이용할 수 있는 유일한 기법은 의식 측정 연구에 의한 것이다. 왜냐하면 의식의 장은 전부를 포함하며, 매 순간 모든 요인과 영향력을 통합시켜 그것들을 특정한 확인 가능한 수치 요인으로 압축시키기 때문이다. 위의 분석이 함축하는 바는 이러한 명백하고 결정적인 제시 이상이다. 지금 이곳은 전부가 드러나 있으며, 무고한 이들을 기습하기 위해 감춰 놓을 수 있는 비밀이 더 이상 존재하지 않는 세계이다.

앞으로 보게 되겠지만, 2차 대전 이전 네빌 챔벌린의 의도는 고결했지만(측정 수준 500), 그의 능력은 부정denial과 순진성 그리고 '빈틈없는' 현실 검증력의 결핍으로 인해 말할 수 없이 형편없었다. (측정 수준 140) 히틀러의 의도는 90으로 측정되었으나, 유럽으로서는 불행하게도 그의 능력은 450 수준이었다. 이것과 그 뒤의 다른 사례들을 통해 볼 때, 세계에 심각한 손상을 입힌 패턴이 자명해지게 된다.

1. 좋은 의도, 그러나 결함 있는 능력 (예) 현재의 유엔)

2. 악의적 의도, 그러나 형편없는 능력 (예) 북한)

3. 악의적 의도에 더해 높은 능력 (예) 냉전기의 러시아)

4. 악의적 의도에 더해 높은 능력, 그에 더해 악성 메시아적 전체주의 (예) 스탈린, 히틀러)

이와 비슷하게, 2차 대전의 요소들에 대한 측정치는 신속히 전모를 드러낸다.

1. 스팀슨 전쟁성 장관의 부정(정보부 보고서를 거부했다.)이라는 약한 위치. 부정은 190으로 측정된다.

2. 네빌 챔벌린과 평화주의자들의 약한 위치들.(평화주의는 195로
   측정된다.)

3. 히틀러, 무솔리니, 일본의 위치와 그들 의도의 병리적 측정치.
   (진단)

4. 경고에도 불구하고 진주만 공격 이전 군의 정보활동(190으로
   측정)이 부족했던 것. 암호 해독의 중단.(나중에 루스벨트 대통
   령의 지시로 재개됨.)

5. 제3제국, 스탈린의 과대망상증, 롬멜 장군의 그릇, 독일 공군
   등의 진단에 실패한 것.

6. 국제연맹의 약함과 낮은 측정치.(185로 측정)

7. 러시아에 핵 기밀을 노출시킨 이중간첩들을 적발하는 데 실패
   함으로써 냉전을 촉발한 것.

국가 안보와 세계 평화에 대한 위협은, 200 이하로 측정되는 결
함 있는 철학과 정치관의 귀결이다. 이는 미영 양국의 원자핵 연
구시설에 침투한 간첩들이 세계사에 미친 충격을 통해 적나라하
게 드러난다. 돌이켜 보면 안보상의 허점은 간담이 서늘해질 정
도인데, 그것은 좀 더 최근에 일어난 사건들 및 요즘의 안보상의
허점(아직 탐지되지 않은)과 크게 다르지 않다. '기습당하는' 것과
'허를 찔리는'것이 180으로 측정된다는 것에 주목하라.

물론 일급 기밀 활동은 그것이 뭐가 됐든 세계 최고의 간첩들을
끌어당긴다. 예상되는 바와 같이, 로스 알라모스와 맨해튼 프로젝
트는 클라우스 푹스(측정 수준 115), 해럴드 필비(측정 수준 110),

윌리엄 조이스(측정 수준 100), 로젠버그 부부, 테드 홀을 끌어들였는데, 여기에는 물론 마틴 소벨, 해리 골드, 도널드 맥레인 등으로 구성된 그룹(캠브리지 5인)이 포함된다.

캠브리지 5인은 모두가 마르크스주의자였으며, 스탈린은 이 '순교자들'에 관해 상냥하게 말해 주었다. 할리우드와 국무부 지식인 사이에 마르크스 이데올로기가 퍼진 것은 매카시 청문회에 기름을 부은 격이었다. 그 주된 그늘은 냉전, 국제 경쟁, 핵 증강이었고, 핵 증강에 대한 두려움이 이라크 전쟁의 이데올로기적 기초를 이루었다. 그래서 오늘날의 핵 위험은 그 세대에서 지적으로 '엘리트'인 이들의 여파다. 그와 동일한 병리적 결함이 현 사회에 대한 위험의 근원을 탐지해 내는 것을 계속 어렵게 만들고 있다. (이는 '진실'로 측정된다.)

2차 대전과 기타의 전쟁들(이라크 전쟁을 포함하는)에서 선행하는 사건은 거의 똑같다. 즉, 과대망상광 지도자는 자국민에게 호전성을 갖도록 선전하는 반면, 희생양으로 점 찍힌 상대는 결함 있는 지성(측정 수준 190), 순진한 외교적 무능함, 그리고 "우리가 저들에게 잘해 준다면, 저들도 우리에게 잘해 줄 것."이라는 시적인 공상과 더불어 부정으로 들어간다. 사실상, 과대한 '마초' 독재자는 그러한 나약하고 '여성적'인 '겁먹은' 위치를 경멸하는데, 실제로 그는 원시적인 포식자/먹이 본능의 동물 뇌 반응으로 더욱 달아올라 공격에 돌입한다. 다시 말해서, 수동성은 공격성을 초대한다.

나약한 남성은 여자들이나 여성적인 것(욕정이 목표일 때는 빼

고)을 두려워하고 미워한다. 이에 대한 한 가지 예가 여자들을 창
녀라고 부르며, 임신한 타락한 여자들의 배를 '걷어차라'고 부추
기는 갱스터 랩이다. 강한 남자는 여성들에게 위협감을 느끼는 대
신 그들을 존중하고 보호해 준다. 참된 남성다움은 자신감이 있으
며, 거드름을 피우거나 타인을 깎아내릴 필요가 없다. 그것은 여성
을 존중한다.

악성 메시아적 자기애

세상이 이 병리적 신드롬을 감별하지 못한 탓에, 매 세대마다
수백만의 무고한 사람들이 죽어 갔다. 이 병에 관해 잘 알아두는
것은 정말 주민은 물론이고 정부와 정부 지도자들의 책임인데, 이
병은 정상과는 너무도 거리가 멀어서 보통 사람은 그것이 하나의
사회 현실이라는 것을 상상조차 하기 힘들다.

일반 대중은 정신장애에 대해, 그것이 훤히 노출되어 있을 때조
차도 순진한 경향이 있다. 사람들은 일반적으로 다른 인간들이 기
본적으로 자신과 같다고 믿는다. 이보다 더 진실과 거리가 먼 얘
기는 있을 수 없다. 정상과 정반대이고, 이상적인 상태와 어울린다
고 지각되는 전부와 정반대인 수많은 사람들이 있다. 세상에는 사
랑, 온전성, 평화, 진실을 미워하는 사람들로 가득한데, 사실상 그
런 것들은 그들의 분노에 불을 지른다. (스캇 펙, 『거짓말 하는 사람
들』을 볼 것, 1983)

범죄 성향의 정신 병리(11장)와 악성 자기애(14장)에 대해서는
이미 고찰한 바 있지만, 악성 메시아적 자기애는 그러한 장애의

궁극적이고 심각한 정도로서 마땅히 더한 관심이 요구된다. 악성 메시아적 자기애는 극단적으로 낮은 의식의 어떤 수준이 갖는 복합적 병리들의 결합체(측정 수준 30)인데, 거기에 다음과 같은 것이 더해진다. 이성의 결핍, 양심의 부재, 타인과 동일시할 줄 모르거나 타인을 소중히 할 줄 모르는 것, 인간적, 도덕적, 혹은 윤리적 가치의 경시, 여성에 대한 경멸, 권력에 대한 욕심, 자기도취와 자기 확대, 메시아적 과대성이 될 정도의 에고 팽창. 이 장애는 알아보기 쉽지 않은 경우가 많은데 왜냐하면 그것은 두 가지 별개의 형태로 발생하기 때문이다. (1)조기 발생(어린 시절의 불량 아동 유형), (2)다년간 정상적이다가 권력을 손에 넣은 뒤 성인기에 발생. (즉, "권력은 부패한다. 절대 권력은 절대적으로 부패한다.")

두 번째 형태는 민주주의 체제에서는 일어나지 않는데, 왜냐하면 민주제에서는 국가수반과 정부의 다른 수장들(사법부, 국회, 의회, 군부, 외교부 등) 사이에서 권력이 분할되기 때문이다. 그리하여, 악성 메시아적 자기애는 독재 정권, 군주제, 신정에 특유하다. (네로, 시저, 후세인, 호메이니, 나폴레옹, 히틀러, 폭군 이반 등) 또한 이 장애는 '현실감을 상실'하고 자신이 회사의 공금과 자산을 집어삼킬 '자격이 있다'고 느끼는, 거액의 연봉을 받는 최고 경영자들을 괴롭힌다. (Chandler, 2004)

현 시대에, 밀로셰비치와 후세인 재판은 이 지독한 장애를 살펴보고 그것에 익숙해짐으로써 그것을 알아보는 법을 배울 수 있는 소중한 기회를 제공해 준다. 어느 경우에나 무대장치는 동일했다. 초기 증상은 옥외 광고판에 '위대한 지도자'와 그의 사상, 사진을 자기애적으로 전시하는 것과 동상 건립, 행진이었고, 더불어 학교와 '특별한' 청년단에서의 선전은 물론이고 대중매체를 통한 선전의 계속적 반복이었다. 학교와 청년단에서는 정평이 난 세뇌 기법으로 호전적 이데올로기를 주입했다. 중요한 것은 '지도자'가 신을 대체했고 특별 거수경례와 함께 우상으로 숭배되었다는 것이다. 이미 팽창한 위대한 지도자의 에고는 그 다음에 아첨, 공들인 군사 행진, 군중이 참여하는 연극적 공개 행사, 주의 깊게 연출된 대중이 환호하는 시위를 통해 그 과대성이 한껏 무르익게 되었다. 여자들은 감정에 겨워 흐느꼈고, 아이들은 '위대한 지도자'에게 봉사하고 지도자를 위해 기쁘게 목숨을 바치도록 선전을 통해 설득당했다.

예전은 물론이고 요즘의 과대망상광은, 동포에 대해 심지어 자신의 가족에 대해 같은 경멸을 드러낸다. 히틀러는 독일 국민은 전쟁에 패했기 때문에 죽어 마땅하다고 말했다. 스탈린은 물론 히틀러는 휘하의 성공한 장군들을 미워했으며 그들을 살해했다. 후세인은 자국민을 '개'라고 불렀고 30만 명을 학살했다. 히틀러는 600만 유대인을 '박멸'했다. 스탈린은 강제노동수용소에서 수백만을 살해했는데, 그중에는 이기고 돌아온 자신의 군대조차 끼어 있었다.

또 다른 증상으로는 아름다운 곳이나 예배하는 장소, 예컨대 교회와 같은 곳에 대한 신성모독이 있다. (아프가니스탄의 고대 대불大佛 폭파, 파리와 로마를 불태운 것 등) 신성모독은 여성, 무고한 이, 민간인을 학살하는 형태를 띤다. 만행은 기괴하고도(참수, 창자 끄집어내기, 절단, 능지처참) 연극적으로 전시된다. (톱으로 천천히 목을 자르고, 혀와 손발을 잘라 내는 장면을 텔레비전으로 중계) 정상인이 악성 메시아적 자기애자들의 심리와 동기를 이해하는 것은 정말 간단하다. 그들은 모든 점에서 단순히 정상인과 정반대다.

전쟁들의 대비—측정치

한국 전쟁

남한	300	미국 정보부	190
공산정권	90	북한	80
미국의 위치	300		

베트남 전쟁

미국의 위치(초기)	405	미국 대중매체	185
베트남 주민	70	전쟁 반대자	201
미국의 위치(나중)	350	공산주의자(미국)	130
베트콩	40	외상 후 스트레스 장애는 사실인가?	예
미군	335	미국 정보부	190

냉전

미국의 위치	400	러시아의 위치	75
FBI	185	케네디 대통령(위치)	430
서독	310	KGB	40
동독	165	미국 대중매체	215
닉슨 대통령(위치)	400	흐루시초프	80

미국 정보부 활동	195	CIA	185
브레즈네프	90	공산주의자(미국)	130

걸프전

부시 대통령(위치)	400	쿠웨이트	195
사담 후세인(위치)	95	걸프전 신드롬은 사실인가?	예
미군	310	미국 정보부	190

1차 대전

우드로우 윌슨 대통령	400	미국 정보부	190
붉은 남작(폰 리히트호펜)	385	카이저 빌헬름	165
포탄 쇼크는 사실인가?	예		

비교: 나폴레옹 전쟁 — 워털루 전쟁

웰링턴 공작	420	나폴레옹	75

이상은 각각에 대해 보다 폭넓고 상세하게 고찰 및 보고할 만한 가치가 있지만, 간결함을 위해, 몇 가지 초보적 측정치로도 전체적 상황이 꽤 정확히 요약된다. 미국 정보부 활동(측정 수준 190)에 일관되게 결함이 있다는 점에 주목하라.

다른 곳에서 말한 것처럼, 권력뿐 아니라 명성 자체도 부패할 수 있다. 히틀러와 나폴레옹은 치세 초기의 건설적 시기에는 둘 다 400대 중반으로 측정되었지만 나중에는 매우 낮은 측정 수준으로 떨어졌는데, 그것은 과대성(노련한 장군들의 조언을 무시하는 등)으로 인한 패배로 인도했다. 명성 자체는 헤르만 괴링[4]에게 대한 것과 비슷한 효과를 발휘할 수 있다.

측정치: 이라크 전쟁(초기)

200 이상

부시 대통령(위치)	460	미군(의도)	450
토니 블레어 영국수상(위치)	440	반전 평화 수호(Peace Vigils)	305
파월 국무장관(위치)	460	미국 국무부(의도)	450
미국 국민	431	예방전쟁	360
국방 장관(위치)	460	의회	450
미국 대중매체	320		

200 이하

유엔안전보장이사회	190	팔레스타인(위치)	180
유엔안전보장이사회의 미국에 관한 의도	135	이스라엘(위치)	180
		평화 시위	170
조셉 윌슨 대사의 성명서: '부시는 거짓말했다'	160	정치적 구호로서의 '평화'	130
		터키(위치)	165
이란(위치)	180	이라크 국민(위치)	140

----

4 헤르만 괴링은 히틀러 정부에 들어가 권력을 잡은 뒤에 의식 수준이 추락한 것으로 추정된다.

이라크 대중매체(위치)	140		이슬람 테러리스트	50
시리아 정권(위치)	130		탈레반	65
중동	110		빈 라덴	40
사담 후세인(초기)	65		알카에다	65
이라크 군부 지도자들	65		미국 정보부	190
지하드	50			

지각 있는 사람들은 이상의 결과를 예상하겠지만, 인간 마음의 내재적 무구함과 한계를 악용하는 왜곡된 대중매체와 신랄한 토론의 감정성으로부터 영향받은 사람들은 항의를 제기할 수도 있다. 컴퓨터의 하드웨어와 마찬가지로, 마음은 소프트웨어로 자신을 프로그래밍하는 데 대해 선택의 여지가 없다. 중증도 분류 및 예방전쟁의 개념과 지혜는 360 이하로 측정되는 마음들에게는 이해할 수 있는 것이 아니다. 미국 정보부는 이전의 전쟁들에서 그랬듯이, 또 다시 190이라는 서투른 측정 수준에 있다.

측정치는 또한 당시에는 일반 대중에게 알려지지 않았던 요소들(예) '석유 식량' 계획의 이윤을 유엔 회원국들이 착복한 것과 관련된 최근의 폭로)의 입력을 반영한다.

그 밖의 측정치: 이라크 전쟁(후기)

미국 국방부	455		공화당원의 위치	450
보수주의자의 위치	455		미국 법무장관	455
펜타곤	455		민주당원의 위치	310

유엔안전보장이사회	190	중증도 분류	390
극좌의 위치	180	프랑스의 위치	210
유엔 지도부	195	핼리버튼	275
민간군사기업(PMC)	345	유엔 조사관	204
영국의 위치	355	미국 정보부	190

이라크 전쟁에 관한 대중매체 보도

《보스턴 글로브》	195	CNN 뉴스	290
폭스 뉴스	420	오레일리 팩터	460
CBS 뉴스	255	《뉴욕 타임스》	190
NBC 뉴스	255		

위의 첫 번째 표는 온전성의 수준을 드러내며, 그리고 진주만 폭격 때보다 더 많은 미국인이 사망한 9.11의 의문들의 초점을 드러내 준다. 그때 3천 명의 무고한 민간인이 사망했을 뿐 아니라 펜타곤 자체가 공격당했고, 그래서 그 공격이 전쟁 행위임을 명백히 해 주었다. (1998년 빈 라덴은 공식적으로 대미 선전포고를 했다.) 추락한 비행기는 백악관 자체를 목표로 삼고 있었다. (이는 '진실'로 측정된다.)

9.11 공격의 참된 의미와 그것이 가한 충격에 대한 대중의 이해는, 불타는 쌍둥이 빌딩 영상의 무자비한 반복으로 훼손되었다. 그 영상은 극적이었고 그래서 대중적 관심의 초점이 되었지만, 그것은 더욱더 중요하고 의미심장한 펜타곤 공격과 백악관 폭파 시도

에서 주의를 돌려놓았다. (그것은 런던 다우닝가 10번지, 영국 국회 의사당, 심지어는 크렘린에 대한 폭탄 공격에 비할 만하다.)

9.11 공격은 따라서 정의, 선언, 의도에 의해서 공식적으로 '전쟁 행위'였다. (이것은 '진실'로 측정된다.) 오사마 빈 라덴은 펜타곤 공격 전에 공식적으로 선전포고를 했는데, 그것은 지하드, 즉 '성전'에 대한 고지 의무를 이행한 것이었다. 그 공격은 분명 일본의 진주만 폭격과 마찬가지로 단순한 '범죄 행위'가 아니었다.

사건을 바르게 정의하는 데 있어 명료함이 결여되었던 까닭에, 법적으로 구금이 어떻게 분류되어야 하는지에 관해, 즉 그것이 범죄자, 전쟁 포로, 전투원, 비전투원, 파괴분자 등에서 누구에 관한 것인지에 관해 나중에 혼선이 빚어졌다. 하나의 선례로, 2차 대전 때 나치 잠수함이 파괴분자 다섯 명을 (폭탄과 함께) 롱아일랜드 해안에 상륙시킨 적이 있었다. 모두가 붙잡혔고 추후에 처형당했다.

예전 동맹국들이 노력에 동참하기를 꺼린 것은, 그들의 독립적 문화 및 상당한 크기의 아랍 인구와 같은, 사회 현실의 맥락에서 이해할 만했다. 게다가 2차 대전 때와는 다른 점이 있었는데, 당시 유럽 국가들은 자신부터가 직접적 표적이었던 반면에, 이번에는 9.11 참사와의 동일시를 면제받았고, 최선의 판단에서 대응할 책임은 없다는 결론을 내렸다. 또한 거기에는 암묵적인 그러나 진술되지 않은 지각이 있었는데, 그것은 미국에는 비상사태를 독자적으로 처리하기에 충분한 힘과 자원이 있다는 것이었다. 나중에 드러난 바에 따르면(Duelfer, 2004), 유엔 관리들은 후세인한테서 뇌물을 받았고 '석유 식량' 계획에서 나오는 수십억 달러의 돈에서 그가 떼어 주는 급여를 챙겼는데, 유엔 자체 또한 '석유 식량' 계획에서 이익을 얻고 있었다. (Brooks, 2004)

뒤이은 대통령의 결정은 선행한 사건들로 인해 어쩔 수 없는 것이었고, 덧붙여 침략자로부터 조국을 지키겠다는 취임 선서에 따른 것이었다. 당시의 조처는 접근 가능한 정보원(미국, 러시아, 영국)을 근거로 했다. 미국 정보부는 줄곧 190 수준으로 측정되었다.

당파적인 조셉 윌슨 대사는 소문이 자자한 2002년의 조사 보고서에서 이라크가 니제르 우라늄을 입수하려고 하지 않았다고 단언했지만, 사실 이라크는 정말로 그렇게 했다. (이는 나중에 조사 위원 로드 로빈 버틀러를 통해 확증되었다.) 윌슨은 (CIA와 니제르 우라늄에 관해 2003년 《워싱턴 포스트》에 보낸 허위 보고서를 포함하여) 다른 심각한 잘못들을 저질렀다.

2003년 연두교서에 나오는 '부시의 유명한 16단어'("영국 정부는 사담 후세인이 최근 아프리카에서 의미 있는 분량의 우라늄을 확보하려고 했다는 걸 알게 되었다.")[5]에 대한 공격은, 부시가 대중을 오도하고 있다는 잘못된 정보를 근거로 했다. 잘못에 대한 시인은 뒤늦었으며 신문 뒷면으로 밀려났다. 《뉴욕 타임스》는 2000년에는 전체적으로 250으로 측정된 반면, 2004년까지 신문의 측정 수준은 195로, 이라크전에 대한 보도는 190으로 하락했다.

---

5 The British government has learned that Saddam Hussein recently sought significant quantities of uranium from Africa." 이 말은 영어 16단어로 이루어진다.

정부의 허술한 대비(측정 수준 190)는 제약이 심한 법률과 CIA, FBI, 기타 정보 수집 기관들의 통합 결여는 물론, 앞선 수십 년간의 '문화'를 나타냈다. 대비 부족과 부정이라는 전체적 분위기는 진주만 폭격 직전의 상황과 매우 흡사했다. 사건들이 판명된 바와 같이, 주된 위협은 딱히 이라크 자체가 아니라 폭력적인 알카에다 극단주의자들이 표현한 대로 범아랍 와하브파였다. 이렇듯, 진짜 적은, 사실 특정 국가가 아니라 사우디아라비아에서 시작되어 이란과 중동 전역으로 확산된 호전적 이데올로기였다. 그 이데올로기는 그 다음에 정치화되었고 이라크 집권 여당은 그것에 호감을 품었다. 그리하여, 침략자의 참된 정체는 베일에 싸이게 되었다. 이러한 혼란은 사담 후세인이 열네 차례에 걸쳐 유엔 결의안을 거부한 일로 가중되었는데, 사담 후세인의 그러한 행동은 공공연한 전쟁의 진짜 기폭제였다.

전쟁 뒤에는 항상 그렇지만, 세월이 가면, 더 이상의 정보가 표면화될 터이다. 미래는 항상 뒤늦은 깨달음이라는 이로움을 제공해 주며, 그리하여 잘만 하면 후회나 비난보다는 지혜를 가져다준다. 인간 의식 진화의 길은 평탄하지 않다. 반복되는 교훈은 "진실에 대해 깨어 있어라."이다. 현재까지 그것은 현실적인 가능성이 아니었지만, 그러나 200 이상으로 측정되어 온전성이 지배할 수 있음을 가리키는 새 시대가 동터 올랐다.

이라크 전쟁은 사담 후세인의 이라크인 동포 살해를 중단시켰는데, 그는 걸프전과 이라크전에서 죽은 사람들을 합친 것보다 더 많은 동향인을 일삼아 죽였다. (3만 개의 공동묘지) 이라크 전쟁 뒤에도, 이라크 반군은 점령군의 존재에도 불구하고 계속 다른 이라크인을 죽였다. 대략적으로, 침공 세력의 선제공격으로 죽은 이라크인보다 더 많은 이라크인이 같은 동포에게 살해당했는데, 그 끝은 보이지 않는다.

그 뒤에 이어진 정치적 반응의 일부는 인간 에고의 어떤 특이성의 사례인데, 여기서 가해자와 피해자는 헷갈리게 되고 두 역할은 뒤바뀐다. 역설적인 것은, 순진하거나 의식이 진화되지 않은 이들은 온전치 못한 거의 범죄적인 가해자를 서둘러 포용하고 온전한 것을 비방했다는 것이다. 미국의 반응 태도는 460으로 측정되고, 9.11 공격 자체는 35로, 그 가해자는 50에서 70으로 측정된다. 심각한 타락과 온전성을 구별하지 못하는 것이야말로 이해를 가로막는 큰 한계이며 오류의 원천이다.

어떤 것을 그것과 정반대로 상징화하려는 무의식의 이 야릇한 성향(예 피해자를 가해자로, 가해자를 피해자로 보는 요즘 유행)에 맨 처음 주목한 이는 프로이트(Freud, 1900)였다. 그러한 성향은, 에고가 정제되지 않은 동물 본능과 폭력의 저장고인 이드를 통제 및 억제하려고 분투하는 가운데, 에고의 하위 요소로 이루어지는, 원시적 기제다. 따라서 전쟁을 미워하는 것이 평화를 가져다주지 않는 것은, 죄를 미워하는 것이 순수성이나 성스러움을 가져다주지 않는 것과 마찬가지다. 미덕은 그것과 반대인 것을 비방함으로써라기보다는 그것을 선택함으로써 성취된다.

이라크 전쟁에 계속적으로 초점이 맞춰지고 있으므로, 더 많은 측정치가 있어야 전체적 상황이 그려질 것이다. 그 다음에 우리는 전쟁의 진짜 뿌리에 대해 보다 기본적인 연구를 해 나갈 수 있다.

이라크 전쟁 시기(후기)에 대한 추가 측정치

자유주의자의 위치	205	이라크의 포로 처우	65
전쟁 반대자의 위치	185	이라크 집권당의 군사적 의도	45
할리우드 좌파 엘리트	130	이라크 대중매체의 보도	45
아카데미 시상식(2003)에서 부시 대통령을 향한 공개적 감정 분출	65	이라크의 미국인 포로 처우	155
평화주의(정치적)	95	미국의 이라크인 포로 처우 (아부 그라이브)	165
사담 후세인의 위치(후기)	45	이라크에서 여성의 위치	95
이라크군	95	이라크에서 어린이의 위치	75
탈레반	65	이라크에서 개의 위치 (미국에서 개의 위치 450)	40
알카에다	65		
이슬람 테러리스트	50	미국 정보부	190

이라크 전쟁 이후의 측정치

다른 곳에서 지적한 이유들로 인해, 에고의 이원적 본성과 세계적 사건들에 대한 에고의 가해자/피해자 투사는 '악당'과 9.11의 '원인'에 대한 탐색으로 인도하는데, 이는 비난을 투사하려는 에고의 성향과 일치한다. 실제에서 현상은, 9.11 참사 같은 선별적으로 관찰된 현상의 출현을 간접적이고 비의도적으로 촉진하는 전체적 장이나 '분위기'의 귀결이다. 9.11 전야의 '분위기'는 앞서 살펴본 것처럼, 1941년 12월 7일, 진주만 공격 전야의 분위기와 흡사했다. 그것은 심리학적 용어로는 순진성과 부정으로 묘사될 터이지만, 그러나 그것만으로는 불충분하다. 실제 분위기를 이룬 요소들은 다음과 같이 측정된다.

9.11 측정치

미국 국가 방위(관료적)	190	미국 10대 일간지 논설면 185~190
		《월 스트리트 저널》과
르노/고랠릭 결정(장벽)	190	《크리스천 사이언스 모니터》 제외)
처치/파이크 위원회 청문회 180~190		
클린턴 행정부의 위치	180~190	9.11 청문회 증언에 대한 비판자 170
		(이와 대조적으로, 건설적 비판은
토리첼리 원리	160	210으로 측정된다)
애국자법Patriot Act	375	

이러한 측정치는, 진실(200 이상으로 측정)은 평화를 가져오고 거짓(200 이하로 측정)은 전쟁을 편든다는 금언이 갖는 극도의 중요성을 강조해 준다. 9.11 전야의 상황은, 1941년 일본이 공격해 오기 전, 전쟁성 장관 스팀슨을 통해 드러난 상황과 흡사했다. 스팀슨은 "신사는 다른 신사의 편지를 읽지 않는다."는 말과 함께, 매일의 정보 브리핑에 주의를 기울이기를 거부했다. 그 경우에 '다른 신사의 편지'는 일본의 격정적 전사들 및 히틀러의 전체적 전쟁 전략에 대한 긴박한 경고였다. 그 모든 것은 빈 라덴의 1998년 대미 '선전포고'가 무시된 일과 같다. 이와 대조적으로, 북한의 핵 위협은 가볍게 받아들여지지 않았다.

9.11 조사 위원회 청문회들에 대한 측정치
(2004년, 4월~6월)

정부 관료의 증언	255	9.11 위원회 최종 보고서 (2004년, 6월)	255
리처드 클라크의 증언	200		
9.11 청문회 증언에 대한 비판자	170	상원에 제출된 C. 두엘퍼의 조사 보고서(2004년, 10월 6일)	305
청문회들의 전체적 측정 수준	255		
조사 위원회 지도자들의 측정 수준	255		

‘위치’를 성격[6]이나 국가 자체와 구분하기 위해서는, 그것을 특정하는 것이 도움이 된다. 위치는 상황적이며, 당파적 영향력과 스트레스 혹은 사회적 태도에 기인하는 변화를 겪는다. 사회는 유기적이고 진행하는 진화 과정이며, 쉽 없이 바뀌는 조건에 영향받는다. 생존하려면 흔히 유연성과 적응술이 요구된다. 사람들은 때가 되면 ‘떨쳐 일어서고’, 그럼으로써 숨은 강점을 발견한다. 그렇지 않은 때에는, 애달픈 반성과 재건이 있다.

이라크 전쟁에 관한 맥락화

앞서 묘사한 것처럼, 역사적 맥락 속에 위치시키지 않는다면 내용(즉, 이라크 전쟁)을 이해하는 것은 불가능하다. 이슬람은 창시 이래로 호전적이었다. 이슬람 최초의 지하드는 마호메트에 의해 시작되었는데, 그는 『코란』을 구술한 지 3년 만에 의식 측정 수준

---

6 저자는 사람을 지칭할 때 흔히 ‘성격personality’으로 표현한다.

이 700에서 135로 떨어졌다. 그것은 명백히 측두엽 간질의 귀결이었다. (18장을 볼 것)

초기 이슬람은 검을 통해 전파되었는데, 그것을 중단시킨 것은 프랑스의 샤를 마르텔과 1492년 그라나다 전투 패배였다. 2차 대지하드를 수행한 것은 오스만제국이었으며, 그것은 1529년의 비엔나 패배와 함께 막을 내렸다.

사우디아라비아에서 이슬람 와하비파의 출현은(18장을 볼 것), 이란의 아야톨라 호메이니와 빈 라덴의 탈레반으로 예시되는, 여전히 계속되고 있는 세 번째 지하드의 개시를 알렸다. 와하비파는 반서구적 태도의 귀결로서 이란의 친서방적 샤와 이집트의 사다트를 쓰러뜨렸고, 요르단의 후세인, 이집트의 무바라크, 파키스탄의 무샤라프를 공격했다. 와하비파의 전체적 계획은 이집트, 터키, 파키스탄, 인도네시아, 아랍에미리트, 수단, 튀니지, 리비아, 알제리, 모로코, 예멘, 시리아, 레바논, 요르단, 말레이시아 정부에 침투해서 정부를 전복하고, 그와 더불어 파키스탄의 핵 능력으로 이스라엘을 쓰러뜨리는 것이다. 그 과정에서, 미국 역시 공격당할 것이다. (월드 트레이드 센터, 쌍둥이 빌딩 그에 더해 계획 단계에 있는 기타의 것들.) 성장하는 아랍 인구로 인해 유럽은 미국의 동맹으로 남기 어려울 것이고, 유엔에서는 아랍이 득세할 것이다.

호전적 이슬람 아랍이 세계 석유 공급량의 75퍼센트와 석유가 가져다주는 막대한 재정적 권력 기반을 장악하는 것을 방지하고(L. Abraham, 2004), 그에 더해 알카에다, 즉 빈 라덴이 파키스탄의 핵 과학자들과 러시아 공급자 등을 통해 핵 물질을 손에 넣는 것을(Berger, 2004) 방지하려는 미 전략의 배후에는 위와 같은 배경이 있었다. 이라크 내의 서구적 권력 기반은 아랍 대륙을 둘로 분열시킬 것이고, 아랍의 탈취 및 합병을 저지할 것이다. 이렇듯, 아프가니스탄과 이라크는 호전적 이슬람 문명과 서구 세계의 충돌을 막으려는 여러 가지 이유로 인해 전략적 표적이 되었는데, 과거와 마찬가지로 이러한 상태는 수 세기 동안 계속될 수 있다. 오직 미국만이 그런 진행 중인 격변을 예방할 수 있는 힘을 갖고 있었다. 왜냐하면 유엔은 무력했고, 유엔안전보장이사회는 석유 암거래 등을 통해 착복한, 다양한 회원국에 돌아간 수십억 달러의 석유 식량 계획 리베이트로 타격받은 상태였기 때문이었다. ('Food for Oil', 2004년 9월 19일) 그래서 이 전체적 세계 맥락화(이것은 465로 측정된다.)와 더불어, 이라크에서의 전쟁은, 훨씬 더 나쁜 다국 간의 아마도 몇 세기에 걸쳐 진행되었을 점진적으로 심해지는 격변의 연쇄를 막기 위한, 장기적인 전략적 포석이었음이 보일 것이다. (㉨ 선제공격이라는 '중증도 분류'적 결정)

이라크 전쟁의 맥락은, 증오와 폭력을 축성㞢聖하고 무고한 이들을 불신자로 낙인찍어 살해하는 일과 테러리즘을 정당화하는 이슬람의 왜곡으로 불이 붙은, 확산되고 있는 폭력적이고 호전적인 이데올로기의 맥락이었다. 그것은 범아랍적 질병이 되었으며, 대중매체를 사로잡은 특정한 폭력 사건들은 증상일 뿐이다.

악성 메시아적 지도자인 오사마 빈 라덴, 아야톨라 호메이니, 사담 후세인과 그 밖의 모두는 각자가, 숱하게 많은 히드라의 머리 중의 하나일 뿐이다. 그러한 질병은 세계 다른 나라에도 뿌리내리고 있는데, 그런 곳에서 급진적 개종자를 비밀리에 모집하는 일은 매우 조직적이며 자금 지원을 받는다. 질병은 종교로 위장한 채 숨어 있다. 미국 내 회교 사원은 모집 본부로서의 호전적 아랍 집단이 제공하는 자금을 지원받으며, 거기서 나온 이데올로기는 학계의 동조자를 통해 전파되어 지하드가 '공정함'이라는 유사 엘리트주의적 기치 아래 행진할 수 있게 해 준다. 이슬람 테러리스트의 목표는 신정 파시즘이다. (Newosh, 2004; Bridis, 2004)

상당히 중요한 발견이 있는데, 그것은 이슬람 개종자 중에는 테러리스트의 주입과 훈련을 고분고분 받아들이는, 위험스럽게 높은 비율의 급진적이고 호전적인 극단주의자들이 포함되어 있다는 것이다. 모집률은 다음과 같다.

- 미국 10%
- 유럽 15%
- 아랍 국가들 35%

이 수치는 테러리스트 이데올로기에 대한 충성과의 정렬을 나타내는데, 테러리스트 이데올로기는 모든 이성을 거부하고 살인을 축성함으로써 모든 형태의 합리적 제약을 우회한다.

변증자(측정 수준 185), 특히 학자와 권익 활동가 등이 이러한 경향을 지지하는 것은 지혜와 식별력의 결핍으로 보일 것이다. 지난 수십 년간의 그 같은 경향은 재앙에 가까운 것임이 판명된다. (미국 나치당, 미국 공산당, 백인 우월주의적 종교 극단주의자, 구소

련에 기밀을 넘긴 원자력 과학자들, 결과적 냉전 등)

'지도자 증오' 신드롬

역사 전체에서 그리고 현 사회에서는 대단히 현저하게, 지도자들에게 혹은 세속적, 정치적, 경제적 권력이나 종교적 권력을 체현하고 있는 이들에게 초점이 맞춰진, 부정성이라는 증상이 재발하고 있다. 지도자는 불안정한 사람들의 투사에 대한 허수아비 표적이 되는데, 그들은 자신의 억눌린 욕망을 분리시킴으로써 그것을 외재화하고 그것이 '저 바깥'에 있다고 본다. 측정 기법을 이용하여 최근 들어 대단히 격렬하고 공공연한 그러한 현상을 진단해 낼 수 있다. 그것의 양상은 과거의 대통령(링컨, 루스벨트, 클린턴 등)에 대해서도 똑같이 격렬했으며, 그것을 구성하는 정신 역동은 본질적으로 동일했다. 우리는 대통령들의 이미지를 대비하여 살펴볼 수 있고, 이미지를 그들의 검증 가능한 실상과 비교해 볼 수 있다. 만일 통치자가 진실로 폭군이라면(히틀러, 스탈린 등), 그런 사실은 조사에서 신속히 드러난다.

'부시 증오', '클린턴 증오', '미국 증오' 파벌들은 서로 겹치는 경향이 있다. 미국을 '증오'하는(Gibson, 2004) 극단주의자들의 허위에 대해서는 앞 장에서 이미 살펴본 바 있다. 부시를 미워하는 이들이 묘사한 '부시'는 스탈린, 히틀러, 후세인(측정 수준 50~80) 같은 파시스트(측정 수준 65)로 보이고, 석유 이익을 위해 조국과 시민을 기꺼이 팔아넘기고(반역자는 80으로 측정된다.) 또한 더욱 부유해지고 독재자가 될 수 있도록 무고한 병사들을 불필요한 죽음으로 내모는 탐욕스러운 전쟁 도발자이자 악인으로 보인다. 이렇듯, 부시는 악성 메시아적 자기애자(측정 수준 30)로 그려진다. 이런 주장은 더욱 정교해져서, 비밀스러운 음모 및 반미 이슬람 테러리스트와의 결탁(즉, 60이나 그 이하로 측정되는 배신)을 포함하게 된다.

'악한' 허수아비 표적에 대한 혼성적 묘사는 130으로 측정된다. 부시의 대통령직은 460으로 측정되는데, 그것은 온전성을 가리킨다. 유엔의 모든 회원국 정부 수반은 집단적으로 190으로 측정된다. (미국을 뺀 측정) 미국 비판자들의 특징은 유엔에 경의를 표한다는 점인데, 유엔 자체는 185에서 195로 측정된다. 유엔안전보장이사회는 석유 식량 계획을 비롯한 기타 뇌물 스캔들에 연루되었다. 미 행정부의 유엔에 대한 태도는 적절하며 사실에 근거하는 듯한데, 그 사실들은 전 국방부 부차관보인 젭 배빈의 연구 『정신병원 속으로*Inside The Asylum*』(측정 수준 455)에 묘사된 바와 같다.

부시 대통령을(그리고 또한 미국을) 증오하는 이들로 구성된 혼성 집단은 놀랍게도 전체적으로 135로 측정되는데, 다시 말해 그것은 그들이 묘사한 악한 허수아비 표적과 정확히 같은 수준이다. 이는 프로이트(측정 수준 499)에 의해 발견되고 50년간의 정신과 진료를 통해 확증된 무의식에 관한 진실은 물론이고, 인간 경험이라는 기본적으로 결함 있는 현상을 보여 준다. 미움은 지각을 왜곡하고, 왜곡된 지각은 거짓(가령, 부시는 '불법적'인 전쟁을 수행했다.)으로서의 미움으로 귀결된다. 사실, 부시의 동기는 합법적이었을 뿐 아니라 미국 의회의 표결을 거쳐 승인받았다.

그래서 세계는 로르샤흐 카드[7]와 같고, 불안정한 사람에게 '미국'이나 '부시'라는 잉크 얼룩은 악마처럼 보인다. 권위를 두려워하고 증오하는 이들은, 그러한 두려움과 증오를 윤리적, 종교적 상징이나 정치적 상징을 매개로 타인에게 투사한다. 지도자 증오의 바탕에 있는 것은 단순히 권위 인물에 대한 질투와 시기인데, 그것은 가해자/피해자라는 투사된 이원적 지각의 왜곡(고전적 마르크스주의의 함정)에 의해 조장된다. 게다가, 자기애는 죄책감과 자기혐오로 귀착되고 이러한 것은 그 다음에 나라와 대통령에게 투사된다.

검증 가능한 분석을 통해, 자기 정직성 덕분에 스스로 온전성을 지각할 수 있는 온전한 사람들은 대통령이 의무에 따른 책임을 다했다는 것을, 더불어 세계 대다수 나라들이 문명 자체의 번영에 관심을 갖기는커녕 현저하게 낮은 온전성의 수준에서 돌아가는 험난한 시대에, 대통령이 큰 나라에 대한 청지기역의 의무를 다하겠노라 한 선서를 이행하려 애썼다는 것을 확증할 수 있다. (이는 '진실'로 측정된다.)

대안적 선택지는 수동적으로 물러나서 이슬람 테러리즘에 항복하는 것인데, 그러면 세계 석유 공급량의 75퍼센트와 그 막대한 부를 장악한 이슬람 테러리즘이 이스라엘을 제거할 수 있는 파키스탄의 핵 능력에 접근하는 것은 식은 죽 먹기가 된다.

7　스위스의 정신의학자 헤르만 로르샤흐에 의해 개발된 인격진단검사에 사용하는 카드. 좌우 대칭의 잉크 얼룩으로 이루어져 있다.

장래에 무슬림 이민자들이 유럽에 대거 침투하고, 유엔에서 유럽의 항의의 목소리가 잦아들면서, 동일한 과정이 유전을 보유한 발칸반도에 그리고 종내는 러시아에 스며들 것이다. 이렇듯, 3차 지하드는 서구를 약화시킴으로써 결국에는 세계 지배를 달성하기 위해 설계되었다. 그런 다음 모든 비이슬람은 결국 제거될 것이고 이슬람 권력이 세계를 다스릴 것이다. 이것이 다름 아닌 이슬람 메시아 승리주의(측정 수준 50)다. (Abraham, 앞서 인용한 책)

9.11 뒤의 청문회 전개

이라크 전쟁이라는 대테러 조처에 뒤이어, 몇몇 의미심장한 사건들이 표면화되었다.

1. 미국과 다른 나라 민간인 공개 참수. (측정 수준 10)
2. 군사 감옥에서 포로를 고문한 일 노출.

과거와 현재를 막론하고, 대중은 모든 전쟁에서 벌어지는 끔찍한 잔학 행위와 끔찍한 현실을 접하게 될 때 충격과 슬픔을 금치 못했다. 동지들의 생명이 수감자한테서 정보를 얻어 내는 일에 달려 있을 때, 격분에서 잔학 행위가 빚어진다. 간첩들이 청산가리 캡슐을 소지하는 것은 바로 이 때문이다.

살펴보면, 상황적 사디즘은 인류 일반의 심리적 약함을 바탕으로 한다. 유명한 밀그램(1974)과 짐바르도(1973)의 연구에서는, 무작위로 뽑힌 보통 시민 대다수는 권위('임계 요소')에 대한 복종으로 하여 대학 실험실에서의 연구 자원자까지도 고문하려 든다는 것이 드러났다. 실제로, 어느 모의 감옥 실험에서는 실험에 자원한 '간수'의 절반 이상이 자진해서 '수감자'들에게 치사량의 전기 충격을 가하려 들었다.

밀그램과 짐바르도의 실험은 다음과 같은 현상에 대해 설명해 주었다. 알제리의 나치 죽음의 수용소, 만주에서 일본인의 야만 행위, 엘살바도르, 브라질, 아이티, 중동을 비롯한 모든 곳의 고문 수용소. 두 대학의 연구 실험은 사실상 끝을 맺지 못하고 중단되었는데, 그것은 간수역을 맡은 이들이 갈수록 말 그대로 더욱 야만적이고, 잔인하고, 사실상 가학적으로 되었기 때문이었다. 그러한 성향은 널리 알려진 소설,『파리 대왕』(골딩, 1954)에 묘사되어 있다.

잠복해 있는 그러한 행동 특성은 약자를 괴롭히는 현상에 의해서도 예시된다. 그 모든 것은 '포식자 먹이' 시나리오가 개봉되었음을 보여 주는데, 동물 뇌에서 기원한 이 시나리오는 짐바르도와 밀그램이 결론적으로 입증한 바와 같이, 역할 외에도 환경에 의해 개봉된다. 이들 연구를 통해, 그 예측 가능한 반응으로 인해, 밀그램 짐바르도 연구 결과에 대해 특별히 교육받은 관리들이 수감자를 면밀히 감시할 필요가 있음이 드러났다. 이러한 점이 심각하게 등한시되면서 결국 아부 그라이브 사건이 터졌고, 편향된 언론 매체는 그것을 필요 이상으로 부풀렸다. (《뉴욕 타임스》에서는 마흔다섯 차례 반복)

단순한 감기인 척해서는 폐렴을 치료할 수 없는 것과 마찬가지로, 정치적 가식으로부터는 많은 것을 배우지 못한다. '지하드'는 말 그대로 '성전'을 뜻한다. 이는 심각한 경보이다. 왜냐하면 그것은 가장 야만적인 행위에 대한 구실이자 권위로서 신을 끌어댐으로써(즉, '알라의 뜻') 그러한 행위를 격려하는 것은 물론 재가하므로, 모든 위치성 가운데 가장 위험하기 때문이다. 현대 이슬람 극단주의의 근원은 무하마드 이븐 압둘 와하브의 폭력적 가르침(측정 수준 20)까지 거슬러 올라갈 수 있다. 나중에 와하브의 가르침은 사이드 쿠틉(측정 수준 20)이 퍼뜨린 『코란』의 왜곡으로 보강되었는데, 그것은 폭력과 죽음을 찬양하고 무슬림의 90퍼센트뿐 아니라 다른 종교를 따르는 신도들 전부에게 빠짐없이 이교도라는 선고를 내린다. (Forsyth, 2004) (18장 '이슬람'을 볼 것) 빈 라덴의 대미 선전포고는 무시되었는데, 이는 미국 정보부가 190의 측정 수준에서 돌아가는 걸 감안하면 이해할 만한 일이었다.

빈 라덴의 파트와[8](측정 수준 40)는, 모든 불신자를 예외를 두지 않고(이는 여자와 아이들을 포함한 전 시민을 뜻한다.) 죽이는 것이 모든 무슬림의 종교적 의무이자 본분이라는 공식적 선언이었다. 지하드에서는 불신자 가운데 '무고한 이'가 없다. 그것은 로마 가톨릭교회의 '파문' 선고, 즉 신에게 혐오스러운 자라는 선고와 흡사하다. 미국인 동조자들이 깨닫지 못하는 것은, 이슬람 광신자의 눈에는 그들 역시 다른 모든 불신자(즉, '무슈리쿤')와 다르지 않다는 것이다.

....

8 fatwah, 이슬람에서 파트와란 '합법적 포고'를 가리킨다.

'신의 이름으로' 공격하는 것이 가장 위험하다. 그것은 서구 세계가 특징적으로 이용하는 모든 대응책을 무용지물로 만든다. 하마스(아라파트가 옹호했던), 탈레반, 알 카에다는 그 기원이 유사하고 동일하다. 이들 단체는 폴 포트가 보여 준 것과 같은, 인간이 능히 행사할 수 있는 가장 어두운 잠재력을 반영한다. 이 단체들은 35에서 45 사이로 측정되어 말 그대로 코모도왕도마뱀보다 수준이 낮고, 그 의도로 인해 사실상 공룡보다 수준이 낮다. 그래서 '격세유전적'이란 용어는 적절하며, 임상적으로 정확한 진단이다. 그것은 무심하고 게걸스러운 살해자인, 매우 초보적 생명 형태의 매우 원시적 '끌개' 장의 표현을 나타내며, 연쇄살인자와 동일한 수준이다.

테러 조직

라쉬카르 에 타이바(파키스탄)	70		알 아크사 순교여단 (이스라엘, 웨스트 뱅크, 가자)	75
라쉬카르 이 장비(파키스탄)	75			
리얼 IRA(북 아일랜드)	85		얼스터 방위 연합(북아일랜드)	85
모로 이슬람 해방 전선(필리핀)	80		우즈베키스탄 이슬람 운동(IMU) 중앙아시아	75
모로코 이슬람 전투 그룹(모로코)	85			
민족 해방군(ELN) (콜롬비아)	80		이슬람 저항운동(하마스) 이스라엘, 웨스트 뱅크, 가자	75
살라피스트 선교 전투 그룹(알제리)	80			
아부 사이야프 그룹(필리핀)	85		자마 이슬라미야(동남아시아)	80
아스바트 알 안사르(레바논)	75		자유 조국 바스크(ETA) 프랑스, 스페인	80

자이시 에 모하메드(파키스탄)	75	쿠르드 노동당(PKK)(터키)	85
전 세계 알 카에다(와하브주의)	65	타밀일람 해방 호랑이(스리랑카)	80
전 세계 '우월주의' 단체 (인종차별주의 및 민족적, 종교적, 정치적 우월주의)	40~85	타우히드 웨 지하드(이라크)	70
체첸 분리주의자(러시아)	85	팔레스타인 이슬람 지하드 (이스라엘, 웨스트 뱅크, 가자)	75
카흐 카하네 차이(이스라엘, 웨스트 뱅크)	80	팔레스타인 해방 기구(PLO)	65
코트디부아르 혁명가	90	팔루자 반군	85
콜롬비아 무장 혁명군(FARC)(콜롬비아)	90	헤즈볼라(레바논)	70
콜롬비아 연합 자위대(콜롬비아)	90	호프스테드 네트워크(네덜란드)	85

「국제 테러 유형 보고서」에 추가로 수록된 단체들
(미국 국무부, 2003~2004)

다음은 전부 엇비슷하게 측정되며, 평균 수준이 집단적으로 75~80이다.

11월 17일 혁명 기구	아부 니달 조직(ANO)
데브 솔	알 가마 알 이슬라미야
데브림시 솔(혁명적 좌파)	알 타우히드
무슬림 이란 학생회이집트 이슬람 지하드	알 자르카위 네트워크
무자헤딘 에 칼크 조직(MEK)	안사르 알 이슬람(AL)
산길라 군대	옴진리교
살라피스트 선교 전투 그룹(GSPC)	우즈베키스탄 이슬람 운동(IMU)
세계타밀연합(WTA)과 세계타밀운동	이란 민족 해방군
센데로 루미노소 (빛나는 길, SL)	이슬람 도우미
신인민군(NPA)	이슬람 파르티잔

일신교와 지하드 그룹

자마트 알 타우히드 왈 지하드

자유 조국 바스크(바스크)

자이시 안사르 알 이슬람

준드 알 이슬람

지하드 그룹(알 지하드)

콜롬비아의 연합 자위대

/연합 자위 그룹(AUC)

탈라알 파테

파타 혁명평의회

팔레스타인 해방 인민전선(PFLP)

필리핀 공산당(CPP/NPA)

하라카트 울 무자헤딘(HUM)

혁명의 핵

「국제 테러 유형 보고서」이전 판에 수록된 단체들

다음 단체들의 평균 측정치는 75~80이다.

10월 3일 조직

5월 15일 조직

17 군대

구 르완다 육군(전 FAR) (르완다)

급진파 아일랜드 공화군

라우타로 인민 반군(FRPL)

라우타로 청년 운동(MJL)

마누엘 로드리게스 애국 전선(FPMR)

모라자니스트 애국 전선(FPM)

붉은 여단(BR)

붉은손 방어자(RHD)

솔 로조

아르메니아 해방 비밀군(ASALA)

즈비아디스트

알렉스 본카이오 여단(ABB)

알제리 테러리즘

알 움마

알 파타

연합 인민 행동 운동(MAPU/L)

오렌지 의용군(OV)

올리 그룹(아르메니아)

인민 투쟁 전선(PSF)

인테라함웨 (르완다)

추카쿠 하(핵 혹은 중간핵 분파)

충성 의용군(LVF)

캄푸치아 민주당

캐나다 타밀 연합 연맹(FACT)	푸카 인티(솔 로조, 붉은 태양)
크메르 루주	혁명 민중 투쟁(ELA)
투팍 아마루 혁명 운동(MRTA)	혁명 연합 전선(RUF)
투팍 카타리 게릴라군(EGTK)	홍위대(RAF)

모든 테러 단체는 극단적 에고 중심성과 자기애에서 비롯되며, 패거리 동의에 의해 찬성을 얻는 일종의 승리주의[9]다. 테러리즘은 사회의 최하위 요소들을 끌어당기는 범죄의 일종인데, 그들 중 다수는 본래부터 폭력과 증오의 배출구를 구하는 사이코패스적 성격을 지니고 있다.

기본적으로, 테러리즘에는 참된 힘에 대한 시샘 어린 증오가 있고 낮은 힘으로 참된 힘을 모방하려는 노력이 있는데, 그 낮은 힘이 무고한 이들의 삶을 파괴한다. 에고는 이렇게 해서 지고Supreme 로서의 신을 대체하며, 그리고 불경스럽게도, 아이들에게까지 자행되는 야만적 폭력에 권위를 부여하는 것이 신성Divinity이라고 주장한다. 에고는 신성모독과 파괴에 대해 흡족해한다.

전 역사에 걸쳐, 테러리즘의 기본 에너지는 '사탄적'이라고 언급되었고, 그것을 정당화하는 데 동원되는 진실의 왜곡은 고전적으로 '루시퍼적'(즉, 자부심과 신의 통치권에 대한 저항)으로 지칭된다. 사랑과 진실의 부정을 특징으로 하는 쌍둥이 끌개장[10]이 결

---

9 특정한 교의나 문화, 사회제도가 다른 어떤 것보다 더 우월하고, 그래서 그것이 다른 것들에 대해 승리를 거두어야 한다는 태도나 신념을 말한다.
10 앞에 나온 사탄적 끌개장과 루시퍼적 끌개장을 가리킨다.

합될 때 사디스트적 테러리즘이라는 미친개들이 풀려나는데, 이는 에고 자체의 극단적 그늘을 입증한다. 그럼으로써 가해자들은 망상의 피해자가 되는데, 왜냐하면 그들은 진실과 거짓을 구별하지 못하고 그리하여 자신의 노예화 및 그것의 카르마적 귀결을 알지 못하므로 쉽게 개종되기 때문이다.

불행히도, 야만적 행위는 중독성을 갖는 잠재력이다. 따라서 테러리스트는 평화를 적으로 보고 그것을 교묘하게 파괴하는데, 이는 수십 년간 전 세계 테러리즘의 핵심이었던 이제는 사망한 아라파트의 삶을 통해 입증되었고, 그에 관한 증거는 풍부하다.

"이 사람에게는 테러리스트가 다른 사람에게는 자유의 투사." (측정 수준 190)라는 유행 밈을 살펴보는 것은 교훈적이다. 이 말은 상대주의와 맥락의 무시를 바탕에 깔고 있는 유혹적 궤변이다.

'자유의 투사'는 240으로 측정되지만, '테러리스트'는 40에서 80 사이로 측정된다. 그 말에는 또한 *레스 인테르나*(정신적 개념)를 확증 가능한 외적 실상과 혼동하는 것이 있다. 패트릭 헨리는 445로 측정되고 빈 라덴은 40으로 측정된다. 차이가 나는 것은 의도와 맥락인데, 그것은 마치 애국자 법이 전시에는 온전하지만 평화 시에는 그렇지 않은 것과 같다.

모든 독재자는 '자유의 투사'로 선전하며 출발하지만, 결국에는 적으로 소문난 상대가 살해했을 것보다 더 많은 수의 자국민을 죽이는 폭군으로 막을 내린다. 인간의 마음은 도움받지 않고서는 지각과 본질의 차이를 구별하지 못한다. (동화 속의 빨간 모자 역시 마찬가지였다.) 가령, 팔루자 반군은 85로 측정되고, 팔레스타인

해방 기구는 65로 측정된다.

문제를 더욱 복잡하게 만드는 것은, 온전한 '자유의 투사'로 출발하여 생애 초기는 400대로 측정되는 많은 지도자들(히틀러, 아라파트, 카스트로, 나폴레옹)이, 그 다음에 타인에 대한 권력과 통제 행사의 유혹적 매력에 굴복한다는 것이다. 그들은 생애 후반에 자기 우월증egomania에 빠져들고, 100 이하로 측정된다. 이는 모든 독재 정권에서, 그리고 네로 등과 같은 역사 속의 군주 대부분에게 거의 확실한 것이다. 따라서 위의 그럴 듯한 믿음은 다음과 같이 바뀌어야 한다. "오늘의 자유 투사가 내일의 테러리스트 폭군." (측정 수준 495)

테러리즘은 전 역사에서 인간 사회의 풍토병이었고(Curtie, 2002), 현재는 모든 국가에게 주된 위협이다. 에고의 아주 깊은 밑바닥과 프로이트의 '이드Id'에는 원시적 살해 욕구가 있고 순전한 살해의 쾌락에 대한 갈증이 있다. 우리는 그것을 프레리 도그의 머리를 날려 버리는 '죽이는 스포츠' 안에서 본다. 우리는 그것이 로마 콜로세움(측정 수준 80)에 운집한 군중의 쾌락과 환호 속에서 공공연하게 표현되는 것을 본다. 그것은 죽을 때까지 싸우는 검투사의 싸움에 대한 흥분에서 그 자체를 드러내고, 닭싸움과 개싸움에서 맛보는 쾌락과 흥분에서 또 다시, 그리고 투우장에서, 공개 처형에 대한 끔찍한 만족감과 사형을 요구하는 불쾌한 외침에서 그 자체를 드러낸다. 대중의 참여는 개인적 죄책감을 줄여 주는데, 그것은 린치를 가하는 폭도에게서, 혹은 프랑스혁명 당시 단두대로 18,000명을 처형하는 것을 지켜본 구경꾼들에게서, 혹은

2004년 11월 26일의 NBA 난동에서 나타난 그대로이다.

　개 무리의 살해열을 목격하는 것은(저자에게는 그런 적이 있었다.) 상당히 오싹하고도 심란한 경험인데, 개들은 헛간 앞마당에서 동물들 사이를 뛰어다니며 닭, 오리, 애완용 염소의 목덜미를 차례로 물어뜯는다. 개들은 배가 고픈 상태가 아니며 먹이를 먹지도 않지만, 엄청난 흥분 상태에 빠져 있다. 주목할 만한 것은, 다른 동물을 한 마리씩 죽일 때마다 무리는 행동이 느려지는 것이 아니라 오히려 열기가 고조되어 더 많은 살해로 치닫게 된다는 점이다. (예 1930년대 남경과 만주에서의 일본인) 그러한 행동은 원시적으로 본능적인 것 같지만 종족 결합을 도울 수 있다. 피를 갈망하는 흥분은 전염성이 있으며 만족할 줄 모르는데, 그것의 인간적 표현에서 구경꾼들은 호기심 어린 흥분으로 하여 그것을 보고 환호한다. 권투 경기장의 규정은 실제로 죽이는 것을 금하는 대신, 가능한 살해에 가장 근접한 것, 가령 의식상실, 출혈, 찢어진 살, 쇼크, 뇌진탕만을 허용한다.

　정신 치료나 정신분석에서, 또한 깊이 있는 영적 작업에서의 규칙은, 피해자가 어떤 충동이나 본능적 욕구의 부정을 관두고 그러한 것이 자신에게 있음을 인정하지 않는다면, 그리고 억압되어 있는 금지된 충동을 타인에게 투사하기를 멈추지 않는다면, 그러한 것을 초월할 수는 없다는 것이다. 진단상으로, 지하드는 종교적으로 인가된 유혈에의 욕망이다. 지하드는 아이들을 가득 태운 버스를 폭파시키고 무고한 이들을 죽이는 일에서 벅찬 즐거움을 느낀다. 그 원시적 본능에는 멈추려는 의도가 없는데, 그렇지 않다면 전쟁은 몇 세기 전에 끝났을 것이다. 에고의 원시적인 진화상의 기원은 여전히 대단히 활기 넘친다. 공룡시대는 끝나지 않고 계속되고 있으며, 오늘의 주요 뉴스에서 그것은 대단히 활기 넘친다. 프로이트는 이 격세유전적 욕구를 가리켜 '죽음 본능', 혹은 '타나토스'라고 불렀는데, 정상인 속에서 그것은 생명 본능 '에로스'에 압도당한다. 타나토스는 자살로, 창문에서 뛰어내리거나 절벽 위에서 몸을 던지려는 충동으로 표현된다. (단 1년 동안 그랜드캐니언에서 아홉 명이 그렇게 했다.) 금문교에서는 천 명이 뛰어내렸다. 누구는 오토바이 사고를 일으켰다. 그것은 인간 문화에서 해골 밑에 정강이뼈를 교차시킨 상징으로 예시된다.

이슬람 테러리즘에 대한 종교적 선례 및 그에 대한 정당화는 불행히도 모하메드 자신이 제공했는데, 그는 『코란』 저술 당시에는 700대로 측정되었지만, 그 다음에는 측두엽 간질로 인해, 38세에는 의식 수준 130으로 추락했다. 그는 검을 들었고 불신자들을 죽이기 시작했는데, 그러한 일은 그 이래로 계속되고 있다. 메디나 전투 뒤에 그가 죽인 최초의 집단 중 하나는 유대인으로 구성되어 있었다. (쿠라이자 씨족)

두려움과 억압은 오늘날 이슬람 국가들의 여전한 특징이며, 그리고 비교적, 그 나라들의 문화는 여전히 심각하게 원시적이다. 불행히도 중동 전체는 200 이하로 측정되는데, 이는 불쾌한 함축을 갖는다. 그것은 중동의 희화화가 종식되지 않을 듯하거나, 혹은 중동이 정치적 수사에 대해서는 말할 것도 없고 이성에 대해서나 도덕성과 윤리에 대한 호소에 대해 반응하지 않을 듯하다는 것을

의미한다. (다시 말하면, 그들의 행동은 임상적으로 '자아 동조적'
이다.)

정치적으로, 이슬람은 신정神政이다. '이슬람'이라는 말은 내맡
김과 복종을 의미한다. 이슬람은 『코란』이 유일한 법이자 유일한
정치 구조여야 한다고 믿으며, 따라서 민주주의에 반한다. 하지만
터키는 아타투르크의 영향으로 인한 실용적 타협을 나타낸다.

정말 중요한 것은, 미국에서는 200 이상으로 측정되는 숫자가
인구의 51퍼센트인 반면, 전 세계에서 그것은 22퍼센트에 불과하
고, 중동과 아랍 국가에서는 소집단 간에 그 수치가 한층 더 낮다
는 것이다. 그리하여 문제가 있는 문화에서는, 인구의 78퍼센트나
그 이상이 온전치 못한 동기에서 기능하며 그리고 합리성에 반응
하지 못하고 아예 합리성을 인지조차 못하거나 신용하지 못하기
도 한다. 이것이 갖는 의의는, 그러한 문화는 그 자체의 수준에서
다뤄질 필요가 있다는 것인데, 그들의 수준은 아주 눈에 띄게, 현
저히 자기 이익의 수준이고, 그리고 자기 이익뿐인 수준이다. 정신
치료, 정신분석, 영적 가르침, 혹은 다른 어떤 교육적 노력에서도,
규칙은 다음과 같다. 과정은 내가 있는 곳이 아니라 상대가 있는
자리에서 시작되고, 그 다음에 거기서부터 차차 올라간다.

문명화된 세계를 지배하는 것은 이성(400대)이다. 진화가 덜 된
세계는 감정에 물든 자기 이익에 지배당하는데, 그러한 세계는 윤
리, 도덕, 타인에 대한 관심, 온전성이 번영과 상호 이익을 가져온
다는 측면에서 역설적으로 대단히 이롭다는 걸 배울 필요가 있다.
개명한 서구 문화에서, 이것은 수 세기에 걸친 노력과 자기 규율

을 통해 수고스럽게 얻어진 지혜이다.

의미심장한 것은, 아랍 국가의 일반 주민은 상대적으로 가난하며 따라서 극단주의자들의 전도에 있어 비옥한 토양이 된다는 것이다. 자살 테러리스트의 가족은 경제적 보상을 받기까지 한다. 아랍 세계의 부는 일차적으로 엄청난 부를 생산하는 석유 매장량에서 비롯되는데, 일반 국민을 경멸의 시선으로(즉, 그들을 '개'로) 바라보는 통치자들이 그것을 착복한다. 이와 비교하여, 노르웨이에서 석유 생산의 경제적 이득은 주민 전체에게 돌아가며, 그 덕분에 주민들은 경제적으로 비교적 안정되어 있다. 역설적인 것은, 아랍 국가의 막대한 금융 재산은 미국과 다른 서방 국가의 석유 구입 덕분이라는 것이다. 그리하여 이슬람 국가를 지탱하는 것은 일차적으로 서구 경제다.

서구 세계와 미국은 아랍 세계가 거기서 많은 유익한 것을 배울 수 있는 보다 앞선 문화를 대표하지만, 서구를(주로 미국을) 퇴폐적이고, 부도덕하고, 신앙심 없게 바라보는 대중매체 이미지로 인해 교훈은 실종되고 만다. 이슬람과 보수적 사회의 보다 순결한 도덕성에 대해, 미국 문화는 타락하고, 심하게 외설적이며, 특히 성과 관련해서 결정적으로 부정不淨해 보인다. 서구 문화에 대한 이러한 시각은 '서구화'에 대한 저항을 강화한다. 특히 대중매체가 여성적 유혹을 현저히 악용하는 것이 그렇다. 육체의 과시는 강력히 반대할 만한 것이자 부도덕한 것으로 비친다. 그리하여, 서구와 그것의 기함旗艦인 미국은 매력적이고 긍정적인 모범을 나타내지 않으며, 그럼으로써 퇴폐적인 것으로 그리고 선망의 대상이긴 하지만 찬양할 수는 없는 것으로 완강히 거부된다. 세계의 요즘의 문화적 격차를 해소하기 위해서는 행운과 윤리적 의도 덕분에 보다 앞서고, 의식하고, 알게 된 모든 이들의 집단적 지혜와 의도가 요구될 것이다. 그것은 따라서 하나의 가르치는 기능이다.

폭격당한 월드 트레이드 센터라는 두 개의 꼬리는, 2차 대전과 다른 많은 재앙 이전의 미국처럼, 모래 속에 머리를 처박은 타조의 꼬리 깃털에 지나지 않는다. 진실은 생명을 지지하고 방어한다. 거짓과 환상은 전쟁과 죽음을 불러온다.

실용적으로 흥미로운 것은, 민간군사기업(측정 수준 345)이 지금 다양한 전쟁에서 수행하는 역할인데, 그들은 보통 군대에 비해 훨씬 낮은 사상률로 큰 성공을 거두고 있다. 그래서, 예를 들면 시에라리온에서는, 이그제큐티브 아웃컴사의 병사 수백 명이(연간 1,000만 달러에) 유엔군 18,000명이 연간 10억 달러의 비용으로도 할 수 없었던 일을, 훨씬 낮은 사상률을 내고 성취할 수 있었다. 엇비슷한 결과들(예컨대 발칸 반도에서의 MPRI)은, 규율이 잡힌 민간군사기업은 큰 불이 번지는 것을 막고 군인은 물론 민간인의 불필요한 사망률을 낮추는 데 현명하게 이용될 때, 세계 평화에 크게 기여할 수도 있음을 보여 준다.

세계적으로 60개 이상의 민간군사기업이 활동하고 있다. (Global Security, 2004) 그들 모두가 군대보다 훨씬 효율적으로, 인도주의적 관심을 가지고 활동하는 것이 특징인데, 왜냐하면 그들을 이끄는 것은 증오나 정치 이데올로기가 아닐 뿐더러 음식, 물, 주거와 같은 생명을 지지하는 수단은 물론 인간 생명 자체에 대한 관심이 없는 메시아적 지도자들도 아니며, 자발적 전문 기술이기 때문이다.

민간군사기업은 격정이나 복수보다는 이성의 영향력을 반영하는데, 그리하여 그들은 민간과 군 양쪽 부문에 훨씬 적은 손실을 입히는 것은 물론 스스로도 훨씬 적은 손실을 입는다. 그들은 대중을 상대로 보복 학살에 빠져들지 않는다. 그들의 측정치(300대 중반)는 억제를 그리고 규율이 잡힌 합리성을 가리킨다. (반군 전투원은 160이나 그 이하로 측정된다.)

관습적으로 임상 연구 논문은 그 연구에서 이루어진 본질적 발견에 대한 요약으로 끝을 맺는데, 그러한 발견으로부터 실용적 권고가 이루어진다. 이 책에서는 가장 앞선 과학적 연구 기법에 더해 데이터의 진실 수준 측정을 이용하여, 장구한 세월 동안의 인간 조건을 종합적으로 분석했는데, 그것에 대해서는 다음의 요약이 적절할 것이다.

우리는 정치인의 입법 활동과 관련된 중요 분야에 대한 (미국과 전 세계) 정치인들의 지식수준이 어느 정도인지 물을 수 있다. 그 답은 상당히 많은 것을 드러내며, 과다한 미해결 쟁점을 설명하는 데 도움이 된다.

정치인의 지식

주제	정치인의 지식
국제 관계	200
직업, 고용	190

의료 문제	180
아웃소싱	165
유가와 물가	180
세금	200

이상으로부터, 정치인에게 가치 있는 정보는 정치 과정 자체에 대해서 외적인 자문 위원회와 전문가한테서 나올 필요가 있다는 걸 볼 수 있다. 정치인은 엄연한 검증 가능한 사실이나 진실보다는 현재 여론과 선전된 위치성에 주로 좌우된다.

미국 정보기관(측정 수준 190)의 지속적 문제

역사와 의식 측정 둘 다에 의한 역사적 분석을 통해 볼 때, 흠이 있는 미국 정보기관은 저변의 어떤 결함이 지속되고 있다는 것과 그 결함의 기원을 이해할 필요가 있음을 가리킨다. 상황을 바르게 진단하지 못하는 것은 정형외과 의사가 수술 전에 엑스레이 사진을 찍지 않는 일과 같을 것이다. 그에 대해 미국과 세계가 치른 대가는 인명 손실, 극심한 고통, 재정 부담, 도시와 전 주민의 유린이라는 측면에서 막대했고, 지금도 여전히 그러하다.

정보기관의 실패로 인한 사망률은 엄청나다. (진주만에서 2,400명 사망, 9.11 사태로 3,000명 사망, 여러 종류의 폭탄 공격으로 수백 명 사망, 이라크 전쟁에서 장병 1,500명 사망, '뜻밖의' 폭도에게 피살된 수백 명의 미군 병사와 민간인들) 이러한 그리고 더 많은 피해가 있은 뒤, 범죄자는 악한 '적'으로 비난받는다. 이는 마치 맨해튼에 차를 주차시키면서 열쇠를 차에 꽂아둔 채 문을 잠그지 않은 사람이 나중에 '악한 차 도둑'을 비난하는 것과 같다.

앞 장에서, 우리는 세계 인구의 78퍼센트가 200 이하로 측정되고, '부자유국' 명단에 수록된 문제 있는 나라들은 전부가 200 이하로 측정된다는 것을 알았다. 비유해서 말하면, 우리는 미국이라는 차를 습관적으로 차 도둑의 세계에 주차시키는 것이다. "1온스의 예방은 1파운드의 치료와 맞먹는 가치가 있다."는 오랜 격언을 적용할 수 있을 것이다.

수천 년 동안, 아시아의 역사적인 대지배자들에서 나치 독일과 오늘날의 유럽 국가에 이르기까지(프랑스 정보기관은 현재 295로 측정된다.), 정권과 국가의 생존은 정보기관에 달려 있었다. 기업과 프로 스포츠 팀들조차 훨씬 더 효율적인 정보 수집망을 보유하고 있다.

역사는 정보나 정보의 결핍이 역사상 큰 전투의 결과를 어떻게 좌우했는지를 반복해서 기록하고 있다. 미국이 세계 도처에서 수많은 나라에 이미 은밀히 침투한 변화무쌍한 적을 상대하고 있는 상태에서, 미국의 장래는 갈수록 정확한 정보에 의존할 수 있다.

과거에 미국은 막강한 보복 군사력(막대한 산업 능력에 기초하는)과 선한 의도에 의존했다. 핵 세계에서 방어적 보복이란 별게 아닐 수 있는데, 그것은 특히 죽음 앞에서 물러나지 않으며 사실상 죽음을 구하고 찬미하는 적들에 대해서는 더욱 그렇다. 더러운 핵폭탄[11]이 폭발한 뒤의 정화 작업은 가능한 최악의 시나리오를 나타내는데, 잠복해 있는 공격 세력은 그것을 분명히 의식하고 있다.

역사적으로 잘못된 정보가 되풀이해서 가져온 심각한 귀결로 인해, 그런 일이, 거듭되는 전쟁 및 현재 '일촉즉발'의 잠재적으로 폭발적인 미국 상황과 세계정세에 이르기까지 지속되고 있는 이유가 무엇인지에 대한 의문이 솟구친다.

이 지속적 실패 유형의 저변에 있는 근원에 대한 연구를 통해, 그 근원이 200이라는 임계 수준 훨씬 이하로 측정되는 어떤 이데올로기이고, 더불어 법 제정을 포함하는 그 이데올로기의 정치적 표현이라는 것이 드러난다. 심리적 부정이라고 말하는 것은 가장 단순화된 설명인데, 하지만 그것으로는 불충분하다. 그 유형은 여러 주제의 연립을 나타낸다.

1. 잘난 척하는 유사 독실함. "우리는 그 모든 것을 넘어서 있다." (요즘 정치인들이 하는 말에서 인용) 미 국방부는 국가와 국민을 보호하는 일을 '넘어서' 있는가? 아니면 그런 말은 우스꽝스러운 거드름에 지나지 않는가?
2. 책임을 다하는 권위를 받아들이지 못하는, 그리고 현실 세계의 작동원리로서의 그러한 권위의 필요성을 받아들이지 못하

---

11 다이너마이트와 같은 재래식 폭탄에 방사능 물질을 결합해서 만든 폭탄으로서, 폭탄이 폭발할 경우 넓은 지역에 방사능 물질을 흩뿌리게 되어 '더러운' 폭탄으로 불린다.

는 오도된 자유주의.

3. 정보기관의 작전을 '비열한' 것이자 '더러운 물웅덩이'로 오인하는 것. 즉 패거리 정신을 가진 군사 문화와 군사 국가의 세계에 퀸스베리 규칙을 잘못 적용하는 것.

4. '성자 같은' 미국 이미지에 대한 관심. (그보다 더 나쁜 것이 있을 수 있을까?)

5. 팽창된 자만심과 그로 인한 현실 검증력 결여. 즉, 미국 외에는 아무도 따르지 않는 '공정함'이라는 이상주의적 개념. 속임수와 거짓이 정상적이고 필요한 규칙이자 진지한 책임으로 간주되는(KGB, MI-6(영국), 등에서) 야만적 세계정세에, 남학생 윤리(폴로나 크리켓 할 때나 알맞은)를 잘못 적용하는 것.

6. 다수와 국가 이익에 봉사하기보다는 소수자의 의문스러운 이데올로기를 통해 사적인 권력을 추구하는 정치인들.

7. 강함을 공격성으로 혼동하는 것. 이에 대해 다시 말하면, 미사일 방어는 방어이지 공격이 아니다.

8. 공무원 조직에서 표현되는 피터의 원리.[12] (굳어진 무능함)

9. 만일 우리가 '선하게' 보인다면 세계는 (엄마 아빠나 선생님들처럼) 우리를 사랑할 거라는 어린애 같은 환상. 단순한 관찰을 통해 자명해지는 것처럼, 세계는 그런 식의 칭찬에 인색하다. (㈜ 2차 대전 이후 프랑스의 반미적 태도) '우월해' 보이는 것은

12　이 원리에 따르면, 관료적 위계 조직인 계층제 안에서 모든 구성원은 자신의 무능력이 드러날 때까지 승진하려는 경향이 있고, 따라서 관료 조직의 모든 직위는 그 직무를 수행할 능력이 없는 사람들로 채워지는 경향이 있다.

분개, 선망, 악의, 증오심을 유발한다. 예를 들어 요즘 캐나다의 반미적 태도. (캐나다 어린이의 50퍼센트 이상이 '선한' 미국을 사실상 악으로 본다. 성자 이미지는 그만하면 됐다.)

이상으로부터, 결함 있는 미국 정보 정책과 그러한 정책 실행의 바탕에 있는 철학적, 이데올로기적, 정치적, 지적 기반을 재검토하는 것이 이로울 듯하다. 이곳은 모든 주요국들이 광범위한 정보 수집 활동을 하고 있는 세계이다. 미국 해안에서 겨우 90마일 떨어진 곳에 있는 쿠바는 전 세계 테러리즘의 정보 수집 활동에서 주전 선수로 활약하고 있다. 세계가 존중하는 것은 강함이다. 독실한 우월성은 우스꽝스럽거나 조소할 만한 것으로 보이진 않는다 해도 멍청해 보인다. 정직성은 강점이다. 세계는 생존에 필요한 밈을 받아들인다. 미국은 생존을 위해 이라크에 갔지, '민주주의를 위해 이라크를 구하러', 그리고 이라크 국민을 해방시키러 그곳에 간 것은 아니었다. 세계는 빈약하게 위장된 선전을 꿰뚫어 보았다. 따라서 미국은 세계의 경멸을 자초했으며, 요즘 전 세계를 휩쓰는 '미국 증오' 밈에 사실상 연료를 공급해 주었다. 미국의 정책 전문가에겐 정치인 대신 좋은 심리학자가 두엇 필요하다. 남학생이라면 누구나 '범생이 증오' 증후군을 안다.

권고

정치제도의 측정치에서 볼 수 있다시피, 비록 민주주의는 410으로 높게 측정되지만 그것은 415인 과두제만큼 높지는 않다. 상위 측정치의 범위에서, 숫자는 로그이기 때문에 척도상의 5점 상승은 사실상 힘의 엄청난 도약을 나타낸다. 사면초가에 빠진 사회는 끌어모을 수 있는 모든 능력을 필요로 한다. 따라서 국가들은 자국의 정부 구조에 내각 수준과 동등하거나 혹은 최소한 강력한 자문역을 하는 (정치에서 자유로운) '과두제' 수준을 더하는 것이 좋다.

과두제(고대 그리스의 '첨탑'에서 나온 용어)는 정치인(측정 수준 180)보다는 정치가(측정 수준 430)의 합류를 뜻한다. 정치가는 현명한, 노련한, 경험 있는, 명석한, 능란한, 온전한, 균형 잡힌, 증명된, 품위 있는, 슬기로운, 교육받은, 선의를 품은 이들이다. 이는 스승, 고문, 성숙한, 객관적인, 원만한, 점잖게 말하는, 성공한, 최고 수준, 충족된을 뜻하고, 개인적, 정치적인 것이든 혹은 재정적인 것이든 이득에 대한 욕망을 넘어섰음을 뜻한다. 이는 자신만의 영역을 가진 높게 측정되는 전문가의 수준인데, 그들은 궁핍하지 않으며, 단순히 지금의 자신으로 존재하는 것으로 타인에게 봉사하고, 자신의 지혜를 제공하고 나누는 일을 통해 충족감을 느낀다.

근세에 이러한 지혜를 어느 정도 입증해 보인 것은 스위스였는데, 그것은 말하자면, 질서, 낮은 범죄율, 드문 사회문제, 정치적인 혹은 내정상의 혼란이나 불안이 없는 것, 기차의 정시 운행, 이웃 나라 전부가 뛰어든 전쟁에 몇 세기 동안 휩쓸리지 않은 것이다. 주목할 만한 것은 남자들 모두가 1년간 군 복무/훈련을 받아야 한다는 것과, 시민이 되는 것이 쉬운 과정은 아니라는 것이다. 스위스에는 이민 할당제는 물론이고 시민이 되기 위한 요구 조건이 있다. 1970년대까지 투표권은 50세 이상의 남자에 한해 주어졌으며,

그래서 전통적으로 국제 금융자산의 근거지기도 했던 어느 민주 국가에서는 청년의 어리석음보다는 현명함이 지배적 풍토를 이루었다.

좀 더 옛날에는, 수 세기에 걸쳐 부족의 생존을 보장해 준 것은 원로회의의 지혜였다. 그것은 세계 종교와 영적 전통은 물론 수많은 장인 조합과 전문직의 방식이기도 했다.

대통령 자문위원회[13]가 과두회의의 역할을 충족시킨다고 추정되어 왔지만 그것은 사실이 아니다. 국무위원은 전문성만을 보고 임명되지 않으며, 현명함보다는 당파 관계를 근거로 임명된다. 흔히 특별한 교육이나 경험을 갖지 못한 정치적 피임명자들에겐 동일한 한계가 있다.

역사로부터, 문명은 '정치 때문'이 아니라 '정치에도 불구하고' 살아남는다는 것과, 사람들의 78퍼센트가 200 이하로 측정되는 세상에서 '여론'은 의지할 만한 것이 아니라는 것을 알 수 있다. 지구상의 그 어떤 나라보다 높게 측정되는 미국에서조차 인구의 49퍼센트는 200 이하로 측정된다. 게다가, 인터넷상의 정보는 50퍼센트가 허위다.

의미심장한 것은 유엔은 물론이고 《타임》이 선정한 '지도자와 혁명가' 집단(9장을 볼 것)이 170에서 195 사이의 범위 내로 측정된다는 것이다. 이 시대는 미합중국이 미국을 '증오'하는 약 135로 측정되는 내부의 이데올로기적 적은 물론이고, 외국의 군사 문명

---

13 미국에서는 각 부처 장관 등으로 구성된다.

전체(측정 수준 40~190)로부터 포위 공격을 당하는 핵 시대이다. 다음과 같은 의문이 솟아오른다. 190으로 측정되는 외과의사에게 뇌 수술을 받고 싶은 사람이 있을까? 아니면 승객들의 '표결'의 지휘를 받는 조종사를 원하는 사람이 있을까?

도덕의 관점에서 볼 때, 미국은 접근 가능한 가장 앞선 정보 수집 시스템을 갖출 책임을 자신과 세계에 대해 지고 있는데, 그것은 단지 자기 이익에 관한 것이 아니라 정보 수집이 완력보다 중요한 세계에서 자신이 가진 큰 힘에 대한 온전한 청지기역을 인지했음의 표현이다.

대단히 흥미로운 것은, 크게 성공한 기업은 대부분의 정부 기관보다 더 높은 수준에서 기능한다는 점이다. 그릇된 이론과 무능함은 신속히 퇴출당하고, 형편없는 지도자는 재빨리 교체된다. 어떠한 기업이라도, 진주만과 9.11뿐 아니라 미 대사관과 U.S.S. 콜호에 대한 폭탄 테러를 초래한, 그리고 한국전 당시 50만 북한/중국 공산군으로 인해 '놀라'고 이라크 반군의 저항으로 인해 '놀라'는 등의 결과를 초래한 정부 기관의 무계획적이고 비조직적인 풍토와 분위기를 견디지 못할 것이다.

모든 정부 부처를 특징짓는 무능함의 수준에서 기능하는 영리 기업은 살아남을 수 없었다. 민간 기업은 훨씬 낮은 비용으로 거의 모든 정부 부서를 능가할 수 있을 것이다. (이 진술은 450으로 측정된다.)

이것은 민간군사기업이 유엔군을 10배까지 능가하는 사례에서 입증되는데, 즉 의용병으로 구성된 모든 사설 부대가 유엔군의

10분의 1의 비용, 10분의 1의 시간, 10분의 1의 병력으로, 10분의 1의 사상자를 내고 임무를 수행할 수 있었다! 이것은 임계 요소 분석의 효율성을 보여 주는데, 임계 요소 분석을 통해 진짜 전문가들은 문제의 핵심을 진단하고 정밀하게 승리한다. 만일 그런 민간 기업이 미국 방위를 책임졌다면, 어이없는 무능함이 수십 년간 계속되지는 않았을 것이다. 민간 업계에서 일을 '망친' 사람은 해고당하며, 재선되거나 재임명되지 않는다.

이것이 현실적 관점 아닌가? 사실이 어떠한지는 모든 전문가들이 공통적으로 인식하고 있고, 최고, 보통, 최하 간의 차이도 아주 잘 알려져 있다. 숱한 시민의 생명이 위험에 처해 있다.

인간 의식 발전의 귀결로서, 이제는 진실과 거짓을 식별하는 것이 가능하다. 이것과 똑같이 중요한 것은, 이제부터 비밀은 없다는 것이다. 진실뿐 아니라 진실의 수준 또한 재빨리 확인될 수 있다. 또한 중요한 것은, 그 기법은 오직 온전한 사람들과 온전한 목적에만 이용이 제한된다는 것이다. 이것은 내장된 안전장치인데, 덕분에 세계는 더욱 안전한 곳이 될 수 있고, 이제 세계의 안전을 위협하는 것은 신속히 노출될 수 있다. 예를 하나 들어 보기로 한다.

임계요소, 끌개장 분석의 현재적 적용
국제적 핵 프로그램(2004년 12월)

국가	의도	능력
미국	460	460
인도	200	200

이란	170~190	160
파키스탄	155	140
북한	140	80
냉전기의 러시아	120	275
현재의 러시아	200	200
중국	165	170
이집트	200	140
이슬람 전사들	60	60
이슬람 전사들은 핵 공격을 계획하고 있나?	예	

영성과 전쟁

위에 제시된 데이터를 통해 볼 때, 전쟁은 거짓 선전의 귀결이자 진실의 부재와 무시 혹은 진실의 부정이 낳은 귀결임이 분명하다. 역사적으로 이 조건은 하나의 확실성이었는데, 그것은 진실을 식별하는 다른 수단이 없었기 때문이었다. 전쟁은 도덕적, 윤리적, 정치적 토론을 불러일으키며, 토론 과정에서 가치의 우선순위를 결정하는 문제 대 생존과 실용성의 문제가 드러난다. 그리하여, 전쟁은 '이럴 수도 저럴 수도 없는' 힘겨운 선택이라는 딜레마를 나타낸다. 생존은 두 개의 악 중에서 더 적은 쪽을 선택하는 데(즉, 중증도 분류) 달려 있다. 이는 이상주의와 타협할 것을 요구하는데, 비록 이상주의는 하나의 원리로서 도덕적으로 보이지만 흔히 현실적이고 실행 가능한 선택지가 아닌 가설적인 것을 나타낼 뿐이다.

윤리적 영적 지향을 가진 이들은 전쟁의 참혹한 현실로 인해 갈등과 혼란을 겪는 일이 많다. 가장 흔한 오류는 영성을 수동성으로 오인하여 공격성을 돕고, 부추기고, 자초하는 것이다. 의식 측정은 물론 역사로부터, 우리는 수동성(측정 수준 145)이 공격성을 조장한다는 것과 그리하여 그것은 도덕적 우월성이 아닌 약함을 나타낸다는 것을 안다. 역사적으로 수동성은 무고한 시민 수천만 명의 죽음을 초래했고, 평화주의자는 그것에 대해 도덕적 카르마적 책임이 있다. 이렇듯 수동성은 일차적으로 무지에 기인하고 그에 더해 자기애적인 자기 확대와 유사 영적인 포즈에 기인하는 일이 많은데, 그러한 것은 불행히도 종종 치명적 귀결을 낳는다.

긍정적 측면에서, 수동성은 부정성에 대한 일종의 저항을 나타내고 그리하여 해결을 압박할 수 있다. (예 인도에서 마하트마 간디를 통한 수동적 저항) 이렇듯 의도와 동기는 귀결을 그리고 어떤 위치성의 측정 수준을 결정짓는 주된 요소들이다. 결국에는, 전쟁 발발이라는 유령이 일어날 때 작용하는 낮은 힘들을 해소하기 위해서는, 독실한 상투어와 목청 높인 설교보다는 용기와 강함이 요구된다.

조직적 저항을 통해 어떤 갈등은 해결될 수도 있지만, 그 결과는 전체적 상황, 예컨대 유리할 수도 유리하지 않을 수도 있는 문화적, 경제적, 정치적 요인들의 귀결이다. 이는 과거의 전쟁에 대한 분석을 통해 알 수 있는 것인데, 과거의 전쟁에서 수동성은 효력이 없었을 뿐 아니라 사실상 전쟁을 유발했다. (예 2차 세계대전)

구경꾼 관점과 대비되는, 어떤 갈등 상황에 대한 현실적 참여자 관점으로부터, 항의와 평화 행진이 끝난 뒤에 실제 상황과 그 상황 속의 심각한 문제를 처리해야 하는 것은 결국 '빈틈없는' 하지만 윤리적인, 실용적 현실주의자(측정 수준 465)인 실행가라는 서글픈 논평이 나온다. 실행가들은 어떠한 행동을 요구받든 간에 그 다음에 정치적 공격을 받는다.

총알과 폭탄 세례가 퍼부어지는 카미카제 공격 앞에서, 방어자의 영적/윤리적/도덕적 의무는 무엇인가? 용맹함의 본질은 용기이고, 그에 더해 주어진 상황에서 가능한 가장 윤리적 행동(즉, 싸우는 한편으로 기도하고, 동지들과 맡은 바 임무에 대해 충실한 것)이다. 한정된 선택지 앞에서, 진실로 영적인 해결책은 이렇듯 바람직한 이상과의 어쩔 수 없는 타협으로 나타난다. 이 해결책은 485로 측정된다. 윤리적이고 책임 있는 위치가 동지들 및 조국에 대한 사랑이라는 성질과 결합될 때 측정치는 510으로 상승한다. 높은 영적 선택지로서 그 상황이 선택될 때, 가능한 선택은 요구대로 기능하는 것과 자신의 의지를 신에게 전적으로 내맡기는 것이다. 그 다음에 595로 측정되는 드문 선택지가 열리는데, 이것은 600의 깨달음Enlightenment 자체나 그 이상으로 가는 관문이다.

이와 똑같은 기회가 사실상 삶의 매순간에 존재하지만, 그것은 어떤 재난에 가까운 맞닥뜨림 없이는 좀처럼 인지되지 않는다. 그리하여 역설적으로 전쟁은 갑작스러운 큰 영적 발전에 이르는 길이었고, 따라서 대대적인 카르마적 기회였다. 최대의 상황에 맞닥뜨리지 않고도 자신의 생명과 존재의 표면적 근원(에고)을 신에게 내맡기는 사람은 드물다. 죽음의 가능성 혹은 확실성에 직면하여 전적으로 내맡길 때의 그 눈부신 귀결은, 모든 두려움이나 공포가 극적으로 그리고 표면상으로는 마술을 부린 것처럼 갑자기 사라지는 것이다. 두려움이나 공포를 대신하여 사람을 감싸는 것은, 어떤 평화_{Peace}와 맞어 있음의, 믿어지지 않는 전부를 둘러싸는 편재인데, 그것은 심원하며 무시간적이다. 그리하여 "인간의 불행이 신에게는 기회다."라는 말은 사실이다. 동일한 현상이 그 모든 표면적 재난 상황에서 일어난다. 2003년, 기상 채널은 토네이도에 휘말려 공중으로 들려 올라간 한 여성의 말을 다음과 같이 보도했다. "저는 공중으로 수백 피트 소용돌이치며 올라가는 동안, 문득 고요하고 짜릿한 평화 상태에 들어갔습니다."

비록 카르마 개념은 서구 세계에서 친숙하거나 흔한 것이 아니지만, 그것은 999로 측정되는 확증 가능한 실상이다. 카르마는 탄생 시에 현존하는 육체적이고 영적인 요소 전체(즉, 의식 자체의 측정 수준)에 대한 약칭이다. 카르마라는 이 유산은 집단적임은 물론 개별적이며, 따라서 모든 지구인은 인류 자체의 집단 카르마와 그 카르마의 세상적 표현을 공유하는데, 거기서 하나의 가능성이 전쟁이다. (앞서 언급했다시피, 지상에서 인간 역사의 93퍼센트를 차지한 것은 전쟁이었다. 평화는 문명 시대 전체에서 단 7퍼센트의 기간에만 우세했다.)

전쟁을 통해 제시되는 가장 명백한 영적 기회는 용서하고 사적인 의지를 내맡길 기회다. 이러한 영적 기회는 인간 조건 자체에 대한 연민에서 비롯되는데, 인간 조건은 거의 불가피한 오류와 맹목적 무지를 포함하여 에고에 고유한 (카르마적으로 상속받은) 불가피한 한계를 지니고 있다. "저들은 저들이 하는 일을 알지 못합니다."는 객관적이며 검증 가능한 사실이다.

세계 인구의 78퍼센트가 200 이하로 측정되는 것이 바로 위대한 화신들이 길을 밝혀 준 이유였다. 영적 구원이라는 선택지는 인간의 (카르마적) 유산의 긍정적 선물이다. 지혜로운 이는 그 선물을 택하는 반면, 어리석은 이는 기회를 낭비하고 그 대신 환상을 선택한다. 그래서 "인간은 항상 자신이 선이라고 믿는 것만을 선택한다."는, 세월이 증명해 준 소크라테스의 금언에 주의를 기울일 때 증오는 연민과 용서로 대체되고, 그럼으로써 전쟁이라는 기회는, 가련하게도 눈 먼 상태에서 분투하는 자신과 전 인류에 대한 영적 선물로 바뀐다.

영적인 이들은 되풀이해서 묻는다. "우린 전쟁 앞에서 무엇을 할 수 있지요? 우린 무엇을 위해 기도해야 합니까?" 좋은 기도는 전쟁이 전 세계적 상호 용서와 연민을 향한 소중한 기회임을 모두가 알게 해 달라는 기도일 터인데, 이것이야말로 평화_{Peace}에 이르는 진정한 길이다.

결론

더 나은 생존을 목표로 할 때, 이상의 연구에서 나온 다음과 같은 추론은 국가에 이로울 것이다.

1. 현행 정치제도에 더해, 정책과 의사 결정을 안내해 줄 과두적

자문 회의를 구성한다.

2. 악성 메시아적 자기애를 진단하는 법을 배우고, 그럼으로써 위험한 지도자들이 세계를 위태롭게 만들기 전에 그들을 찾아 내 펀치를 날린다.

3. 위험스럽게 그릇된 이데올로기적 경향이 전염병이 되기 전에 찾아낸다.

4. 중대한 작전을 수행하려면, 매우 성공적인 민간 기업의 전문 기술과 계약한다.

5. 앞서 약술한 것 같은 의식 측정 기법을 활용하는 정확하고 정교한 정보 수집 능력을 계발한다. 만일 당시에 우리에게 그런 것이 있었다면 수천만 명의 죽음을 막을 수 있었던 것은 물론이고, 지난 세기의 모든 전쟁을 예방할 수 있었을 것이다.

6. 이 장과 앞 장들에서 묘사하고 설명한 것처럼, 지금 접근 가능한 기법을 통해 얻어 낼 수 있는 정확한 정보에 기초한 국제 외교술을 발전시킨다.

7. 다른 나라들과 동맹을 맺고 협력을 촉진하는 데 교역을 더욱 크게 이용한다. (가령, 대중국 관계의 성공. 10년 전까지만 해도 중국은 잠재적으로 심각한 위협으로 보였다.)

TRUTH
VS
FALSEHOOD

/ 4부 / 높은 의식과 진실

종교와 진실

1. 세계의 종교

서론

종교는 전 시대를 통틀어, 모든 문화에서 진실의 근원으로 존중받아 왔다. 의식 측정 기법은 다양한 주요 종교에 내재된 영적 실상을 입증해 준다. 뒤따라 나오는 측정치에서, 측정 수준은 시비 분별의 한 형태가 아님을 깨닫는 것이 중요하다. 더 높은 측정치는 '~보다 나은'을 암시하지 않고 그 대신 문화의 의식 수준이 갖는 영향력을 반영하는데, 그러한 영향력으로부터, 표현되고 있는 진실의 수준뿐 아니라 종교의 진실이 역사적으로 출현했다. 어떤 종교든 그 가치와 이로움은 헌신자의 동기부여에 달려 있으며, 그리고 그 가치와 이로움 중에서 어떤 것이든 앞선 신비적 상태나 깨달음을 향한 도약대가 될 수 있다. 하지만 전부가 믿음과 더불어 시작된다.

역사

종교를 둘러싼 사실들에 대한 연구는 아마도 세계에서 가장 훌륭하고 학술적인 문헌을 낳았다. 하지만 역사적으로 대개의 조사는 영적 지향을 갖기보다는 주로 고고학에 대한 그리고 역사적 사건들의 전거에 대한 큰 관심으로 귀착되었는데, 그런 것은 흥미롭긴 하지만 핵심 가르침이 드러내 준 진실의 본질과 토대에 비하면 흔히 무관한 것들이다.

대종교는 창시자들의 가르침 속에서 일어났는데, 대종교의 창시자들은 전 시대의 위대한 스승, 화신, 영적 천재들이었다. 그들의 본질적 진실은, 가르침 자체의 취지에 대해 외적이고 또한 주의를 분산시키는 민족적, 지역적, 문화적 관례에 사로잡히면서 나중에 모호해지게 되는 일이 많았다. 하지만, 그와 동시에, 대종교의 창시자들은, 진실의 언어적 표현은 물론이고 전달되는 의미에 관한 암시와 더불어 어떤 문화적이고 역사적인 맥락을 제출한다. 많은 영적 가르침은 미묘하고 그 의미는 표현이나 몸짓의 사소한 변화로 암시되기 때문에, 그리고 불행히도 그런 종류의 정보는 실종되었으므로, 때로는 말한 그대로를 옮긴 것이 모호하다.

초기의 원시적이고 흔히 부족적인 문화에서 주요한 높은 종교적 진실이 갖는 본격적 영향력과 의의는, 일신교가 출현하고 그 다음에 그것이 우위를 점하게 된 사건이었다. 일신교는 로마, 그리스, 게르만 다신교에 기원을 둔 제신諸神들을 대체했다. 서구 세계에서 종교가 발달하기 수천 년 전에, 인도의 고대 아리아 문화는 힌두교의 기초로서의 매우 앞선 영적 가르침을 이미 산란했다. 『베다』의 근원을 이룬 깨달은 현인과 리쉬들의 가르침은, 모세와 나중의 예수 그리고 훨씬 나중의 모하메드는 물론, 붓다보다 수천 년 앞서 출현했다.

정식 종교는 또한 우상숭배를 대체한 것은 물론 보다 원시적인 다신교를 대체했다. 아메리카 원주민 문화에서, 생명의 근원으로서의 신의 현존은 특정한 화신이나 예언자라는 접점 없이 직관되었다. 유명한 연설문을 통해 드러난 시애틀 추장의 앎은 700이라는 인상적 수준으로 측정된다. 이로쿼이 국가의 구조는 미국 헌법의 제정에 기여했다. 이런 현상은 '자연법' 개념, 즉 인간은 신성Divinity인 실상을 파악할 수 있는 능력과 더불어 창조되었다는 원리에 신빙성을 부여한다. 그러한 원리에서 '정복할 수 있는' 무지 대 '정복할 수 없는' 무지에 관한 신학적 담론이 일어났다.

종교의 그늘

종교의 한계에 대해서는, 위대한 철학자는 물론이고 역사가들이 세속적 관점에서 그리고 비판적 신학자들이 수 세기에 걸쳐 분석해 왔다. 본질적 문제는 영적 진실에 관한 해석을 성전화聖典化하는 데서 생겨나는데, 영적 진실에 관한 해석은 성직자들의 영적 에고에 의한 오해의 귀결이다. 말하고 난 지 몇 세기가 지나서야

문자로 기록된 가르침을 번역하는 과정에서 많은 것이 사라진다.

이상은 잘 알려진 한계(의식 측정치에서 반영되는 것과 같은)지만, 신도와 종교 자체와의 관계에 대해서는 관심이 덜했다. 가장 명백한 오류는 신 대신 종교를 숭배하는 것이다. (진실로 깨달은 신비가라면 저지르지 않는 오류) 종교는 영감, 영적 사실, 중요한 정보를 제공해 주지만, 그런 것은 시간 속에 거하는 선형적 개념들의 집합체일 뿐 실상Reality 자체는 아니다. 그것은 일반적으로 관찰되는, 종교 자체의 이름으로 종교의 본질적 진실을 위반하는 일로 귀착된다. (예 기독교와 이슬람의 십자군, 종교재판, 불신자 처단, 종교의 이름으로 무고한 이들을 살육하는 것, 신정 전체주의를 통한 종교의 정치적 해적 행위, '신앙의 이름으로' 비온전성을 합리화하는 것 등)

이를테면 종교열은 제도로서의 교회를 신보다 우위에 두는 미묘한 형태의 우상숭배인데, 자비로우신 알라Allah the All Merciful의 이름으로 자행되는 무고한 이들의 살육이 그 두드러진 사례다. 보다 미묘한 사례는 원시적이고 부족적인 관습이라는 외적 장식과 민족적 특이성을 과장하는 것인데, 그런 것들이 영적 진실의 핵심을 대신하는 초점이 된다. 이렇듯, 왜곡은 억압으로 귀결되고 기본적인 종교적 전제의 위반으로 귀결된다.

이상 모든 것 속에 있는 저변의 결함은 에고 자체의 그늘임이 분명한데, 그 다음에 에고는 종교를 자신의 목적(즉 자부심, 통제, 이득, 위신, 부, 떠받듦, 사회적 이미지, 그리고 자기애적 이득)을 위해 이용한다. 종교는 수단이지 목적이 아니고, 지도이지 영토가 아니며, 표지이지 책이 아니다. 그리하여, 독실함처럼 보이는 과도한 종교열 자체는 병적 양심이 나타내는 것과 같은 오류가 될 수 있고 그리고 그렇게 된다. 위대한 스승들은 종교가 아니라 신성Divinity에 관한 진실Truth을 가르쳤으며, 종교는 몇 세기 뒤에야 나왔다. 종교와 경전에 대한 숭배는 이해할 만한 것이지만, 예배하고 찾아야 할 대상은, 종교와 경전의 진실이고 신이다.

하늘나라

연구를 통해, 비물질적이고 영적인 하늘나라들(천상계)은 아래로는 200에서 위로는 무한Infinite까지 측정된다는 것과, 하늘나라들은 의식 수준의 측정된 척도에 비견된다는 것이 드러난다. 영적 진화는 영혼이 육체를 떠난 뒤에도 계속되며, 영혼은 계속적 진화를 위한 최적의 수준들에 이끌린다.

또한 천상의 수준들 안에는 특정한 신분증을 공유하는 다종다양한 영적/종교적 단체들을 위한 하위 영역이 있다. 그래서 하늘나라Heaven를 '독점'하고 있다는 다양한 종교 단체의 주장에는 상대적이고 부분적인 타당성이 있지만, 일반적 전제로서 그것은 거짓이다. 어떠한 단체나 종교도 하늘나라Heaven에 대한 '독점적 권리'는 없으며, 단체나 종교는 신념 체계를 공유한 귀결로서 어떤 특정한 영역을 향해 가는 수송관일 뿐이다. 어떠한 종교도 진실에 대한 독점적 권리는 없고, 그런 주장 자체가 제한하는 허위다. (이 진술은 985로 측정된다.) '다수의 하늘나라'가 있다는 것은 과거에 정교正敎에서의 이탈을 협박하는 데 이용된 논란이 분분한 종교적 위치성들을 해소해 준다.

200 이하의 비물질적이고 영적인 영역들은 전통적으로 '아스트럴계'로 표시되는데, 아스트럴계는 다시 상위, 중간, 하위(다양한 깊이의 '지옥들')로 층이 나뉜다. 의식하는 주관성으로서 지속되는 영혼의 사후 운명은 신성Divinity의 절대적 정의와 일치하며, 오직 영적 의지를 발휘한 귀결이다. 이렇듯 영혼의 영적 운명은 선택과 정렬을 통해 결정된다. 따라서 '심판'은 지속적이며 자동적인 과정이다. 바닷속 코르크처럼, 영혼은 자신의 내재적 부력에 따라 위치지워진다. 그래서 신성은 바로 자유 자체의 근원이자 자유에 대한 보증이다.

종교에서 중심이 되는 것은, 죄와 죄의 귀결이라는 결정적 개념과 주제다. 그 주제에 대해서는 신학적 토론이 광범위하게 이루어졌지만, 의식 연구의 맥락에서 실용적으로 단순화시키면, 죄란 200 수준 이하로 측정되는 인간 행위, 정렬, 혹은 의도라고 할 수 있다. 그래서 죄는 거짓과 정렬된다.

| 가벼운 죄 | 190 |
| 대죄 | 180 |

200 수준은 생명, 진실, 온전성, 사랑을 지지하는 것을, 그런 성질의 반정립인 것으로부터 분리시킨다. 이 수준은 또한 지옥Hell 수준들(200 이하)과 하위 아스트럴계를, 하늘나라 및 천상계로부터 분리시킨다. 이는 또한 참된 의미에서의 선과 악을 구별하는

수준을 분리시키는데, 참된 의미에서의 선과 악이란 의견(*레스 인테르나/코기탄스*)보다는 본질적 성질(*레스 엑스테르나*)을 가리킨다. 이러한 구별은 의식 측정을 통해 어느 정도 확실하게 이루어질 수 있는데, 왜냐하면 의식 척도는 신성Divinity과 일치하는 어떤 불변의 절대와 관계하기 때문이다.

모든 종교와 영적 가르침은 진짜 죄의 유해한 귀결에 관해 합의하는데, 정의상으로 진짜 죄는 진실의 위반이고 따라서 의식 척도상에서 측정 가능하다. 죄는 오류나 위법으로 묘사되며, 유책성은 무지의 정도(예 정복할 수 있는 무지와 정복할 수 없는 무지) 및 관련된 도덕적 책임 능력과 관련된다. 이를 반영하는 것은 유죄 선고나 용서의 선택지들이고, 회개하고 취소하고 고백하거나 혹은 선행으로 보상할 수 있는 기회의 선택지들이다.

죄의 영적/카르마적 귀결을 중화시키는 일의 어려움은, 기독교, 힌두교, 이슬람, 불교에서 '그분의 이름을 믿는' 이들에 대한 구원의 선택지에 의해 상쇄된다. 천상계에서, 구원자는 비물질적 내세에서 신의 심판 앞에 선 이들의 옹호자다. 온건한 맥락화에서 볼 때 인류는, 본래 지상/인간계로부터 도움받지 못하면 에고의 부정적인 낮은 힘을 초월하기 힘든 존재로서 측은해 보인다. 힌두교와 불교의 관점에서, 이는 대지에 속박된 인간 차원에서 재탄생하고 유혹에 빠지는 일의 끝없는 순환을 낳고, 더불어 그러한 일에 불가피하게 뒤따르는 괴로움을 낳는다. (카르마는 999로 측정된다.)

의식 척도상에서 200 이하의 수준은 영적 카르마적으로 유해한 태도, 감정, 동기부여, 신념, 행동, 활동들과 지나치게 연결되어 있는데, 그런 것들은 이번 생에서도 역시 부정적 귀결과 중죄로 이어진다. 그것들은 따라서 영적 병리의 지표다.

많은 사람들이 죄책감, 수치심 혹은 두려움의 문제를 부정이나 무신론(이 자체는 역설적으로 믿음의 한 표현이며 증명 불가능하다.)으로 처리하려고 시도하지만, 심리적 방어가 무너질 때, 내적 진실은 상상할 수 없는 중력을 갖는 수준에서 대치해 온다. 맨 밑바닥까지 침몰했던 이들이 증언하는 것처럼, 지옥은 무시무시한, 황량한 정도의 주관적이고 경험적인 실상이다. 지옥의 하층은 희망 너머에 있는 무시간적인 영원한 고뇌로 경험된다. 에고의 포기를 통한 구원이 유일한 선택지인데, 이는 선한 카르마/미덕이 최소한 눈곱만큼이라도 남아 있음으로 하여 가능성이 열려 있는 선택지다. (측정 수준 990)

인간의 영적 선택지들의 실상에 대해서는 전 역사를 통해 증언이 이루어졌다. 영적 실상들을 진지하게 들여다보면 처음에는 겁을 집어먹게 될 수도 있지만, 더욱 큰 이해를 가질 때, 믿을 만한 지식에 기초한 희망과 믿음을 얻는 것은 물론이고 두려움에서 확실히 벗어나게 된다. 겉으로는 아무리 타락한 것처럼 보여도, 사람은 누구나 자신의 영 어딘가에 선한 카르마를 가지고 있다. 필요한 것은 그저 한 점의 불씨일 뿐이며, 내적 동의가 있을 때 그 불씨는 구원, 대속, 재생의 불꽃으로 타오른다. 증언을 통해 드러난 남들의 생에서는 물론이고 이 경험적 생에서, 필요한 것은 오직 신을 부르는 것이었다. "오, 하느님."은 신의 현존_{Presence}에 이르는 문을 여는 데 필요했던, 유일한 불씨다. 그리하여 "오 주여, 모든 영광이 당신께 있습니다Gloria in Excelsis Deo."라는 외침이 터져 나왔으며, 이 저자의 책은 그 말로 시작하고 끝난다.

기독교

초기

1세기: '길'	980	니케아공의회 이전	840
사도들	905~990	니케아공의회(기원후 325) 이후	485
영지주의파	510		

가톨릭교

동방정교 490		콥트교 475	

로마가톨릭

교황직	570	성직자들	490
추기경회의	490	예수회	440
신앙과 전례	535	교회(전 세계)	450

종교개혁 이후

암만파Amish	375	성공회	510
거듭난 그리스도인들 Born again Christians	350	복음주의	385
		기독교 근본주의	325
크리스천 사이언스	410	예수그리스도 후기 성도회(LDS)	405

신사상	405		퀘이커교	505
오순절교	310		구세군	405
개신교	510		유니티Unity	505
청교도	210			

기독교 신봉자는 세계 인구의 3분의 1 가량을 차지하는데, 그것의 기본적 가르침은 비기독교인에게도 친숙하다. 그리스도는 이슬람에 위대한 예언자로 포함되어 있으며, 힌두와 불교문화에서도 그와 비슷하게 존경받는다. 그리스도는 또한 유대교의 한 분파(메시아 유대교)에서 위대한 예언자로 존경받고 있다.

'그리스도'라는 용어는 신성Divinity의 화현 상태 혹은 그리스도 의식을 총칭한다. 그리하여, 예수그리스도는 신성Divinity이 인간으로 화현한 것이고, 이를 통해 기독교는 성부God the Father, 성자God the Son, 성령God the Holy Spirit의 삼위일체를 인지한다. (측정 수준 945)

예수그리스도는 인간계에서 가능한 최대 수준인 1000으로 측정되고, 사도들은 900대 후반으로 측정된다. 흥미롭게도, 로마 바실리카 성당 제단 밑에 있는 성 베드로의 유골은 900 이상으로 측정된다. (현재 순회 전시 중인 붓다의 유골 또한 비슷하게 900대로 측정된다.)

측정치에서 주목할 만한 것은, 1세기에 800대와 900대였던 기독교의 수준이 기원후 325년 니케아 공의회 이후 485로 크게 하락한 점이다. 그것은 구약(측정 수준 190)과 계시록(측정 수준 70)

을 공식 성서에 포함시킨 귀결이었다. (18장을 볼 것) 구약에 나오는 인간의 타락은 우의적인 것이지만(그 이야기는 60으로 측정된다.), 그것의 그늘은 죄책감, 죄에 대한 순진한 신념과 그에 대한 결과적 강조였다. 연구에 따르면 '인간의 타락'이란 이원적 사고(즉, 선악의 나무)의 출현인데, 그것은 인간이 호기심의 유혹으로 하여 빠져들게 된 덫이었다. (이 설명은 975로 측정된다.)

직무로서의 교황은 달라이라마직과 비슷하게 570으로 측정된다. 하지만 수백 년간 이어져 내려온 교황들의 계보에서, 두 명의 교황은 사실상 200 이하로 측정되었다. 이렇듯, 성직聖職은 종교의 핵심 가르침과는 다르게 측정되고, 종교는 다시 그 창시자의 측정 수준과는 다르다.

만일 세계 교회의 수장에 대해 이상적인 측정치가 얼마인지를 묻는다면 우리는 570이라는 수치를 얻는데, 이것이 바로 현재 상황이다. 570 이하에는 세상 사람들에게 영감을 불어넣고 만연한 반종교주의자들의 맹공에 영향받지 않을 만한 힘이 부족하다. 570 이상의 측정 수준은 신비주의의 도래를 가리키고 빛 비춤[1]을 암시하는데, 그러한 수준에서는 필요한 행정 업무에 관심을 갖거나 관여하는 것이 원천적으로 불가능하다.

수백 년에 걸쳐, 제도로서의 교회는 살아남기 위해 기본 원칙과의 타협을 수용해야만 했을 것이다. (예 '신앙을 위해') 몇 세기가

---

1 illumination, 이는 '빛을 비춘다'라는 의미로 서구에서 영적 각성을 의미하는 용어로 쓰이는데, 저자에 따르면 이 비춤은 참나의 비춤이다.

지난 뒤에 그런 결정들에 관해 평가하는 것은 어려운데, 그것은 맥락이 크게 바뀌었기 때문이다. 주요 종교들은 지나가는 인간사에 반응하지 않은 것으로 하여 가끔 비판받는다. 하지만 제도로서의 주요 종교는 다른 시간표상에 존재하며, 그 시간표상에서 세상사는 아무리 심각해 보이더라도 지나가는 사건들에 불과하다. 그러한 방침 속에 지혜가 있다는 것은, 지나가는 세상사에 휩쓸리게 된 결과를 살펴볼 때 분명해질 수 있다. 예컨대, 정치화를 통해 일부 미국 개신교 교회에 벌어진 일들이 그것인데, 교회의 정치화는 존 레오가 《U.S. 뉴스 & 월드 리포트》(2004년 10월)에 쓴 것 같은 공개적 비판을 불러일으켰다.

'교회가 좌파로 돌아설 때'라는 제목의 그 기사에서는, 주류 개신교의 회원 교회들이 좌파에 우호적이지 않은 투자분을 매각하는 등의 친팔레스타인, 반미, 반이스라엘 정책들로 인해 위축되고 있는 현상에 주목한다.[2] 또한, 세계 교회 협의회(WCC) 및 국제 교회 협의회(NCC) 같은 조직들은 억압적인 전체주의 정권의 인권 침해 문제는 건드리지 않고, 그 대신 미국과 이스라엘에만 초점을 맞추며, 더불어 구소련, 중국, 북한, 리비아, 시리아 등에 대해서는 아무런 언급을 하지 않는다.

---

2 이것은 미국의 공공 기금을 비롯한 많은 교회들이 정치적인 이유로 자신들이 찬성하지 않는 기업에 대한 투자분을 매각하는 결정을 내린 것을 가리킨다. 그런 조처는 해당 기업에 대한 보이콧을 의미하지만 그들의 자리를 대신할 다른 투자자들이 많기 때문에 해당 기업의 정책을 바꾼다는 측면에서 실효성은 없고, 그러한 결정을 내린 공공 기금이나 교회들에 경제적 손실을 가져다주었다.

이상에 유행을 쫓는 성공회의 게이 주교 임명과 가톨릭교회의 소아성애자 스캔들이 일반 대중에게 미친 영향을 더해야 하는데, 성공회의 게이 주교 임명은 여성을 성직에 받아들이기로 한 결정이 미친 파장에서 막 회복 중이던 성공회 교회를 분열시켰다. 그리하여, 그것은 전통 종교가 순수한 영성을 추구하는 사회적 경향에서 입지를 상실하고 있는 이유가 무엇인지를 보여 주는 것일 수 있다. 《퍼블리셔스 위클리》는 종교적 영적 진실에 대한 그리고 학문적 권위가 있는 책들에 대한 대중의 갈증에 관해 보도한다. (Hilliard, 2004)

로마 가톨릭교
현재의 위치의 측정치

1900년에 하나의 제도로서	460
2004년에 하나의 제도로서	305
피임에 대한 위치	180
(피임 자체는 205로 측정된다.)	
피임에 대한 신학 이론	180
성직자 소아성애에 대한 위치	125
(소아성애 자체는 135로 측정된다.)	

문제 있는 쟁점들은, 표면적으로 시대에 뒤떨어진 교리의 귀결이며 교회의 쇠락에 기여했다. 교회는 숫자가 줄고 있고, 한 주교구에서 흔히 대여섯 개의 교회가 통폐합한다. 일부 지역에서는 밀

려드는 소송으로 파산 선언이 나오고 있다. 심각한 스캔들로 인해 교회의 도덕적 권위는 실추되었고 교회에 대한 여론은 나빠졌는데, 그러한 스캔들에 대해서 대중은 수천 명의 무고한 어린이들의 삶을 상처 낸 것에 일회적이고 불성실한 '후회' 이상의 것을 기대한다. 세간의 시선을 끈 중범자들이 사제직을 박탈당하는 대신 또 다른 성직으로 전출되고 마는데, 그것은 결과적으로 대중의 공분을 산다.

가난과 환경오염이 모두 과잉인구의 귀결인 한, 180으로 측정되는 가톨릭교회의 피임에 대한 전체적 위치는 불필요하게 세계 문제에 기여한다. 왜냐하면 피임은 205로 측정되고, 영은 임신 3개월까지는 태아에게 들어가지 않기 때문이다. 전체적으로, 문제 있는 경직된 교회 위치들은, 냉담 중인 전前가톨릭 신자로 가득한 세상으로 귀착된다. (가톨릭교회가 갈릴레오의 파문을 철회하는 데 400년이 걸렸다.)

정부를 포함하는 큰 제도들은, 세월이 흐르는 동안 흔히 관료주의적 마비와 부조리에 빠지고 순전한 복잡성으로 인해 기능하지 않게 된다. (즉, 산스크리트어로 타마스) 기독교 교회의 대 분열은 교회 권위에 대한 견해차에서 비롯되었는데, 그 밑바탕에는 삼위일체 신학의 해석에 대한 견해차가 있었다. 결과적으로, 교회는 로마교회와 동방정교회로 분리되었다.

그 뒤에, 로마교회는 일부 실천에서 오류를 범했다고 지각되었는데, 그것은 개신교의 발생과 종교개혁 그리고 교황의 무오류성에 대한 신념의 제거로 인도했다. 종교개혁을 촉진한 것은 구텐베르크가 발명한 인쇄기였다. 인쇄기는, 이전에는 성직자의 전유물이었고 오직 라틴어로만 쓰여진 성서를 대중이 이용할 수 있는 길을 열어 주었다. 개신교는 복음서 보급과 그것을 모든 나라 언어로 번역하는 일을 지원했다.

측정치에서, 기독교의 다양한 종파 간의 수치상의 차이는 '~보다 나은'이나 '~보다 못한'을 반영하는 것이 아니라, 진실이 설명되는 수준을, 따라서 그 종파를 따르는 신도들과의 일치를 가리킨다. 주로 400대로 측정되는 주요 종파들은 합리성과 이성을 포함하고, 대부분의 사람들이 이해할 수 있는, 표현의 지적 수준을 포함한다.

기독교의 어두운 면은 종교재판 시대에 극에 달했는데, 그때 종교열은 히스테리와 두려움으로 퇴보했다. 이단 선언의 엄밀한 법적 근거는 사실상 속에 품은 신념이 아니라, 그것을 포기하라는 교회 권위의 명령에 대한 거부였다. (예 갈릴레오) 역설적인 것은, 교회의 일부 측면이 창시자의 가르침에 반하는 것을 나타내게 되었다는 점이다. 창시자의 본질은 죄를 무지에 기인하는 것으로 보고 자비와 용서를 최우선 원리로 보는 것을 바탕으로 했는데, 예수는 가능한 가장 극단적인 조건하에서 그것을 입증했다.

교회 제도가 오류에 빠지기 쉬운 것은 인간 에고가 취약하기 때문이다. (즉, 영적 에고) 한편, 신비가는 세속사에 휩쓸리지 않고 따라서 취약한 위치성들의 유혹에 넘어가지 않는다. (즉, 에고 초월의 비이원성)

보편 구원론자, 무종파, 종교 과인, 유니티 같은 종교 단체는 관용적이고, 느긋하며, 독단주의적이지 않다. 그들은 낙관적인데, 그 것은 그들이 가톨릭과 개신교라는 더욱 오래된 '중세적' 기독교 의 그늘인 죄책감, 수치심, 회개를 통해서보다는 사랑Love, 기쁨Joy, 평화Peace, 선의Goodwill를 통해 신에 이르는 길을 강조하기 때문이 다. 관용적 '신사고'의 종교들은, 다른 종교에 대해서는 물론이고 자신과 타인에 대한 인내, 수용, 용서, 연민을 강조한다. 개신교가 가톨릭의 그늘진 면에 대한 항의였던 것과 마찬가지로, 위의 교회 단체는 개신교의 그늘을 거부하는 하나의 발전이다. 개신교는 종 종 균형을 잃고 '죄를 미워하는' 쪽으로 기울거나, 혹은 영적 미덕 을 통해 죄를 초월하는 대신 강박적으로 죄에 사로잡히는 쪽으로 기울었다. 흥미롭게도, 참회 화요일Mardi Gras은 189로 측정되고 사 순절은 고작 190으로 측정된다.

예수그리스도 후기 성도회(LDS)인 모르몬교와 관련하여, 모르 몬교의 기원, 실천, 마크 호프만이 발견했다는 문서와 관련된 논란 으로 인해 가끔 의문이 제기된다. 교활한 위조범이었음에 틀림없 는 호프만이 발견했다고 주장하는 다른 역사적 문서라는 것들과 마찬가지로, '도마뱀 서신'은 가짜임이 증명되었다. 조셉 스미스는 400대 이상으로 측정되고, 예수그리스도 후기 성도회 교회 자체 는 405로 측정된다. (일관되게 검증되었다.) 하지만 극단적인 일부 다처제 종파는 135에서 140으로 측정되는데, 모르몬 교회는 1800 년대 후반 이래 일부다처제를 금지했다. 역사적으로 혹은 신학적 으로 어떤 오류이든 포함되어 있을 수 있지만, 그럼에도 불구하고 405라는 측정치는 모르몬교가 예수그리스도를 주님Lord이자 구세주_{Savior}로 받아들인다는 것과, 이것은 그 자체로 모르몬교의 전체적 수준을 상승시킨다는 것을 반영한다.

불교

대승불교	960	소승불교	890
탄트라불교	515	원불교	405
선	890	정토불교	740
티베트 불교	490		

붓다는 그리스도가 태어나기 500년 전 주로 힌두문화가 지배하는 네팔 국경에서 살았다. 널리 알려진 전기에 나오는 것처럼, 붓다는 왕족으로 태어났으며, 그가 보통 문화의 그늘진 면에 물들거나 그로 인해 동요하는 것을 원치 않았던 가족 덕분에 인위적으로 보호받는 환경에서 성장했다. 인위적 보호에서 벗어나 도시의 거리에 발을 들여놓았을 때, 그는 난생처음으로 늙음, 가난, 병, 죽음의 괴로움을 목격하고 충격받았다. 그 일을 계기로 하여 그의 내면에서는 삶의 궁극적 진실에 도달하겠다는 열망이 솟구쳐 올랐다. 그는 공부와 명상을 위해 힌두교 현인들과 영적 단체들을 찾아다녔지만, 결국에는 그들의 한계를 깨닫고 그들 곁을 떠났다. 설화에 따르면, 그는 궁극적 진실에 이르겠다고 결심하고, 당시 접할 수 있었던 힌두 스승들을 거부하고 보리수 아래 홀로 앉아 깊은 명상에 들어갔다. 마음 집중과 목적의 강렬함으로, 그는 에고의 환상(마야)을 점차로 내맡겼다. 그리고 궁극적 깨달음에 다가가면서

악마들에게 포위되었고, 뼈가 부러진 것처럼 느껴지는 극심한 육체적 고통을 겪었다. (그것은 예수가 겟세마네 동산에서 피땀을 흘린 것, 그리고 역사 속의 가장 위대하고 가장 유명한 많은 신비가들이 육체적 고통을 겪은 일에 비할 만하다.)

마침내, 약해진 에고가 붕괴했을 때 마음은 침묵하게 되었고, 그 다음에, 나타나지 않은 그렇지만 전 존재All Existence의 근원Source으로서의 보편적이고 비선형적 하나임인 불성Buddha Nature이 찬란한 영광 속에서 드러났다. 그것은 사실상 마음의 상태가 아니라 '조건'인데, 왜냐하면 마음 자체는 초월되고, 그러면서 참나, 신성한 푸루샤Purusha, 내재적 신성Divinity Immanent, 기층으로의 신성Divinity의 현존Presence, 그리고 그 속에서 모든 창조Creation가 솟아나는 나타나지 않은 것Unmanifest(즉, 신격Godhead)이 드러나기 때문이다. 나중에 불교는 두 개의 큰 유파, 소승불교와 대승불교로 나타나는데, 그 둘은 강조점이 다르다.

붓다의 가르침은 극동으로 퍼져 나갔고, 극동에서 나온 선불교는 서구에서 가장 널리 알려지게 되었다. 불교는 온건하며, 다른 종교를 경쟁자라기보다는 한계로 바라본다. 나중에, 불교 종파가 다양한 스승과 현인들의 영향력에 반응하여 일어났다. 또한 기독교와 유사하게, 정토 불교에서 표현된 바와 같이 구세주, 중재자, 옹호자로서 붓다의 개념화가 일어났는데, 그것은 이 '칼리 유가' 혹은 이 황도대의 회전 기간에 이 행성에서의 인간 삶이 갖는 극단적 부정성을 감안할 때, 보다 실용적인 목표이다. 실용적 이유로 해서 헌신자는 죄 없음과 순수성을 지키려 애쓴다. 그에 따라,

사후에, 영은 정토淨土라는 천상계로 들어가는데, 정토는 기독교의 하늘나라와 맞먹는 곳이며, 그곳에서는 그리스도와 같은 붓다가 중재한다. 지상의 삶의 극단적 부정성 너머에 있는 정토나 하늘나라에서, 영이 깨달음Enlightenment을 향해 나아가는 것은 실용성의 문제다. 정토Lotus Land와 하늘나라Heaven는 카르마적 공덕을 가지고 얻어 내는 천상계의 영적 실상들로 보인다.

하나의 곁가지로 탄트라 불교가 발달했는데, 그것은 선형적 개념화, 다른 에너지 장들, 그리고 밀교주의와 관련을 갖게 되었다. 그래서 탄트라 불교는 선형적 영역에의 재관여를 나타내며, 순수한 불교보다 더 낮게 측정된다. 역설적인 것은, 비록 붓다는 "내 형상을 만들지 말라."고 분명하게 말했지만, 크고 작은 불상이 전 세계적으로 유통되는 주요 생산품이라는 것이다. 붓다는 그 말을 통해 우상숭배를 막으려고 했는데, 실로 성상聖像의 문제는 동방정교와 로마 기독교 교회 분열의 중심에 있었다. 이렇듯 형상과 성상을 배제하는 것은 유대교는 물론 이슬람에도 일반적이다.

실제로 대부분의 공동체는 불교 단체에 대단히 우호적이며, 일반적으로 그들이 탑이나 사원 건립을 경축하는 걸 도와준다. 불교도는 전 생명을 향한 연민 덕분에 존경받는데, 불교의 가르침은 그리스도교 유니티 스쿨 같은 신성Divinity의 학교들의 성직 지망생들에게 친숙하다. 달라이 라마는 널리 존경받는데 그의 다음과 같은 말 역시 그렇다.

"종교인이 기도하는 것만으로는 충분치 않습니다. 정확히 말하면, 종교인에게는 세상의 문제를 해결하기 위해 할 수 있는 일을 다해야 할 도덕적 의무가 있습니다."

달라이 라마의 이 말은, 유정한 존재들의 깨달음과 유혹에 대해 염려하는 대승불교(960)가, 일차적으로 자신의 깨달음에만 초점을 맞추는 소승불교(890)보다 높게 측정되는 이유를 단 한 문장으로 명료히 해 준다.

기독교와 불교의 상호 존중은, 자신들의 지향을 장난스럽게 '선 가톨릭'이라고 부르는 전위적 수도사 모임들의 형성에서 반영되기도 한다. 묘한 것은, 사실상 대승불교의 지류인 선禪(890)이 대승불교(960) 자체보다는 전체적으로 다소 낮게 측정된다는 것이다. 그 이유는 선이 아마도 하나의 '관행'이 되었다는 것 말고는 여전히 불투명하다. 요즘의 일부 미국인 리쉬들 역시, 일시적 사토리 상태를 영구적 깨달음으로 오인한다. 서구의 선은 755로 측정된다.

힌두교

고대

리쉬들의 세나타나 다르마 (영원한 진실)	925	아리아 힌두교	910
		『베단타』	855
드라비다 힌두교	905		

요가

박티 요가	935	라자 요가	935
쿤달리니 요가	510	크리야 요가	410

| 자나 요가 | 975 | 카르마 요가 | 915 |
| 수랏 샤브드 요가(사하즈 마르그) | 495 | 하타 요가 | 390 |

기타

하레 크리슈나	460	자이나교	495
시크교	600	타밀 싯다『베단타』	550
수부드	470	라다 소아미	475

힌두교와 교전 요가로서의 그것의 표현은 가장 오래된 종교이며, 아마도 기원전 5000년에서 7000년 전에 높은 완성 수준에 도달했을 것이다. 인도에서는 문화와 생활 방식 전체가 종교열을 반영한다. 갠지스강 둑을 따라 화장용 장작더미가 쌓여 있고, 그 옆에서는 시바를 기리는 의식들이 거행되며, 수백만의 인도인이 강물에 들어가서 목욕한다. 서양인에게는 힌두교 신들이 헷갈리기 짝이 없는데, 브라흐마, 비슈누, 시바는 신의 다양한 측면을 반영한다. 신의 다양한 측면은, 두르가와 코끼리 신 가네시 같은 작은 신들 속에 한층 더 반영되어 있다. 인도의 포용적 정신은, 관습적이고 제한적이며 논리적 구성을 갖는, 실상에 대한 뉴턴적 패러다임의 전통 서양의 관점에서는 이해하기 힘들다. 힌두문화에서 신성Divinity은 차라리 관찰점들의 홀로그램으로 표현되고, 반사는 관찰자 관점의 귀결이다. 그리하여 신은 브라흐마, 비슈누, 시바의 삼위일체가 의미하는 바와 같이, 정의할 수 있거나 한정된 개념이 아니다.

신성Divinity은 존재하는 전부의 근원이므로 그것은 존재하는 전부 속에 반영되어 있다. 따라서 신성Divinity은 그림, 예술, 자연, 춤, 여성적인 것, 남성적인 것, 동물, 그리고 자연의 변화 속에서 볼 수 있다. 현상의 환상적인 외견상의 창조와 소멸을 보여 주는 것이 널리 알려진 시바의 춤인데, 그것은 관찰되는 것에 대한 관점 선정의 효과를 묘사하고 있는 유명한 조상影像에서 세계적으로 대표된다. 다시 말해서, 어떤 현상이 건설적인지 파괴적인지는 그저 그 사건이 욕망되는지 여부를 반영할 뿐, 건설도 파괴도 실상에 본유적인 것은 아니라는(즉, 레스 코기탄스에 한한다는) 것이다.

다양한 요가는 일반적인 신학적 신념 체계가 아니라, 신에 이르는 그리고 내재적 신성Divinity Immanent으로서의 자신에 대한 각성에 이르는 큰 길들을 총칭해서 나타낸다. 그것은 신이 초월적이라고 믿는 대부분의 기독교도와 대조적인데, 기독교의 신념과는 달리 하시디즘의 핵심은 신성Divinity은 존재하는 전부 속에 현존한다는 앎을 반영한다.

요가는 가슴과 헌신을 통해, 혹은 마음을 우회하는 아드바이타, 즉 비이원성을 통해, 그리고 사심 없는 봉사, 정화, 카르마 요가, 명상을 통해 영적 각성에 이르는 주요한 길들을 다룬다. 이런 것들은 영적 에너지가 차크라계를 통해 정수리 차크라를 향해 상승하도록 촉진하는데, 정수리 차크라에서 영적 에너지는 순수히 영적인 에너지체들(원인체, 붓다체, 크리스트체, 아트마체)을 통과하여 계속 상승한다. 이 영적 에너지체들은 차크라에 비견할 만한 에너지 중심을 갖는다. (즉, 영시靈視는 '붓다체의 제삼의 눈의 개안'

에 뒤이어 일어난다.)

힌두교는 폭이 넓고 포용력이 커서 모든 영적 구도자를 온화하게 반긴다. 그것은 힌두교에는, 수천 년에 걸쳐 일련의 신비가들이 단언을 거듭해 온 순전히 오랜 세월에서 태어난 관용과 확신이 있기 때문이다.

힌두교는 변화무쌍한 표현 및 스승과 기법의 다양성으로 인해 많은 서양인에게 이국적인 매력을 갖는다. 힌두교의 그늘은, 그 세계에는 진짜(다음 장을 볼 것)를 흉내 내는 데 능할 뿐 아니라 대단히 전문적인 사이비 구루와 스와미들이 넘친다는 것이다.

이슬람

수피교	700	수니파	255
시아파(이슬람교도)	250	와하브파	30

어느 종교에서나 그런 것처럼, 이슬람 신비가들의 측정 수준은 정식 종교 자체의 측정 수준보다 특징적으로 상당히 더 높고, 수피들은 선형적 영역을 초월한 수준을 반영한다. 수니파와 시아파 간의 차이는, 극우 근본주의자들이 호전적이고 공격적인 경향이 있는 세계 특정 지역의 현대사 속에 반영되어 있다. '지하드' 선언은 대 사탄으로서의 기독교와 미국에 대한 투사된 증오와 함께 60에서 90 사이로 측정되며, 그럼으로써 그것은 700으로 측정되는 『코란』의 가르침을 거부한다. 이렇듯, '지하드'라는 용어는 '성스럽다'는 자신의 주장을 스스로 부인한다.

어떤 종교에서든 극우 위치의 결함은 영적 광신을 활성화시키는 데 있다. 참된 영적 온전성은 진실의 고취 속에 있는 용기로부터 생겨난다. 그러므로 그것은 자신의 영적 신념에 대한 헌신으로서의 가슴 에너지에 반영되어 있다. 하지만 영적 증오는 비장에서 일어나고, 그 다음에 그것은 동물적 행동을 풀어놓는다. 이는 전사의 천국(죽음과 전투를 통해 발할라로 갈 수 있다고 생각했던 바이킹들 사이에서도 만연했던 신념)에 대한 약속을 통해 한층 더 에너지를 얻는다. 순진하고 교육받지 못했으며 인상받기 쉬운 젊은 이슬람 테러리스트들에게, 죽으면 '일흔 명의 처녀들'이 보상해 줄 천국으로 갈 거라는 약속은, 그중 많은 수가 갓 10대인 청년들에게는 확실히 독창적이고 유혹적이다. 사실상 그것은 권력 추구적 지도자들에 의한 영적 유혹이자 악용이다. (이는 '진실'로 측정된다.)

이슬람의 몰락은, 그것의 최고의 표현들에서부터 1600년대의 퇴보를 거쳐 요즘의 암흑기(혹은 미움과 악의, 격노와 자기 연민, 빈곤과 억압의 하강나선)(Lewis, 1990)에 이르기까지, 광범위한 연구의 주제가 된다. (Forsyth, 2004)

요즘 상황은 한때 빈 라덴의 형수였던 카르멘 빈 라덴이 쓴 책, 『왕국 속으로 _Inside the Kingdom_』에 생생하게 기록되어 있다. 그 책은 빈 라덴이 지지하는 이슬람 세계, 오늘의 이란에서 살아가는 여성들의 일상생활을 드러내 주는데, 그곳에서 여성들은 포로이고 서양인은 경멸당한다. (C. bin Laden, 2004)

초기의 호전적 이슬람은 1683년 비엔나에서 카라 무스타파의 패배 뒤에 영향력을 상실했지만, 보다 심각한 퇴보는 300년 전 무하마드 이븐 압둘 와하브에 의해 창시된 이슬람 와하브파가 출현하면서 시작되었다. 와하브파에서 셰이크 아흐마드 야신(측정 수준 35)이 창시한 하마스(측정 수준 40)가 출현했고, 알카에다(측정 수준 30)와 빈 라덴(측정 수준 40)의 현대 지하드(측정 수준 30) 역시 거기서 나왔다.

그 심하게 극단적인 관점은, 모든 '성서의 사람들'(아브라함의 아들들)에 대한 과거 이슬람의 관용을, 90퍼센트의 이슬람교도를 포함하는 지상의 모든 사람들(자신의 추종자들은 제외하고)에 대한 비난 세례로 대체한다. 모두가 '우상숭배자'(무쉬리쿤)로서 죽어 마땅하다. 정치 지도자들에게 미친 그 충격은, 예를 들면 아라파트의 의식 수준이 예전의 440 수준에서 최후의 65 수준으로 추락한 것을 통해 알 수 있다.

하마스의 창시자 셰이크 아흐마드 야신은 35로 측정되고, 무하마드 이븐 압둘 와하브는 불길한 20으로, 그리고 지하드, 와하브파, 알카에다는 모두 30에서 65 사이로 측정되는 것은 주목을 요할 만큼 중요하다. 이슬람의 순교는 60으로 측정된다. 종교적 광신주의는 80으로 측정된다. 진실에 대한 신성모독은 35 수준이고, 악성 메시아적 자기애의 측정 수준은 30이다. 이는 또한 연쇄살인자와 신체 훼손 살인자들의 측정 수준이기도 하다. 그리하여, 이성적인 사람들에게는 엽기적으로 보일 수도 있지만, 와하브파는 아랍 세계의 다양한 현재 기지에서 수두룩하게 쏟아져 나온 자신의 조직원들을 제외하고, 전 인류를 상대로, 성전을 선언한다.

역사적으로 주목할 만한 것은, 사우디아라비아의 파이잘 국왕이 480으로 측정된다는 것이다. 그래서 닉슨이 파이잘 국왕에게 이스라엘과 이슬람 국가들을 '공평하게' 대하겠노라고 약속하고 그걸 지키지 않은 일을, 그것은 실수였다는 뒤늦은 분별을 가지고 볼 수 있는데, 닉슨은 이스라엘이 무장할 수 있도록 20억 달러를 제공함으로써 아랍 세계를 소외시켰다. 그 조처는 반미주의와 이슬람의 문화적 결속을 조장했고 더불어 결과적으로 이슬람권의 태도 일치를 조장했다. 이는 압도적으로 반미적인 분위기 속에서, 찬미하는 생활양식으로서의 테러리즘의 문화화를 촉진했다. 해외에는 이미 반미 정서가 존재하고 있었는데, 그것은 이슬람에 기반한 외국인 혐오증과 증오의 불길 확산에 비옥한 토양이 되기에 모자람이 없었다. 평화주의와 부정으로 그런 호전적 경향을 상쇄할 수 있을 것 같지는 않다.

어느 지하드의 역사적 선례에 대해서는 다른 곳에서 설명한 적이 있는데, 그것은 모하메드 자신이 남긴 선례였다. 기원후 610년경, 모하메드가 35세의 나이에(일부 사가들이 주장하는 것처럼 40세는 아니다.) 『코란』을 구술했을 때, 그의 의식 수준은 700 이상이었다. 38세에 그의 의식 수준은 200 훨씬 아래로, 130까지, 매우 극적으로 떨어졌다. 그는 진실이라는 영적 검을 든 것이 아니라 군국주의라는 물리적 검을 들었다. 대략 1300년이 지난 뒤, 종교적 진실에 대한 그릇된 해석은 와하브파의 광신주의로 가속된 채 지속되고 있다. 이제 무기는 검 대신 폭탄이고, 수천의 비전투원 민간인을 그리고 아이들이 꽉 찬 학교를 폭탄으로 날려 버리는 것이다. 어떤 문화에서건 그런 일이 어떻게 영웅적이거나 칭찬받을 만한 일로 여겨질 수 있는지는, 상상하기 힘들다. (이와 대조적으로, 기사도는 465로 측정된다.)

미국에서 이슬람의 정치화는 걷잡을 수 없이 확산되고 있다. 뉴욕 시 하원 의원 피터 킹은 극단주의자들이 이슬람 사원의 80퍼센트를 장악하고 있다며, 이슬람 개종자, 특히 젊은 남성 개종자들을 의심하는 발언을 했다. (2004년 2월) 개종자들이 '자신을 증명'하기 위해 급진화할 가능성은 매우 높은데, 그러한 가능성은 무의식적인 죽음의 소망으로 강화된다. 그리고 그 무의식적인 죽음의 소망은, 자발적 죽음은 불신자 살해를 필요로 하는 영광스러운 희생이라는 주입에 의해 에너지를 공급받는다. 미국에서 급진화율은 10퍼센트인데, 유럽 국가에서 그것은 20퍼센트, 아랍국에서는 40퍼센트까지 상승한다. (이는 '진실'로 측정된다.) 그런 가르침은 곧 와하브와 쿠틉의 가르침이다. (Sperry, Infiltration, 2005를 볼 것.)

오늘의 세계를 위협하는 이슬람의 정치적 해적 행위는 영향력 있는 이슬람 철학자, 사이드 쿠틉의 저술이 낳은 귀결인데, 그의 역할은 공산주의에서 칼 마르크스의 역할에 비견할 만하다. 영향력이 강한 그의 역할에 대해서는 《뉴욕 타임스》에 '이슬람 테러의 철학자 사이드 쿠틉'이라는 제목으로 크게 실린 기사(2003년, 3월 23일)에서 묘사해 주고 있는데, 그는 초기에는 420으로 측정되었으나 나중에는 측정 수준 75로 떨어졌다. 그는 『꾸란의 그늘에서*In the Shade of the Qur'an*』(측정 수준 90)라는 제목으로 출간된 『코란』 해석으로 알카에다에 철학적 기초를 제공했다.

와하브와 쿠틉의 『코란』에 대한 심각한 오해(『코란』 자체의 문제

는 다음 장에서 논의된다.)에서 결정적인 것은, '검'이라는 단어에
대한 중대하고도 재앙에 가까운 오해이다. (그동안 일부 기독교 분
파가 똑같은 오류를 저질렀다.) 영적 실상과 영적 언어에서 '검'은
물리적 칼이 아닌 진실Truth의 검Sword을 뜻하는데, 물리적 칼은 모
든 위대한 화신, 구세주, 예언자들의 가르침과 완전히 반대되는 의
미를 낳는다. 야만적 세계는 검으로 무고한 이들을 학살하는 행위
에 이미 지배당하고 있었으므로, 구세주와 알라의 예언자들이 살
육을 격려할 필요까지는 없었다. 진실, 자비, 용서는 신에 이르는
길들이다. 역설적인 것은, 『코란』의 각 구절은 "자비로우신 알라의
이름으로."라는 진술로 시작된다는 것이다. 신에 이르는 길은 증
오의 비장이 아닌, 사랑의 가슴을 거치는 길이다.

쿠틉 저작의 주된 취지는, 자살 테러를 미덕으로 규정하고 이슬
람원리주의를 급진화했으며 그리고 아랍 세계 전역에 이슬람원리
주의가 확산되는 것을 지원했다는 것인데, 아랍 세계는 통일된 범
아랍주의에서 세계 신정을 세우고자 한다. 오사마 빈 라덴과 알카
에다는 쿠틉 이데올로기에 기초한 메시아적 승리주의의 에고 팽
창에 지배되는데, 쿠틉 이데올로기는 순교의 미덕을 찬양하고 기
독교를 이단으로, 따라서 쳐부숴야 마땅한 것으로 악마화한다. 쿠
틉은 또한 희생적 죽음을 미화하고 젊은 추종자들이 실제로 그런
죽음을 추구하도록 독려한다. 그리하여, 쿠틉의 영향력은 불화를
일으켰을 뿐 아니라 이슬람 전체에 그늘을 드리웠다. 그의 영향력
은 9.11, 이라크 전쟁, 민간인 살해, 세계 도처에서의 폭탄 공격으
로 표면화되었고, 모든 나라의 생활양식을 바꾸었다. 훨씬 지독한

사건들이 계획되고 있고 이미 준비 중에 있다.

이슬람의 파쇼적 우익 정치화는 권력을 손에 쥔 최근의 종교 정치 지도자들, 예컨대 아야톨라 호메이니(측정 수준 75)와 현재 시아파의 대 아야톨라, 알리 후세이니 시스타니(측정 수준 125) 같은 이들 속에 반영되어 있는데, 시스타니는 오사마 빈 라덴(측정 수준 40), 탈레반(측정 수준 65), 알카에다(측정 수준 65)와 짝을 이룰 때 서구 세계에 문제를 야기할 수 있는 인물이다.

기독교의 암흑기는 수백 년간 지속되었고, 그 사이에 5만에서 8만 명으로 추산되는 '이단자'들이 종교재판을 거쳐 처형되었다. (일부에서는 처형된 숫자를 수백만으로 추산한다.) 잘하면 이슬람의 암흑기는 보다 빨리 지나갈 것이다. 그런 시기들은 아마도 어떤 카르마적이거나 진화적인 목적에 기여할 것이다.

유대교

하시디즘	605	개혁파 유대교	550
보수파 유대교	550	유대교 재건주의	555
메시아 유대교	605	정통파 유대교	545

유대교는 세계의 주요 종교이자 가장 강한 종교의 하나로 보편적으로 인정받으며, 끝없는 공격의 세기들을 무수히 견뎌 왔다. 유대교를 향한 기독교의 적대성은, 기독교의 성경이 구약을 포함하고 구약을 종교적 권위의 한 근원으로 간주한다는 점에서 상당히 역설적이다. 이 불운하게 꼬인 운명은 유대인 사네드린(측정 수준

205)이 예수를 로마 당국에 넘겼던 유감스러운 사정에서 비롯된다. 비록 예수가 받은 법적 혐의는 이단이라는 것이었지만, 또 다른 요인은 그가 당시에 이미 원시적으로 징벌적이었던 문화에서 자기 이익을 쫓던 사제 계급의 권위와 권력을 위협한 혁명가로 비춰진 점이었다.

다른 종교와 마찬가지로, 유대교에서도 가장 높은 측정치는 신비가들에게 속한다. (다음 장에 나오는 조하르가 905인 것을 보라.) 하시디즘의 높은 측정치는 신성Divinity이 전 존재All Existence의 근원Source임에 대한 인지와, 일상생활의 세부에서 신성Divinity의 현존을 의식하게 되고자 하는 노력을 반영한다. 메시아 유대교 또한 대단히 높게 측정되는데, 왜냐하면 그것은 예수그리스도의 지위가 화신임에 대한 인지를 포함하고 있기 때문이다.

수 세기에 걸쳐, 반유대주의는 예수의 죽음이 유대교 탓이라는 비난을 바탕으로 했고, 그에 더해 유대교에서는 예수그리스도를 약속받은 메시아로 인정하지 않는다는 사실을 논거로 내세웠다. 이렇듯 반유대주의는, 주요 셈족 종교들[3]이 서로를 경쟁자이자 이단적 불신자로 바라보았고 그것은 문화적 정치적 차이로 인해 증폭되었다는 점에서 별스러운 일은 아니었다.

지난 세기의 정말로 유독한 반유대주의를 자극한 것은, 1900년대 초에 출현한 『시온의 학식 있는 원로들의 의정서The Protocol of the Learned Elders of Zion』(닐우스, 1905, 나중에 마르스덴이 번역, 2003)라는 제목의

---

3 유대교, 기독교, 이슬람을 말한다.

대단히 망상적인 간행물이었는데, 그것은 불길한 90 수준으로 측정된다. 그 거짓 문서는 세계, 은행, 금융 등을 장악하려는 유대인의 세계적 음모를 폭로하는 것이라고 소문났다.

거짓 추정을 제시하는 그 권위적 문체는 수많은 독자들에게 설득력이 있었고, 유럽 전역에 반유대주의를 확산시켰으며, 나치 반유대주의의 이데올로기적 배경을 이루었다. 불행히도 영향력 있는 수많은 인사들이 그것을 진실로 받아들였는데, 심지어 미국에서조차 그 문서는 헨리 포드의 유명한 반유대주의의 근거가 되었다. 포드는 그 문서를 다른 영향력 있는 인사들에게 배포했고, 그래서 그들은 어떤 국제적 음모가 있다는 신념을 품게 되었다. (일반적으로 음모론은 160으로 측정된다.) 비록 포드는 나중에 생각을 바꿨지만, 반유대주의는 미국 내 증오 집단에게 흡수되었다. 그리고 나치 강제수용소와 유럽 내 600만 유대인 학살이 폭로된 결과, 세계적으로 반유대주의에 대한 반감이 강함에도 불구하고 반유대주의는 여전히 미국 내 증오 집단 속에서 연기를 피워 올리고 있다.

반유대주의는 2차 대전 이후 미국에서 현격히 감소했지만 유럽에서는 다시 고조되고 있다. 거기에 기름을 부은 것은 무슬림 극단주의자이고, 그것을 거들고 부추긴 것은 정치 선전과 사회 이론이다. 백인 우월주의 집단은 미국 주류에서 '정신 나간 주변부'로 간주된다.

기타 종교

신도	350	바하이교	365
바시도법을 포함할 경우	180	도교	500
스마리법을 포함할 경우	190	아메리카 원주민의 종교	500

350으로 측정되는 신도神道는, 개념상으로 온전하다. 그것의 그늘은 전사 원형의 미화인데, 이는 앞서 언급한 것처럼, 태양 신경총과 가슴에 더해 비장에 에너지를 불어넣는 단점이 있다. 그것은 쉽게 야만적 행위와 무고한 민간인의 도살에 이르는데, 밑바닥의 무의식적이고 원시적인 이드의 유혈에의 욕망은 이때 표면화된다. 그것은 또한 야만적 행위의 미화에 이르는데, 이는 1930년대와 나중 2차 대전 기간에 일본군이 태평양과 극동을 유린한 것, 더불어 그 죽음의 행진, 포로들의 아사, 갓난아기를 포함한 수백만의 무고한 중국 민간인의 학살을 통해 드러난 바와 같다. 그 모든 유혈에의 욕망은 가설적으로 신도 태양신의 후손으로 믿고 있었던 천황의 영광을 드높이기 위한 것이었다. 카미카제 조종사(측정 수준 390)는 신과 조국을 위해 자신의 생명을 희생한 온전한 전사를 반영했으며, 60으로 측정되는 광신과는 대조적이다.

도교

프리초프 카프라가 『물리학의 도*The Tao of Physics*』(1976, 국내에서는 『현대 물리학과 동양사상』(범양사)으로 출간)를 펴낼 때까지, 미국인들이 도교에 대해 아는 거라곤 익숙한 음양의 상징 외에는 거의 없었다. 이데올로기적으로 호언장담과 공격성을 찬양하는 사회에게, 무저항은 허약하고 수동적으로 그리고 이질적 개념으로 보인다. 비폭력적 태도의 마하트마 간디가 결국에는 대영제국을 굴복시키고 인도를 식민주의에서 해방시켜 그 효율성을 입증하기까지, 무저항은 그 어떤 기능적 유효성을 갖는 것으로 이해되거나 수용되지 않았다. 무저항의 효과는 남아프리카의 넬슨 만델라를 통해, 그리고 미국에서는 마틴 루터 킹의 민권 시위를 통해 재차 입증되었다. 기독교의 선례는 "다른 쪽 뺨을 돌려라."는 예수의 가르침 속에 있고, 그리고 붓다의 초연함에 대한 가르침과 "적들은 자신의 본성으로 인해 저절로 무너질 것이니 그들을 미워할 까닭이 없다."는 진술이 있다. 유럽의 유대인은 국지적 봉기를 일으키긴 했지만, 나치 정권의 파괴에 대한 상대적 무저항을 통해 카르마적 책임이 전적으로 정복자들에게 지워지도록 했다. 그들은 유대교가 과거 수 세기 동안 그 모든 일을 겪어 낸 것처럼, 그러한 맹공에서 살아남으리라는 것을 깨달았다.

공격성은 도전에 대한 단기적 반응으로, 무저항은 장기적 반응으로 볼 수 있다. 피점령국 주민은 침략자들의 지배가 끝날 때까지 그저 기다릴 필요가 있을 뿐이다. 침략자들은 결국에는 떠나거나 아니면 피점령국 문화 속에 융합되는데, 예를 들면 하드리아누스 성벽에서 로마군은 간단히 그 지방 여인들과 결혼하여 가정생활에 정착했다.

의식/영성의 관점에서, 음과 양의 세기는 동일하고 동등하다. 그리고 음양의 상징은 균형의 중요성을 반영하는데, 상호 작용하는 세력들은 그러한 균형 속에서 서로를 형성하고 정의한다. 서구 문화에서 이는 남여 관계에서 가장 명백했다. 전통적으로, 남성의 전형은 공격적이고 여성의 전형은 수동적이다. 초기 농경 사회에서는 공격성에 대해 보상해 주었고 남성 지배가 우월한 것으로 비쳤으나, 문명이 발전함에 따라 이제는 둘 중 어느 것도 다른 것에 비해 더한 가치를 갖는 것으로는 보이지 않는다. 하지만 성의 구별은 언어 자체에도 뿌리내렸는데, 예를 들면 모든 명사가 남성, 여성, 혹은 중성인 독일어와 기타 언어가 있다. 미국에서는 여성적인 것과 남성적인 것의 관계, 둘의 균형, 그리고 그러한 것의 표시에 관해 많은 사회적 담론이 있어 왔다. 예를 들면, 남자들은 자신의 음陰적이고 여성적인 면과 '만나라'는 조언을 받았고, 여자들은 자신의 양陽적이고 남성적인 공격적인 면과 만나라는 등의 조언을 받았다. 하지만 자연에서는 자신의 새끼를 보호하는 암컷보다 더 공격적인 것은 없다.

바하이교

측정치가 가리키는 것처럼, 바하이교의 중심 의도는 모든 신앙의 영적 핵심 및 세계 교회주의적 이상을 나타낼 만큼 온전하다. 바하이교는 창시 당시부터 남녀평등을 기초로 했다는 점에서도 매력적이다. 세계의 대종교들이 나란히 평화적으로 공존할 수 있는 바하이교의 수용력은 인도 문화로 대표되고 그것은 달라이 라마가 2004년 초에 지적한 것처럼 찬양할 만한 가르침의 사례로 기여한다. 바하이교는 이란인 바하울라의 가르침에서 생겨났는데,

그는 자신을 세계의 종교들과 세계인의 통일을 매개로 하는 평화의 선구자로서 '신의 현시顯示'라고 선언했다.

바하이교는 아야톨라 호메이니의 집권 이래 이란에서 탄압받아왔는데, 1991년, 호메이니는 바하이교를 말살하고 당시 바하이교도의 세계적 순례 중심지였던 쉬라즈의 바브 사원을 헐라는 정부 문서에 서명했다. 현재 호전적 이슬람교는 바하이교를 이단으로, 따라서 그들이 이란인 동족이라고 해도 제거되어 마땅하다고 본다. (《뉴욕 타임스》, 2004년 9월 12일)

아메리카 원주민

영성이 아메리카 원주민 문화의 우세하고 매력적인 특징의 하나라는 사실에도 불구하고, 아메리카 원주민 영성에 대한 권위 있는 정보와 연구는 크게 부족하다. 그 높은 측정치(500+)는 신을 큰 영/창조주이자 전 생명의 근원이고 본질로서, 따라서 신성하게 여겨지는 것으로서 인정하고 있음을 반영한다.

모든 축복과 자양의 근원으로서의 신성Divine에 대한 인정은 일상생활의 필요불가결한 일부다. 페요테 의식[4]을 매개로 신성한 Divine 의지와 교감하고자 하는 것은, 영적 청소와 자기 정직성의 한증막 정화 의식과 마찬가지로 존중된다. 먹기 위해 짐승을 희생시키는 행위 또한 기도를 통해 축성되는데, 그것은 전 생명의 하

4　아메리카 원주민 사이에 가장 널리 퍼진 토착 종교의 일부인데, 예배 도중에 선인장 꽃에서 딴 마약의 일종인 페요테를 먹는 것이 특징이다.

나임에 대한 인정이다. 가족과 명예는 확립된 가치이며, 성격 특징으로 장려되는 용기, 진실, 용맹함 역시 그러하다.

1970년대에, 저자는 신성한 호피 뱀 춤 의식에 초대받는 특권을 누린 적이 있다. 당시는 오랜 가뭄 끝이었는데, 호피식으로 옥수수 씨앗을 생선 한 조각과 함께 15센티미터 깊이로 파종했음에도 불구하고 옥수수는 시들시들 말라 가고 있었다. 의식은 옛 오라이비에서 거행되었다. 사람들이 지붕 위에 빽빽이 들어서자, 영양 춤 무용수들이 춤을 시작하기 직전에 원로들이 도착하여 상석에 자리 잡았다. 여러 달 동안 비가 내린 적이 없었는데도 불구하고 그들은 모두 우산을 들고 있었다! 그 이유는 금세 분명해졌다. 영양 춤 무용수들이 춤추기 시작하자 하늘에 구름이 몰려들었고, 나중에 뱀 춤 무용수들이 살아 있는 방울뱀을 입에 문 채 빙글빙글 돌기 시작하자 구름은 급속도로 어두워졌다. 무용수들은 땅바닥에 옥수수 가루를 흩뿌리고 방울뱀을 한 마리씩 놓아주었다. 방울뱀들은 옥수수 가루가 뿌려진 바닥을 지나, 운집한 구경꾼 사이로 들어갔다. 뱀들은 아주 가까이 다가왔다가 꿈틀꿈틀 기어서 사라졌다. 정적이 흘렀다. 그리고 오래 끌어온, 살을 태울 것처럼 무자비한 가뭄 끝에 비가 내리기 시작했다. 하지만 비는 운집한 의식 참가자들의 머리 위가 아니라, 근처의 절벽을 지나, 훨씬 밑에 있는 옥수수 밭에 정확히 쏟아져 내렸다. 비는 다른 곳에는 오지 않았고 오직 너른 옥수수 밭에만 내렸다. 그것은 백인들이 입회한 마지막 뱀 춤이었는데, 그렇게 된 것은 과거에 일부 백인들이 결례를 저질렀기 때문이었다.

원로들이 우산을 가져온 것은 뱀 춤이 항상 비를 불렀기 때문이었다. 원로들은 전혀 놀라지 않았다. 털끝만큼도 의심하지 않는 그들의 확신으로 인해, 믿음 그리고 감사와 결합된 집단 영창과 기대는 더욱 고조되었다.

종교와 전통 미국

미국 전통에서 종교는 일요일 아침의 행사였고, 그에 대한 존중에서 모든 술집과 주류 판매점은 정오까지 문을 열지 않았다. 일요일은 안식일이었으므로 상점은 모두 문을 닫았는데, 성금요일 오후에도 가게들은 문을 닫았다. 유대인들은 토요일을 안식일로 지켰고, 유대인 상점들은 유태 휴일에 그러는 것처럼 토요일에 문을 열지 않았다.

개신교, 가톨릭, 유태 예배당은 존경받았으며 그들의 각 종파 역시 마찬가지였다. 세 종교는 각기 박애 사업으로 존경받았고, 모두 병원과 인도주의적 자선단체를 운영했으며 그곳에 기금을 댔다. 그들은 잘 운영되는 자선병원을 지원했고, 의사 협회는 그곳에 의료 봉사를 제공했다. 정부와 정치인들은 정중하게 손을 뗀 태도를 취했는데, 그것은 지방자치단체가 자선단체 덕분에 상당한 액수의 돈을 절약할 수 있었고 또한 그곳에서 필수적 공공서비스를 제공받았기 때문이었다.

자선병원들은 송사 및 의료 과실 소송의 위험으로부터 보호받았다. 응급실에는 상근 의사들이 탄탄하게 배치되었고, 자문의들이 교대로 지원해 주었다. 일체의 불법 의료 행위는 지역 의사 협회에서 다루었는데, 그곳에서 축출되면 의사로서의 생명은 끝이 났다. 자선 기독 병원은 수녀들이 운영을 맡았고 지역 주교구의 감독을 받았다. 모든 자선 기관이 기부와 유증을 통해 엄청난 기금을 지원받았다. 성공한 기업가와 기업들이 주된 시혜자였다. 종교계의 교구 학교, 의료 기관, 기부, 그리고 지방자치단체를 포함하는 대중의 관계는 전반적으로 조화롭고 상호 유익했다. 시스템 전체는 415로 측정되었다. (1959년 이전)

자선 개념은 선의, 사심 없는 봉사, 박애라는 근본적인 종교적 미덕이자 사회적 태도로서 온전했다. 1960년대에 자만심이 부상하면서, 오만함으로 인해 자선은 '품위를 떨어뜨리는' 것으로 보이기 시작했고, 그래서 공공서비스에 드는 비용 부담은 점차 납세자에게 전가되었다.

1960년대와 그 후 수십 년간, 그러한 시스템은 점진적으로 세속화되었고 정치적 법률적 침해에 의해 해체되었다. 전체 비용은 현재 전 세계 국가 중에서 최고로 치솟았다. (GNP의 15퍼센트) 415 수준으로 측정되었던 제도는 쇠퇴했고, 현행 제도는 195 수준으로 측정된다. 동일한 격차가 양로원에서도 나타난다. 교회 단체(예 착한 사마리아인들)에서 운영하는 양로원은 410으로 측정되는 반면, 영리 기업체에서 운영하는 양로원은 195로 측정된다.

인도적 활동의 세속적 편성은, 의도의 측정 수준을 끌어내리고 전체 제도의 수준을 급격히 저하시키는 반면, 역설적으로 비용은 상승시킨다. 미국에서 개별적 진료의 질은, 전체적으로 여전히 높은 430에서 440 사이이다. 사회의 확대되고 있는 '문화 창조자' 부문은 영성을 지향하는 의사들에게 끌리는데, 그런 의사들은 집단적으로 499로 측정되거나, 세속적 의료에 비해 70점 가량 더 높게 측정된다. (또한 그런 의사들은, 전통적이며 엄격히 의학적인 모델에 의한 치료에 반응하지 않는 까다로운 만성질환자의 진료 건수가 훨씬 많지만, 그럼에도 불구하고 환자 회복률은 22퍼센트 더 높다.)

경험상으로, 저자의 영성 지향적이고 전인적인 정신과 진료는 미국에서 최대 규모가 되었고, 결국에는 50명의 직원과 25개의 진료실에 더해 연구실과 임상병리과가 필요해졌다. 환자들이 전 세계에서 몰려들었다. 병원의 연구부서에는 최초의 컴퓨터 가운데 하나가 있었는데, 그것은 특수 냉방 시설을 갖춘 방과 전용 전력선이 필요한 거대한 기계였다. 또한 병원에서는 『사랑은 두려움을 놓는 것 *Love is Letting Go of Fear*』(Jampolsky, rev. 1988)의 저자 제럴드 잠폴스키 박사의 모델을 바탕으로 한 태도 치유 프로그램은 물론, 12단계 모임을 위한 특별 프로그램을 제공했다. 그러한 가족 영성 프로그램은 무료로 제공되었으며, 매년 2천 명의 환자를 진료하고 천 명의 신규 환자를 받았던 진료소 자체는 중저 수준의 비용 산정에 근거한 할인 진료비를 청구했다. 병원은 재정적으로 자립했고 공공 기금을 지원받지 않았다. (그것은 499로 측정된다.) 상대적으로 까다로운, 만성의 가망 없는 환자들에 대한 혁신적 전인 치료의 결과는 수많은 강연, 전문적 논문, 국제 기사(Hawkins, 1968~1981), 책자 형식(Hawkins와 폴링, 1973)으로 보고되었다.

영성과 종교는 또한 가족 건강에 그리고 어린이들의 학업 성적, 품행, 낮은 중퇴율을 포함하는 사회적 행동 전체에 긍정적 영향을 미친다. 영성과 종교 안에서는 부부 갈등과 가정 폭력의 비율이 낮고, 자살, 체포가 드물며, 마약 사용이 적고, 이혼율과 실업률이 낮다. 유병률과 사고율 또한 낮다. 전체적 유익함이 현저히 두드러지는 까닭에 어느 비평가는 다음과 같은 결론을 내렸다. "종교는 그것이 사회에 가져다주는 이익만으로도 용납된다."(Robb, 2003) 전체적으로, 교회 다니는 사람들은 여론조사 기관에서 주목한 것처럼 좀 더 보수적인 경향이 있다. (CNN 뉴스, 2003년 12월)

무신론

무신론은 종교와 신에 대한 어떤 신념 체계를 나타내며 광범위한 스펙트럼을 갖는다. 그것은 또한 일반적으로 삶의 한 국면의 특징이지만, 일부 사람들에게는 한평생의 위치일 수도 있다. 무신론에 대한 심도 깊은 연구는 너무 광범위해서 여기 포함시키기 어렵지만, 사실 무신론이라는 주제는 매우 중요한 것이므로 그것의 주요한 특징을 측정할 수 있다. 그것에 관해서는 신학자, 역사가, 심리학자, 정신분석가들이 물론 심도 깊게 고찰했다. (M. 애들러: 1976~1980, 포이에르바하: 1891, 프로이트: 1910~1963를 볼 것)

정직하게 자기 회의에 빠진 온전한 회의론자나 무신론자는 200으로 측정되지만, 대부분의 무신론적 위치는 매우 낮게 측정된다. 무신론적 위치들이 갖는 범위는, 신에 대한 무지와 무관심에서부터, 신에 대한 분노와 분개 그리고 측정 수준 25의 호전적 무신론에 의한 신에 대한 증오에까지 이른다. 만일 우리가 신이나 위대한 화신들을 비난하는 일의 카르마가 얼마로 측정되는지를 묻는다면, 그러한 행위의 측정 수준은 20에서 40이다. 물론 그런 반신反神적 위치들의 일부는 화내고, 질투하고, 편애하는 등의 경향이 있는 존재로서의, 신에 대한 구약의 신인동형론적 묘사에 대한 거부일 뿐이지만 말이다.

포이에르바하를 비롯한 여러 사람들은 무신론의 심리적 기초가 아버지 인물에 대한 거부라는 것을 잘 묘사했는데, 칼 마르크스의 경우가 바로 그러했다. 아버지 인물이 완벽하지 못한 데 대한 분노는 콜터가 지적한 것처럼(2003), 정치적 표현상의 한 요인이기도 하다. 환멸로 인해 모든 권위 인물을 향한 자기애적 분개가 생겨난다. 무신론의 심리학에 대해서는 뉴욕 대학교 심리학과 교수 비츠가 잘 밝혀 주었다. (인터넷에서 탁월한 10쪽짜리 요약본을 구할 수 있다.)

의식 진화의 관점에서 볼 때, 무신론은, 에고의 자기애적 돌봄이 최고이며 그것이 자신의 생명과 존재의 근원이라는 환상을 놓지 못하거나 혹은 놓는 것을 거부하는 데서 비롯된다. 이원적 자기 이미지의 이러한 지속은, 앞서 논했던 것처럼, 에고의 기본 구조의 귀결이다. 컴퓨터게임이 그토록 인기를 끄는 한 가지 이유는, 그것들은 내가 '통제'하고 있고 그리하여 내가 통치자이며 '내 영혼의 선장'이라는 환상을 강화해 주기 때문이다. (문제의 시 「인빅투스Invictus」[5]는 170으로 측정된다.) 무신론은 또한, 미국 헌법의 초

5 라틴어로 '굴하지 않음'을 뜻하는 인빅투스는 영국 시인 윌리엄 헨리가 골결핵으로 투병하던 어린 시절에 쓴 시인데, '나는 내 영혼의 선장이다'라는 구절로 끝을 맺는다. 오클라호마 연방 청사 폭파범 티모시 맥베이가 최후진술을 그 시로 대신한 것을 계기로 유명해졌다.

안자 같은 자유사상가(측정 수준 335)나 중립적 유신론자와는 구별될 것이다.

자치권의 환상의 포기가 '바닥을 치는' 경험의 본질이다. 그러한 경험은 변형을 불러일으키며, 그에 대해서는 수백만의 사람들이 증언해 주고 있다. 그것은 임사 체험의 주요 귀결임은 물론 진정한 전환 경험의 핵심이기도 하다. 흥미롭게도 무신론의 바탕에는 믿음이 있지만 그러나 그것은 거짓(에고, 지성)에 대한 믿음이며, 의지Will[6]의 행위에 의하지 않고서는 무신론은 극복될 수 없다.

의지The Will(측정 수준 850)

비록 심리학과 정신 기능의 모든 측면에 대해서는 광범위한 저술이 존재하지만, 인간 의지 자체에 대한 정보는 상대적으로 부족하다. 의지의 중요성은 정신분석 및 대부분의 영적 저술에서조차 간과되고 있지만, 그것의 기능은 의식 발전, 영적 종교적 발달, 깨달음Enlightenment 자체에 이르는 단계들에 있어 결정적이다. 의지Will의 내재적 힘은, 850이라는 지극히 높은 측정치에 의해 드러난다. 그리하여 의지는 모든 작은 위치성과 신념 체계들을 극복할 힘을 갖는다.

의지Will가 갖는 힘의 기초는 그것이 마음, 지성, 혹은 감정이 아닌 영Spirit의 기능이라는 것이다. 그래서 그것은 하나의 인간 능력으로 독특하다. 마음은 선택지와 선택을 쉴 새 없이 체로 쳐서, 결

---

6 대문자로 표기된 이 '의지'는 영적 의지 혹은 참나의 의지를 가리킨다.

론과 선택된 전제에 이르지만, 그러나 그것들은 내재적 힘에 한계가 있는 선형적 구조물에 불과하다. (즉, 논리, 이성, 지성은 400대로 측정된다.)

누구나 금방 실패하고 마는 해결책들에 대해 알고 있으며, 행동 변화를 이뤄 내기보다는 그에 대해 이론을 세우는 것이 훨씬 더 쉽다는 것이 밝혀진다. 중독은 알코올과 마약중독 등 일반적으로 인정되는 것 이상으로 훨씬 널리 퍼져 있다. 사실 거의 모든 사람이 여러 가지 끈질긴 '버릇'을 가지고 있고 그런 것은 대단히 강하게 뿌리내리고 있는데, 대개의 사람들은 어떤 행동 양식이나 감정적 성향(예 분개, 두려움, 강한 욕망, 혹은 수줍음이나 만성적 분노 같은 습관적 감정 반응)을 바꾸려고 할 때 서글프게 그런 사실을 알게 된다.

도움 없이는 마음은 너무 나약하고 무력해서 큰 변화를 일으키지 못한다. 심지어 '천재'라고 해도 고작 499로 측정된다. 개인적 삶이 재앙에 가까웠던 숱한 천재들과 커다란 성취를 이룬 대단히 빼어난 인물들이 있지만, 대중은 왜 명사들이 자살로 생을 마감하는지 이해하지 못한다. ("그 여자는 인생에서 목표로 하는 걸 다 갖고 있었잖아.") 이렇듯, 자기 파괴적 패턴은 지성을 통해 쉽게 인지되지만, 실천적으로 그것은 행복과 가정 혹은 직업뿐 아니라 육체적 생명 자체를 무너뜨리는 넘어설 수 없는 장애일 수 있다.

하지만 희망 없음, 괴로움, 고통은 에고의 등뼈를 분지르는 최후의 지푸라기일 수 있고, 사람은 절망 속에서 그 어떤 이름으로 불리는 것이든 신과 신성Divinity 그리고 영적 영역을 향해 돌아섬으로써 유일하게 가능한 힘 자체의 마지막 근원에 호소하는데, '나 자신 보다 더 큰 힘'과 그 힘에 대한 내맡김은 완전히 새로운 차원에 접근할 수 있게 해 준다. 측정에 따르면 그러한 새로운 차원은 의식 수준 500에서 시작된다.

에고는 대단히 강력하며 오직 자신의 생존에만 관심이 있다. 그것은 사람의 육체적 존재를 기꺼이 희생시키려고 할 것이다. 다시 말하면, 에고는 "항복하느니(나의 통치권을 포기하느니) 차라리 죽겠다."고 말한다. 에고는 겸손함에 질색한다. 어떤 이들은 신에게 내맡기기보다는 자진해서 지옥행을 택하기조차 한다. (예 직업적 범죄자, 마피아 청부 살인자, 연쇄살인자들) 티모시 맥베이는 형장으로 가는 길에, 자신은 무고한 이들을 고의로 죽였기 때문에 지옥에 갈 거라는 걸 알고 있다고 잘라 말했다. (언젠가 진료실에서, 어느 가망 없는 환자가 도움을 청해 왔다. 남은 유일한 길은 믿음을 기반으로 하는 모임에 나가는 거라고 말해 주자, 그 환자는 "차라리 죽고 말겠습니다."라고 했고, 정말 그렇게 했다.)

이상 모든 것을 통해 볼 때, 인간 경험이 증거해 주는 바와 마찬가지로, 인간 에고는 의지will의 행위에 의하지 않고서는 극복될 수 없으며, 오직 의지will만이 신성한 힘Divine Power에 이르는 문을 열기를 선택할 수 있다. 이것은 신성Divinity의 완벽한 정의Justice로 인한 것이고, 이에 의해 만인이 다 자기 운명의 유일한 결정자이다. 또한 운명이 가능한 선택지들을 결정한다.

의지will에 의한 힘의 부여에서 핵심 요소는 동의다. 이 내맡김의 행위(Tiebout, 1949)가 기적적인 일을 가능하게 해 주는데, 그것은 삶의 과정에서 한 분기점이 된다. (비선형적 동력학과 하이젠베르크 원리를 통해 묘사되는 것처럼) 그 다음에는 의도가, 경험적인 존재의 실상 속으로 잠재성의 출현을 강화시킨다. 그것은 유명한 『기적수업』(1975)에서 자세히 묘사하고 있는 메커니즘이기도 하다. 그것은 또한, "신의 도움 없이는, 우린 희망이 없고 무력했다."(Alcoholics Anonymous, 2000)고 인정하는, 익명의 알코올중독자회Alcoholics Anonymous와 믿음을 기반으로 하는 다른 여러 모임들의 결정적인 첫 번째 단계이다.

선형적이고 유한한 개인적 의지 자체는 상대적으로 약하지만 그러나 그것은 은총Grace의 비선형적이고 무한한 힘에 이르는 문을 여는 결정적 턴키[7]임에 주목하라. 희망과 내맡김이 변형을 일으키는 과정을 시작하고, 믿음은 실제 경험에 근거하여 나중에 온다. 또한 그러한 행위와 그것의 귀결은 과거 카르마의 허용 범위 내에서 정렬된다. 모든 기도가 인간의 시간 속에서 호의적으로 응답받는 것은 아니다.

주변적인 영적/종교적 신념 체계(이데올로기)

DNA 암호 신학(이데올로기)	160		라엘리안(이데올로기)	130
UFO는 실재하는가?	아니오		마야 종교	95
기독교인 정체성 운동(이데올로기)	110		무신론자 운동(이데올로기)	190
뉴에이지류	185		별의 사람들(이데올로기)	160
다가오는 다섯 번째 세계 (이데올로기)	130		별의 아이들(이데올로기)	145
			별의종자 가족(이데올로기)	145

---

7 turnkey, 열쇠만 돌리면 모든 것이 당장 이용할 수 있게 준비되어 있는 어떤 것을 가리킨다.

보름달 집회(뉴에이지)	180
사교	50~160
세속주의	165
소설 『뒤에 남은 자들』[8]의 종말론적 이데올로기	190
아즈텍 종교	85
여신 운동	190
옴진리교	85
외계인은 실재하는가?	아니오
우익 근본주의자 기독교인 (이데올로기)	95
운세 보기	185
위카[9](이데올로기)	160
유란시아서(이데올로기)	150
이스터섬의 석상	70
일부다처제 분파	135
잉카 종교	85
점	185
채널링	195
천국의 문(사교)	160
크롭 서클은 외계의 것?	아니오
탄트라(현대)	95
태양 사원파(이데올로기)	155
투린의 수의는 실재하는가?	아니오
플라스마 에너지 오르브파 (이데올로기)	160

이 중 많은 것이 아이 같은 순진한 믿음을 나타내고 검증 가능한 진실과는 상당한 편차가 있는 위치성들의 포함을 나타낸다. '종말'을 다룬 계시록 문화와 그 문학이 낮게 측정되는 것은, 그런 것이 신약 계시록의 정교화를 바탕으로 하기 때문인데, 다른 곳에

8　Left Behind, T. 라헤이와 B. 젠킨스가 요한계시록의 예언을 토대로 쓴 연작 소설이며, 지구 최후의 날을 소재로 하고 있다. 2008년, 《USA 투데이》는 이 책을 '지난 25년간 미국에 영향을 미친 25권의 책' 중 하나로 선정했다.

9　Wicca, 미국에서 출현한 신흥종교로 신도 대부분이 여성이다. 위카는 '마녀'를 의미한다고 하며, 마법과 주술 등을 사용한다.

서 논한 것처럼 계시록 자체는 70으로 측정되고 저자 역시 같은 수준으로 측정된다. 계시록의 산물은 두려움 그리고 특별함과 독점성에 대한 이끌림이다.

갖가지 뉴에이지류는 낮은 측정치를 쏟아 내는데, 그러한 현상은 외계인, 안내령, 수호천사, 지구 재난의 예언에 대한 매혹적 주장들의 신빙성에 의문을 갖게 한다. 낮은 측정치를 쏟아 내는 다른 원천은, 피라미드의 돌, 히브리 알파벳, DNA, 유명한 그림, 그리고 기타 상상력에 넘치는, 모호한 것들 같은 다양한 위장 속에 숨겨진 신의 비밀 암호를 발견했다는 주장들이다. 뉴에이지(그 자체의 그릇된 신념에도 불구하고)류는 엄밀히 말해 '영적'이지 않으며, 그 실천과 관심사에 있어 사실상 '아스트럴적'이다.

이런 단체와 집단적 신념의 다수가 갖는 매력은, 오즈, 해리 포터, 톨킨 책의 유행으로 입증되는 것처럼, '마술'이라면 넋을 잃는 내면의 아이의 호기심과 낭만적 상상에서 비롯된다. 하지만 그런 인기 있는 어린이 책은 모두가 200 이상으로 측정되고, 도덕의 주창자와 반대자 간의 투쟁이라는 동화적 주제가 나타내 주는 것처럼 의도가 온전하다. 그 책들이 온전한 것은, 그것이 드러내 놓고 허구이기 때문이다. 반면에 진실로 소문난 허구적 신념 체계들은, 그럼으로써 온전치 못하고 거짓을 나타내므로 낮게 측정된다.

라엘리안은 성공적 인간 복제에 대한 잘 알려진 주장과 함께 잠시 대중매체에 등장했다. 그들의 개념은 외계인의 안내와 관련을 갖는다. 유사 영적인 공상의 세계는 또한, '인디고 아이들, 별의 아이들, 별의 가족, 별의 사람들, 미래 5차원 사자들의 도래' 등에 대한 상상을 낳는다. 이 모든 것에는 공통된 것이 있다. 즉, 어떤 색다른 느낌, 마술, 낭만적이고 순진하며 상상력 넘치는 공상, 그리고 '특별함' 자체가 갖는 매력이다.

순수하게 가공적인 수많은 신념 체계가 호소력을 갖는 공통적 바탕에는, 짜릿하게 야릇하고 터무니없는 것에 이끌리는 인간 정신의 어린아이 같은 성향이 있다. 그러한 것은 그 다음에 추진력을 얻어 추종자와 열광자를 끌어당기는 짜릿하고 특별한 신비가 되는데, 예컨대 어떤 하위문화 전체를 끌어당기는 '정부 은폐'라는 음모론으로 가득한, 51지구[10]의 비밀 같은 것이 있다. 짐 존스가 이끄는 인민 사원의 집단 자살과 웨이코 대치 참사[11]에 더해, 잘 속고 잘 믿는 성질을 악용당한 다른 숱한 이상야릇한 귀결들은 순진성의 귀결을 나타낸다. 사회는 이런 극단을 '정신 나간 주변부'로 보고 물리치지만, 잘 믿는 성질을 악용당한 귀결은 대단히 심각하고 역사가 보여 주는 것처럼 대단히 중대한 일이 많다. (예 사교 집단 자살과 관련된 헤일 밥 혜성[12])

---

10 이것은 미국 네바다 주 사막에 자리 잡고 있는 군기지의 별칭이다. 이 기지의 일차적 목적은 실험용 항공기와 무기를 개발하고 테스트하는 것이지만, 실제로는 미국 정부가 이곳에서 UFO와 관련된 극비 프로젝트를 진행하고 있다는 주장이 나오면서, 현대 UFO 이론과 음모론의 초점이 되었다.

11 1993년, 텍사스 웨이코에 근거지를 둔 사교 집단 다윗파가 FBI와 51일간의 무장 대치 끝에 스스로 방화하여 교주를 비롯한 81명의 신도가 사망한 사건을 말한다.

12 1997년, 미국 '천국의 문' 신도 39명은 헤일 밥 혜성이 출현한 날 집단 자살했는데, 그들은 혜성 꼬리에 외계인이 탄 UFO가 숨어 있고, 육체를 버리면 그 UFO에 올라탈 수 있다고 굳게 믿었다.

역사적 문화적으로 흥미로운 사실은, 어린이와 갓난아기의 피의 희생이 필수적이었던 아즈텍 종교와 마야 종교가 둘 다 지극히 낮게 측정된다는 점이다. 케찰코아틀 신의 이미지는 85로 측정된다.

이스터섬의 석상은, 명백히 삼림과 식생을 파괴했으며 식인 풍습으로 퇴보한 뒤 결국에는 아사한 과거 거주민들의 자기 파괴성을 나타낸다. 주민들은 분노에 타올라 거석巨石 신들에 대항하여 봉기했으며, 석상을 돌려놓고, 쓰러뜨리고, 부쉈다. 금송아지를 숭배하는 것 같은 우상숭배는 고작 65로 측정된다. 우상숭배나 혹은 성상조차 피하는 것은, 이슬람과 유대교 예배당의 공식적 구조에서 나타난다. 에고는 형상의 한계에 이끌리지만, 반면에 신성Divinity의 본질은 모든 형상 너머에 있고 그러면서도 형상 속에 내재되어 있다. 그리하여, 궁극적 의미에서, 성상聖像과 신성한 인물의 조상彫像은 모든 한계와 지시 혹은 명시 너머의 궁극적 실상에 대한 앎을 전달하기 위해, 일차적으로 영감을 불어넣는 기능으로 봉사한다. 따라서 성상이나 조상은 종점이 아니라 궁극적 목적지로 향한 하나의 도약대거나 중간역이다.

2. 영적으로 흥미로운 장소들

가톨릭교회Catholic Chapel	565	노트르담 성당	790
갠지스강	515	니사르가다타 마하라지의 다락방	510
교토 대불	780	다람살라(인도)	330
기독교 성인들의 유골	750	라사(티베트)	320

루르드	510		스핑크스	520
마추픽추	510		신사	650
메디나	225		아루나찰라 산	500
메카	205		아프가니스탄의 대불 (탈레반이 파괴하기 전)	555
바티칸	570			
베들레헴(현재)	175		알함브라	720
베들레헴(예수 당시)	415		앙코르 와트	550
붓다의 유골	905		예수 탄생 교회	450
사캬 사원(티베트)	390		워싱턴 국립 대성당	530
생트 샤펠 성당(파리)	735		웨스트민스터 사원	790
샤르트르 성당	790		유니티 마을	510
성 베드로 성당(로마)	710		유대교 회당 Jewish Synagogue	495
성 베드로의 유골 (로마 성 베드로 성당 제단 밑에 있는)	910		이슬람 사원	495
			이집트의 피라미드	520
성 요한 성당(뉴욕)	530		카바 성전(메카)	530
성패트릭 성당(뉴욕)	530		카르나크의 대신전	415
수정교회(로스앤젤레스)	410		타지마할	750
스톤헨지	599		티베트 불탑	640
스트라스부르 대성당	715		피에타	590

이러한 측정치는 대부분 자명하며 아름다움을 반영할 뿐 아니라, 아름다움이 헌신의 도구이자 그러한 영적 의도의 반영으로 제출되었음을 나타낸다. 하이젠베르크 '효과'를 가장 뚜렷이 입증하

는 것은 아마도 갠지스강이라는 독특한 사례일 터인데, 물질적 수준에서 갠지스강은 강을 따라 자리 잡은 백 개 이상의 마을, 읍, 도시의 하수 유입처다. 매일 수천 명의 힌두교도가 영적 정화의 행위로 이 심하게 오염된 물에 들어가서 목욕한다. 강둑을 따라 쌓여 있는 화장용 장작더미에서는 여전히 연기가 피어나고 있다. 그 성스러운 강은 영적 의도로 하여 놀랍게도 515로 측정되는데, 그것은 수백만 힌두 헌신자들의 축성祝聖 에너지가 여러 세기에 걸쳐 유입되었음을 반영한다. 우리는 축복받은 음식과 그렇지 않은 음식을 비교해 보고, 기도가 음식의 측정 수준에 미치는 동일한 효과에 주목한다.

아루나찰라 산은 대부분의 서양인에게 생소하다. 그곳은 유명한 현인 라마나 마하리시(측정 수준 720)의 근거지였는데, 그는 평생 그곳을 떠난 적이 없었다. 추종자들이 그곳에 유명한 아슈람을 세웠고 영적 구도자들이 세계 각지에서 몰려들었다. 아슈람은 오늘날에도 여전히 존재한다.

영적 의도 현상의 또 다른 사례를 입증해 주는 것은 니사르가다타 마하라지(측정 수준 720)의 의식 수준이 갖는 효과인데, 그는 봄베이에 있는 비디(담배) 가게 위층 다락방에서 방문객을 맞았다. 사람들은 비좁은 숙소에 있는 그를 만나기 위해 사다리를 올라가야만 했다. 그의 전염성 강한 자연스러움과 활기 넘치는 태도는 수많은 방문객을 매료시켰고, 그의 저작은 널리 알려지게 되었다. 현재 라마나 마하리시는 물론 마하라지의 저작을 공부하는 제자들이 많은데, 이 두 사람은 아드바이타(비이원성)에 관한 가르침에서 중요한 핵을 구성한다.

탈레반의 대불 파괴는 고의적 신성모독 행위(측정 수준 35)였다. 그것은 상징적 목표물을 되는 대로 선택하여 오늘날의 세계를 위협하는, 호전적 이슬람원리주의의 심각한 정신 병리를 가리킨다. 유대교 회당에 나치 십자기장을 그려 놓는 행위, 깃발이나 십자가를 불태우는 행위, 혹은 남부에서 침례교당을 소각하는 행위로 대표되는 신성모독은 그 자체로 중대한 경고 신호다. 그 바탕에 있는 것은 정신병적인 정도의 메시아적 자기애인데, 흥미롭게도 그것은 광견병이나 어린이 연쇄살인자의 의식 수준(격세유전적 원시성), 전쟁터의 굶주린 '미친개들'(즉, 미쳐 날뛰는)과 동일하게 측정된다. (측정 수준 30)

대단히 중요한 것은, 수동성이, 극단적으로 낮게 측정되며 따라서 야만적 행위와 극도로 잔인한 행위를 자행하는 능력에 있어서 격세유전적인, 공격적이고 원시적인 인구의 살인자 유형 욕망(예 만주에서 일본군의 학살, 나치 죽음의 수용소, 닥치는 대로 물어 죽이는 개떼 등)에 불을 지른다는 임상적 사실이다. 그런 공격적이고 원시적인 인구는, 어떤 '정당한' 조건하에서 야만적 행위를 허가해 주는 일부 『코란』 해석(와하브, 쿠틉)에서 합리화를 찾아낸다. 이슬람 테러리스트의 왜곡된 관점에서 보면, 그러한 '정당한' 조건은 거의 모든 사건에 투사될 수 있거나, 아니면 '아랍 땅을 밟는 모든 불신자'들은 섬뜩한 죽음을 당해 마땅하다.

영적 진실

서론

대다수 미국인들은 신을 믿으며(90~92퍼센트, CNN 뉴스, 2004년 4월) 따라서 지고의 진실을 구해 기성종교에 눈을 돌리는 경향이 있는 반면, 모든 종교가 의지하는 진실의 근원은 영적 실상 자체인 한층 더 높은 일차적 근원에서 비롯된다. 그리하여, 종교는 영적 진실의 기원이나 일차적 근원이라기보다는 그것의 제도적 귀결이다. 하지만 종교는 그 창시자가 드러낸 진실을 통합하고 있기 때문에, 사람들 대다수에게 거기서 파생된 가르침은 충분하고 만족스러우며, 정보는 쉬워지고 제도적 종교의 경전으로서 접근 가능해진다.

모든 종교의 경전의 역사적 기원에 관해서는 많은 연구가 이루어졌는데, 이는 날짜, 인물, 진위 여부와 같은 세부에 관한 수 세기에 걸친 숱한 토론과 논쟁으로 귀결되었다. 경전의 최종 판본 일부는 배타적 평의회를 통해 공식적으로 승인되었고, 학문적 권위로 말미암아 '정경'이 되었다. 엄밀히 말해서, 경전의 의미에 대한 해석은 신학, 인식론, 형이상학, 존재론(존재에 관한 과학)의 영역이다.

전 역사에 걸쳐 모든 위대한 영적 교사들은 신비가였으며, 영적 진실에 대한 그들의 앎의 근원은 깨달음Enlightenment의 결과이자, 인식 대상Known과 하나One로 있음으로 말미암은 앞선 의식으로부터 발생하는 주관적 인식으로서의, 신성Divinity인 실상Reality에 관한 변형을 일으키는 각성Realization의 결과였다. 그리하여, 화신Avatar은 ~에 '관한' 인식으로부터 말하는 것이 아니라 내면의 실제적 현존Presence으로부터 말하는데, 그러한 내면의 현존은 빛을 발하며 이해와 인식(Knowingness, 고전적 푸루샤)의 근원으로서 마음을 대체한 것의 본질Essence을 구성한다. 이러한 변형이 일어나는 과정은 모든 성인, 현인, 신성한 스승의 전기에 묘사되어 있고, 흔히 경전 자체 속에 포함되어 있다.

순수하게 연구 관점에서, 의식 수준 측정치는 전통적 경전을 포함하는 그 모든 영적 가르침의 실상을 검증하는 데 적절히 이용될 수 있다. 각 수준은 의식이 갖는 가능성의 실제를 나타내고 선형적인 것에서 비선형적 맥락으로의 진보를 나타내는바 비선형적 맥락은 무한하며 공간과 시간 혹은 장소 너머에 있다.

최상의 영적 진실의 근원은 비(非)정신적인데 지성은 그 중대한 사실을 이해하는 데 어려움이 있다. 왜냐하면 마음은 본래부터 이원적이고 제한되어 있으며, '이것'이 '저것'에서 나올 거라고 기대하기 때문이다. 찾는 자와 찾는 대상Sought은 이원성이라는 한계를 초월하면서 하나One가 되는데, 그것은 다시 말해 참나 각성Realization, 빛 비춤Illumination, 깨달음Enlightenment이며, 다른 말로 하면 "하늘나라Kingdom of God는 너희들 안에 있다."이다.

경전과 영적 저작

『교리와 성약: 값진 진주』	455	『람사역 성경』(구약과 계시록을 제외하되 창세기, 시편, 잠언은 포함)	880
『그란트 사히브』(아디 그란트: 시크교)	505		
『금강경』	700	『리그베다』	705
『기적 수업』(연습서)	600	『몰몬경』	405
『기적 수업』(교과서)	550	『무지의 구름』	705
『노자의 도덕경』	610	『미드라드』	665
『누가 복음서』	699	『미쉬네』	665
『니케아 신경』	895	『바가바드 기타』	910
『도마 복음서』	660	『반야심경』	780
『달마 어록』	795	『법구경』	840
『라마야나』	810	『법화경』	780
『람사역 성경』(아람어 원서)	495	『베단타』[1]	595
		『베다』	970

---

1 앞의 고대 힌두교에 관한 측정표에서 『베단타』가 855로 측정되었음을 볼 때 이 수치는 세월이 가는 동안 경전에 대한 오역 혹은 오해가 일어 났음을 암시한다.

『비즈나나 바이라바』	635		『잠언』(람사역 성경)	350
『사해문서』	260		『조하르』	905
삼위일체(개념)	945		『창세기』(람사역 성경)	660
『신약』(킹 제임스판, 계시록 제외)	790		『카발라』	605
『신약』(그리스어를 번역한 킹 제임스판)	640		『켈스서』	570
『시편』(람사역 성경)	650		『코란』	700
『아가다』	645		『킹 제임스판 성경』(그리스어 원서)	475
『아비나바굽타』(카슈미르 샤이바파)	655		『탈무드』	595
『영지주의 복음서』	400		『토라』	550
오마르 하이얌의 『루바이야트』	590		『티베트 사자의 서』	575
『외경外經』	400		파탄잘리의 『요가경』	740
『우파니샤드』	970		황벽 선사의 가르침	960

위에 열거한 것은 인류가 이용할 수 있는 온전한, 측정된 진실들인데, 그중 일부는 진화의 역사에서 수천 년간 존재해 왔다. 어느 것을 고르든, 단 하나 만으로도, 한평생의 연구와 영적 노력에 대해 충분하다. 수행자들이 알게 되다시피 진실에 관해 아는 것은, 진실을 이해하는 것이나 한층 더 중요한 것으로 진실이 되는 것과는 전혀 다르다. 영적 진보는 단순한 동시에 복잡하고, 미묘한 동시에 격변을 일으키며, 영감으로 고취되는 동시에 위협적이다. 에고의 한계를 초월하기 위해서는 의도, 목적의 온전성, 결의(더하기 은총, 즉 앞선 스승의 도움과 긍정적 카르마)가 요구된다. 여정은 표면상으로 우연하게, 혹은 호기심의 귀결로 시작되는 일이 많다. 그

다음에 그것은 관심과 그리고 마침내 관여를 끌어당기는데, 여기에 뒤따르는 것이 몰두와 꿈에도 생각지 못한 보상의 발견이다.

이러한 노력을 촉진하는 데 경전과 위대한 영적 고전은 결정적 정보를 제공한다. 영적 진보라는 목표에 몰두하는 것은 그 자체로 뇌 생리에 변형 효과를 가지며, 정렬을 바꾸는 영적 에너지들을 끌어당기고 그리고 일치하는 끌개 에너지 장들의 힘을 끌어당긴다. 이러한 것이 주관적 실상을 재맥락화하고 각성을 최적화한다.

앞의 측정치를 살펴보면, 고대 인도의 초기 아리아 문화에서 나온 위대한 현인들은 인간에게 접근 가능한 최상의 영적 앎의 대출현(여태까지 기록된 것으로는 최초로)을 나타낸다는 것이 자명해진다. 나중에, 동일한 진실이, 완전히 동떨어져 있는 다른 문화들에서 다른 시기에 출현했는데, 하지만 지고의 진실의 본성에 대한 각성은 문화와 언어의 차이를 반영하는 표현상의 편차가 있을 뿐, 모든 경우에 본질적으로 동일했다. 이렇듯, 진실은 그 자체로는 독점적이지 않고 보편적이며, 그렇지 않다면 그것은 진실이 아닐 것이다. 따라서 영적 종교적 독점성에 대한 주장은, 원래의 현인을 따르는 후대 추종자들의 에고의 개입과 오류를 가리킨다.

진실은, 정의상으로, 제한이나 자격 조건이 없으며 차별적이지 않다. 만인이 날 때부터 이미 측정 가능한 의식 수준을 갖고 있는 이상, 그 사건을 둘러싼 상황은 우연한 것이 아니라, 그러한 것이 문화, 가족, 시대, 상황으로서 물질계에서 나타나는 동안의 영적 진화 패턴에 따른 귀결이라는 것을 암시할 것이다. (의식 연구를 통해, 모든 개인의 탄생을 둘러싼 세부 사항은 절대적으로 카르마적으로 완벽하게 공정하며 최대로 유리하다는 것이 드러나는데, 하지만 외관이나 개인적 의견은 이것과 정반대일 수 있다.)

세계의 가장 위대한 스승들의 측정치는 큰 문화적 변화에도 불구하고 오랜 세월에 걸친 인간 경험 및 실증과 일치하는데, 그 위대한 스승들은 그 비선형적 본질로 인해 상대적으로 문화적 변화에 영향받지 않는다. 진실은 마치 황금처럼 그것의 발견과는 무관하게 존재하기 때문에, 진실의 재발견은 흥분을 이끌어 내고 어떤 새로운 근원에의 끌림을 이끌어 낸다.

앞선 영적 제자들은 진실의 모든 근원을 소중히 여기며, 흔히 그것들을 조합해서 공부한다. 그리하여 기독교 신비가들에 대한 공부는 『베다』가 드러내 준 진실을 명료히 해 주고, 『베다』는 차례로 불교의 가르침을 명료히 해 주며, 불교는 그 다음에 예수그리스도의 가르침을 명료히 해 준다.

전통적 종교 활동의 한계는 그것이 흔히 시대, 장소, 성격, 민족적 성향이라는 지엽적 사안(즉, 형상과 내용)에 휩쓸린다는 데 있다. 더욱 큰 의의를 갖는 것은 드러난 진실들(즉, 장)에 본질적인 자료의 연구이지, 사건을 둘러싼, 일화로서 흥미로울 수 있을 상황은 아니다. 그런 장식들은 사실상 외래적이며 부정적인 효과를 내는데, 왜냐하면 그러한 것은 사람들을 현혹시키고 주의를 분산시키며, 사람들이 수염을 길러야 하는지 여부나 혹은 무슨 요일에 예배를 드려야 하는지의 문제로 서로를 죽이는 것 같은 부조리함으로 이끌기 때문이다. 예배 드리는 요일을 지정하는 일은, 위대한 화신들이 출현한 당시에는 존재조차 하지 않았다. 실상Reality에는 일시적 기간이 없고, '요일'이 없다.

모자, 수염, 음식, 지정된 헌신일과 같은 사소한 것 때문에 '불신자'를 살해하는 종교적 광신자들은, 문화적 특이성에 대한 과도한 강조가 낳는 부정적 결과를 보여 준다. 원전을 읽은 이라면 스스로 알 수 있는 것처럼, 모든 날이 헌신일이고, 모든 날이 안식일이다. 야만인들의 손에서 사소한 차이는 확대되고, 그 다음에 그것은 심각한 신성모독과 심지어 가장 단순한 영적 원리조차 위반하는 일을 '정당화'하는 전쟁 도구에 불과한 것이 된다. 영적 진실을 전달하는 최고의 방법은, 영적 진실의 가치, 적절한 이용, 의도를 알아볼 능력이 없는 이들에게 그것을 보급하는 것보다는, 본보기와 끌어당김일 것이다.

참된 선교사들은 유효한 정보를 퍼뜨리고 본보기를 통해 가르친다. 동기부여가 바르지 않은 이들은 억압의 근원이 되는데, 이는 반란으로 이어진다. (예) 의화단 사건)

선교열은 낮은 힘과 처벌적 정부 규정을 이용하는 신정神政 및 국교 제정으로서 그것의 궁극적 표현에 도달한다. 유럽 역사는 군주국가의 이름으로 종교를 이용한 것과 교회 권위의 온전치 못한 악용을 포함하는 권력투쟁을 반영한다. 종교 갈등은 종교전쟁으로 이어졌는데, 종교전쟁은 마침 요즘 중동에서 벌어지는 사건들에서 반영되는 것처럼 전통적으로 여러 세기에 걸친 그리고 세계의 거의 모든 지역을 휩쓴, 모든 전쟁 가운데 최악의 전쟁이었다. 영성은 통합하지만, 반면에 불행히도, 종교의 그늘은 분열시킨다. 종교적 진실의 심한 왜곡은, 실천적으로 그것과는 정반대의 것이 되도록 이끈다.

의문스러운 낱권 성경 및 성경에 대한 주석

　성경의 결집은 여러 세기에 걸쳐 진행된 오랜 과정의 결과였다. 기원후 처음 몇 세기 동안, 수많은 저자들이 집필한 백여 종이 훨씬 넘는 필사본이 있었는데, 그 모두가 예수그리스도의 가르침에 대한 유효한 서술과 해석으로 소문나 있었다. 그것은 딜레마를 낳았고, 학자들은 그에 대해 토론하는 한편 최선의 노력을 경주했다. 그 결과 일련의 저술 모음집이 태어났고 그것은 주기적으로 개정되었다. 『에녹서』와 같은 수많은 필사본이 제외되었다. 나중에 일부 집단은 유독 『외경』과 같은 일부 저술을 포함시켰다.

　명백한 실용적 가치를 갖는 것은 의식 수준 측정의 적용인데, 특히 화신, 성인 혹은 현인들의 의식 수준과 그들의 것으로 주장되는 경전이나 정경화된 성전의 의식 수준 간의 차이를 측정하는 것이 그러하다. 만일 스승과 그의 접근 가능한 가르침 사이에 폭넓은 불일치가 있다면 그것은 오류가 있음을 가리키며, 많은 것이 번역과 전달 과정에서 혹은 그릇된 해석 속에서 실종되었음을 뜻한다. 이것은 그리스도가 십자가 위에서 한 말이 킹 제임스판과 람사역 성경에서 각각 판이하게 인용되어 있는 데서 가장 뚜렷이 관찰할 수 있다. 다시 말해, 예수가 "아버지, 어찌하여 저를 버리셨습니까."(킹 제임스판)라고 했는지, 혹은 "나의 아버지, 당신은 저를 버리지 않으셨습니다. 저는 이 일을 위해 예비되었습니다."(람사역)라고 했는지에 따라 전혀 다른 세계가 빚어지는 것이다. 성찰해 보면 첫 번째 인용문은 앞뒤가 안 맞는데, 그것은 신성Divinity의 하나임Oneness과 일체가 된, 화현한 완전히 깨달은 주인Enlightened Master이 바로 내면에 있는 각성Realization의 근원으로부터 버림받았다고 느낄 리는 없다는 사실 때문이다.

대단히 흥미로운 데이터와 중요한 정보가 『람사역 성경』 서문의 처음 몇 페이지에 눈부시게 명료한 설명으로 제공되어 있는데, 『람사역 성경』은 콘스탄티노플로 전해져 동방정교회 경전의 기초를 이룬 아람어 성경 필사본 원서를 번역한 것이다. 『람사역 성경』 서문에는, 그리스어 (그리고 더 낮게 측정되는)를 번역한 킹 제임스 판본과의 비교가 이루어져 있다.

킹 제임스판이나 『람사역 성경』에서, 신뢰할 수 있는 진실의 수준인 200 이하로 측정되는 필사본을 모두 뺄 경우 전체적 측정 수준은 현저히 상승한다. 만일 창세기, 시편, 잠언만 남기고 구약을 뺀다면, 또한 신약에서 계시록을 뺀다면 그 효과는 한층 더 두드러진다.

그릇된 문서가 부주의하게 정경화된 경전에 포함된 '이유'를 '설명'하기 위해서는 상세한 역사적 분석이 필요할 테지만, 분명한 이유는 성경 시대 문화의 전체적 의식 수준이 90에서 100이었고, 위대한 스승들은 죽은 지 오래되어 안내해 줄 수 없었다는 데 있었다. 또한 당시에는 진실의 수준을 정확히 평가하거나 전문가들의 자격을 판단할 방법이 없었다.

요약해 보면, 구약은 전체적으로 190으로 측정되는데, 그중 예외는 창세기(660), 시편(650), 잠언(350)이다.『람사역 성경』(아람어를 번역한)은 킹 제임스 판본(그리스어를 번역한)보다 20점 더 높게 측정된다. 구약의 오류의 근원을 이해하기 위해서는 고대 히브리의 문화와 역사에 대한 상세한 지식이 요구되는데, 구약에는 우상숭배로의 회귀, 부족 왕국들의 분열, 제사장들 간의 갈등, 지역적이고 문화적인 신화와 전설의 포섭, 특히 신을 질투, 분노, 편애, 복수심, 자부심 등 인간의 이기적 감정(가령, 프로이트에 따르면 무의식으로부터 투사된 것)을 갖는 존재로 보는 신인동형론적 묘사의 포섭이 포함되었다.

복수심과 분노, 기타 부정적 인간 감정의 특성은 신성_{Divinity}의 비선형적 동질성과 일치하지 않는 선형적 한계다. 인간의 그런 특성은 다른 비(非)천상계들을 더욱 잘 묘사해 준다.

비록 구약 성서(시편, 잠언, 창세기는 제외하고)는 200 이하로 측정되지만, 개별적으로 많은 구절이 상당히 높게 측정된다.

구약의 구절들에 대한 측정

60%가 200 이상으로 측정된다	20%가 600이나 그 이상으로 측정된다
50%가 300 이상으로 측정된다	10%가 700이나 그 이상으로 측정된다
50%가 또한 400 이상으로 측정된다	2%는 800으로 측정된다
30%가 500이나 그 이상으로 측정된다	10 구절은 1,000으로 측정된다

좀 더 자세한 분석은 흥미로운 작업이 되겠지만, 그것은 이 장

의 범위와 한정된 지면을 넘어서는 일이다.

신약에서, 요한(측정 수준 70)이 쓴 요한계시록(측정 수준 70)은 적나라하게 부조화스럽다. 요한계시록은 (앞서 설명한 것처럼) 수 세기에 걸쳐 수많은 몽상가들이 유혹당한 하위 아스트럴 영역에 기원을 둔다. 거기 묘사된 것들은 특정한 하위 아스트럴 수준(측정 수준 70)에 속하며 따라서 실제의, 진실이어서 적어도 200 이상으로 측정될 수준에는 속하지 않는다. 요한계시록의 추종자들은 다가오는 '종말'에 대한, 두려움에 물든 전도 활동에 빠져드는 일이 많고, 은신처와 비축 식량 등을 완비하고 은거하는 생존 집단을 형성한다. 불행히도, 그런 지도자들은 예전의 명성이나 설득력으로 인해 취약한 추종자들에게 영향을 미친다. 극단적인 사례들에서, 두려움은 집단 자살이나 피해망상적인 망상 체계로 인도했다. 하위 아스트럴계에서 기원하는 환영은 반복된다는 것, 그리고 현 시대에 이르기까지 여러 세대에 걸쳐 지진, 홍수, 캘리포니아의 바닷속 침몰, 약탈자 무리에 대해 비슷하게 묘사되었다는 것을 아는 것이 중요하다. 그런 환영은 높은 수준으로 측정되는 천상계가 아닌, 특정한 하위 아스트럴 주소에서만 기원한다. 의식의 아스트럴 상태에서 그러한 영역을 찾아간 모든 방문자들은, 그곳의 생생한 유사 현실을 경험했음을 보고한다. (저자는 그러한 어느 '스승'에 대해 잘 알고 있다. 그에게 아스트럴 트랜스 상태로의 추락은 재앙에 가까웠는데, 그로 인해 그의 의식 수준은 높은 데서 낮은 데로 떨어졌다.) (이 장의 뒷부분을 볼 것.)

가장 높은 이해 수준에서는 진실과 비진실 간의 대결이 가능하지 않다는 것이 분명해 보이는데, 그것은 거짓이란, 진실의 부재이지 진실의 대립물이 아니기 때문이다. 허위인 것이 인상적 설득으로 진실을 가릴 수 있는 것은, 인간의 마음은 선천적으로 진실과 거짓을 구별하지 못하기 때문이고, 두려움으로 더욱 약해졌을 때 마음은 쉽게 프로그램되기 때문이다.

연구를 통해, 최고의 성경은 람사역에서 신약의 계시록을 삭제하고 그에 더해 창세기, 시편, 잠언만 남기고 구약을 삭제한 판본이라는 결론이 나온다. 그 전체적 효과는 성경의 진실 수준의 측정치를 475에서 880으로 상승시키는데, 이렇게 되면 성경은 역사상 위대한 신비가들이 나타내는 수준에 있게 된다.

신약은 예수그리스도가 아닌 그의 추종자들이 썼다는 것을 인정하는 것이 중요한데, 추종자들은 여러 세대에 걸쳐 그리스도가 말했거나 의도했다고 생각한 것을 구전으로 되풀이했다. 영적 스승이라면 누구나, 경험을 통해, 실제로 말한 것과 상대방이 알아들은 것 사이에는 폭넓은 격차가 있을 수 있다는 점을 알고 있다. 성경이 최종적으로 결집되기까지 여러 세기에 걸친 역사적 과정을 감안할 때, 성서가 이만큼 측정된다는 것은 참으로 인상적이다. 이는 성서의 최종판에 관여했던 학자들이 신성한Divine 영감을 이용할 수 있었다는 추정에 신빙성을 불어넣는다.

의문스러운 경전들 : 『코란』에 대한 주석

『코란』에 대한 그릇된 해석이 사회에 미친 영향에 대해서는 이슬람에 관한 앞 장에서 기술했다. 구약과 마찬가지로, 『코란』또한 인류에게 심각한 귀결을 가져다준 오류를 안고 있다. 앞에서 논했던 바와 같이 '검'에 대한 언급은 제쳐놓더라도, 『코란』에는 '자비로우신 알라'와는 어울리지 않는 구절이 숱하게 있다. 그런 구절에선 '불신자 참수'를 되풀이하고, 비신자를 살육할 것을 선고한다. 『코란』은 전체적으로 700으로 측정된다.

『코란』 구절들에 대한 측정

30%는 200 이하로 측정된다

25%는 150 이하로 측정된다

14%는 100 이하로 측정된다

200 이하의 구절을 삭제할 경우, 『코란』은 940으로 측정된다. '종교 살인'은 30으로 측정되는 까닭에, 허위로 오염되는 것은 진정한 순수한 영성에 대한 최악의 적일 듯하다. (이는 '진실'로 측정된다.)

종교 신화

경전들이 갖는 한계를 이해하기 위해서는, 모든 초기 문화에 공통된 종교 신화의 역할을 살펴볼 필요가 있다. 바이킹, 아메리카 원주민을 비롯한 다른 모든 원시적 문화 집단과 원시적 민족 집단의 종교 신화는 물론이고 유명한 그리스, 로마, 게르만 신화들이 있다. 그 모든 신화에서 인간을 빼닮은 신들은 인간적 특성과 오류 가능성을 갖는다. '신들'은 또한 화재, 화산 폭발, 홍수, 역병과 같은 자연재해의 원인으로 비난받았는데, 자연재해는 화난 신이 지역민을 '벌'하는 수단으로 여겨졌다.

이로 인해, 화가 난 인간 같은 신들을 달래려는 희생의 행위가 널리 성행하게 되었는데, 그것은 아즈텍, 잉카, 가나안, 메소포타미아, 셈족의 역사에서 볼 수 있는 그대로다. 훨씬 높은 영적 실상의 연속적 드러남이 정말로 위대한 화신들의 가르침을 통해 드러났을 때, 옛 신화는 흔히 신념 체계로서 지속되었고 그리고 새 가르침 속에 통합되거나 그 위에 덧붙여지는 일이 많았다. 신화는 역사적으로 흥미로운 반면, 지금 인류가 접근할 수 있는 높은 진실을 결하고 있음이 분명하다. 고대의 신화와 전설은 민족적 정서적 이유로 인해 여전히 신봉자를 거느리고 있는데, 그러나 그러한 것은 또한 그 낮은 측정치에서 드러나는 것처럼 허위이며 사람들을 오도한다. 그러한 것은 또한 영적 진실의 탐구자들을 오도하는 오락이기도 하다. 종교적 신화와 전설의 민족적 문화적 신분증은, 박해와 대량 학살을 포함하는 분리주의와 문화적 충돌에 기여한다.

요약하면, 종교 신화를 검증 가능한 영적 실상과 구별하는 것이 중요하다. 그러니까 명료히 하는 것은 명백한 중요성을 갖는다. 역사적인 종교 설화와 우화를 문화재로 분류할 수는 있지만, 그러한 것을 모든 문화로부터 독립된 검증 가능한 높은 진실Truth과 혼동해서는 안 된다. (이는 '진실'로 측정된다.)

종교적 오류와 거짓 가르침

종교적 오류의 그늘은, 여러 세기에 걸친 종교적으로 정당화

된 대량 학살, 살인, 문화 전쟁, 고문, 처형, 마녀재판, 화형, 종교재
판, 요즘의 이슬람 테러리즘, 지하드('성스러운' 전쟁)의 역사를 통
해 입증된다. 그것은 니케아 공회 당시 일어난 기독교 진실 수준
의 큰 하락에서, 와하브파로 인한 이슬람의 추락에서, 그리고 구약
속의 신성Divinity에 대한 묘사에서 나타나는데, 구약의 묘사는 인간
에고를 묘사된 신성Divinity의 특징(질투하는, 분노한 등)으로 신인동
형론적으로 투사한 것일 뿐이다.

영적 진실에서의 이런 심각한 이탈은 그 귀결이 엄중한데, 그것
은 영적 오류의 두 가지 큰 고전적 근원이 침투했음을 나타낸다.
영적 오류의 두 가지 근원은, 즉 '루시퍼'적 오류(자부심, 힘, 통제,
진실 왜곡)와 '사탄'적 오류이다. (고문, 고통, 살해, 성욕) 역사적으
로 루시퍼적 진실의 침해는 사탄적 진실의 침해에 문을 열어 준
다. 루시퍼적 오류는 수사修辭에 의한 그리고 진실의 교묘한 왜곡에
의한 거짓 정당화인데, 그것은 일단 문 안에 들어오면 흉포한 유혈
에의 욕망을 풀어놓는 트로이의 목마다. (이는 '진실'로 측정된다.)

그런 왜곡은 낮은 의식 수준을 특징으로 하는 무지와 순진성을
먹이로 삼는다. 그러한 부정적 에너지는 전 역사에 걸쳐 '악'으로
묘사되었다. 여기서 악이라는 용어는 의도(즉, 악의, 증오, 그리고
악의적 목적과 자기 확대를 위한 합법적 권력의 강탈)를 가리킨다.
괄호 속에 든 묘사는 200 이하로 측정되는 모든 의식 수준의 특징
을 이루며, 그래서 그들 자체가 그 속에서 인류의 모든 괴로움이
일어나는 모체임을 드러낸다.

측정 수준들은 또한 영적 운명과 책임성(카르마)의 원리 및 육

체의 죽음 뒤 영혼의 운명과 전적으로 일치한다. 일반적인 영적 오류는 신을 인간고(苦)의 저자로 여기기 때문에 빚어지는데, 인간고는 사실상 에고 자체의 집단적인 부정적 영향이다. 신을 인간고의 저자로 여기는 이 이해할 수 있는 오류는 흔히 무신론으로 귀착되고, 무신론은 악의 근원인 어떤 신을 믿기를 거부한다. 그것은 괴로움이 에고의 무지(거짓)의 귀결이자 신성Divinity의 진정한 본성에 대한 오해의 귀결임을 아는 것만으로 쉽게 초월할 수 있는 착오이다. 다른 용어로 말하면, 괴로움은 선형성의 귀결이다. 신성Divinity은 비선형적이며, 그것은 우주 에너지Universal Energy, 의식 자체의 주관적 본질, 존재의 원초적 근원Source으로서 탐지 가능하다.

이상의 이해로부터, 모든 역사 속의 신비가들이 종교 자체보다 일관되게 더 높게 측정되는 까닭이 분명해지게 된다. 그것은 왜냐하면 신비가들은 종교적 오류의 근원이 놓여 있는 선형적 영역을 초월하기 때문이다.

영적 스승들

다음은 다양한 유파에서 나온 존경받는 저명한 스승 100인 이상의 명단이다. 모두가 460(탁월함Excellence) 이상으로 측정되고, 그들의 저작은 세월의 시험을 견뎌냈다. 물론 이 명단이 완전한 것은 아니고 지면이 허락한다면 다른 많은 스승을 포함할 것이다.

영적 스승들

C. W. 리드비터	485
G. 맨리 홀	485
가덴 샤르체	470
간테 풀쿠 린포체	499
강가지	475
공자	590
고피 크리슈나	545
그라나다의 모세스 데 레온, 랍비	720
나낙	495
노자	610
니사르가다타 마하라지	720
달라이 라마(텐진 갸초)	570
도겐 선사	740
드룩첸 린포체	495
딜고 키엔체 린포체	575
떼야르 드 샤르뎅	500
라드하카말 무케르지	475
라마나 마하르시	720
라마크리슈나	620
라메쉬 발세카	760
라빈드라나드 타고르	475
람 찬드라	540
람첸 걀포 린포체	460
로렌스 수사	575
로버트 먼로	485
로버트 파웰	525
루돌프 슈타이너	475
루돌프 오토	485
루드비히 폰 버타란피	485
루미	550
리 사넬라	505
리처드 M. 버크	505
마더 테레사	710
마르틴 루터	580
마이스터 에크하르트	705
마하가섭	695
마하트마 간디	760
마헨드라나스 굽타	505
막데부르크의 메히틸트	640
머틀 필모어	505
묵타난다	655
바가반 니티아난다	500
백색 형제단	560+
보리달마	795

비베카난다	610	앨런 워츠	485
샨카라(산카라 차리아)	710	어네스트 홈스	485
성 어거스틴	550	에라스무스	500
성 패트릭	590	에릭 버터워스	495
소크라테스	540	에마 커티스 홉킨스	485
소태산 박중빈	510	에메트 팍스	470
쉬르디 사이바바(사티아가 아님.)	485	에벌린 언더힐	460
스리 라마누자 차리아	530	엠마누엘 스웨덴보그	480
스리 마드바 차리아	520	오리게네스	515
스리 오로빈도	605	올더스 헉슬리	485
스리 유크테스와르	535	요한 바오로 2세(교황)	570
스와미 람다스	570	요한 칼빈	580
스와미 붓다난다	485	요한 타울러	640
스와미 사치다난다	605	월러스 블랙엘크	499
스와미 프라바난다	550	잠양 칸챠	495
스와미 프레즈네파드	505	장자	595
스즈키 로쉬 선사	565	제이콥 봄	500
십자가의 성 요한	605	제임스 앨런	505
아레오파고스의 디오니시우스	490	조셉 스미스	510
아비나굽타	655	조엘 골드스미스	480
아빌라의 성테레사	715	족첸 린포체	510
아차리야	480	진 클라인	510
애니 베전트	530	찰스 필모어	515

충량 알 황	485		파탄잘리	715
카르마파	630		폴 틸리히	480
켐포 푼촉	510		푼자지	520
쿠숨 린파	475		플로티누스	730
클로디오 나란조	465		피오 신부	585
텐진 팔모	510		하쿠유 타이잔 마에즈미	505
토머스 머튼	515		화이트 플럼 아상가	505
파드마 삼바바	595		황벽 선사	960
파라마한사 요가난다	540			

비이원성이라는, 직진하는 영적 순수성을 입증한 고대『베다경』의 주석자들에 관해 흥미로운 비교가 이루어질 수 있다. 8세기 '비이원성'의 현인 아디 샨카라 차리아는 710으로 측정되고, 10세기 '한정된 비이원성'의 현인 스리 라마누자 차리아는 530, 12세기 '이원적 헌신'의 스리 마드바 차리아는 520으로 측정된다. 앞선 '무심', 비이원성의 스승 황벽 선사는 960으로 측정된다.

신성Divinity인 실상Reality은 독점성을 암시하는 묘사, 동일시 혹은 명명들을 대체한다. 크리슈나는 이렇게 말했다. "어떤 이름으로 어떤 방식으로 나를 예배하든, 나에게 헌신하거나 나를 찾는 이들 모두가 꼭 같이 나의 것이며 내게 소중하다."『시편』91장에는 똑같은 얘기가 있는데, 그것은 주님을 예배하는 모든 이들이 그분의 사랑과 보호를 받으리라는 것이다. 모든 참된 종교는, 구원이란 신에게 내맡긴 귀결이자 믿음, 예배, 선행, 기도, 선언을 통해 신을 인정한 귀결임을 재차 확인해 준다.

무한한 신성Infinite Divinity인 실상Reality은 나뉘지 않는데, 왜냐하면 그것은 비선형적이기 때문이다. 깨달음Enlightenment의 실제적 경험과 실현Realization은 모든 지시指示너머에 있다. 에고가 전부임Allness으로서의 현존Presence 속으로 녹아드는 동안, 마음은 멎어 있음과 침묵 속에서 말을 잃으며, 그리하여 어떠한 명명도 가능하지 않다. (Hawkins, 1995, 2001, 2003) 이것은 또한 붓다의 가르침이자 기록된 시간 전체에 걸친 모든 깨달은 현인Enlightened Sage들의 가르침이기도 했다.

'신에 이르는 만 개의 길'이 운용상으로 단 하나의 길인 까닭은 그 길 모두가 이원적 에고와 에고의 환상을 어떤 이름으로 지시되는 것이든 간에 궁극의 비선형적 실상Reality에 양도하려는 동일한 의도의 표현이기 때문이다.

스승들의 저작은 거의 항상 저자와 동일한 의식 수준으로 측정되지만 이따금씩 예외가 있다. 플로티누스는 730으로, 그의 저작은 503으로 측정된다. 황벽 선사는 960으로, 그의 저작은 850으로 측정된다. 마이스터 에크하르트는 705로 측정되는 반면, 그의 저작은 600이다. 의식의 매우 앞선 상태는 선형적 문장으로 전달하기가 어렵고 독자들에게는 난해하다. 전술한 예외[2]들은 우연한 것이었지, 고의로 의도한 것은 아니었다. (이는 '진실'로 측정된다.)

제자들이, 의식 척도상에서 그 저작이 검증된 온전한 스승들의

....
2 스승과 그의 저작의 의식 수준이 다르게 측정되는 사례를 가리킨다.

명단을 청해 오는 일이 종종 있다. 위의 검증 가능하게 온전한 스승들의 명단은, 영적 노력과 진화를 북돋워 주는 길들을 대단히 폭넓게 제공한다.

영성 서점에서는 엄청나게 다양한 책을 내놓고 있는데, 그중 일부는 저자들의 명성에도 불구하고 일차적으로 영적 허구다. 일부 영성 도서관과 책방에 있는 자료의 50퍼센트 가량은 측정 수준 200 이하다. 200 이하인 것 대다수는 일차적으로 공상이고, 그중 7퍼센트는 사실상 망상적이다. 한편으로, 상위 40명의 진지한 현대 영성 작가들은 모두가 400대로 측정되며, 따라서 그들은 영적 교육에 초점을 맞추고 있다.

비록 '뉴에이지' 문헌이 인기를 끌며 사람들의 마음을 사로잡고 있지만, 그것은 극한의 오류와 허위의 영역이기도 하다. 뉴에이지 문헌에는 온전치 못한 출처에서 나온 채널링, 지구 예언, UFO, 외계의 방문자, 미래에서 온 '안내자', 특별하고 유일무이한 영역에 대한 주장, 다른 은하계의 지구 침략에 대한 야릇한 예언 등이 가득하다. 영적 허구는 그것일 뿐, 그 이상의 것은 아니다. 순진한 열광자들은 UFO가 태우러 올 테니 사막에 나가 있으라는 등의 얘기를 하는 안내자들을 추종한다. 200 이하로 측정되는 책은 그 표현 양식이 유사 영적으로 달콤하며 독자들을 구워삶지만, 그것을 진지하게 받아들일 경우 심각한 오류에 빠질 수 있고, 또 빠진다.

주관적 각성을 통해 그리고 측정 가능한 검증을 이용하는 진실의 과학의 적용을 통해, 환원 불가능한 결론과 결말이 확실히 진술될 수 있다. 의식 진화상으로, 이 시대에는, 시간, 장소, 화자, 혹은 이원적 정신 작용의 한계를 초월하는 진실Truth 자체의 확인 가능하고 입증 가능한 속성과 분명한 특징이, 경험적 진단적으로 확증 가능하다. 진실Truth의 속성과 특징은 다음과 같이 진술될 수 있다.

영적 진실, 온전한 스승과 가르침들의 확인 및 그 특징

1. 보편성: 진실은 문화, 성격 혹은 환경과는 관계없이 모든 때와 장소에서 진실이다.

2. 독점적이지 않다: 진실은 전부를 포함하고, 비밀이 없으며, 무종파적이다.

3. 접근가능성: 진실은 모두에게 개방되어 있고, 독점적이지 않다. 드러내거나 감추거나 혹은 판매할 비밀은 없으며, 마법의 처방이나 '비전秘傳'은 없다.

4. 목적의 온전성: 얻거나 잃을 것이 없다.

5. 분파적이지 않다: 진실은 제한의 박람회가 아니다.

6. 의견에서 독립해 있다: 진실은 비선형적이며 지성이나 형상의 한계에 종속되지 않는다.

7. 위치성의 결여: 진실은 어떤 것에도 '반反'하지 않는다. 거짓과 무지는 진실의 적이 아니라 진실의 부재를 나타낼 뿐이다.

8. 필요조건이나 요구가 없다: 회원 가입, 회비, 규정, 맹세, 규칙 혹은 조건이 요구되지 않는다.

9. 통제하지 않는다: 영적 순수성은 수행자의 사생활이나 의상, 복장, 스타일, 성생활, 경제 상태, 가족 형태, 생활방식 혹은 식

습관에는 관심이 없다.

10. **낮은 힘이나 협박과 무관하다**: 세뇌, 지도자들에 대한 아첨, 훈련 의식, 교화 혹은 사생활 침해가 없다.

11. **구속하지 않는다**: 규정, 법, 명령, 계약 혹은 서약이 없다.

12. **자유**: 참가자들은 설득, 강요, 협박을 당하거나 대가를 치르는 일 없이 자유롭게 오갈 수 있다. 위계질서는 없으며, 대신 실제적 필요와 의무의 자발적 이행이 있다.

13. **평범함**: 인정은 부여된 칭호, 형용어 혹은 장식의 결과라기보다는 사람이 되어 있는 것의 귀결이다.

14. **영감을 불러일으킨다**: 진실은 미화, 유혹, 연출을 삼가고 피한다.

15. **물질주의적이지 않다**: 진실은 세속적 부, 명성, 겉치레 혹은 으리으리한 건물을 필요로 하지 않는다.

16. **자기 충족적이다**: 진실은 이미 전체적이고 완전무결하며, 개종시키거나 지지자와 추종자들을 모으거나 혹은 '회원 모집'을 할 필요가 없다.

17. **초연하다**: 세상사에 관여하지 않는다.

18. **온건하다**: 진실은 점진적 기울기를 따라 확인할 수 있다. 진실에는 '반대'가 없으며 따라서 혹평하거나 반대해야 할 '적'들이 없다.

19. **고의성이 없다**: 진실은 개입하지 않으며 제안, 부과 혹은 공표해야 할 의제가 없다.

20. **비이원적이다**: 전부가 장 내에서의 내재적(카르마적) 경향으로 말미암아 발생하며, 잠재성은 '원인'과 결과에 의해서라기

보다는 장에 의해 현실로 나타난다.

21. 평정과 평화: '쟁점'이나 편파성이 없다. 남을 변화시키거나 사회에 강요하려는 욕구가 없다. 높은 에너지들의 효과는 본유적이며 선전이나 노력에 의지하지 않는다. 중력이 사과를 나무에서 떨어뜨릴 때 '도움'을 필요로 하지 않는 것처럼, 신은 어떤 도움도 필요로 하지 않는다.

22. 동등성: 이것은 그 모든 표현을 갖는 모든 생명에 대한 경외로 표현되며, 해로운 것에 대해서는 반대하기보다는 단순히 피한다.

23. 일시적이지 않다: 생명은 영원하고 육체성은 일시적인 것으로 각성된다. 생명은 죽지 않는다.

24. 증명 불가: '증명 가능'한 것은 선형적이고, 한계가 있으며, 주지화 및 정신 작용의 산물이다. 실상은 동의를 필요로 하지 않는다. 실상은 획득하는 것이 아니며, 이원적 에고의 위치성들이 내맡겨졌을 때의 순수히 자연 발생적이고 주관적인 각성이다.

25. 신비적: 진실의 기원은 자연 발생적인 빛, 광휘, 빛비춤이고, 이러한 것은 어떤 분리된 개별적 자기의 환상, 에고, 에고의 정신작용을 대체하는 드러남Revelation이다.

26. 형언할 수 없다: 정의할 수 없다. 근본적 주관성은 경험적이다. 그것은 전자[3]를 대체하는 조건이다. 이 사건과 더불어 맥

---

3 前者, 여기서는 깨닫기 전에 있었던 '사람'을 가리킨다.

락이 내용을 대체하는데, 맥락에는 일시성이 없으며 그것은 시간 너머에 있다. 실상은 시간 속에 존재하지 않고, 시간에 속해 있지 않으며, 시간을 넘어서 있고, 시간 밖에 있지도 않고, 정신 작용의 책략인 것과는 아무런 관계가 없다. 그러므로 실상은 모든 명사, 형용사 혹은 동사, 타동사나 자동사를 넘어서 있다.

27. **단순하다**: 사람은 외관과 형상 너머에 존재하는 전부의 본질적 아름다움과 완벽함을 본다.

28. **단언적이다**: 진실은 의견이나 증명 가능성 너머에 있다. 확증은 순수하게 그 주관적 앎을 통한 것이지만, 의식 측정기법으로도 확인될 수 있다.

29. **비활동적이다**: 진실은 어떤 것을 '행'하지도 어떤 것의 '원인'이 되지도 않는다. 진실은 전부이다.

30. **초대한다**: 선전하거나 설득하는 것과 대비된다.

31. **예언하지 않는다**: 실상Reality은 비선형적이므로, 예컨대 비밀 메시지, 암호, 숫자, 비문碑文과 같은 형상의 제약 속에 국소화되거나 암호화될 수 없고, 또한 룬 문자, 돌, 피라미드의 치수, DNA나 낙타의 코털 속에 감춰질 수 없다. 진실에는 비밀이 없다. 신의 실상Reality은 동시에 모든 곳에 현존하며, 성문화成文化나 독점성 너머에 있다. 암호는 신성Divinity의 변덕이 아니라 인간의 상상력을 가리킨다.

32. **감상적이지 않다**: 감정성은 지각을 바탕으로 한다. 연민은 진실의 식별에서 비롯된다.

33. 권위적이지 않다: 따라야 할 규칙이나 명령은 없다.

34. 이기적이지 않다: 스승들은 존경받지만 개인적 아첨이나 특별함을 거부한다.

35. 교육적이다: 다양한 형태로 정보를 제공하고 접근 가능성을 보장한다.

36. 자립적: 돈을 목적으로 하지도 물질주의적이지도 않다.

37. 홀로 서 있다: 외적 권위나 역사적인 권위에 대한 의존 없이 완전하다.

38. 자연적이다: 인위적 수단에 의한, 유도되고 변형된 의식 상태나 에너지 조작이 없다. (즉, 형상에 의존하지 않는다.)

39. 숨김 없는 정직성: 도덕적으로 타락한 스승들은 물러나게 할 수 있다.

신성Divinity과 화신Avatar들
신성: 초월적 신God Transcendent

신God	무한
하느님 아버지God the Father	무한
창조주The Creator	무한
전능하신 분The Almighty	무한
하늘과 땅의 조물주Maker of Heaven and Earth	무한
우주의 주재자Ruler of the Universe	무한
보이는 모든 것과 보이지 않는 모든 것의 조물주 Maker of All Things Visible and Invisible	무한

전능하고, 전지하며, 편재하는Omnipotent, Omniscient, and Omnipresent	무한
지극히 높으신 분The Supreme	무한
모든 생명과 존재의 근원Source of All Life and Existence	무한
성령The Holy Spirit	무한
알라Allah	무한
안AN (드라비다인: 초기 인도인)	무한
시바Shiva	무한
크리슈나Krishna	무한
브라흐마Brahma	무한
비쉬누Vishnu	무한
두르가Durga	무한
이스바라Isvara	무한
라마Rama	무한
모세와 아브라함의 하느님God of Moses and Abraham	무한

신성Divinity : 내재적 신God Immanent

그리스도Christ	무한
그리스도 의식Christ Consciousness	무한
화현한 신으로서의 그리스도	무한
푸루샤	무한
참나	무한
아트만	무한

영적 실상을 가리키는 다른 지시들
(하늘나라의 위계)

천사	500+	신위Deity	720
대천사	50,000+	야훼(예와)	460
불성(전부임으로서)	1,000+	여호와	205
불성(공으로서)	980	지적 개념으로서의 '신'이라는 단어	460
아메리카 원주민의 큰 영	850+		

가장 위대한 영적 천재와 성인들 전부를 포함하여, 인류가 전 역사에 걸쳐 완전히 틀린 것이 아니라면, 사람은 신성Divinity인 실상에 대한 측정 결과를 '상식'과 타고난 지성, 직관의 결과로 간단하게 예측할 것이다. 측정치들은 동시에, 진실의 수준들을 평가하는 데서 의식 측정 체계가 갖는 실용적 가치를 확증한다. 개념으로서의 '신'은 예상대로 겨우 460으로 측정되는데, 왜냐하면 그것은 정신 작용이기 때문이다.

신이 궁극적 실상Ultimate Reality인 것은 의식 연구에 의해 확증된 바와 같은데, 의식 연구는 또한 초월적이면서 내재적인 것으로서의(이렇게 밖에 말할 수 없다.) 신의 편재Omnipresence를 실증한다. 예수는 신의 편재를 이렇게 말했다. "하늘나라는 너희들 안에 있다."

'내재적'과 '초월적'이라는 용어는 이원적 사고의 정신 작용에 불과할 뿐, 두 개의 다른 실상을 표시하지는 않는 것이 분명하다. 하지만 서구 세계에서 신은, 시간적 공간적으로 아득히 먼 '저 위'

의 어떤 영역에 있는, 창조Creation의 주사위를 던진 존재로 여겨진다. 심판의 날의 무시무시한 대면이 있기 전까지, 신은 은퇴한 존재로 치부된다. 그동안 신은 '저 위에 앉아서', 욕설은 물론이고 부탁, 조언, 간청, 탄원의 융단폭격을 당한다.

천사와 대천사의 수준들에 대한 측정치는, 실상Reality의 에너지들이 신과 인간 사이의 강압기降壓器형 성층成層에 비할 만하다는 것을 가리킨다. 천상계나 하늘나라의 영역들은 확인 가능하며 인류에게 알려져 있다. 천상계의 스승들과 의식적으로 교신할 수 있는 카르마적으로 부여된 재능을 가진 개인들이 이룬 성공적 교신이 전 역사에 기록되어 있다. 불행히도 일부 개인은 낮은 영역과 교신할 수 있는 재능을 이용해 왔고, 정신병적 상태에서 그러하듯 신을 흉내 내는 자의 소리를 듣는다. '여호와'와 '야훼'라는 용어가 낮게 측정되는 것은, 종교적 설화와 신화에 관한 대목에서 설명한 것처럼, 신화적 내포와 기원 때문이다.

화신과 위대한 영적 스승들

예수그리스도	1,000	세례 요한	930
붓다	1,000	모세	910
크리슈나	1,000	아브라함	850
조로아스터	1,000	성 바오로(타르소의 사울)	745
기독교 12사도	980	모하메드(『코란』을 구술하던 당시)	700
'옴'으로서의 신의 이름	975	모하메드(38세 이후)	130

위의 명단은, 철저하진 않지만, 가장 널리 알려진 이들을 포함하고 있다. '화신(아바타)'이라는 용어는 산스크리트어에서 나온 것인데 그것은 '신성Divinity의 하강에 의한, 선을 넘어옴으로 말미암은 화현'을 의미한다. 인간 종족에서 그 결과는 완전히 빛 비춰진 존재이다. 드러난 지식으로 인해, 그러한 존재는 진실의 그 수준의 힘 및 그와 일치하는 의식 장의 힘을 구현하고, 그 힘을 인류에게 내뿜음으로써 의식의 진화를 지지하고 의식 진화에 촉매 역할을 한다.

숭상과 존경은 적절한 반응인데, 왜냐하면 그것은 그러한 고양시키는 에너지라는, 인류에게 천부적으로 주어진 선물의 가치를 인정하는 것이기 때문이다. 그러한 위대한 스승들이 드러낸 진실에 대한 해석과 이해는, 원 가르침의 진실 수준을 반영할 뿐 아니라 그것의 문화적 표현과 이해의 의식 수준 또한 반영하는 어떤 스펙트럼 내에 들어간다.

신성Divinity에 대한 다른 언급들

그리스 신화의 신들	90	전쟁의 신들	90
독일 신화의 신들	90	로마 신화의 다신교 신들	100
스칸디나비아 신화의 신들	90		

역사적 분석을 통해 장구한 세월에 걸친 인간 의식의 진화가 입증되었는데, 그것은 집단적 경험과 지혜를 실증한다. 따라서 종교적 영적 오류는 자연스러운 귀결임이 예상될 터인데, 왜냐하면 그

것은 의식 발전의 점진적 수준들이 낳은 부산물일 것이기 때문이다.

영적 실상Spiritual Reality은 전능하고 전지하다. 그것의 실상에는 대립물이 없다. 진실에는 대립물이 없으며 진실의 부재가 있을 뿐이다. 결과적으로, 실상Reality에서, 실상Reality과 실상을 갖지 않는 것 사이에 전쟁은 없다. 지각된 그대로, 천국과 지옥은 완전히 다른 차원, 다른 패러다임, 다른 영역들이다. 예를 들면 고래와 새들 간에 전쟁이 있을 수 없는 것처럼, 신성Divinity과 신성의 부재 간에 전쟁은 있을 수 없다. 그들은 전혀 다른 개념화의 수준을 나타낸다.

모하메드의 영적 재앙에 대해서는 이미 언급한 바 있는데, 그것이 문명에 낳은 귀결은 오늘날의 세계에서 계속되고 있다. 또한, 다신교의 의식 수준이 다양한 문화의 역사적 신들의 창안 속에 반영되어 있는 것은 예상 그대로이다.

신을 가리키는 '그분(He)'의 의미는 총칭이지 성을 나타내지 않는다. 무한한 것은 명백히 성 너머에 있으며, 따라서 '그분(He)'이라는 지시는 인류를 가리키는 '사람(man)'이라는 용어와 언어적으로 유사하다. '인간(human)'이라는 용어는 동일한 총칭적 지시를 포함하는데, 그것은 '여자(woman)'라는 용어가 이미 '남자(man)'를 포함하고 있는 것과 마찬가지다. 다시 말해, 그녀는 인류의 여성적 표현이며, 그녀의 자궁(womb)에서 '사람(man)'이 태어난다.

명사에 성을 부여하는 것은, 다른 언어와는 달리 영어에선 흔치 않다. 예컨대 독일어에서, 모든 대명사나 명사는 여성, 남성, 혹은 중성으로 분류된다. (die: 여성, der: 남성, das: 중성) 음과 양이라는 지시조차 위치성과 임의적 관찰점을 가리킨다. 이렇듯 위치성은 실상을 덮는데, 실상은 음양을 넘어서 있다.

신에 대한 경의는 '당신의(Thy)', '당신은(Thou)', '당신을(Thee)'라는 대명사에서 반영된다. 예를 들어 "당신은(Thou) 저의 구원이십니다. 저는 당신을(Thee) 믿사오니 나라가 당신의 것(Thine)이며.", "당신의(Thy) 뜻이 이루어지이다."

영적 경험

불성Buddha Nature	1,000+	하누카	515
그리스도 의식 Christ Consciousness	1,000+	라마단	495
		한증막(Sweat Lodge) 의식	560
지고The Supreme	1,000+	연기 쏘이기[4]	520
임사 체험	520+	크리스마스: 지상에 평화, 인간에 대한 선의	675
사토리	585		
깨달음	600+	티베트 불교의 나팔 소리	320
기독교 영성체	700	무종삼매(니르비자 사마디)	800
유월절	495	'어메이징 그레이스' (찬송가)	575
두르가 푸자 축제	480		

다음의 영적 개념들은 진실로 측정된다.

---

4 육체적 영적 정화를 위해 약초를 태워 두 손과 온 몸에 연기를 쏘이는 아메리카 원주민들의 의식을 가리킨다.

1. 기 에너지('샥티')는 경락에 에너지를 불어넣는다.

2. 쿤달리니 (영적) 에너지는 차크라를 활성화시키고 순수 에너지 에테르 뇌를 만들어 내며 뇌 생리를 변화시킨다. (7장 도표 참고)

3. 신체 질환에 앞서 경락 에너지 흐름에 대한 부정적 간섭이 일어난다.

4. 에테르체

5. 윤회

6. 카르마

7. 예수의 서른 세 가지 기적

8. 예수는 기적적으로 수천 명을 먹였다.

9. 기독교 사도들이 일으킨 기적

10. 방언

11. 오순절의 불꽃

12. 세례 요한은 진실을 드러냈기 때문에 죽었다.

13. 예수는 진실을 드러냈기 때문에 죽었다.

14. 육체의 죽음 뒤에 시신을 매장하거나 화장하기 전에 사흘을 기다려라.

15. 의식 수준은 태어날 때 이미 정해져 있다.

16. 육체의 '죽음'의 정확한 때는 태어날 때 카르마적으로 정해진다.

구나(생명의 기본적인 지배적 에너지를 가리키는 산스크리트어)와

의 상호 관련

타마스Tamas = 저항, 무기력의 하위 에너지들이며 측정 수준 200 이하.

라자스Rajas = 건설적 행위 에너지, 측정 수준 200~400

'높은 라자스' = 측정 수준 400~499

사트바Satva(평화, 평온)는 500~599로 측정된다.

깨달음으로서의 목샤Moksha는 600과 그 이상이다.

위의 목록은 그동안 보고된 대단히 다양한 주관적 경험과 실천을 포함하고 있는데, 그러한 것의 가치는 수많은 사람들에 의해 입증되었다. 따라서 그러한 것은 일부 문화에서는 진실로 받아들여지지만, 또 다른 문화들에서는 표면적으로 이질적이다.

카르마

'카르마'라는 용어는 일반적일 뿐 아니라 특수하다. 그것은 한 영혼의 진화적이고 경험적인 연속성을 가리키는데, 이에 대해서는 모든 종교와 영적 진실이 합의하고 있다. 영혼의 운명은 모든 종교의 중심 초점이다. 영혼의 연속성에 대한 앎은 고대 이집트와 유사 이전의 문화에서 현저히 두드러졌으며, 사망학은 그러한 문화에서 부각되는 요소였다. 영혼의 연속성은 윤회와는 구별되는데, 윤회는 영적 존재의 다른 평면들 위에서 일어날 수 있는, 가능성 있는 수많은 진화 경로 중 하나의 선택지일 뿐이다. 운명은 의식 수준과 그것에 의해 가능해진 선택에 의해, 그리고 그에 더해

미지의 요인들(예를 들면 은총Grace, 구원Salvation, 신성한 자비Divine Mercy, 그리고 믿음과 예배를 통한 중재자Intercessor와 같은)에 의해 결정된다. 신에 대한 증오로서의 무신론이라는 카르마나 혹은 신성Divinity 자체에 대한 공공연한 비난은 모두가 40에서 70의 매우 심각한 수준으로 측정되며, 그리하여 지옥Hell이라는 하위 아스트럴 수준으로 측정되는 대단히 무시무시한 영적 운명을 가리킨다. (이는 '진실'로 측정된다.) 이와 대조적으로, 지적/철학적 위치로서의 무신론은 165에서 190 사이로 측정되는데, 그것은 (지적) 자부심의 수준이다.

일반적으로, 카르마는 사람이 태어날 때 상속받은 것 총체를 나타내는데, 태어날 때 사람은 누구나 이미 측정 가능한 의식 수준을 가지고 있다. 사람이 태어난 환경은 그 영혼의 진보에 있어 최적이며, 그리고 사전에 존재하는 카르마적 경향의 선형적 역학의 표현인 다수의 세부 사항을 포함하고 있다. 그 세부 사항에는 부모, 지리적 환경, 체격, 아이큐, 성별, 건강, 유전 형질, 종교 등이 포함된다. 집합적 요소들이 최적이라는 것은 '좋은 카르마'와 관련될 뿐 아니라 '나쁜 카르마'를 해소할 기회와도 관련된다. (이것은 '진실'로 측정된다.)

기타 현상과 신념 체계

귀신은 실제로 있다	거짓
귀신 나옴	거짓
예언된 종말	거짓

성 마태오의 종말 예언	거짓
사람은 자신의 육체의 죽음을 경험할 수 있다	거짓
지구 예언[5], DNA, 스핑크스, 마야력, 피라미드 등	거짓
진화상 열등한 종으로의 환생	거짓
유행하는 영성 소설	175
마리아와 예수는 결혼했다	거짓
예수의 후손이 프랑스 통치자가 되었다	거짓
다 빈치의 「최후의 만찬」에는 암호가 숨어 있다	거짓
템플 기사단은 예수와 마리아에 관한 비밀을 알고 있었다	거짓
감춰진 성경 암호	거짓

상대적 경험

남들에게 지옥에 떨어지라고 저주하는 것	15	오컬트	135~185
		외계인에 의한 납치	70
사교	120	욕설(공연히 주의 이름을 들먹이는)	45
부두교	45	점술 게임판	175
안사타 십자가(상징)	160	타로점	190
악마 숭배Devil Worship	25	트랜스 영매	190
악마 숭배Satanism	45	흑마술	20
역사상의 종교재판	35	흑마법	5

---

5 지구가 어느 특정한 해에 종말을 맞을 거라는 예언들을 말한다.

이들 대부분은 영적 직관과 의식적 앎이 빈약한 이들조차 피하는 것이다. 이런 오류의 회피가 권장할 만하다는 것은 십계 자체에서도 강조된다. 예를 들어, '하느님 이름을 함부로 부르지 마라.', 혹은 '네 이웃에 대해 거짓 증언하지 마라.' 등. 이들은 또한 부정적인 카르마적 귀결을 낳는 것으로 보편적으로 인정되고 있다. 예를 들어, 기독교에서 육체의 죽음 뒤에 그 영혼의 운명.

널리 퍼져 있는 부정적인 영적 관행은 대부분 그 '느낌이 좋은' 매력과 독특함으로 영적으로 순진한 이들을 끌어당기는데, 예를 들면 이런 것들이 있다. 심령 읽기를 받거나 타로 카드 교령회에 참석하는 것, 점 보기, '채널링'을 통해 '저쪽'에 있는 '마스터'에게서 조언을 받는 것, 혹은 다양한 형태의 마술, 교령회 혹은 의례를 동반하는 오컬트에 발을 담그는 것 등.

초상현상

초상현상은 초자연적인 것과 혼동을 일으키며 호기심 많은 이들에게 매력적이다. 크게 진화한 현인과 스승들은 물론 전통적 경전에서는 "거기 가지 말라."고 경고하는데, 왜냐하면 그런 아스트럴 영역은 영적이지 않으며, 인간 정신이 보호적 식별력으로 대비하고 있지 못한 영역과 차원들을 나타내기 때문이다. 그래서 영들과 저세상의 실체들을 불러내는 일은 위험천만하다. 다양한 탄트라 연습, '백마술', 주문, 타로 카드, 채널링으로 통하는 저쪽의 마스터, 심령 읽기 등의 유행에도 불구하고, 오컬트에는 보이지 않는 상당한 그늘이 있다.

변성의식상태와 초상현상은 상대적으로 복잡한데, 이들은 독특한 연구 분야이다. 이들은 특별함의 매혹으로 더욱 가려지는데, 인상받기 쉬운 호기심에 대해서 그러한 것은 매력적인 신기함이다. 진실 수준 측정의 과학이 없는 상태에서, 과거의 연구자들은 자신들부터가 생소한 현상의 외관에 속아 넘어가고 우롱당했다. 그런 현상의 예를 들면 다음과 같다. 탁자 두드리기와 뿔피리 불기, 점술사의 외부 원형질,[6] 유령으로 가득한 강신술, 트랜스 영매와 함께 하는 교령회, 망자 및 '저쪽에 있는 마스터'들과의 교신, 카드 읽기, 돌 던지기, 찻잎 읽기, 점술 등이다.

이상 모든 것은 고대 메소포타미아에서 고도로 발달한 관행이었다. 고대인은 신관, 예언자, 무당을 비롯하여 각종 마술과 저세상의 비밀과 신비스러운 의식, 의례를 행하는 이들과 상의했고, 그에 더해 대단히 다양한 심령술사, 채널러, 트랜스 영매를, 그리고 다양한 영들과 특별한 관련을 맺고 있는 남녀 주술사들을 찾았다.

또한 다양한 의식들이, 반복적 영창과 신체 동작 혹은 의례적 춤을 매개로 하는 최면으로 유도된 상태와 뒤얽혔고, 그에 더해 반복적인 호흡 수련에 의해 유도된 변성된 생리적 상태, 신체 비틀기, 자세 취하기, 각종 성적 수련(예 '탄트라' 섹스)들과 뒤얽혔다. 각종 '느낌이 좋은' 수련 외에도 이상야릇한 식사, 비전의 약초, 환각제, 환각을 유발하는 버섯들이 있었다. 나중에는 정신 약

---

6 트랜스 상태에 든 영매의 몸에서 분비된다고 하는 거즈 같은 물질. 영적 실체들은 그들의 비물질적인 몸 위에 이 물질을 뒤집어쓰고 물질 우주에서 교류할 수 있다는 주장이 있다.

물은 물론이고 합성 마약, 엑스터시, LSD(환각제), 실로시빈, 향정
신성 알칼로이드, 심지어는 동물 진정제에 더해 다양한 암페타민
과 각성제가 나왔다.

이상의 인위적으로 유도된 의식 상태 외에, 생물 피드백을 매개
로 하고 변성된 뇌파 패턴을 유도하기 위해 고안된 알파파 훈련
장치를 매개로 하는, 과학적으로 설계된 동일한 방향의 시도들이
있었다. 듀크 대학교에서는 초심리학, 심령 요법자, 원격 투시, 물
표면장력 바꾸기, 염력에 대해 조사하기 위해 수련을 하는, 다양한
명상가들(TM, 선승 등)의 뇌 여러 부위에서 나오는 EEG 주파수
를 연구하고 있다. 먼로 연구소에서는 몸을 벗어나는 아스트럴 투
사 기법과 음파 조작으로 유도되는 변성의식상태에 관해 연구하
고 가르쳤다. 이러한 조사들에 '뇌 거울' 장치가 더해졌는데, 그것
은 변성 상태에서 뇌의 가장 활발한 부위를 따라 불이 켜지는 장
치다.

변성 상태에 대한 관심은 그러한 상태가 전 역사에 걸쳐 자연
발생적으로 발생한 귀결이기도 했다. 정신의학에서는 망상, 환각,
입면入眠 상태는 물론이고 해리 및 둔주 상태, 다중성격 장애의 구
획화와 더불어 최면 현상에 대해서도 연구하고 설명해 왔는데, 최
면 현상에는 암시와 마인드 컨트롤, 세뇌 기법의 효과가 포함된다.
게다가 심리학과 정신분석에서는 융의 원형들의 영향력을 포함
하여, 꿈에 대해 그리고 무의식의 다양한 영역들에 관해 조사해
왔다.

과학은 이상의 쟁점과 현상 가운데 많은 것을 다루었지만, 측정

가능한 의식의 구별되는 수준들에 대한 앎뿐 아니라, 다른 영적 영역이나 다양한 아스트럴 영역과 같은 존재의 다른 차원들이 있을 가능성에 대한 앎은 여전히 부족하다.

몽환, 꿈, 혹은 둔주 상태와 같은 변성의식상태는 자연 발생적으로 생겨나는데, 일부 가족은 유전적 패턴을 드러내기까지 한다. (예 모녀 영매) 인간의 마음은 일차적으로 경험적이고 경험은 그 다음에 '실재'한다고 추정되는데, 이는 꿈꾸는 상태에서는 익숙한 현상이다.

트랜스/둔주 상태는 정상인한테서 일어날 수 있는데, 그것은 기억상실증 상태에서처럼 몇 분, 몇 시간, 심지어 며칠씩 장기간 지속될 수 있다. 짧게 지속된 자동적 트랜스 상태에서 주관적으로는 훨씬 더 긴 기간을 경험할 수 있는데, 몇 분간 본 다른 차원의 환영이 몇 시간이나 심지어 며칠간의 표면적 사건들을 포함할 수도 있다. 또한 환시 상태는 일부 성격에 흔하고, 측두엽 발작 장애와 종종 관련된다. 하지만 그것은 또한 뇌 생리가 정상적인 사람들에게도 일어날 수 있다.

쉽게 짐작할 수 있다시피, 전술한 모든 조건과 상태의 실상은 아직껏 해명되지 않았다. 그것들은 가장 경험이 풍부한 임상의/연구원에게조차도 하나의 도전인 경우가 많다. 저자는 다년간 영성에 기초한 회복 모임과 단체는 물론이고 성직자 모임과 명상 모임, 성공회와 가톨릭 교구, 선원, 다양한 수도회 공동체에 대해 동시적으로 상담자 역할을 했었다. 때로는 감별 진단이 어려웠다. (예 '삼매'냐 긴장증이냐, 등)

외계인에 의한 납치는 또 하나의 매우 독특한 현상이다. 그런 경험(사람이 아니라)의 측정 수준은 한결같이 70 가량인데 그것은 경험적인 묵시록적 환영(예 요한, 계시록의 저자)과 동일한 수준이다. 의식의 아스트럴 장들에 대한 그런 경험은 전 시대를 통틀어 유사했으며, 동일한 부정적 시나리오와 함께 반복적으로 재발한다. 그런 경험은 당사자들에게는 매우 현실감이 있으며, 그래서 드러나는 환영들에 관한 그들의 반복되는 이야기는 설득력이 있다. 사교가 출현하고 그들이 오지의 생존 야영지를 향해 떠나는 것은 흔한 일이다. 환영은 두려움을 유발하는 것이 특징인데, 트랜스 상태에 빠진 추종자들은 집단 정체성을 형성하는 경향이 있다. 신화가 두려움, 암시, 밈 바이러스(예 임박한 것으로서의 '종말' 등)를 통해 전파됨에 따라, 그것은 오랜 기간 상당히 짙은 그늘을 드리울 수 있다.

이런 다양한 조합과 상태들이 갖는 진정한 본성과 문제점은 모호했는데, 그로 인해 과학적 설명의 시도들이 생겨나는 것은 물론 갈피를 잡을 수 없는 설명과 가정들이 빚어진다. 현 시대에, 의식 측정 연구라는 임상적 접근법은 그런 현상의 참된 본성을 해명하는 새로운 수단을 열어 준다. 측정치는 적어도 관련된 진실과 의식의 수준들을 명료히 해 준다. 연구를 복잡하게 만드는 것은, 망상, 환상, 꿈, 환영, 기억상실, 트랜스 상태와 둔주 상태는 주관적이고 아스트럴적으로 경험되지만 '객관적으로' 실재하지는 않으며, 따라서 실제의 실상으로서 확증 가능하지 않다는 사실이다. 예언들이 의식 자체가 갖는 잠재성의 부수 현상으로서 오고 가는데,

의식은 거기서 더욱 명료한 설명이 출현할 어떤 절대 상수를 제공하는 공통의 기층이다.

만일 우리가 의식 연구를 '저쪽'에 있는 '스승들'과의 채널링 현상에 적용한다면, 제일의 조사 영역은 채널러들 자신이 진짜인지 여부다. 지표에 따르면 투시자의 15퍼센트, 심령술사의 10퍼센트, 채널러의 20퍼센트, 트랜스 영매의 25퍼센트가 적법하고 진짜다. 채널링 상대인 '저쪽'의 '마스터'나 실체들 중에서는 50퍼센트가 200 이하로 측정되고, 단 5퍼센트가 450 수준 이상으로 측정된다. 따라서 구매자 위험부담의 규칙이 적용된다. 그 그늘은 보통 세상에서와 마찬가지로, 통제를 동기로 하는 스승을 따르는 위험성이다. 추종자들이 내적인 영적 수행을 따름으로써 자신의 내면을 들여다보고 그 속에서 답을 찾도록 인도받는 대신 사생활에 관해 지시받을 때, 그러한 가능성을 의심해 볼 수 있다.

저쪽의 어떤 '스승'들은 메시아적 과대망상을 가지고 있는데 그러한 과대망상은 그들의 측정된 의식 수준으로 반박된다. 임상 정신과에서 그런 과대망상은 '고양된 상태'로 관찰되는데, 그런 상태에 있는 환자는 자신이 말 그대로 예수그리스도라는 갑작스러운 계시를 받는다. 항정신병 약이 보급되기 전인 지난 1950년대에는, '예수그리스도' 환자들이 같은 시기에 두세 명씩 병원에 있곤 했다. 환자들에게 그런 경험은 경험적 '실재'였다. (우리 병원에는 여왕과 나폴레옹도 여럿 있었다.)

변형을 불러일으키는 진짜 영적 경험은 그것이 사람의 삶에 미치는 매우 긍정적이고 흔히 매우 심원한 영향력을 통해 확증되는

데, 이를 확인해 주는 것이 임사 체험을 통해 영적 진실을 경험한 이들이다. 측정 가능한 그런 이로움은, 종종 '바닥을 치는' 맥락에서 진정한 전환 경험을 한 뒤에 나타나기도 한다. 그런 사람들은 의식 수준이 때로 극적으로 상승하는 것을 통해 확증되듯이, 정말이지 진정한 의미에서 '재탄생'한다. 이는 영성 강연의 참석자들한테서 목격되었는데, 무려 150점에 이르는 의식 수준의 도약이 일어났다. (참석자들은 평균 10점 가량 상승한다.)

진짜 영적 상태와 비정상적 정신 상태의 구별에 관해서는 전에 이미 기술한 바 있다. (Hawkins, 호모 스피리투스, p. 166) 그것은 다음과 같다.

진정한 영적 상태, 병리적 상태

진정한 영적 상태	병리적 상태
삼매	긴장증
종교적 황홀경	조증(양극성의 과도한 종교열)
빛 비춤	과대성
깨달음	종교망상
독실함	병적 양심(강박 장애의)
영감	상상
영시靈視[7]	환각

---

7 저자의 설명에 따르면, 영시는 진실로 있는 것을 보는 것이고, 환각은 실제로 거기 존재하지 않는 것을 보는 것이다.

진정한 영적 스승	가짜 구루, 협잡꾼, 영적 사기꾼
헌신	광신, 과도한 종교열
몰두한	강박관념에 사로잡힌, 사교에 세뇌된, 피해자가 된
영혼의 어두운 밤	병리적 우울
초연함	위축, 무관심
무집착, 수용	수동성
초월적 상태	함구증
신뢰하는	순진한
앞선 상태	정신병, 자기 우월증
지복	다행감[8]
겸손함	낮은 자존감
영적 나눔	개종시키기
몰두	종교열
영감을 얻은	메시아적
신 충격(God Shock)	정신분열증적 와해
영적 황홀경	조증 상태, 마약에 취한
진짜 영적 지도자	영적 정치인, 사교 교주
자유로운	사이코패스적
가르치는	통제하는

8　약물이나 정신증으로 인한 비정상적 행복감.

사교 숭배Cultism

사교는 특별함과 거짓 약속으로 부주의한 이들을 함정에 빠뜨린다. 구성원들에게는 '내부자'의 지위와 특수한 '전문용어'가 있다. 사교 집단의 지도자는 카리스마적이고, 유혹적이며, 신입자의 환심을 사려고 애쓰는데, 신입자는 그러한 관심으로 인해 우쭐해진다. 사교 지도자는 매우 '특별'하고 아첨으로 대접받는데, 이는 생활양식, 식사, 복장 등은 물론이고 특히 돈과 성생활에 대한 통제를 포함하는 구성원에 대한 통제로 급속히 바뀐다. 구성원들은 충성을 맹세해야 하고 가족이나 심지어 배우자와의 관계 그리고 흔히 단체나 모임과의 관계를 끊어야 한다.

사교 집단은 흔히 제약이 심한 지리적 섬을 형성하며, 마치 최면 상태에 빠진 것처럼(고립과 세뇌의 효과) 특징적인 '사교도의 게슴츠레한 눈'(측정 수준 120)을 갖는 것은 물론, 집단적 피해망상증을 일으킨다. 일단 그런 게슴츠레한 눈빛을 간파하면, 그 다음에 그것을 알아보기는 쉽다. (어느 관찰자가 묘사한 바와 같은, '프로그램된 사교도 눈빛') 합리화는 단조롭고 기계적인 방식을 취하는데, 그것의 내용은 일종의 '노선'과도 같아서, 구성원들은 프로그램된 노선을 앵무새처럼 되뇐다. 사교는 특히 명사들을 겨냥하고, 그들을 전시물로 악용한다.

사교 지도자들의 영향력은 무척 강해서 큰 무리의 사람들이 기꺼이 타살뿐 아니라 자살을 감행한다. (예) 천국의 문, 짐 존스, 이슬람 테러리스트, 자살 폭탄범, 옴진리교 지하철 가스 살포자, 볼셰비키, 나치 당, 알카에다, 탈레반, 백인 우월주의자, 쿠 클럭스 클랜, 해방주

의자 등)

사교의 또 다른 특징은 사이비 종교의 집단적 신념 체계인 노선을 전도하고 고집스레 추종하는 것인데, 그러한 집단적 신념 체계로 인해 개성은 경멸당하거나 위협받기까지 한다. 지도자들은 대단히 권력 지향적이고, 그들의 주요 테마는 통제에 피해망상적 이기주의를 더한 것이다.

때로 영적 지도자는 초반에는 온전하게 측정되지만, 그 다음에 명망, 돈, 섹스의 유혹이나 추종자들의 아첨에 희생되곤 한다. 그런 뒤에 원래의 영적 집단은 사교로 타락하거나, 아니면 어떤 영적 기법이 사실상 상표가 되고 그 다음에 상업화되어 고용된 홍보 담당자에 의해 매매된다. 그런 경우에 그 기법은 200 이상으로 측정되지만, 조직 자체는 200 이하로 떨어져서 주로 초기의 개념이나 독점적 기법을 판매하는 마케팅 조직이 된다. 그리하여 그 기법은 오직 돈을 받고 가르치는 것이 되고, '수련생'들은 비밀 가르침을 누설하는 것을 금지당한다. (그 비밀 가르침은 대개 '건강을 증진'하고, '풍요를 끌어'오고, '밤 생활을 강하게' 만들고, '인기를 누리'고, '자신의 성공 잠재력을 실현'하고, '짝을 끌어당기'는 등에 일반적으로 적용할 수 있는, 몇 가지 단순한 구절이나 문장에 불과하다.) 판촉되는 기법 일부는 아무 행운의 쿠키에서나 찾아볼 수 있는 것들이다. 예를 들면, "한 번의 미소가 당신의 삶을 완전히 바꿔 놓을 수 있습니다."(측정 수준 350), 혹은 "성공은 친절한 이를 찾아갑니다." (측정 수준 360)

그런 수련회의 참된 가치는 어떤 중심 개념이나 기법의 마술적 힘에 있는 것이 아니라, 그러한 것을 "난 벌써 알고 있었는데."
라며 재빨리 치워 버리고 마는 대신 일상생활에서 그것을 규칙적
으로 실제로 적용하는 엄정한 수련에 있다. 훈련을 목적으로 하는
수련회의 가치는, 일관된 적용의 가치를 배우는 것과 귀중한 도구
를 실제로 실천에 옮기고 그것에 꾸준히 초점을 맞추는 것, 예를
들면 『기적 수업』 연습서의 '충실함'에 놓여 있다.

사교 숭배의 또 다른 표현은 전통 종교에서 나온 분파의 사교
화이다. 예를 들어, 이슬람과 기독교를 비롯한 세계적 종교들의
민족적 변종에서 가장 현저하고 두드러지는 극우 '원리주의'가
그것이다.

영적 관행

견진성사	500	세례	500
갠지스 강에서 목욕하기	540	세상을 신에게 내맡기는 것	535
그레고리오 성가	595	시각화(치유)	485
기도 바퀴 돌리기	540	아시시의 성 프란체스코의 기도	580
기도하기 위해 무릎 꿇는 것	540	아움(진언)	210
기도하듯이 두 손을 모으는 것	540	야베스의 기도	310
마음속에 품은 것은 현실로 나타나는 경향이 있다	505	예배 중에 무릎을 구부리거나 땅에 대는 것	540
묵주기도 올리기	515	예수 기도문	525
미로 걷기(샤르트르 성당)	503	옴(ōm으로 발음된다)	740
샨티 샨티 샨티	650	옴 마니 밧메 훔	700

옴 나마야 시바야	630	주기도문	650
'익명의 알코올중독자회'의 12단계	540	초월 명상	295
		키르탄(요가 노래)	250
임의적 선행[9]	350	통곡의 벽	540
자신의 의지를 신에게 (온전히) 내맡기는 것	850	하즈(메카 순례)	390
		헌신적 행위	540
자파[10]	515	헌신으로서의 향 피우기	540
종부성사	500	황금률[11]	405

이 모든 것은 헌신을 가리키며, 따라서 모든 진짜 종교에 공통적이다. 인간은 의도로써 예배 장소는 물론 자신과 타인을 상징적으로 축성하고 영적 성장에 바친다. 의도로 인해 모든 양식의 축복과 기도는 500 이상으로 측정되며, 그러한 것의 집합적 효과는 집단적 인간 의식의 전 수준에 헤아릴 수 없는 충격을 줄 수 있다. 이를 시사해 주는 것은, 인간 의식의 전 수준에서 마지막 두 번의 큰 도약이 1980년대 후반의 조화로운 수렴Harmonic Convergence 뒤에 연달아 일어난 데 대한 관찰이다. 이때 집단적 의식 수준은 190에서 205로 상승했고, 그 다음 2003년 11월 조화로운 일치Harmonic Concordance의 때에 그것은 다시 205에서 현재의 207로 도

9 Random Acts of Kindness, 타인을 돕거나 즐겁게 해 주는 것 외에는 다른 목적이 없는 '사심 없는' 선행을 말하며, 여러 단체에서 이를 장려하는 운동을 펼쳤다. 흔히 인용되는 '임의적 선행'의 사례는, 고속도로 톨게이트에서 통행료를 낼 때 다음 차량의 통행료를 함께 내 주는 것이다.
10 진언이나 신의 이름을 반복해서 암송하는 것.
11 마태복음 7장 12절 말씀, "너희는 남에게서 바라는 대로 남에게 해 주어라." 를 가리킨다.

약했다. 두 번 다, 전 세계에서 영성에 몰두하는 이들이 동시에 기도를 올렸다. 205에서 207로의 이행은 마침 샌프란시스코에서 강연(이것은 비디오로 녹화되었다.)을 하던 중, 강연이 끝날 무렵에 우연히 목격하게 되었는데, 그때 영성에 몰두하는 400인의 집단은 동시에 기도하며 "옴"을 소리 냈고, 그 다음에 산스크리트어 법화경 염불을 들으며 명상했다. 그것은 캘리포니아 시간으로 오후 5시 15분부터 5시 25분 사이에 있었던 일이었다. 오후 5시 15분, 청중이 보는 앞에서 인류의 의식 수준은 205로 측정되었다. 기도한 뒤 오후 5시 30분에 재측정했을 때, 그 수준은 현재의 207로 동시적으로 상승했다.

기타 가르침, 유파, 영적 전통

EST(Erhard Seminars Training)	400	레이키靈氣	340
100마리째 원숭이 현상[12]	205	롤핑 요법	205
기공	240	미신	200
"대천사 채널러"	190	바디워크[14]	205
동반 의존[13](개념)	190	바이오피드백	202
드루이드교 사제	450	반(反)창조론	150

12 어떤 행위를 하는 개체의 수가 일정량에 달하면 그 행동은 그 집단에만 국한되지 않고 시간과 공간을 뛰어넘어 확산되어 가는 불가사의한 현상.

13 두 사람, 혹은 두 집단의 서로에 대한 의존을 가리키는데, 특히 그것이 서로에게 해로운 행동 방식을 강화하는 상황을 말한다.

14 bodywork, 신체적 정서적 건강 증진을 위해 마사지, 요가, 운동, 이완 기법과 같은 물리적 요법을 적용하는 것.

반(反)진화론	150	장미 십자회	405
백마술	203	재탄생 기법	250
백색 형제단White Brotherhood	560	점성학	210~405
불가지론	200	주역	430
수비학數秘學	210	창조론	200
수정水晶	210	쿵푸	410
숯불 걷기	200	키를리언 사진	160
신지학	365	텔레파시	250
『에녹의 열쇠들』[15]	265	템플 기사단	400
에니어그램	390	파룬공	195
에소테릭	390	풍수	185~210
엑칸카[16]	230	프리메이슨	510
영혼 산파술Soul Midwifery	240	하타 요가[17]	260
원리주의	200	형이상학	460
유니버설리스트 교회	320	홀로트로픽 호흡	202
윤리 협회 운동Ethical Culture	350	후나	260
자유사상가	350		

15 1973년, J.J.Hurtak이 저술한 책으로서, 미래의 문제들에 대한 초심리물리학적 '암호집'이라고 한다.

16 Eckankar,1960년대에 폴 트위첼이라는 신문기자가 창시한 미국의 신흥종교.

17 이는 힌두교에서 가르치는 하타 요가가 390으로 측정되는 것과 대비된다.

측정 수준은 어떤 수준이 다른 수준보다 '낮다'가 아니라 그저 다르다는 것을 가리키는데, 다르다는 것은 골프를 칠 때의 클럽 선정에 비할 만하다. '퍼트'를 할 것인지, '칩 샷'을 날릴 것인지, 혹은 '장타'를 칠 것인지에 따라 클럽 선정이 달라진다. 따라서 효과는 기법 자체만이 아닌 의도의 결과다.

수많은 영적 제자들이 이상의 다양한 접근법을 탐구해 왔고, 그것들에 실용적이고 경험적인 이로움이 있음을 보고한다. 영적 원리를 수많은 인간 딜레마에 적용하는 것은 효율성을 널리 인정받고 있는데, 심지어 본래 의식적인 동기부여가 없을 때조차 그러하다. 예컨대 판사로부터 익명의 알코올중독자회(AA) 모임에 참석하라는 명령을 받은 가망 없는 알코올중독자가 그 뒤에 기적적으로 회복하고 '남들에게 메시지를 전하라'는 영적 원리를 실천에 옮김으로써, 다시 말해 그는 전도보다는 나눔을 통해서 타인에게 영감을 불러일으키게 된다.

영적 온전성은 희망, 믿음, 자애로 나타나며 모범을 통해 타인에게 영감을 고취시킨다. 문호를 개방한 온전한 영적 조직은 선전보다는 끌어당김을 통해 성장하는데, 그런 조직에는 도그마가 없다. 장의 힘에 대한 의존은, 사람들이 주지화主知化를 통하는 대신 '삼투작용을 통해 젖어 드는' 집단적 경험으로 드러난다.

결론

의식 측정 기법에 의한 영적 실상의 확증은 인간 지식의 발전에서 큰 가치를 갖는데, 왜냐하면 의식 측정법은 지성의 한계로 인해 전에는 검증은커녕 접근조차 가능하지 않았던 영역들을 탐구할 수 있는 능력을 나타내기 때문이다. 신비가에게는 앞선 영적 앎과 앞선 영적 실상이 '고향'인 반면, 영성보다는 정신 작용과 뉴턴 논리라는 보다 전통 종교적인 혹은 세속적인 영역들이 더욱 친숙한 대다수 인구와 하위 집단에게, 그런 것은 여전히 생소한 듯하다.

요약과 결론

고대에 높은 진실의 유일한 근원은 위대한 신비가, 성인, 화신들에게 있었던 드러남이었고, 그래서 종교의 영적 핵심은 존경받고 숭배받았다. 기성종교의 신도들은 신성Divinity의 드러남에 대한 경외심과 믿음에서 그렇게 했다. 하지만 그 후에, 그 지식은 날치기당하여 일차적으로 성직자 계급의 소유물이 되었고, 그것은 교리의 정통성에 대한 언명을 성립시켰다.

결국 540에서 1,000으로 측정되는 비선형적인 높은 진실들은 신비스러움과 권위주의의 후광으로 둘러싸이게 되었고, 뒤이어 막대한 부를 끌어당겼는데, 그 부 덕분에 고딕식 대성당, 회교 사원, 스페인의 장려한 알함브라 같은 큰 사원들과 장엄한 건축물이 건립될 수 있었다.

숭배는 법으로 정해지고 숭배의 표현들은 체계화되었으며, 그 다음에 그것들은 요구 조건으로서 권위적으로 강제되었다. 그리하여 분열과 호전성은 물론 강압과 두려움이 솟아났다. 그리고 그런 성질들 속에서 정치권력이 일어났고, 더불어 사람들, 영토, 부를 세속적으로 통제하려는 인상적 지위와 칭호를 획득하려는 경쟁적 유혹이 일어났다.

신도들의 믿음은 악용당하게 되었고, 신에 대한 예배 대신에 확대가 에고를 먹여 살렸다. 종교는 광적 종교열이라는 에고 팽창으로 부패했는데, 이는 오늘날까지 여전한 기세로 계속되고 있는 수천 년간의 쉼 없는 전쟁으로 인도했다. 이런 왜곡들로 말미암아, 다름 아닌 아브라함의 아들들의 거룩한 책들(기독교, 유대교, 이슬람의 경전을 가리킨다.)이 갈등, 전쟁, 대량 학살에 대한 정당화가 되었다.

모든 신앙에서 찬탈자들이 조직된 종교를 유용하고 가로챘음에도 불구하고, 본질적 진실은 겉치레와 예식에 가려 흐려지고 뒤로 밀려난 채로 보존되었고 여전히 접근 가능했다. 그리하여, 교리는 진실에 의한 해방이라기보다는 억압과 두려움의 도구가 되었다. 이단 혐의를 받으면 정말로 심각한 귀결을 맞게 되는 곳에서 자유는 가치도 실용적 대안도 아니었다. 정통 신앙은 따라서 유일하게 안전한 생활양식이었으며, 그것의 울타리는 종교재판과 신비가 박해가 불러일으킨 공포에 의해 간단히 강요된, 파문과 죄의 불길한 귀결에 대한 두려움으로 강제되었다.

하지만 극동에서, 영적 진실은 세속적 권력을 향한 에고의 탐욕에 희생되지 않았고, 종교는 중동과 서구 사회에서처럼 어두운 이미지를 갖지도 않았다. 도교와 불교, 그리고 위대한 요가(신에 이르는 길)인 고대의 힌두 가르침은 보다 평온한 분위기를 조성했는데, 그런 분위기는 호전적 대량 학살이나 박해에는 이질적인 것이었다. 가르침들은 때로 일부 지배자들이 지어 낸 교의 위에 얹히기도 했지만, 가르침 자체는 비폭력과 비물질성에 관한 것이었고 그래서 그 자체의 순수성에 의해 보호받았다.

서구 종교는 성직자의 권위에 대한 복종을 요구했고 또 그것에 의존했던 반면, 동양 종교들은 진실을 구해 외부보다는 내면을 들여다보라고 가르쳤다. 중요한 것은, 비슷하게 발달한 고대 그리스의 위대한 철학자들은, 지성 자체가 진실에 이르는 찾아마지않던 길이 될 수 있음을 발견했다는 것이다. 예를 들면, 소크라테스는 진실의 교의를 위반하기보다는, 독미나리 독을 마시고 죽음을 받아들이라는 명령을 따랐을 정도로 성실하게 진실에 헌신했다. 바로 그 순간, 그는 선택할 수 있었고 지배 권력에 순응함으로써 목숨을 구할 수 있었지만, 그렇게 한다면 자신의 가르침을 어기게 되는 셈이었다. 그리하여 숭고한 온전성을 다해, 그는 "그대 자신에게 진실하라."는 금언을 따르는 쪽을 선택했다.

고대의 철학자들은 그때 형이상학, 신학, 인식론, 존재론을 통해, 그리고 맹목적 믿음보다는 이성과 논리의 변증법에 기초한 사고의 과학을 통해 진실에 이르는 길을 확립했다. 플라톤, 아리스토텔레스, 소크라테스의 대화는 그 때 묻지 않은 의도의 힘으로 그 뒤 서구 세계의 지적 발달에 기초를 놓았고 영감을 불어넣었다.

그것은 천문학, 물리학, 화학, 고등수학, 그리고 오늘날의 컴퓨터 과학, 양자역학, 비선형 동력학, M 이론으로 계속 맺어진 열매들 속에서 과학적 발견으로 꽃피어 났다.

뉴턴, 케플러, 헤일리, 코페르니쿠스, 갈릴레오, 그리고 그 다음 세대 과학자들의 발견은 세상을 바꾸어 놓았고, 그 눈부신 재기才氣로 인류를 놀라게 함과 동시에 이롭게 했다. 이해할 만한 일이지만, 인류는 그 다음에 지상의 삶에 대한 희망으로서 지성, 이성, 과학을 숭배했고, 그렇게 하는 가운데 종교적 신념을 옆으로 밀쳐놓았다. 종교는 그럼으로써 개인 윤리이자 사후의 삶에 적용되는 신념 체계로서, 보다 제한된 범위 내로 구획되었고 그 속에서 지속되었다. 믿음과 신념은 부인당하지는 않았지만 유보되었고, 생존과 사업이라는 실용적이고 일상적인 '실세계'로부터 분리되었다.

지향성의 이러한 분열은 표면적으로 여러 세기 동안 지속되었는데, 그 시기에 인류의 측정 가능한 의식 수준은 200 이하였다. 그러나 여러 세기에 걸쳐 190에 머물러 있던 전 인류의 지배적 의식 수준이 임계선을 넘어 205로, 그 다음에 현재의 207로 상승하는 동안, 사회의 전체적 분위기는 초기에 미묘하지만 대단히 뚜렷한 표현상의 큰 변화를 겪었다. 집단적 사회는 이제 비온전성과 이기적 욕심에 대해 그리고 오직 이득에만 초점을 맞추는 것에 대해 훨씬 덜 관대해지게 되었다. 사회는 점점 더 인도주의적이고 배려하게 되었고, 영적 가치를 알아보게 되었다. 개인의 존엄성과 권리에 대해서는 물론 공정함, 균형, 약자 보호에 대해 점진적 관심이 출현했고, 환경의 질에 대한 안목이 생겨났다. 정통 교리를 고수하기보다는, 인상적인 710으로 측정되는 미국 헌법에 이미 정의되고 명시된 바와 같은, 자유와 평등을 향한 새로운 소명이 나왔다.

역설적인 것은, 영적 가치의 새로운 강조와 추진을 권력 추구적 주창자들의 에고가 떠맡았다는 것인데, 그것은 교회가 과거에 했던 것과 같은 일이었다. 그들은 새로운 형태의 억압과 타인에 대한 통제를 확립하기 위해 기본적 진실을 강탈하고자 했다. 그 도구는 유효한 사고를 수사修辭로 왜곡하는 것이었는데, 그것은 바로 기원전 350년에 소크라테스가 예견했던, 언론 자유라는 장치를 매개로 하는 민주주의가 드리운 그늘이었다.

과학, 논리, 지적 온전성은 모두가 400대 중반에서 후반으로 측정되는 반면, 논쟁적 수사는 135에서 190 수준에 내재된 허위의 귀결이다. 진실에 대한 그런 왜곡은 인도주의적 이상주의로 분장하지만, 사실 그것은 새 옷을 입은 자기애의 재출현에 불과하다. 동기는 타인에 대한 합법적 통제에 의한 그리고 에고 마음과 미성숙함에 호소하는 미화된 위치성으로의 대체에 의한, 세속적 전체주의이다. 이러한 에너지 장이나 진실 위반의 표현들은, 지적 진실이나 영적 진실 그 어느 것에 대해서도 이질적인, 증오심의 출현이라는 특징적인 진단적 증상을 통해 드러난다.

200 이하의 에너지 장들은 반동적으로 보이는데, 왜냐하면 그러한 것은 421로 측정되는 미국은 말할 것도 없고 현재 207 수준에 있는 세계 자체의 의식의 전체적 진보에 역행하는 방향을 취하고 있기 때문이다. 이 갈등이 어떻게 해결되느냐는, 갈등의 핵심

요소들이 확인되고 해결되기까지 사회의 성격에 영향을 미칠 것이다.

인류 진화의 수많은 측면이 갖는 의식의 측정된 수준들을 그러한 의식 수준의 표현 속에서 연구하는 것은, 뜻깊고 실용적으로 유용한 정보를 드러내 준다. 예나 지금이나 맹목적 믿음은 인류 대다수에게 진실을 향한 대로大路이지만, 최근 들어 '현대인'은 그것을 격하시키고 구획화했다. 그 믿음의 시대 뒤에, 고대 그리스 시절의 지성이 다시 눈을 떴고, 이성의 시대는 또 다시 승리하여 현대 과학으로서 진화했다. 현대 과학은 차례로 믿음의 새로운 보고가 되었다. 400대 중반인 과학의 높은 측정 수준으로 인해, 과학의 열매는 현대인에게 노다지가 되었고, 사람들은 그 덕분에 괴로움의 큰 근원들에서 풀려났다.

현대인은 과학과 과학 기술 외에, 진짜 진실을 위해 어느 길로 돌아서야 할 것인지에 대해 지금 딜레마에 빠져 있다. 맹목적 믿음은 퇴행적으로 보이고, 전통 종교로의 복귀는 신정의 억압, 죄, 죄책감에 대한 해묵은 두려움을 다시 일깨운다. 한때 학문적 깊이가 있었던 대안으로서의 철학과 교육은, 이제 과도한 정치적 위치성으로 오염되었으며, 200 이하로 측정되는 논쟁적인 상대주의적 가설의 궤변 속에 침몰했다. 비록 상대주의적 가설은 진보로 여겨져 유행하고 있지만, 그것은 사실상 퇴보를 나타낸다.

과학은 상대적으로 오염되지 않았으나, 운용상으로 그것은 주로 뉴턴적 패러다임에 한정되었다. 그래서 진정으로 진실을 구하는 이들은 고대 동양의 평화로운 사회들의 한복판에 있었던 물들지 않은 가르침들을 재발견했다. 그것은 위대한 요기들인 위대한 스승과 리쉬들이 가르친 바와 같은, 불교, 도교, 힌두교의, 진실을 향한 비이원적 길이었다. 그것은 신비주의에 대한 그리고 참나 각성이라는 신비주의의 목표에 대한 관심을 소생시켜 주기에 이르렀다. 서구 문화가 전통적으로 초월적 신성에 초점을 맞춰 왔던 반면, 동양은 존재Existence 자체의 근원으로서의 내재적 신성의 발견에 초점을 맞춰 왔다. 지성이나 맹목적 믿음의 한계를 초월한 실상의 새로운 패러다임의 재발견은, 점차로 더욱 호소력을 갖게 되었다. 게다가 내면의 길은 모두에게 열려 있었고, 충분히 입증되었으며, 엄격히 통제되어 있지 않았다.

모든 고대 가르침의 핵심은 에고와 에고의 신념 체계의 한계를 초월하는 것이었다. 그리고 에고와 에고의 신념 체계의 한계는, 에고의 이원적 구조에서 귀결되는 진실의 왜곡들인 환상의 기초를 이룬다. 그래서 문화 창조자 운동은 물론 자기 계발 운동에 대한 요즘의 지대한 관심으로 입증되는 바와 같이, 깨달음Enlightenment은 조사와 노력의 선도적 초점이 되었다. 문화 창조자들은 집단적으로 폭력, 다툼, 논쟁을 피하며, 그 대신 전 생명의 하나임Oneness의 각성을 향한 내적 변형과 실현을 통해 진실을 구한다.

깨달음Enlightenment에 이르는 가장 빠른 길은, 검증된 진실 자체에 대한 봉헌을 통해 에고/마음의 한계를 초월하는 길이다. 이 과정은 현대 인류에게 적합하며, 과학이나 종교와 충돌하지 않는다.

인류가 좌절 혹은 환멸 속에서, 보이지 않는 것에 대한 믿음으로부터 선형적인 과학의 세계에 대한 믿음으로 이동했을 때 새로운 희망이 솟구쳤고, 그 희망은 에고 지각의 선형적이고 외적인 세계에 대한 신뢰와 믿음이 낳은 매우 구체적이고 가시적인 이로움으로 강화되었다. 하지만 그 다음에, 그와 동일한 과정으로 인해 의식 자체의 보이지 않는 힘보다는 의식의 내용에 우선순위와 힘이 부여되기에 이르렀는데, 의식 자체에 의해 내용은 각성되고 인지될 수 있다. 힘은 빛Light속에 있지, 비춰진 것의 세부에 있지 않았다. 선형적인 것은 또한 한계이며, 그래서 지각을 실상으로 오인하는 내재적 결함으로 말미암아 오류를 범하는 경향이 있다.

비선형을 향해 선형을 초월하는 것은 의식 자체의 내적인 빛, 참된 불멸의 참나True Immortal Self를 각성하기 위한 신비가의 방식, 비이원성의 길이다. 모든 사람이 실상에 대한 내적 감각을 신뢰하거나 혹은 그 내용이 무엇이든 간에 모든 경험함과 목격함 저변에 있는 '아는' 능력을 신뢰한다. 마음의 내용은 생각하지만 비선형적 장은 오직 '알' 뿐인데, 그렇지 않다면 생각나고 있는 것을 아는 것이 어떻게 가능하겠는가?

사실상 사람은 누구나 매 순간 경험적인 것 속에서 살기 때문에, 알거나 경험할 수 있는 능력의 근원Source은 가까이 있고 그 자체는 물들어 있지 않다. 끊임없이 변하는 내용이 무엇이든 간에, 만인은 계속해서 '경험하고 있음'을 경험한다.

의식 진화에서 가장 빨리 나타난 기능은 기본적 생존이었다. 그 다음에 생긴 것이 감각과 획득이었고, 그 다음은 유대 관계와 감정이었다. 다음에는 배움, 인식, 성장에 대한 그리고 사적 자기, 동기부여, 심리에 대한 지식을 포함하는 확장되는 지식의 장들에 대한 관심이 생겼고, 그 다음에 우리는 어떻게 아는지에 대한 그리고 무엇이 본질적인 것이고 무엇이 생명의 근원인지에 대한 호기심이 일었다. 다음으로 생겨난 것은 생명으로서의 존재인가 혹은 생명의 필연적 귀결로서의 존재인가, 즉 생명 대 존재에 관한 의문이었는데, 그것은 초월(개념적인)로서의 신성Divinity/창조주Creator/신에 관한 것이나 혹은 경험적이고 내재적Immanent인 것으로서 신성Divinity에 관한 지식을 가져다주었다. 초월적인 것은 종교이고, 경험적인 것은 영성이다. 신비가의 길은 신념을 초월하여, 신념의 저변에 있는 실상Reality을 확증한다. 인식하는 자Knower와 인식 대상Known이 참나로 융합되면서 모든 의심은 소거된다.

만인은 이미 신비가이며, 깨달음Enlightenment에 대해 알든 모르든 간에 그것에 생래적으로 이끌린다. 이는 배움과 호기심이라는 마음이 타고난 성질들의 연장이다. 그리하여 '헌신적 비이원성'으로 가는 길은 만인에게 열려 있는데, 그것은 내적 정직성을 가질 수 있는 능력에 대한, 그리고 검증 가능한 진실과 정렬하고 진실을 그 근원Source까지 따라가려는 자발성에 대한 것 외에는 어떠한 요구 조건도 없다. 깨달음Enlightenment에 이르는 자연스러운 그리고 가장 빠른 길에 대해서는 『나의 눈』과 『호모 스피리투스』, 『의식 수준을 넘어서: 마음을 초월하여 깨달음에 이르는 계단』과 『내 안의 참나를 만나다』에서 보다 명확히 묘사했다.

오 주여, 모든 영광이 당신께 있습니다.

Gloria in Excelsis Deo!

TRUTH
VS
FALSEHOOD

/ 5부 / 부록

부록 A

각 장의 진실 수준 측정

주석

예상되는 바와 같이, 진실 자체의 본성 및 영적 진실에 바쳐진 1부와 3부가 가장 높게 측정된다. 문제 있는 쟁점들과 사회적 쟁점을 다룬 2부는, 600 이상의 측정 수준들로 대표되는 비개인적 비이원성으로부터 바라본, 세속적 오류와 환상을 반영한다. '세속적 쟁점'을 다룬 이원적 부분(2부)에도 불구하고, 책 전체는 여전히 935로 측정되는데, 이는 전작들의 범위(『의식혁명』: 850, 『나의 눈』: 980, 『호모 스피리투스』: 999.8)와 비교해서 무난하다.

1부 진실이란 무엇인가?

1장 역사적 전망	900
2장 진실의 과학	935
3장 수수께끼로서의 진실: 도전과 투쟁	855
4장 의식의 진화	860
5장 진실의 본질적 구조	900
6장 나타남 대 인과관계: 창조 대 진화	965
7장 진실의 생리학	750
8장 사실 대 허구: 실상과 환상	760

2부 실용적 적용

9장 사회구조와 기능적 진실 … 640

10장 미국 … 620

11장 사회의 그늘 … 635

12장 문제 있는 쟁점들 … 640

3부 진실과 세계

13장 진실: 자유에 이르는 길 … 935

14장 국가와 정치 … 645

15장 진실과 전쟁 … 725

4부 높은 의식과 진실

16장 종교와 진실 … 935

17장 영적 진실 … 980

18장 요약과 결론 … 940

『진실 대 거짓』 책 전체 … 935

부록 B

의식 지도

신에 대한 관점	자기에 대한 관점	수준	로그	감정	과정
참나	있음	깨달음	700 ~1,000	형언할 수 없는	순수 의식
전존재	완벽한	평화	600	지복	빛비춤
하나	완전한	기쁨	540	평온	변모
사랑하는	온건한	사랑	500	경외	드러남
현명한	의미 있는	이성	400	이해	추상
너그러운	조화로운	수용	350	용서	초월
영감을 주는	희망적인	자발성	310	낙관주의	의도
할 수 있게 해 주는	만족스러운	중립	250	신뢰	풀려남
허락하는	실행할 수 있는	용기	200	긍정	힘의 부여
무관심한	요구가 많은	자부심	175	경멸	팽창
복수심을 품은	적대하는	분노	150	미움	공격
부정하는	실망스러운	욕망	125	갈망	노예화
벌하는	겁나는	두려움	100	불안	위축
냉담한	비극적인	슬픔	75	후회	낙담

선고하는	희망 없는	무감정, 증오	50	절망	포기
보복하는	악	죄책감	30	비난	파괴
멸시하는	가증스러운	수치심	20	치욕	제거

부록 C

의식 수준 측정법

일반적 정보

의식의 에너지 장은 차원이 무한하다. 특정 수준은 인간 의식과 관련을 갖는데, 그러한 수준은 '1'에서 '1,000'까지로 측정되었다. (부록 B: '의식 지도'를 참고할 것) 이러한 에너지 장이 인간 의식을 반영하고 지배한다.

우주에 있는 모든 것은 특정한 주파수나 미세한 에너지 장을 방출하는데, 이는 의식 장에 영구히 남는다. 이렇게 해서 과거에 살았던 모든 사람 혹은 존재와 그들에 대한 모든 것이 영원히 기록되어 현재나 미래의 어느 때건 되불러올 수 있는데 여기에는 일체의 사건, 생각, 행위, 감정, 혹은 태도가 다 포함된다.

기법

근육 테스트 반응은 특정 자극에 대해 '그렇다'거나 '그렇지 않다'로 나오는 단순한 반응이다. 근육 테스트는 대개, 피험자는 옆으로 팔을 쭉 뻗고 시험자는 손가락 두 개를 이용하여 피험자의 손목을 가볍게 내리누르는 방식으로 행한다. 대개 피험자는 다른 손으로 시험하고자 하는 물체를 쥐고 태양 신경총에 댄다. 시험자는 피험자에게 "힘 주세요."라고 말하는데, 시험하려는 물체가 피험자에게 이롭다면 팔은 강해질 것이다. 만약 그것이 이롭지 않거나 역효과를 낸다면, 팔은 약해질 것이다. 반응은 대단히 신속하게 짧은 시간 동안 일어난다.

정확한 반응을 얻어 내기 위해서 시험자와 피험자 둘 다는, 물론 의도가 200 이상으로 측정되어야 한다는 점에 주목하는 것이 중요하다.

테스트 팀의 의식 수준이 높을수록 그 결과는 보다 정확하다. 가장 좋은 태도는 서두에 "지고의 선의 이름으로, _____은 진실로 측정됩니다. 100 이상. 200 이상." 라는 말로 진술을 시작하는, 객관적이고 거리를 두는 태도다. '지고의 선'으로의 맥락화는 정확성을 높여 주는데 왜냐하면 그것은 이기적이고 사적인 관심과 동기를 초월하기 때문이다.

오랜 세월 동안, 근육 테스트는 신체의 경락이나 면역계의 국소적 반응으로 여겨졌다. 하지만 나중의 연구를 통해, 그러한 반응이 신체의 국소적 반응이 아니라, 어떤 물체나 진술이 갖는 에너지에 대한 의식 자체의 일반적 반응임이 드러났다. 참되고, 이롭고, 혹은 생명을 옹호하는 것은 긍정 반응을 일으키는데, 이러한 반응은 살아 있는 모든 사람 속에 현존하는 비개인적 의식 장에서 비롯된다. 이 긍정 반응을 나타내는 지표는 신체 근육이 강해지는 것이다. 편의상, 삼각근이 지표 근육으로 가장 흔하게 이용된다. 하지만 척추 지압 요법사와 같은 치료사들이 흔히 쓰는 다리의 비복근을 비롯하여 신체의 모든 근육을 이용할 수 있다.

질문(서술문의 형태로)하기 전에, '허락'을 받을 필요가 있다. 즉 "나는 지금 마음속에 있는 것에 대해 질문해도 좋다는 허락을 받았습니다.”(그렇다/아니다) 혹은 “이 측정은 지고의 선에 봉사합니다.”

진술이 거짓이거나 물체가 해롭다면, 근육은 “힘 주세요.”라는 명령에 대한 반응으로 신속히 약해지게 된다. 이는 그 자극이 부정적이고, 진실이 아니고, 반생명적이거나, 혹은 답이 ‘아니오’임을 나타낸다. 반응은 빠르고 지속 시간은 매우 짧다. 그 다음에 신체는 신속히 회복되어 정상적인 근육 강도로 돌아간다.

테스트를 하는 방법에는 세 가지가 있다. 연구에서 이용되며 또한 가장 일반적으로 쓰이는 방법에는 시험자와 피험자, 두 사람이 필요하다. 가급적 조용한 환경이 좋고, 배경 음악이 없어야 한다. 피험자는 눈을 감는다. 시험자는 서술문의 형태로 ‘질문’해야 한다. 그래야 근육 테스트 반응에 의해 그 문장에 대해 ‘예’나 ‘아니오’의 대답이 나올 수 있다. 예를 들면 “이것은 건강한 말입니까?”라고 묻는 것은 부정확한 형태가 될 것이다. 그 대신 “이 말은 건강합니다.”라든가 혹 그에 뒤이은 자연스러운 결론인 “이 말은 병들었습니다.”로 진술해야 할 것이다.

진술한 뒤에, 시험자는 바닥과 평행하게 팔을 뻗고 있는 피험자에게 “힘 주세요.”라고 말한다. 그런 다음 두 손가락으로 약간 힘을 주어 재빨리 손목을 누른다. 피험자의 팔은 계속 강한 상태를 유지하거나(‘그렇다’를 의미), 아니면 약해지게(‘아니다’를 의미) 될 것이다. 반응은 매우 짧고 즉각적이다.

두 번째 방법은 ‘오링’법인데, 이것은 혼자서 할 수 있다. 한 손의 엄지와 중지를 붙여 단단하게 ‘O’ 자 모양의 고리를 만들고, 다른 손의 검지를 구부려서 이 고리를 떼어 내는 것이다. "그렇다."
와 "아니다." 반응 사이에는 눈에 띌 정도의 강도 차이가 있다.
(Rose, 2001)

세 번째 방법이 가장 간단하지만, 다른 방법들과 마찬가지로 일
정한 연습이 필요하다. 이것은 그저 큰 사전이나 벽돌 두어 장과
같은 무거운 물체를 허리 높이 정도의 테이블에서 들어 올리는 것
이다. 어떤 이미지나 혹은 측정할 진실한 진술을 마음속에 떠올린
다음 물체를 들어 올린다. 그 다음, 비교를 위해, 거짓으로 알려져
있는 것을 마음속에 떠올린다. 마음속에 진실을 떠올리고 있을 때
는 들어 올리기가 쉽고, 사안이 거짓(진실이 아닌)일 때는 물체를
드는 데 더욱 큰 노력이 필요하다는 것에 주목하라. 그 결과는 다
른 두 가지 방법을 이용하여 검증할 수 있다.

특정한 수준들의 측정

긍정과 부정, 진실과 거짓 혹은 건설적인 것과 파괴적인 것 사
이의 임계점은 200 수준으로 측정된다. ('의식 지도'를 참고할 것)
200 이상 혹은 진실인 것은 모두 피험자를 강하게 만든다. 200 이
하 혹은 거짓인 모든 것에 대해 팔은 약해진다.

이미지나 진술, 역사적 사건 혹은 인물을 포함하는 과거와 현재
의 그 어떤 것에 대해서도 테스트가 가능하다. 그것을 꼭 말로 표
현할 필요는 없다.

수치 측정

예, "라마나 마하르시의 가르침은 700 이상으로 측정됩니다." (예/아니오)

혹은 "히틀러는 200 이상으로 측정되었습니다."(예/아니오), "그가 20대였을 때"(예/아니오), "30대"(예/아니오), "40대"(예/아니오), "사망 당시"(예/아니오).

적용

근육 테스트는 미래를 예언하는 일에는 쓰일 수 없다. 그 밖에는 어떤 질문이라도 가능하다. 의식에는 시간이나 공간상의 제약이 없다. 하지만 허락은 거부될 수도 있다. 현재나 과거의 모든 사건에 대해 질문할 수 있다. 그 답은 비개인적이며 시험자나 피험자의 신념 체계에 의존하지 않는다. 예를 들면 원형질은 유해한 자극에 대해서는 움츠러들고 살에서는 피가 난다. 이는 그 같은 시험 재료의 성질이지 개체와는 무관한 것이다. 의식은 사실상 오직 진실만을 아는데 왜냐하면 진실만이 실제의 존재를 갖기 때문이다. 의식이 거짓에 반응하지 않는 것은 거짓은 실상Reality에서 존재를 갖지 않기 때문이다. 의식은 또한 어떤 주식을 사야 하는지 등과 같은 온전치 못하거나 이기적인 질문들에 대해서는 정확하게 반응하지 않을 것이다.

정확히 말하면 근육 테스트 반응은 '있음' 반응이거나 아니면 단순히 '없음' 반응일 뿐이다. 전기 스위치처럼 우리가 전기가 "들어왔다."고 말하고, "꺼졌다."는 용어를 쓸 때에는 그저 전기가 거기 있지 않다는 것을 의미할 뿐이다. 실상에서 '꺼져 있음'과 같은 것은 존재하지 않는다. 이것은 미묘한 진술이지만 의식의 본성을 이해하는 데 있어 대단히 중요하다. 의식은 오직 진실Truth만을 인지할 수 있다. 의식은 거짓에 대해서는 그저 반응하지 못할 뿐이다. 이와 비슷하게 거울은 오직 반사할 물체가 있어야 상을 반사한다. 거울 앞에 어떤 물체도 존재하지 않는다면 거기에 반사되는 상은 없다.

수준 측정

측정 수준들은 특정한 기준 척도와 관련된다. 부록 A의 도표와 동일한 수치를 얻으려면, 그 도표에 대해 언급하거나 혹은 "1에서 1,000까지 인간 의식에 대한 척도상에서, 600은 깨달음Enlightenment을 가리키는데, 이 ______은 ______(수치) 이상으로 측정됩니다." 와 같은 진술을 해야만 한다. 아니면 다음과 같이 말한다. "200이 진실Truth의 수준이고 500이 사랑Love의 수준인 의식 척도상에서, 이 진술은 ______(특정한 수치를 명시한다.) 이상으로 측정됩니다."

일반적 정보

사람들은 일반적으로 진실과 거짓을 식별하고 싶어 한다. 그러므로 진술을 아주 구체적으로 해야 한다. 어떤 일자리가 '좋다'는 식의 일반적 용어 사용은 피해야 한다. 어떤 식으로 '좋다'는 건가? 급여 수준이? 근무 조건이? 승진 기회가? 상사의 공정성이?

숙련

테스트에 익숙해지면서 점차 전문성이 생겨난다. '맞는' 질문들이 튀어나오기 시작하는데 이는 거의 불가사의할 정도로 정확해지기도 한다. 같은 시험자와 피험자가 일정 기간 함께 작업한다면, 둘 중 한 사람 혹은 두 사람 모두에게 놀라운 정확성과 특정 질문을 족집게처럼 집어 낼 수 있는 능력이 생기게 된다. 피험자가 질문에 대해 전혀 알지 못하는 상황에서도 그렇다. 예를 들면 어떤 물건을 잃어버린 시험자가 말하기 시작한다. "난 그걸 사무실에 놓아두었습니다."(아니오.) "나는 그걸 차에 놓아두었습니다."(아니오.) 불현듯 피험자는 물건을 거의 '보다'시피하고 이렇게 말한다. "'화장실 문 안쪽'에 있는지 물어 보세요." 시험자는 말한다. "그 물건은 화장실 문 안쪽에 걸려 있습니다."(답: 예.) 실제로 있었던 이 사례에서, 피험자는 시험자가 차에 기름을 넣으러 주유소에 들렀다는 것과 웃옷을 주유소 화장실에 놓아두고 왔다는 사실을 알지 못했다.

사전 허락을 받는다면, 시간과 공간상으로 어디에 있는 그 무엇에 대해서든 어떠한 정보라도 얻어 낼 수 있다. (때로 허락을 얻지 못하는 일이 있는데, 이는 아마도 카르마적이거나 혹은 기타 알려지지 않은 이유 때문일 것이다.) 교차 확인을 통해 정확성은 쉽게 확증할 수 있다. 이 기법을 익힌 사람은 세상의 모든 컴퓨터와 도서관에 보유할 수 있는 것보다 더 많은 정보를 즉석에서 이용할 수 있다. 그러므로 그 가능성은 명백히 무한하고, 그 전망은 놀라울 정도다.

제한

인구의 약 10퍼센트는 아직 알려지지 않은 이유로 근육 테스트 기법을 이용할 수 없다. 테스트는 피험자들 자신이 200 이상으로 측정될 때, 그리고 테스트의 이용 의도가 온전하며 또한 200 이상으로 측정될 때에만 정확하다. 요구되는 것은 주관적 견해보다는 거리를 둔 객관성 및 진실과의 정렬이다. 그래서 '어떤 점을 증명'하려고 시도하는 것은 정확성을 부정한다. 때로는 혼인한 부부들 역시 아직 밝혀지지 않은 이유로 인해 서로를 피험자로 이용할 수 없기 때문에 테스트 파트너로 제3자를 찾아야 할 수도 있다.

적당한 피험자는 사랑하는 대상이나 사람을 마음속에 떠올리면 팔이 강해지고, 부정적인 것(두려움, 증오, 죄책감 등)을 마음속에 떠올리면 팔이 약해지는 사람이다. (예) 윈스턴 처칠은 사람을 강하게 하고 빈 라덴은 약하게 만든다.)

때로 적당한 피험자가 모순된 반응을 일으킬 때가 있다. 이런 상태는 대개 존 다이아몬드 박사가 발견한 '흉선치기'를 함으로써 해소할 수 있다. (주먹을 쥐고 흉골 상부를 세 번 치고 웃는데, 주먹으로 칠 때마다 '하-하-하'라고 말하며 사랑하는 사람이나 대상을 마음속에 그린다.)

불균형은 최근에 부정적인 사람들과 함께 있은 것, 헤비메탈 음악을 들은 것, 폭력적인 텔레비전 프로그램을 시청한 것, 폭력적인 비디오게임을 한 것 등의 결과일 수 있다. 부정적 음악 에너지는 음악을 끈 뒤에도 30분까지 인체의 에너지 체계에 해로운 영향을 미친다. 텔레비전 광고나 배경 음악 또한 부정적 에너지의 일반적 근원이다.

앞서 살펴본 것처럼 진실과 거짓을 구분하는, 그리고 측정된 진실 수준에 대한 근육 테스트법은 엄격한 요구 조건을 가지고 있다. 여러 제한들로 인해, 앞서 펴낸 책들에서 편리한 참조를 위해 측정 수준을 제공했는데, 이 책『진실 대 거짓』에서는 이를 폭넓게 제공한다.

설명

근육 테스트 기법은 개인적 견해나 신념에서 독립해 있으며, 원형질처럼 그 반응이 비개인적인 의식 장의 비개인적 반응이다. 질문을 입 밖에 내든 말없이 마음속에 품고 있든 테스트 반응이 동일하다는 것을 관찰을 통해 입증할 수 있다. 이렇듯 피험자는 질문에 영향 받지 않는데, 그것은 피험자는 질문이 무엇인지도 모르기 때문이다. 이 사실을 입증하려면, 다음과 같은 연습을 한다.

시험자는 피험자가 모르는 어떤 이미지를 마음속에 떠올린 다음 이렇게 말한다. "내가 마음속에 품고 있는 이미지는 긍정적입니다." (혹은 "진실입니다." 혹은 "200 이상으로 측정됩니다." 등) 그런 다음 피험자는 지시에 따라 손목을 누르는 힘에 저항한다. 시험자가 마음속에 긍정적인 이미지를 떠올리면(예 링컨, 예수, 마더 테레사 등), 피험자의 팔 근육은 강해질 것이다. 시험자가 거짓 진술을 하거나 부정적인 이미지(예 빈 라덴, 히틀러 등)를 떠올리면 팔은 약해질 것이다. 피험자는 시험자가 무엇을 생각하고 있는지 모르므로, 테스트 결과는 개인적 신념에 영향 받지 않는다.

올바른 근육 테스트 기법

갈릴레오의 관심이 천문학에 있었지 망원경을 만드는 일에 있지 않았던 것처럼, 고등 영성 연구소Institute for Advanced Spiritual Research는 특정하게 근육 테스트가 아닌 의식Consciousness 연구에 헌신한다. DVD, 『의식혁명』Veritas Publishing, 1995, 2006에서는 기본적 방법을 시연한다. 근육 테스트에 대한 보다 상세한 정보는 인터넷에서 '운동역학kinesiology'을 검색하여 찾을 수 있다. 응용 운동역학 대학College of Applied Kinesiology(www.icak.com) 및 다른 교육 기관들에서 수많은 참고 자료를 제공한다.

자격 상실

회의론(160)과 냉소주의는 200 이하로 측정되는데 왜냐하면 이들은 부정적 예단을 반영하기 때문이다. 이와 대조적으로, 진실한 탐구는 지적 허영이 결여된 열린 마음과 정직함을 요구한다. 행동 운동역학의 부정적 연구는 모두, 연구자들 자신과 마찬가지로 200 이하(대개 160)로 측정된다.

유명한 교수들조차 200 이하로 측정될 수 있고 또 그렇게 측정된다는 것이 보통 사람에게는 놀랍게 보일지도 모른다. 그리하여 부정적 연구는 부정적 선입견의 귀결이다. 일례로 DNA 이중나선 구조의 발견으로 이끈 프랜시스 크릭의 연구 설계는 440으로 측정되었다. 의식이 뉴런 활동의 산물일 뿐임을 증명하려는 그의 마지막 연구 설계는 불과 135로 측정되었다.

사람들 자신이나 혹은 연구 설계에 의해 200 이하로 측정되는

(모두가 대략 160으로 측정된다.) 연구자들의 실패는 그들이 반증하겠다고 주장하는 바로 그 방법론의 진실성을 확증한다. 그들은 '반드시' 부정적 결과를 얻어 내야만 하며, 또 부정적 결과를 얻어 내는데, 이는 역설적으로 편향되지 않은 온전성과 비온전성 간의 차이를 탐지해 내는 근육 테스트의 정확성을 증명해 준다.

모든 새로운 발견은 판 자체를 뒤엎을 수 있고, 그래서 현 상태의 지배적 신념 체계에 위협으로 비칠 수 있다. 영적 실상Reality을 실증하는 의식의 임상 과학이 출현했다는 것은 물론 저항을 촉발할 터인데, 왜냐하면 그것은 주제넘고 완고하게 타고난 에고 자체의 자기애적 핵심이 갖는 지배권에 대한 사실상의 정면 대결이기 때문이다.

200 이하의 의식 수준에서는 낮은 마음Lower Mind의 지배로 인해 이해가 제한되는데, 낮은 마음은 사실을 인지할 수는 있지만 '진실'이라는 용어가 의미하는 바를 아직 정확히 이해하지는 못하고 (그것은 레스 인테르나와 레스 엑스테르나를 혼동한다.), 그리고 그 진실에는 거짓과는 다른 생리적 효과가 동반된다. 게다가 목소리 분석, 신체 언어 연구, 뇌의 유두상 반응 뇌파 변화, 호흡과 혈압의 오르내림, 갈바니 피부 반응, 다우징, 심지어 신체에서 오라가 방사되는 거리를 측정하는 후나 기법의 이용이 입증하는 것처럼 진실은 직관된다. 어떤 사람들은 서 있는 신체를 펜듈럼처럼 이용하는(진실일 때는 앞으로 넘어지고 거짓일 때는 뒤로 넘어진다.) 매우 단순한 기법을 사용한다.

보다 발전된 맥락화에서 지배적인 원리는, 빛이 어둠으로 반증

될 수 없는 것처럼 진실Truth이 거짓으로 반증될 수는 없다는 것이다. 비선형은 선형의 한계를 갖지 않는다. 진실은 논리와는 다른 패러다임이고 그래서 '증명 가능'하지 않은데, 증명 가능한 것은 오직 400대로 측정된다. 의식 연구 근육 테스트는 선형과 비선형적 차원들의 접점인 600 수준에서 작용한다.

불일치

시간의 경과에 따라, 혹은 조사자들에 따라 다양한 이유로 다른 측정치가 나올 수 있다.

1. 시간이 경과하는 동안에 상황, 사람들, 정치, 정책, 태도가 변한다.
2. 사람들은 뭔가를 마음속에 떠올릴 때 다양한 감각 양식, 즉 시각, 촉각, 청각, 혹은 느낌 등을 이용하는 경향이 있다. 그러므로 '나의 어머니'는 어머니의 모습, 느낌, 말 등에 대한 것일 수 있다. 또한 헨리 포드에 대해서는 아버지로서, 기업가로서, 미국에 미친 영향에 관해, 그의 반유대주의 등에 관해 측정할 수 있다.

사람은 맥락을 명시하고 어떤 우세한 양식을 고수할 수 있다. 동일한 기법을 이용하는 동일한 팀은 내적으로 일관된 결과를 얻을 것이다. 연습과 함께 전문성이 계발된다. 하지만 과학적이며 거리를 둔 태도를 갖지 못해서 객관적일 수 없는 사람들이 있고, 그래서 이들에게 근육 테스트법은 정확하지 않을 것이다. 진실에 대한 봉헌과 의도가 개인적 견해 및 그것이 '옳다'는 걸 증명하려는 시도보다 우선되어야 한다.

부록 D

영화

2001 스페이스 오디세이	440		늑대와 춤을	375
80일간의 세계일주	385		닥터 스트레인지러브	225
007 제3탄: 골드핑거	215		닥터 지바고	415
LA 컨피덴셜	205		대부	155
34번가의 기적	390		대부 2	155
Return of the Kind	350		더 캣	130
간디	455		델마와 루이스	140
고스트버스터즈	235		드라이빙 미스 데이지	395
고질라	180		디어 헌터	155
국가의 탄생	140		뜨거운 것이 좋아	355
귀여운 여인	375		라이온 킹	415
그것은 살아있다	125		라이언 일병 구하기	195
그랑 블루	700		러브 스토리	310
그리스	330		레이더스	385
금발이 너무해	355		레인 맨	410
꼬마 돼지 베이브	350		록키	265
꿈의 구장	390		록키 호러 픽쳐 쇼	205
나의 그리스식 웨딩	385		리버스 엣지	310
내일을 향해 쏴라	270		리썰 웨폰	105
네트워크	255		리틀 부다	445

마이 페어 레이디	405	배트맨	210
마지막 황제	385	벤허	475
마지막 영화관	375	보통 사람들	275
마티	235	볼링 포 콜럼바인	185
말콤 X	215	북북서로 진로를 돌려라	340
말타의 매	325	분노의 포도	385
매드 매드 대소동	290	불의 전차	425
매드 맥스	160	뷰티풀 마인드	375
매쉬	360	브레이브하트	275
매트릭스	165	블레이드 러너	225
맨발 공원	395	비버리 힐스 캅	180
맨하탄	305	뻐꾸기 둥지 위로 날아간 새	160
멋진 인생	450	사계의 사나이	455
메리에겐 뭔가 특별한 것이 있다	105	사랑은 비를 타고	415
몬티 파이튼의 성배	215	사운드 오브 뮤직	425
문스트럭	325	새	215
미드나잇 카우보이	195	샤레이드	305
미지와의 조우	265	샤이닝	55
바람과 함께 사라지다	400	샬롯의 거미줄	335
바바렐라	185	서바이벌 게임	145
바이 바이 버디	245	서부 전선 이상 없다	150
반지의 제왕	350	성난 황소	255
밤의 열기 속으로	165	성조기의 행진	400

세븐 데이스 인 메이	340	아파트 열쇠를 빌려드립니다	200
섹스 거짓말 그리고 비디오테이프	140	아프리카의 여왕	395
셰익스피어 인 러브	395	악마의 씨 Rosemary's baby	60
셰인	390	알라바마 이야기	310
수색자	315	애니 홀	355
쉰들러 리스트	180	애정과 욕망	155
스미스 워싱톤에 가다	395	애정의 조건	425
스타 워즈	250	양들의 침묵	45
스팅	295	어느날 밤에 생긴 일	255
스파이더맨	255	어두워질 때까지	110
시계태엽 오렌지	70	어바웃 슈미트	435
시민 케인	400	에이리언	145
시애틀의 잠 못 이루는 밤	350	엑소시스트	140
시에라 마드레의 황금	200	역마차	350
시카고	385	열정	105
시티 라이트	355	영 프랑켄슈타인	255
식스 센스	310	오리엔트 특급 살인 사건	365
싸이코	80	오멘	85
아라비아의 로렌스	320	오명	145
아마데우스	455	오즈의 마법사	450
아메리칸 뷰티	380	올리버	365
아웃 오브 아프리카	390	와일드 번치	270
아이 양육	255	완다라는 이름의 물고기	230

욕망이라는 이름의 전차	315	제3의 사나이	200
우리 생애 최고의 해	360	조찬 클럽	300
우리에게 내일은 없다	105	졸업	325
워터프론트	295	좋은 친구들	100
월 스트리트	225	죠스	140
웨스트 사이드 스토리	405	쥬라기 공원	330
위대한 개츠비	350	지상에서 영원으로	395
위대한 비상	495	지상 최대의 쇼	390
위험한 정사	140	지옥의 묵시록	65
유브 갓 메일	275	지지	375
이브의 모든 것	300	차이나타운	315
이유 없는 반항	310	청춘 낙서	365
이중 배상	315	초대받지 않은 손님	305
이지 라이더	195	초콜릿 천국	345
이티	375	추억	350
인 콜드 블러드	80	카사블랑카	385
인형의 계곡	200	캐디쉑	205
잃어버린 지평선	485	컬러 퍼플	475
잉글리쉬 페이션트	250	콰이강의 다리	385
자이언트	350	크레이머 대 크레이머	205
재즈 싱어	390	크로커다일 던디	265
젊은이의 양지	210	크리스마스 캐롤	499
제리 맥과이어	375	클레오파트라	365

킹콩	175	포레스트 검프	475
타이타닉	405	폭력 탈옥	255
태양의 제국	490	폭풍의 언덕	360
택시 드라이버	360	폴링 다운	90
터미네이터	125	프레데터	145
토요일 밤의 열기	395	프렌치 커넥션	275
토이 스토리	400	플래툰	180
톰 존스의 화려한 모험	195	필라델피아 스토리	405
투씨	355	하이 눈	275
트윈 타워	350	할로윈	85
티파니에서 아침을	360	해리 포터	215
파리 대왕	270	핵전략 사령부	255
파리의 미국인	355	햄릿	405
펄프 픽션	25	헬로 돌리	380
패션 오브 크라이스트	190	현기증	105
패션 오브 크라이스트(편집본)	395	화니 걸	385
패튼 대전차 군단	345	화씨 9/11	195
페리스의 해방	330	환타지아	475
페이퍼 문	300	황금광시대	260

부록 E

측정표와 도해 색인

3장 수수께끼로서의 진실: 도전과 투쟁

    『서양의 위대한 책들』에 대한 측정치   61

4장 의식의 진화

    동물계   77

    지질 시대의 의식 수준   86

    인간 의식의 진화(그래프)   87

5장 진실의 본질적 구조

    내용, 장, 맥락(도해)   96

    내용, 장, 맥락   96

7장 진실의 생리학

    뇌 기능과 생리(도해)   122

9장 사회구조와 기능적 진실

    의식 수준 분포   157~158

    세계적 분포(도표)

    의식 수준 분포: 지역적 표본   159

측정표와 도해 색인

흥미로운 장소에 대한 측정　160

일상생활　164

음악의 에너지: 현대음악　169

고전음악　170

영성 음악　171

고전 음악: 연주자　171

고전음악의 시기　172

화가, 작품　179

스포츠와 취미　182

영화　184

텔레비전　188

유명 인사의 사회적 파급효과　189

연예인/코미디언　192

뉴스 방송 매체　194

진단적 척도: 정치와 2004년 선거(도해)　198

인쇄 매체　206

기타　208

《타임》선정 '세계에서 가장 영향력 있는 인물 100인'　208

저자들의 문필 작품　210

산업(미국)　214

텔레비전 광고　216

유명 기업인의 에너지 장　219

자선사업 재단　220

기업 221

노동조합 224

법 집행 226

과학: 이론 226

임상 과학 230

과학: 과학자 233

주요 대학교와 학파 235

10장 미국

미국: U.S. 정부 242

미국 정치 248

미국 정부 부처와 정부 기관 250

미국 정책과 기관들 251

사법제도 255

공공 봉사 단체 및 공공 봉사 프로그램 256

의식 수준과 사회문제의 상관관계 264

갤럽 조사: 캐나다 282

11장 사회의 그늘

반사회적 행동 293

행동적 측면 297

공공연한 폭력 298

마약과 술 300

심한 행동/정신장애　　　　　　　　　301

성격장애　　　　　　　　　302

범죄 성향　　　　　　　　　303

범죄자　　　　　　　　　303

간첩 활동과 정치적 범죄 성향　　　　　　　　　313

미국 대 로버트 필립 핸슨 구형 논고　　　　　　　　　314

12장 문제 있는 쟁점들

문제 있는 위치성과 쟁점들　　　　　　　　　323

문제 있는 위치성들　　　　　　　　　335

의미 깊은 측정치들　　　　　　　　　361

대비되는 측정치　　　　　　　　　362

13장 진실: 자유에 이르는 길

표1. 마음의 기능: 태도　　　　　　　　　375

표2. 마음의 기능: 태도　　　　　　　　　377

표3. 마음의 기능: 태도　　　　　　　　　380

영적 토대: 기초(1부)　　　　　　　　　398

영적 토대: 기초(2부)　　　　　　　　　400

철학자들과 철학　　　　　　　　　402

지적 부문　　　　　　　　　404

14장 국가와 정치

정치제도   414

역사속의 사회들   416

정치사 주요 인물/ 최근 현대   416~418

세계의 나라와 지역들(요즘)   420

지도 1. 우세한 의식 수준의 분포: 서반구   431

지도 2. 의식 수준의 분포: 동반구   433

지도 3. 의식 수준의 분포: 아프리카와 중동   434

관계에 대한 기본적 진단표   436

국제 관계에 대한 진단표   437

위험한 정치 지도자의 특징   438

15장 진실과 전쟁

2차 세계대전   448

전쟁들의 대비―측정치   458

비교: 나폴레옹 전쟁―워털루 전쟁   459

측정치: 이라크 전쟁(초기) 200 이상과 이하   460

그 밖의 측정치: 이라크 전쟁(후기)   461

이라크 전쟁에 관한 대중매체 보도   462

이라크 전쟁 시기(후기)에 대한 추가 측정치   467

9.11 측정치   468

9.11 조사 위원회 청문회들에 대한 측정치   469

테러 조직   479

「국제 테러 유형 보고서」에 추가로 수록된 단체들   480

「국제 테러 유형 보고서」 이전 판에 수록된 단체들   481

정치인의 지식   490

임계요소, 끌개장 분석의 현재적 적용   499

16장 종교와 진실

기독교   517

로마가톨릭(현재의 위치의 측정치)   521

불교   525

힌두교   528

이슬람   531

유대교   537

기타 종교   540

주변적인 영적/종교적 신념 체계(이데올로기)   553

영적으로 흥미로운 장소들   557

17장 영적 진실

경전과 영적 저작   563

구약의 구절들에 대한 측정   570

『코란』 구절들에 대한 측정   573

영적 스승들   577

신성Divinity과 화신Avatar들   586

신성Divinity: 내재적 신God Immanent   587

영적 실상을 가리키는 다른 지시들　588

화신과 위대한 영적 스승들　589

신성Divinity에 대한 다른 언급들　590

영적 경험　592

기타 현상과 신념 체계　595

상대적 경험　596

진정한 영적 상태, 병리적 상태　603

영적 관행　607

기타 가르침, 유파, 영적 전통　609

부록 F

참고 문헌

주: 비록 학술 연구에서는 일차자료를 선호하지만, 일반 독자들은 일반적으로 그것을 구하기가 쉽지 않으므로, 인터넷을 통해 보다 쉽게 입수할 수 있는 이차 자료를 다량으로 제공한다.

"$445 Billion Deficit Forecast for 2004." 2004. Associated Press in Arizona Republic, 31 July.

Abraham, L. 2004 "The Clash of Civilizations and the Great Caliphate." http://www.insiderreport.net/clash_1-2.html, 10 May.

Abu-Nasr, D. 2004. "Saudi Religious Scholars Back Anti-U.S. War by Iraqis." Associated Press, 7 November.

"Academics and the Economist: Capitalist, Sexist Pigs." 2004. Editorial. Economist, 18 December. (Satire on Postmodern Deconstructionism ala Jacques Derrida and Michael Foucault as per "critical studies," the death of which studies is now proclaimed by Prof. Stanley Fish.)

"ACOG Red Alert Now Reaches 23 States. OB/Gyn Crisis." 2004. Editorial. Arizona Medical News, 3 September. (Crisis of catastrophic jury awards and cost of malpractice insurance.)

A Course in Miracles. (1975) 1996. Mill Valley, Calif.: Foundation for Inner Peace.

"A Defiant Saddam." 2004. Arizona Republic, 2 July.

Alcoholics Anonymous. 2000. 4th ed. New York: Alcoholics Anonymous World Services.

Allen, H. 2004. "Muslim Cleric Emerges As Serious U.S. Foe." (Knight Ridder) Seattle Times, 11 July.

Allison, G. 2004. Nuclear Terrorism: The Ultimate Preventable Catastrophe. New York: Times Books. (Nuclear attack by terrorists likely; focus on Iran and Islamics.)

—. 2004. "Nuclear Terror Strike More Likely Than Not in Next Decade." Special report. Arizona Republic. 7 December. (Al-Qaeda threats are likely to be carried out.)

"Al-Qaeda Training Tapes. 2004. CNN News, 8 August. (Terrorist instruction.)

"American Discoveries: Smithsonian's Phenomenal, Respectful New National Museum Does Native Peoples, Nation Proud." 2004. Editorial. Arizona Republic, 19 September.

American Film Institute. 2003. "100 Top Movies of All Time."

Amoroso, R. L. 2004. What is Consciousness? Introducing The Cosmology of Being. Orinda, Calif.: Noetic Sciences Institute.

Anchors, S. 2003. "When Angels Speak." Arizona Republic, 23 January, E1-2. (Channeling)

Anderson, C. 2004. "Major American Muslim Charity Supports Hamas." Associated Press, 27 July.

Anderson, E. 2003. "To The Victor Go The Spoils." Wall Street Underground, April/May 6:8.

—. 2002. "Acts of God?" Philadelphia Trumpet. Sept./Oct., 20-25.

Anderson, P. 1998. The Origins of Postmodernity. London: Verso.

Anderson, S., and P. Ray. 2000. The Cultural Creatives: How 50 Million People Are Changing the World. New York: Harmony Books.

Andresen, J., and R. Forman, Eds. 2000. Cognitive Models and Spiritual Maps. Charlottesville, Va.: Imprint Academic and Philosophy Documentation Center.

Angelin, R. 2004. "Fight over Parking Ticket Rages on for 12 Years." Arizona Republic, 29 March. (Costs over $250,000.)

Anglaw, R. 2004. "Agent Says Terrorists Will Hit Again." Arizona Republic, 21 November. (Ken Williams, Phoenix FBI agent, wrote 9/11 warning on Flight schools; field office ignored by headquarters.)

Ankarlo, Darrell. 2004. What Went Wrong with America–And How to Fix It: Reclaiming The Power That Rightfully Belongs To You. Nashville, Tenn.: Cumberland House Publishing.

Angler, N. 2003. "Is War Our Biologic Destiny?" New York Times, 11 November.

Applebaum, A. 2004. "The Decline and Fall of Network News." Arizona Republic, 23 September.

Appleby, J. 2004. "Pfizer Offers Drug Discounts to Uninsured." USA Today, 8 July.

Archibald, R. C. 2004. "Permit or Not, Protestors Prepare for Republicans in New York." New York Times, 24 May.

Arehart-Treichel, J. 2004. "Why Are We Taken in By Duplicity?" Psychiatric News, 19 March.

—. 2004. "Psychoanalysis Reinterprets Role of Religion, Spirituality." Psychiatric New, 19 March.

—. 2003. "Trauma May Alter Brain Structure." Psychiatric News. 17 December.

Argenopoulus, J. 1972. "Self-realization and Self-defeat." New Horizons. Escanoba, Mich.: Enrichment Bureau.

Aristotle. (330 B.C.) 1962. The Nichemachean Ethics. Trans. M. Ostwald. New York: Bobbs-Merrill.

—. 1952. "Logic," "On Sophistical Refutations." The Great Books of the Western World. Vol. 8:5-227. Chicago: Encyclopedia Britannica.

—. 1952. "Caragorias". Op cit., 227-259.

—. 1952. "Metaphysics." Op cit., 445-631.

Arlow, J. A., and C. Brenner. 1972. Psychoanalytic Concepts and the Structural Theory. New York: International Universities Press.

Armendoria, Y. 2004. "12.2 Million Say They Are Own Boss." Arizona Republic, 3 December. (Entrepreneurship on the rise.)

Arnold, R. 2004. (Reissue) Ecoterror: The Violent Agenda to Save Nature: The World of the Unabomber. Bellevue, Wash.: Free Enterprise Press.

Arntz, W, and B. Chase (Producers) and Vicente, M., et al (Directors). 2004. What the #$'?! Do We Know? Yelm, Wash.: Lord of the Wind Films, LLC.

Arostagui, M. 2001. "Fidel Part of Terror Campaign." Insight on the News. 9 November. www.latinamericanstudies.org/us-cuba/terror-campaign.htm 12/2/2004.

Arum, R. 2003. Judging School Discipline Is the Crisis of Moral Authority. Cambridge, Mass.: Harvard University Press.

Atmanspacher, H., and R. G. John. 2003. "Problems of Reproducibility in Complex Mind-Matter Systems." Journal of Science Exploration, 17, 243-270.

"Attacking a Cult." 2004. Arizona Republic (Editorial), 4 August. (Polygamists hide behind religion.)

Ayer, A. J. 1966. Logical Positivism. New York: Free Press.

—. [1936] 1952. Language, Truth, and Logic. Reprint, New York: Dover Publications.

Babbin, J. 2004. Inside the Asylum: Why the United Nations and Old Europe Are Worse Than You Think. New York: Regnery.

Babula, J. 2004. "Doctors Trying to Convince Parents ADHD is Real." Arizona Republic, 7 April.

Bahá'u'lláh. 1993. The Kitab-I-Aqdes: The Most Holy Book. Wilmette, IL: Baha'i Publishing Trust.

—. 1985. Waging Peace: Selections from the Baha'i Writings on Universal Peace. Novato, CA: Kalimat Press.

—. 1976. Gleanings from the Writings. Wilmette, IL: Baha'i Publishing Trust.

Bailey, A. 1950. Glamour: A World Problem. New York: Lucius Book Co.

Bailie, G. 1997. Violence Unveiled: Humanity at the Crossroads. New York: Crossroads Publishing Co.

Baker, N. 2004. Checkpoint: A Novel. New York: Knopf.

Balleu, D. 2004. "New York City Teachers Union Contract: Shocking Principals' Leadership." Dept. Econ., University of Mass., Amherst. www.ManhattanInstituteorg.html/cr6.htm, 1-19.

Balsekar, R. 2003. The Happening of A Guru: A Biography of Ramesh Balsekar. New Delhi, India: Yogi Impressions Press. (The subjective state, experience, and reality of Enlightenment.)

Barbour, J. 2000. The End of Time. Oxford: Oxford University Press.

Bartlett, D., and J. Steele. 2004. "Why We Pay So Much for Drugs." Time, 2 February, 44-52. (A study of the pharmaceutical industry.)

Barone, M. 2004. "A Place Like No Other." U.S. News & World Report, 28 June.

Barr, S. 2003. Modern Physics and Ancient Faith. Notre Dame, Indiana: University of Notre Dame Press.

Bartholomew, A. 2003. "Life After Death: the Scientific Core for the Human Soul." Readers Digest, August, 122-128.

Beardsley, M. C. 1960. The European Philosophers from Descartes to Nietzsche. New York: Modern Library

Beauchamp, T. 1992. Philosophical Ethics: An Introduction to Moral Philosophy. 2nd ed. New York: McGraw Hill.

Beck, D., and C. Cowan. 1996. Spiral Dynamics. Oxford: Blackwell.

Beck, U. 1992. Risk Society: Towards A New Modernity. London: Sage.

Begley, S. (2004). "Scans of Monks' Brains Show Meditation Alters Structure and Functioning." Science Journal. (Proceedings of National Academy of Science.)

Behr, A., et al. 2004. "New Developments in Chemical Engineering for Lower Cost Production of Drug Substances." Engineering in Life Sciences, 4 January, 15-23.

Behrens, J.C. 2004. "Let's Stop Dissing Each Other: Public Rudeness." Elks Magazine, March.

Behring, K. 2004. Road to Progress. Danville, Calif.: Wheelchair Foundation. (From poverty to wealth, then establishment of www.wheelchairfound.org. Welcome worldwide philanthropy.)

Belsey, C. 2002. Post-Structuralism. Oxford: Oxford University Press.

Bender, E. 2004. "Juvenile offenders languish awaiting mental health services, Congress learns." Psychiatric News 39:16, 20 August. (Thousands of adolescents kept in detention for lack of mental health services.)

—. 2004. "Psychiatrists Urge More Direct Focus on Patient's Spirituality." Psychiatric News, 18 June.

Benthuysan, B. 2002. "Tour of Buddhist Relics At Cultural Park: Maitreya Projects Heart-Shrine Relic Tour." Sedona (Arizona) Red Rock News, 8 May.

Berg, R. P. S. 2002. The Essential Zohar. New York: Bell Tower.

Berger, D. and R. Schnack. 2003. "Music Therapy as Clinical Intervention for Physiologic Function Adaptation." Journal of Scientific Exploration, 17:4, 687-705.

Berger, P 2004. "Bin Laden, Holy War, Nuclear Connections: Russia, Pakistan, Afghanistan, Philippines, Yemen, and Recruitment in U.S. Islamic School." National Geographic Television Documentary, 2 August.

Berlinski, D. 2002. "Einstein and Goedal." Discover, March, 39-42. (General relativity, space, time, and gravity, and search for unified field theory.)

Berman, P 2003. "Al-Qaeda's Philosopher of Islamic Terror (Sayyid Qutb)." New York Times Magazine, 23 March.

Bernstein, D. 2003. You Can't Say That!: The Growing Threat to Civil Liberties from Antidiscrimination Laws. Washington, DC: The Cato Institute. (Politically correct censorship; violations of the First Amendment.)

Berry, G. L. 1947. Religions of The World. New York: Barnes and Noble. "Best Universities and Colleges." 2004. U.S. News & World Report, 30 August.

"Beyond Brown vs. Board: The Final Battle for Excellence in American Education." Rockefeller Foundation. 2004. New York Magazine. n.d.

Bhanot, A. 2004. "Creating A New Culture." www.lifepositive.com/mind/culturalcreatives.

—. 2003. "Spiritual and Religious Books Expanding at an Accelerating Rate." Publishers Weekly, 8 December.

Bingen, H. 1987. Book of Divine Works. Santa Fe, New Mexico: Bear and Co.

Birnbaum, J. 1991. "Exculpations Crybabies: Eternal Victims." Time, 12 August. (Hypersensitivity and special pleading are making a travesty of the virtues that used to be known as individual responsibility and common sense.)

Bittner, E., and J. Villa. 2004. "Paranoia Haunted Killer." Arizona Republic, 31 August.

Blakemore, S., D. Oakley, et al. 2003. "Delusions of Alien Control in the Normal Brain." Neuropsychologia 41, 1058-67.

Blakemore, S., C. Firth, et al. 1999. "Spatiotemporal Prediction Modulates the Perception of Self-produced Stimuli." Journal of Cognitive Neuroscience 11, 551-559.

Blankenship, J. 2004. "Women Change Face of Military" VFW, March.

Bloom, A. 1988. The Closing of the American Mind. New York: Simon & Schuster

Bloom, P. 2004. Descartes' Baby: How the Science of Child Development Explains What Makes Us Human. New York: Basic Books.

Blustein, P. 2004. "Consulting Firm Urges Offshoring; Only Way Firms Will Survive." Arizona Republic, 4 July

Blyth, M. 2004. Spin Sisters: How the Women of the Media Sell Unhappiness and Liberalism to the Women of America. New York: St. Martin's Press.

Bohm, D. 1990. "A New Theory of the Relationship of Mind to Matter." Philosophic Psychology 3, 271-286.

—. 1980. Quantum Theory. New York: Prentice-Hall.

—. 1980. Wholeness and the Implicate Order. London: Rout ledge & Kagan Paul.

Bohm, D., and F D. Peet. 2000. Science, Order, and Creativity. 2nd ed. New York: Routledge.

Bohm, D., and B. J. Hiley. 1993. The Undivided Universe. New York: Routledge.

Borger, G. 2004. "Why Church Matters." U.S. News & World Report, 14 June.

Bosh, L. 2004 "Nation with a Mission." State of the Nation Address. Arizona Republic, 21 January.

—. 2004. "How Your Love Life Keeps You Healthy." Time, 19 January.

Bowden, M. 2004. Road Work: Among Tyrants, Beasts, Heroes, and Rogues. New York: Atlantic Monthly Press.

—. 2004. "United in Greed." Arizona Republic, 19 November. (America went alone into Iraq. UN Security Council members on Hussein's $21 billion payout: France, Russia, Syria, China, and U.N. itself.)

Boyce, N. 2004. "Is There A Tonic in the Toxin?" U.S. News & World Report, 18 October. (Theory of Hormesis.)

—. 2004. "Pursuing the Poachers." U.S. News & World Report, 18 October. (Elephant ivory.)

Boyd, R. S. 2004. "Reagan's Lasting Mark on U.S. and the World." Knight Ridder, 6 June.

Brezosky, L. 2005. "Border Comeback?" Arizona Republic, 3 January.

Bridis, T. 2004. "Mosque Leaders Caught in Arms Plot Sting." Associated Press, 6 August. (Albany, N. Y. Imams.)

"British Charge 8 Linked to U.S. Threats." 2004. Arizona Republic, 18 August. (Al-Qaeda plans to bomb targets in New York, Washington, New Jersey. Pakistan connection. Terrorists handbook.)

Broder, D. 2004. "Media big losers in '04." Washington Post Group, 26 September.

—. 2004. "New Smile on an Old Visage." Arizona Republic, 11 June. (China)

Brooke, J. 2004. "Enemies in the Heart of Battle, Friends for 60 Years." http://www.nytimes.com/2004/06/20/national/20saipan/html?ex1088776037/&ae:=1.

Brooks, D. 2004. "Saddam's Insanity Nearly Won." New York Times, 12 October. (Dueller Report.)

—. 2004. "2 leaders, 2 Visions for Running the World." New York Times, 17 October. (Freedom, independence self-sufficiency, and individualism vs. interdependence, tolerance, social issues.)

—. 2003. "Educated Class Rift Splits Nation – Professionals vs. Business." New York Times, Arizona Republic, 16 June.

—. 2004. "Stem Cell Science." Arizona Republic, 16 June.

—. 2004. "We Must See the Reality of These Killers." Arizona Republic, 27 April.

Bronowski, J. 1976. The Ascent of Man. Boston: Little, Brown & Co.

Brook, A. 2004. "Kant, Cognitive Science and Contemporary Non-Kantism." Journal of Consciousness Studies 11:10-11, 1-26. (Self-perception is not fact.)

Bruce, T. 2003. The Death of Right and Wrong. Roseville, CA: Prime Publishers. (Forum)

Bruteau, B. 2002. Radical Optimism: Practicality Reality in an Uncertain World. Sentient Publications, 1st Sentie ed.

Budenholzer, F E. 2004. "Emergence, Probability, and Reductionism." Zygon 39:2, June, 339-357.

Burns, J. 2004. "Reforming the CIA." Washington Times. 29 January. News World Commentaries. www.washingtontimes.com.

—. 2002. "1970s Laws Crippled FBI and CIA." CNNNews.com. 2 July.

Butler, A. 1985. The Lives of The Saints. New York: Harper and Row.

Butler, R. 2000. The Greatest Threat: Iraqi, Weapons of Mass Destruction and the Growing Crisis of Global Security. New York: Public Affairs Press.

Butler, C. 2002. Post-Modernism. Oxford: Oxford University Press.

Caerlinski, G. 2004. "Correlation of Levels of Consciousness and Distribution Curve Equivalents in

Microwatts." Personal correspondence, 21 January.

Calabres, M., J. Dickerson, and D. Fonda. 2004. "The Truth of the Matter." Time, 5 April.

Calabresi, G. 2004. "Audience Gasps as Judge Likens Election of Bush to That of Mussolini and Hitler." New York Sun, 21 June.

"Canada Implements Gender Equality." 2004. Toronto News, 27 June.

Canfield, Jack. 2004. The Success Principles: How to Get from Where You Are to Where You Want to Be. New York: HarperResource. (Proven formulas and insights, practical rather than theoretical.)

Cannell, M. 2003. "I. M. Pei, Mandarin of Modernism." www.washingtonpost.com.

Cantoni, C. 2004. "Intellectual Nuance is First Victim of Left, Right's Immigration War." Arizona Republic, 27 June.

Caplan, J. 2004. "See You in Court, Teach." Time, 3 May.

Caplan, M. 2001. Halfway Up The Mountain. Prescott, Ariz.: Hohm Press.

Carey, B. 2004. "Payback Time: Why Revenge Tastes So Sweet." New York Times, 27 July. (Mental health and behavior.)

Carlisle, J. 2004. National Legal Policy Center. Interview. Fox News, 29 September. (Far Left utilizes billionaire financial character assassination to push its agenda.)

Carnap, R. 2003. The Logical Structure of the World and Pseudoproblems in Philosophy. Chicago: Open Court Publishing Co.

Carney, 0. 1999. The Victory of Surrender Bloomington, Indiana: First Books Library.

Carroll, J. 2004. "Values and the Boy Scouts." American Legion. February, 12-14.

Cavuto, N. 2004. More than Money. New York: Regan Books.

Chalmers, D. 2003. Review of Journal of Consciousness Studies. Dept. of Philosophy, University of Arizona. www.chalmars@arizona.edu.

Chandler, D. C. 1998. "Alex, The Gray Parrot That Counts, Talks, and Reads." Boston Globe Online. http://pubpages.unh.edu/~jel/video/alex.html.

Chandler, S. 2004. "Execs Take Companies' Cash As a Privilege." Chicago Tribune, 19 September. (Top executives lose sense of reality and help themselves without restraint.)

Chandrasekher, S. 1987. Truth and Beauty: Aesthetics and Motivations in Science. Chicago: University of Chicago Press.

Chappell, K. 2003. "What Is Your Karma?" Ebony. September.

Charah, R., and J. Vseem. 2003. "Fortune 500 Companies 2003." Fortune. 14 April, F1-66.

—. 2002. "Why Companies Fail." Fortune, 27 May, 50-62.

Charen, M. Do-Gooders: How Liberals Hurt Those They Claim To Help–And The Rest Of Us. Somerset, New Jersey: Sentinel Publishing Co.

—. 2003. Useful Idiots: How Liberals Got It Wrong in the Cold War and Still Blame America First. Washington, DC: Regnery Publishing.

Chantterjee, S. 2004. "9-11 Panel Rip Lack of Urgency. Knight Ridder, 31 July. (After 3 years, nobody in charge 9/11 Commission Report)." (No integrated counter-terrorism.)

Chomsky, N. 2004. "The World's Rent-A-Thug." http://www.thirdworldtraveler.com/chomsky/chomodon_thug.html.

—. 2003-2004. Misc. Articles. http://www.disinfopedia.org/wiki.phtml?title= Noam Chomsky.

—. 2003. "Hagemony or Survival: America's Quest for Global Dominance." New York: Metropolitan Books.

—. 2002. On Nature and Language. Cambridge: Cambridge University Press.

—. 2001. 9-11. New York: Seven Stories Press.

—. 1998. Profit Over People: Neoliberalism & Global Order. New York: Seven Stories Press.

Churchill, W [1957]. 2002. History of the English Speaking People: New World, 1485-1688. (Vol. 1-5). Reprint. New York: Dodd Mead.

Clancy, M. 2004. "Tucson Catholic Diocese Faces Liquidation." Arizona Republic, 7 November. (Bankrupted by clergy pedophilia.)

—. 2004. "Diocese Files for Bankruptcy." Arizona Republic. 25 September.

—. 2004. "Passion Tests Faithfuls' Emotions: Inspiration, Joy and Exhaustion." Arizona Republic, 24 February.

Clark, R. A. 2004. Against All Enemies: Inside America's War on Terror. New York: Free Press.

Cleckley, H. 1982. The Mask of Sanity: An Attempt to Clarify Some Issues About the So-Called Psychopathic Personality. New York: Plume Books (Penguin Group USA).

Cohen, R. 2004. "As Children Blow up Children, the U.N. Looks the Other Way." Arizona Republic, 3 March.

Collins, J. 2003. "The View from Abroad." Time. 4 August.

—. 2003. "The 10 Greatest CEO's of All Time." Fortune, 148:2, July, 55-68.

Colmes, A. 2003. Red, White, and Liberal. New York: Regan Books.

Colson, C. 2004. "The Atheist's God: the Real Madalyn Murray O'Hare." http://www.darrenweeks.net/doubters/ohare.htm.

Conniff, R. 2004. "Black Eye for the BBC: Battle of the Beeb." Smithsonian, April, 74-83. (Airing unfounded allegations.)

Cordova, R. 2004. "Valley Talk Radio Yields to Left." Arizona Republic, 23 September. (Air America)

Corliss, R. 2004. "The World According to Michael. Time, 12 July. " [Moore.]

—. 2003. "Omnibus of Short Films . . . Skeptical of American Power." Time, 4 August.

"Cosby Show: A Message Worth Listening To." Economist, 10 June.

Costicello, U., Y. Poulignon, et al. 1991. "Temporal Dissociation Of Motor Response and Subjective Awareness." Brain 116, 2639-55.

Coulter, A. 2003. Treason. New York: Random House/Crown Forum Publishers.

"Court Report." 2004. Payson (Arizona) Round-up. 16 July. (Justice magistrate courts.)

Coyle, J. H. 1997. Pearls of Wisdom. (Private Printing rev. 1998.) Aspen, North Carolina.

Coyne, G. 2004. (Rev.), Director Vatican Observatory. Quoted by Saylor. "God could create an evolutionary world just as He could a static one." In Science and Theology News, July/August, 5.

"Cracking the Cult." 2004. Arizona Republic, 26 August. (Fundamentalist church of Jesus Christ of Latter-Day Saints cited by authorities for child abuse, sexual abuse of children, domestic violence, child labor-law violations, income tax evasion, welfare fraud, civil rights violation, victimization, cultism.)

Crawford, A. J., and B. Hart. 2003. "Inmate Overcrowding Hits Dangerous Level: Outpaces Population Growth of 90% by 600%." Arizona Republic. 17 October, B-11.

Creehan, S. 2002. "Soldiers of Fortune Sue Internet." Harvard Internet Review, Winter. (Mercenaries.)

Cronkite, W. 2004. "What Do Democrats Stand For?" Arizona King Features Syndicate, 5 July.

Cross, S. 1996. The Elements of Hinduism. Rockport, Maine: Element Books.

Crowley, K. 2003. "11-Year-Old Nabbed for Attempted Robbery." Payson (Arizona) Roundup, 14:85, 24 October.

——. 2003. "When Domestic Violence Turns Deadly." Payson (Arizona) Roundup 14:85, 26 October.

Csikszentmihelyi, M. 1993. The Evolving Self. New York: Harper Collins.

"Cultural Cleansing." 2004. New York Times, 12 September. (Bahá'ís of the U.S.; Islamic Iran destroying Baha'i religion, its history, and foundation.)

Curtie, S. 2002. A History of Terrorism. San Diego: Greenhaven Press.

Czarrecki, A. 2002. "Theory of the Muon Anomalous Magnetic Moment." Seventh International Workshop on Tau Lepton Physics. Santa Cruz, Calif.

Dahlby, T. 2005. Allah's Torch : A Report from Behind the Scenes in Asia's War on Terror. New York: William Morrow. (Islamic terrorists and guerilla warfare.)

Dalai Lama (see Gyatso, T.).

Dawkins, R. 1989. The Selfish Gene. London: Oxford University Press.

Damusio, A. R. 1994. Descartes' Error in Emotion, Reason, and the Human Brain. New York: Crosset/Putnam.

Daniels, C. 2004. "Up Against the Wal-Mart." Fortune, 17 May, 112-120.

Daraini, A. 2004. "Iran group recruiting suicide bomb volunteers." Associated Press, 29 November. (Headquarters for commemorating martyrs of the Global Islamic Movement stated on November 12 that 4,000 members signed up. Suicide campaign has unofficial government support.)

Davidson, F (Ed.) 1953. The New Bible Commentary. Grand Rapids, Mich.: W. B. Eardman's Publishing Co.

Daveini, A. 2004. "Iran's plans to process uranium." Associated Press, 3 September.

Davis, C. 2003. "The Culture Clubs' Good Karma: Davis Advisors' Judge Compares by Their Value Systems." Fortune. 13 October, 2.

Deng, Fl. 2004. "History of The Sudan." Global View. History Channel, 30 December. (Origin of slavery.)

"Denmark Aims To Level Out Male-Female Ratio at Work." 2004. AP Wire in Arizona Republic, June, n.d.

DeToqueville, A. [1835] 1988. Democracy in America. Reprint, New York: Perennial.

Devji, M. S. 2004. "10 Qualities That Define Us As Americans." Arizona Republic, 3 July.

——. 2002. The Mad Messiah: Osama bin Laden and the Seeds of Terror. Scottsdale, Ariz.: Inkwell Productions.

Diamond, J. 1979. Behavioral Kinesiology. New York: Harper & Rowe.

——. 1979. Your Body Doesn't Lie. New York: Warner Books.

Diaz, E. 2004. "Flag Amendment Slows Bill on Cross Burning." Arizona Republic, May 6.

DiGiovanni, J. 2004. "Reaching for Power...Shiites of Iraq." National Geographic, June, 2-33.

Dinmore, L, and M. Turner. 2005. "Bush Nominates Long-Term Critic of U. N. as Next U.S. Ambassador." Financial Times, 8 March. (Tough-minded John Bulton assigned to help reform U. N.)

Dionne, E. J. 2004. "Moderates Defeated Kerry." Washington Writers Group, 10 November. (45% of electorate moderates, 34% conservatives, 21% liberals.)

Diouf, N. 2004. "Outsourcing Brings Jobs to Africa." Arizona Republic, 12 July.

Dossey, L. 2004-2005. "Unsolved Mystery of Distance Healing." Shift, December-February.

Dowd, M. 2004. "Hey, Frosty! Get Your Sorry Face over Here!" New York Times, 8 December. (Hatred of

Christmas and ill will to all.)

——. 2004. "Kerry Slipping on All That Gore." Arizona Republic, 28 May. (Gore outburst on 5/22.)

Dracos, T. 2003. Ungodly: The Passions, Torments, and Murder of Atheist Madalyn Murray O'Hair. New York: Free Press.

Dreazen, Y. 2004. "Iraq Vote Poses Harsh Reality" Wall Street Journal, 17 December. (Arabics do not want Western-style democracy Farqad—Qazwini philosophy)

Dube, F 2004. "The Dog That Stopped a Mass Murderer." Toronto National Post, 25 June.

Duffy, B., et al. 2004. "Defining America." U.S. News & World Report, 28 June.

Dunn, J. 20204. "Trucker Shortage Hurts Freight Lines." Denver Post, 23 August. (Due to nationwide increase in business and economy.)

Dunnewind, S. 2004. "Pop Culture Assaults." (Children's exposure to obscenity.) Seattle Times, 10 July.

Dyer, W 2004. The Power of Intention. Carlsbad, CA: Hay House.

——. 2001. There's A Spiritual Solution to Every Problem. New York: Harper Collins Publishers.

Dyson, M. E. 2004. Mercy, Mercy Me: The Art, Loves, and Demons of Marvin Gaye. New York: Basic Civitas Books.

Eccles, J. C. 1994. How the Self Controls Its Brain. New York: Springer Verlag Telos.

——. 1989. Evolution of the Brain: Creation of the Self. Edinburgh: Routledge.

——. 1986. Mind and Brain: The Many Faceted Problems. New York: Paragon House.

Eccles, J. C., and D. N. Robinson, 1984. The Wonder of Being Human: Our Brain and Our Mind. New York: Free Press.

Eckhart, M. 1981. Essential Sermons, Commentaries, Treatises, and Defense. Newark, New Jersey: Paulist Press.

Edamaruku, S. 2000. "Now It Is Sai Baba's Turn!" Rationalist International, Bulletin 53, 29 October. (www.rationalistinternational.net.)

Edelson, E. 2003. "Stroke Linked to Poverty" Arizona Republic, 24 June.

Ehrenraich, B. 2004. "Let's Match Gay Mom With Single Moms." New York Times and Arizona Republic, 14 July.

Eisenberg, E. 2003. "Religion Is Not The Issue." American Republic, 21 July.

Eisenhower, D. D. 1953. First Inaugural Address. 20 January. http://www.presidency.ucsb.edu/site/docs/pppus.php?admin=034&year=1953&id=1.

Elias, M. 2004. "Sociability, Support Aid Health." USA Today, 22 March.

——. 2004. "Wal-Mart Again Tops Fortune 500 List." Associated Press, 22 March. (Despite lowest profit margins.)

Ellens, J. H. 2004. "Tracking Violence to Its Religious Roots." Science and Theology News, July/August.

Elliott, M. 2003. "Sharon's Game." Time, 23 June, 33-35.

Enard, W, M. Prseworski, et al. 2002. "Molecular Evolution of the FOXP2 Gene of Speech and Language." Nature 418, 869-872.

Enstrom, J., and Kabat, G. C. 2003. "Study Refutes Dangers of Secondhand Smoke." British Medical Journal in Los Angeles Times and Arizona Republic, 16 May.

Eth, S., Ed. 2001. PTSD in Children and Adolescents. 2nd ed. Washington, DC: American Psychiatric Publishing Co.

Evans, H. 2004. They Made America: Two Centuries of Innovators from the Steam Engine to the Search

Engine. New York: Little Brown. (Creative genius source of America's Wealth.)

—. 2004. "The Spark of Genius." U.S. News & World Report. 11 October, 44-54. (Thomas Edison)

Ewen, D. 2003. "Sacred Places." Arizona Republic, 10 August, T1-2.

—. "America's Best Colleges." 2003. Special Report. U.S. News & World Report. 1 September, 60-116.

—. 1955. Encyclopedia of the Opera. New York: Hill and Wang.

"Far Left, Far Right Showing Insecurities." 2004. Arizona Republic, 21 July, Letter to Editor.

Farrar, M. (Ed.) 2002. The Varieties of Religious Expression: Centenary Essay. Charlottesville, Va.: Imprint Academic and Philosophy Documentation Center.

Farrer, C., C. Firth. 2002. "Experiencing Oneself vs. Another Person As Being the Cause of an Action: Neural Correlates of the Experience of Agency." Neuroimage 15 (3), 596-603.

Fascanalli, N. 2004. "Five Reasons To Go Traditional." Arizona Republic, 18 May. (Schools.)

Faurisson, R. 1980. Mémoire en défense (French). Paris: La Vieille Taupe.

Faw, B. 2003. "Cognitive Neuroscience of Consciousness." Journal of Consciousness Studies. 11:2, 69-72.

Fawcett, J. 2004. "Clinical Ethics and the Culture of Expediency." Psychiatric Annals. February, 80.

Federschak, V. J. 1999. The Shadow on The Path: Clearing Psychological Blocks to Spiritual Development. Prescott, Arizona: Hohm Press.

Felt, S. 2004. "Mind Control." Arizona Republic, 20 July.

—. 2004. "NPR Legend Too Busy to Pout...Murrow Would Be Dismayed by Today's News." Arizona Republic, 2 June.

Fernandez, R. 2003. "Historical Assessment of Terrorist Activity and Narcotic Trafficking by the Republic of Cuba." http://www.latinamericanstudies.org/support.htm, 22 January. (Authoritative documentation of Castro's control coordinating role in international terrorist and training.)

Feuerstein, G. 1990. Encyclopedic Dictionary of Yoga. New York: Paragon House.

Fields, S. 2004. "Are Those Elites Fluent In French?" Los Angeles Times Syndicate, 8 November. (Streisand, Baldwin, Moore, Springsteen, Midler, Stewart, Dan Rather, Washington Post, New York Times, mass Supreme Court, etc.)

—. 2004. "The Phony Flimflam of Michael Moore." Arizona Republic, 1 June.

—. 2000. "Great Books Collect Readers, Not Dust." Arizona Republic, 28 January.

Fisher, A. 2004. "Think Globally, Save Your Job Locally" Fortune, 23 February.

Flam, F 2004. "Civilians Flood NASA with Mars 'Discoveries'" Arizona Republic, 8 March. (15,000 emails a month.)

Flannery, p 2003. "Lawsuits Battering Local Governments." Arizona Republic, 30 November.

Flatt, J. 2004. "Do We Want Leviticus as Basis for Our Laws?" Arizona Republic, 30 May.

Flurry, G. 2004. "The Shocking Story about WMDs Found in Jordan." Philadelphia Trumpet, June (Al-Qaeda cell has 20 tons of chemicals via Syria.)

Flynn, D. J. 2004. Intellectual Morons. New York: Crown Forum Publishers.

—. 2002. Why The Left Hates America. New York: Prima Lifestyles/Random House.

—. 1981. The Rig-Veda. London: Penguin Books.

Flynn, S. 2004. America the Vulnerable: How Our Government is Failing to Protect Us from Terrorism. New York: Harper Collins.

"Food for Oil: Blood Money" 2004. Breaking Point, Fox News, 19 September. (UN Security Council Scandal)

Ford, M. 2004. "Religion Update: From the Pulpit to the Bedroom." Publishers Weekly, 24 May.

Forman, R. 2004. Grassroots Spirituality. Exeter, UK: Imprint Academic.

—. 2004. "Switzerland's ABB Ltd. Increases Chinese Work Force by 5,000 Workers." Arizona Republic, 26 October. (Outsourcing not just an American phenomenon.)

Forsyth, F 2004. "Blame Not The Victim." Arizona Republic, 21 March.

Fossler, D. 2003. "Adolescent Brain Development Argues Against Teen Executions." Psychiatric News, 18 May. (Report to Nevada Assembly.)

Frank, L. 2005. "Prof Accused of Plagiarism." Rocky Mountain News. 12 March. (Ward Churchill Controversy.)

Franks, T. 2004. American Soldier. New York: Regan Books.

Fraser, R. 2004. "Land of the Free, Home of the Hated." Philadelphia Trumpet, November. (Analyses of internet and national anti-U.S. attitudes.)

—. 2004. "Return of the Religious War." Philadelphia Trumpet, May.

—. 2004. "The Other America." Philadelphia Trumpet, February.

—. 2004. "Home Depot Seeks Seniors As Workers: 35,000 New Job Openings This Year." Associated Press in Arizona Republic. 7 February. ("Business News.")

—. 2003. "Rhetoric." http://wikipedia.org/wiki/rhetoric.

—. 2003. "Sophist(ry)." http://wikipedia.org/wiki/sophist.

Freeman, A. 2004. "Are There Neutral Correlates to Consciousness?" Journal of Consciousness Studies, 11:1.

—. (Ed.) 2001. The Emergence of Consciousness. Charlottesville, Va.: Imprint Academic.

French, L. 2004. "9/11 Testimony: FBI Had a Deficiency in Analytical Capabilities." http://cnn.allpolitics. printthis.clickability.com/pt/cpt?action+cpt&title=cnn.com+...

Freud, A. [1936] 1971 (Rev.) The Ego and the Mechanisms of Defense. Guilford, Conn.: International Universities Press.

Freud, S. [1976] 2000. The Standard Edition of the Complete Psychological Works of Sigmund Freud. J. Strachey, A. Freud, trans. Reprint, New York: W. W Norton & Co.

—. 1994 The Interpretation of Dreams. Reprint. New York: Modern Library.

—. 1953. "Civilization, War, and Death." Psychoanalytic Epitomes, No. 4. London: Hogarth Press.

—. 1938. "Splitting of the Ego in the Defensive Process." International Journal of Psychoanalysis 22:65-69.

—. [1927] 1961. The Future of an Illusion. Reprint. New York: W. W. Norton & Co.

Freud, S., and S. Katz. 1947. Freud on War, Sex, and Neurosis. New York: Arts and Science Press.

Friedman, L. R. 1981. "Movies to Murder By" Journal of Forensic Psychiatry, March.

Friedman, T. 2005. "Muslims Need to Find New Focus." New York Times, 19 January (Americans risk their lives to save Muslims in Bosnia, Kuwait, Somalia, Afghanistan, Iraq, Indonesia, and are still considered as "anti-Muslim." Muslims need to respect themselves and not the U.S.)

—. 2004. "Something's Happening Here." New York Times, 19 December (Report from Dubai on progress of the U. N. Arab Human Development Reports on lack of education and economic development.)

—. 2003. "Sea Change Nips at Mid-East." Arizona Republic, 22 October. (Arab Human Development Report, New York Times.)

Fritzsch, H. 2002. Curvature of Spacetime: Newton, Einstein, and Gravitation. New York: Columbia

University Press.

Frum, D., and R. Perle. 2003. An End to Evil: How to Wind the War on Terror. New York: Random House.

Feuerstein, G. 1990. Encyclopedic Dictionary of Yoga. New York: Paragon House Publishers.

Gallagher, S. 2004. "Hermeneutics and the Cognitive Sciences." Journal of Consciousness Studies 11:10-11, 162-175. (Meaning, interpretation of cognitive process.)

Gambhirananda, Swami, trans. 1972. Eight Upanishads. With commentary by Sankaracarya. Calcutta: Advaita Ashrama, and Almora, Himalayas: Mayarati.

Ganora, P. 2003. "Cognitive Therapy's Faulty Scheme." Psychiatric Times, October, 34-39.

Gantner, L. 1999. "Psst—It's the Sun." Edmonton Journal, 15 August. (Solar source of earth warming, not greenhouse gases.)

Gardner, H. 2004. Changing Minds: The Art and Science of Changing Our Own and Other People's Minds. Cambridge, Mass.: Harvard Business School Press.

Gardner, J. 2003. Biocosm: The New Scientific Theory of Evolution: Intelligent Life Is the Architect of the Universe. Maui, Hawaii: Inner Ocean Publishing.

Garhart, M., and A. M. Russell. 2004. "Metaphor and Thinking in Science and Religion." Zygon 39:1, March, 13-39.1

Garner, J. F 1994. Politically Correct Buddha Stories. New York: MacMillan Publishing Co.

Gertz, B. 2004. "Saddam Paid off French Leaders." Washington Times, 7 October.

Gathja, C., ed. 2003. 2004 Movie Guide. New York: Zagat Survey.

Geewax, M. 2004. "GAO: Few US Jobs Lost to Offshoring." Cox News, 23 September.

Geppert, C. 2004. "Attending to Uncertainty" Psychiatric News, July. (Tolerance for ambiguity a sign of psychological maturity.)

Gertz, B. 2004. Treachery: How America's Friends and Foes Are Secretly Arming Our Enemies. New York: Crown Forum Publishers.

Gibbs, N. 2004 "The Faith Factor." Time, 21 June. (Religion and the Presidency.)

Giberson, K. 2004. "Shroud of Turin." Science and Theology News, July/August. ("Harry Potter.")

Gibson, J. 2004. "Hating America" on "Breaking Point." Fox News, 21 November.

—. 2004. Hating America: The New World Sport. New York: Regan Books.

Gingrich, N. 2004. "Smear Tactics Indicate Moral Decline; No Rules Anymore." The O'Reilly Factor, Fox News, 13 July.

Glyn Jones, A. 2004. Holding up a Mirror: How Civilizations Decline. Exeter, U. K.: Imprint Academic.

Goffman, J. M., et al. 2002. The Mathematics of Marriage: Nonlinear Models. Cambridge, Mass: MIT Press.

Goguen, J. A. 2004. "Musica Qualia: Context, Time, and Emotion." Journal of Consciousness Studies 11:3/4, 117-147.

Goines, D. 2000. Never Die Alone. Los Angeles: Holloway House Publishing Co.

Gold, D. 2004. Tower of Babble: How the United Nations Has Fueled Global Chaos. New York: Crown Forum Publishers.

Goldberg, B. 2003. Arrogance: Rescuing America From the Media Elite. New York: Warner Books.

Goldberg, J. 2004. "Courts in Kentucky Rule 70% Medical Liability Lawsuits Frivolous." Medicine This Week in AzMed, 23 April.

—. 2004. "The Funhouse Logic of John Kerry." http://www.jonahscolumn@aol.com, 22 April.

—. 2004 "Clinton and/or the 9/11 Blame Game." Arizona Republic, 20 April.

—. 2004. "Learning to Love Wal-Mart." Economist, 17 April.

—. 2004. "Deficits Are Dull Subjects—I'll Prove It." Arizona Republic. 8 March.

Golden, F 2003. "When Sparks Flew." Time, 7 July, 55.

Goldman, A. 2004. "Epistemology: Evidential Status of Introspective Reports." Journal of Consciousness Studies 11, July/August, 1-17.

Goodykoontz. 2004. "CBS Crowing for Good Reason." Arizona Republic, 20 July. (Television Critics Assn.)

—. 2004. "Tune In or Tune Out?" Arizona Republic, 25 May. (Analysis of "American Idol.")

Goodwin, P 2003. "China's Borders Back Private Property." Work Post Foreign Service. 23 December, A-1.

Great Books of the Western World, The. 1952. R. Hutching and M. Alden, Eds. Chicago: Encyclopedia Britannica.

Green, R. F 1999. A Crisis in Truth: Literature and Law in Ricardrin, England. Philadelphia: University of Philadelphia.

Greenburg, H. R. "Road Kill." Psychiatric Times, May 2004. (Aileen Wuronos: The Throwaway Underclass.)

Greenburg, P. 2004. "9/11 Report Clearly Links Saddam to al-Qaeda." Los Angeles Times Syndicate. 17 August.

Greene, B. 2003. (The Elegant Universe: Superstrings, Hidden Dimensions, and the Quest for the Ultimate Theory. Reprint. New York: W. W. Norton & Company.

—. 2004. The Fabric of the Cosmos: Space, Time, and the Texture of Reality. New York: Knopf/Penguin/Allen Lane.

Greenhouse, L. 2004. "Atheist Presents Case for Taking God from Pledge." (Michael Newdow). New York Times, 25 March.

Greenspan, A. 2004. "Congress Has Lost the Ability to Manage Crucial Long-Term Budget Issues." Arizona Republic, 22 July. (Federal Reserve Chairman.)

Grisham, J. 2003. The King of Torts. New York: Doubleday.

Gross, P R., and N. Levitt, Eds. 1997. The Flight from Science and Reason. New York: New York Academy of Sciences.

—. 1994. Higher Superstition: The Academic Left and Its Quarrels with Science. New York: Johns Hopkins University Press.

Grossman, C. 2003. "Search and Destiny" Time, Dec. 22, 46-50.

Guigliamo, R. J. 2004. "Systematic Neglect of New York's Young Adults with Mental Illness." Psychiatric Services, 55:4, April, 451-454.

Guglielmo, W. 2003. "A Legal Crusader's Solution." Medical Economics. March, 10-12.

—. 2002. "Psychopaths Are Becoming More Violent." Weapons of Tactics. 6:1, 1-5.

Guillen, M. 2004. Can A Smart Person Believe in God? Santa Cruz, Calif.: Nelson Books.

Gunther, M. "Money and Morals at GE." Fortune, 15 November. (Immalt emphasizes virtue, ethics, integrity.)

Guthrie, M. 2004. "Lust in Translation: TV floozies reflect era of brainlessness." New York Daily News, 9 November. (Blatant, provocative sexuality pervades media because "sex sells.")

Gyatso, Tenzin (The Dalai Lama). 1998. The Four Noble Truths. London: Thorsons.

Haggard, P, and H. Johnson. 2003. "Experiences of Voluntary Action." Journal of Consciousness Studies 10, 72-84.

Hamar, D. 2004. The God Game: How Faith is Hardwired into Our Genes. New York: Doubleday. (Religion supports survival.)

Hameroff, S., A. Kasniak, and A. Scott. 1996-1999. Toward A Science of Consciousness. Cambridge: MIT Press: Bradford Books. (Tucson discussion and debates: First, 1996; Second, 1998; and Third, 1999.)

—. 2003. "Researching Philanthropy" Foundation News Digest. The Foundation Center, 27 October database. (Top 100 U.S. Foundations.)

—. 2003. "Foundation Giving Trends." Foundation Today Series. 2003 Ed. http://www.fdncenter.org.

Hanson, J. 2004. "Historical Roots of War with al-Qaeda." http://www.havanet.com, 14 June.

Hardy, D. T., and J. Clarke. 2004. Michael Moore Is a Big Fat Stupid White Man. New York. Regan.

Harpending, H., and A. Rogers. 2000. "Genetic Perspectives on Human Origins and Differentiation." Annual Review Genomics Human Genetics 1:361-385.

Harper, T. 2004. "History or Hyperbola?" Toronto Star, 27 June.

Harrington, A., and P Bartosiewicz. 2004 "America's 50 Most Powerful Women in Business." Fortune, 150:8.

Hart, B. 2003. "Back Behind Bars: 9 of 12 Ex-cons Return to Prison." Arizona Republic, 29 June.

Harvey, A., and Matousek, M. 1994. Dialogues with a Modern Mystic. Wheaton, Ill, Quest Books.

Harvey, D. 1990. The Condition of Postmodernity: Enquiry into the Origins of Cultural Change. Oxford, U.K.: Blackwell

Hauth, E. 2004. "Art and Reductionism." Journal of Consciousness Studies 11:3/4,111-116

Hawkins, David R. 2004. "The Science of Peace." Awakened World, J. A. G. N. T., 6:3.

—. 2004. "Nonduality: Consciousness Research and the Truth of the Buddha." Rourkee, India: Indian Institute of Technology

—. 2004. "The Impact of Spontaneous Spiritual Experiences in the Life of 'Ordinary' Persons." Watkins Review, 7.

—. 2004. "Transcending the Mind" Lecture Series. Sedona, Ariz.: Veritas Publishing. (Six 5-hour video, audiocassettes.) Thought and Ideation (Feb.); Emotions and Sensations (April); Perception and Positionality (June); Identification and Illusion (August); Witnessing and Observing (Oct.); and, The Ego and the Self (Dec.).

—. 2004. The Highest Level of Enlightenment. Chicago: Nightingale-Conant Corp. (CD, Audiocassettes).

—. 2003. "Devotional Nonduality" Lecture Series. Sedona, Ariz.: Veritas Publishing. (Six 5-hour video, audio cassettes.) Integration of Spirituality and Personal Life (Feb.); Spirituality and the World (April); Spiritual Community (June); Enlightenment (August); Realization of the Self as the "I" (Nov.); and, Dialogue, Questions and Answers (Dec.).

—. 2002. "The Way to God" Lecture Series. Sedona, Ariz.: Veritas Publishing. (Twelve 5-hour video, audiocassettes) 1. Causality: The Ego's Foundation; 2. Radical Subjectivity: The I of Self; 3. Levels of Consciousness: Subjective and Social Consequences; 4. Positionality and Duality: Transcending the Opposites; 5. Perception and Illusion: the Distortions of Reality; 6. Realizing the Root of Consciousness: Meditative and Contemplative Techniques; 7. The Nature of Divinity: Undoing Religious Fallacies; 8. Advaita: The Way to God Through Mind; 9. Devotion: The Way to God Through the Heart; 10. Karma and the Afterlife; 11. God Transcendent and Immanent; and, 12. Realization of the Self: The Final Moments.

—. 2002. Power versus Force: An Anatomy of Consciousness. (Rev.). Carlsbad, Calif., Brighton-le-Sands, Australia: Hay House.

—. 2001. The Eye of the I: From Which Nothing Is Hidden. Sedona, Ariz.: Veritas Publishing.

——. 2000. Consciousness Workshop. Prescott, Ariz. Sedona, Ariz.: Veritas Publishing. (Videocassette)

——. 2000. Consciousness and A Course in Miracles. California. Sedona, Ariz.: Veritas Publishing. (Videocassette)

——. 2000. Consciousness and Spiritual Inquiry: Address to the Tao Fellowship. Sedona, Ariz.: Veritas Publishing. (Videocassette)

——. 1997. Research on the Nature of Consciousness. Sedona, Ariz.: Veritas Publishing. (The Landsberg 1997 Lecture. University of California School of Medicine, San Francisco, Calif.)

——. 1996. "Realization of the Presence of God." Concepts. July, 17-18.

——. 1995. Power vs. Force: An Anatomy of Consciousness. Sedona, Ariz.: Veritas Publishing.

——. 1995. Quantitative and Qualitative Analysis and Calibration of the Levels of Human Consciousness. Ann Arbor, Mich.: VMI, Bell and Howell Col.; republished 1999 by Veritas Publishing, Sedona, Ariz.

-. 1995. Power Versus Force; Consciousness and Addiction; Advanced States of Consciousness: The Realization of the Presence of God; Consciousness: How to Tell the Truth About Anything. Undoing the Barriers to Spiritual Progress. Sedona, Ariz.: Veritas Publishing. (Videocassettes.)

——. 1987. Sedona Lecture Series: Drug Addiction and Alcoholism; A Map of Consciousness; Cancer (audio only); AIDS; and Death and Dying. Sedona, Ariz.: Veritas Publishing. (Audio, videocassettes.)

——. 1986. Office Series: Stress; Health; Spiritual First Aid; Sexuality; The Aging Process; Handling Major Crisis; Worry, Fear and Anxiety; Pain and Suffering; Losing Weight; Depression; illness and Self-Healing; and Alcoholism. Sedona, Ariz.: Veritas Publishing. (Audio, videocassettes.)

——. 1985. "Consciousness and Addiction" in Beyond Addictions, Beyond Boundaries. S. Burton and L. Kiley. San Mateo, Calif.: Brookridge Institute.

Hawkins, J., and S. Blakeslee. (2004) On Intelligence. New York: Times Books.

Hayakawa, S. 1971. Our Language and Our World; Selections from Etc.: A Review of General Semantics, 1953-1958. New York: Harper Collins.

Hayakawa, S., and R. Marshall, 1991. Language in Thought and Action: Fifth Edition. New York: Harcourt, Brace, and World.

Hayes, C. L. 2003 "Scholars Bone Up on Wal-Mart." Arizona Republic, 4 August.

Hayworth, J. D. 2003. "Mouthy Professor Should Be Fired." Arizona Republic. 14 April, A6.

——. 2001. "Religious Anxiety Can Mar Health." (New York Times) Arizona Republic. 13 August, A6.

"Hearing Hip-Hop's Pathetic Message." 2003. Chicago Tribune. 14 September, 9.

Hefley, J.C. 1991. Truth in Crisis. New York: Hannibal Books.

Heisenberg, W. 1958. Physics and Philosophy. New York: Harper.

Hendershott, A. 2002. The Policies of Deviance. San Francisco: Encounter Books.

Henderson, N. 2004. "U.S. urged to cut deficit." Washington Post, 20 November. (A. Greenspan, Fed. Res. Chmn., wants to trade gap deficit of $550-650 billion, which has been financed by foreign investors. Recommends less spending and more saving by U.S.)

Hermann, A. 2004. To Think Like God: Pythagoras and Parmenides: The Origin of Philosophy. Las Vegas, Nev.: Parmenides Publishing.

"High Court Keeps 'One Nation Under God.'" 2004. USA Today in Arizona Republic, 15 June.

Higuera, J. J. 2004. "Census Bureau Reports 1.3 Million Americans (12.5%) in Poverty; U.S. Household Median income $43,318." Arizona Republic, 27 August.

Hilliard," C. 2004. "The Peril and The Promise." Publishers Weekly, 15 November.

—. 2004. "Business Ethics Brings Religious Principles into the Work-place." Publishers Weekly, 24 May.

Hilliker, J. 2003. "The War Over Marriage." Philadelphia Trumpet, Sept-Oct., 3-11.

"History of God, The." 2004. History Channel, 25 December.

Hjelt, P. 2003. "The 500 Largest Corporations in the World." Fortune. 147:7, 14 April.

Hoaver, H. 1977. Lives of the Saints. New York: Catholic Book Publishing Co.

Hollander, P. 2004. "Bold Hatred." University of Massachusetts, Amherst. Arizona Republic, 1 August. (Hatred of own country by Americans is unique to the U.S. Other countries hate U.S. but not themselves.)

"Holy Land Islamic Foundation Raises $12.5 Million for Terrorists." 2004. Fox News, 6 August.

Hopkins, E. C. 2003. Edinburgh Military Tattoo. BBC Television/Royal Bank of Scotland, EPM Production. Http://www.edintatoo.co.uk. (Video.)

—. 1974. High Mysticism. Marina del Rey, Calif.: DeVorss & Co.

Hora, T. 1996. Beyond the Dream: Awakening to Reality. New York: Crossroads Publishing Co.

House, B. 2004. "We Will Prevail." Arizona Republic Washington Bureau, 3 September. (President Bush's Speech at Republican National Convention.)

—. 1995. Death of Common Sense: How Law is Suffocating America. New York: Random House.

House, B., and M. Sauerzopf. 2004. "Polarized American in Eyes of Beholder." Arizona Republic, 17 October. (U.S. no more divided than it has been.)

Howard, P. K. 2001. The Collapse of the Common Good: How America's Lawsuit Culture Undermines Our Freedom. New York: Ballentine Books.

Howe, L. 2004. "Is Dark Matter the 'Heavy Shadow' of Visible Matter?" www.earthfiles.com/newsefmID=629.

Hudson, D. W. 2003. An American Conversion: One Man's Discovery of Beauty and Truth in Times of Crisis. New York: Crossroad Publishing Co.

Hughes, K. 2004. Ten Minutes from Normal. New York: Viking Press. "Hunting Bountiful." 2004. Economist, 10 June. (Polygamy in Canada fundamentalist sect in defiance of LDS ban on polygamy in 1890.)

Ibrahim, S. E. 2004. "The Sick Men of the World." Washington Post. 28 March.

Ingram, J. 2004. "Group Lowers Russia Status to "Not Free." Associated Press, 21 December. (Reports by Freedom House of degrees of freedom in various countries of the world.)

"Inside the New China." Fortune 150:7, 4 October. (12 authors cover comprehensive special edition.)

Irins, M. 2004. "4 More Years of W Wired to Our Necks." Creators Syndicate, 8 November.

Isaacson, W. 2003. "Ben Franklin: Revolutionary Ideals and 7 Great Virtues." Time. 7 July, 40.

"Islamic Militants Bomb 5 Christian Churches Across Iraq." 2004. Wire Service, 2 August.

"It's A Mad, Mad World." 2005. Economist, 8 January. (Madison County, IL, a haven for tort awards, scandal.)

Jackall, G., and J. M. Hirota. 2000. Image Makers. Chicago: University of Chicago Press.

Jacoby, J. 2004. "The Bottom Line for Teachers Unions." http://alabamaconferenceofeducators.org/teachersunion.htm, 1-29.

—. 2001. "Why No Talk of Radical Islamism?" Boston Globe via Jacoby@globe.com.

Jacoby, S. 2004. Freethinkers: A History of American Secularism. New York: Metropolitan Books.

Jaffe, G. 2004. "Twisted words and phrases." U.S. News & World Report, 25 October. (Arab humiliation fallacious propaganda – advertisement.)

Jafrey, S. 2004. "Kinesiologic test teams test accurate if they themselves calibrate at 461-484." scott@

creativecrayon.com . December. (Personal communication.)

James, W. [1902] 1987. The Varieties of Religious Experience: A Study in Human Nature. Reprint. Cambridge, Mass.: Harvard University Press

Janz, B. B. 2003. "Who's Who in the History of Western Mysticism." http://www.clas.ufl.edu/users/gthursby/mys/whoswho.htm, 13 October.

Jaoudi, M. 1998. Christian Mysticism, East and West: What the Masters Teach Us. Manwah, New Jersey: Paulist Press.

Jasser, M. Z. 2004. "A disgrace upon Islam." Arizona Republic, 26 September. (Fascists pirate the religion and give it a bad name.)

—. 2003. "Paved With Good Intentions: Unintended Consequences of Federal Regulations." AzMed, July-August, 10-14.

Jesdanun, A. 2005. "Web Blogs Get Workers in Trouble." Associated Press, 14 March. (Bloggers' imprudence gets them fired; First Amendment free speech restricts only government control, not that of employers.)

—. 2004. "Internet at 35: Scientists working to make it better." Associated Press, 30 August.

John, E. R. 2003. "A Field Theory of Consciousness." Consciousness and Cognition 10, 184-213.

John, G., and B. Dunne. 1997. "Science of the Subjective." Sound Scientific Exploration, II, 201-224.

Johnson, G. 2003. "Green River Killer of 48 Women." Arizona Republic, 3 November.

—. 2003. "U.S. Tort System More Expensive than Any in World." National Center for Policy Analysis. 15 December.

Johnson, H. 2004. "Two Jailed in Teen Sex Case." Arizona Republic, 2 July (HIV-Positive adults via Internet contact infect 30 boys.)

Johnson, R. A. 1998. Balancing Heaven and Earth. San Francisco: Harper Collins

Johnson, W, ed. 1973. The Cloud of Unknowing. New York: Doubleday.

Jung, C. 1951, 1959. "Matter of Heart." BBC Video Interviews. New York: King Video.

Kahn, D. 2004. The Reader of Gentlemen's Mail: Herbert O. Yardley and the Birth of American Code Breaking. New Haven, Conn.: Yale University Press.

Kallenbach, R. 2003. History of Europe. (Personal Communications.)

Kant, I. 1959. Foundation of the Metaphysics of Morals. L. W. Beck, trans. New York: MacMillan.

—. 1929. Critique of Pure Reason. London: MacMillan.

Kaplan, A. 2004. "Youth Violence Conference Explores Prevention, Risk Factor, Interventions." Psychiatric Times XXI:14, December.

Kaplan, D. E. 2004. "Mission Impossible." U.S. News & World Report, 2 August. (Failed spy organizer.)

Keller, J. 2004. "Biology Links Religious Attendance and Survival." Science/Theology News, December. (Religious attendance lowered levels of stress hormone Interleukin-6 [IL-6] and increased longevity.)

Kelling, G, and C. Colas. 1996. Fixing Broken Windows. New York: Free Press

Kelly, C. M. 1988. The Destructive Achiever: Power and Ethics in the American Corporation. New York: Perseus Publishing

Kelly, U. 1997. Schooling Desire-Literacy, Cultural Politics, and Pedagogy. New York: Routledge.

Kenfer, J. 2002. "America's Dumbest Intellectual Equals Anarchist Noam Chomsky" City Journal, Summer.

Kennedy, R. S. 2004. "Multimedia Reviews: Weblogs, Social Software, and the New Interactivity on the

Web." Psychiatric Services. 55:3, March, 240-247.

Kenny, R. 2004. "The Science of Collective Consciousness." Enlightenment, 25: May/June.

Kernberg, O. 2002. "Aggressiveness and Transference on Severe Personality Disorder." Psychiatric Times XXI: 2.

Khamenei, A. 2004. ("Supreme Leader") "Islamic Revolution Stamped Expiration Date on Forehead of the Imperialistic Nihilistic Government: The Great Satan" (The U.S.) http://www.wilayah.net.

—. 2004. "List of Countries with Nuclear Weapons." http://www.wikipedia.org, 5 December. (Nuclear powers)

—. 2004. "Nuclear status, Nuclear numbers." Proliferation News-Resources, 5 December. (Carnegie Endowment for Internet, Peace)

Kinney, D. 2002. "Forrester Lashes Out at Torricelli over Spy Policy."

Capital Report. N. J. Capital Public Affairs: http://www.cpenj.com/Capitalreport/pages/campaigncorner, July 2002/forrester.

Kirn, W. 2004. "Thomas Jefferson: Life, Liberty, and the Pursuit of Happiness. Time, 5 July, 46-82. (Special issue.)

"Kiss Privacy Goodbye." 2005. Fortune, 10 January. (From biometric scanners to brainwave surveillance, technological mass surveillance is a fact of modern life, as is a giant "universal data base" on everyone.)

Kittrie, O. 2004. "Iran and the Bomb: Nuclear Islam Poses Extreme Threat to U.S." Arizona Republic, 5 December. Special Report. (Nuclear terror strike very likely in next decade.)

Klages, M. 2003. "Postmodernism." University of Colorado: www.colorado.edu/English/eng12012klages/pomo.htm/. 21 April.

—. 2003. "Structuralism." http://www.en.wikipedic.org/wiki/structuralism. 14 December.

Kluger, J. 2004. "Is God in Our Genes?" Time, 25 October.

Kniozkov, M. 2005. "Cowboy Boots Carry 'Made in China' Label." Arizona Republic, 3 January (Tony Lama outsourcing.)

Knott, S. F 2004. "Congressional Oversight and the Crippling of the CIA." University of VA. http://han.us/articles/380.html.

Koch, C. 2004. The Quest for Consciousness: A Neurobiological Approach. Englewood, Colo.: Roberts & Co.

Kohn, B. 2003. Journalistic Fraud: How the N. Y. Times Distorts the News. Nashville, Tenn.: WNB Books.

Kongtrul, D. 2004. "Realizing Guiltlessness." Tricycle: Buddhist Review 54, Winter. (Guilt is egoistic, regret and selflessness lead to transcendence.)

Koppin, A. "The Sad Results of Appeasement." Sedona (Arizona) Red Rock News, 14 July, Letters to Editor. (Denial results in defect.)

Kotkin, J. 2004. "Where the Dems Went Wrong." New America Foundation. Arizona Republic, 7 November.

Krauthammer, C. 2004. "Arafat's Only Legacy Was Poison." Washington Post Writers Group. 20 November. (Architect of terrorism, airplane hijacking, violence, mass murder, killing children, hatred as a political tool; enemy of peace.)

—. 2004. "Wake-up Call of 9/11 Beginning to Fade." Washington Post Writers Group, 14 July. (Denial setting in.)

—. 2004. "Sexual Link of Prison Abuse Hits Arab Fears." Arizona Republic, 10 May. (Jihadists fear equity of women.)

Krishna, G. 1971. Kundalini's Evolutionary Energy in Man. Bombay: Shambala.

Krugman, P. 2004. "Mr. Bush, These Job Figures Just Won't Spin." New York Times, 11 August. (Job growth interpretation.)

Kuhn, T. 1970. The Structure of Scientific Revolutions. 2nd ed. Chicago: University of Chicago Press.

Kunz, M. K., K. F Yates, et al. 2004. "Course of Patriots with History of Aggression and Claims after Discharge from A Cognitive-Behavioral Program." Psychiatric Services, June, 654-659.

Kurtz, H. 2004. "Rather Regrets False CBS Reports." Washington Post, 21 September. ("60 Minutes" exposé based on bogus information of Bill Burkett, chronic Bush hater.)

Kurtz, P, B. Karr, R Sandhu. 2003. Science and Religion: Are They Compatible? Amherst, NY: Prometheus Books.

Kushner, H. 2004. Holy War on the Home Front: The Secret Islamic Terror Network in the United States. Somerset, New Jersey: Sentinel Publishing Co.

—. 2002. Encyclopedia of Terrorism. London: Sage Publications.

Kusik, K. S. 2003. "The Evolution of the Human Brain." Psychiatric Times. October.

"Labor Dept. Probes Teacher's Union Spending." 2004. Associated Press in U.S. News & World Report. 4 March, 1-4.

Lacayo, R. 2003. "The View from Abroad." Time, 4 August.

Lacayo, R., and J. Stein. 2004. "Winners and Losers." Time, 10 November. (Political outside players: winners Ann Coulter, John O'Neill, Richard Land, Matt Daniels; losers George Soros, Michel Moore, Al Franken, "More-oh" Wes Boyd, and Joan Blades.)

Lacqueur, W. 2004. "World of Terror." National Geographic, November, 72-84. (Who and where they are.)

—. 2001. History of Terrorism. Somerset, NJ: Transaction Publishers.

LaFare, K. 2004. "A Classic Opportunity—Will the Next Mozart Please Stand Up?" Arizona Republic, 5 December. (Classical music style periods.)

Lambert, S. C. 2004. "Pop Tart Exhibits Crudeness." Arizona Republic, 20 July.

Landay, J. S., and J. Huhnhenn. 2004. "Committee Slams CIA for 'Group Think' Intel." Seattle Times, 10 July.

Lane, T. 2004. "The Democrats Are Out to Get You." Fortune. 9 February, 30. (Populism.)

—. 1996. "Noam Chomsky on Anarchism." http://www.zmag.org/chomsky/interviews/9612-anarchism. html.

Landsbaum, M. 2004. "Darwinism Fails True Tests." Arizona Republic, 21 December. ("Intelligent Design" more scientific. No supportive evidence such as "missing links" for Darwin's theory).

Larson, E. J. 2004. Evolution: Remarkable History of Scientific Theory. New York: Modern Library.

Larson, J. 2004. "Valley Firm Takes on Wal-Mart." Arizona Republic, 25 November. (Khimetrics, Inc. provides price/sales analysis software.)

—. 2004. "Offshoring Accelerating." Arizona Republic, 18 May.

—. 2004. "Germany's Unemployment Rate at 10.3%." Arizona Republic, 5 May.

Lasch, C. 1991. The Culture of Narcissism: American Life in an Age of Diminishing Expectations. New York: W. W. Norton and Company.

Lash, S., and J. Friedman, Eds. 1992. Modernity and Identity. Oxford, U.K.: Blackwell.

Lavington, C. 1998 You've Got Only Three Seconds. New York: Main Street Books.

Lavoie, D. 2003 "Catholic Scandal Statistics Released." Arizona Republic. 24 July. (Massachusetts Atty. General Report.)

Lawrence, Brother. [1666] 1999 The Practice of the Presence of God: Conversations and Letters of Brother Lawrence. Reissue. Oxford: One world Publications.

Leary, M. 2004. "Get Over Yourself." Psychology Today, July/August.

LeDoux, J. 1998. The Emotional Brain. New York: Simon & Schuster.

Leep, S. 2004. "Porn." Philadelphia Trumpet, November. (10,000 porn movies per year; Hollywood produces only 400 movies per year. Negative effects include psychological, social, and moral on marriage and children.)

Lehmann, C. 2004. "American Psychiatric Assn. Opposes Execution of Juveniles." Psychiatric News 39:16, 20 August. (Cites 8th Amendment ban; adolescents lack maturity.)

——. 2004. "Young Brains Don't Distinguish Real from Televised Violence." Psychiatric News, 8 August.

Lehr, H. A. 1994. "Vitamin C Halts Damage from Cigarette Smoke." Science. Vol. 265:871, 12 August.

Lehr, J., and R. Bennett. 2003. "It's the Sun." Environment and Climate News, 6:4, May. (Earth warming not environmental but correlated with solar surface magnetic energy cycles.)

Leicester, J. 2004. "'We Want the Truth,' Madrid Crowd Chants." Arizona Republic. 14 March.

Leland, J. 2004. Hip: The History. New York: Ecco Press.

Lemonick, M. 2004. "The Hobbits of the South Pacific." Time, 1 November. (Discovery of Homo floresiensis, diminutive-sized race near Bali.)

Lemonick, M., and A. Dorfman. 2003. "The 160,000 Year-old Man." Time, 23 June, 56.

Lemonick, M., and J. Nash. 2004. "Cosmic Conundrum." Time, 29 November. (Theories of origin of the universe.)

Leo, J. 2004. "The Loudmouth Emmys." U.S. News & World Report, 6 December. (Celebrity malevolence and grossness.)

——. 2004. "What Now, Democrats?" U.S. News & World Report, 15 November. (Secularist, anti-religious Far-Left agenda a loser agenda.)

——. 2004. "When Churches Head Left" U.S. News & World Report, 18 October.

Leonard, D. 2004. "Nightmare on Madison Avenue." Fortune, 28 June.

Leopold, E. 2004. "Saddam Bought Off Countries and People with Oil." Reuters, 7 October. (CIA report: $11 billion paid to European leaders and U. N. Security Council members.)

Levering, R, and M. Moskowitz. 2004. "The 100 Best Companies to Work for." Fortune. 12 January, 56-80.

Levinson, P. 2004. "Teach How to Think Critically" Interview. O'Reilly Factor. Fox News, 12 April.

Lewis, J. R. 2001. Odd Gods: New Religions and the Cult Controversy. Amherst, New York: Prometheus Books.

Lienhard, J. H. 2003. Inventing Modern. New York: Oxford University Press.

Limbacher, C. 2002. "Torricelli Principles." Ittip://www.Newsmax.corn.

Livingstone, I. 2005 "Stress and the Brain." Physician's Health Update, January-February. (Stress impairs cognition, memory, and hippocampus through "allustatic" load.)

Lodmell, D., and B. Lodmell. 2004. The Lawsuit Lottery: The Hijacking of justice in America. Phoenix, Ariz.: World Connection Publishing.

Long, G. 2004. Relativism and the Foundations of Liberalism. Exeter, U.K.: Imprint Academic.

Lopez, G. 2004. Why You Crying? New York: Touchstone Books.

Lyle, J. 2003. "Some Post-structural Assumptions." Dept. of English, Brock University www.brocku.ca/english/courses/4F76/poststruct.htm.

——. 2003. "Characteristics of Modernism, Postmodernism, Structuralism, and Poststructuralism." www.labweb.education.wisc.edu/en1916/modtable.htm.

Lynch, A. 1999. Thought Contagion: How Belief Spreads Through Society. New York: Basic Books.

Lyotard, J. 1984. The Postmodern Condition: A Report on Knowledge. Manchester, U.K.: Manchester University Press.

MacDonald, B. 2004. "Launch into Power." Philadelphia Trumpet. January, 5-7. (China.)

MacDonald, H. 2004. The Burden of Bad Ideas: How Modern Intellectuals Misshape Our Society. New York: Ivan R. Dee Press (Manhattan Institute City Journal).

MacDonald, J. 2004. "Today's Culture Less Frills, Tastes Lousy...Morality in Short Supply." Arizona Republic, 14 June.

MacEachern, D. 2004. "Media continue waltz on one foot." Arizona Republic, 19 December. (Eighteen of 20 major media rated biased to the Left by university study)

——. 2004. "Don't Know Nothin' 'Bout Birthin' No Stereotypes." Arizona Republic, 21 November. (Leftist professor attacks Condolezza Rice and Colin Powell with racial stereotypes.)

——. 2004. "Anyone Have a Spare Conspiracy Theory?" Arizona Republic, 26 September. (Trilateral Commission, etc.)

——. 2004. "Knocking Discipline into a Cocked Hat." Arizona Republic. 21 March.

MacKay, C. [1841] 2003. Extraordinary Popular Delusions and the Madness of Crowds. Reprint. New York: Harriman House.

Mackey C. 2004. "Tree of Self-Defeat and Tree of Self-Actualization." http://www.geocities.com/Athens/Acropolis/4508/growth_actual.html.

Mackey, G., and G. Miller. 2004. The Interrogators: Inside the Secret War Against al-Qaeda. New York: Little, Brown.

——. "The Tree of Self-Understanding." http://www.earthrenewal.org/tree.htm. (Adapted from Mother Teresa's A Simple Path.)

Mackin, P, and A. H. Young. 2004. "The Role of Cortisol and Depression." Psychiatric Times, May.

MacPachorn, D. 2004. "Election Paranoia on the Left." Arizona Republic, 11 July. (Bush won votes legally.)

Madigen, C. M., ed. 2004. "Perspectives in Instant History: The Week." Chicago Tribune, 11 April.

Maehan, T. R. 2004. The Liberty Option. Exeter, U.K.: Imprint Academic.

Malkin, M. 2004. "Philippines Message Clear-We Lied." Creators Syndicate, 15 July (Appeasement of Islamic terrorists.)

Malone, R. 2004. "Superpower Under Siege." Philadelphia Trumpet. February, 5-10.

Manji, I. 2004. The Trouble with Islam. New York: St. Martin's Press

Marcuse, H. 1972. Counterrevolution and Revolt. Boston: Beacon Press. (Political/social Marxism.)

——. 1969. "Repressive Tolerance" in A Critique of Pure Tolerance, Wolff, R., et al. Boston: Beacon Press.

——. 1967. One Dimensional Man: Studies in The Ideology of Advanced Industrial Society. Boston: Beacon Press.

——. 1966. Eros and Civilization: A Philosophical Inquiry into Freud. Boston: Beacon Press. (Politicized version of Freud.)

Margasak, L. 2004. "Pentagon Pays $100 Million for Unused Airline Tickets." Arizona Republic, 9 June.

Martin, J., and A. Neal. 2002. "Defending Civilization: How Our Universities Are Failing America." Report of American Council of Trustees and Alumni, Washington, DC.

Marx, K., and F. Engels. 1957. "Contributions to Hegel's Philosophy of Right." In K. Marx and F. Engels on Religion. Moscow: Foreign Languages Publishing House.

Maszak, M. S. 2004. "Health: Driven to Distraction." Time, 26 April, 52-62.

Mathew, R. J. 2001. The True Path: Western Science and the Quest for Yoga. New York: Perseus Publishing. (Neuroscience demonstrates positive effect on brain physiology to nondominant hemisphere of region, music, art, nature, and altruism.)

Matt, D. C. 1995. The Essential Kabbalah: The Heart of Jewish Mysticism. New York: HarperCollins Publishers Inc.

May, A. 2004. "Juggling Makes the Brain Bigger." Medical News Today. 1 February. www.medicalnewstoday.com/indexphp2newsid=5615.

McCain, J. 2004. Why Courage Matters: The Way to a Braver Heart. New York: Random House.

McCraty, R. 2004-2005. "The Resonant Heart." Shift, December-February. (Heart electromagnetic fields associated with emotions; influence brain function.)

McGeary, J. 2004. "Iraq's Shadow Ruler." Time, 25 October. (Sistani.)

—. 2004. "What Saddam Was Really Thinking." Time, 18 October.

—. 2004. "Inside HAMAS." Time, 5 April. (Charles Dualfar Report.)

—. 2004. "Who's the Enemy Now?" Time, 29 March. (Jihad, Inc.: Al-Qaeda has spawned a greater movement.)

McGirk, T. 2003. "Sending A Message to The Ayatollahs." Time, n.d.

McLemone, C. 2003. Street Smart Ethics: Succeeding in Business Without Having to Sell Your Soul. Louisville: John Knox Press.

"Medicine This Week." 2004 AzMed 6:46, 19 November. (Costs of medical care primarily administrative, bureaucratic, and legal.)

Medley, K. W. 2004. "On Clipped Wings...Tuskegee Airmen." Smithsonian, May.

Meclred, M. 1992. Hollywood vs. America. New York: Harper.

Mehlman, J. D. 1997. "Uncertainties in Projections of Human-Caused Climate Warming." Science 278, 21 November, 1416-1417.

Mehrens, N. P 2004. "Unions Forget Half of the First Amendment." www.opinioneditorials.com/freedomwriters/mehrens200403.html.

Melliott, J. 2004. "Modeling for the Future—Report by K. Kelliarokos on Young People in the Media." Publishers Weekly. 10 May.

"Mercenary/Private Military Companies." 2004. Global Security. http://www.globalsecurity.org/military/world/para/pme-list.htm. (Lists over 60 private military companies worldwide.)

Merton, T. 1961-67. Mystics and Zen Masters. New York: Farrar, Straus, and Giroux.

Mesugi, K. 2002. "Last Days of the Pseudo-Intellectuals." Philanthropy Roundtable. March/April.

Metzinger, T., ed. 1995. Conscious Experience. Lawrence, KS: Imprint Academic, Allen Press.

Meyssen, T. 2002. 9/11: The Big Lie. Los Angeles: Continental Sales. (Gross distortion and fallacy-based anti-Americanism.)

Michael, R. F, and J. L. Gibbons. 1963. "Interelationships Between the Endocrine System and

Neuropsychiatry." Review of Neurobiology, 243-302.

Midgley, M. 1993. The Myths We Live By. New York: Routledge.

Milcke, M. 2005. Recordings (CDs) of all lectures (2002-2004) on "Devotional Nonduality" by David R. Hawkins. Sedona, Ariz.: Veritas Publishing.

Milgram, S. 2004. "The Perils of Obedience." http://home.swbell.net/revscat/perilsOfObedience.html.

——. 1974. Obedience to Authority. New York: Harper Collins.

Mill, J. S. 1957. Utilitarianism. 0. Piest, ed. New York: Bobbs-Merrill.

Miniter, R. 2004. Shadow War: The Untold Story of How Bush Is Winning the War on Terror. New York: Regnery

Mitchell, M. 2004. "GI Guilty of Attempted Treason." Associated Press, 3 September.

Mnookin, S. 2004. Hard News: The Scandals at The New York Times and Their Meaning for American Media. New York: Random House. (U. N. chicanery)

Monroe, R. 1992. Journeys Out of the Body. Revised. New York: Main Street Books.

Moore, M. 2001. Stupid White Men. New York: Harper Collins.

Moran, M. 2004. "Stalkers Inhabit a Reality All Their Own." Psychiatric News, 5 November.

——. 2004. "... Secrets of the Social Brain." Psychiatric News, July. (Oxytocin regulates maternal and social behaviors and the amygdale.)

Morgante, M. 2004. "DNA Co-Discoverer Dies." Arizona Republic, 30 July. (Scientific importance of Francis Crick.)

Morris, B. 2005. "How Corporate America is Betraying Women." Fortune, 10 January.

Mosley, I., ed. 2004. Dumbing Down: Culture, Politics, and the Mass Media. Exeter, U.K.: Imprint Academic.

"Movie Economics: Family Film Business." 2005. Fortune, 10 January. (Gross income from G-rated films [3% of Hollywood output] exceeds that of the 69% output of R-rated films.)

Muktananda, S. Kundalini: The Secret of Life. Fallherg, NY: SYDA Foundation.

Muller, B. 2004. "Pied Piper or Bully? Moore Ruffles Critics...Wraps Self in First Amendment." Arizona Republic, 20 June, On Film.

——. 2004. "New Website Allows Search of Government Research Sites: 47 Million Pages." AzMed., 18 June. (Medicine This Week)

——. 2004. "Film's Message Lost in Bloodiness." Arizona Republic, 24 February. (Passion of Christ.)

Mullings, J., J. Marquest, et al. 2004. The Victimization of Children. Binghamton, NY: Haworth Press.

Murphy, D. 2003. "Village in Jam Tells Story of Militant Islamic Growth." Christian Science Monitor, 23 January.

Murphy, T. 2004. "Researching Behavioral Neuroscience: Neurobiology of Religious Terrorism." http://www.innerworlds.50megs.com/terrorism.htm.

Murray, A. 2003. "The Atheist: Maclalyn Murray O'Hare." Book Review. Humanist, Nov./Dec.

Muskin, P. 2004. "Spiritual Leader to Guide Psychiatrists from the Head to the Heart." Psychiatric News, 19 March.

Nadean, R., and M. Kafatos. 2003. The Nonlocal Universe: The New Physics and Matters of the Mind. London: Oxford University Press.

Nahmias, E., S. Morris, et al. 2004. "The Phenomenology of Free Will." Journal of Consciousness Studies 11, July/August, 162-180.

Nash, R. H. 1992. Word of God and the Mind of Man: Crisis of Revealed Truth in Contemporary Theology. Phillipsburg, N. J.: P and R Publishing.

Neubauer, R. 2004. "Evolution of Personality Fits with Biology and Theology." Science and Theology News. January, 20-21

—. 2002. Voyages into Transcendence. Austin, Tex.: Bay of Rainbows Press.

Newark, K. 2004. "Muslim-American Organization." O'Reilly Factor, Fox News, 5 August. (U.S. mosques funded as sympathetic to spread of al-Qaeda type of theocratic fascism. Terrorism not removed by Imams here or abroad.)

Newberg, A. 2004. "Searching for God Amid the Ganglia." Science and Theology News, July/August. (Neurotheology.)

Newton, P 2004. Personal communications about Canada.

Newman, R. J. 2004. "Corporate Kleptocracy." U.S. News & World Report, 13 September. (Extraordinary, lavish corporate-head greed.)

—. 2004. "Al-Qaeda's Poppy Profits." Time, 30 August. (Hussein's main financial resource for al-Qaeda despite $40 million U.S. grant to Taliban to reduce opium production.)

Nichols, P. M. 2004. New York Times Guide to the Best 1000 Movies Ever Made. New York: St. Martins Griffin.

"Niger Uranium . . . Bush, Blair Right about Niger Uranium." Arizona Republic, 22 July.

Nilus, S. [1905, 1911] 2003. The Protocol of the Learned Elders of Zion. Trans. V. E. Marsden,. Athena University Press. (See also http://www.adl.org.)

"No Fan of Michael Moore's Films." 2004. Arizona Republic, 27 May. Letters to Editor. (Moral depravity.)

"Novel Attempt at Fighting Crime on Mexico City's Metro." 2004. Arizona Republic, 24 January

"Nutty Professor: Ward Churchill." Freedom House (2005) Report in Investors Business Daily, 2 February.

Obeidi, M., and K. Pitzer. 2004. The Bomb in My Garden: The Secrets of Saddam's Nuclear Mastermind. New York: John Wiley & Sons.

O'Connell, J. 1979. The Lawsuit Lottery: Only the Lawyers Win. New York: Free Press, Macmillan.

O'Donnell, C. Ed. 2003. Culture, Peers, and Delinquency. Binghamton, NY: Haworth Press.

"Offensive Billboard Simply Truthful." 2004. Arizona Republic, 27 April. Letter to the Editor.

"Old Evils, New Faces." Arizona Republic, 7 December. Editorial. (America's pattern of being blindsided.)

Olson, C. 2000. Zen and the Art of Postmodern Philosophy: Two Paths of Liberation from the Representational Mode of Thinking. Albany, New York: State University of New York Press.

O'Murchu, D. 1997. Quantum Theology: Spiritual Implications of the New Physics. New York: Crossroads Publishing Co.

Orecklin, M. 2004. "Study Links TV, Kids' Attention Woes." Arizona Republic, 5 April.

—. 2003. "Can You Sing Om?" Time, 6 October, 62.

—. "Walk-ins for Evolution." WE Magazine, 39, 3rd Quarter, 2003.

O'Reilly, B. 2004. "Slander Is Profitable and Dishonest Defamation Commercialized." O'Reilly Factor, Fox News, 12 July.

—. 2004. "Judicial Meltdown – 9th Circuit Court of Appeals." O'Reilly Factor, Fox News, 14 June.

Orloff, J. 2004. Positive Energy. New York: Harmony Books (Random House).

Ornstein, R. E. 1972. The Psychology of Consciousness. San Francisco: W. H. Freeman & Co.

Orwell, G. 1983. 1984. New York: Harcourt.

Pagatchnik, S. 2004. "Stephen Hawking Changes Mind about Black Holes." Associated Press, 22 July (17th Intl. Conference on General Relativity and Gravitation, Dublin.)

Page, C. 2004. "Cosby Has the Message Right." Arizona Republic, 2 June.

—. 2004. "Poor Blacks Must Raise Their Game." Arizona Republic, 25 May.

Painton, P. 2004. "Target America." New York Times, 8 August. (Al-Qaeda selecting New York targets.)

Pancrazio, A. C. 2004. "Rosie's Still Riveting." Arizona Republic, 28 May. (Women of WWII.)

Paris, J. 2003. Personality Disorders Over Time: Precursors, Course, and Outcome. Arlington, Va.: American Psychiatric Publishing, Inc.

Parker, K. 2004. "Can't Afford a Safari? Log on with This Sick-O." Tribune Media Service, 20 December. (Live shot cam—Fortuna's worst tech game of the year, "Grand Theft Auto," etc.).

—. 2004. "Cynicism Is Terrorist Trump Card." Tribune Media, 5 August. (President attacked no matter what he does.)

—. 2004. "Did Bush Have A Choice on Iraq?" Tribune Media, 15 July. (He didn't.)

—. 2003. "Good Goddess, What's Going On?" Arizona Republic, 6 August.

—. 2003. "Just How Weird Can We Get?" Arizona Republic, 2 July.

Pauchant, T., ed. 2002. Ethics and Spirituality at Work: Hopes and Pitfalls of the Search for Meaning in Organizations. Newport, CT: Quorum Books.

Payne, A. 2004. "Gangster Rap Definitely Encourages Crime and Imitation of Suggestive Career." TV interview. O'Reilly Factor, Fox News, 7 July. (Declaration by ex-20-year-member of "The Bloods" street gang.)

Pear, R. 2005. "Life Expectancy Changes Debated." Arizona Republic, 1 January (Longer lives mean greater cost to Medicare and Social Security.)

"Pearl Harbor: It Might Have Been Avoided." Alameda (California) Times-Star. http://www.prisonplanet.com/071203pearlharboravoided.html.

Pearson, M. 2004. "Don't Play the Blame Game." Globe and Mail (Canada), 25 June.

Peck, M. S. 1983. People of the Lie. New York: Simon and Schuster.

Penrose, R. 1994. Shadows of the Mind. New York: Oxford Press.

Pepperberg, I. M. 1995. "Studies to Determine Intelligence in African Gray Parrots." University of Arizona Proceedings Internet Aviculturasists Society. 1/11/95.

Peters, T., and M. Hewlett. 2003. Evolution front Creation to Now; Creation: Conflict, Conversation, and Convergence. Nashville, Tenn.: Abingdon Press.

Peterson, J. 2003. Scam: How the Black Leadership Exploits Black America. New York: Nelson Current.

Pfeffer, C. R. 2004. "Trauma, Violence, and Victimization." Psychiatric Times, April, 57-74.

—. 2004, "Deadly Silences: 9/11 Probe Reveals Wall of Bureaucracy Puts U.S. at Risk." Arizona Republic, 4 June. (Gorelick/Reno).

Pine, R. (trans.) The Zen Teaching of Bodhidharma. New York: Farrar, Straus, and Giroux (North Point Press).

Pinkerton, J. 2004. "Freedom Is A Messy Thing." Los Angeles Times Syndicate, 6 July. (Howard Stern is anti-Bush.)

Pitts, L. 2004. "Facts? We Don't Need No Stinking Facts!" Tribune Media Services, 29 December. (Social tendency to merely express politicized positions that completely ignore the facts, thus living in an "alternate" reality.)

—. 2004. "Gutless Hypocrisy at NBC and CBS." Tribune Media Services, 5 December.

—. 2003. "Why Are the Religious So Often Poor Advertisements for Religion?" Arizona Republic, 29 September.

Plato. 1952. "Protagorus." The Great Books of the Western World. Vol. 7:38-65. Chicago: Encyclopedia Britannica.

—. 1952. "Georgia's." Op cit. pp. 252-295.

—. 1952. "Phoeduus." Op cit. pp. 115-142.

—. 1952. "Sophist." Op cit. pp. 551-580.

Pockett, S. 2004. "Does Consciousness Cause Behavior?" Journal of Consciousness Studies, 11:2, 23-40.

Poerksen, B. 2004. The Certainty of Uncertainty: Constructivism. Exeter, U. K.: Imprint Academic.

Political Compass Team. 2004. "Authoritarian/Libertarian ...About the Political Compass." www. digitalronin.f25.com/politicalcompass/analysis2.html. 6 January.

"Politics of Values, The." 2004. Economist, 9 October.

Polkinghorne, J. 2005. "The Continuing Interaction of Science and Religion." Zygon 40:1, March, 43-51.

Polshy, N. W. 2003. How Congress Evolves: Social Bases of Institutional Change. Oxford: Oxford University Press.

Portes, E. 2004. "Jobless Data Tied to Health Costs." New York Times, September, n.d. (Business can't afford full-time employees because of high escalating cost of health benefits.)

Powe, L. 2001. The Warren Court and American Politics. Cambridge, Mass.: Belknap Press.

Powell B. 2004. "The Struggle for the Soul of Islam." Time, 13 September, 46-71.

—. 2004. "Al-Qaeda in America: The Terror Plot." Time, 16 August.

"Powers, J. M. Freedom in the World 2005: Civic Power and Electoral Politics. New York: Freedom House. (Study of freedom and partial freedom and partial freedom in the world's 192 countries.)

—. 2004. "The Dumbing Down of Medicine." AzMed, November-December.

Prager, D. 2004. "Moore's Leftists in Love with Hating America." Arizona Republic, 11 July. (Leftists' adolescent hatred of Christianity and Judaism, America and Israel.)

Prechter, R. R. 1999, 2002. The Wave Principle of Human Social Behavior and The New Science of Socioeconomics. Gainesville, Georgia: New Classics Library.

Preston, I. 1994. The Tangled Web They Weave: Truth, Falsity, and Advertisers. Madison, Wisc.: University of Wisconsin Press.

"Prevalence of Personality Disorders in U.S." 2004. AzMed, 6 August. (15% of Americans [31 million] have diagnosable personality disorders.)

"Private Military Companies." 2004. Fort Liberty: http://www.fortliberty.org/privatemilitarycompanies. shtml. (Major military companies worldwide.)

Puhakka, K. 1999. "Form and Formless in Spiritual Practice." Esalen Center Conference 11/28-12/02.

Pullen, R. 2004. "Passing Prop. 200 sends clear message." Arizona Republic, 26 October. (Calls for laws to be enforced.)

Purnick, J. 2004. "Politics Takes Back Seat to Illogic." New York Times, 24 May.

Pusey, A. 2004. "Justices Say Web Porn Law Still Not Legal." Arizona Republic, 30 June. (Child access.)

Radin, D. 2004. "Entangled Minds." Shift, December 2004-February 2005.

Rado, S. 1933. "Psychoanalysis of Pharmacothymia." Psychoanalytic Quarterly 2:1-23.

Ragavan, C., and M. Guttman. 2004. "Terror on the Streets." U.S. News & World Report, 13 December. (Extreme violent M-13 gang now major in the U.S.; originated in El Salvador, Guatemala, and Honduras.)

—. 2004. "A Fine Legal Mess in Motown." U.S. News & World Report, 13 September. (Feds incompetence in prosecuting terrorist suspects.)

Ralston, H. 2005. "Inevitable Humans: Simon Conway Morris's Evolutionary Paleontology." Zygon 40:1, March, 221-231.

Randal, J. 2004. Osama: The Making of a Terrorist. New York: Knopf Publishing.

Rao, K. R. 2002. Consciousness Studies: Cross Culture Perspectives. Jefferson, N.C.: McFarland and Co.

Raspberry, W. 2004. "Please Don't Take Al Franken Seriously." Arizona Republic, 14 April.

—. 2002. "View from Grand Jury Changes Light on Justice." Arizona Republic. 15 July.

Rauchi, G. A. 1971. Contemporary Philosophical Alternatives and the Crisis of Truth: A Critical Study of Positivism, Existentialism, and Marxism. New York: Nijhoff Publishers.

Ravitch, J. 2003. The Language Police. New York: Knopf Publishers.

—. 2000. "Textbook Bias Cops Ban Ideas." Arizona Republic. 18 May. (Review of The Language Police.)

Reaves, J. A. 2004. "Troubles Dogging Polygamy Prophet." Arizona Republic, 1 August. (Fundamentalist Church Sect of L. D. S., Warren Jeff's accusation of series of felonies.)

—. 2004. "Poke at Polygamist's Haven." Arizona Republic, n.d.

Regen, M. 2004. "Corporate Tsunami Aid in Millions." Associated Press, 31 December.

Reich, D. E., and Goldstein, D. B. 1998. "Genetic Evidence of Paleolithic Human Population in Africa." Proceedings of the National Academy of Science, USA 95 (14) 8119-8123.

Reid, J. 2004. "Time and Three Questions That Matter." Sedona (Arizona) Red Rock News, 12 November. (What is going on, what does it mean, what should I do? Need for meaning, value, and rise of spirituality.)

—. 2004. "Finding Balance in an Unbalanced World." Sedona (Arizona) Red Rock News, 28 May. (Media and violent personality disorders.)

Revel, J. 2003. Anti-Americanism. San Francisco: Encounter Books.

Richter, P 2004. "U.S. Struggles in War of Ideas, Panel Says." Los Angeles Times, 25 July.

Richtofen, M. 2004. The Red Baron. Wikipedia, 17 August. http://en.wikipedia.org/wiki/The_Red_Baron.

Rice, B. 2003. "Could a Mega Verdict Wipe You Out?" Medical Economics. July, 29-31.

Richards, V. 2002. "The Future of the Faith-Based Initiative." Philanthropy Roundtable. March/April.

Ridley, M. 2003. "What Makes You Who You Are." Time, 2 June, 55-63.

Riklan, D. 2004. Self-Improvement: The Top 101 Experts. Marlboro, NJ: Self-Improvement Online, Inc.

Rimbach, D. 2004. "Doctors Recognize Faith's Role in Recovery." Science and Theology News, July/August.

Robb, R. "Conservatism on the Firing Line." Arizona Republic, 10 December. (William Buckley's contribution to politics.)

—. 2003. "A Practical View of Religion and Faith." Arizona Republic, 5 December.

Roberts, D. 2004. "Secrets of the Maya." Smithsonian, July. (Pre-Columbian Deciphering Code.)

Rodger, T. A. 2004. "Jobsharing Threat to Union Growth." Arizona Republic, 13 June.

Rodgers, L. 2004. "Divine Misguidance: Ludecris Says Drugs, Sex, Rap Come from Above." Arizona Republic, 18 March.

Rohn, J. 2004. "Maintaining Honesty and Integrity." AdvantEdge, 64-65. Niles, Ill.: Nightingale-Conant.

Rohr, M. 2004. "UFO Cult, Higher Source Group Commits Suicide to Meet Hale-Bopp Comet." http://anw.com/halebopp/heaven.htm.

—. 2003. "Outside Montreal, Raelians Have Their Base: UFOland." http://www.miami.com/micl/

miamiherald/4856259.htm?template=contentmodules/

Romero, C. 2004. "Only 1 in 15 Hired: Wal-Mart gets 8,000 Applicants for 500 Jobs." Arizona Republic, 14 April.

Rosack, J. 2004. "ADFID Meds Help Teenagers Drive Safely." Psychiatric News, 7 May.

Rubik, B. 2002. "The Biofield Hypothesis: Basis as Role in Medicine." Journal of Alternative and Complementary Medicine 8:6, 703-717.

Ruelas, R. 2004. "Is the End Really Near? Left-Behind Series of Books Inspired by Revelations." Arizona Republic, 7 April.

Russ, E. 2004. The Missing Peace: The Inside Story of the Fight for Middle East Peace. New York: Farrar, Straus, and Giroux.

Russell, B. 1913. "On The Notion of Cause." Proceedings, Aristotelian Society 13, 1-26.

Ryan, J. 2004. "Tolerance of Primitive Cultures Goes Too Far." Arizona Republic, 29 August. (Oppression of women in Islamic countries; no women sent to Olympics.)

Sadler, R. 2004. Research by Dr. Peter Fenwick reported to British Assn. for Advancement of Science News. www.Scotsmen.com. 11 September 2003. Quote in "Up Front." Shift, Spring.

Sadlier, S. 2000. Looking for God: A Seeker's Guide to Religious and Spiritual Groups of the World. New York: Berkeley Publishing Group, Penguin/Putnam.

Safire, W. 2004. "Bush Spoke the Truth in 16 Words." New York Times, 20 July. (British intelligence statement confirmed.)

—. 2004. "As Rip-Offs Go, Oil for Food (UN) Rubs." Arizona Republic, 20 April.

—. 2004. "100 Most Influential People in the World." Time, 26 April.

"Sales Report: Religious books Up 96% in October, up 41% for year." 2003. Publishers Weekly. 8 December.

Sanger, D., and W. Brand. 2004. "South Korea Admits Enriching Uranium." New York Times, 3 September.

Sanguineti, V. R. 2003. A Rosetta Stone for the Human Mind: The Alphabets to Decipher. New York: Psychosocial Press.

—. 1999. Landscape in My Mind: The Origins and Structure of the Subjective Experience. New York: Psychosocial Press.

Sannella, L. 1992. The Kundalini Experience. Lower Lake, Calif.: Integral Press.

"Saudi House of Hate." 2005. Freedom House (2005) Report in Investors Business Daily, 2 February (Saudi government funds and spreads Wahhabist terror ideology in U.S. officially via its embassy in the U.S., which is the "hateful" enemy and deserves death.)

Saylor, F. 2004. "Conference Seeks Public Definition of Truth in Science." Science and Theology News, October.

—. 2004. "Italian Scientists Rally Behind Evolution." Science and Theology News, July/August.

—. 2004. "Radical Religious Movement Breeds Violence and Hate." Science and Theology News, January. (Christian identity movement.)

Savage, M. 2003. The Enemy Within. New York: WND Books.

Saylor, F. 2004. "Purpose-Driven Bestseller." Publishers Weekly, November. (Review of Rick Warren's The Purpose-Driven Life.)

Schama, S. 2004. "History of Britain." BBC via History Channel, 28 December.

Schauer, M. 2004. Imperial Hubris: Why the West is Losing the War on Terror. Dulles, Va.: Brassey's, Inc.

Schoff, S. 2003. "Making France Our Best Friend." Time, 7 July, 70-73.

Schwartz, J., and M. L. Wald. 2003. "Shuttle Loss Laid to NASA's Habits and Broken Safety Culture." International Herald Tribune, 27 August.

Schwartz, S. 2002. The Two Faces of Islam. New York: Doubleday.

Scott, A. 2004. "Reductionism Revisited." Journal of Consciousness Studies, 11:2, 51-68. (Nonlinear Science)

"Searchers Blast CIA for False Info Re Iraqi Threat." 2004. Los Angeles Times and Arizona Republic, 10 July.

Searle, J. R. 2004. Mind, A Brief Introduction. Oxford: Oxford University Press.

"Security is Bush's Job One: Dean's Paranoia Yelpings Aside, President Must Respond to Threats." 2004. Arizona Republic, 3 August. (Editorial)

Segal, T. D. 2004. "The French-Muslim Connection." www.gopusa.com/commentary/tsegel/2004/ts_0503. shtml.

Selye, H. 1978. Stress of Life. New York: McGraw-Hill.

Sepulsky, R. M., K. C. Krey, and B. S. McEwen. 1986. "Neuroendocrinology of Stress: the Glucocorticoid Cascade. Endocrinology Review, 7:3, 284-301.

Serwer, A. 2004. "The Waltons: America' Richest Family" Fortune, 15 November. (Worth $90 billion and modest: Family Philanthropies.)

Shapiro, B. 2004. Brainwashed: How Universities Indoctrinate America's Youth. Nashville, Tenn.: WND Books.

—. 2004. "Universities Giving Students Hard Shake to the Left." Arizona Republic, 14 June.

Shaw, R., and S. Wood. 2004. "Nation of Brats: Why Kids Are Behaving Badly Today." Arizona Republic, 8 February

—. 2003. The Epidemic: The Rot of American Culture, Absentee and Permissive Parenting, and the Resultant Plague of Joyless, Selfish Children. New York: Regan Books

Shearer, D. 1998. "Outsourcing War." Foreign Policy, Fall.

Sheldrake, R. 2004. "Morphic Fields." Shift, December 2004-February 2005.

—. 1981. A New Science of Life. London: Victoria Works.

—. 1981. Essay in New Scientist, 18 June, 749, 766-768.

—. 1981. "Formative Causation." Brain/Mind Bulletin. No. 6, 13 August.

Sheldrake, R. and A. Morgana. 2003. "Testing A Parrot for Telepathy." Journal of Scientific Exploration, 17:4, 601-617.

Shepherd, T. 2003. "I've Always Wondered About UNESCO and The Association of Unity Churches' Warnings on Sathya Sat Baba." Vanity, Sept.-Oct., 25.

—. 2003. "HMOs Given 'No Confidence' Vote by U.S. Public." AzMed, 15 August, 2.

Sherman, M. 2004. "House Votes To Break Up 9th Circuit Court of Appeals into 3 Courts." Associated Press, 6 October.

Shore, S. 2004. "Qwest Retirees Sue...$6 Billion Loss Pension Fund." Associated Press, 15 July.

Shorter, E. 1997. A History of Psychiatry: From the End of the Asylum to Prozac. New York: John Wiley & Sons.

Siblani, O. 2004. "Arab-American News." Fox News, 12 May. Interview. (Beheading of Berg a criminal act rather than a political statement.)

Siegel, B. S. 2003. 365 Prescriptions for the Soul–Inspiration, Hope, and Love. New York: New World Library.

—. 1986. Love, Medicine, and Miracles. New York: Harper Collins.

Singer, J. L. 2004. "Public Smoking Ban Simply Tyranny." Arizona Republic, 24 November. (CDC falsified data that actually showed a negligible risk.)

Singer, P. 2000. Marx. Oxford: Oxford University Press.

Slivka, J. 2003. "Wars Challenge World's Thinkers." Arizona Republic, 22 July.

Smart, J. J. C. 2004. "Consciousness and Awareness." Journal of Consciousness Studies. 11:2, 41-50.

Smoley, R. 2002. Inner Christianity: A Guide to the Esoteric Tradition. Boston: Shambhala.

Smith, W. 2004. Official Handbook of the Vast Right-Wing Conspiracy. Washington, D. C.: Regnery

Snyder, N. 2004. "Religious Media Boom." The Nashville Tennessean, 20 November. (Spiritual books now mainstream.)

Sohn, S. W. 2004. Quoted in Strope, L., "Rich Get Richer." Arizona Republic, 17 August. (Internet, economy, and technology have eliminated many jobs by global competition, not politics.)

"Sokol Affair and Postmodernism, Reference to." 2004. http://en.wikipedia.org/wiki/postmodernism; http://en.wikipedia.org/wiki/Sokal_Affair.

Solomon, P J. 2004. "A Lesson from Wal-Mart." Washington Post, 28 March.

Soros, G. 2003. The Bubble of American Supremacy: Correcting the Misuse of American Power. New York: Public Affairs.

Sowell, T. 2004. Affirmative Action Around the World: An Empirical Study. New Haven, Conn.: Yale University Press.

—. 2004. "Sharing the Lawsuit Wealth." http://www.townhall.com/columnists/thomassowell/printts20040803.shtml. (Fallacy of class action lawsuits—claimants get nothing.)

—. 2004. "Bill Cosby Needs No Lecture from Silly Columnist." Creators Syndicate in Arizona Republic, 14 July. (Blacks weakened by blame and excuses.)

—. 2004. "Wanted: More Doers, Fewer Talking." Arizona Republic, 14 June.

—. 2004. "There's Nothing Academic About a Lion's Threat to Kids." Arizona Republic, 26 May.

—. 2004. "Fahrenheit 9-11 Awarded Prize as Best Film at Cannes." New York Times, 23 May.

—. 2003. "Milton Friedman Put Common Sense into the Economic World." Arizona Republic, n.d.

—. 2003. "When Did We Start Penalizing Our Achievers?" Arizona Republic, 17 October, B-11.

Sperry, L. 2004. "Ethical Dilemmas: Assessment of Outcome." Psychiatric Annals. February, 107-113.

Sperry, P. 2005. Infiltration: How Muslim Spies and Subversives have Penetrated Washington. New York: Nelson Current. (Spread of Islamic terrorism plus infiltration of U.S. intelligence agencies.)

Sraves, L. 2004. "New Ways to Know God." Science and Theology News, July/August. Letter to Editor. ("The science of consciousness probably only field to link science and religion.")

Stapp, H. 2005. The Mindful Universe [Book in Prep March 12, 2005] http://www-physics.lbl.gov/~stapp/ (stappfiles.html - 15 March).

—. 1999. "Attention, Intention, and Will in Quantum Physics." Journal of Consciousness Studies 6 (8-9), 143-164.

Stapp, H., and D. Bourget. 2004. "Quantum Leaps in Philosophy of Mind." Journal of Consciousness Studies 11:12, December. (Critiques and replies.)

Steckner, S. 2004. "Kids See Doctor for Free." Arizona Republic, 21 July. Letter to Editor. (Medical care for indigents provided by Salvation Army and St. Joseph's Hospital.)

—. 2004. "Abuse to Chickens Revealed." Arizona Republic, 21 July.

Stein, A. 2002. Inside Out: A Memoir of Entering and Breaking Out of a Minneapolis Political Cult. St. Cloud, Minnesota: North Star Press of St. Cloud, Inc.

Stein, J. 2003. "Just Say 'Om'" Time, 4 August. (Meditation.)

Stimson, H. "Biographical Sketches: Henry Stimson." Truman Library. http://www.trumanlibrary.org/hoover/stimson.htm.

—. "1929-1933: Secretary of State Henry Stimson." 2004. Bureau of Public Affairs, U.S. Dept. of State.

Stearns, J. 2005. "The New Science of Happiness." Time, 17 January, A1-8.

Stone, A. A. 2004. "Sweet Sixteen: Realism, Not Escapism the Mission of Films." Psychiatric Times, April. (Cashiers du Cinema)

Stossel, J. 2004. Give Me A Break: How I Exposed Hucksters. New York: Harper Collins Co.

Stossel, S., and B. Moyers. 2004. Sarge: The Life and Times of Sargent Shriver. Washington, DC: Smithsonian Institution Press.

Strong, R. 2004. "A History Of Spiritualist Fraud In The 19th And 20th Centuries." http://www.skepticreport/psychics/spiritualizedfraud.htm. 1 July.

Suplae, C. 2004. "A Stormy Star." National Geographic, July. (Sun's magnetic fields, fusion, sunspots, and earth climate effects."

Sutel, S. 2004. "Consumer Attitude High." Associated Press in Arizona Republic, 27 July. (Rise in jobs, stock market, home sales, and economy over last 2 years.)

—. 2004. "Al Franken Firing Up Liberals on Airwaves." Associated Press in Arizona Republic, 1 April.

Suzuki, D. T. 2004. "Immigrant Physicians Account for 27% of Medical Residents." AzMed, 2 July.

—. 1960. Manual of Zen Buddhism. New York: Grove/Atlantic.

Szasz, T. 1974. The Myth of Mental Illness: Foundations of a Theory of Personal Conduct. New York: Harper & Rowe.

—. 1973. "Mental Illness As a Metaphor." Nature. 30 March, 305-307.

Talbott, J. A. 2004. "Care of the Chronically Mentally Ill—Still a National Disgrace." Psychiatric Services 55:10, October.

—. 1985. "The Shame of the Cities." Hospital and Community Psychiatry, September.

Taleb, N. N. 2001. Fooled by Randomness: The Hidden Role of Chance in The Markets and in Life. New York: Thomson Texere Publishing.

Talton, J. 2003. "For a Time in '90s, Terror Was Nobody's Business." Arizona Republic, April, n.d.

—. 2003. "Instinct to Trust Could Be Brain-Hormone Related." Arizona Republic, 3 December.

Tanner, R. 2004. "US Radiologists Outsource Work." Arizona Republic, 7 December.

—. 2004. "Education Chief Calls National Education Association a Terrorist Organization." Arizona Republic. 24 February.

Targ, R., and J. Katve. 2003. "Close to Grace: The Physics of Silent Transmission." Spirituality and Health. July-August.

"Tax Cutbacks and Bush." 2004. Arizona Republic, 14 August. (Top 20% of incomes pays 63.5% total taxes, middle class pays 19.5%.)

Taylor, M. 2004. Buried in the Sand. (DVD). Canoga Park, Calif. Westlake Entertainment.

Telernter, D. 2003. "Don't Quit As We Did in Vietnam—Stay the Course, America." Los Angeles Times, 9 November.

"Ten Questions for Bill Gates." 2004. Time, 8 March. (Interview.)

Theresa, Mother. 1995. A Simple Path. New York: Ballentine Books.

Thomas, C. 2005. "Bush dumb? Yeah, like a fox." 2 February. Los Angeles Times Syndicate.

—. 2004. "A Few Reasons They Detest Bush." Los Angeles Times Syndicate, 31 August.

—. 2004. "'Feeling 'Free' But With Defenses Up." Los Angeles Times Syndicate, 6 August. (Balance of personal liberty vs. safety)

—. 2004. "Congress Must Share the Blame." Los Angeles Times, 13 July. ("It is Congress, not the President, that determines the intelligence apparatus.")

—. 2004. "Let States Do The Teaching." Los Angeles Times Syndicate, 6 July. (Higher federal funding/costs produces works results.)

—. 2003. "Defining Liberty for Muslims." Arizona Republic, 12 November, B-11.

Thomm, S. 2003. "GOP or Dem? Depends on If You Go to Church." Arizona Republic, 30 November.

Thompson, 0. 1989. International Cyclopedia of Music and Musicians. New York: Dodd, Mead, & Co.

Thoreau, H. D. 1849. On the Duty of Civil Disobedience (orig. Resistance to Civil Government). www.transcendentalists.com/thoreau_works.htm.

Thottam, J. 2004. "Who Stretches the Truth?" Time, 11 October. (Refutation of political statements and exaggerations.)

—. 2004. "Is Your Job Going Abroad?" Time, 1 March.

Tiebout, H. 1999. Collected Papers. Michigan: Hazeldon Foundation.

—. 1953. "Surrender vs. Compliance in Theory." Quarterly Journal of Studies on Alcohol, 14:58-68.

—. 1949. "The Act of Surrender in the Therapeutic Process." Quarterly Journal of Studies on Alcohol, 10:48-58.

Timmerman, K. 2004. The French Betrayal of America. New York: Crown Forum Publishers.

—. 2003. Preachers of Hate: Islam and the War on America. New York: Crown Forum Publishers

—. 2000. Selling Out America. Princeton, NJ: Xlibris Corp.

Toben, B. 1975. Space, Time, and Beyond. New York: E. P. Dutton.

Tolson, J. 2004. "Mixing Pragmatism and Principles." U.S. News & World Report, 22 September.

—. 2004. "Religiosity, the Faith of Our Fathers." U.S. News & World Report, 28 June.

Toppo, G. 2003. "Violent Deaths Surge in Schools Across the U.S. Arizona Republic, 21 October.

Torray, E. 1999. The Roots of Treason: Ezra Pound and the Secret of St. Elizabeth. New York: Lucas Books.

Treynot, I. 2003. "The Privatization of War." Guardian, 10 December.

Tumulty, L. 2004. "10 Questions for George Soros." Time, 1 March. (Spent $4 billion on causes.)

Twelve Steps and Twelve Traditions. 1996. New York: Alcoholics Anonymous World Services.

"Twilight of the Yobs." 2005. Economist, 8 January. (Classical music quells youth and delinquency.)

Tyler, A. 1787. "The Fall of the Athenian Republic." Quoted in Swindoll's Ultimate Book of Illustrations & Quotes (2003). New York: Thomas Nelson, Publisher.

Tutu, D. 2004. God Has A Dream: A Vision of Hope for Our Time. New York: Doubleday.

Tzu, Sun. 1963. The Art of War. (Griffith Trans.) Oxford: Oxford University Press. (Originally written in approximately 500 B.C.)

Underhill, E. 1986. Practical Mysticism. Columbus, Ohio: Ariel Press.

—. 1925. Mystics of the Church. Harrisburg, Penn.: Morehouse Publishing.

U.S. Department of State. 2004. Patterns of Global Terrorism. U.S. Navy Website, 17 June.

Useem, J. 2004. "Should We Admire Wal-Mart?" Fortune. 8 March, 118-120.

—. 2004. "Meme." http://en.wikipedia.org/wiki/meme. N.D.

"US Stellar Years for Jobs and GDP" 2004. Associated Press, 7 July (Fastest growth in 20 years.)

Valley, C. 2004. "Reach, Renew, and Release Taught at Nazarene Church." Payson (Arizona) Roundup, 21 December. (Everyone has a personal ministry to renew and instill hope and faith in others.).

Van Biema, D. 2002. "The Legacy of Abraham." Time. 30 September, 64-75.

Van Lewick-Goodall, J. 1971. In the Shadow of Man. Boston: Houghton Mifflin Co.

Van Till, H. J., D. A. Young, and C. Menninger. 1988. Science Held Hostage: What's Wrong with Creation, Science, AND Evolutionism? Downers Grove, Ill.: Intervarsity Press. (Review by H. H. Bauer, Journal of Scientific Exploration 17:2, 2004.)

Verela, E, Shear, J. 2002. The View from Within: First Person Approaches to the Study of Consciousness. Bowling Green State University, Ohio: Imprint Academic.

Vergano, D. 2004. "Collie Borders On Brilliant...Learns As Quick As a Child." USA Today, 11 June.

Vernon, W. 2001. "Sen. Torricelli Played Key Role in Closing Down CIA Ops." http://www.Newsmax.com.

Vertabadisn, R., and C. Hanley. 2004. "Nuclear Lab's Cowboy Culture." Los Angeles Times, 25 July. (Los Alamos dysfunctional.)

Vitz, P. 1995. "The Psychology of Atheism." http://www.catholiceducation.org/articles/religion/re0384.html.

Viviano, F 2003. "Kingdom on the Edge: Saudi Arabia." National Geographic, October.

von Krafft-Ebing, R., ed. [1886] 1965. Psychopathic Sexualis. London: Mayflower-Dell. (Reprint, 1999, Bloat).

Vseem, J. 2003. "The 25 Most Powerful People in Business." Fortune, 148:3, 56-84.

Wagster, D., and K. Blend. 2004. "Child Porn Raises Fears of AIDS." Arizona Republic, 3 July.

Walsh, J. 2004. "Prosecutors: Crime Shows Blur Reality." Arizona Republic, 19 August. (TV ['CSI Effect'] affecting juries' judgment regarding evidence).

Walsh, K. T. 2004. "The Politics of Terror." U.S. News & World Report, 13 September.

Walsh, T. 2004. "Let Maureen Dowd Preach to New Yorkers." Arizona Republic, 15 December. Letter to Editor. (Protest at columnist's negativity.)

Walt, V. 2004. "Marked Women." Time, 26 July. (Islamic "honor" killing of women.)

Walton, S. and J. Huey. 1992. Sam Walton: Made in America. New York: Doubleday.

Warren, Rick. 2002. The Purpose Driven Life. Grand Rapids, Mich.: Zondervan Publishing Co.

Watt, D. F. 2004. "Consciousness, Emotional Self-Regulation, and the Brain." Journal of Consciousness Studies 11:9, 77-82.

Waxman, S. 2004. "Christmas Jeer from Hollywood." New York Times, 17 December.

Weaver, J. 2004. "Puppy Love...Feel-Good Hormones." (University of Missouri). http://msnbc.msn.com/id/4625213.

Weise, E. 2004. "Cheap Fish Sold As Premium 77% of the Time." USA Today, 15 July.

Weiss, C. 2004. "Until Militant Islam Is Destroyed, There Can Be No Democracy or Peace in Iraq." Arizona Republic, 3 July

Weiss, R. 2004. "Man's Mind Moves Computer Cursor." Washington Post, 15 December. (Techno-telepathic capability: brain-computer report by Wolpaw and McFarland, Proc. National Academy of Science.)

Welch, J. 2003. Jack: Straight from the Gut. New York: Warner Books.

Wellek, M., and C. Kamin. 2004. "A Nation of Compassion Doesn't Execute Juveniles." Arizona Republic, 1 August. (Brain undeveloped, most executed in Texas.)

Wellis, C. 2004. "What Makes Teens Tick—the Brain." Time, 10 May, 56-65.

Wente, M. 2004. "Inside the House of bin Laden." Globe and Mail (Toronto), 22 July. Review of book by Carmen bin Ladin, Osama's former sister-in-law. (Most Saudis back bin Laden's extremism. Severe suppression of women.)

Wertheim, M. 2004. "Francis Crick: Scientist at Work Unraveling the Mysteries of the State of Being," New York Times, 13 April.

Whitelaw, K., and D. Kaplan. 2004. "Don't Ask, Don't Tell." U.S. News & World Report, 13 September. (Congress incapable of overseeing intelligence agencies due to partisanship.)

Wilber, K. 2004. "The Perennial Philosophy." Unity Magazine, July/August.

—. 1989. The Essential Ken Wilber. Boston: Shambhala Publishers.

Will, G. 2005. "Pardon the Man for Thinking." Washington Post Writers Group, 27 January (Narcissistic hysteria and the academic indignation industry)

—. 2004. "Ground Zero with Nuclear Signature." Washington Post Writers Group, 30 August.

Williams, A. 1998. "The Holographic Paradigm." www publication via Mountain Man Graphics, Australia. (Harmital, alt-sci physics-New Theories.)

Williams, D. 2004. "Feminism Hurts Family, Vatican Says." Washington Post, 1 August.

Wilson, B. The Language of the Heart. New York: AA Grapevine Publishing.

Wilson, D. 1997. "Apocalyptic Visions Tied to Comet's Past." http://www.cnn.com?TECH/9703/27/cometconspiracy10/1/2004. (Masssuicide).

Wilson, L. 2004. "In Depth: Opening the Gate to Bird Intelligence." http://www.wingsoverus.org/brainybirds/articles/welcome.htm.

Wilson, W. 1939. Alcoholics Anonymous. New York: AA World Services.

Windschuttle, K. 1996. The Killing of History: How a Discipline is Being Murdered by Literary Critics and Social Theorists. 2nd ed. New York: Macleay.

Winik, L. W. 2004. "America's Best Hospitals." U.S. News & World Report, 12 July. (Special Report)

—. 2004. "The Toll of Video Violence." Parade 11 July, Intelligence Report. (Children watch TV 28 hrs./wk, see 8,000 murders by age 11. Killers escape 75% of time.)

Winston, K. 2004. "Religion and Politics Hot Topic Across All Faiths." Publishers Weekly, May 24.

Wolf, R. 2001. "CIA Powers at the 1975 Church Committee." www.labournet.net/world.

Woods, J. 2004. "Violence and Hate Websites on the Rise, from 2,700 in Year 2000 to Current 11,000 Hate Websites." Science and Theology News, July/August.

Woodson, B. 2004. "Center for Neighborhood Enterprise: School, Culture, Teachers, Children, Victimhood, Therefore No Responsibility." Factoid, Fox News, 26 February.

Woodward, B. 2004. Plan of Attack. New York: Simon and Schuster.

World Factbook, 2003. Washington, DC: Central Intelligence Agency.

"World Tells Iran To Halt Nuke Work." 2004. Arizona Republic, 19 September. (35 nations in UN atomic watchdog agency demand freeze on uranium enrichment.)

"World's Oldest Companies, The." 2004 Economist, December 18. (Companies hundreds of years old:

Kikkoman since 1630, etc.)

Yee, D. 2004. "Math Error Led CDC to Overstate Obesity Problem: Agency Admits Bungling Study." Associated Press, 24 November.

Yohe, G. E. 2004. "Media Letting Liberals Run Wild." Arizona Republic, 1 July.

Yost, B. "Doctors See Positive Effect of Humor on Health." Arizona Republic, 27 April.

Yzaguirre, R. 2004. "Rhetoric Blurs Reality of Immigration Debate." Arizona Republic, 23 June.

Zimbardo, P. G. 2004. "A Psychologist's Experience with Deviance." http://www.criminology.fsu.edu/crimtheory/zimbardo.htm. (Criticism and Theory.)

——. 2004. "After Abu Ghraib, Psychologist Asks, 'Is It Our Nature to Torture?'" Science and Theology News, July/August.

——. 2004. "The Stockholm Syndrome." http://www.yahoodi.com/peace/stockholm.html.

——. 1977. Influencing Attitudes and Changing Behavior: An Introduction to Method, Theory, and Applications of Social Control and Personal Power. (2nd Ed.) New York: McGraw-Hill College Division.

Zimmer, C. 2004. This Is My Reality. MME Productions. Fox News, 28 May. (Influence of Gangster Rap on Inner City Youth. Seduction of Glamorized Violence.)

——. 2003. "Cognition: How the Mind Reads Other Minds." Science 300:5622, 1079-1080.

Zimmerman, A., and A. Schoenfeld. (2004) "Single Germans looking for spouses at Wal-Marts." Wall Street Journal, 14 November.

Zackerman, M. 2004. "An Election All about Values." U.S. News & World Report, 25 October. (Democrats moved from the little guy to the elite.)

Zuckerman, B. 2004. "A Closer Look at America." U.S. News & World Report, 13 December. (Politics are the culture wars.)

——. 2004. "Truth Must Be Ultimate Weapon for Sierra Club." Arizona Republic, 22 March. (Population increase threat to environment.)

부록 G

한국의 의식 수준 측정표

여기 실린 측정치는 크게 두 가지로 분류된다. 아무 표시가 없는 항목들은 2010년 여름에 측정되었다. 편집부와 역자가 협의하여 한국에 관한 60여 항목을 선정했고, 저자는 수잔 여사의 도움을 받아 그중 40여 가지 항목을 측정해 주었다. 측정을 요청했으나 저자가 측정하지 않은 것은 대략 한국의 대중매체, 북한, 북한의 정치 지도자들에 관한 항목들이다. * 표시를 단 항목은 2007년 세도나에 소재한 저자의 자택을 방문한 역자의 요청을 받아들여 저자가 수잔 여사의 도움을 받아 즉석에서 측정해 준 것들이다.

한국	400	*제주도	440
*서울시	445	*평양	220

역사적 인물

세종대왕	550	신채호	480
이순신 장군	410	김구	455
원효대사	460	성철 스님	700
허준	475	법정 스님	700
이제마	465		

저자에게 측정 의뢰한 명단에는 김수환 추기경, 안중근이 더 있었는데, 저자는 이 두 사람의 의식수준 측정을 '허락'받지 못했다고 알려왔다.

역대 대통령

박정희	475	노무현	455
김대중	455		

전통 문화

한글	410	절	660
제사	550	태권도	450

전통 음악

정악	505	아리랑	510
판소리	500	사물놀이	475
태평무	505		

전통 저작

동경대전	485	동의보감	445
한단고기	400	직지심경	355

산

백두산	510	한라산	450
금강산	465	*계룡산	785
지리산	499	*마니산	785

종교

한국의 로마 가톨릭	440	명동 성당	550
조계종	555	여의도 순복음 교회	580
동학/천도교	655		

위의 항목 중 한국의 로마 가톨릭, 조계종, 동학/천도교 세 항목은 각 종교의 교리나 영적 측면이 아닌 제도에 대한 측정이다. 예컨대 2004년 제도로서의 세계 로마 가톨릭은 305로 측정되었다.

전통 사찰

불국사	575	*해인사	750
통도사	620	*송광사	775
범어사	675		

기타

무궁화[1]	380	*서울 지하철	375
사암침법[2]	495	*경복궁	465
*임진강	215	*천수경의 신묘장구대다라니	650

1　이것은 식물종이 아닌 국화로서의 무궁화에 대한 측정이다.

2　한국의 이 전통 침술은 440으로 측정되는 서양의학, 395로 측정되는 동양의학에 비해 놀랍게 높은 수치를 낳았다.

역자 후기

영성 서적으로는 독특하게, 종교와 철학에서 범죄와 테러에 이르기까지 인류의 모든 사회현상을 다루고 있는 이 책은, 그러나 본질적으로 불멸과 절대와 절대적 안심에 관한 기록입니다. 이 책을 읽는 동안, 독자들은, 모든 사회 현상을 다시는 전과 같은 눈으로 볼 수 없다는 걸 깨닫게 되는 동시에, 인간의 그 어떤 어리석음과 야만성 앞에서도 다시는 연민을 잃지 않게 되리라는 걸 예감하게 됩니다. 이 책을 먼저 읽은 동시대의 수많은 동료 인간들이, 이 책을 통해 자신을 인류 전체와, 나아가 생명 자체와 동일시하게 되었음을 증언하고 있습니다. 이 책은 자신과 세계를 바라보는 시선을 바꾸고 그러므로 바라보는 자의 삶을 바꾸는, 매우 특별한 힘을 지닌 놀라운 책입니다.

2년 넘게 걸린 번역 과정에서 여러 분야 전문가들의 도움을 받았습니다. 진실에 대한 헌신 외에는 다른 목적이 없었던, 아무런 대가 없이 도와주신 그분들에게 감사드립니다. 특히 지난 1년간 백여 통이 넘는 메일을 주고받으며 제게 잊을 수 없는 도움을 주신 위긴스 박사[1]에게 감사드립니다.

몇 년 전, 저자는 당신께서 손수 지으셨다는 세도나의 작은 오두막집으로 찾아간 저에게, 『진실 대 거짓』은 번역하기 어려운 책

---

1 Ralph Wiggins, 1930년 생. MIT 지구물리학 박사. 브리티쉬 콜롬비아 대학 등에서 지구물리학 교수 역임. 현재 서던 오레곤 대학 평생교육학부에서 의식과 깨달음을 주제로 하는 강좌를 진행하고 있다. 이번 생 최고의 스승으로 호킨스 박사를 꼽는다.

이라며 한국에 관한 항목들을 측정하여 한국어판 『진실 대 거짓』을 특별하게 만들어 주겠다고 하셨습니다. 그때 말씀하신 대로, 저자는 외부 활동을 거의 중단한 고령의 쇠약한 몸에도 불구하고 한국에 관한 수십 가지 항목을 직접 측정하여 책에 실을 수 있도록 해 주셨습니다. 뿐만 아니라, 그동안 한국과의 어떤 깊은 인연을 절로 연상하게 될 만큼 한국인에게 여러 모로 각별한 애정을 보여 주셨지요. 두 손 모아 감사의 인사를 드립니다. 더 이상 우주를 유전하는 개체이길 그만두고 절대적 실상의 대양으로 돌아간 이에게 오래도록 주목받았다는 것, 이것은 한국과 한국인에 대한 크나큰 축복일 것입니다.

이 책의 독자들에게, 저자가 웃으며 가르쳐 주신 하루에 골백번도 더 할 수 있는 '세상에서 가장 짧은 기도'를 바칩니다. (신성을 가리키는 그 어떤 이름이라도 부르며), "모든 것에 감사합니다."

저자에 대하여

호킨스 박사는 영적으로 진화한 상태, 의식 연구, 그리고 참나로서의 신의 현존Presence에 대한 각성Realization이라는 주제에 관한 국제적으로 유명한 영적 스승, 저술가, 강사다.

매우 발전된 영적 앎의 상태가 과학자이자 의사였던 한 개인에게 일어났으며, 그가 나중에 그 흔치 않은 현상을 명료하고 이해 가능한 방식으로 말하고 설명할 수 있었다는 점에서 녹화된 강연과 저작들은 널리 독특함을 인정받고 있다.

마음의 정상적 에고 상태에서 현존Presence에 의한 에고의 제거로의 이행은 3부작 『의식혁명』(1995, 마더 테레사에게 상찬받기조차 했던), 『나의 눈』(2001), 그리고 『호모 스피리투스』(2003)에서 묘사되었는데, 이 책들은 세계의 주요 언어로 속속 번역되고 있다. 『진실 대 거짓: 차이를 구별하는 법』(2005)과 『의식 수준을 넘어서』(2006)에서는 에고의 표현들과 에고의 고유한 한계 및 그 한계를 초월하는 방법에 대한 탐구를 계속하고 있다.

3부작에 앞서 의식의 본성Nature of Consciousness에 대한 연구가 선행되었고, 이는 과학과 영성이라는 상호 이질적으로 보이는 영역들을 관련시킨 박사학위 논문 「인간 의식의 수준들에 대한 양질 분석 및 측정」(1995)으로 출간되었다. 과학과 영성의 상호 관련은 인간 역사상 최초로 진실과 거짓을 식별하는 방법을 제시한 한 기법의 대발견으로 성취되었다.

초기 작업의 중요성은 「뇌/마음 회보Brain/Mind Bulletin」에서 대단히 우호적이고 광범위한 평가를 통해, 나중에는 '과학과 의식에 관한 국제회의' 등에서의 발표를 통해 인정받았다. 옥스퍼드 포럼을 포함하는 국내외의 다양한 단체, 영적 회의, 교회 모임, 수녀와 수도사들을 상대로 수많은 발표가 있었다. 극동에서 호킨스 박사는 '깨달음에 이르는 길의 스승'(태령선각도사)으로 인정받는다.

숱한 영적 진실이 설명의 부족으로 인해 오랜 세월 동안 오해받아 온 것을 관찰해 온 호킨스 박사는, 매달 세미나를 열어 책의 형식으로 설명하기에는 너무 긴 자세한 설명들을 제공하고 있다. 녹화 기록을 이용할 수 있으며, 여기에는 좀 더 상세한 설명이 딸린 질의응답이 포함되어 있다.

이번 생의 작업의 전체적 목적은 인간 경험을 의식 진화의 관점에서 재맥락화하고, 마음과 영 양자에 대한 이해를 생명과 존재Existence의 기층이자 지속적 근원인 내재적 신성Divinity의 표현들로서 통합하는 것이다. 이러한 봉헌을 나타내는 것이 그의 저서 서두와 말미를 장식하는 "오 주여, 모든 영광이 당신께 있습니다.Gloria in Excelsis Deo!"라는 진술이다.

전기적 개요

호킨스 박사는 1952년부터 정신과 의사로 일해 왔으며 미국 정신과 학회 및 다른 많은 전문 단체의 평생 회원이다. 맥닐/레어 뉴스 아워, 바바라 월터스 쇼, 투데이 쇼, 과학 다큐멘터리를 비롯한 많은 전국 TV 방송 프로그램에 출연했다.

호킨스 박사는 수많은 과학적 영적 간행물, 책, 비디오, 강연 시리즈를 펴냈다. 노벨상 수상자 라이너스 폴링과 공동으로 기념비적 저서 『분자교정 정신의학*Orthomolecular Psychiatry*』을 펴내기도 했다. 연구자이자 교사로서 호킨스 박사의 다양한 배경은 '마르퀴스 후즈 후*Marquis Who's Who*'에서 발행한 『미국 인명록』과 『세계 인명 사전』의 전기 항목에 실려 있다. 여러 해 동안 감리교 및 가톨릭 관구, 수도원, 수도회, 선원에서 상담역을 했다.

호킨스 박사는 웨스트민스터 사원, 아르헨티나의 대학들, 노트르담과 미시건, 포담 및 하버드 대학, 옥스퍼드 포럼에서 널리 강연했다. 그리고 샌프란체스코의 캘리포니아 의대에서 연례 랜즈버그 강연을 했다. 또한 외교 문제에 관한 외국 정부들의 고문이며, 세계 평화를 크게 위협한 해묵은 갈등을 해소하는 데 일조했다.

인류에 대한 기여를 인정받아, 1995년 호킨스 박사는 1077년에 설립된 예루살렘 성 요한 기사단의 기사가 되었다.

자전적 기록

이 책에서 보고된 진실은 모든 진실과 마찬가지로, 과학적으로 도출되고 객관적으로 조직되었지만, 맨 먼저 개인적으로 경험되었습니다. 어린 나이에 시작된 앎의 강렬한 상태는 일평생의 귀결로 처음에는 영감을 불러일으켰고 그 다음에는 마침내 이 일련의 저작들의 형태를 취한 주관적 각성 과정에 방향을 제시했습니다.

세 살 때, 갑작스럽고 강렬한 존재 의식, "나는 있다.I Am."의 의미에 대한 비언어적이지만 완전한 이해가 일어났는데, 곧이어 '나'는 전혀 존재하지 않을 수도 있었다는 공포스러운 각성이 뒤따랐습니다. 이것은 망각에서 의식적 앎으로의 순간적 깨어남이었고, 바로 그 순간, 사적인 자기가 태어났으며, '있다Is'와 '있지 않다Is Not'의 이원성이 주관적 앎 속으로 들어왔습니다.

어린 시절과 사춘기를 통틀어, 존재의 모순과 자기의 실상에 대한 의문이 끊임없는 관심사였습니다. 때로 사적인 자기가 더욱 크고 비개인적인 나로 빠져들기 시작하면 존재하지 않음에 대한 최초의 두려움, 무에 대한 기본적 두려움이 다시 치밀어 오르곤 했습니다.

1939년, 위스콘신의 농촌에서 자전거로 하루 30킬로미터를 돌며 신문 배달을 했던 나는, 어두운 겨울 밤 집에서 몇 마일 떨어진 곳에서 영하 30도의 눈보라를 만났습니다. 자전거가 얼음판 위에서 넘어지며 맹렬한 바람에 바구니 속의 신문은 얼음으로 뒤덮인 눈 내리는 들판으로 산산이 날아가 버렸습니다. 좌절감과 피로로 눈물이 흘러내렸고 옷은 뻣뻣하게 얼어붙었습니다. 바람을 피하기 위해, 나는 높이 쌓인 눈 더미의 얼어붙은 표면을 깨고 굴을 판 다음, 그 속으로 기어들었습니다. 곧 오한이 멎고 기분 좋은 온기가 느껴지더니, 그 다음에는 어떤 말로도 형용할 수 없는 평화로운 상태가 찾아들었습니다. 거기에는 넘쳐 흐르는 빛이, 그리고 시작도 끝도 없고 나 자신의 본질과도 구별되지 않는 무한한 사랑의 현존이 함께했습니다. 육체와 주변 환경은 앎이 오로지 지금뿐인 이 밝아진 상태와 융합되면서 가뭇없이 사라져 버렸습니다. 마음은 점차 침묵에 들었습니다. 생각은 완전히 그쳤습니다. 무한한 현존Presence이 모든 시간 혹은 묘사를 넘어 존재하는, 혹은 존재할 수 있는 전부였습니다.

그 영원성 뒤에, 불현듯 누군가 내 무릎을 흔드는 게 느껴졌습니다. 뒤이어 아버지의 걱정스러운 얼굴이 나타났습니다. 육체와 그에 따른 모든 것으로 되돌아가는 게 영 내키지 않았지만, 아버지의 사랑과 고통 때문에 영Spirit은 육체를 어루만져 다시 활동하게 만들었습니다. 죽음을 두려워하는 아버지를 보고 연민이 일었지만, 동시에 죽음이라는 개념이 우스꽝스럽게 비쳤습니다.

이 주관적 경험에 대해서는 어느 누구와도 토론한 적이 없는데 왜냐하면 그것을 설명하는 데 활용할 만한 맥락이 전혀 없었기 때문이었습니다. 성인들의 삶에서 보고된 것 이외에 다른 영적 경험에 대한 얘기를 듣는 것은 흔한 일이 아니었습니다. 그러나 이 경험 뒤에, 받아들여진 세계의 실상이 그저 임시적인 것으로 비치기 시작했습니다. 전통적 종교의 가르침들은 의미를 상실했고, 역설적으로 나는 불가지론자가 되었습니다. 전 존재를 밝혀 주었던 신성의 빛Light of Divinity과 비교하면 전통적 종교의 신은 정말이지 둔한 빛을 발했습니다. 이렇게 해서 영성이 종교를 대체했습니다.

제2차 세계 대전 기간에, 해군 소해정에 승선하여 위험한 임무를 수행하며 죽음과 맞닥뜨린 적이 많았지만 두려움은 없었습니다. 마치 죽음이 그 확실성을 상실한 것 같았지요. 종전이 된 다음, 마음의 복잡성에 매료되어 정신의학을 공부하고 싶었던 나는 의대에 진학했습니다. 정신분석의 과정을 밟을 때 나를 지도했던 콜럼비아 대학 교수 또한 불가지론자였습니다. 우린 둘 다 종교를 회의적인 시각으로 바라보았습니다. 정신 분석은 잘 되었고, 의사로서의 이력 또한 잘 풀렸으며, 성공이 뒤따랐습니다.

하지만 나는 직업 생활에 조용히 안착하지 못했습니다. 나는 어떤 치료법에도 반응하지 않는 치명적인 진행성 질환을 앓게 되었습니다. 서른여덟의 나이에, 나는 생사의 기로에 서 있었고 곧 죽게 되리라는 걸 알았습니다. 나는 육체에 대해선 상관하지 않았지만 영Spirit은 극심한 고통과 절망 상태에 놓여 있었습니다. 최후의 순간이 다가왔을 때, 불현듯 어떤 생각이 마음을 스쳤습니다. "혹시 신이 있다면?" 그래서 나는 큰 소리로 기도했습니다. "만약 신이 계시다면, 지금 저를 도와주십시오." 그리고 어떤 신이 됐든, 신에게 내맡기고 망각 속으로 빠져들었습니다. 의식이 돌아왔을 때는 엄청난 변형이 일어나 있었고, 나는 경외심으로 말문이 막혔습니다.

전에 있었던 사람은 더 이상 존재하지 않았습니다. 사적인 자기 혹은 에고는 없었고, 있는 것은 오직 그토록 무제한의 힘을 가진 무한한 현존Infinite Presence 뿐이었습니다. 이 현존Presence이 '나'였던 것을 대체했고, 이제 육체와 그 움직임을 통제하는 것은 오직 현존의 무한한 의지Infinite Will of the Presence 뿐이었습니다. 무한한 하나임Infinite Oneness의 명료함이 세계를 환히 밝혔고, 무한한 아름다움과 완벽함 속에 드러난 모든 것으로 그 자체를 표현했습니다.

삶은 계속되었지만, 이 멎어 있음은 지속되었습니다. 개인적 의지는 없었습니다. 육체는 한없이 강하지만 형언할 수 없이 부드러운 현존의 의지Will of the Presence의 지시에 따라 제 할 일을 해 나갔습니다. 그 상태에서는 어느 것에 대해서도 생각할 필요가 전혀 없었습니다. 모든 진실은 자명했고 개념화는 필요하지도 않았거니와 가능하지도 않았습니다. 동시에 육체의 신경계는 그 회로가 감당할 수 있는 것 이상의 에너지를 나르고 있는 것처럼 극도로 과부하가 걸린 느낌이었습니다.

세상에서 효율적으로 기능하는 것은 가능하지 않았습니다. 보통의 모든 동기부여가 사라졌고, 더불어 모든 두려움과 불안이 자취를 감추었습니다. 전부가 완벽했으므로 구할 것이 없었습니다. 명성, 성공, 돈은 무의미했습니다. 친구들은 진료를 재개하라고 촉구했지만, 그렇게 하고자 하는 보통의 동기부여가 없었습니다.

이제는 성격들의 배후에 있는 실상을 지각할 수 있는 능력이 있었는데, 감정적 질환의 기원은 자신이 곧 성격이라는 사람들의 신념이었습니다. 그래서 저절로 그렇게 된 것처럼 진료를 재개했고, 결과적으로 그것은 엄청나게 커졌습니다.

사람들이 미국 전역에서 몰려왔습니다. 병원에는 외래 환자가 2,000명이었고, 그에 따라 50명 이상의 치료사들과 여러 직원들, 25개의 진료실과 연구실 및 뇌파 실험실이 필요했습니다. 매년 신규 환자가 1,000명씩 늘어났습니다. 그 밖에 이전에 언급했던 것처럼 라디오와 TV 프로그램에도 출연했습니다. 임상적 연구는 『분자교정 정신의학Orthomolecular Psychiatry』이라는 책에 전통적 형식으로 기록했습니다. 이 작업은 시대를 10년 앞선 것이었고 상당한 반향을 불러일으켰습니다.

신경계의 전반적 상태가 서서히 개선되더니, 그 다음에 또 다른 현상이 시작되었습니다. 감미롭고 기분 좋은 에너지 띠가 쉴 새 없이 척추를 따라 올라가 머릿속으로 들어가면서 끊임없이 강렬한 쾌감을 불러일으켰습니다. 삶의 모든 것이 완벽히 조화롭게 진화하며 공시성으로 펼쳐졌습니다. 기적적인 일이 일상사가 되었습니다. 세상에서 기적이라고 부르는 현상들은 사적인 자기가 아닌 현존Presence에서 비롯되었습니다. 사적인 '나'에서 남은 것은 오로지 이러한 현상들에 대한 목격자뿐이었습니다. 더욱 큰 '나'가 이전의 자기나 생각들보다 더욱 철저하게 벌어지는 모든 일을 결정했습니다.

현존하는 그러한 상태들에 대해서는 역사적으로 여러 사람이 보고한 바 있는데, 이는 붓다, 깨달은 현인들, 황벽 선사, 그리고 라마나 마하르시와 니사르가다타 마하라지와 같은 근래의 스승을 포함하는 영적 가르침에 대한 탐구로 이어졌습니다. 이렇게 해서 그와 같은 경험이 유일무이한 것이 아니라는 사실이 확인되었습니다. 이제 『바가바드기타』가 완전히 이해되었습니다. 때로 스리 라마크리슈나와 기독교의 성인들이 전한 것과 동일한 영적 황홀경이 일어났습니다.

세상의 모든 것, 모든 사람이 다 환했고 형언할 수 없이 아름다웠습니다. 모든 살아 있는 존재가 빛나게Radiant 되었고, 이 광휘Radiance를 멎어 있음과 장려함 속에서 표현했습니다. 전 인류가 사실상 내면의 사랑을 동기로 하고 있지만 그저 그것을 알지 못하게 되었을 뿐이라는 것이 명백했습니다. 대부분 자신이 정말 누구인지에 대한 앎에 눈뜨지 못한 잠자는 이들처럼 삶을 살아갑니다. 주변의 사람들은 잠든 것처럼 보였고 믿을 수 없을 만큼 아름다웠습니다. 마치 모든 사람과 사랑에 빠진 것 같았지요.

아침에 한 시간, 그리고 저녁 식사 전에 다시 한 시간씩 명상하는 습관을 버릴 필요가 있었는데, 왜냐하면 그것은 활동하는 것이 불가능할 정도로 지복을 강렬하게 만들곤 했기 때문입니다. 눈더미 속의 소년에게 일어났던 것과 비슷한 경험이 되풀이되곤 했고, 그런 상태를 떠나 세상으로 복귀하는 일이 점점 더 어려워졌습니다. 모든 존재의 놀라운 아름다움이 완벽한 상태로 빛을 발했고, 세상에서 추하게 여기는 것에도 그저 영원한 아름다움이 있을 뿐이었습니다. 이 영적인 사랑이 지각 전체를 가득 채웠고, 여기와 저기, 그때와 지금 사이의 모든 경계 혹은 분리는 사라졌습니다.

내면의 침묵 속에서 보낸 세월 동안, 현존Presence의 힘은 강해졌습니다. 삶은 더 이상 사적인 것이 아니었습니다. 사적인 의지는 더 이상 존재하지 않았습니다. 사적인 '나'는 무한한 현존Infinite Presence의 도구가 되었고 그것의 의지대로 움직이고 행했습니다. 사람들은 현존Presence의 오라 속에서 색다른 평화를 느꼈습니다. 구도자들은 답을 구했지만, 데이비드와 같은 그런 개인은 더 이상 없었으므로 그들은 사실상 나의 참나와 조금도 다르지 않은 그들 자신의 참나에서 답을 찾아내고 있었습니다. 어느 누구의 눈을 통해서든 똑같은 참나가 빛을 발했습니다.

상식으로는 이해할 수 없는 기적적인 일들이 일어났습니다. 육체가 여러 해 동안 앓아 온 여러 고질병이 사라졌습니다. 시력은 저절로 정상으로 돌아왔고, 평생 써 왔던 이중 초점 안경은 더 이상 필요 없어졌습니다.

이따금씩 형언할 수 없는 지복의 에너지, 무한한 사랑Infinite Love이 갑자기 가슴에서 솟구쳐 어떤 재난 현장을 향해 방출되기 시작하곤 합니다. 한번은 고속도로에서 운전하고 있는데 이 형언할 수 없는 에너지가 가슴에서 흘러나오기 시작했습니다. 차가 커브를 돌자, 자동차 사고가 나 있었습니다. 전복된 차량의 바퀴들이 아직도 돌아가고 있었지요. 에너지는 맹렬한 기세로 차에 타고 있는 사람들 속으로 흘러들어갔고 그러다 저절로 멈췄습니다. 또 한번은 낯선 도시의 거리를 걷고 있을 때였습니다. 에너지가 앞쪽 블록을 향해 흘러나가기 시작했고, 나는 깡패들이 막 싸움을 벌이기 시작한 현장에 도착했습니다. 싸움꾼들이 주저앉아서 웃음을 터뜨렸고, 그러자 다시 한 번, 에너지는 그쳤습니다.

그럴 수 있을 것 같지 않은 상황에서 아무런 예고 없이 지각의 심원한 변화들이 일어나곤 합니다. 롱아일랜드 로스먼 식당에서 혼자 식사하고 있는데, 현존이 갑자기 강렬해지면서 보통의 지각에서는 분리된 것으로 나타났던 모든 것, 모든 사람이 영원한 보편성과 하나임oneness 안으로 녹아들었습니다. 아무런 움직임이 없는 침묵Silence 속에서, 어떤 '사건'도 '일'도 없으며, 태어나고 죽는 분리된 '나'라는 환상이 그러한 것처럼, 과거, 현재, 미래는 그저 지각의 가공물이므로 실제로는 아무 일도 '생기지' 않는다는 것이 명백해졌습니다. 한정된 거짓 자기가 그것의 진정한 기원인 보

편적 찰나 속으로 녹아들면서, 온갖 고통에서 벗어나 절대적 평화
와 안도의 상태로 귀향한 것 같은 형언할 수 없는 느낌이 있었습
니다. 모든 고통의 기원은 오직 개별성의 환상일 뿐입니다. 사람이
우주이고, 완전무결하며, 있는 전부All That Is와 하나이고, 끝없이
영원하다는 것을 각성할 때, 더 이상의 고통은 가능하지 않습니다.

세계 각국에서 환자들이 왔는데, 그중 일부는 가망 없는 이들
중에서도 가장 가망 없는 이들이었습니다. 몸을 뒤트는 괴기한 형
상의 환자들이 젖은 시트에 싸인 채 먼 곳의 병원에서 이송되어
왔습니다. 그들은 진행된 정신분열증과 치유 불가능한 중증 정신
질환의 치료에 희망을 걸고 있었습니다. 그중 일부는 긴장증 환자
였는데, 많은 사람이 수년간 무언증을 나타내고 있었습니다. 그러
나 어느 환자든 불구가 된 겉모습 뒤에는 사랑과 아름다움의 빛나
는 본질이 숨어 있었습니다. 아마도 그것은 보통 사람들의 눈에는
너무도 희미해서 그들은 이 세상에서 전혀 사랑받지 못하게 되었
던 것입니다.

어느 날 말문을 닫은 긴장증 환자가 구속복에 묶인 채 병원으로
실려 왔습니다. 그녀는 또한 중증 신경 질환을 앓고 있었고 똑바
로 일어서지 못했습니다. 바닥에서 꿈틀거리던 환자는 경련을 일
으키더니 두 눈이 뒤로 돌아갔습니다. 머리가 헝클어진 채로, 그녀
는 옷을 모두 찢으며, 목쉰 소리를 토해 냈습니다. 그녀의 가족은
대단히 부유했습니다. 그래서 여러 해 동안 그녀는 세계 곳곳의
수많은 의사와 유명한 전문가를 찾아다니고 있었지요. 온갖 치료
법을 동원했지만, 의료진은 번번이 그녀를 가망 없는 환자로 보고

포기했습니다.

짧은, 비언어적인 의문이 솟구쳤습니다. "신이여, 이 여성이 어떤 일을 겪기를 원하십니까?" 그러자 그녀는 그저 사랑받을 필요가 있으며, 오직 그뿐이라는 각성이 일어났습니다. 그녀의 내적 자기self가 두 눈을 통해 빛을 발했고 참나는 사랑의 본질과 연결되었습니다. 바로 그 순간, 그녀는 자신이 정말 누구인지를 스스로 인지함으로써 치유되었습니다. 마음 혹은 몸이 겪고 있는 일은 더 이상 그녀에게 중요하지 않았습니다.

본질적으로 이와 같은 일이 무수히 많은 환자에게 일어났습니다. 일부는 세상의 눈으로 볼 때 회복되었고 일부는 그렇지 않았지만, 임상적 회복이 뒤따르는지 여부는 더 이상 그들에게 중요한 것이 아니었습니다. 극심한 내면의 고통은 끝났습니다. 환자들이 사랑받고 있음을 느끼며 내면이 평화로워질 때, 고통은 그쳤습니다. 이러한 현상은 오직 현존의 연민Compassion of the Presence이 환자 개개인의 실상을 재맥락화하여 그들이 세상과 그 외관을 초월한 수준에서 치유를 경험했다는 얘기로만 설명될 수 있습니다. 참나의 내적 평화는 시간과 정체를 초월하여 우리를 둘러싸고 있었습니다.

온갖 고통과 괴로움이 신이 아닌 오직 에고에서 일어난다는 것은 명확했습니다. 이 진실은 침묵 속에서 환자들의 마음으로 전해졌습니다. 여러 해 동안 말문을 닫고 있던 또 다른 긴장증 환자에게도 이 같은 정신적 차단 상태가 있었습니다. 참나가 마음을 통해 그에게 말했습니다. "당신은 에고가 자신에게 한 일에 대해 신을 비난하고 있습니다." 환자는 바닥에서 벌떡 일어나 말하기 시작했고, 현장을 목격한 간호사는 경악을 금치 못했습니다.

일은 점차 과중한 것이 되었고 결국은 감당하기 어려울 정도가 되었습니다. 병원에서는 환자들을 수용하기 위해 병동을 하나 더 늘렸지만, 환자들은 줄지어 병상이 나기를 기다리고 있었습니다. 인간고에 맞서는 일이 한 번에 겨우 한 사람씩 가능하다는 사실에 엄청난 좌절이 느껴졌습니다. 그것은 바닷물을 퍼내는 일과 같았습니다. 영적 고뇌와 인간고의 끝없는 흐름이라는 공통적인 질환의 원인에 대해 말하는 다른 방법이 있을 것만 같았습니다.

이는 신체 운동학의 연구로 이어졌는데, 그것은 놀라운 발견을 드러냈습니다. 신체 운동학은 두 우주(물질적 세계 및 마음과 영의 세계) 사이의 '웜홀'이었고, 차원들 간의 접점이었습니다. 근원을 벗어난 채 잠자는 이들로 가득한 세계에서, 그것은 모두를 잠에서 깨워 더 높은 실상과의 잃어버린 연결 고리를 볼 수 있게 해 주는 도구였습니다. 이것은 상상할 수 있는 온갖 물질, 생각, 개념에 대한 테스트로 이끌었습니다. 제자들과 연구 조수들이 그 일을 도와주었습니다. 그러다가 중요한 발견이 이루어졌습니다. 모든 피험자들이 형광등, 살충제, 인공 감미료와 같은 부정적 자극에 약한 반응을 보인 반면, 앎의 수준을 상승시킨 영적 훈련을 거친 제자들은 보통 사람처럼 약해지지 않았습니다. 그들의 의식 속에서 뭔가 중요하고 결정적인 것이 바뀌었습니다. 그런 일이 일어나는 것은 명백히, 그들이 세상에 좌우되는 것이 아니라 오직 자신의 마음이 믿는 바에 의해서만 영향받는다는 사실을 깨달았을 때였습니다. 어쩌면 그것은 깨달음을 향한 진보 과정 바로 그 자체가 질병을 포함하는 존재의 부침浮沈에 저항하는 인간 능력을 높여 준다는 사실을 보여 주는 것일 수도 있습니다.

참나는 세상사에 관해 상상하는 것만으로도 그것을 변화시킬 수 있는 능력을 가지고 있었습니다. 사랑이 사랑 아닌 것을 대체할 때마다 그것은 세상을 변화시켰습니다. 이 사랑의 힘을 특정한 지점에 집중하면 문명의 전 체계가 현저히 바뀔 수 있습니다. 이런 일이 생길 때마다, 역사는 새로운 길로 접어들었습니다.

이제는 이러한 중대한 통찰을 세상에 전할 수 있을 뿐 아니라 반박의 여지 없이 확실하게 증명할 수 있을 것처럼 보였습니다. 인간 삶의 커다란 비극은 정신이 항상 너무도 쉽게 속아 넘어간다는 데 있었던 것 같았습니다. 불화와 반목은 진실과 거짓을 구분할 수 없는 인류의 무능함의 불가피한 귀결이었습니다. 하지만 이 기본적 딜레마에 대한 답이 여기 있었지요. 그것은 의식의 본성 자체를 재맥락화하고 다른 방법으로는 그저 추론할 수 있을 뿐인 것을 설명할 수 있게 만드는 방법이었습니다.

보다 중요한 어떤 것을 위해 뉴욕에서의 삶을, 도시의 아파트와 롱아일랜드의 집을 버리고 떠날 때가 왔습니다. 나 자신을 도구로서 완성하는 것이 필요했습니다. 이를 위해서는 세상과 그 속의 모든 것을 떠나는 것이 필요했고, 대신 작은 마을에서 은둔 생활을 하며 그 후 7년간을 명상과 연구에 바쳤습니다.

구하지 않았는데도 압도적인 지복 상태가 되돌아왔고, 결국에는 신성한 현존Divine Presence 속에 있으면서 여전히 세상에서 활동하는 법을 배울 필요가 생겼습니다. 마음은 세상 돌아가는 형편에 어두워져 있었습니다. 연구와 저술을 위해서는 영적 수행을 일체 중단하고 형상의 세계에 집중할 필요가 있었습니다. 신문과 텔레비전은 누가 누구인지에 관한 이야기, 주요 사건들, 그리고 현재의 사회적 대화의 본성을 이해하는 데 도움이 되었습니다.

신비주의자의 영역인 예외적이고 주관적인 진실의 경험은 집단의식에 영적 에너지를 보냄으로써 전 인류에게 영향을 미칩니다. 하지만 인류의 대다수는 그것을 이해하지 못하기 때문에 그것은 구도자 이외의 사람들에게는 제한된 의미를 갖습니다. 이는 평범해지고자 하는 노력으로 이어졌는데, 왜냐하면 평범하다는 것은 그 자체가 신성Divinity의 한 표현이기 때문입니다. 진짜 자기에 관한 진실은 일상생활의 도를 통해 찾을 수 있습니다. 필요한 것은 오직 관심과 친절로 살아가는 일뿐입니다. 나머지는 적당한 시기에 저절로 드러납니다. 평범함과 신은 다르지 않습니다.

그래서 멀찍이 돌아온 영의 여행 끝에, 가능한 많은 동료 존재가 현존Presence에 대한 이해에 적어도 조금이라도 더 가까이 갈 수 있게 해 주는 가장 중요한 일로 복귀했습니다.

현존Presence은 침묵하며 평화로운 상태를 전달합니다. 그것은 그 안에 그리고 그것에 의해 전부가 있으며, 전부가 그 존재와 경험을 갖는 공간입니다. 현존Presence은 무한히 부드럽지만 바위와 같습니다. 현존Presence과 더불어 모든 두려움은 사라집니다. 영적 기쁨이 설명하기 힘든 황홀경의 고요한 수준에서 일어납니다. 시간의 경험은 그칩니다. 거기에는 어떤 걱정이나 후회, 고통이나 기대도 없습니다. 기쁨의 근원은 끝이 없고 항상 존재합니다. 시작도 끝도 없으며, 상실이나 슬픔, 욕망도 없습니다. 아무 할 일이 없습니다. 모든 것이 이미 완벽하고 완전무결합니다.

시간이 멎을 때, 모든 문제는 사라집니다. 문제란 지각의 한 지점이 빚어낸 가공물일 뿐입니다. 현존Presence이 압도적일 때, 몸이나 마음과의 동일시는 더 이상 일어나지 않습니다. 마음이 점차로 침묵할 때 "나는 있다.I Am."는 생각 또한 사라지고, 순수한 앎Pure Awareness이 빛을 발하여 모든 세계와 모든 우주와 시간을 초월하여, 그러므로 시작도 끝이 없이, 사람이 무엇이고, 무엇이었으며, 항상 무엇일 것인지를 환하게 밝혀 줍니다.

사람들은 "어떻게 이러한 앎의 상태에 도달하는가?"를 궁금해하지만, 그 단계를 따르는 이는 드뭅니다. 왜냐하면 그것이 아주 단순하기 때문입니다. 먼저 그러한 상태에 이르고자 하는 욕구가 강렬했습니다. 그 다음에는 어떤 예외도 두지 않고, 일관되고 차별 없는 용서와 부드러움으로 행동하는 연습을 시작했습니다. 자기 자신과 자신의 생각을 포함하는 일체에 대해 연민을 가져야 합니다. 그 다음에는 기꺼이 욕망을 정지시키고 매 순간 개인적 의지를 내맡기고자 하는 마음이 들었습니다. 모든 생각, 감정, 욕망 혹은 행위를 신에게 내맡기자, 마음은 점점 더 침묵에 들었습니다. 처음엔 마음에서 온갖 이야기와 논평들이 떨어져 나갔고, 그 다음에는 개념과 의견들이 떨어져 나갔습니다. 이러한 생각들을 소유하려는 욕구를 놓아 버리자, 생각은 더 이상 그런 정교함에 이르지 못하고 겨우 반쯤 형성되었을 때 조각나기 시작합니다. 마침내 생각이 되기도 전에 사고 과정 자체 뒤에 숨어 있는 에너지를 내맡기는 것이 가능해졌습니다.

명상 상태에서 단 한 순간의 흐트러짐도 허용하지 않고 지속적이고 확고부동하게 초점을 고정시키는 일이 일상 활동을 하는 동안에도 계속되었습니다. 처음에 그것은 매우 어렵게 보였으나 시간이 흐를수록 습관적이고 자동적인 것이 되면서 힘이 점점 덜 들더니, 마침내는 노력할 필요가 전혀 없어졌습니다. 그 과정은 마치 로켓이 지구를 떠나는 것과 같습니다. 처음에는 엄청난 힘이 필요하지만, 로켓이 지구의 중력장을 벗어나면서 힘은 점점 덜 들고, 결국에는 자체의 관성으로 우주 공간을 나아갑니다.

갑자기 아무런 예고도 없이, 앎에서 어떤 전환이 일어나며 현존Presence이 전적으로 지배하게 되었는데, 그것은 너무도 명료했고 모든 것을 두루 감싸고 있었습니다. 자기가 죽을 때 불안의 순간이 잠시 있었고, 그 다음에는 현존Presence의 절대성이 경외심을 불러일으켰습니다. 이 돌연한 비약은 대단히 극적이었고 이전의 그 어느 것보다 더 강렬했습니다. 일상적 경험에는 그에 비견할 만한 것이 없었습니다. 그 격렬한 충격을 완화해 준 것은 현존Presence과 더불어 있는 사랑이었습니다. 그 사랑의 지지와 보호가 없으면, 사람은 소멸할 것입니다.

에고가 무無가 되는 것을 두려워하며 자기 존재에 매달릴 때 공포의 순간이 뒤따랐습니다. 하지만 에고가 죽자 무가 되는 대신 그 자리에는 일체임Everythingness, 전부All로서의 참나가 들어섰습니다. 그 속에서는 일체가 다 알려져 있고 자기 본질의 완벽한 표현으로 명백했습니다. 비국소성과 더불어 사람이 항상 존재해 왔고, 혹은 존재할 수 있는 전부라는 앎이 왔습니다. 사람은 모든 정체와 성별을 넘어, 심지어는 인간성 자체를 넘어 전체적이며 완전무결합니다. 다시는 고통과 죽음을 두려워할 필요가 없습니다.

이 시점에서 육체에 벌어지는 일은 비물질적입니다. 영적 앎의 일정 수준에서 육체의 질환은 치유되거나 저절로 사라집니다. 하지만 절대적 상태에서는 그러한 고려는 무관합니다. 육체는 예정된 경로를 밟을 것이고 그러다가 자기가 온 곳으로 되돌아갈 것입니다. 그것은 전혀 중요하지 않은 문제입니다. 사람은 그에 영향받지 않습니다. 육체는 '나'라기보다는 '그것'으로, 방안의 가구처럼 다른 대상으로 나타납니다. 사람들이 육체가 개별적인 '당신'인 것처럼 여전히 그것에 말을 거는 모습이 우스워 보일 수도 있지만, 자각하지 못한 이들에게 이러한 앎의 상태를 설명할 길은 없습니다. 그냥 자기 일을 계속해 나가고 섭리Providence가 사회적 적응을 맡도록 버려두는 것이 최선입니다. 하지만 사람이 지복에 이를 때, 그렇듯 강렬한 황홀경을 감추는 것은 지극히 어려운 일입니다. 세상은 경탄하고, 사람들이 동반하는 오라 속에 있기 위해 멀리서 널리 찾아올 수 있습니다. 구도자, 영적 호기심이 있는 사람들, 그리고 기적을 구하는 중병자들이 이끌릴 수 있습니다. 사람은 그들에게 자석이자 기쁨의 근원이 될 수 있습니다. 일반적으로 이 지점에서는 이 상태를 타인과 공유하고 그것을 모두를 위해 이용하고자 하는 욕구가 있습니다.

이 조건에 동반되는 황홀경은 절대로 안정적이지 않습니다. 거기에는 또한 큰 고통의 순간들도 있습니다. 가장 격렬한 고통은 그 상태가 요동하다가 명확한 이유 없이 갑자기 그쳐 버릴 때입니다. 이러한 때는 깊은 절망의 시기와 사람이 현존Presence 으로부터 버림받았다는 두려움을 가져옵니다. 이러한 추락은 길을 힘겹게 만들며, 이러한 반전을 극복하기 위해서는 강한 의지가 요구됩니다. 사람이 이 수준을 뛰어넘어야 한다는 것이 마침내 자명해지는데 그렇지 않으면 견디기 힘든 '은총에서의 추락'으로 끊임없이 고통을 겪습니다. 그다음에는 이원성을 초월하는 힘겨운 관문에 들어서면서 황홀경의 영광을 포기해야만 합니다. 이는 사람이 모든 대립들과 그러한 대립들의 상반되는 잡아당김을 넘어설 때까지입니다. 그런데 황홀경으로 고조된 기쁨의 황금 사슬을 버리는 것은 에고의 쇠사슬을 즐거이 포기하는 것과는 전혀 다릅니다. 그것은 마치 신을 포기하는 것처럼 느껴지며 새로운 수준의 두려움이 솟구치는데, 이는 전에 한 번도 예상하지 못한 것입니다. 이것이 절대 고독에 대한 최후의 공포입니다.

에고에게 비존재의 두려움은 무시무시했고, 그것이 다가오는 듯하면 에고는 되풀이해서 뒷걸음질 쳤습니다. 고통과 영혼의 어두운 밤의 목적이 그제야 명확해졌습니다. 그러한 것은 너무도 견디기가 힘들어서, 격렬한 고통이 그것을 넘어서는 데 필요한 극한의 노력을 다하도록 사람을 몰아댑니다. 천국과 지옥을 번갈아 오가는 것이 견딜 수 없어질 때, 존재 자체에 대한 욕망은 내맡겨져야 합니다. 이렇게 할 때에야 사람은 마침내 전부임Allness 대 무의 이원성을 넘어서고, 존재 혹은 비존재를 넘어설 수 있습니다. 이 내적 수행의 정점이 가장 어려운 국면이며 궁극적 분수령입니다. 사람은 여기서 초월하는 존재의 환상은 돌이킬 수 없다는 것을 똑똑히 압니다. 이 단계에서 되돌아오는 것은 불가능하고, 그래서 이 돌이킬 수 없음의 유령이 이 마지막 장벽을 가장 무시무시한 선택으로 보이게 만듭니다.

하지만 사실, 이 최종적인 자기의 종말에서, 존재 대 비존재라는 유일하게 남아 있는 이원성—정체 그 자체—의 해소는 보편적 신성 Universal Divinity 속에서 녹아 버리고 선택할 만한 개별적 의식은 남아 있지 않습니다. 그다음 마지막 걸음은 신께서 옮겨 놓으십니다.

데이비드 호킨스 David. R. Hawkins

옮긴이 | 백영미

서울대학교 간호학과를 졸업했으며, 현재 전문 번역가로 활동하고 있다. 옮긴 책으로는 『의식 혁명』,
『호모 스피리투스』, 『내 안의 참나를 만나다』, 『마더 데레사의 단순한 길』, 『티베트의 영혼 카일라스』,
『감각의 박물학』, 『죽음 너머의 세계는 존재하는가』 등이 있다.
데이비드 호킨스 박사의 저작을 차례로 읽고, '더 이상 세상을 향해 화낼 일이 없어지는' 체험을 하면
서부터 박사의 저작물을 번역하고 출판하는 일에 헌신하고 있다. 미국 세도나에 거주하는 호킨스 박
사와 감동적인 만남을 갖기도 했다.

진실 대 거짓

1판 1쇄 펴냄 2010년 10월 1일
1판 9쇄 펴냄 2025년 2월 11일

지은이 | 데이비드 호킨스
옮긴이 | 백영미
발행인 | 박근섭
펴낸곳 | 판미동

출판등록 | 2009. 10. 8 (제2009-000273호)
주소 | 06027 서울 강남구 도산대로 1길 62 강남출판문화센터 5층
전화 | 영업부 515-2000 **편집부** 3446-8774 **팩시밀리** 515-2007
홈페이지 | panmidong.minumsa.com

도서 파본 등의 이유로 반송이 필요할 경우에는 구매처에서 교환하시고
출판사 교환이 필요할 경우에는 아래 주소로 반송 사유를 적어 도서와 함께 보내주세요.
06027 서울 강남구 도산대로 1길 62 강남출판문화센터 6층 민음인 마케팅부

ISBN 978-89-94210-44-5 03840

판미동은 민음사 출판 그룹의 브랜드입니다.